国家社会科学基金项目
"人文地理学视野下的宋代旅行记研究"
(14CZW024) 研究成果

形象·景观
宋代行记与旅行书写

阮怡 著

中华书局

图书在版编目(CIP)数据

形象·景观:宋代行记与旅行书写/阮怡著.—北京:中华书局,2024.11
ISBN 978-7-101-15416-0

Ⅰ.形… Ⅱ.阮… Ⅲ.游记-文学研究-中国-宋代 Ⅳ.I207.62

中国版本图书馆CIP数据核字(2021)第216314号

书　　名	形象·景观:宋代行记与旅行书写
著　　者	阮　怡
责任编辑	李洪超
装帧设计	刘　丽
责任印制	陈丽娜
出版发行	中华书局 (北京市丰台区太平桥西里38号　100073) http://www.zhbc.com.cn E-mail:zhbc@zhbc.com.cn
印　　刷	三河市中晟雅豪印务有限公司
版　　次	2024年11月第1版 2024年11月第1次印刷
规　　格	开本/920×1250毫米　1/32 印张15⅞　插页3　字数400千字
国际书号	ISBN 978-7-101-15416-0
定　　价	98.00元

阮　怡　1984年生，四川大学文学博士，先后在韩国延世大学、四川师范大学进行博士后研究。现任四川师范大学文学院副教授、博士生导师。三苏研究院副院长，韩国延世大学中国研究院研究员，中国苏轼研究学会理事。四川省学术和技术带头人后备人选，"蓉城英才计划社科青年人才"，四川省海外高层次留学人才，四川师范大学首批"攀登计划"杰出学者。致力于宋代文学、域外汉文学研究。主持国家社科基金项目2项、省部级项目4项。独立在《中央民族大学学报》《四川大学学报》《浙江学刊》《暨南学报》等学术刊物上发表论文四十余篇，多篇被人大《复印报刊资料》全文转载。获得霍英东教育基金会青年教师科学基金奖、中国博士后基金一等资助、"中国博士后国际学术交流计划"资助、国家公派留学人员"学术创新奖"等奖励。

序

中国古语有"读万卷书,行万里路"之说,大抵是说,一个人的学识须通过大量的书本阅读和长途的旅行见闻而获得。而古罗马哲学家圣·奥古斯丁曾说:"世界是一本书,不旅行的人只读了一页。"(The world is a book and those who do not travel read only one page.)行记这种文类,就是古人将"行万里路"的实践转化为书面文字的产物,同时也可视为古人阅读世界这本"书"所作的读书笔记。因而,从某种意义上说,翻阅古人的行记,就相当于跟随古人"行万里路"地去阅读世界这本书。

作为文类的行记书写,在汉魏时期已经萌芽,然而类型相对单一,加之年代久远,散佚严重;两晋南北朝时期,行役记、交聘记、西行记等三种类型相继出现;隋唐五代时期,行记发展趋于成熟,而且出现题材独特的被俘流亡他国的行记。行记出于人们对世界的阅读,不管是主动阅读还是被动阅读,总之,随着人们对世界认识的不断深化,行记的内容越来越丰富,越来越精彩。不过,在宋前相当长的历史时期内,行记并未真正进入第一流作家的写作视野。因而在宋前的旅行书写,无论是行役记、交聘记还是西行记、流亡记,主要被后世学者作为地理、交通、政治、军事、经济、宗教、民俗、礼仪制度的原始资料来看待,属于史料学研究的范围。

而到了宋代,行记书写真正进入黄金时期,包括文坛领袖欧阳修在内的一大批有诗文集传世的作家,留下有域内域外的行记,特别是南宋陆游、范成大、周必大、楼钥等人的几部作品,更将自然景观与人文风貌、历史记录与文学再现、旅行过程与情感历程融于一体,极大地提高了行记这一文类的审美品位,使之足以蔚然挺立于文学之林。近年来,宋代行记研究成为学界的热点之一,然而目前看来,其主要成果仍体现在文献学、地理学、社会学研究方面,行记文本本身的文学价值和审美价值,或者说作为"读万卷书,行万里路"的精神价值,尚未得到充分的发掘,关注"地理"而忽视"文学"仍是宋代行记研究的总体趋势。而阮怡博士的新著《形象·景观:宋代行记与旅行书写》,正力图站在文学的本位,对此文类做出全新的探讨。

十三年前,阮怡考入四川大学,跟从我攻读博士学位。自从选定以宋代行记为博士论文研究对象之后,她先是旁搜远绍,尽可能穷尽资料;然后钩玄提要,作出全方位的文献考证和叙录;随之含英咀华,细读文本,体会作者的文学手法和书写策略;最后,擘肌分理,勾勒出宋代行记发展的主要脉络,并揭示出其主要特色。她的博士论文在外审和答辩时,都获得专家好评。七年前,已任教于四川师范大学的阮怡去韩国延世大学进行博士后研究,在研期间,一方面搜集阅读了大量域外文献,另一方面也获得异域旅行的亲身经验,由此开启了观照宋代行记的全新视角。我猜想,这次"行万里路"的经历,对于她行记研究所起的作用,主要在于视野的开拓和眼界的提升,从世界这本书的"第一页"翻到了"第二页",有可能想象到"第三页""第四页"。

这本新著是阮怡社会科学基金项目结项成果,可视为其博士论文的"加强版",不仅是篇幅内容大大增加,而且文献整理更为全面,并提出一系列全新的学术观点。阮怡善于借鉴新的理论,而不生搬硬套，能将理论转化为自己研究的新视角。如揭示出南宋士大夫使金行记中的"他者"想象，出于华夷之辨以及文化自尊在现实弱势下的心理反弹，洞悉入微。如关于行记中景观描写的自然空间、心理空间、想象空间的深入探究，极大地发掘出宋代游记的文学审美价值。随着阮怡笔下所引用分析的宋代行记的精彩段落，我们才第一次体会到其中所蕴含的山水游记的丰富宝藏，倘若辑录出来，可使中国古代山水文学选本大大增色。又如关于行记中作者的观察点，她概括出有"游目换形"、"移步换景"、"物定神游"等三种视角，一一举例说明，颇有心得。至于陆游《入蜀记》与范成大《吴船录》这两部题材近似的行记的比较，颇能见出她文本细读的工夫。

阮怡注意到，宋代行记中对佛寺道观的书写，其特点在于神圣性的消解和人文旨趣的增强，即宋代文人在游览寺观时，更关注其造像、题刻、碑文、书画等文物。这种近乎金石玩赏的兴趣渗透到宋人游记中，是相当突出的现象，与整个宋代文人的审美情趣相一致。这种人文旨趣的增强，也意味着宋人把世界当作书斋的倾向，即我在拙著《宋代诗学通论》里面提到的"书斋小世界，世界大书斋"的倾向。然而，宋人的这种"遍索"、"求观"的知识主义态度，并不止表现于旅途中所遇的文物，同时也体现在对山水奇观的探索之中。《入蜀记》的作者陆游有一段名言："诗岂易言哉？一书之不见，一物之不识，一理之不穷，皆有憾焉。"(《何君墓表》)宋代行记中搜奇揽胜的强烈愿望，就包含这样的心理。因此，从这个意义上说，宋人的"行万里路"乃是其"读万卷书"的另外一种形式。本书对宋人这种人文旨趣进行了细腻地解读，提出了较为深刻的见解。

阮怡为人沉静好学，聪慧多思，毕业工作以来，仍毫不懈怠，心无旁骛，沉浸于自己的学术世界之中，真可谓纯粹的读书人。她的新著即将付梓刊行，来函嘱我作序。我年轻时爱好旅行，也看过一些宋代行记的片断，但对此研究领域却相当陌生，因此借作序的机会，补补自己的知识。今日得以循着阮怡的导游，了解宋人"行万里路"阅读世界的体验，老眼为之一明，聊谈肤浅的感想，是以为序。

梦蝶居士周裕锴书于川大江安花园锅盖庵
2023 年 1 月 19 日

目 录

绪 论 …………………………………………………………… 1
　一、研究意义 ………………………………………………… 1
　二、研究现状以及研究思路 ………………………………… 5
　三、形象、景观与旅行书写 ………………………………… 19
　四、文体明辨：宋代行记、游记与地记 …………………… 24

第一章　宋前行记叙论 ………………………………………… 35
　第一节　萌芽期：汉魏时期行记 …………………………… 35
　　一、汉魏时期行记的创作情况 …………………………… 35
　　二、汉魏时期行记的创作特征 …………………………… 40
　第二节　初创期：两晋南北朝时期行记 …………………… 42
　　一、行役记的创作特征 …………………………………… 43
　　二、交聘记的创作特征 …………………………………… 47
　　三、西行记的创作特征 …………………………………… 49
　第三节　发展期：隋唐五代时期行记 ……………………… 57
　　一、隋唐五代时期行记的创作情况 ……………………… 57
　　二、隋唐五代时期行记的创作特征 ……………………… 65
　小 结 ………………………………………………………… 75

第二章　宋代行记考论 ·· 77
第一节　国内行役记文献考述 ···································· 78
第二节　域外行记文献考述 ·· 99
第三节　宋代行记的著述体例 ···································· 140
一、行传体 ·· 141
二、日记体 ·· 145
三、笔记体 ·· 149
小　结 ·· 153

第三章　宋代行记中的行旅生活 ································ 155
第一节　舟车鞍马：行记中的行旅方式 ···················· 155
一、舟行 ·· 155
二、陆行 ·· 163
第二节　公私兼具：行记中的行旅类型 ···················· 169
一、官差旅行 ·· 169
二、贬谪之旅 ·· 180
三、奉使交聘 ·· 187
四、其他旅行 ·· 202
第三节　祭祀与旅行：行记中的行神祈祷 ················ 207
小　结 ·· 212

第四章　关于"他者"的文化想象：行记中的异国形象 ······ 214
第一节　蛮夷异类：使金行记中的女真族形象 ········ 216
一、残暴狡猾的形象 ·· 218
二、尚武少文的形象 ·· 221
三、野蛮落后的形象 ·· 225

  四、奢侈劳民的形象 ································ 231
 第二节 人心思汉:使金行记中的遗民形象 ············ 237
 第三节 荒凉破败:使金行记中的金地形象 ············ 243
 小 结 ······································· 251

第五章 风景的描绘:景观的自然地理空间 ················ 253
 第一节 被记录的风景 ······························ 254
  一、"水之活体"与移动取象:江海景观 ············ 254
  二、文人视野中的景观观看与再现:佛寺宫观景观 ····· 270
 第二节 风景的书写策略 ···························· 286
  一、粗笔勾勒与精心镂刻:山水描摹的方式 ·········· 286
  二、俯仰自得与绸缪往复:流动不居的视角 ·········· 295
  三、纵横交织与虚实相间:地理空间的多样联结 ······ 304
  四、同中有异与山水的"占有":个性化的风景呈现 ····· 311
 小 结 ······································· 321

第六章 情感的符号:景观的心理空问 ····················· 324
 第一节 同在蜀道唱异曲:范陆二人出入蜀的情感差异 ··· 324
  一、壮志未酬 辛酸赴蜀 ························ 325
  二、倦于仕宦 归乡情切 ························ 330
  三、风景相同 情感有别 ························ 335
 第二节 穷乡僻壤与感情附着的"地方":
  关于巴蜀的地方映像 ···························· 344
  一、哀伤畏惧:陆游的巴蜀情怀 ···················· 344
  二、深情回望:范成大的巴蜀情怀 ·················· 350
  三、"蜀地荒蛮"的先在视野与地方感的获得 ·········· 357

小　结 ································· 367

第七章　人文的凝视：景观的想象空间 ············ 369
　第一节　地理空间与历史叙事 ················· 369
　第二节　地理空间与书本记忆 ················· 377
　　一、由眼前景体验书中景 ··················· 378
　　二、由书中景认识眼前景 ··················· 383
　　三、以书中景置换眼前景 ··················· 387
　第三节　人文眼光凝视风景的意义 ·············· 388
　　一、书斋静坐与征行万里：格物致知的认知方式 ······ 388
　　二、构建景观与精英身份的确证：文化记忆的融入 ···· 394
　　小　结 ································· 405

结语：兼论宋代行记之特点与地位 ············· 407

附　录 ······································ 416
　一、两晋南北朝时期行记叙录 ················· 416
　二、隋唐五代时期行记叙录 ··················· 439
　三、相关图表 ······························· 465

参考文献 ··································· 476

后　记 ····································· 497

绪 论

一、研究意义

行记是旅行记的古称,多用于记载长时间、长距离、有明确目的的旅行。它以旅程为线索,记载沿途自然、人文风光,逸闻趣事,风土民情以及旅行者的个人经历体验等内容;有保存个人生活记录的很强的实用目的;多以散文语体写成,时空是区别内容的标志,随着时空的变化,内容亦随之变换。记程和记沿途经见是此类文体必备的两大要素。

早在汉魏时期就有此类作品的产生,随着这一时期国力的兴盛,西域、南海诸国纷纷前来称臣纳贡,中原王朝则派遣使臣出使周边国家,交结邻好,对其封赐或商议军事计划,双方交往日益频繁。使臣出使往往会记录经历异域的行程、见闻,以备回国后向朝廷汇报出使经过。如张骞的《出关志》、朱应的《扶南异物志》,他们记录了奉使西域、南海诸国的见闻,已经具备了行记的文体要素,可视为最早的行记。

两晋南北朝时期,涌现出众多以"行记""从征记""述征记"命名的纪行之作,可见此时人们已将行记正式作为一类文体。创作者有随驾从征、巡幸的文臣侍从,有文辞为时所称的交聘使臣,也有忘身求法的僧人。行记创作进一步发展,其数量增加,种类增多，按照行旅背景的不同，可将其分为行役记、交聘记、西行记。行役记指记国内旅行活动，如出征、从驾、游览、巡幸等活动的行记。交聘记指记在各国之间互遣使臣，进行外交活动的行记。西行记指僧人西行求法之行记。主要作品有郭缘生的《述征记》，戴延之的《西征记》，裴松之的《北征记》，伍缉之的《从征记》，丘渊之的《征齐道里记》，李绘、封述的《封君义行记》，江德藻的《聘北道里记》，法显的《法显行传》，慧生的《慧生行传》，宋云的《魏国以西十一国事》等。

隋唐时期，行记的创作进一步发展，创作最兴盛的是交聘记，奉使足迹至南海诸国、回纥、吐蕃、南诏、渤海、高丽、于阗、契丹、突厥、天竺等。僧人创作行记的热情亦有增无减，国内行役记的创作也时有创获。主要作品有韩琬的《南征记》，李翱的《来南录》，韦庄的《蜀程记》《峡程记》，王仁裕的《入洛记》，玄奘的《大唐西域记》，悟空、圆照的《悟空入竺记》，窦滂的《云南行记》，徐云虔的《南诏录》，章僚的《海外使程广记》等。与两晋南北朝时期的行记相比，纪行更加详细，内容更加丰富，在艺术形式上也多有创新。

随着宋代交通事业的进步，海外关系的拓展，交聘制度的完善，社会经济的富庶，宋人出行机会增多。出于不同的旅行目的，宋人有意识地记录下旅途的见闻，行记数量、质量均超越前代。宋代行记按照记载的疆域来划分，可分为国内行役记和域外行记两大类，国内行役记主要记录在宋朝疆域内的旅行活动，域外行记记录的是足迹经历中原王朝版图之外的周边国家和民族地区的旅行活动，如辽、金、交阯、大理、高丽、天竺、高昌等地。行记中记录的行旅种类多样，有记出任地方官员或奉命外出办理公务的，如陆游的《入蜀记》、郑刚中的《西征道里记》；有记在任期间巡检民情的，如王安石的《鄞县经游记》、李复的《冯翊行记》；有记任满回阙、归家的,如周必大的《奏事录》、范成大的《吴船录》;有记贬谪之旅的,如欧阳修的《于役志》、张舜民的《郴行录》;有记奉使异域的,如徐兢的《宣和奉使高丽图经》、楼钥的《北行日录》;有记帝王出奔的,如曹勋的《北狩见闻录》、无名氏的《建炎维扬遗录》;有记汉人陷虏、逃归、避乱的,如赵子砥的《燕云录》、沈琯的《南归录》、胡舜申的《己酉避乱录》;有记长途游历山川的,如方凤的《金华洞天行纪》、赵鼎臣的《游山录》;有记省亲、访友的,如周必大的《泛舟游山录》、吕祖谦的《入闽录》;有记西行求法的,如继业的《西域行程》……这是一批极富有文学、文化、史学价值的文献材料,对宋代行记进行研究也是极具有学术价值的。

首先,宋代行记作为一种独立的文学样式,与前代行记相比文学性显著增强。宋人采用行传体、日记体、笔记体等不同的著述体例,综合运用叙事、描写、抒情、议论等艺术手法,勾勒出一幅幅山水、民情、风俗图画,呈现一段有关个人旅行经验的记录,其间贯穿着宋人强烈的理性精神和文人雅趣。两宋时期是中国古代散文发展的鼎盛期,宋代散文的创作取得了辉煌的成就。宋代行记是散文这一大家族中的重要成员,它是用散文语体对个人经历进行真实书写,体现了宋代散文追求实用、自由灵活、简洁质朴、婉转自然的特点,也展现了宋代文学重理尚文的文学风尚,对行记的研究是宋代散文研究的重要分支。从行记这一文体上来看,早在魏晋时期就有以行记来纪行的风尚,发展至宋代质量、数量均超越前代,其著述体例多样、叙事内容广泛、运用艺术手法多样,是行记的繁荣时期,也是行记发展史上的重要一环。深入研究宋代行记有利于更清晰地把握行记这一文体的流变情况,并为研究先宋行记和明清行记奠定基础。

其次,宋代行记以旅程为线索,记载沿途自然人文风光、逸闻趣事、风土人情，具有鲜明的纪实色彩，保存了宋代政治、经济、文化、交通、生产生活风俗等各方面的宝贵材料，尤其真实地再现了宋人长途旅行的场景，是记载宋代旅行文化的文本。我们可以借研究宋代行记深入了解宋代社会的交通情况、宋人在交通工具不发达的情况下出行的情景，真实地领略宋人在官差旅行、奉使交聘、贬谪、逃难、交友、访亲、求学之旅中体现出来的精神风貌，这有助于宋代文化的研究。

最后，宋代行记是宋人个人旅行经验的记录，旅行者随着时间的推移，跨越不同的地理空间，在空间位移的变换中，陌生的风景、陌生的人物都带给他们与居处一地时不一样的感受。他们以自身的眼光来打量外界的事物，自然地理空间被投射上旅行者个人情感与思想，成为一个融合了旅行者自身情感、文化传统的复合空间。宋代行记传达了宋代文人在游历空间时是如何描述"他者"，是如何将折射在"他者"形象基础之上的宋人的自我形象勾勒出来的，是如何将主体文化与旅行地的客体文化相比较，并在这种比较中加深对自我文化身份的认同的；行记也记录了宋代文人阶层如何以文化精英的身份来观看、选择、再现景观，如何以敏锐的感知展现地理空间之美，如何以人文的、理性的眼光来解读空间与空间中的景观，如何细腻地表达行中的情感体验。我们可以借此探讨空间的移动与文学书写的关系，深入理解旅行文学的书写特点，探析宋代文人的文化心理。

二、研究现状以及研究思路

(一) 研究现状

对于宋代行记,学术界已经有所关注,从行记文献的整理辑佚到行记文本的分析都有一些研究成果,现分类概述如下:

一、从文献学的层面对行记进行考证、梳理:在宋代数量众多的行记中,奉使辽、金的行记受到史学界的格外重视。这类行记是在宋与辽金交聘制度下产生的一种书写形式,既有使臣为向朝廷禀报出使见闻而撰写的备忘录,亦有使臣的私人日记。后人称之为"语录"或"行程录"。傅乐焕《宋人使辽语录行程考》[1]一文从《郡斋读书志》《直斋书录解题》等宋代目录学著作中整理出宋人使辽行记14种。贾敬颜《五代宋金元人边疆行记十三种疏证稿》[2]一书辑录了宋代路振的《乘轺录》、王曾的《上契丹事》、薛映的《辽中境界》、宋绶的《契丹风俗》、沈括的《熙宁使契丹图抄》和《许亢宗行程录》等六部行记并详加疏证。赵永春《宋人出使辽金"语录"研究》[3]一文从《郡斋读书志》《直斋书录解题》《遂初堂书目》《宋史·艺文志》《四库全书总目》等书目与其他典籍中整理出可考知书名的宋人出使辽金行记42种,残存至今的有22种,并将有存文的使辽、使金行记加以辑录注释,著成《奉使辽金行程录》[4]一书。刘浦江《宋代使臣语录考》共考证了使辽语录26

---

[1] 傅乐焕《宋人使辽语录行程考》,《辽史丛考》,中华书局,1984年,第5-7页。
[2] 贾敬颜《五代宋金元人边疆行记十三种疏证稿》,中华书局,2004年。
[3] 赵永春《宋人出使辽金"语录"研究》,《史学史研究》1996年第3期。
[4] 赵永春《奉使辽金行程录》,吉林文史出版社,1994年。

种,使金语录 24 种。①此外,李辉的博士论文《宋金交聘制度研究(1127-1234)》②中有《宋人使金国信"语录"叙录》一节,在前人研究基础之上为使辽、使金行记一一撰写叙录。潘晟《朝聘地理书之概貌》③拓宽研究范围,将宋人奉使高昌、交阯、辽、金、西夏等周边邻国的行记一一搜罗制成《宋人奉使地理书简表》。贾鸿雁的《中国游记文献研究》④对中国的游记文献做了全景式的研究,论述了从先秦两汉到明清、民国时期游记的创作、结集出版情况,揭示了游记文献重要的学术文化价值。他对游记的定义不仅包括记录纯粹属于审美观照的游览和欣赏活动的游览记,亦包括出于各种目的的旅行而写的宦游记、出使记、出征记、漂泊记、旅寓记等。后者的范围与本书的研究范围相当。李德辉《晋唐两宋行记辑校》⑤一书将自晋至宋的行记从后世史、子、集部典籍中辑录出来并校勘,为宋代行记进一步研究打下坚实的文献基础。王皓博士论文《宋代外交行记与语录研究》⑥清晰阐明了宋代行记与语录的关系,认为两者是有明显差异的文体形式,并详细考证了汉魏至宋代行记与语录的文献创作情况。

此外还有一些文章对单独的一部行记进行了梳理、考证,如娄

---

① 刘浦江《宋代使臣语录考》,见张希清等主编《10-13世纪中国文化的碰撞与融合》,上海人民出版社,2006年。
② 李辉《宋金交聘制度研究(1127-1234)》,复旦大学博士论文,2005年。
③ 潘晟《朝聘地理书之概貌》,见《宋代地理学的观念、体系与知识兴趣》,北京大学博士论文,2008年。
④ 贾鸿雁《中国游记文献研究》,东南大学出版社,2005年。
⑤ 李德辉《晋唐两宋行记辑校》,辽海出版社,2009年。
⑥ 王皓《宋代外交行记与语录研究》,四川师范大学博士论文,2012年。

雨亭《〈宣和乙巳奉使金国行程录〉的一个被人忽略的抄本》^①提出顾炎武《天下郡国利病书》中所抄录的《宣和乙巳奉使金国行程录》在校勘上具有相当重要的价值。本书研究的行记与傅乐焕、贾敬颜、李德辉等学者所说的"语录""行程录""行记"在文体界定上有交叉亦有不同(详见绪论第四节第三点对本书研究范围的界定),但前辈及时贤关于此类文献的整理对本书的写作来说功不可没。除出使辽金的交聘类行记因其重要的史料价值受到文史学者的关注之外,在后代享有盛誉的行记亦受到关注。孔凡礼点校的《范成大笔记六种》②收录了范成大的《吴船录》《骖鸾录》《揽辔录》等三种行记。蒋方《陆游〈入蜀记〉版本考述》③对《入蜀记》手抄本、刻印本形式的各种版本作了系统的考查。朴庆辉校勘注释了《宣和奉使高丽图经》④一书。祁庆富《〈宣和奉使高丽图经〉版本源流考》⑤《关于宋乾道本〈宣和奉使高丽图经〉的几个问题》⑥二文对《宣和奉使高丽图经》的各种版本源流作了详细的考述。

二、关于行记历史、旅游、交通等层面的研究:探讨行记在地理、交通、政治、军事、经济、社会文化风俗、交聘礼仪等各方面的价值。有的从地理学角度加以论述,如杨果《〈入蜀记〉所见南宋湖

---

① 娄雨亭《〈宣和乙巳奉使金国行程录〉的一个被人忽略的抄本》,《中国历史地理论丛》1990年第1期。
② [宋]范成大撰,孔凡礼点校《范成大笔记六种》,中华书局,2002年。
③ 蒋方《陆游〈入蜀记〉版本考述》,《长江学术》2006年第4期。
④ [宋]徐兢撰,朴庆辉标注《宣和奉使高丽图经》,《长白丛书》,吉林文史出版社,1986年。
⑤ 祁庆富《〈宣和奉使高丽图经〉版本源流考》,《社会科学战线》1996年第3期。
⑥ 祁庆富《关于宋乾道本〈宣和奉使高丽图经〉的几个问题》,《中国文化研究》1997年秋之卷。

北人文地理》① 论述了《入蜀记》中有关南宋湖北的经济地理、人口地理、文化地理等方面的情况。周宏伟的《中国古代非知名游记的地理学价值管窥》② 论述了许多并不大为人重视的游记的自然地理学价值和人文地理学价值，其中包括不少宋代的行记，如王延德的《使高昌记》、张礼的《游城南记》、路振的《乘轺录》、王曾的《行程录》等。周宏伟的《南宋两种长江游记的自然地理学价值》③ 则论述了《入蜀记》和《吴船录》两书在古代地理学发展史上的重要意义。有的从旅游角度加以论述，如吴其付《陆游宦游生涯的景观变迁》④ 运用时间地理学的生命路径理论和历史地理学景观变迁的理论，解读陆游的诗词歌赋和山水游记，揭示陆游游历生涯中对景观关注点的变迁，探讨这种变迁与游历主体的文化背景、所处环境、心理状态的关联，并详细论述了《入蜀记》中所反映的景观变迁。黄纯艳《宋代官员的公务旅行——以欧阳修〈于役志〉为中心》⑤ 以《于役志》为研究对象论述了宋代公务旅行的交通方式以及旅途中的活动情形。赵维平《从南宋文人出行记看南宋出行文化》⑥ 通过南宋文人出行录来探讨出行路线及相关出行情形。有的从交通角

---

① 杨果《〈入蜀记〉所见南宋湖北人文地理》，《江汉论坛》1998年第1期。
② 周宏伟《中国古代非知名游记的地理学价值管窥》，《湖南师范大学社会科学学报》2000年第2期。
③ 周宏伟《南宋两种长江游记的自然地理学价值》，《自然科学史研究》1990年第3期。
④ 吴其付《陆游宦游生涯的景观变迁》，四川师范大学硕士论文，2009年。
⑤ 黄纯艳《宋代官员的公务旅行——以欧阳修〈于役志〉为中心》，《中国社会经济史研究》2012年第3期。
⑥ 赵维平《从南宋文人出行记看南宋出行文化》，《青海社会科学》2009年第5期。

度论述,如孙冬虎《宋使辽境经行道路的地理和地名学考察》①通过《乘轺录》等多部行记考查使辽路线。张劲《楼钥、范成大使金过开封城内路线考证——兼论北宋末年开封城内宫苑分布》②结合《北行日录》与《揽辔录》记载,考查楼钥、范成大使金经过开封城的路线。金毓黻在其《东北通史》③卷六第八章《宋使入辽金之行程》中,根据《乘轺录》《宣和乙巳奉使金国行程录》等行记的记载,用表格详细地列出了入辽、入金的行程,同时对钟邦直所撰《宣和乙巳奉使金国行程录》一书中的部分内容进行了详细的考证。黄凤岐的《从宋人使辽行程录看辽朝的交通和经济生产概况》④考察了宋人使辽行程录中记载的使辽的行程路线以及辽代的社会经济情形。李玉昆《〈宣和奉使高丽图经〉与宋代的海外交通》⑤以《宣和奉使高丽图经》中的记载来论述宋代与高丽的海上交通航线、宋代的造船技术与宋代的航海信仰。有的从建筑方面论述,如曹尔琴《张礼和〈游城南记〉》⑥以张礼的《游城南记》论证宋代长安城的布局。杨文秀《略谈唐宋时期长安南郊的园林景观——读张礼〈游城南记〉》⑦论长安园林景观。有的从民俗、社会生活角度

---

① 孙冬虎《宋使辽境经行道路的地理和地名学考察》,《中国历史地理论丛》2004 年第 4 期。
② 张劲《楼钥、范成大使金过开封城内路线考证——兼论北宋末年开封城内宫苑分布》,《中国历史地理论丛》2004 年第 4 期。
③ 金毓黻《东北通史》,五十年代出版社,1944 年。
④ 黄凤岐《从宋人使辽行程录看辽朝的交通和经济生产概况》,《辽宁大学学报》1986 年第 2 期。
⑤ 李玉昆《〈宣和奉使高丽图经〉与宋代的海外交通》,《中国航海》1997 年第 1 期。
⑥ 曹尔琴《张礼和〈游城南记〉》,《中国历史地理论丛》1990 年第 3 期。
⑦ 杨文秀《略谈唐宋时期长安南郊的园林景观——读张礼〈游城南记〉》,《唐都学刊》1990 年第 4 期。

论述,如陆宇清《〈入蜀记〉之南宋民俗研究》[1]一文将《入蜀记》中所见民俗现象总结为行旅交通风俗、宗教信仰风俗、沿岸风土人情等进行探讨。陈百华《范成大"三录"之南宋社会研究》[2]通过范成大的《吴船录》《揽辔录》《骖鸾录》来论述南宋社会的风土人情、宗教信仰以及社会新气象。石光英的《从〈奉使辽金行程录〉透析辽代社会生活》[3]以赵永春编注的《奉使辽金行程录》一书中辑录的辽代部分行程录为研究对象,从中分析归纳辽人在饮食、居住、服饰、交通、习俗礼仪、文体娱乐等方面的社会生活情形。有的从史料角度论述,如赵永春《宋人出使辽金"语录"研究》[4]《范成大与〈揽辔录〉》[5]论行记的思想内容与史料价值。顾吉辰《王延德与〈西州使程记〉》[6]论王延德生平,出使目的以及行程录之内容。钱伯泉《〈王延德历叙使高昌行程所见〉的笺证和研究》[7]对行程录进行详注并探讨此书对研究丝绸之路"漠南路"以及高昌回鹘国历史的重要参考价值。河北大学周立志硕士论文《南宋与金交聘研究》[8]有"宋与辽金交聘语录考"一节,指出"今存诸交聘文献均非上交朝廷《语录》,或系撰《语录》者私人所留之副本,或系改动

---

[1] 陆宇清《〈入蜀记〉之南宋民俗研究》,上海师范大学硕士论文,2006年。
[2] 陈百华《范成大"三录"之南宋社会研究》,华中科技大学硕士论文,2008年。
[3] 石光英《从〈奉使辽金行程录〉透析辽代社会生活》,吉林大学硕士论文,2006年。
[4] 赵永春《宋人出使辽金"语录"研究》,《史学史研究》1996年第3期。
[5] 赵永春《范成大与〈揽辔录〉》,《昭乌达蒙族师专学报》1987年第2期。
[6] 顾吉辰《王延德与〈西州使程记〉》,《新疆社会科学》1985年2期。
[7] 钱伯泉《〈王延德历叙使高昌行程所见〉的笺证和研究》,《西域研究》2010年第4期。
[8] 周立志《南宋与金交聘研究》,河北大学硕士论文,2010年。

之本"。黄玲《宋代使金行记文献研究》①对使金行记的内容及史料价值进行了研究,从宋金对峙局面的形成、国信所的设置、使金大臣的派遣、使金行记的产生等四个方面具体介绍了使金行记的创作背景;从存佚辑注状况、时间范围、行记所载出使原因等三方面来分析使金行记的基本情况;介绍了行记作者的群体特征与出使时所任官职以及宋人出使金国的心态;分类归纳了使金行记中记载的有关金国的政治、经济、文化、交通地理、宋金交聘制度以及金国的社会生活等方面的内容。孙希国《〈宣和奉使高丽图经〉研究》②考察了此书的作者生平、版本源流、写作背景、主要内容以及在史学研究和科技史上的研究价值。陈得芝《关于沈括的〈熙宁使虏图抄〉》③一文考察了《永乐大典》收录沈括的《熙宁使虏图抄》的情况,认为此书详细完整地记录了使辽的路线、地名,具有重要的史料价值。此外还有王家德《浅谈陆游〈入蜀记〉中三峡史料价值》④等文。

三、关于行记文学层面的研究:迄今为止尚无一种专著对宋代行记进行文学研究,但有学者在相关研究中提及一些行记。陈左高《中国日记史略》⑤从日记这一特殊文体出发,详细论述了从唐至清末日记之起源、兴起、衰落、发展至鼎盛的过程,介绍主要作品的内容及艺术价值,其中论及宋代行记达数十种。陈左高《历代日记丛谈》⑥涉及宋代日记作品二十六部,其中亦有不少属于行

---

① 黄玲《宋代使金行记文献研究》,陕西师范大学硕士论文,2011年。
② 孙希国《〈宣和奉使高丽图经〉研究》,吉林大学硕士论文,2007年。
③ 陈得芝《关于沈括的〈熙宁使虏图抄〉》,《历史研究》1978年第2期。
④ 王家德《浅谈陆游〈入蜀记〉中三峡史料价值》,《四川文物》1996年第2期。
⑤ 陈左高《中国日记史略》,上海翻译出版公司,1990年。
⑥ 陈左高《历代日记丛谈》,上海画报出版社,2004年。

记。李伯齐《中国古代纪游文学史》①从纪游文学的角度论述了从秦汉至近代纪游诗、词、散文的兴衰演变,其中亦提到范成大的《吴船录》《揽辔录》《骖鸾录》与陆游《入蜀记》等著名行记,并简论其内容及艺术特色。王立群《中国古代山水游记研究》②指出晋宋地记与行记对游记发展之贡献,并深入分析了《入蜀记》中强烈的文化认同意识。郑宪春《中国笔记文史》③将《入蜀记》《吴船录》作为"记叙自然风物的山水笔记"加以介绍。梅新林《中国游记文学史》④亦提及宋代数种日记体行记。王雨容《宋代日记体游记文体研究》⑤以日记体游记这一特殊体式的游记为研究对象,从语体、体式、体性三个层面加以论述。认为日记体游记语体质朴简洁,体式上采用第一人称,具有大散小聚的特点,体性层面以《入蜀记》和《石湖三录》为重点探讨记叙对象与作者写作目的和当时的写作审美心态的关系。文章所谓的"日记体游记"这一体式,其中有不少属于行记。母忠华《宋代日记研究》⑥将宋代日记分为宦游类、出使类、日常生活类、史事类,前两类即属于行记。该文详论宋代宦游、出使类日记数部,并将《吴船录》与《入蜀记》作了详细对比。顾静《周必大日记文研究》⑦将周必大《归庐陵日记》《泛舟游山录》《南归录》《奏事录》《闲居录》五部行记归为日记体游记,研究其内容及写作特点。认为周必大的日记平实、严谨,缺乏想象,只是景物、事件的实录,少用比喻、拟人等修辞手法,较为冷静

---

① 李伯齐《中国古代纪游文学史》,山东友谊书社,1989年。
② 王立群《中国古代山水游记研究》,中国社会科学出版社,2008年。
③ 郑宪春《中国笔记文史》,湖南大学出版社,2004年。
④ 梅新林《中国游记文学史》,学林出版社,2004年。
⑤ 王雨容《宋代日记体游记文体研究》,广西师范大学硕士论文,2004年。
⑥ 母忠华《宋代日记研究》,四川大学硕士论文,2006年。
⑦ 顾静《周必大日记文研究》,西北师范大学硕士论文,2010年。

客观。胡传志《论南宋使金文人的创作》[1]以使金文人的语录、私人使行日记、使金途中创作的诗词作品为研究对象,认为他们的创作反映了直面故国的敏感心态和对沦陷区遗民的关注,表现了使金宋人面对北宋故国、遗民及异族文化时的屈辱而无奈、自卑又自尊的敏感心理。文章指出"使金语录和日记还是南宋散文的重要组成部分,使金日记不仅为后人提供了第一手的宝贵资料,还为记体散文的发展作出了贡献"。成玮《百代之中:宋代行记的文体自觉与定型》[2]认为至宋代,行记文体意识增强,叙事功能得以凸显,塑造了后人对行记文体的基本认识。李德辉较早地将行记作为一类文体纳入文学研究的范围之内。其在博士论文《唐代交通与文学》[3]中专辟《唐代交通与唐人行记》一节论述了先唐古行记、唐人行记的创作概况,并将唐人行记分为三大类:第一类为外国传志,包括僧人西行记、唐官奉使西域南海记、外国僧人撰写的来华行记,以及国内僧人至五台山巡礼求法的行记;第二类为奉使交聘至周边民族政权的行记;第三类为专记唐人在国内巡幸、游幕、贬谪、奉使的作品。作者论述了唐代行记在形式、内容、思想上、艺术上的特点,认为唐代行记已经从先唐行记的专主叙事演变为文备众体,叙事纪行的功能也得到显著增强。此后,李德辉又撰《论中国古行记的基本特征》[4]《唐人使蕃行记叙论》[5]《六朝行记二体论》[6]

---

[1] 胡传志《论南宋使金文人的创作》,《文学遗产》2003年第5期。
[2] 成玮《百代之中:宋代行记的文体自觉与定型》,《文学遗产》2016年第4期。
[3] 李德辉《唐代交通与文学》,复旦大学博士论文,2001年。
[4] 李德辉《论中国古行记基本特征》,《宁夏大学学报》2003年第5期。
[5] 李德辉《唐人使蕃行记叙论》,《兰州大学学报》2005年第4期。
[6] 李德辉《六朝行记二体论》,《文学遗产》2012年第3期。

等文对其博士论文中提出的观点加以引申阐发。此外李德辉对宋代行记也有所关注,有《论宋人使蕃行记》①一文论述宋人使蕃行记的概况、记叙内容以及著述体例。在《论汉唐两宋行记的渊源流变》②一文中将行记定义为:"行记是对古人撰写的各种旅行记录的总称,是一种独立性很强的著述形式,同时也是一种独特的文类。"该文论述了从汉唐直至两宋行记的分类及演变,总结了不同时期行记的艺术特色,并提出对"行记"这类文体进行文学研究的必要性。《论宋代行记的新特点》③一文对宋人行记的著述情况、文体类别、文体特征作了整体的论述。

此外,还有对宋代某一种或两种行记进行研究的单篇论文,研究角度可分为以下三类:一是单独论行记内容及艺术特色:如梅新林、崔小敬《张舜民〈郴行录〉考论》④揭示了《郴行录》的重要价值。莫砺锋《读陆游〈入蜀记〉札记》⑤指出《入蜀记》是一部文学价值极高的游记,其间包含了许多精丽的写景片段,融入了丰富的历史文化内涵,对沿途风景做了生动的叙述,为后代读者提供了宋代官差旅行和长江航运的丰富资料。此文还将陆游入蜀时期的诗歌与《入蜀记》相比较,探讨诗文之间的关系。刘珺珺《范成大纪行三录文体论》⑥论述了范成大的《揽辔录》《吴船录》《骖鸾录》三部行记作品,认为从文体类型上来说属于日记体行记,文体风格雅洁,诗与文之间既有印证又有补充关系。李贵《南宋行记中的身

---

① 李德辉《论宋人使蕃行记》,《华夏文化论坛》2008年第1期。
② 李德辉《论汉唐两宋行记的渊源流变》,《中华文史论丛》2010年第3期。
③ 李德辉《论宋代行记的新特点》,《文学遗产》2016年第4期。
④ 梅新林、崔小敬《张舜民〈郴行录〉考论》,《文献》2001年第1期。
⑤ 莫砺锋《读陆游〈入蜀记〉札记》,《文学遗产》2005年第3期。
⑥ 刘珺珺《范成大纪行三录文体论》,《文学遗产》2012年第6期。

份、权力与风景——解读周必大〈泛舟游山录〉》①论述了《泛舟游山录》中体现的周必大的祠禄官的身份权力以及写景的特点。此外,还有郑继猛、马茂军《妙手作记,图画山水——范成大日记体游记研究》②,黄镇伟《"缕述风土,考订古迹"的佳制——评陆游的〈入蜀记〉》③,徐立《范成大纪游诗文简论》④,贾占平、殷连英《陆游〈入蜀记〉浅析》⑤,伍联群《试论陆游的〈入蜀记〉》⑥,刘小燕、欧明俊《吕祖谦〈入越录〉赏读》⑦等。二是将行记文字与诗对比解读:如吕肖奂的《陆游双面形象及其诗文形态观念之复杂性——陆游入蜀诗与〈入蜀记〉对比解读》⑧探讨两种书写形式的不同,以此分析陆游的诗文创作形态与观念的复杂性及其发展历程。三是将多部行记对比阅读:苏迅《文字因缘非偶然——从陆游的〈入蜀记〉到范成大的〈吴船录〉》⑨从邂逅地点、诗篇称引、行走路线等方面对两部行记之异同进行了比较。

---

① 李贵《南宋行记中的身份、权力与风景——解读周必大〈泛舟游山录〉》,《复旦学报》2020年第1期。
② 郑继猛、马茂军《妙手作记,图画山水——范成大日记体游记研究》,《安康师专学报》2005年第6期。
③ 黄镇伟《"缕述风土,考订古迹"的佳制——评陆游的〈入蜀记〉》,《九江师专学报》1986年第1期。
④ 徐立《范成大纪游诗文简论》,《四川师范大学学报》1992年第5期。
⑤ 贾占平、殷连英《陆游〈入蜀记〉浅析》,《商丘师专学报》1988年第4期。
⑥ 伍联群《试论陆游的〈入蜀记〉》,《菏泽师范专科学校学报》2004年第2期。
⑦ 刘小燕、欧明俊《吕祖谦〈入越录〉赏读》,《古典文学知识》2010年第4期。
⑧ 吕肖奂《陆游双面形象及其诗文形态观念之复杂性——陆游入蜀诗与〈入蜀记〉对比解读》,《绍兴文理学院学报》2011年第1期。
⑨ 苏迅《文字因缘非偶然——从陆游的〈入蜀记〉到范成大的〈吴船录〉》,《江南论坛》2005年第3期。

国外学者研究宋代行记的主要文章有美国的何瞻（James M. Hargett）的《范成大与其纪游日录》①，他还著有《宋代游记文学》一书，引用了宋代欧阳修《于役志》、陆游《入蜀记》、范成大《揽辔录》《骖鸾录》《吴船录》、程卓《使金录》等行记。日本的大西阳子《范成大纪行诗与纪行文的关系》②一文主要论纪行诗的形式特点及与纪行文的联系。美国学者奚如谷（Stephen H. West）《遗宝：灵壁的奇石》（Discarded Treasure :The Wondrous Rocks of Lingbi）③以楼钥的《北行日录》中记载的从宿州至昨城间的一段路程作为研究对象，考察楼钥如何以地域为媒介来抒发乡愁、描述胡人。文章的方法及所用的理论启人心智。从现已掌握的资料来看海外尚无人对宋代行记进行专门系统的研究。

根据上述研究情况可知，现有的研究还有不少薄弱之处：

大多数研究主要从历史、地理、旅游、文化等角度进行，研究者采用行记中的相关材料佐证自己的学术观点。这与行记本身内容涉及广泛的特点息息相关，但这种各取所需似的研究显得散乱，缺乏对行记进行整体的观照。其实，宋代行记最直接地反映了宋人长途旅行的场景，展现了行旅途中丰富多彩的旅行活动。我们阅读行记如同伴随宋人杖履前行、乘舟涉水，能真实地感受到宋人在旅途中灵魂的颤动。而目前为止，以旅行为切入点探讨宋人出行文化的文章还很少，据笔者所见，仅黄纯艳《宋代官员的公务旅

---

① ［美］何瞻《范成大与其纪游日录》，《杭州大学学报》1986 年第 2 期。
② ［日］大西阳子《范成大纪行诗与纪行文的关系》，《南京师大学报》1992 年第 2 期。
③ ［美］奚如谷（Stephen H. West）《遗宝：灵壁的奇石》（Discarded Treasure : The Wondrous Rocks of Lingbi），见黄应贵、王瑷玲主编《空间与文化场域：空间移动之文化诠释》，台北汉学研究中心，2009 年。

行——以欧阳修〈于役志〉为中心》和赵维平《从南宋文人出行记看南宋出行文化》二文,这与行记中反映的多姿多彩的行旅生活是不相称的。

行记本身以记述行程为主,历史学、地理学价值显著,文学价值常被遮掩,不受人重视。以行记为对象进行文学层面的研究显得非常薄弱。即使有学者将行记作为一类文体进行整体研究,也只是采用分类探讨的方式,概述每一类行记的创作情况、创作特色、著述体例。这种"文学史"式的框架式介绍是文学研究不可缺少的,但也是最基础的层面。行记这种文学样式所包含的丰富的文学手法,其间所贯穿的宋人的人文精神都还有待探讨。个案研究多集中于分析《入蜀记》《吴船录》等名著,而对其他行记关注甚少。即使对于《入蜀记》《吴船录》等名家行记也多为介绍其思想内容、艺术特色,多现象罗列,而缺乏深入分析。

要对行记进行文学、文化等层面的系统研究,文献整理是基础。现在对宋代行记的整理主要集中在部分奉使交聘类行记和极少数在后世享有盛誉的行记上,如《入蜀记》《吴船录》等,且主要以辑佚为主,对行记文献个案的考证还显得较为粗疏。如行记中同书异名而误作两书或异书同名而通作一书的现象,行记成书时间、成书过程以及行记作者是否冠以他人之名的署名问题,行记的存佚、卷次、版本、著述体例等情况,古代书目如《郡斋读书志》《直斋书录解题》《四库全书总目》对宋代行记的评述是否恰当等众多问题还值得关注。

(二)研究思路

宋代行记是一批相当有文学及文化价值的文献,本书希望在目前尚薄弱的领域有所推进,拟将宋代行记作为一类文体从文献、文学、文化层面进行系统深入的研究。主要从以下四个方面展开：

第一，梳理行记这一文体的源流演变。行记这一文体历史源远流长，最早可追溯至两汉，经魏晋南北朝直至隋唐，均有这类作品问世，宋前此类作品数量少且亡佚较多，全面梳理宋代以前的行记之存佚、类别及其行文特征有助于全面理解宋代行记演变情况以及审视宋代行记的地位。

第二，厘清宋代行记的文体内涵，全面梳理宋代行记的存佚状况。鉴于目前学界对行记界定混乱不清的现状，本书从叙写对象、创作内容、创作目的等方面进一步界定宋代行记的内涵，并将其与游记、地记进行比较，以明确其文体差异。同时考察每一部行记在目录学著作中的著录情况、书名、创作背景、行记内容、著述体例以及留存情况，并对其中有疑义的地方作适当地考辨，对前人和时贤的一些说法进行商榷。从而准确理解宋代行记的著述特点以及艺术特征。

第三，宋代行记以行程为线索，记载旅途见闻，真实地再现了宋人熙熙攘攘奔波于山川道里的生活图景，是记录宋人出行文化的重要文本，旅行中的交通方式、旅行的动机、旅行与宗教信仰的关系都是值得探讨的。本书在此将文学研究与文化研究紧密结合以探讨宋人的行旅生活。

第四，借助人文地理学的相关理论与方法，从旅行文化的视角研究行记中地—人—文三者之间的关系。阐释地理空间的位移是如何影响文人的创作、激发其创作欲望，文人在移动的空间中如何看待异域的他者，如何以文学的方式呈现地理空间之美，如何以文化精英的身份来观看、选择、再现景观，空间移动如何影响行旅中的情感体验，如何形塑地理空间以及空间中的景观、构建景观的文化记忆，将自然地理景观人文化等诸问题，揭示出人和地之间如何借助文学建立起一种亲密互动的关系,以便更深刻地认识行记的文学特色,并借以剖析宋人的文化心态。

三、形象、景观与旅行书写

人文地理学以人地关系为研究中心,联系两者的纽带是文化,各种不同文化现象的空间分布是人文地理学研究的主体。从人文地理学的角度来讲,旅行不仅是一次地理空间位移的转变,也是旅行者从一文化区进入另一文化区的文化空间的位移,文化的跨界会给旅行者带来强烈的情感触动和文化感知。如果能从跨文化旅行的角度来研究行记中人与地之间的关系,并进而探讨行记的书写特点以及背后所蕴含的文化因子,必然会产生许多新的学术话题。郭绍棠的《旅行:跨文化想象》一书即是这方面的一个有益的尝试。

郭绍棠《旅行:跨文化想象》一书将旅行分为三个层次,即旅游、行游和神游。"旅游"指观光娱乐的旅行,"行游"指非观光娱乐的旅行,"神游"指精神旅行、想象旅行、网络旅行和生死之旅,他所说的"行游"与本书研究的行记所记载的行旅活动属于同一层面。他认为行游是一种文化认证的方式,行游者通过行游认证或确认自己的身份文化,并将文化认证分为优势文化认证和劣势文化认证。他认为在中国历史上行游者的游记、出使记录都大力渲染了异域的蛮荒之景,"借助这些独特的轶事(anecdote)记述,中原文化(汉文化)的优势一次又一次地得到了强化。凭借这种实际存在的或自以为是的优势,便形成了中原之对边夷需要怀柔,而边夷之对中原则要朝贡的不容置疑的观念。由于边夷弱势群体的长期存在,中原文化的优势可以不断地得到认证,天朝上国的文化心态一直岿然不动"①。他进一步揭示了在行游的优势文化认证中,文化想象所起的作用,"在行游的优势文化认证中,神话和想象起着极大的作用,建构了行游者的文化视域。这种视域把真实和虚幻搅成一团,构成一种文化想象(cultural imagery)"②。郭书深刻地论述了行旅活动与文化差异之间的关系,他所采用的跨文化旅行研究的视角为研究古代行记提供了一个有力的突破口。

行记不仅记录了跨越不同地理空间的过程,也记录了旅行者从一文化空间进入另一文化空间的情感体验,他们总是将自身主体文化与旅行地的客体文化相比较,特别是在旅行者跨越边界的行记创作中,更突出地强调了两者的文化差异。宋人记录出使至宋周边地区如高昌、辽、金、交阯等地的行记中往往塑造出异域蛮荒的形象,宋人凭着对"他者"的想象来考量自己的文化身份,中原汉族文化的优势不断得到加强。行记中对异域形象的描述正是宋代旅行者将本民族文化与所到之处的社会文化的差异比较下的产物。正如法国学者达尼埃尔-亨利·巴柔所说:"形象惊人地具有语言所有的特性。……形象显然是一种次要语言,一种'言语'。在一个社会支配的可用来自我表述和反思的言语中,在所有象征言语(想一想罗兰·巴尔特研究过的"时尚")中,形象都是其中之一,它具有原初性,其功能在于说出跨人种、跨文化的关系。这些关系不是言说者(注视者)社会与被注视者社会间实际存在的,而是经过重新思索、被想象出来的关系。"③ 指出形象本身是一种想象,这种想象反映出了言说者与被言说者社会文化之间的关系。

---

① 郭绍棠《旅行:跨文化想象》,北京大学出版社,2005年,第132页。
② 郭绍棠《旅行:跨文化想象》,第133页。
③ [法]达尼埃尔-亨利·巴柔《从文化想象到集体想象物》,孟华主编《比较文学形象学》,北京大学出版社,2001年,第124页。

在形象学研究领域,形象是在一国文学中对"异国"形象的塑造和描述,是在"文学化也是社会化的过程中所得到的关于异国看法的总和"①。形象学研究的先驱法国学者卡雷主张研究异国文学不要拘泥于考证,要注重探讨作家间的相互理解,人民间的相互看法,并将形象研究看作"各民族间的、各种游记、想象间的相互诠释"②。形象研究的代表人物法国学者达尼埃尔-亨利·巴柔在《从文化想象到集体想象物》一文中提出形象学研究的基本原则,他将形象定义为"形象是对一种文化现实的描述,通过这一描述,制作了(或赞成了、宣传了)他的个人或群体揭示出和说明了他们置身于其间的文化的和意识形态的空间"③。异国形象传达了"自我"与"他者"的互动关系,用巴柔教授的话说就是"'我'注视他者,而他者形象同时也传递了'我'这个注视者、言说者、书写者的某种形象"④。透过对"他者"形象的描述,真实地展现了"自我"的形象,形象学研究的重点在于研究形象创造者一方是如何塑造和描述异国形象的。宋代行记中的异国形象是行记作者所在群体对"他者"的描述,行记的作者虽然亲赴异国,但他们总是以自身的文化语境来认识异国,记录的异国形象并非单纯地对异国现实的复制式描写,而是"加入了文化的和情感的,客观的和主观的因素的个人的

---

① [法]达尼埃尔-亨利·巴柔《从文化想象到集体想象物》,孟华主编《比较文学形象学》,第120页。
② [法]卡雷、基亚《比较文学》,法国大学出版社,1951年,第6页,转引自孟华主编《比较文学形象学》,第2页。
③ [法]达尼埃尔-亨利·巴柔《从文化想象到集体想象物》,孟华主编《比较文学形象学》,第121页。
④ [法]达尼埃尔-亨利·巴柔《形象》,孟华主编《比较文学形象学》,第157页。

或集体的表现"①,由作者按照自身文化和意识形态再创造的形象,是对异域的文化想象。只有考察清楚行记文本中记录的异域形象与自我形象间的差异,才能达到深入阐释行记文本的目的。

在旅行活动的进展中,地理空间随着时间的推移而频繁转换,空间中的景观成为与旅行者关系最密切的事物。"景观"一词最早是由美国风景园林师奥姆斯特德于1958年提出的,后来由德国学者帕萨格创立了"景观地理学"。美国伯克利学派创始人索尔在1925年出版的《地理景观形态》一书中提出自然景观和文化景观的概念,自然景观是受人为因素影响很少甚至没有人类痕迹的自然综合体;文化景观则是经过人为改造和创造的景观。他认为文化景观是由"自然景观通过文化群体的作用形成的。文化是动因,自然区域是媒介,文化景观是结果"②。文化景观具有丰富的内涵,它是人文地理学的重要研究对象。由于不同的文化集团各按自己的文化来构筑自己的文化产品,因此不同的文化集团就有不同的文化产品、不同的文化景观。③ 可以说,文化景观是文化的一面镜子,反映了不同文化集团的差异与特征。英国文化地理学家迈克·克朗就认为,"不能把地理景观仅仅看作物质地貌,而应该把它当作可解读的'文本',它们能告诉居民及读者有关某个民族的故事,他们的观念信仰和民族特征"④。新文化地理的代表人物之一詹姆斯·邓肯(James Duncan)也把文化景观列为人类储存知识和

---

① [法]布吕奈尔《形象与人民心理学》,孟华主编《比较文学形象学》,第113页。
② Carl O. Sauer, *The Morphology of Landscape.* California : University of California Publications in Geography, 1925 : 46.
③ 王恩涌、赵荣、张小林等编著《人文地理学》,高等教育出版社,2000年,第43页。
④ [英]迈克·克朗《文化地理学》,南京大学出版社,2003年,第51页。

传播知识的三大文本(text)之一。

在地理学家眼里,地理景观虽有自然景观与文化景观之分,但是行记文学作品中记录的景观都是经过行旅者注视后的景观,景观都被投射上主体的个人色彩,呈现出主体化的倾向,成为烙上人文印记的文化景观。行记中记录的以景观为主的行旅空间书写呈现为三个层面:一是景观的自然地理空间。作者以现实的眼光描写客观的地理景色,唤起对于现实地理空间的实体印象;二是景观的心理空间。旅行者通过景观抒写自己的情感体验,自然之景成为有"我"之景,自然地理空间融入了作家的个人情感,具有了主观心理的色彩;三是景观的想象空间。旅行者欣赏景观,将自身的文化理念加于其上,借助已有的文化经验来想象眼前的景观,发掘景观中的含义,在观赏景观时早已有了一定的心理期待,正如英国艺术理论家贡布里希(Gombrich)所言:"画家并非去野外绘制他们眼中所见,相反,他们眼中所见,乃是他们已知如何绘制的东西。"[1] 旅行者叙写的景观亦是他们希望看到的那个样子,是他们以自己的经验世界、知识体系和认知方式对景观所作的主观阐释。景观的想象空间传达出旅行者或注视者的文化精神。宋代文人在行记中不仅记录了旅行途中的山川美景,也表达了空间位移给文人带来的情感体验,还展现了宋人以人文想象解读风景的模式,风景中注入了浓重的人文色彩,景观具有了丰富的文化含义。

本书欲借鉴人文地理学的相关理论探讨宋代文人在跨越异域边界的空间移动中如何以自身的文化模式描述作为"他者"的异域形象,如何运用各种艺术手段展现地理空间之美,如何以文化精

---

[1] Bert O. States, *Dreaming and Storytelling*. Ithaca: Cornell University Press, 1993:180.

英的身份来观看、选择、再现景观,在不同空间的游历中如何以人文的眼光来阅读空间及空间中的景观,现实地理空间以及景观的改变带给宋代文人什么样的情感体验等问题。以形象和景观为突破口,展现空间移动与文学书写的关系,以便更加深刻地认识宋代行记作为旅行文学的书写特点,并借此一窥宋人的文化心态。

四、文体明辨:宋代行记、游记与地记

宋代的行记、游记与地记都以"记"为名,都是用散文文体写成的与方舆知识相关的作品。如不明其内容、体例上的本质区别,则很容易混淆三者的界限,其实三者是有显著差别的著述形式。

(一)宋代的行记与游记

有学者以是否侧重山水描写作为划分行记与游记的标准,认为"行记如果过多地描摹山水则为游记,游记如果淡化自然强化行踪则为行记"[①]。并将陆游的《入蜀记》、徐兢的《宣和奉使高丽图经》等归为地学游记或具有地学色彩的文学游记。这种说法认识到行记与游记通常有描摹山水的文字这一共同特点,亦认识到《入蜀记》《宣和奉使高丽图经》等书记行踪不同于一般游记,但却将两种在内容、描述对象、功能上都各不相同的文体混为一谈。两类文体的区别表现在以下几方面:

首先,内容上行记以行程为线索,以旅行活动本身为陈述对象,表现旅行者的一段行旅经历。主要记录旅行所经地区的道里

[①] 王立群《中国古代山水游记研究》,中国社会科学出版社,2008年,第98页。

行程、山川胜景、人文遗迹、民俗风情、经济贸易、军事礼仪制度、传闻轶事、友人会见以及行役任务的进展情况等。在宋代以及后代的公私目录学著作中,宋代行记常被著录在史部地理类、伪史类、杂史类、传记类。有时一部行记既归入地理类,又归入传记类,体现了行记内容的多样性,这一点可参见文后所附的《历代目录学著作著录宋代行记一览表》。宋代行记的文献形态既有单篇文章,亦有专书。单篇文章常收录于个人别集或总集中,限于目录学著作的著述体例无法得知对单篇文章的分类情况,故此表以独立成书的行记为研究对象,考察目录学著作对其著录的情况。宋代行记记录了旅行所经山川道里、风俗人情、地方物产、地名沿革等众多地学知识,归入地理类无需赘言。同时将行记归入传记类则体现了古人对行记这类文体的本质认识。他们将行记看作为一段旅行行程所作的传记,是对此人在此段旅行中的个人经历的描述。旅行中所观之景、所见之人、所遇之事皆可载入行记中,并因记录的旅行类型的不同而各有侧重。如周必大的《泛舟游山录》记泛舟至宜兴省亲之行,途中历览浙江、江西等地的名山胜水,主要以写景为主。李正民的《己酉航海记》记建炎初年随高宗南逃越州、明州之行,记宋、金双方战事情形,主要以记事为主。蔡鞗、王若冲的《北狩行录》记徽宗北迁金地之经历,展现徽宗深怀亡国之恨、慈爱仁义的国君形象,主要以记人为主。还有众多的奉使类行记,如楼钥的《北行日录》、范成大的《揽辔录》、程卓的《使金录》、徐兢的《宣和奉使高丽图经》记录使辽、使金、使高丽的交通路线、交聘礼仪、饮宴朝会,以及异域的政治经济等多方面的内容。由此可见,行记是以旅行者的目光来记叙社会景象,行记中是否写景以及景色的描写是否居于主要地位,完全取决于行记的创作目的和创作者的个人爱好,并非行记这类文体必写的内容。

游记则是以游踪为线索,以记录游山玩水的经历为主要内容,并抒发主体游览之感受的散文。① 宋代游记可分为两大类:第一类以写途中之景为主,以移步换景的方式表现山水之美,模山范水是整篇游记着力渲染的部分。这与行记内容丰富、既写景又写人叙事自不相同。如朱熹的《百丈山记》依次记写百丈山险峻的石蹬、绿荫遮蔽的小涧、庵中卑庳的房屋、雄壮的瀑布以及日暮和清晨远近诸山之美景,全篇形象生动地刻画了山水胜景,间有议论、抒情。与此相似的还有王质的《游东林山水记》、曾巩的《游信州玉山小岩记》等。

第二类以抒情、说理为主,借景抒情或借景明理。如孙绰的《游五云泉记》记山势雄秀、泉水甘冽,然而却偏处一隅,不显于世,由此感叹"士之遇不遇,亦犹是已"②。又如唐庚的《游越王台记》由游越王台观其废而不毁之情形引发议论,认为"战国之士,大抵皆深于数,故知来事如此"③,并感叹物之兴废之理可由此观之、士之成败得丧之理亦可追溯其原由。王安石《游褒禅山记》记与友人

---

① 对游记这一概念,在当今学者中,众说不一。谭家健认为:"所谓山水游记,应具有以下特征:一、以模山范水的再现型描写为基本内容;二、有具体的游踪记录或较明显的游览意图;三、包含作者的主观感觉与体验。凡符合这三条的,不论其为山水赋、山水诗序、山水书简,亦不论其或骈或散,皆可称之为山水游记。"(见谭家健《南朝山水游记初探》,《辽宁师专学报》1991年第1期)朱德发认为:"应该把带有游记性质的诗歌、小说、词赋等都归入游记文学的范畴。"(见朱德发《试论中国古代文体散文的文体特征》,《菏泽师专学报》2002年第1期)这样定义游记失之过宽,此处采用王立群对游记的界定,认为游记是运用散体写作的独立文体,包括游踪、景观、感情三大文体要素。(见王立群《中国古代山水记研究》,第9—18页)
② 彭作桢《完县新志》卷九,成文出版社,1934年铅印本。
③ [宋]唐庚《眉山集》文集卷二,《文渊阁四库全书》第1124册,台湾商务印书馆,1983年,第331页。

游褒禅山前后洞,因入之逾深、行之愈险,遂半途而废的经历,借此申发出一番感叹,认为"世之奇伟瑰怪非常之观,常在于险远"①,做学问、干事业需要志与力等主观意志以及客观的物质条件两相结合,方能达到目的。苏轼的《记游松风亭》记欲游松风亭,却苦于足力疲乏不知何时能到,即随处休息一事,由此悟出人生之道:如能随遇而安,即可不为尘世所累。游记中的景色并非描写重点,而是成为诱发作者抒发某种感叹、阐明某种道理的媒介。作者的目的在于借自然山水感悟人生或阐发哲理。这与行记以记载行程见闻为主的写实性文体相差甚远。

其次,两者的叙写对象不同,行记写"行",游记写"游",行与游也是有区别的。"行"一般指长途旅行,时间跨度大,多则数年,少则数十天。所行距离远,动辄数千上万里。所行区域跨越所居州县,远至异国绝域。所记行旅类型多样,或记奉使交聘宋朝周边民族、国家,如王延德的《西州使程记》、楼钥的《北行日录》;或记西行求法,如继业的《西域行程》;或记靖康之变帝王北狩,如蔡鞗、王若冲的《北狩行录》,曹勋的《北狩见闻录》;或记宋代官员公务出巡、制帅赴任,如王安石的《鄞县经游记》、郑刚中的《西征道里记》、范成大的《吴船录》;或记官员贬官异地,如欧阳修的《于役志》、张舜民的《郴行录》;或记宋代士人应考、交游,如卢襄的《西征记》、吕祖谦的《入闽录》;或记宋代文人游览山川,如赵鼎臣的《游山录》、陈文蔚的《游山记》。文献形态上多以专书为主,长达数十卷,短则一二卷。"游"则为一二日的短途游览,所记都为游山玩水、娱情遣兴之事。内容单一、篇幅短小,且以单篇散文居多。

---

① [宋]王安石《临川先生文集》卷八三,《四部丛刊》本,商务印书馆,1922年。

再次,行记与游记的创作目的亦有区别。宋人创作行记往往为了满足以下现实需求:

第一,作为言谈之助。张舜民自述作《甲戌使辽录》的原因,云:"出疆往来,经涉彼土,尝取其耳目所得,排日记录,因著为《甲戌使辽录》。其始以备私居、宾友燕言之助,今偶尘圣选,辞不免行,因检括旧牍,此书尚在。其间所载山川、井邑、道路、风俗,至于主客之语言、龙庭之礼数,亦可以备清闲之览观。"① 卢襄《西征记》记赴京应试之旅亦云:"今年求试春官,担簦裹粮,走数千里,虽风俗形势不出吴越、江淮之近,而山水之胜概、前贤之遗迹,亦已多矣,因谈笑之暇,姑记其所游之略。"② 在交通并不发达的古代,并非人人都有长途跋涉至异国他乡的机会,远行所经历的风土人情必定是最吸引未曾出门旅行的人的目光,旅行者旅行归来,与亲朋好友讲述旅行中的见闻正是情理中事。因而宋人出行纷纷撰述行记以备日后观览闲聊之用。

第二,为后行者出行提供帮助。北宋王延德出使高昌,撰《西州使程记》云:"用书于编,以俟通道九夷八蛮将使指者,或取诸此焉。"③ 此书详记出使高昌的路线、里距以及各部落的民族风情,旨在帮助后使者熟悉出使道路之远近、山川险易,殊方风土。北宋太守张公作《江行录》,今已不存,陈振孙《直斋书录解题》称其书"程期岸次、风云占候、时日吉凶,与夫港派滩碛矶洑,莫不具载。江行

---

① [宋]张舜民《画墁集》卷六,《丛书集成初编》第1948册,商务印书馆,1935年,第49页。
② [宋]卢襄《西征记》,《四库全书存目丛书》史部127册,齐鲁书社,1996年,第539页。
③ [宋]王明清《挥麈录》前录卷四,中华书局,1961年,第39页。

者赖之"①。用意在于撰书为江行者提供参考。古代交通落后,出行往往有各种意想不到的风险,前人出行留下关于此一行程的相关记录,可以帮助后人避险前行,顺利到达目的地,行记的实际指导作用可见一斑。

第三,以备觇国之需。早在周代,中国就有派遣使者至他国采集异国经见,并回国向帝王禀报他国国情的礼制。《周礼·秋官·小行人》记小行人之职为"及其万民之利害为一书,其礼俗政事教治刑禁之逆顺为一书,其悖逆暴乱作慝犹犯令者为一书,其札丧凶荒厄贫为一书,其康乐和亲安平为一书。凡此五物者,每国辨异之,以反命于王,以周知天下之故"②。小行人使四方,采集各地风土民情成五书以进献帝王,使皇帝"不窥牖户而知天下"③。宋代大量出使交聘类行记正是在继承觇国之风的传统下应运而生的。正如沈括在《熙宁使虏图抄》序言中所说:"山川之夷险、远近、卑高、横从之殊,道途之涉降纡屈,南北之变,风俗、车服、名秩、政刑、兵民、货食、都邑、音译,觇察变故之详,集上之外,别为《图抄》二卷。转相补发,以备行人以五物反命,以周知天下之故。谨条如右。"④记写辽地风土以备朝廷掌握异域情实。特别是在南宋半壁江山沦陷的情况下,即使朝廷没有制度明文规定使臣使还须上奏奉使经见,但觇国之识也成为使臣的内在心理意识。韩元吉《书朔行日记后》一文就指出自己因有感于中原沦陷,人情向背不可知,而使者

---

① [宋]陈振孙撰,徐小蛮、顾美华点校《直斋书录解题》卷八,上海古籍出版社,1987年,第244页。
② [清]孙诒让《周礼正义》卷七二,中华书局,1987年,第3007页。
③ [汉]班固《汉书》卷二四《食货志》,中华书局,1962年,第1123页。
④ 贾敬颜《沈括〈熙宁使契丹图抄〉疏证稿》,《五代宋金元人边疆行记十三种疏证稿》,第122-124页。

不能秉承觇国之风的弊病,于是"自渡淮,凡所以觇敌者,日夜不敢忘,虽驻车乞浆,下马盥手,遇小儿妇女,率以言挑之。又使亲故之从行者,反覆私焉,往往遂得其情"①,作《朔行日记》以备使还后为南宋收复失地建言立策。

不出使外国,只在国内行役的人也将所经州县的风土人情记录下来,为朝廷的政治方针提供参考。如郑刚中的《西征道里记》序言称:"所过道里,则集而记之,虽搜览不能周尽,而耳目所及,亦可以验遗踪而知往古,与夫兵火凋落之后,人事兴衰、物情向背,时有可得而窥者。"②记载陕西的人事物理,并希望朝廷"精选长吏,审择牧守,仍于三京量戍士夫,使之抚视凋瘵,修治关塞,于年岁间生养气血,与东西上下脉络流通,则天下平矣"③。

第四,为自己或后人提供一段旅行者的个人经历,保存一段私人生活的记录。行记以传记手法为一段旅程作记,能真实地再现旅行的过程,成为保存个人旅行经历的备忘录,正如宋人葛胜仲曰:"千里得行记,了了所见历。"④陈著亦云:"以行记吟囊,收拾光景。时一披阅,眼界万里,尽在是矣,岂不大快。"⑤李纲作《靖康行纪》记靖康元年九月至靖康二年四月初被贬,旋而复用,转徙于开封、扬州、江西、湖南等地间的经历,称"姑以自今以往所经历、所见

---

① [宋]韩元吉《南涧甲乙稿》卷一六,《丛书集成初编》第1982册,第322页。
② [宋]郑刚中《西征道里记》,《四库全书存目丛书》史部127册,第545页。
③ 郑刚中《西征道里记》,《四库全书存目丛书》史部127册,第553页。
④ [宋]葛胜仲《跋胡德辉(珵)诗卷》,《丹阳集》卷一六,《丛书集成续编》第126册,台北新文丰出版公司,1988年,第504页。
⑤ [宋]陈著《夏珪山水》,《本堂集》卷四七,《文渊阁四库全书》,第1185册,第229页。

闻、所施为、所会遇日著于篇,为《靖康行纪》,使将来有所考云"①。点明作行记的目的是为了保存个人经历以备后人观览。如果个人历史地位重要,记载个人经历的行记则具有更大的价值。如徽宗北狩金地,则命王若冲作行记,云:"一自北迁,于今八年,所履风俗异事,不为不多。深欲记录,其未有人。询之蔡鞗,以为谓学问文采,无如卿者。高居东山,躬耕之余,为予记之,善恶必书,不可隐讳,将为后世之戒。"②记录北狩之事,警戒后人不要重蹈覆辙。所记涉及靖康之变以及宋金之间的重要史实,具有珍贵的价值。

综上所述,行记是一种实用性很强的应用文体,而游记则以写景抒情为主,是作者触景生情、有感而发之作。《说文解字》解释"游"之本义为"旌旗之流也",段玉裁注云:"流,宋刊本皆同,《集韵》《类编》乃作旒,俗字耳。旗之游如水之流,故得称流也。"③可知"游"本指旗帜随风飘荡、自由无拘束的状态,后来"游"又衍生出游览、游赏、宦游、巡游等各种义项,"游记"的"游"应取游览、游赏之义,并与"游"的初始义——自然无拘束的状态相关。游是以一种纯粹审美的方式观照山水景物,记录这一游玩经历的游记是不带现实功利性目的的。

(二)宋代行记与地记

宋代行记与地记的区别主要体现在以下两个方面:

---

① [宋]李纲《靖康行纪序》,《梁溪集》卷一三六,《文渊阁四库全书》第1126册,第560页。
② [宋]蔡鞗、王若冲《北狩行录》,《续修四库全书》第423册,上海古籍出版社,2002年,第331页。
③ [汉]许慎撰,段玉裁注《说文解字注》卷七,上海古籍出版社,1981年,第311页。

其一，行记是对整个行程见闻历时的、线性的描述，随着时间和空间位移的变化，记叙内容也随之延展变化。从行记中可得知旅行的行程、旅行活动的进展情况。地记则是平面静态、客观地记录一地的山川风物、城池楼阁、地理沿革、先贤事迹、风俗民情，缺少时空的转换。即使有些地记也是旅行外出后的产物，但因著述体例不同，也只能算作地记。如《骖鸾录》和《桂海虞衡志》都是范成大因赴广南西路就知静江府任而创作的作品，《骖鸾录》记乾道八年十二月至乾道九年三月从吴郡至桂林的行程经见，故为行记。而《桂海虞衡志》则分为岩洞、金石、香、酒、器、禽、兽、虫鱼、花、果、草木、杂志、蛮等十三个门类记录了桂林地区的地貌地质构造、矿产、植物、动物、工技、风俗等情况，平面叙述一地的情形，不带个人感情色彩地描绘其风土人情，故只能算作地记。

其二，行记是记录亲身经历的见闻，非亲历不书是行记创作的一条惯例，如卢襄作《西征记》记其所游，并称"尚有遗赏未出于车轮马足之间者缺之，以藏诸楮中云"①。徐兢作《宣和奉使高丽图经》亦云："今取其人使道路所历，与夫斋祠游览，耳目所及者图之，其余不见制度，则略而不载。"②卢襄、徐兢在行记中都只记录了旅途中亲见亲闻之事。而地记的内容并不一定是亲眼所见、亲耳所闻，亦有可能是抄缀他书而成。如王象之《舆地纪胜》是宋代一部著名的地记，书前序自叙其成书经过云"宦游四方，颇知江、淮、荆、闽之事""复听叔、兄自梁、益诸州回来所言及之事""余因暇日，搜括天下地理之书，及诸郡图经，参订荟萃，每郡自为一编"③。可知

---

① [宋]卢襄《西征记》，《四库全书存目丛书》史部127册，第539页。
② [宋]徐兢《宣和奉使高丽图经》卷一七，《丛书集成初编》3237册，第57页。
③ [宋]王象之《舆地纪胜》书前序，中华书局，1992年，第4页。

《舆地纪胜》一书内容既有亲眼所见,亦有传闻所及,更多材料则来自于前代地理书。

（三）本书研究范围的界定

行记历来不受文学研究者的重视,因此对于这种著述形式的文体内涵仍相当模糊,即使在辨别清楚行记与游记、行记与地记的区别之后,在研究中仍容易把一些不属于行记的作品归入行记中,故需对本书的研究范围作以下几点说明：

第一,文中所记并非现实中的旅行,而只是虚构一段行旅经历并展开叙事的不算作行记。如无名氏所作《南渡录》记靖康之变,徽宗、钦宗二帝北狩之事,所记年号、所经行程多与历史事实不符。《四库全书总目提要》认为此书"本出一手所伪托,故所载全非事实……此必南北宋间乱臣贼子不得志于君父者,造此以泄其愤怨,断断乎非实录也"[1]。可知此书借北狩之事抒发内心怨恨,并非是对实际行旅的记录。

第二,宋代有若干名为行记,实则只是记录出行游览的时间、地点、出游人员,简略地记载游览经过,篇幅在几十或百余字之间,相当于"某某到此一游"的题名记,可起到备忘的作用。如黄庭坚的《南浦西山行记》、王十朋的《卧龙行记》、李纲的《游罗浮山行记》等。还有张磐的《左丞侯蒙行记序》一文,是为左丞侯的行记所作的序,由序文可知此行记实为寺院法堂门壁上的题名记。这反映出宋代因行记一类文体兴盛一时,因而凡与游历相关的作品皆冠之以"行记"之名的情形,但此类题名记与真正记叙长途旅行见闻的行记相差甚远,本书不将此类作品视作行记。

---

[1]〔清〕永瑢等《四库全书总目》卷五二,中华书局,1965年,第471页。

第三,宋朝与辽、金交聘过程中,产生了数量众多的关于使辽、使金见闻的记录,这些记录可分为两类:一为行记,主要记录出使行程、沿途风土人情。一为语录,主要记录使臣出使时应对酬答情况。两者同为外交出使活动的产物,内容上有交叉,因而常混为一类文体。傅乐焕《宋人使辽语录行程考》一文将两者统称为语录①。后有崔文印、赵永春等学者沿用此观点②。李德辉则将两类文体都视为行记③。王皓博士论文《宋代外交行记与语录研究》从创作动机、文本形式、文本内容、社会功能等方面厘清了宋代行记与语录的关系,认为两者是有明显差异的文体形式④。本书认同此观点,只将使辽、使金记录中,通过目录学著作记载或现存文本内容能确认为行记的作品纳入研究范围之内。

第四,本书以宋代行记为研究对象,时间断限自公元960年宋朝建立开始至公元1279年南宋灭亡止。由五代入宋、由宋入元之人所撰行记,如可考之为入宋前或入元后所作,则不予研究。宋代遗民之作虽为宋灭亡之后所作,但按照以文从人的原则,仍视作宋人行记。与宋同时并存的辽金政权之行记不在本书研究范围之内。外国人入宋的行记因文化背景、创作内容、语言风格与宋人创作行记有较大差别,亦不纳入研究范围。

---

① 傅乐焕《宋人使辽语录行程考》,参见傅乐焕《辽史丛考》第5—7页。
② 参见崔文印《〈靖康稗史〉散论》,载《史学史研究》1986年第1期。赵永春《宋人出使辽金"语录"研究》,载《史学史研究》1996年第3期。
③ 李德辉《论汉唐两宋行记的渊源流变》,《中华文史论丛》2010年第3期。
④ 王皓《宋代外交行记与语录研究》,四川师范大学博士论文,2012年。

第一章 宋前行记叙论

为了清楚地认识宋代行记在行记这一文体发展史上的重要地位,有必要对宋前行记进行一番梳理。先宋时期行记散佚严重,所幸从各目录学著作、史传、笔记等典籍中一一梳理考证,可得其概貌。本章将先宋行记分为汉魏时期、两晋南北朝时期、隋唐时期三个阶段,探讨不同阶段的创作特征,把握行记这一文体发展的源流演变情况。

第一节 萌芽期:汉魏时期行记

一、汉魏时期行记的创作情况

随着汉魏时期国力的兴盛,西域、南海诸国纷纷前来称臣纳贡,中原王朝则派遣使臣出使周边国家,对其封赐或商议军事计划,双方交往日益频繁。使臣出使异域往往会记录经历异域的行程、见闻,以备回国后向朝廷汇报出使经过。今据史传、目录学著作记载,可知其书名的汉魏时期行记有以下数种:

1.[西汉]陆贾《南越行纪》

《史记·郦生陆贾列传》载汉高祖时,赵佗为南越尉。"高祖使陆贾赐尉佗印为南越王。"① 陆贾奉命出使南越,赐赵佗为南越王,令其称臣奉汉,后赵佗归汉后拜为太中大夫。《南越行纪》依书名应为陆贾使南越纪行之作,惜其不存,唯西晋嵇含的《南方草木状》一书存有佚文两则。明代杨慎的《升庵集》中称:"贾(按:指陆贾)在汉初颇有文藻,自《新语》外有《春秋后语》《南中行纪》。"②《云南通志》卷三十、明朝谢肇淛《滇略》均著录此书,书名作《南中行记》③,"记"与"纪"通用,与杨慎记载一致。《国史经籍志》地理行役类亦载陆贾"《南中行记》一卷"④,《南中行纪》盖《南越行纪》之异称。

2. [西汉]张骞《出关志》

《隋书·经籍志》史部地理类、《玉海》卷一六《地理·异域图书》"汉异物志"条著录张骞"《出关志》一卷"⑤。《通志·艺文略》地理行役类首列张骞《出关志》一卷。⑥《册府元龟》国史部地理类记载"张骞为郎,使月氏,撰《出关志》一卷"⑦。

武帝时期汉朝试图联合月氏国以攻击匈奴,张骞建元中为郎,奉命出使月氏,他出陇西至大宛、康居、大月氏、大夏等国。在出使

---

① [汉]司马迁《史记》卷九七《陆贾列传》,中华书局,1959年,第2697页。
② [明]杨慎《升庵集》卷四三"鹬蚌相持"条,《文渊阁四库全书》第1270册,第314页。
③ [清]靖道谟等编纂《云南通志》卷三〇,《文渊阁四库全书》第570册,第745页。[明]谢肇淛《滇略》卷八,《文渊阁四库全书》第494册,第215页。
④ [明]焦竑辑《国史经籍志》卷三,《丛书集成初编》第25册,第109页。
⑤ [唐]魏征等《隋书》卷三三《经籍志》,中华书局,1973年,第985页。[宋]王应麟辑《玉海》卷一六《地理·异域图书》,江苏古籍出版社,1987年,第299页。
⑥ [宋]郑樵《通志》卷六六《艺文略》,中华书局,1987年,第783页。
⑦ [宋]王钦若等编《册府元龟》卷五六〇《国史部》,中华书局,1989年,第1600页。

西域途中,两次被匈奴俘获又两次得以逃脱,羁留异域十多年后最终逃回汉地,拜为太中大夫。《出关志》乃张骞出使西域之行记。现此书已佚,但可从《史记·大宛列传》中窥其大略。《史记·大宛列传》中称:"骞身所至者,大宛、大月氏、大夏、康居,而传闻其旁大国五六,具为天子言之曰:……"①,其后则引录张骞之言,历叙大宛、乌孙、康居、大月氏、安息、条枝、大夏等国的物产、习俗、地理形势、军队规模等情况。司马迁的这段文字当是以张骞的《出关志》为文献基础加工而成的。此外,还有崔豹《古今注》"草木第六"条下存其佚文一则,曰:"酒杯藤出西域,藤大如臂,叶似葛花,实如梧桐,实花坚,皆可以酌酒,自有文章,暎彻可爱,实大如指,味如豆蔻,香美消酒,土人提酒来,至藤下,摘花酌酒,仍以实销醒。国人宝之,不传中土,张骞出大宛得之。事出张骞《出关志》。"②

3. [东汉]班超《西域风土记》、班勇《西域风土记》

《后汉书·班超列传》载:"(班超)永平十六年(73)奉车都尉窦固出击匈奴,以超为假司马,将兵别击伊吾,战于蒲类海,多斩首虏而还。固以为能,遣与从事郭恂俱使西域。"③永元十四年(102)八月还洛阳,在西域长达数十年。《后汉书·西域传》载:"(永元三年)班超遂定西域,因以超为都护,居龟兹……六年,班超复击破焉耆,于是五十余国悉纳质内属。其条支、安息诸国至于海濒四万里外,皆重译贡献。九年,班超遣掾甘英穷临西海而还。皆前世所不至,《山经》所未详,莫不备其风土,传其珍怪焉。"④在《西域传》末之"论"中又再次提到"若其境俗性智之优薄,产载物类之区品,川

---

① 《史记》卷一二三《大宛列传》,第3160页。
② [晋]崔豹《古今注》卷下,《丛书集成初编》第274册,第18—19页。
③ [刘宋]范晔《后汉书》卷四七《班超列传》,中华书局,1965年,第1572页。
④ 《后汉书》卷八八《西域传》,第2910页。

河领障之基源,气节凉暑之通隔,梯山栈谷绳行沙度之道,身热首痛风灾鬼难之域,莫不备写情形、审求根实"①。可知,班超出使西域著有专记西域风土之书。此书早佚,各家书目亦不见著录。姚振宗补《后汉书·艺文志》将其书名定为《西域风土记》。② 此书是行记还是地记,因原书已佚尚难判断。

班勇为班超少子,也曾出使西域。《后汉书》卷四七《班梁列传》附班勇生平行迹云:"永初元年(107),西域反叛,以勇为军司马。与兄雄俱出敦煌,迎都护及西域甲卒而还。"又云"延光二年(123)夏,复以勇为西域长史"。③《后汉书·西域传》称:"班固记诸国风土人俗,皆已详备《前书》,今撰建武以后其事异于先者,以为《西域传》,皆安帝末班勇所记云。"④ 可知班勇此书赖《后汉书·西域传》存其大概。后世学者顾櫰三、姚振宗、曾朴等人将其命名为《西域风土记》或《西域记》。⑤ 由《后汉书·西域传》可知,此书记载所经西域诸国之道路里距、人口数量、珍奇异物、民风民俗,乃班勇使西域之行记。

4.〔东吴〕朱应《扶南异物志》、康泰《吴时外国传》

《隋书·经籍志》史部地理类、《旧唐书·经籍志》著录"《扶南异物志》一卷"。⑥

---

① 《后汉书》卷八八《西域传》,第2931页。
② 〔清〕姚振宗补《后汉艺文志》卷二,《二十五史补编》第二册,开明书店,1933年,第2376页。
③ 《后汉书》卷四七《班梁列传》,第1587页,第1589页。
④ 《后汉书》卷八八《西域传》,第2912–2913页。
⑤ 顾櫰三《补后汉书艺文志》卷五,《二十五史补编》第二册,第2199页。姚振宗补《后汉艺文志》卷二,《二十五史补编》第二册,第2376页。曾朴《补后汉书艺文志并考》,《二十五史补编》第二册,第2388页。
⑥ 《隋书》卷三三《经籍志》,第984页。〔后晋〕刘昫等《旧唐书》卷四六《经籍志》,中华书局,1975年,第2015页。

第一章 宋前行记叙论

《梁书·诸夷传》记载东吴孙权时期"遣宣化从事朱应、中郎康泰通焉。其所经及传闻,则有百数十国,因立记传"①。据今学者考证,朱应、康泰二人出使时间在公元245年至251年间。②《扶南异物志》《吴时外国传》即此次出使所撰,记载所经或有所传闻的一百多个国家和地区的见闻。《扶南异物志》原称《扶南以南记》。《梁书·刘杳传》载刘杳博综群书,沈约问学于杳,云:"约又云:'何承天《纂文》奇博,其书载张仲师及长颈王事,此何出?'杳曰:'仲师长尺二寸,唯出《论衡》;长颈是毗骞王,朱建安《扶南以南记》云:古来至今不死。'约即取二书寻检,一如杳言。"③姚振宗据此考证朱应字建安,所称《扶南以南记》即《扶南异物志》,《扶南异物志》所记"盖不止扶南一国,亦不仅扶南异物一端,其为残佚本又可知"④。据《梁书·诸夷传》称,朱应所经国家有一百多个,而后世只称作《扶南异物志》,是因为后人所见此书只有关于扶南一地的记载,遂根据残佚本的内容重新拟定了书名。今此书已佚。

康泰《吴时外国传》一书,书目未见著录。据赵和曼、郭振铎等学者考证其书亡佚于公元十世纪末。⑤此书又名《扶南传》《扶

---

① [唐]姚思廉等《梁书》卷五四《诸夷传》,中华书局,1973年,第783页。
② 关于二人出使时间,众说纷纭。陈佳荣将史籍中相关材料排比对照,认为出使时间为公元245—251年间,其说可从。(见《朱应、康泰出使扶南和〈吴时外国传〉考略》一文,载《中央民族学院学报》1978年第4期)
③《梁书》卷五〇《刘杳传》,第715页。
④ 姚振宗补《三国艺文志》卷二,《二十五史补编》第三册,第3246页。
⑤ 赵和曼、郭振铎等学者认为《吴时外国传》中相当一部分文字存于《太平御览》中,且为其他书籍所不见,从而推测李昉等人编撰《太平御览》时曾亲见《吴时外国传》一书,此后的文献引用《吴时外国传》一书均未超出《太平御览》一书引用的内容。(参见赵和曼《〈吴时外国传〉考释》,载《印支研究》1983年第4期;郭振铎《〈吴时外国传〉初探》,载《殷都学刊》1989年第3期)

南记》《扶南土俗》《外国传》,异称众多。据向达、赵和曼等学者考证,《扶南记》《扶南土俗》等称谓盖传抄者以意分之,实为原书之一部分。① 陈佳荣则更进一步认为《扶南异物志》和《吴时外国传》实为一书,"朱应、康泰的'记传'乃一人之作而冠以二人之名,一人为实际作者而另一人因是主使官却名列其前"②。其书记录了扶南以及南海诸国的地理、交通、物产、经济、人口、风俗等,今有许云樵《康泰吴时外国传辑注》一书对散逸于诸书的文字进行了辑录。

二、汉魏时期行记的创作特征

据笔者所见,汉魏时期的行记可考知书名的只有以上四种,而且这四种或有少量佚文留存至今,或被增删改写收入《史记·大宛列传》《后汉书·西域传》等书中,我们只有通过这些残存的只言片语来了解这个时期的行记的大致特征。汉魏时期的行记所记内容主要包括以下两个方面:

(一)记程。记两地地名以及距离,并表明一地相对于另一地之方向。如《史记·大宛列传》载:"乌孙在大宛东北可二千里。""康居在大宛西北可二千里。"③《后汉书·西域传》载:"自敦煌西出玉门、阳关,涉鄯善,北通伊吾千余里。自伊吾北通车师前部高昌壁千二百里,自高昌壁北通后部金满城五百里。"④ 有时又以经行时间代替对两地距离的记录,如"自皮山西南经乌秅,涉

---

① 参见向达《汉唐间西域及海南古地理书叙录》,见《唐代长安与西域文明》,生活·读书·新知三联书店,1957年,第566—568页。赵和曼《〈吴时外国传〉考释》,载《印支研究》1983年第4期。
② 陈佳荣《朱应、康泰出使扶南和〈吴时外国传〉考略》,《中央民族学院学报》1978年第4期。
③ 《史记》卷一二三《大宛列传》,第3161页。
④ 《后汉书》卷八八《西域传》,第2914页。

悬度历罽宾,六十余日行至乌弋山离国,地方数千里,时改名排持。复西南马行百余日至条支"①。使臣记录道里时还常常以汉地为中心,记周边各国与汉地的"长史所居"、都城洛阳的距离,如"大宛在匈奴西南,在汉正西,去汉可万里"②,"拘弥国居宁弥城,去长史所居柳中四千九百里,去洛阳万二千八百里"③,"东去长史所居六千五百三十七里,去洛阳万六千三百七十里"④,"莎车国西经蒲犁、无雷,至大月氏,东去洛阳万九百五十里"⑤。

(二)记沿途见闻。以上各书均为使者记录出使见闻之备忘录,以便回朝禀报朝廷,满足统治者的政治军事需求,因此使臣记录行旅经见的侧重点主要集中于以下几个方面:

其一,异国的经济生产风俗、珍奇物产。如《史记·大宛列传》载:"(大宛)其俗土著,耕田,田稻麦。有蒲陶酒。多善马。"⑥《后汉书·西域传》载:"(天竺国)俗与月氏同,而卑湿暑热。其国临大水。乘象而战。其人弱于月氏,修浮图道,不杀伐,遂以成俗。……土出象、犀、玳瑁、金、银、铜、铁、铅、锡,西与大秦通,有大秦珍物。又有细布、好毾㲪、诸香、石蜜、胡椒、姜、黑盐。"⑦

其二,城池军队规模以及与周边邻国的外交关系。如《史记·大宛列传》载乌孙国"控弦者数万,敢战。故服匈奴,及盛,取其羁属,不肯往朝会焉",康居国有"控弦者八九万人。与大宛邻

---

① 《后汉书》卷八八《西域传》,第2917页。
② 《史记》卷一二三《大宛列传》,第3160页。
③ 《后汉书》卷八八《西域传》,第2915页。
④ 《后汉书》卷八八《西域传》,第2920页。
⑤ 《后汉书》卷八八《西域传》,第2923页。
⑥ 《史记》卷一二三《大宛列传》,第3160页。
⑦ 《后汉书》卷八八《西域传》,第2921页。

国。国小,南羁事月氏,东羁事匈奴",大夏国"其兵弱,畏战,善贾市。及大月氏西徙,攻败之,皆臣畜大夏"。① 《后汉书·西域传》载于阗国"领户三万二千,口八万三千,胜兵三万余人",西夜国"户二千五百,口万余,胜兵三千人"。② 有时还详细回溯所经国家历史沿革及与汉之朝贡关系,如《后汉书·西域传》写于阗国则叙东汉元嘉时期,敦煌太守王敬受拘弥国国王的挑唆而误杀于阗国国王,王敬亦被于阗部将所杀,汉朝没有因此事出兵讨伐,于阗恃此遂骄一事。③ 记录了汉朝与于阗国之间的外交关系。写大月氏国则云:"月氏为匈奴所灭,遂迁于大夏,分其国为休密、双靡、贵霜、肸顿、都密,凡五部翖侯,后百余岁,贵霜翖侯丘就却攻灭四翖侯,自立为王,国号贵霜。侵安息,取高附地。又灭濮达、罽宾,悉有其国。丘就却年八十余死,子阎膏珍代为王,复灭天竺,置将一人监领之。"④ 记录了月氏国兴亡之历史。

综上所述,汉魏时期的行记创作尚处于萌芽时期,数量少、类型单一,但已经具备了记行程和录见闻两大基本要素。后人据此可知汉魏时期通西域、下南海诸国的情形,因此具有极高的史料价值,但缺乏文学色彩。

第二节　初创期:两晋南北朝时期行记

两晋南北朝时期,涌现出众多以"行记""从征记""述征记"

---

① 引文分别见于《史记》卷一二三《大宛列传》,第3161页,第3161页,第3164页。
② 《后汉书》卷八八《西域传》,第2915页,第2917页。
③ 原文参见范晔《后汉书》卷八八《西域传》,第2916页。文繁不俱引。
④ 《后汉书》卷八八《西域传》,第2921页。

命名的纪行之作,可见此时人们已将行记正式作为一类文体。创作者有随驾从征、巡幸的文臣侍从,有文辞为时所称的交聘使臣,也有忘求求法的僧人。行记创作进一步发展,其数量增加,种类增多,按照行旅活动的不同,可将其分为行役记、交聘记、西行记。行役记指记国内旅行活动,如出征、从驾、游览、巡幸等活动的行记。两晋南北朝时期,中原地区各军事政权纷纷割据一方、建国称帝,但以历史的眼光来看,我们仍将中原王朝政区之内的范围视为国内。交聘记指记在各军事政权之间互遣使臣,进行外交活动的行记。西行记指僧人西行求法之行记。这一时期的行记与汉魏时期一样,散佚亦很严重,只有少量佚文通过类书、史传、笔记等典籍流传至今。现分类考述如下:

一、行役记的创作特征

行役记可以考知书名的有以下数种:东晋时期有伏滔的《北征记》,孟奥的《北征记》,徐齐民的《北征记》,王羲之的《游四郡记》;晋末宋初有郭缘生的《述征记》《续述征记》,戴延之的《宋武北征记》《西征记》,裴松之的《述征记》,丘渊之的《征齐道里记》,伍缉之的《从征记》;南朝时期沈怀文的《隋土入沔记》,许懋的《述行记》,吴均的《入东记》,薛泰的《舆驾东行记》;北朝时期孙景安的《征途记》,姚最的《序行记》,卢思道的《西征记》,姚僧垣所撰行记;另有年代、作者均无从考证的《庙记》和《江表行记》存佚文数则,共计 21 种。①

考查以上诸书,可知这一时期的行役记记载的行旅类型增多,

---

① 两晋南北朝时期行役记写作年代、作者、文献形态、存佚情形及相关考辨等具体问题,可参看文末附录《两晋南北朝时期行记叙录·行役记》。

有记游览之行的,如王羲之的《游四郡记》;也有记随帝王四处巡幸的,如薛泰的《舆驾东幸记》。但大多数的行记多以征伐为背景,记录征途之见闻。这类从征之作大多成书于东晋南北朝时期,这段时期,中原王朝版图内各军事政权纷纷称帝建号,都试图扩大自己的势力,相互之间频繁征战,增加了东晋南北朝人出行的机会,也刺激了行记的创作。从征记的作者均为随帝王出征之文臣侍从,如郭缘生时任天门太守,戴延之为西戎太守、参军,裴松之为司州刺史,丘渊之为徐州长史,伍缉之为奉朝请。一次出征往往不只产生一部行记,各文臣侍从都纷纷撰述行记以备见闻。如戴延之的《宋武北征记》、郭缘生的《续述征记》、丘渊之《征齐道里记》、伍缉之《从征记》均记刘裕北征慕容燕之行旅见闻;而戴延之的《西征记》、郭缘生的《述征记》、裴松之《述征记》皆记刘裕西征姚秦之经见,可见在两晋南北朝时期行记的创作已蔚然成风。这些行记虽曰"从征""西征""述征",但却很少提及战争情况,征途中的山川、风物成为其记述的重点。从征记的内容包括以下三个方面:

第一,记沿途山川险要、城郭建置,着重强调周围的地理形势。如郭缘生的《述征记》云:"(小沛故城)极大,四周堑通丰水。丰水于城南东注泗,即洍水也。"[1] 记叙城池大小、水势走向。"山形如覆车之象,其山出玉,亦名玉山。"[2] 记山之形势、物产。"逢山在广固南三十里,洋水历其阴而东北流,世谓之石沟水,出委粟山北,而东注于巨洋水,谓之石沟口。然是水下流亦有时通塞,及其春夏

---

[1] [北魏]郦道元撰,陈桥驿校证《水经注校证》卷二五引郭缘生《述征记》,中华书局,2007年,第601页。
[2] [宋]宋敏求《长安志》卷一六引郭缘生《述征记》,中华书局,1991年,第584页。

水泛,川澜无辍,亦或谓之龙泉水。"① 记石沟水水流走向以及不同季节水势大小。郭缘生的《续述征记》云:"梁郭西有笼水,发源长城山,直北流于梁郭,西注济水。"② 记笼水走势。戴延之的《西征记》云:"自东崤至西崤三十五里,东崤长坂数里,峻阜绝涧,车不得方轨,西崤全是石坂,十二里,险绝不异东崤。"③ 记山之里程,及山势的险峻。从征文人深入其他政权版图内,山川险要、道路曲直都是他们关注的焦点,将之一一记录下来,以备后来行人之需或征战之需。

第二,详记沿途所见墓冢、碑石、祠庙等历史遗迹,尤其关注北方地区的历史文物,如舜庙、舜宅、伊尹墓、箕子冢墓、伯夷叔齐祠庙、魏文帝《典论》碑、高祖殿、张良庙……在记录历史遗迹的名称后还常常补叙此地曾经发生的著名历史事件,"历史遗迹名称+历史事件概述"成为固定的叙述模式,如:

> 东有周幽王垒。昔幽王亟举烽以悦褒姒,犬戎遂伐周。诸侯玩而弗至,战败,死于斯地。④
> 思子城,汉武帝延和二年,卫太子遇江充之乱,奔湖自缢。壶关三老、太庙令田千秋诉太子之冤,筑思子宫于湖,其城存

---

① [宋]司马光编著,[元]胡三省音注《资治通鉴》卷一〇八引郭缘生《述征记》,中华书局,1956年,第3418页。
② [宋]李昉《太平御览》卷七六四引郭缘生《续述征记》,中华书局,1960年,第3393页。
③ [唐]李吉甫《元和郡县志》卷五引戴延之《西征记》,中华书局,1983年,第142页。
④ [唐]欧阳询撰,汪绍楹校《艺文类聚》卷八〇引郭缘生《述征记》,上海古籍出版社,1965年,第1364页。

焉。①

　　宿预州县水南大徐城,古之徐国。城北徐君墓,季札解剑挂树,则斯地也。②

　　官度台,去青口泽六十里,魏武所造也,破袁绍于此。③

　　敖山,秦时筑仓于山上,汉高祖亦因敖仓,傍山筑甬道,下汴水。④

以上诸例均为东晋末文人北征慕容燕、西征姚秦时所作。长期生长于南方的文人踏入汉魏旧地,故土的人文遗迹引发了东晋士人对历史的追忆,他们每至一地往往联想到在此发生的历史事件,虽多为客观记写,然寥寥数语亦为行记增添了历史的意味。

　　第三,备载异闻。从征文人饶有兴致地将征途中听闻的灵异故事、传奇事件记入行记中。如:

　　女水导川东北流,甚有神焉。化隆则水生,政薄则津竭。燕建平六年,水忽暴竭,玄明恶之,寝病而亡。燕太上四年,女水又竭,慕容超恶之,燕祚遂沦。⑤

　　济北郡史弦超,魏嘉平中,有神女成公智琼降之。超同室疑其有奸,以告监国。诘问,超具言之,智琼乃绝。后五年,超使将至洛西,到济北鱼山下陌上,遥望曲道头有车马,似智琼。

---

① 李昉《太平御览》卷一九三引郭缘生《述征记》,第931页。
② 李昉《太平御览》卷五六〇引郭缘生《续述征记》,第2530页。
③ 欧阳询撰,汪绍楹校《艺文类聚》卷六二引戴延之《西征记》,第1117页。
④ 李吉甫《元和郡县图志》卷八引戴延之《宋武北征记》,第204页。
⑤ 郦道元撰,陈桥驿校证《水经注校证》卷二六引郭缘生《述征记》,第624页。

前到,果是,同乘至洛,克复旧好,太康中仍存。①

东武县本有东武山,三日昼昏,山移在会稽山阴县。②

陕县大城西北角水漫涌起,勃郁方数十丈,有如物居水中。父老云铜翁仲,头发当与水齐。晋军至,发不复出,唯见水黑,嗟嗟有声,声闻数里。翁仲本在大司马门外,为贼所徙,至此而没。③

记载山水显灵、神仙怪异之事,充分体现了晋末南朝文人喜好猎奇志怪、信"神之不诬"的时代风貌。

著述体例上,记程均采用"地名甲+地名乙"的方式,表明两地之间的距离以及行走方向。如"堂城至黄蒿二十里,汲水又东径斜城下……黄蒿到斜城五里""夏侯坞至周坞,各相距五里。……西去夏侯坞二十里,东一里即襄乡浮图也"④。记事则采用"地名+景点记叙"的方式,一地一条,地名成为组织材料的线索。对景点的叙述皆平实简洁,多为客观叙述,少有作者主观感情的抒发。

二、交聘记的创作特征

南北朝时期,统一的帝国时代已不复存在,整个国家四分五裂成不同的军事割据政权,出使西域、南海等周边国家的交通路线被邻近的地方割据势力所把持。交通的阻隔使得各国都很少派遣

---

① [宋]乐史撰,王文楚等点校《太平寰宇记》卷一三引郭缘生《述征记》,中华书局,2007年,第254页。
② 乐史撰,王文楚等点校《太平寰宇记》卷二四引丘渊之《征齐道里记》,第497页。
③ 李昉《太平御览》卷三七三引戴延之《西征记》,第1722页。
④ 郦道元撰,陈桥驿校证《水经注校证》卷二三引郭缘生《续述征记》,第557页。

使臣至西域、南海诸国,因而使臣记录出使至周边国家见闻的行记很少,现可知的仅一种,即北魏董琬记奉使西域的行记。大多数的奉使交聘记所记范围都局限于南北朝各政权之间。经过东晋十六国之间的相互混战,南北朝时期北方和南方都逐步稳定下来,双方实力相当,谁都无法吞并另一方统一全国。在这种情况下,互派使者、通聘友好成为外交中最有效的方式之一,众多交聘记应运而生。据文献记载,有以下数种:北朝时期李绘、封述的《封君义行记》,李谐的《李谐行记》;南朝江德藻的《聘北道里记》,刘师知的《聘游记》,姚察的《西聘道里记》。另有《魏聘使行记》《朝觐记》作者不详,书已早佚,只在目录学著作中留有只言片语的记载。[1]

交聘记的作者都为朝内博学善辩之士,如李谐"风流闲润,博学有文辩,当时才俊,咸相钦赏"[2];江德藻"好学,善属文,美风仪"[3];刘师知"师知好学,有当世才。博涉书史,工文笔,善仪体,台阁故事,多所详悉"[4];李绘"素长笔札,尤能传受,缉缀词议,简举可观"[5],李绘与其兄李浑、李纬,兄之子李湛皆为聘梁、聘陈之使节,被称为出自"四使之门"。

今存南北朝时期交聘记甚少,从仅存的佚文来看,主要记载交聘国之风土以及使臣之间的应对之辞。如记北地婚俗:

---

[1] 两晋南北朝时期交聘记写作年代、作者、文献形态、存佚情形及相关考辨等具体问题,可参看文末附录《两晋南北朝时期行记叙录·交聘记》。
[2] [北齐]魏收《魏书》卷六五《李谐传》,中华书局,1974年,第1456页。
[3] [唐]姚思廉《陈书》卷三四《江德藻传》,中华书局,1972年,第456页。
[4] 《陈书》卷一六《刘师知传》,第229页。
[5] [唐]李百药《北齐书》卷二九《李浑列传(附浑弟绘传)》,中华书局,1972年,第395页。

北方婚礼必用青布幔为屋,谓之"青庐"。于此交拜,迎新妇。夫家百余人挟车,俱呼曰:"新妇子催出来!"其声不绝,登车乃止。①

记北齐境内的奇异之树:

木龙寺,寺有三层砖塔。侧生一大树,萦绕至塔顶,枝干交横,上平,容十余人坐。枝杪四向下垂,团团如百子帐,经过莫有辨者。梁武帝曾遣人图写树形还都,大体屈盘似龙,因呼为木龙寺。②

记李绘聘梁与梁使的聘问之辞:

梁主客贺季指马上立射,嗟美其工。绘曰:"养由百中,楚恭以为辱。"季不能对,又有步从射版,版记射的,中者甚多。绘曰:"那得不射獐?"季曰:"上好生行善,故不为獐形。"自獐而鹿,亦不差也。③

三、西行记的创作特征

佛教自西汉之际传入中国以来,到东晋时期已经大为兴盛,

---

① [唐]段成式《酉阳杂俎》续集卷四引江德藻《聘北道里记》,中华书局,1981年,第241页。
② [唐]段公路《北户录》卷三引江德藻《聘北道里记》,《丛书集成新编》第91册,第106页。
③ 段成式《酉阳杂俎》续集卷四引李绘、封述《封君义行记》,第237—238页。

众多僧人不顾艰难险阻到天竺寻求真经、学习梵语、翻译佛经,兴起声势浩大的西行求法运动。西行求法需穿越茫茫沙漠,攀登崇山峻岭,行程险恶,加之古代交通不便,动辄花费数年甚至几十年时间,僧人纷纷撰述行记记录求法之见闻。两晋南北朝时期,除宋云作为北魏使臣出使西域,完成招抚西域诸国的任务外,西行记的撰写者主要为西行求法的僧人。今考据所得有两晋时期支僧载的《外国事》,法显的《法显行传》,宝云的游西域行记;南朝时期智猛的《游行外国传》,昙勇的《外国传》,法盛的《历国传》,道普的游西域行记;北朝时期慧生的《慧生行传》,宋云的《魏国以西十一国事》,道荣的《道荣传》,以及竺法维的《佛国记》,共计 11 种。①

此外还有西晋时期名僧道安的《西域志》。据《历代三宝记》著录道安撰"《西域志》一卷",②《大唐内典录》亦著录道安撰有"《西域志》"。③是书早佚,《水经注》《太平御览》《艺文类聚》征引其文数则。《通典》云:"诸家纂西域事,皆多引诸僧游历传记,如法明《游天竺记》、支僧载《外国事》、法盛《历诸国传》、道安《西域志》。惟《佛国记》、昙勇《外国传》、智猛《外国传》、支昙谛《乌山铭》、翻经法师《外国传》之类,皆盛论释氏诡异奇迹……"④将道安《西域志》与法显的《法显传》、智猛的《游行外国传》、昙勇的《外国传》等同视为记僧人游历西域之书,但考道安生平,他未曾亲自到过西域,所记盖得自于传闻,与其他诸僧所作行记性质并不

---

① 两晋南北朝时期西行记写作年代、作者、文献形态、存佚情形及相关考辨等具体问题,可参看书末附录《两晋南北朝时期行记叙录·西行记》。
② [隋]费长房《历代三宝记》卷八,《大正新修大藏经》第 49 册,台湾佛陀教育基金会,1990 年,第 76 页。
③ [唐]道宣《大唐内典录》卷三,《大正新修大藏经》第 55 册,第 250 页。
④ [唐]杜佑《通典》卷一九一,中华书局,1988 年,第 5199 页。

相同。

记程是行记必备的内容,西行记中记程采用"地名甲+经行距离+地名乙"的模式,两地之间的经行距离有时用里距来表明,如:

> 从吐谷浑西行三千五百里,至鄯善城。
> 从鄯善西行一千六百四十里,至左末城。①

有时又用经行时间来表示;

> 初发京师,西行四十日,至赤岭,即国之西疆也。
> 复西行三日,至钵盂城。三日至不可依山……自发葱岭,步步渐高,如此四日,乃得至岭。②
> 行十七日,计可千五百里,得至鄯善国。……住此一月日,复西北行十五日,到焉夷国。③

僧人行记中对行程的叙写较同时期的行役记、交聘记更加完整细致,如:

> 发迹长安,渡河顺谷三十六渡,至凉州城。既而西出阳关,入流沙,二千余里,地无水草,路绝行人。
> 始登葱岭……而行千七百余里,至波沦国。……复南行

---

① 以上引文均见于[北魏]杨衒之著,杨勇校笺《洛阳伽蓝记校笺》卷五引宋云、慧生的行记,中华书局,2006年,第209页。
② 以上引文见于杨衒之著,杨勇校笺《洛阳伽蓝记校笺》卷五引宋云、慧生的行记,第210页,第211页。
③ [东晋]法显撰,章巽校注《法显传校注》,中华书局,2008年,第7-8页。

千里,至罽宾国。再渡辛头河……①

用"发……渡……至……既而……入""始登……至……复南行……至……再渡……"等一列动词或副词将经行地点连缀起来,为我们清晰地展现出旅行的线路。此外,西行记在记程的同时还有意识地标明时间,如"神龟二年七月二十九日,入朱驹波国""八月初,入汉盘陀国界""九月中旬,入钵和国""十月之初,入嚈哒国",记程与记日合用,成为后世日记体行记按日纪行之滥觞。

旅途中的见闻是行记的重要组成部分,西行记主要记载了以下几方面的内容:

第一,描写旅途的艰险。西行求法历经千山万水,旅途的辛劳让僧人刻骨铭心,如法显记从敦煌至鄯善国之间的沙漠地带云:"沙河中多有恶鬼、热风,遇则皆死,无一全者。上无飞鸟,下无走兽。遍望极目,欲求度处,则莫知所拟,唯以死人枯骨为标识耳。"②智猛写过雪山的经历云:"度雪山,冰崖皓然,百千余仞,飞絙为桥,乘虚而过,窥不见底,仰不见天,寒气惨酷,影战魂栗。汉之张骞、甘英所不至也。"③着力渲染雪山遮天蔽日、深不见底、寒气逼人的险峻之态,让人不寒而栗。

第二,记叙所经诸国的地形地貌、山川风物、民风民情。如宋云、慧生记钵和国:

---

① [梁]僧祐撰,苏晋仁、萧炼子点校《出三藏记集》卷一五《智猛法师传第九》引智猛《游行外国传》,中华书局,1995年,第579页。
② 法显撰,章巽校注《法显传校注》,第6页。
③ 僧祐撰,苏晋仁、萧炼子点校《出三藏记集》卷一五《智猛法师传第九》引智猛《游行外国传》,第579页。

高山深谷,险道如常,国王所住因山为城,人民服饰惟有毡衣,地土甚寒,窟穴而居,风雪劲切,人畜相依。国之南界有大雪山,朝融夕结,望若玉峰。

记乌场国:

北接葱岭,南连天竺,土气和暖,地方数千;民物殷阜,匹临淄之神州;原田膴膴,等咸阳之上土。①

法显记中天竺的气候、人民生活水平、刑罚以及饮食贸易风俗:

中国②寒暑调和,无霜、雪。人民殷乐,无户籍官法,唯耕王地者乃输地利,欲去便去,欲住便住。王治不用刑罔,有罪者但罚其钱,钱随事轻重,虽复谋为恶逆,不过截右手而已。王之侍卫、左右皆有供禄。举国人民悉不杀生,不饮酒,不食葱蒜,唯除旃荼罗。旃荼罗名为恶人,与人别居,若入城市则击木以自异,人则识而避之,不相唐突。国中不养猪、鸡,不卖生口,市无屠、酤及估酒者,货易则用贝齿,唯旃荼罗、猎师卖肉耳。③

僧人在西行途中还特别关注所经各国的佛法兴衰、僧徒供养、佛寺的规模等情况。如写鄯善国云:"其国王奉法。可有四千余

---

① 杨衒之著,杨勇校笺《洛阳伽蓝记校笺》卷五引宋云、慧生的行记,第212页。
② 法显在行记中所称的"中国"指中天竺,意指佛法之中心。
③ 法显撰,章巽校注《法显传校注》,第46页。

僧,悉小乘学。诸国俗人及沙门尽行天竺法,但有精粗。"[1]写于阗国云:"其国丰乐,人民殷盛,尽皆奉法,以法乐相娱。众僧乃数万人,多大乘学,皆有众食。"[2]此外还常常记录与佛相关的事物,如佛顶骨、佛锡杖、佛法、佛影、佛钵、佛像、佛的圣迹、佛的传闻等。

第三,记录旅行中所见之人、所遇之事。如智猛《游行外国传》云:"至迦维罗卫国,见佛发、佛牙及肉髻骨,佛影、佛迹炳然具在。又睹泥洹坚固之林,降魔菩提之树。猛喜心内充,设供一日,兼以宝盖大衣,覆降魔像。"[3]记瞻仰佛迹、礼佛设供之事。又云:"有大智婆罗门,名罗阅宗,举族弘法,王所钦重。造纯银塔,高三丈,沙门法显先于其家已得六卷《泥洹》。及见猛至,问云:'秦地有大乘学不?'答曰:'悉大乘学。'罗阅惊叹曰:'希有希有,将非菩萨往化耶?'猛就其家得《泥洹》胡本一部,又寻得《摩诃僧祇律》一部,及余经梵本,誓愿流通。"[4]记录了寻访佛经的经历以及与婆罗门的对话。

《法显传》载寻得佛经、返回汉地途中的曲折经历云:"一月余日,夜鼓二时,遇黑风暴雨。商人、贾客皆悉惶怖,法显尔时亦一心念观世音及汉地众僧。蒙威神佑,得至天晓。晓已,诸婆罗门议言:'坐载此沙门,使我不利,遭此大苦。当下比丘置海岛边。不可为一人令我等危崄。'法显本檀越言:'汝若下此比丘,亦并下我!不尔,便当杀我!汝其下此沙门,吾到汉地,当向国王言汝也。汉

---

[1] 法显撰,章巽校注《法显传校注》,第7页。
[2] 法显撰,章巽校注《法显传校注》,第11页。
[3] 僧祐撰,苏晋仁、萧炼子点校《出三藏记集》卷一五《智猛法师传第九》引智猛《游行外国传》,第580页。
[4] 僧祐撰,苏晋仁、萧炼子点校《出三藏记集》卷一五《智猛法师传第九》引智猛《游行外国传》,第580页。

地王亦敬信佛法,重比丘僧。'诸商人踌躇,不敢便下。"①法显随商船返回汉地,航海途中遇黑风暴雨。商人认为是法显给出行带来不利,准备将其遗弃在海岛边,受到檀越(按:指施主,是佛教僧徒对施舍财物者的尊称)的阻难,法显才免遭此劫。

与同时期的行役记、交聘记相比,行役记、交聘记往往以"地"为记叙对象,关注所经地的地名、地势以及与此地相关的历史、传闻。僧人的西行记除有对"地"的记录外,旅途中所见的"人"与所发生的"事"亦成为其关注的对象,为我们呈现了旅行中的一段个人经历。

创作手法上,僧人记见闻多用叙述,文字朴实流畅。每当叙及与佛相关的事物时,常用描写手法。如法显写"行象场面"曰:"年年常以建卯月八日行像。作四轮车,缚竹作五层,有承栌、揠戟,高二疋余许,其状如塔。以白氎缠上,然后彩画,作诸天形像。以金、银、琉璃庄校其上,悬缯幡盖。四边作龛,皆有坐佛,菩萨立侍。可有二十车,车车庄严各异。"②将车的高度、形状、数量、配饰的华丽、佛像的庄严一一道来。又如写佛影云:"那竭城南半由延,有石室,搏山西南向,佛留影此中去。十余步观之,如佛真形,金色相好,光明炳著,转近转微,仿佛如有。诸方国王遣工画师模写,莫能及。彼国人传云,千佛尽当于此留影。"③从远看与近看、色彩与光彩、亲见与传闻等不同的角度勾勒出佛影如真如幻的特点。

行记中除了对景物、场景的描写,还有对人物语言、心理活动的描写,如宋云的行记载进入乾陀罗国的见闻:

---

① 法显撰,章巽校注《法显传校注》,第145页。
② 法显撰,章巽校注《法显传校注》,第88页。
③ 法显撰,章巽校注《法显传校注》,第39页。

> 宋云诣军通诏书，王凶慢无礼，坐受诏书。宋云见其远夷不可制，任其倨傲，莫能责之。王遣传事谓宋云曰："卿涉诸国，经过险路得无劳苦也。"宋云答曰："我皇帝深味大乘，远求经典，道路虽险，未敢言疲；大王亲总三军，远临边境，寒暑骤移，不无顿敝？"王答曰："不能降服小国，愧卿此问。"宋云初谓王是夷人，不可以礼责，任其坐受诏书；及亲往复，乃有人情，遂责之曰："山有高下，水有大小，人处世间，亦有尊卑；嚈哒、乌场王并拜受诏书，大王何独不拜？"王答曰："我见魏主则拜，得书坐读，有何可怪？世人得父母书，犹自坐读，大魏如我父母，我亦坐读书，于理无失。"云无以屈之，遂将云至一寺，供给甚薄。①

宋云初以为蛮夷之族不可以礼要求，后来与乾陀罗国王当面交锋后才认识到国王亦懂得礼数，于是以礼责备国王，展现了宋云心理变化的过程。文中还记录了宋云与国王的对话，刻画了宋云不卑不亢、灵活机智的性格和国王狡猾无赖的形象。《法显记》中亦有多处记载法显的内心活动。如写慧景与法显同登雪山，不幸遇难时的情形：

> 慧景一人不堪复进，口出白沫，语法显云："我亦不复活，便可时去，勿得俱死。"于是遂终。法显抚之悲号："本图不果，命也奈何！"复自力前，得过岭。②

---

① 杨衒之著，杨勇校笺《洛阳伽蓝记校笺》卷五，第213–214页。
② 法显撰，章巽校注《法显传校注》，第43页。

又如法显、道整到祇洹精舍,想起此地曾是世尊所居之地,如今至此地却身不值佛,但见遗迹,不得亲闻佛法,感伤之情油然而起:

> 自伤生在边地,共诸同志游历诸国,而或有还者,或有无常者,今日乃见佛空处,怆然心悲。①

再如法显在无畏山的佛像旁看见晋地的白绢扇不禁睹物思乡,凄然泪下:

> 法显去汉地积年,所与交接悉异域人,山川草木,举目无旧,又同行分披,或留或亡,顾影唯己,心常怀悲,忽于此玉像边见商人以晋地一白绢扇供养,不觉凄然,泪下满目。②

"抚之悲号""怆然心悲""心常怀悲""不觉凄然,泪下满目"等词语都展现了西行者远涉异域、举目无亲的悲凉心境以及同行间生死离别的真情。作者为僧人,故在叙写中并没有把这种感伤之情过分渲染,但这些质朴的文字却折射出一种感动人心的力量。

第三节　发展期:隋唐五代时期行记

一、隋唐五代时期行记的创作情况

隋唐五代时期行记进一步发展,仍沿袭对隋前行记的分类方法,将其分为行役记、交聘记、西行记三类,分类概述可考知的文献

---

① 法显撰,章巽校注《法显传校注》,第62页。
② 法显撰,章巽校注《法显记校注》,第128页。

情况如下：

（一）行役记

隋唐时期，专载国内行旅的行役记仍有数种，记录的行旅类型包括文人入幕、奉命出行、游览、从驾、僧人国内巡礼、游方等。现存除一两种为完本以外，其余存文仅寥寥数语。可考知的有以下数种：隋代诸葛颖的《北伐记》《巡抚扬州记》，蔡允恭的《并州入朝道里记》，唐代韩琬的《南征记》，无名氏的《两京道里记》，李翱的《来南录》，张氏的《燕吴行役记》，孙樵的《兴元新路记》，韦庄的《蜀程记》《峡程记》；五代王仁裕的《入洛记》。敦煌残卷中还有四种唐代僧人在国内游方巡礼的行记，分别是伯3973号、伯4648号、斯397号、斯529号，共计15种。①

除此以外，唐代行役记还有《崇文总目》传记类著录的《李氏朝陵记》，②《通志·艺文略》收入地理行役类，称"李遵勖朝永熙陵撰"③。《崇文总目》传记类著录李昉《南行记》一卷，④《通志·艺文略》亦收入地理行役类，称李昉"遣祠南岳"时所作。均无存文可考。从目录学著作的著录归类来看，很可能也是行记。

另外，还有《李德裕南迁录》一书，性质不明，列于此以供探讨。《崇文总目》地理类著录"《南行录》一卷"，又在传记类著录

---

① 隋唐时期行役记写作年代、作者、文献形态、存佚情形及相关考辨等具体问题，可参看文末附录《隋唐时期行役记叙录·行役记》。
② ［宋］王尧臣等编次，钱东垣等辑释《崇文总目》卷二，《丛书集成初编》第21册，第118页。
③ 郑樵《通志》卷六六《艺文略》，第783页。
④ 王尧臣等编次，钱东垣等辑释《崇文总目》卷二，《丛书集成初编》第21册，第120页。

"《李德裕南行录》四卷"。①《秘书省续编到四库阙书目》史部传记类著录"《李德裕南迁录》一卷"。②《通志·艺文略》地理行役类亦著录"《李德裕南迁录》一卷"。③李德裕被贬南迁一事在大中二年(848)冬,"贬潮州司户。德裕既贬,大中二年自洛阳水路经江淮赴潮州,其年冬至潮阳。又贬崖州司户,至三年正月方达珠崖郡,十二月卒,时年六十三"④。《通志·艺文略》将此书归为地理行役类,视为一部纪行之作。今唯有《资治通鉴考异》卷二三存文一则,称作者为裴旦,书名作《李太尉南行录》,引文云:"咸通二年九月二十六日,右拾遗、内供奉刘邺表略云:'子晔贬立山尉。去年获遇陛下惟新之命,覃作解之恩,移授郴县尉。今已没于贬所,又曰:'血属已尽,生涯悉空。'又曰:'枯骨未归于茔域,一男又殒于江湘。'又曰:'其李德裕,请特赐赠官。'敕依奏。"⑤记载刘邺为李德裕请官一事,咸通二年为861年,此时李德裕已殁。由此推测,其书内容大概是记李德裕被贬一事之始末,而非记录李德裕南迁行程见闻之书。惜其存文太少,不易分辨,故列于后。

(二)交聘记

这一时期创作最兴盛的当属奉使交聘类行记。隋唐时期全国统一、疆域辽阔,与周边国家民族地区的交往众多,边境交通要道畅通无阻。奉使交聘已不再局限于两晋南北朝时期的国内各政权

---

① 王尧臣等编次,钱东垣等辑释《崇文总目》卷二,《丛书集成初编》第 21 册,第 92 页,第 110 页。
② [清]叶德辉考证《秘书省续编到四库阙书目》,《宋史艺文志》之附编,商务印书馆,1957 年,第 342 页。
③ 郑樵《通志》卷六六《艺文略》,第 783 页。
④《旧唐书》卷一七四《李德裕传》,第 4528 页。
⑤ 司马光编著,胡三省音注《资治通鉴》卷二五〇"咸通元年冬十月丁亥敕复李德裕太子少保卫国公赠左仆射"条,第 8090 页。

之间，而是往来于南海诸国、回纥、吐蕃、南诏、渤海、高丽、于阗、契丹、突厥、天竺等，其足迹远至今中亚、西亚、北非、东南亚等地区。外交活动包括通好、招抚诸蕃、册封藩王、军事会盟、公主和亲等。在这样的文化大背景下产生了大量记录出使旅行见闻的行记，有以下数种：

隋朝常骏的《赤土国记》，韦节的《西蕃记》，屈璆的《道里记》，程士章的《西域道里记》；唐代韦弘机的《西征记》，王玄策的《中天竺国行记》，达奚通的《海南诸蕃行记》，顾愔的《新罗国记》，赵憬的《北征杂记》，袁滋的《云南记》，李宪的《入蕃道里记》，韦齐休的《云南行记》，张建章《渤海国记》《戴斗诸蕃记》，窦滂的《云南行记》《云南别录》，徐云虔的《南诏录》，刘希昂等使南诏的行程录，刘元鼎使吐蕃回程上奏的经见记录；五代时期章僚的《海外使程广记》，平居海的《于阗国行程录》，公乘镕使契丹后上奏元宗使途见闻之书等。此外，《旧唐书·经籍志》地理类、《新唐书·艺文志》地理类、《通志·艺文略》地理朝聘类均著录"《奉使高丽记》一卷"，均未注明撰者，应是隋唐时期奉使高丽之行记。这一时期，交聘记可考知的共计 23 种。①

（三）西行记

经过汉魏六朝至唐近六七百年的发展，佛教大小二乘中的各宗派学说都陆续传至中国，至初唐佛教在中国形成不同的宗派，各派根据自身依据的经典、师承学养的不同，从各自的角度阐释佛经，各持己说，斗争激烈，教义混乱。不少僧人有感于此，纷纷亲赴西域访谒名师，求取佛经真谛，继东晋六朝以后掀起西行求法运动

---

① 隋唐时期交聘记写作年代、作者、文献形态、存佚情形及相关考辨等具体问题，可参看文末附录《隋唐时期行记叙录·交聘记》。

的又一高潮,僧人创作行记的热情亦有增无减。据文献记载主要有以下五种:隋朝的《大隋翻经婆罗门法师外国传》,著者无从考之。唐代常愍的《游历记》,玄奘的《大唐西域记》,悟空讲述、圆照笔录的《悟空入竺记》。此外,敦煌残卷还有一无名僧人所撰行记,即伯3936号,郑炳林将其命名为《印度地理》,记游印度之行程,今仅存三行。①

唐代僧人西行求法撰有行记者众多,道宣则"搜括传记,条序使途",依大唐往年使者游天竺之行记撰成《释迦方志·遗迹篇》,将由唐至印度的道路分为东道、中道和北道,依次叙写各道之行程道里以及道经各国的见闻。此书虽非行记,但亦采摘前代僧人行记而成,从侧面反映了僧人撰写行记风气之盛。

除以上三类行记以外还有较特殊的三种行记,它们记录的行旅远涉异域,但既不是西行求法,也非奉使出行,而是记录战败被俘,流亡异国或被迫北迁契丹的经历。

一是唐代杜环的《经行记》。此书书目无著录。杜环,京兆人,为杜佑族子。曾"随镇西节度使高仙芝西征,天宝十载至西海,宝应初(762),因贾商船舶自广州而回,著《经行记》"②。高仙芝于天宝十一年(752)西征,与大食国军队激战于怛逻斯,"葛罗禄部众叛,与大食夹攻唐军,仙芝大败,士卒死亡略尽,所余才数千人"③。数千士卒被俘获至康国,杜环亦在其中,至宝应元年(762)才回至广州。数十年间,杜环流亡于拔汗那国、师子国、苫国、波斯、碎叶国等,这些国家远至今中亚、西亚、北非地区,归后著《经行记》一

---

① 隋唐时期西行记写作年代、作者、文献形态、存佚情形及相关考辨等具体问题,可参看文末附录《隋唐时期行记叙录·西行记》。
② 杜佑《通典》卷一九一,第5199页。
③ 司马光编著,胡三省音注《资治通鉴》卷二一六,第6908页。

书记其被俘流亡的经历。记载了所经诸国的山川地形,风物土产,饮食、服饰、生产风俗以及伊斯兰教信仰等方面的情况。

杜佑编撰《通典·边防》"西戎"条时曾参考杜环此书。另有《通志》《文献通考》《太平寰宇记》《太平御览》《资治通鉴》《诸蕃志》等征引其书。《新唐书·西域传》中对中亚、西亚各国的记载与今存《经行记》佚文有一致之处,亦曾参考《经行记》而编修。在唐代行记中,此书颇受关注。张星烺、岑仲勉、法国学者沙畹都曾利用《经行记》中的相关史料来研究中西交通、西域历史地理。丁谦撰有《唐杜环经行记地理考证》一书,收入《浙江图书馆丛书》第二集。王国维辑录《通典》一书的引文编为《经行记校录》一种,收入《古西行记四种》校录本。张一纯广辑各书佚文,著《经行记笺注》,对其注释校证。

二是后晋范质的《晋朝陷蕃记》,又名《石晋陷蕃记》《陷蕃记》。《崇文总目》杂史类著录"《晋朝陷蕃记》四卷",又著录"《陷蕃记》四卷",[1] 不录撰者。《通志·艺文略》杂史类著录范质撰"《晋朝陷蕃记》四卷",又录范质撰"《陷蕃记》四卷"。[2]《遂初堂书目》杂史类著录"范质《石晋陷蕃记》",《郡斋读书志》伪史类著录范质撰"《石晋陷蕃记》一卷"。[3]《宋史·艺文志》传记类亦录《晋朝陷蕃记》一卷,并称"不知作者"[4]。

天福十二年(947),辽太宗灭后晋,后晋出帝被俘,迁往黄龙

---

[1] 王尧臣等编次,钱东垣等辑释《崇文总目》卷二,《丛书集成初编》第21册,第66页。
[2] 郑樵《通志》卷六五《艺文略》,第774页。
[3] [宋]尤袤《遂初堂书目》,《丛书集成初编》第32册,第6页。[宋]晁公武撰,孙猛校证《郡斋读书志校证》卷七,上海古籍出版社,1990年,第293页。
[4] [元]脱脱《宋史》卷二○三《艺文志》,中华书局,1977年,第5118页。

府。晁公武《郡斋读书志》称此书"记少主初迁于黄龙府,后居于建州,凡十八年而卒。按契丹丙午岁入汴,顺数至甲子岁为十八年,实国朝太祖乾德二年也"[1]。知其书记后晋出帝北迁之行踪。

陈振孙《直斋书录解题》云:"《晋朝陷蕃记》四卷,宰相大名范质文素撰,据莆田郑氏《书目》云尔。本传不载,故《馆阁书目》云'不知作者',未悉郑氏何所据也。"[2] 对此书的作者是否为范质已有疑义。考范质生平,后晋出帝北迁时,范质任翰林学士,为出帝草降表,公元948年任户部侍郎[3],950年又"为枢密副使"[4],951年又升为"兵部侍郎",六月又拜为"中书侍郎,同平章事,充集贤殿大学士"[5]。范质在后晋出帝北迁后,仍于朝中任职,可见并未随帝至契丹。且北宋王尧臣的《崇文总目》著录此书时并没有将其归为范质所作,只是南宋时期出现的目录学著作才将其归到范质名下,故此书盖为他人所写而冠以范质之名。

是书已无完本。后代典籍中有司马光《资治通鉴考异》屡次征引此书。另有《说郛》卷九七有郑文宝《传国玺谱》一文,此文据"至道三年五月十五日,荥阳郑文宝舟中述"而成。文中提到郑文宝曾见过《陷蕃记》一书,他称书中记录了后晋灭亡之际玉玺的下落一事,云:"北戎入梁园,晋少主奉上玺绶,戎主怪玉玺制用疏朴,笔工又非真绝,疑将有隐易者,晋人具以实对。"[6] 又《旧五代史·少

---

[1] 晁公武撰,孙猛校证《郡斋读书志校证》卷七,第293页。
[2] 陈振孙撰,徐小蛮、顾美华点校《直斋书录解题》卷五,第149页。
[3] [宋]薛居正《旧五代史》卷一○一,中华书局,1976年,第1347页。
[4] 《旧五代史》卷一○三,第1376页。
[5] 《旧五代史》卷一百十一,第1473页。
[6] [宋]郑文宝《传国玺谱》,[明]陶宗仪编《说郛三种》宛委山堂本卷九七,上海古籍出版社,1988年,第4463页。

帝本纪》记录后晋出帝北迁黄龙府、赴建州之经历尤详,记事终于后周显德中,记后晋主奉玉玺一事与郑文宝所说亦相吻合,盖删减范质的《晋朝陷蕃记》而成,可从中得其梗概。今贾敬颜、赵永春等学者摘取《契丹国志》《资治通鉴》《新五代史》《旧五代史》等与后晋出帝北迁相关的史实成《晋出帝北迁记》一书,并对此详加疏证,可参。①

此外,李德辉为《晋朝陷蕃记》一书所写提要称:"所撰《晋朝陷蕃记》记后晋出帝北迁黄龙府,徙居建州之前后经过。书中记事,晚至宋太祖乾德二年,书当成于是年。"这很可能是误解了《郡斋读书志》的说法,②认为《石晋陷蕃记》记载了后晋出帝从天福十二年(947)北迁到宋乾德二年(964)共十八年的陷虏生活。薛居正《旧五代史》记后晋出帝北迁一事止于后周显德中,可见北宋初期薛居正编修《旧五代史》时就没有见到《晋朝陷蕃记》一书记录有后周显德以后事,南宋的晁公武却称此书记录了天福十二年至乾德二年的事,这不符合逻辑。范质生于公元911年,卒于964年,刚好在后晋出帝北迁之后十八年而卒,晁公武所说"凡十八年而卒"似乎不应理解为后晋出帝在契丹生活十八年而卒,而是指范质。

三是后晋胡峤的《陷虏记》。《崇文总目》杂史类著录"《陷

---

① 贾敬颜《〈晋出帝北迁记〉疏证稿》,《五代宋金元人边疆行记十三种疏证稿》,第1—12页。赵永春编注《晋出帝北迁记》,《奉使辽金行程录》,吉林文史出版社,1995年,第3—7页。
② 《郡斋读书志》中关于《石晋陷蕃记》一书的提要云:"右皇朝范质撰。质,石晋末在翰林,为出帝草降虏表,知其事为详。记少主初迁于黄龙府,后居于建州,凡十八年而卒。按契丹丙午岁入汴,顺数至甲子岁为十八年,实国朝太祖乾德二年也。"

房记》三卷"。①《通志·艺文略》杂史类著录胡峤"《陷房记》三卷"。②《宋史·艺文志》传记类著录"胡峤《陷辽记》三卷",又在地理类著录"胡峤《陷房记》一卷"。③

辽灭后晋,后晋出帝北迁,胡峤本为同州郃阳县令,亦在此难中被俘,被任命为契丹萧翰军府掌书记,随萧翰北归,"居房中七年。当周广顺三年,亡归中国。……峤归,录以为《陷房记》"④。胡峤作《陷房记》记北迁之经见以及耳闻所得契丹周边部族之风土人情。欧阳修《新五代史·四夷附录》保存了该书大部分内容,《资治通鉴》胡三省注亦多次征引此书。另有《说郛》宛委山堂本收录该书。

二、隋唐五代时期行记的创作特征

隋唐时期,行记的创作仍不绝如缕,与两晋南北朝时期的行记相比既有继承亦有革新:

首先在纪行方式上,这一时期的行记多沿用前代历叙经行地名和距离的纪行模式,且趋于细化。先唐时期行记纪行往往仅用一两句话就概括了数十日之间所走的几千里甚至上万里的行程,我们从中只能得知行进的大致路线和方向,具体的细节仍显得模糊不清。隋唐时期行记则将一段较长的路程细分为多段来记录,记载所经各段的馆驿名、方向、距离等,较详尽地反映出旅行

---

① 王尧臣等编次,钱东垣等辑释《崇文总目》卷二,《丛书集成初编》第21册,第66页。
② 郑樵《通志》卷六五《艺文略》,第774页。
③《宋史》卷二〇三、卷二〇四,第5112页,第5155页。
④ [宋]欧阳修《新五代史》卷七三《四夷附录第二》,中华书局,1974年,第905页。

者出行的路线。如记录刘希昂使南诏的行程云:"自清溪关南经大定城百一十里至达仕城,西南经菁口百二十里至永安城,城当滇、筰要冲。又南经水口西南度木瓜岭二百二十里至台登城。又九十里至苏祁县,又南八十里至嶲州。又经沙野二百六十里至羌浪驿。又经阳蓬岭百余里至俄淮添馆。阳蓬岭北嶲州境,其南南诏境。又经菁口、会川四百三十里至河子镇城,又三十里渡泸水,又五百四十里至姚州,又南九十里至外浐荡馆。又百里至㑊龙驿,与戎州往羊苴咩城路合。"① 二千多里的路程分为十多段来记写,每段距离都在几十里或数百里之间。沿途所经城邑、馆驿名都一一记录,我们完全可借此考察唐代使南诏的路线。

行记中不仅记行程,还记录了旅行者经历特殊地形的行走方式,如平居诲《于阗国行程录》云:

> 自甘州西,始涉碛,碛无水,载水以行。甘州人教晋使者作马蹄木涩,木涩四窍,马蹄亦凿四窍而缀之,驼蹄则包以氂皮,乃可行。
> 自仲云界西始涉醶碛,无水,掘地得湿沙,人置之胸以止渴。渡陷河,伐柽置水中,乃渡,不然则陷。②

分别记载了给马蹄、驼蹄戴上防护措施,携水穿越沙漠,伐木过河的情形。

有些国内行役记记载的行程虽不及奉使异域的行记所记行程

---

① [宋]欧阳修、宋祁《新唐书》卷四二《地理志》引刘希昂使南诏的行程录,中华书局,1975年,第1083页。
②《新五代史》卷七四《四夷附录第三》引《于阗国行程录》,第917-918页。

长,但却将所经郡县、城邑、馆驿名、沿途地势、地貌一一道来。如孙樵的《兴元新路记》记载了从扶风县至褒城县驿路的情形,全文几乎都在记行程,每一纪行的句子里几乎都包括了沿途所经地名、里距、方向,如:

> 入扶风东皋门十举步,折而南,平行二十里,下念济坂。下折而西行十里渡渭,又十里至郿,郿多美田……自郿南平行二十五里,至临溪驿,驿扼谷口,夹道居民皆籍东西军。出临溪驿百步,南登黄蜂岭,平行不能百步,又步登潗潗岭,盘折而上,甚峻。下潗潗岭,岭稍平,二岭之间,凡行十里。自临溪有支路直绝涧,并山复绝涧,迆行碛上十里,合于大路。①

将数十里作为一纪行单位,并标明行走的趋势,如"下折""平行""盘折而上"等,纪行已达到细致入微的地步。当然,在隋唐时期能如此细致地记录行程的作品仅此数种而已,但却为宋代行记的纪行模式提供了有益的尝试。

其次,记叙山川风物、民俗风情仍是隋唐行记的主要内容之一。先唐时期写景多为客观记录其地名、地貌特征,多叙述而少描写,而隋唐时期的行记常有对景色的描绘。刘元鼎出使吐蕃记经黄河上流所见山河情形:

> 其水极为浅狭,春可揭涉,秋夏则以船渡。其南三百余里有三山,山形如鏃,河源在其间,水甚清泠,流出六十里,然经一赤岸,长五十余里,土色如赭。河流经历,水色遂赤,续为诸

---

① [唐]孙樵《孙可之集》卷四,《文渊阁四库全书》第1083册,第76页。

水所注,渐既黄浊。又其源西去蕃之列馆约四驿,每驿约二百余里。东北去莫贺延碛尾约五百里,其碛尾阔五十里,向南渐狭小,北自沙州之西,乃南入吐浑国,至此转微,故号碛尾。①

描写出河流由阔变窄、由清冷变浑浊、由赤变黄的情形。《峡程记》记三峡之险云:"峡乃三峡之门,两崖并峙,中贯一江,滟滪当其口,真天险也。"写瞿唐水势阔大则曰:"瞿唐水涨,一泻千里。""水高于堆,不知其几。至峡口,则水汹涌逆流,舟人相顾失色。"② 孙樵记兴元驿路,对沿途风景亦多有描绘,如:

> 由大路十里,桥无定河,河东南来,触西山下堕,号怒北去,河中多白石,磊磊如斛。
> 自仙岑南行十三里,路左有崖,壁然而高,出其下,殷其有声,如风怒薄水,里人谓之鸣崖。

描绘了崖壁峻险,水石相击、风声怒吼之景。又如写驿道旁山清水秀、民田肥沃之景:

> 山谷四拓、原隰平旷,水浅草细,可耕稼,有居民似樊川间景气。
> 谷中有桑柘,民多聚居,鸡犬相闻。水益清,山益奇,气候

---

① 《旧唐书》卷一九六《吐蕃传》引刘元鼎使吐蕃经见,第5265页。《旧唐书》所引原文有脱落,据王钦若等编《册府元龟》卷六六二补正。
② 陶宗仪《说郛三种》宛委山堂本卷六五引韦庄《峡程记》,第3031页。

甚和。①

写景之语虽粗笔勾勒,但也清丽可读。

此外,关于地方风土民情的记载也有很多。记风物者,如韦齐休的《云南行记》记雅州荣经县稻米,云:"其谷精好,每一斗谷,近得米一斗,炊之甚香滑,微似糯味。"②记雅州所产嘉鱼云:"大抵雅州诸水多有嘉鱼,似鲤而鳞细。或云黄河中鱼味与此类也。"③此外,还记录了云南的大松子、实心竹、大腹槟榔、椰子、余甘子、甘蔗等亚热带作物。杜环《经行记》记末禄国物产:"有细软叠布,羔羊皮裘,估其上者,值银钱数百。果有红桃、白桲、遏白、黄李。瓜大者名寻支,十余人餐一颗,辄亦足。越瓜长四尺以上。菜有蔓菁、萝卜、长葱、颗葱、芸薹、胡荠、葛蓝、军达、茴香、茇薤、瓠芦,尤多蒲萄。又有黄牛、野马、水鸭、石鸡。"④

记民风民俗者,如《燕吴行役记》载淮南岁时风俗,云:"淮南上元三夜,灯火排户,命河市壮女,画杖击球,至于摔髻毁肤,破额流血者,止之方罢。""淮南寒食风俗,不禁火,连夕灯火至晓。"⑤杜环《经行记》记拔汗那国居住、装饰风俗云:"尽居土室,衣羊皮、叠布。男子、妇人皆着靴。妇人不饰铅粉,以青黛涂眼而已。"记大秦国男女饮食、服饰、买卖等习俗云:"男子悉着素衣,妇人皆服珠锦。

---

① 三则引文引自孙樵《兴元新路记》,《孙可之集》卷四,《文渊阁四库全书》第1083册,第77页。
② 李昉《太平御览》卷八三九引韦齐休《云南行记》,第3751页。
③ 李昉《太平御览》卷九三七引韦齐休《云南行记》,第4165页。
④ 杜佑《通典》卷一九三引杜环《经行记》,第5280页。
⑤ [明]陈耀文《天中记》卷四引《燕吴行役记》,《文渊阁四库全书》第965册,第184页。

好饮酒,尚干饼,多淫巧,善织络……西海中有市,客主同和,我往则彼去,彼来则我归。卖者陈之于前,买者酬之于后,皆以其直置诸物傍,待领直然后收物,名曰'鬼市'。"①

隋唐人不仅记录风土民情,还间有评论。特别是经行异域的奉使类行记和西行记中对异域风物的记载尤其能反映唐人对待外来文化兼容并包的态度。如杜环虽被俘流亡中亚、西亚诸国多年,但对异域事物称赞有加,他称大秦国"琉璃妙者天下莫比",大食国"衣裳鲜洁,容止闲丽。女子出门,必拥蔽其面。无问贵贱,一日五时礼天"。又言大食国风土民情"率土禀化,从之如流。法唯从宽,葬唯从俭。郭廓之内,里闬之中,土地所生,无物不有。四方辐辏,万货丰贱,锦绣珠贝,满于市肆。驼马驴骡,充于街巷"。②描绘出一幅物产丰饶、生活富庶、民风淳朴的理想社会图景。平居诲使吐蕃亦称吐蕃酒"以蒲桃为酒,又有紫酒、青酒,不知其所酿,而味尤美"③。

唐人这种开阔的胸襟往往是以对自身文化的认同为基础的。杜环称赞大食国的繁荣景象时还说:"刻石蜜为庐舍,有似中国宝轝。每至节日,将献贵人,琉璃器皿、鍮石瓶钵,盖不可算数。粳米白面,不异中华。"④平居诲记于阗衣饰亦云:"圣天衣冠如中国。"⑤异域的风物因与中华的风物相似而得到正面的评价。

总的来说,隋唐行记记载的见闻比前代范围更广,内容更丰

---

① 杜佑《通典》卷一九二引杜环《经行记》,第5266页。
② 以上引文分别见于杜佑《通典》卷一九二,卷一九三引杜环《经行记》,第5222页,第5266页,第5799页。
③《新五代史》卷七四《四夷附录》引平居诲《于阗国行程录》,第917页。
④ 杜佑《通典》卷一九二引杜环《经行记》,第5279页。
⑤《新五代史》卷七四《四夷附录》引平居诲《于阗国行程录》,第918页。

富,甚至产生了如《大唐西域记》一类记录数百个国家和地区的政治、经济、社会、文化、民族关系等各方面情况的类似百科全书性质的皇皇巨著。

再次,先唐行记多以记行程和述各地山川风物为主,"地"是主要的记写对象,旅途中所见之人,所遇之事却很少提及,只是在僧人西行求法记中才稍有改观,偶尔可见对求法途中个人旅行经历的描述。隋唐时期,行记沿袭了两晋南北朝时期僧人西行记的写法,在文本中展现出个人的旅行经历。如使臣出使异域,不仅描述异域的风土人情,亦记载奉使的具体过程。如《赤土国记》记载常骏奉命出使赤土,进入赤土国界以后,国王遣使迎接"以舶三十艘来迎,吹蠡击鼓,以乐隋使,进金锁以缆骏船"。至国都,赤土国王遣人赠送日常用品"送金盘,贮香花并镜奁,金合二枚,贮香油;金瓶八枚,贮香水;白叠布四条,以拟供使者盥洗"。受到国王接见后,常骏等回馆,国王遣送食物至馆。停留数日后,赤土国王设宴送别隋使,记载曰:

> 王前设两床。床上并设草叶盘,方一丈五尺,上有黄、白、紫、赤四色之饼,牛、羊、鱼、鳖、猪、蠵蝐之肉百余品。延骏升床,从者坐于地席,各以金钟置酒,女乐迭奏,礼遗甚厚。寻遣那邪迦随骏贡方物,并献金芙蓉冠、龙脑香。以铸金为多罗叶,隐起成文以为表,金函封之,令婆罗门以香花奏蠡鼓而送之。①

记载了酒宴丰盛、礼乐高奏的隆重场面以及回贡隋朝的礼物。整

---

① 以上引文均见于《隋书》卷八二《南蛮列传》引常骏《赤土国记》,第1835页。

段文字篇幅不长,却完整地记录了在赤土国完成使命的情况。

至中晚唐,吐蕃常侵扰唐边疆地区,不少汉人沦陷异域。刘元鼎使吐蕃记载了陷蕃汉人迎接唐使的场面:

> 元鼎逾成纪、武川,抵河广武梁……户皆唐人,见使者麾盖,夹道观。至龙支城,耋老千人拜且泣,问:"天子安否?"言:"顷从军没于此,今子孙未忍忘唐服,朝廷尚念之乎?兵何日来?"言已皆呜咽。①

表达了没蕃人之悲凉心境,已开宋代陷辽、陷金遗民描写之先河。

又如《悟空入竺记》记录了悟空向三藏求取真经的经过:

> 三藏初闻,至意不许。法界以理恳请于再三,三藏已于天宝九年,曾至唐国,日常赞慕摩诃支那,既见恳诚,方遂所请,乃手授梵本《十地经》及《回向轮经》并《十力经》。共同一夹,并大圣释迦牟尼佛一牙舍利,皆顶戴殷勤,悲泪而授,将为信物,奉献圣皇,伏愿汉地传扬,广利群品。法界顶跪拜受,悲泪礼辞。②

三藏态度的转变,悟空求经之诚恳以及获得真经后悲喜交加的情感经历都跃然纸上。

最后,这一时期行记的艺术形式也多有创新。第一,表现在语言运用上,散句之间常夹杂骈句、韵文。如《中天竺国行记》记王

---

① 《新唐书》卷二一六《吐蕃传》引刘元鼎行程录,第6102页。
② [唐]悟空《悟空入竺记》,《大正新修大藏经》第51册,第980页。

玄策登山刻石一事云:"至十九年正月二十七日至王舍城。遂登耆阇崛山,流目纵观,傍眺罔极。自佛灭度千有余年,圣迹遗基,俨然具在,一行一坐,皆有塔记。自惟器识边鄙,忽得躬睹灵迹,一悲一喜,不能裁抑。因铭其山,用传不朽。欲使大唐皇帝,与日月而长明。"①叙行程、叙事时常用散句,写景、写内心活动时则改用押韵的整句。《大唐西域记》中常用骈句概述异国的地理位置、风土物产、民俗人情,如记乌仗那国云:

> 周五千余里,山谷相属,川泽连原。谷稼虽播,地利不滋,多蒲萄,少甘蔗。土产金铁,宜郁金香。林树蓊郁,花果茂盛。寒暑积物,风雨顺序。人性怯懦,俗情谲诡,好学而不功,禁咒为艺业。多衣白氎,少有余服。语言虽异,大同印度,文字礼仪,颇相参预。崇重佛法,敬信大乘。②

句子与句子之间虽不一定对仗工稳,但显得字数整齐匀称,读起来顿挫有力。又如《诸山圣迹志》写河北道景色云:"桑麻遮日,柳槐交阴,原野膏腴,关闹好邑。"③写终南山景色云:"然白萝沉落日,鹤投林而来,恒舍架暮桥,僧在堂而禅定。此乃山连帝闾,疆接龙城,眇宛而八水分流,极目而山川锦烂。"④完全采用对偶句式,字字斟酌,显得华丽精工。

---

① [唐]道世著,周叔迦、苏晋仁校注《法苑珠林校注》卷二九,中华书局,2003年,第911页。
② [唐]玄奘撰,季羡林校注《大唐西域记校注》卷三,中华书局,1985年,第269页。
③ 郑炳林《敦煌地理文书汇集校注》,甘肃教育出版社,1989年,第270页。
④ 郑炳林《敦煌地理文书汇集校注》,第274页。

第二,隋唐行记中出现了以诗入行记、诗文结合的形式。如王仁裕的《入洛记》,《郡斋读书志》提要云:"记往返途中事并其所著诗赋。"① 今存佚文虽只有两则,分别记录华清宫、含元殿宫殿景色,并无诗留存。但从晁公武的解题中可知途中创作的纪行诗本来是附载于行记中的。又如《诸山圣迹志》也记录了僧人游历各州郡寺院、名山圣迹时创作的三首诗歌,含蓄凝练地描绘了名寺胜景,表达了对圣僧的追慕之情,增强了行记的文学韵味。

第三,出现了以日记体形式纪行的行记。李翱的《来南录》是第一部文人创作的日记体行记。李翱在入岭南使府之前曾在朝中担任使职,也许受此影响,此行程录摒弃了单记道里行程的传统写法,借鉴修编年史的笔法,采用以干支记日、择日记事的日记体体例,记载了由洛阳赴岭南六个多月的行程。如记二月丁未至丁卯间的行程云:

> 二月丁未朔,宿陈留。戊申,庄人自卢又来,宿雍丘。乙酉,次宋州,疾渐瘳。壬子,至永城。甲寅,至埇口。丙辰,次泗州,见刺史,假舟,转淮上河,如扬州。庚申,下汴渠,入淮,风帆及盱眙,风逆,天黑色,波水激顺,潮入新浦。壬戌,至楚州。丁卯,至扬州。②

择日记录停宿地点、途中经历,能清晰连贯地展现出行的过程。现存敦煌残卷中的行记也有两种采用了日记体的体例,即伯 4648 号和斯 397 号。均以数字记日,记录了前往五台山参拜的行程。伯

---

① 晁公武撰,孙猛校证《郡斋读书志校证》卷六,第 258 页。
② [唐]李翱《李文公集》卷一八,《四部丛刊》本。

4648号记录了自二月七日到三月十七日从怀州、泽州、潞州至太原的行程。斯397号记录了自五月一日至五月二十九日从太原经忻州、定襄县至五台山之行程。在唐代,日记体体例的行记才初露端倪,文字朴实无华,只是唐人偶尔为之,应用并不广泛。直到宋代,特别是南宋时期这一体例的行记才大放异彩,成为行记创作的主要体式。

小　结

为了清楚认识宋代行记在行记这一文体发展史上的重要地位,把握这一文体发展的源流演变情况,本章从目录学著作、各类史料中搜集资料、全面考证,勾勒宋前行记发展概貌。

汉魏时期的行记创作尚处于萌芽时期,主要用以记录使臣出使西域、南海诸国的行程见闻,数量少、类型单一,但已经具备了行记记行程和录见闻两大基本要素。

两晋南北朝为行记初创期,涌现出众多纪行之作,行记已经正式成为一类文体。行记的创作者身份多样,行记数量增加,种类增多,按照行旅背景的不同,可将其分为行役记、交聘记和西行记。行役记专记国内出征、从驾、游览、巡幸等旅行活动。沿途山川险要、城郭郡邑、历史遗迹以及途中听闻的传奇故事都是记录的重点。著述体例上,采用"地名+景点记叙"的方式,一地一条,地名成为组织材料的线索。交聘记主要记载交聘国之风土以及使臣之间的应对之辞。西行记为僧人西行求法之行记,与同时期的行役记、交聘记相比,对行程和旅行见闻的叙写都更完整细致,能为我们简单呈现旅行中的个人经历。创作手法上,多用叙述,间有描写,文风质朴。

隋唐时期为行记发展期。专载国内行旅的行役记仍有数种，奉使交聘类行记创作兴盛，僧人创作行记的热情亦有增无减。与两晋南北朝时期的行记相比体现出一些新的特点：纪行更趋细化，将一段较长的路程细分为多段来记录，记载所经各段的馆驿名、方向、距离等，较详尽地反映出旅行者出行的路线。内容上，沿袭了先唐行记的特点，记叙山川风物、民俗风情等见闻仍是行记的主要内容，对沿途风物不仅有客观平实地记录，亦间有粗线条地勾勒和简单地评论。除记行程和述各地山川风物以外，还简要地展现了旅行活动的情况。行记记载范围更加广泛、内容更加丰富，艺术形式也多有创新。

第二章 宋代行记考论

随着宋代交通事业的发达,海外关系的拓展,交聘制度的完善,社会经济的富庶,任官选官制度的变化,宋人出行机会增多。出于不同的旅行目的,宋人有意识地记录下旅途的见闻,行记数量、质量均超越前代。宋代行记记述的行旅类型十分丰富,如记出任地方官员、奉命外出办理公务、奉使异域、贬谪、帝王出奔、汉人陷虏、逃归、避乱、省亲、访友……与前代相比,行役类、奉使类行记都进入了百花齐放的繁荣时期,而僧人西行求法类渐趋衰落,数量甚少。如按照行役记、交聘记、西行求法记的三分法来划分,既不能囊括宋代行记的所有类型,亦不能反映宋代行记的真实情形,故此处采用二分法。按照记载的疆域来划分,可分为国内行役记和域外行记两大类。国内行役记主要记录在宋朝疆域内的旅行活动,域外行记记录的是足迹经历中原王朝版图之外的周边国家和民族地区的旅行活动,如辽、金、交阯、大理、高丽、天竺、高昌等地。根据历代目录学著作和相关文献记载可考知书名的国内行役记共31种,域外行记共43种,现分述如下。

第一节　国内行役记文献考述

1. 李用和《游蜀记》

《通志·艺文略》地理·行役类载李用和撰"《游蜀记》一卷"。①

李用和,宋仁宗时人,章懿皇太后弟。官至侍卫亲军步军马军副都指挥使、殿前副都指挥使,其入蜀经历史传未见记载。《太平寰宇记》尚有少量存文。

2. 欧阳修《于役志》

书目未见著录。原书流传至今,收入《欧阳文忠公集》,《说郛》亦收录此书单行本。

欧阳修,字永叔,庐陵人。范仲淹因指谪时弊触怒权臣被贬饶州,余靖、尹洙等朝中臣僚均上书营救范仲淹,司谏高若讷独以为范仲淹应被贬。欧阳修"贻书责之,谓其不复知人间有羞耻事。若讷上其书,坐贬夷陵令"②。于景祐三年(1036)五月丙戌"集贤校理余靖、馆阁校勘尹洙、欧阳修并落职补外"③。《于役志》记此年五月至九月欧阳修由京师出发,沿汴渡淮,经南京(今河南商丘)、泗州(今安徽泗县一带)、扬州、鄂州等地至江陵府公安渡之贬谪经历。公安渡至夷陵之行程缺而不录。详写贬谪途中食宿交通、游览胜迹及与所经州县地方官员之交游。

3. 王安石《鄞县经游记》

王安石,字介甫,抚州临川人,宋代名相。庆历二年进士,及第

---

① 郑樵《通志》卷六六《艺文略》,第 783 页。
② 《宋史》卷三一九《欧阳修传》,第 10375 页。
③ 《宋史》卷一〇《仁宗本纪》,第 201 页。

后为签书淮南判官,秩满后又调知鄞县,王安石在鄞县"起堤堰,决陂塘,为水陆之利;贷谷与民,出息以偿,俾新陈相易,邑人便之"①。《鄞县经游记》记庆历七年(1047)十一月丁丑至戊子巡视鄞县十四乡民情,布置兴修水利任务的经历,历时十二天。此文收入《临川先生文集》卷八三。

4. 李复《冯翊行记》

李复,字履中,长安人。"官至中大夫集英殿修撰。"②元丰五年为官同州,巡检各属役作《冯翊行记》,记载同州行旅。所经地包括同州管辖的冯翊县、朝邑县、韩城县、夏阳县、白水县。同州,汉时为左冯翊,魏时为冯翊郡,后魏永平三年改为同州,天宝元年改同州为冯翊,乾元元年复为同州。③文题称冯翊乃同州之旧名。其文收入别集《潏水集》中。

5. 张舜民《郴行录》

《宋史·艺文志》传记类著录张舜民"《郴行录》一卷"。④《菉竹堂书目》子杂类、《文渊阁书目》子杂类著录"《郴行录》一册"。⑤

张舜民,字芸叟,号浮休居士,邠州人。"元丰中,朝廷讨西夏,陈留县五路出兵,环庆帅高遵裕辟掌机密文字。王师无功,舜民在灵武诗有'白骨似沙沙似雪',及官军'斫受降城柳为薪'之句,坐谪监邕州盐米仓,又追赴鄜延诏狱,改监郴州酒税。"⑥《续资治通鉴

---

① 《宋史》卷三二七《王安石传》,第10541页。
② [宋]钱端礼《书潏水集后》,见[宋]李复《潏水集》,《文渊阁四库全书》第1121册,第398页。
③ 参见乐史撰,王文楚等点校《太平寰宇记》卷二八,第592–593页。
④ 《宋史》卷二〇三《艺文志》,第5124页。
⑤ [明]叶盛《菉竹堂书目》,《丛书集成初编》第33册,第49页。[明]杨士奇《文渊阁书目》卷八,《丛书集成初编》第29册,第88页。
⑥ 《宋史》卷三四七《张舜民传》,第11005页。

长编》亦载元丰五年(1082)五月六日"降授承务郎新监邕州盐米仓张舜民,监郴州茶盐酒税"①。《郴行录》记其贬谪郴州途中见闻,记事起于九月丁丑,终于十月至衡山县。今无单行本流存,文见《画墁集》卷七至卷八。

《宋史·艺文志》又于子部小说类著录张舜民"《南迁录》一卷",《遂初堂书目》本朝杂传类亦有著录,不著卷数。②晁公武《郡斋读书志》小说类著录为两卷并云:"舜民元丰中从军攻灵州,师还谪授郴州监酒,即日之官记途中所历并其诗文。"③《续资治通鉴长编》《方舆胜览》《能改斋漫录》《说郛》《王荆公诗注》等书各有征引,引文与《画墁集》所收《郴行录》互见者较多,如以下几例:

各书引《南迁录》文字与《画墁集》所收《郴行录》文字对比表

南迁录	郴行录
"虹"当作"红",以为红阳侯国,讹为"虹"。(《路史》卷二七引《南迁录》)	"虹"当为"红",《汉书》所谓"红阳侯立"是也,讹而不改,遂谓之"虹"。
庾亮镇浔阳,经始此楼。(《入蜀记》卷三引《南迁录》)	庾亮镇浔阳,经始其事,废兴久矣。
过黄州闻东坡云:"近复一鱼,似鲇而有四足,能履地而行,或曰鲵鱼也。"(周必大《庐陵周益国文忠公集》卷一六九引《南迁录》)	苏子瞻言近获一鱼,似鲇而四足,能履地而行,不敢杀,复纵之江中。或曰此鲵鱼也。

《南迁录》与《郴行录》叙同一地同一事时内容一致,只因《南迁录》存文为他书所引,故与《郴行录》文字稍有差别。又有见于《南迁录》而不见于《郴行录》之文字,如:"江夏吕公洞前有军巡

---

① [宋]李焘《续资治通鉴长编》卷三三〇,中华书局,1995年,第7958页。
② 《宋史》卷二〇六《艺文志》,第5224页。尤袤《遂初堂书目》,《丛书集成初编》第32册,第11页。
③ 晁公武撰,孙猛校证《郡斋读书志校证》卷一三,第579页。

夜,逢三人,衣冠甚古,遗黄金数片。携归,光彩焕发。官觉,收之,则皆化为石,命藏之军资库。"① "浔阳甘棠湖之南,有孟氏者,世业渔钓。公访之,门阑萧然,竹篱数掩。孟生出见,葛衫草履,容止语言,真是江上渔人,略无异者。就茅庑一啜,左右皆渔器,腥秽逼人。稍即厅事,如富贵家。坐调呼须,已可嗟怪。顷间延至中堂,榱题轩楹,皆漆髹涂间之,雕采器服,灿然夺目。所设酒味菜羹,莫不皆嘉。久之,出妓女三四人,皆戚里之士服饰,宣所传皆京师新声,使人终日悦然。"② "(舜民)以元丰中至衡山,谒岳祠。有乐工六十四人,隶祠下。每岁立夏之日致祠,潭州通判与县官备三献,奏曲侑神,初曰《苏合香》,次曰《黄帝盐》,终曰《四朵子》。三曲皆开元中所降也,至今不废,器服音调,与今不同。然其曲甚长,自四更始奏,至旦方罢。祠官颇以为劳,多从杀减。"③ 所记江夏、衡山、浔阳等地皆为舜民赴郴州途中必经之地。由此可知《郴行录》《南迁录》两书实为一书,今《画墁集》四库本、丛书集成初编本所收《郴行录》均非完本。

宋代《遂初堂书目》《郡斋读书志》均称《郴行录》为《南迁录》,宋代类书《锦绣万花谷》及《夷坚志》《庐陵周益国文忠公集》等书征引此书亦作《南迁录》。又周紫芝《书浮休生〈画墁集〉后》云:"今临川雕浮休全集有此词(按:指"回首夕阳红尽处,尽是长安"一词),乃元丰间芸叟谪郴州时,舟过岳阳楼,望君山所作也。

---

① [清]迈柱等监修,夏力恕等编撰《湖广通志》卷一一九引《南迁录》,《文渊阁四库全书》第534册,第918页。
② [元]程棨《三柳轩杂识》引《南迁录》,陶宗仪《说郛三种》宛委山堂本卷二四,第1171页。
③ [宋]吴曾《能改斋漫录》卷五引《南迁录》,中华书局,1960年,第105页。

今日读公《南迁录》见之。"① 知宋人称其书为《南迁录》。元代脱脱等修《宋史》将其视为两书分别著录,元代戴表元有《书张浮休〈郴行录〉后》一文,② 可知元代已有《郴行录》《南迁录》二名。

6. 张礼《游城南记》

《郡斋读书志》《四库全书总目》地理类著录张礼《游城南记》一卷。③

张礼,字茂中,浙右人。《郡斋读书志》作秦人,生平不详,传世著作仅此一卷。

此书为元祐元年(1086)闰二月戊申至甲寅,张礼与友陈明微同游唐代旧都长安所作,前后历时七日。记载旧城都邑之寺院街坊、宫苑楼台、唐人园林别业,对于前代典籍载录而又实地访得其地者尤为详备。张礼作记后又自为记作注,原文简略叙写行程,注文则考证各景点沿革及现状。张注之后附有续注,仍以考证地名为主。续注中屡次提及金末元侵金之事。"观荐福寺塔"条记"贞祐乙亥岁,塔之缠腰尚存。辛卯迁徙,废荡殆尽,惟砖塔在焉"④。贞祐为金代年号,贞祐乙亥指公元1215年。"辛卯迁徙"一事指金正大八年(1231)金迁居民于河南一事。"慈恩寺"条亦云:"正大迁徙,寺宇废毁殆尽。"⑤ 史载:"大元兵围凤翔府……夏四月……大

---

① [宋]周紫芝《太仓稊米集》卷六七,《文渊阁四库全书》第1141册,第482页。
② [元]戴表元《剡源文集》卷一八,《文渊阁四库全书》第1194册,第236页。
③ 晁公武撰,孙猛校证《郡斋读书志校证》卷八,第357页。永瑢等《四库全书总目》卷七一,第629页。
④ [宋]张礼《游城南记》,《丛书集成初编》第3202册,第2页。
⑤ 张礼《游城南记》,《丛书集成初编》第3202册,第3页。

元兵平凤翔府。两行省弃京兆，迁居民于河南，留庆山奴守之。"①又"元医居"条续注云："金兴定辛巳间尚为元氏之居，迁徙后遂无闻焉。近代李构即庄建阁凿洞，立三清像，遂呼为三清阁。兵后，高窦老奉披云真人为十方院，门人樊志高尽有元庄，典刑虽在，盛事则废。"②"兵后"乃指元军克凤翔后事，且以金朝年号纪年，可知续注作者应为金末人。

此书有《丛书集成初编》本、《四库全书》本。

7. 黄庭坚《黔南道中行记》

黄庭坚，字鲁直，洪州分宁人。宋哲宗初继位，召黄庭坚等编修《神宗实录》，实录成，章惇、蔡卞与其党指斥实录多诬，于绍圣元年（1094）十二月"甲午，范祖禹、赵彦若、黄庭坚坐史事责授散官，永澧黔州安置"③。《黔南道中行记》记绍圣二年（1095）三月黄庭坚贬黔州途经下牢关、黄牛峡之经历，仅记三月辛亥至癸丑三日之见闻，收录于《山谷集》卷二〇中。

8. 太守张公《江行录》

《直斋书录解题》地理类著录"《江行录》一卷"并云："真州教授句颖绍圣三年所序云，太守张公所修也。张不著名。自真而上直抵荆南，自岳而分，旁征衡、永，自湖口而别，则东入鄱阳，南至庐陵，程期岸次、风云占候、时日吉凶，与夫港派滩碛矶浟，莫不具载。江行者赖之。"④ 全书记真州鄱阳、庐陵江行之行程、地理形势。由解题中提到前有绍圣三年（1096）所作序，知此书成书于绍圣初年，作者张公生平不详，盖为真州太守，是书早佚。

---

① ［元］脱脱等《金史》卷一七《哀宗本纪》，中华书局，1975年，第373页。
② 张礼《游城南记》，《丛书集成初编》第3202册，第11页。
③ 《宋史》卷一八《哲宗本纪》，第342页。
④ ［宋］陈振孙撰，徐小蛮、顾美华点校《直斋书录解题》卷八，第242页。

9. 卢襄《西征记》

《千顷堂书目》地理类著录卢襄《西征记》一卷。①

卢襄,字赞元,衢州人。大观元年(1107)进士,官至吏部尚书、太中大夫。《西征记》自叙仲春由衢赴京之行程见闻。书中曰:"去年秋举郡记,乡老里大夫推予为冠。今年求试春官,担簦裹粮走数千里……因谈笑之暇,姑记其所游之略,尚有遗赏,未出于车轮马足之间者缺之,以藏诸楮中云。"知为卢襄赴省试途中所作。文末云:"庚辰仲春元日记。"②考北宋庚辰年有太宗太平兴国五年(980)、仁宗康定元年(1040)、哲宗元符三年(1100)。据吴自牧《文武状元表》载,公元980年、1040年均未有进士科,无状元产生,唯"元符三年"条载状元名谓"李釜"。③此年二月二十四日,"以尚书吏部侍郎徐铎权知贡举,给事中赵挺之、宝文阁待制何执中、起居郎吴伯举同知贡举。准诏放合格奏名进士李釜已下五百五十八人"④。可知卢襄所谓"庚辰"为元符三年(1100)。是书当作于1100年春。

此书最早附于宋人所撰类书《锦绣万花谷》中,后又收录于涵芬楼百卷本《说郛》中。此外还有《明朝四十家小说》本,现《四库全书存目丛书》所收即为此本。

10. 赵鼎臣《游山录》

赵鼎臣,字承之,卫城人。元祐间登进士第,绍圣中登宏词科,官至太府卿。此文记政和甲午(1114)年夏四月诣奉高县游泰山往返十八日之见闻。今文载于《竹隐畸士集》中。

---

① [清]黄虞稷《千顷堂书目》,上海古籍出版社,1990年,第230页。
② [宋]卢襄《西征记》,《四库全书存目丛书》史部127册,第539页。
③ [宋]吴自牧《梦粱录》卷一七,浙江人民出版社,1980年,第153页。
④ [清]徐松《宋会要辑稿》选举一之一三,中华书局,1957年,第4237页。

11. 陶宣干《河东逢虏记》

书目无著录。陶宣干,史传无记载。据《河东逢虏记》知其为宣抚司干办公事。此文记靖康元年(1126)陶宣干前往汾州、平阳府视察军情,途中遇金兵南下,宋军战守无人节节溃败,百姓流离失所、城池沦陷之事。全文排日记载军事战况、沿途见闻。是书已无完貌,《三朝北盟会编》征引佚文数条。

12. 李纲《靖康行纪》

李纲字伯纪,号梁谿,邵武人。靖康元年(1126)知枢密院事,抗击金兵。宋金议和后于九月戊寅,除观文殿大学士,"罢知扬州"①,冬十月癸巳"以纲专主战议,丧师费财,落职提举亳州明道宫,责授保静军节度副使,建昌军安置;再谪宁江",后金兵再至,于靖康三年三月甲午"除纲资政殿大学士,领开封府事"②。

李纲于靖康元年九月至靖康二年四月初被贬,叙而复用,转徙于开封、河北河东路、扬州、江西、湖南等地间,作《靖康行纪》记此段经历。今其书已佚,唯有《靖康行纪序》尚存于《梁谿集》卷一三六。序作于"丁未岁孟夏十有九日"③,即靖康二年四月十九日,可知此书为被贬途中所作。从序中可知其书记录被贬途中游览惠山、龟峰寺、翠岩寺、九峰寺、岳麓寺等各地名胜及其访友省亲的经历。

13. 无名氏《建炎维扬遗录》

《四库全书总目》史部杂史类著录"《建炎维扬遗录》一卷",④不著撰人。

---

① 《宋史》卷二三《钦宗本纪》,第 430 页。
② 《宋史》卷三五八《李纲传》,第 11250 页。
③ [宋]李纲《梁谿集》卷一三六,《文渊阁四库全书》第 1126 册,第 560 页。
④ 永瑢等《四库全书总目》卷五二,第 470 页。

此书记录建炎二年（1128）冬，金兵南下攻宋，高宗建炎三年（1129）二月初三于扬州起驾，经丹阳、常州、无锡、平江府、吴江、崇德，于二月十三日逃至杭州，并以杭州为行宫处理政事之经历，记事止于三月一日。全书排日记录高宗驻跸之所及沿途所见官民南逃颠沛流离之状。

《三朝北盟会编》卷一二一引《维扬巡幸记》一书，所记与今本《建炎维扬遗录》基本一致，记事止于二月十五日，唯有字句小异。《建炎以来系年要录》卷二〇记黄谔渡江至京口被误认为黄潜善而被杀，史徽、范浩后至亦被杀一事，其后小注曰："《日历》称史徽、范浩渡江至常州宜兴县境，为盗所害，与此不同，今从《维扬巡幸记》"①，可知《建炎以来系年要录》据《维扬巡幸记》一书编修。今本《建炎维扬遗录》亦载其事，且与《建炎以来系年要录》文字一致，可知《维扬巡幸记》与《建炎维扬遗录》实为一书。

今有《丛书集成初编》本。

14. 胡舜申《己酉避乱录》

《四库全书总目》史部传记类著录胡舜申《己酉避乱录》一卷"。②

胡舜申，字汝嘉，绩溪人。官至舒州通判。建炎三年（1129）秋，金兵南下侵宋，于建炎四年破明州、越州北还平江。此时胡舜申在平江，举家避难于焦山。此书记避难之行程，避难途中惊恐危急之状，所见宋军作战无力、溃败之情形以及金兵北还后，平江凋零破败之情景。

王明清《玉照新志》卷四全文收录。

---

① ［宋］李心传《建炎以来系年要录》卷二〇，中华书局，1956年，第390页。
② 永瑢等《四库全书总目》卷六四，第571页。

15. 李正民《己酉航海记》

《四库全书总目》史部杂史类著录李正民"《己酉航海记》一卷"①,《直斋书录解题》杂史类亦有著录,并云"《己酉航海记》又名《建炎居邠记》"②。今无单行本,《三朝北盟会编》卷一三四存其完貌。王明清《挥麈录》、赵彦卫《东巡记》皆引此书,书名作《乘桴录》。

李正民,字方叔,扬州人。高宗时官至中书舍人,建炎三年(1129)七月,高宗闻金兵南下,南趋平江、越州、明州,十二月登舟航海抵台州、温州间。李正民随高宗南行,记建炎己酉(1129)七月至庚戌(1130)正月二十一日南逃之见闻,叙其行程及战守情况尤详。

16. 孙觌《荆溪行记》

孙觌,晋陵人,号鸿庆居士。高宗绍兴年间,"除龙图阁侍制,知临安府"③。此文记绍兴六年(1136)为葬亡兄前往江苏义兴沿荆溪一带看葬地之经过。记日从癸未至庚寅共八日。按日记载途中所历见闻。全文今存于孙觌《鸿庆居士集》卷二一中。

17. 郑刚中《西征道里记》

《四库全书总目》史部传记类著录郑刚中《西征道里记》一卷。④

郑刚中,婺州金华人。绍兴年间曾宣谕陕西,"金归侵疆,桧遣刚中为宣谕司参谋官。及还,除礼部侍郎"⑤。《西征道里记》为绍

---

① 永瑢等《四库全书总目》卷五二,第470页。
② 陈振孙撰,徐小蛮、顾美华点校《直斋书录解题》卷五,第156页。
③ [宋]周淙《乾道临安志》卷三,《文渊阁四库全书》第484册,第102页。
④ 永瑢等《四库全书总目》卷六四,第571页。
⑤《宋史》卷三七〇《郑刚中传》,第11512页。

兴九年(1139),郑刚中以左宣教郎、试秘书少监,充枢密行府参谋等职奉命赴陕西巡查民情、审择将帅军马时所作。记其往返路径,道里见闻。

是书有《丛书集成初编》本、《金华丛书》本(收入《四库全书存目丛书》中)。此书亦收录于郑刚中《北山集》卷一三中。各本均非完本,如"五月十四日宿虹县"条下记虹县万安湖、淮水,接着即写"由殿后小竹径,登景命殿"①,而在此前并未提及任何宫殿,前后不连贯。后文依次描写福宁殿、德坤殿、孝思殿、玉眷堂、太学等。考其地名,应为记写北宋旧都开封之语。此段文字后接着叙写六月四日至中牟之情形。全书采用排日记事的体例,这里却缺少五月十四日以后至六月四日从虹县至中牟之间的行程经见,可知"由殿后小竹径"一句之前有脱文。

18. 洪龟朋《巩洛行记》

书目无著录。周南有《跋巩洛行记后》一文,称此书共一卷,为"洪公吉寿绍兴九年(1139)笔录也"②。

洪吉寿指洪龟朋,字吉寿,为周南妻之外祖父。据跋云:"曩者齐安偕张公焘,衔命谒省桥陵……以是年二月二十四日出国北门,王事沿道有程,独至鄂罢,就舍二十许日。洎再得金字信督趣,始治行……既行,命张宪以兵护之而往而已。"③时洪龟朋随行入蜀,记其入蜀谒陵寝的经历。跋云:"按张子公归奏诸陵石涧久涸,使至而津流适通。今阅行纪,实泰裕二陵在永安军之南,号青龙河,其载新界事实如李熙民、李仲荀不屈于童贯,皆有补史氏之佚遗。"

---

① 郑刚中《西征道里记》,《四库全书存目丛书》史部127册,第547页。
② [宋]周南《山房集》卷五,《文渊阁四库全书》第1169册,第59页。
③ 周南《山房集》卷五,《文渊阁四库全书》第1169册,第59-60页。

可知书中还记载陵寝当时情形及途中所遇时事。

19. 周必大《归庐陵日记》

周必大,字子充,江西庐陵人。孝宗时除起居郎,兼编类圣政所详订官。又兼权中书舍人,侍经筵。曾觌、龙大渊得幸,经台谏弹劾,两人不降反迁并知阁门事。大臣周必大和金安节拒不书黄(按:依旨起草文件),并于隆兴元年(1163)三月上《缴驳龙大渊、曾觌差遣状》,称在龙大渊、曾觌二人升迁一事上,士民议论纷然,陛下对于"侍从要官,欲罢则罢,欲贬则贬,一付公论,略无适。莫独于二人,乃为之迁就讳避……今若轻犯众怨,不少退听,是陛下将欲爱之适所以害之,非计也"①。因而受到孝宗的指责。于是周必大上《同金给事待罪状》求归家待罪,孝宗不许,周必大又再三乞罢免官职,最后受敕主管台州崇道观,离阙归乡。

《归庐陵日记》记日从隆兴元年(1163)三月至六月,记自京归庐陵永和镇之沿途见闻。全书一卷,收入周必大《庐陵周益国文忠公集》,亦收入《丛书集成三编》。

20. 周必大《泛舟游山录》

此录共三卷,作于乾道三年(1167)。此时周必大仍离朝在外,为台州崇道观主管。据《周益文忠公年谱》载:"(周必大)乾道三年三月壬寅,携家泛舟入浙省外舅疾。"② 此录记三月从隆兴府出发,乙丑达宜兴祭奠外舅。八月自宜兴出发,十二月返回江西庐陵永和之行旅。此录往返皆书,记游览吴郡诸山、宜兴岩洞、九华山、江西庐山等风景名胜之经历。

---

① [宋]周必大《庐陵周益国文忠公集》卷九九,《宋集珍本丛刊》第52册,第76页。
② [宋]周纶《周益国文忠公年谱》,吴洪泽等编《宋人年谱丛刊》第9册,四川大学出版社,2003年,第5875页。

全录收入《庐陵周益国文忠公集》。《说郛》将其析为《吴郡诸山录》《庐山录》《庐山后录》《九华山录》四篇加以收录。

21. 周必大《奏事录》

《奏事录》共一卷。周必大自隆兴元年(1163)离朝数年后又"差知南剑州,改提点福建刑狱"①。《周益文忠公年谱》载:"乾道四年(1168)四月,除权发遣南剑州。"② 但周必大因病请辞,继续奉祠居乡。至乾道六年(1170),南剑州待阙已两年,任职到期,周必大入京上奏,"除秘书少监,兼直学士院,兼领史职"③。《奏事录》记事自四月从庐陵永和出发起,终于七月抵临安,记载了周必大携全家泛舟入京奏事之沿途见闻。收入周必大《庐陵周益国文忠公集》中。

22. 陆游《入蜀记》

陆游,字务观,越州山阴人。孝宗朝因"言者论游交结台谏,鼓唱是非,力说张浚用兵,免归"④。闲居山阴。至乾道五年(1169),任命为夔州通判。《入蜀记》记载了陆游自故乡山阴出发入蜀就职夔州通判的整个行程,陆游自乾道六年(1170)闰五月十八日出发,十月二十七日至夔州,行经吴越、荆楚、取道江南运河,泛舟长江,溯流而上至夔州,历时五个多月。陆游逐日记载了沿途所见山光水色、名胜古迹、风土人情,考证古迹、碑铭、诗文尤详。

《入蜀记》有文集本与单行本两大系统。此书最早收录于陆子遹于嘉定十三年(1217)所刻《渭南文集》中,子遹为《渭南文集》

---

① 《宋史》卷三九一《周必大传》,第 11966 页。
② 周纶《周益国文忠公年谱》,吴洪泽等编《宋人年谱丛刊》第 9 册,第 5876 页。
③ 《宋史》卷三九一《周必大传》,第 11966 页。
④ 《宋史》卷三九五《陆游传》,第 12058 页。

作序称陆游文:"先太史未病时,故已编辑,而名以《渭南》矣,第学者多未之见。今别为五十卷。凡命名及次第之旨,皆出遗意……尝谓子遹曰:'……如《入蜀记》《牡丹谱》、乐府词,本当别行,而异时或至散失,宜用庐陵所刊欧阳公集例,附于集后。'"① 可见子遹刻《渭南文集》时为避免陆游文散佚,因而将《入蜀记》刻入《渭南文集》中。今存各类宋代书目均未单独著录《入蜀记》,可见宋代主要以文集本形式流传。至明清单行本流传甚广,明代徐𤊹《徐氏家藏书目》著录"《入蜀记》四卷",《澹生堂书目》著录"《入蜀记》二册四卷",清代《四库全书总目》著录"《入蜀记》六卷"。② 明清多种类书都收有《入蜀记》单行本,所收《入蜀记》因版本源流不同,有一卷本、四卷本、六卷本之分。《说郛》《续百川学海》收录《入蜀记》一卷本,《宝颜堂秘笈》《四库全书》收录《入蜀记》四卷本,《知不足斋丛书》收录《入蜀记》六卷本。一卷本为节本,是《渭南文集》六卷本之末卷。四卷本与六卷本均为足本,因刊刻不同导致卷数分合略有差异。

23.周必大《南归录》

乾道八年(1172)二月"癸丑,以安庆军节度使张说、吏部侍郎王之奇并签书枢密院事"③。张说、王之奇二人照例上书辞免任命。周必大时为礼部侍郎兼直学士院,不草辞免不允诏,并上《缴张说、王之奇辞免西府奏》云:"盖以贵戚预政公私两失,不若坐享高爵厚禄之为安",并称西府如任用武臣则"愿于大将中择有威望可以运

---

① [宋]陆游《陆游集》第5册,中华书局,1976年,第2491页。
② [明]徐𤊹《徐氏家藏书目》,冯惠民等选编《明代书目题跋丛刊》,书目文献出版社,1994年,第1672页。[明]祁承㸁《澹生堂书目》,《明代书目题跋丛刊》第970页。永瑢等《四库全书总目》卷五八,第529页。
③《宋史》卷三四《孝宗本纪》,第653页。

筹折冲者畀之"①。因而得罪权势,乙卯有旨"与在外宫观,日下出国门"②。

《南归录》记从乾道八年(1172)二月丙辰至六月庚申自京南归吉水之行旅见闻,多记沿途士人交游。共一卷,收入《庐陵周益国文忠公集》。

24. 范成大《骖鸾录》

范成大,字至能,吴县人。《宋史·艺文志》《四库全书总目》史部传记类均著录范成大"《骖鸾录》一卷"。③《箓竹堂书目》《文渊阁书目》子杂类录"《骖鸾录》一册"。④

《骖鸾录》书名取韩愈《送桂州严大夫》诗句"远胜登仙去,飞鸾不暇骖"⑤而成。记乾道八年(1172)十二月七日从故乡吴郡盘门出发,经湖州、严州、婺州、衢州、隆兴府、潭州、衡州等地,于二月二十六日进入桂林界,三月十日就任静江府之行程。途中山石川渠、亭台楼阁、市邑兴衰、道途通塞均一一笔录于书。其书应成于赴静江任后不久,而书末又云:"余行纪,以骖鸾名之。若其风土之详,则有《桂海虞衡志》焉。"⑥《桂海虞衡志》为离桂入蜀道中所记:

---

① 周必大《庐陵周益国文忠公集》卷一〇六,《宋集珍本丛刊》第52册,第138页。

② 周纶《周益国文忠公年谱》,吴洪泽等编《宋人年谱丛刊》第9册,第5876页。

③ 《宋史》卷二〇三《艺文志》,第5124页。永瑢等《四库全书总目》卷五八,第529页。

④ 叶盛《箓竹堂书目》,《丛书集成初编》第33册,第50页。杨士奇《文渊阁书目》卷八,《丛书集成初编》第29册,第89页。

⑤ [唐]韩愈著,钱仲联、马茂元校点《韩愈全集》卷一〇,上海古籍出版社,1997年,第111页。

⑥ [宋]范成大撰,孔凡礼校点《范成大笔记六种》,中华书局,2002年,第60页。

"航潇湘,绝洞庭,溯滟滪,驰驱两川,半年达于成都。道中无事,因追记其登临之处与风物土宜"。书前自叙作序时间为"淳熙二年长至日",①可知《桂海虞衡志》成书于1175年夏至,《骖鸾录》文中已提及《桂海虞衡志》一书,盖为《桂海虞衡志》成书后又对《骖鸾录》一书进行增删润色。

其书收入《续百川学海》《宝颜堂秘笈》《四库全书》《知不足斋丛书》《说郛》等丛书中。

25. 吕祖谦《入越录》

吕祖谦,婺州人。隆兴元年登进士第,官至著作郎,兼国史院编修官。

《入越录》一卷,作于淳熙元年(1174)。是年因"父忧免丧,主管台州崇道观"②,吕离朝归婺州。此录记八月二十八日,吕祖谦与潘叔度自金华出发至会稽游览之经历、详记游览行程及旅途景色。收入《东莱吕太史文集》中,《说郛》亦录。《东莱吕太史年谱》云:"八月二十八日如越,潘叔度偕行。九月二十七日归自越,有《入越录》。"③今所见各本起于八月二十八日,止于九月十五日,每日必录,未见九月十五日至二十七之见闻,均非完本。

26. 吕祖谦《入闽录》

《入闽录》一卷。记淳熙二年(1175)三月由婺入闽之道途见闻。《东莱吕太史年谱》云:"四月二十一日,如武夷访朱编修元晦,潘叔昌从。留月余,同观关、洛书,辑《近思录》。朱编修送公于信州鹅湖,陆子寿、子静、刘子澄及江浙诸友皆会,留止旬日。归至三

---

① 范成大《桂海虞衡志》,《范成大笔记六种》,第81页,第82页。
② 《宋史》卷四三四《吕祖谦传》,第12873页。
③ [宋]吕祖俭、吕乔年编《东莱吕太史年谱》,吴洪泽等编《宋人年谱丛刊》第10册,第6397页。

衢,又留旬日,乃归。有《入闽录》。"① 可见《入闽录》记吕祖谦武夷访朱熹,并与陆九渊、陆九龄兄弟共襄鹅湖盛会之事。《东莱吕太史文集》《说郛》均收录。今存佚文只记三月二十一日至四月初六日每日的行程见闻,残缺太甚。

27. 范成大《吴船录》

《直斋书录解题》《绛云楼书目》小说家类著录范成大撰"《吴船录》一卷"。《遂初堂书目》地理类亦有著录,不著卷数。②《四库全书总目》作二卷,《宋史·艺文志》传记类又作"《吴船志》一卷"。③

范成大淳熙元年(1174)十月除敷文阁侍制、四川制置使,知成都府,受命入蜀。后朝廷"复置宣抚使,以命枢臣,改公成都路制置使,未几,废宣抚使,公复专四路之寄"④,兼制置成都、潼川、利、夔四道。在蜀中范成大开凿山路,体恤民情,选贤任能,安抚边境诸蛮,于淳熙四年(1177)春,因病求归,后升为敷文阁直学士。

此书即记录范成大淳熙四年自蜀归吴之行程。其书名取自杜诗"门泊东吴万里船"⑤之语。范成大自五月二十九日启程泛舟东

---

① 吕祖俭、吕乔年编《东莱吕太史年谱》,吴洪泽等编《宋人年谱丛刊》第10册,第6397页。按:《入闽录》载:"四月初一日至五夫,访朱元晦。"《东莱吕太史年谱》所云"四月二十一日"应为"四月初一日"。
② 陈振孙撰,徐小蛮、顾美华点校《直斋书录解题》卷一一,第343页。[清]钱谦益《绛云楼书目》卷二,《续修四库全书》第920册,第363页。尤袤《遂初堂书目》,《丛书集成初编》第32册,第16页。
③ 永瑢等《四库全书总目》卷五八,第529页。《宋史》卷二〇三《艺文志》,第5124页。
④ 周必大《资政殿大学士赠银青光禄大夫范公成大神道碑》,《庐陵周益国文忠公集》卷六一,《宋集珍本丛刊》第51册,第608页。
⑤ [唐]杜甫撰,[清]仇兆鳌注《杜诗详注》卷一三,中华书局,1979年,第1143页。

下,经蜀州、眉州、嘉州、叙州、泸州、涪州、忠州、万州、夔州等巴蜀州郡,过鄂州、江州,至建康、平江,已十月三日,历时四个多月。书中记录了旅途之古迹形胜、碑刻书画、风土人情以及访客会友、体察民情等活动。

此书今存,《续百川学海》《宝颜堂秘笈》《知不足斋丛书》《四库全书》《笔记小说大观》等丛书均有收录。

28. 陈文蔚《游吴江行记》《游山记》

陈文蔚,上饶人。理宗端平二年(1235)因著《尚书解》补迪功郎,为朱熹门人。

《游吴江行记》记绍熙二年(1191)七月戊寅至庚戌前后三日自嘉兴泛舟前往吴江游览之见闻。载游览之行程及沿途纪行诗歌。此文载《克斋集》卷一〇。

《游山记》作于嘉定二年(1209)十月。记是年九月癸巳至己亥共七日与友人周伯辉、傅岩叟同游傅岩之见闻,记沿途胜景及饮酒赋诗之乐。文载《克斋集》卷一〇。

29. 陈谦《雁山行记》

《直斋书录解题》传记类著录陈谦"《雁山行记》一卷"。《宋史·艺文志》史部地理类亦有著录,不录撰者。[1]

陈谦,字益之,温州永嘉人。《直斋书录解题》云:"嘉定己巳(1209)游山,直至绝顶,得所谓'雁荡'者,前人并未之识也。然继其后者,亦未有闻焉。"[2] 可知,此书记游览浙江雁荡山之经历以及"雁荡"胜景。是书已佚。

---

[1] 陈振孙撰、徐小蛮、顾美华点校《直斋书录解题》卷八,第264页。《宋史》卷二〇四,第5157页。

[2] 陈振孙撰、徐小蛮、顾美华点校《直斋书录解题》卷八,第264页。

30. 方凤《金华洞天行纪》(又名《金华游录》)

方凤,字韶卿,浦江县人。"举上礼部不中第,以特恩授容州文学,宋亡不仕,晚遂一发于咏歌,音调凄凉,深于古今之感。"①

《金华洞天行纪》记录元至元二十六年(1289)正月十一日至二十五日,方凤同谢翱、陈公凯、陈公举、吴续古等同游金华北山洞天之经历。详记北山泉石寺观,抒发黍离之悲。

此书共一卷,关于其书作者素有争议。一说认为是谢翱作。程敏政《宋遗民录》、陈继儒《宝颜堂秘笈》收录此书,署名谢翱作,题为《金华游录》。谢翱别集《晞发集》初刊本未收录,明代陆大业曾从旧本中抄录此书,补入《晞发遗集》中。一说认为是方凤作。曹溶《学海类编》、吴永《续百川学海》收录该书,题为方凤作,名为《金华洞天行纪》。陶宗仪《说郛》亦题该书为方凤作,名为《金华游录》。明末张燧将其编入方凤的《存雅堂遗稿》中。程敏政、陈继儒均称:"《翱传》云所著有《浙东西游录》九卷,此特其一也。"②将《金华游录》视为《浙东西游录》九卷之一。所称"翱传"指方凤作《谢君翱羽行状》,此文云:"(谢翱稿)今在者手录诗六卷、杂文五卷、《唐补传》一卷……《浙东西游录》九卷。"③明代《千顷堂书目》亦收录"谢翱《浙东西游录》九卷"④,可知《浙东西游录》至明代尚存。但《金华游录》是否为其中之一,尚无确证。今《四库全书》所收谢翱《晞发集》《晞发遗集》据明代陆大业家藏本刊行。陆大业重刻《晞发集》之前,有明代弘治间储罐刻本及万历中张氏重刻本,而陆大业所见明代旧本中无《金华游录》。陆大业自称:

---

① [明]宋濂《浦阳人物记》卷下,《丛书集成新编》第101册,第415页。
② [明]程敏政《宋遗民录》卷五,《四库存目丛书》史部88册,第482页。
③ [宋]方凤《存雅堂遗稿》卷三,《文渊阁四库全书》第1189册,第548页。
④ 黄虞稷《千顷堂书目》卷八,第229页。

"下卷《金华游录》系毛氏未刻样本,别无所考。第正其可知者而已",并引济南王公言,云:"(遗集)与正集如出两手,强弩之末不能穿鲁缟者",因而"录其说于此,以俟读公诗者考焉"。① 可见陆大业对《金华游录》是否属于谢翱作,仍心存疑问,因此放入《晞发遗集》中。

全书用第三人称写作,方凤、谢翱二人又同游金华,因而不易分辨孰为作者。今观其书,除记金华洞天胜景外,还四次记载方凤、谢翱二人游金华所作诗文。第一次为十六日,道士唐元素、王德厚、倪守约房中观羊石,引谢翱《观羊石记》。第二次为二十日,方凤"赋《北山道中》,众客皆和"②。第三次为二十一日,游朝真、冰壶、双龙三洞,引方凤《三洞》诗。第四次为二十五日,方凤抵吴氏书塾,引方凤《客有问金华胜游者以诗叙其概》。《金华洞天行纪》所引谢翱《观羊石记》一文,今存于《晞发集》中,名为《游赤松观羊石记》。《金华洞天行纪》"十五日乙未"条记录前往金华洞卧羊山之经历:"晚抵赤松,自源口入一里许,万松矗翠,有亭跨中路。扁'赤松山',旧枢密潜斋王公埜书,今住观,唐元素易以他书矣。沿溪入桥亭,扁'金华福地',郡人潘继先篆。过桥入三门,敕'宝积观'额,大中祥符元年所赐,与殿中四锦幰及献花四木孩俱,今犹存。入门而右,有堂临池上,为濯缨堂。默成先生潘待制良贵书。入而为松游亭,又入而为枕流亭,观之前为卧羊山,即皇初平叱石成羊处也。道士王元台、谢天与款宿,谒冲应、养素二真祠。

---

① [宋]谢翱《晞发遗集》卷下末附陆大业记,《四库全书》第1188册,第343页。
② 方凤《金华洞天行纪》,《存雅堂遗稿》卷四,《文渊阁四库全书》第1189册,第553页。

二真,初起初平兄弟也。"① 接着立即引《游赤松观羊石记》一文云:"金华洞为皇初平叱石处,予髫而闻之,发种种乃一至。而叱石处复不在金华洞。未至洞十五里,有山曰'赤松',今为宝积观,观旁祠二仙,二仙即皇初平兄弟,是其处也。"② 两者相对比,所记均包括皇初平叱石处、赤松山、二仙祠,但景物描写各有侧重。如《金华洞天行纪》为谢翱所作,行记中的内容与《游赤松观羊石记》内容重复,似乎不太可能。《金华洞天行纪》更有可能是方凤所写,并于文中引谢翱文以叙景。因两人同游金华故所写景点一致,又因两人观察角度不一,故而写景各有侧重。如果《金华洞天行纪》是方凤所作,那么在行记中引自己诗歌的现象也可以得到解释。作者即景抒情作诗,并将诗附于文集中得以流传,这是宋代行记写作的一大特色。在前代张舜民的《郴行录》、卢襄的《西征道里记》、陆游的《入蜀记》中都有这种说诗览胜的特征。

此外,据《金华洞天行纪》所述,谢翱游金华"归后,作《金华洞人物古迹记》"③。此文今存于谢翱《晞发集》中,记录经金华洞所见各种钟乳石之情形,分为似人、似植物、似山奇海怪之物、似器玩之物等多类一一进行描写,其文尚存。文末云:"友人方君凤既集为行纪,志所变怪,先后有差。"④ 可知方凤确实作有游金华之行记,且与谢翱文各不相同。

复次,《金华洞天行纪》后有元人吴士谔跋语云:"《金华洞天行纪》一小帙,盖岩南方先生、晞发谢先生与诸老并先伯父续古

---

① 方凤《存雅堂遗稿》卷四,《文渊阁四库全书》第1189册,第551页。
② 方凤《存雅堂遗稿》卷四,《文渊阁四库全书》第1189册,第551页。
③ 方凤《存雅堂遗稿》卷四,《文渊阁四库全书》第1189册,第553页。
④ [宋]谢翱《晞发集》卷一〇,《文渊阁四库全书》第1188册,第326页。

同游之所纪述也。"① 又有郭霶于天顺四年(1460)所作跋云:"方韶卿,浦江人,号岩南先生……皋羽,建宁人,号晞发先生……陈帝臣、吴续古等亦皆时之高士,文章巨家也。共为此卷,夫岂易得哉。"② "共为此卷"不似指四人共同作此行记,而应指《金华洞天行纪》为记方凤、谢翱、陈帝臣、吴续古共游金华之记述。两人均首列方凤,盖方凤为行记作者。由以上三点可知《金华洞天行纪》作者应为方凤。

第二节　域外行记文献考述

1. 无名氏《西天路竟》

敦煌残卷斯 383 号记从东京开封至南天竺之行程。卷首题曰"《西天路竟》一本",王重民《敦煌遗书总目索引》则将其定名为《西天路竟》。

乾德四年(966)癸未"僧行勤等一百五十七人各赐钱三万游西域"③。黄盛璋《〈西天路竟〉笺证》一文认为此残卷即为此次求法中之一沙门所撰行记,"与同次赴印之《继业行程》及《宋史》《佛祖统记》所记行勤等路程皆合,旧以为唐域五代写本者,误也。此本有明显之省略,间有脱误,因抄倒而注有钩乙符号者多达三处,尤为传抄而非原本之证"④。

---

① 方凤《金华洞天行纪》后附《跋》,《存雅堂遗稿》卷五,《文渊阁四库全书》第 1189 册,第 557 页。
② 方凤《金华洞天行纪》后附《跋》,《存雅堂遗稿》卷五,《文渊阁四库全书》第 1189 册,第 557–558 页。
③《宋史》卷二《太祖本纪》,第 21 页。
④ 黄盛璋《〈西天路竟〉笺证》,《敦煌学辑刊》1984 年第 6 期。

2. 继业《西域行程》

历代书目未见著录。继业,"姓王氏,耀州人,隶东京天寿院。乾德二年(964),诏沙门三百人,入天竺求舍利及贝多叶书,业预遣中。至开宝九年始归"①,以峨眉牛心寺为庵居。范成大自蜀归吴途经峨眉牛心寺见寺藏《涅槃经》,每卷皆有继业对西域行程的记载,范成大将其作为珍贵的史料笔录于《吴船录》一书中。今文见范成大的《吴船录》上卷。

3. 王延德《西州使程记》

《宋史·艺文志》传记类著录王延德《西州使程记》一卷,《遂初堂书目》地理类亦有著录。②

王延德,大名人。历任太宗、真宗两朝,官至左千牛卫上将军。宋太宗"(太平兴国)六年(981),会高昌国遣使朝贡,太宗以远人输诚,遣延德与殿前承旨白勋使焉。自夏州渡河,经沙碛,历伊州,望北庭万五千里。雍熙二年,使还,撰《西州程记》以献"③。所谓《西州程记》应为《西州使程记》之别称。主要记录自太平兴国六年五月离京师前往高昌之行程,沿途所经部落之风土习俗以及高昌之气候、物产,高昌国王与使臣会见情形等。王明清《挥麈录》最早引录该书内容,《宋史·高昌传》《文献通考》《说郛》等亦有征引。

4. 宋镐等使交阯行记

宋太宗淳化元年(990)正月以"左正言宋镐、右正言王世则使

---

① 范成大《吴船录》,《范成大笔记六种》,第 204 页。
②《宋史》卷二〇三《艺文志》,第 5119 页。尤袤《遂初堂书目》,《丛书集成初编》第 32 册,第 16 页。
③《宋史》卷三〇九《王延德传》,第 10157 页。《宋史》卷四九〇《高昌传》云:"雍熙元年四月,王延德等还。"《挥麈录》前录卷四引《西州使程记》云:"(王延德)雍熙元年四月,至京师。"本传中"雍熙二年"应为"雍熙元年"。

交州,以加恩制书赐王治及黎桓也"①。宋镐、王世则一行于同年秋末抵交州,淳熙二年(991)使还,"上令条列山川形势及桓事迹"②。宋镐等人回京所述交阯见闻的记录保存于《宋史·交阯传》《续资治通鉴长编》中,主要记载出使交阯之行程,沿途民风,交阯国内赐诏、宴游活动以及交阯王黎桓野蛮、鄙陋、残忍的性格。

5. 陈靖等出使高丽之行程经见

《宋史·高丽传》载宋太宗淳化四年(993)正月,高丽国王王治遣使贡方物并谢赐经及御制,"二月,(太宗)遣秘书丞直史馆陈靖、秘书丞刘式为使,加治检校太师,仍降诏存问军吏耆老"③。随后记录了陈靖等人自东牟趣八角海口,经芝冈岛,于瓮津口登陆,经海州、阎州、白州至高丽国的行程以及高丽君臣迎送宋使之礼数。这段记录应摘录自此次使高丽之使臣所撰行记。

6. 路振《乘轺录》

《郡斋读书志》伪史类、《直斋书录解题》传记类、《宋史·艺文志》传记类均著录路振"《乘轺录》一卷"。④《玉海》"治平十国志"条亦云:"路振祥符初使契丹,撰《乘轺录》一卷以献。"⑤

路振,字子发,永州祁阳人,出使时间及原由,宋史无记载。晁载之《续谈助》节抄《乘轺录》文字,并云:"是岁(大中祥符元年,1008)振受诏充契丹国主生辰使。"⑥《乘轺录》为此次使辽之行记。

---

① 李焘《续资治通鉴长编》卷三一《太宗》,第697页。
② 李焘《续资治通鉴长编》卷三一《太宗》,第698—699页。
③ 《宋史》卷四八七《高丽传》,第14040—14041页。
④ 晁公武撰,孙猛校证《郡斋读书志校证》卷七,第283页。陈振孙撰,徐小蛮、顾美华点校《直斋书录解题》卷七,第203页。《宋史》卷二〇三《艺文志》,第5119页。
⑤ 王应麟辑《玉海》卷四七,第885页。
⑥ [宋]晁载之《续谈助》,《丛书集成初编》第272册,第49页。

记事自十二月四日过宋辽界限白沟起,迄于祥符二年正月九日辞辽主于武功殿。只叙入辽之行程,不及回程。择日记事,记录沿途所见城邑、馆舍、地形地貌,与辽主相见之礼仪。此外还详记沿途州县刺史、辽接伴使副的接待活动,前朝古迹以及辽地的政治、经济、地理环境等情形。

今所见均非足本。《续谈助》《宋朝事实类苑》等收录此书。先后有罗继祖、贾敬颜、赵永春、李德辉等学者对此书进行过整理。

7. 宋抟等使契丹行程记

书目未见著录。宋抟,字鹏举,莱州掖县人。《续资治通鉴长编》载景德四年(1007)九月,"命户部副使、祠部郎中宋抟为契丹国母正旦使,供奉官、阁门祗候冯若拙副之"①。于大中祥符元年(1008)三月丁卯还。出使回京后宋抟等人将使辽见闻上奏朝廷,所述见闻可看作一部行记。《续资治通鉴长编》卷六八、《宋会要辑稿》蕃夷五、《文献通考》卷三四六均有征引。存文主要记使契丹所见中京之城垒、宫殿、风俗及契丹国母、君臣等见闻。

8. 王曾《契丹志》

《宋史·艺文志》地理类录"《契丹志》一卷",《遂初堂书目》地理类亦收《契丹志》一书,未标作者、卷数。②从书名上看《契丹志》可能是一部地记著作,但《玉海》卷一六《地理·异域图书》"嘉祐契丹地图"条曰:"祥符中知制诰王曾奉使,撰《契丹志》一卷,载经历山川城郭。"③可知其书当为使契丹行记。

王曾,字孝先,青州益都人。官至右仆射兼门下侍郎平章事,

---

① 李焘《续资治通鉴长编》卷六六《真宗》,第1489页。
② 《宋史》卷二〇四《艺文志》,第5156页。尤袤《遂初堂书目》,《丛书集成初编》第32册,第16页。
③ 王应麟辑《玉海》卷一六《地理·异域图书》,第304页。

封沂国公。大中祥符五年(1012)冬十月"己酉,以主客郎中、知制诰王曾为契丹国主生辰使,宫苑使、荣州刺史高继勋副之;屯田郎中、兼侍御史知杂事李士龙为正旦使,内殿崇班、阁门祗候李余懿副之"①。可知王曾为庆贺辽圣宗耶律隆绪生辰出使契丹。《续资治通鉴长编》卷七九引录王曾使还上奏朝廷的述使辽见闻之文字,主要记录自雄州白沟驿渡河至中京大定府之行程,详记所经州县、馆驿,所经城邑设置以及契丹人生产生活风俗,此段文字虽未标明出处,应本于《契丹志》一书。同样文字亦见于《宋会要辑稿》蕃夷、《文献通考》卷三四六、《契丹国志》卷二四等书。各书引录书名各异,或作《上契丹事》,或为《王沂公行程录》,或为《北行录》,均为后人根据引文内容拟定之名,应以《宋史·艺文志》著录名称为准。

9. 晁迥《北庭记》

书目未有著录。《玉海》卷一六《地理·异域图书》"熙宁北道刊误志"条下有"《晁迥传》:使契丹还奏《北庭记》"②。《宋史·晁迥传》亦有"使契丹,还,奏《北庭记》,加史馆修撰、知通进银台司"③。

晁迥,字明远,彭门人。历仕太宗、真宗二朝。大中祥符六年(1013)九月"乙卯,以翰林学士晁迥为契丹国主生辰使,崇仪副使王希范副之;龙图阁待制查道为正旦使,供奉官、阁门祗候蔚信副之"④。《续资治通鉴长编》卷八一引晁迥等使还上奏之内容,主要记录使辽至长泊见契丹族射猎风俗一事。《宋会要辑稿》亦云:"是

---

① 李焘《续资治通鉴长编》卷七九《真宗》,第1794页。
② 王应麟辑《玉海》卷一六《地理·异域图书》,第304页。
③ 《宋史》卷三〇五《晁迥传》,第10086页。
④ 李焘《续资治通鉴长编》卷八一《真宗》,第1848页。

岁(大中祥符六年)翰林学士院晁迥,龙图阁侍制查道充使至长泊,及还上殿中风俗。"①可知其上奏内容主要为使辽所见契丹风俗,亦为《北庭记》主要内容。

10. 薛映等使契丹行记

薛映,字景阳,蜀人。大中祥符九年(1016)九月"己酉,命枢密直学士、工部侍郎薛映为契丹国主生辰使,东染院使刘承宗副之;寿春郡王友、户部郎中、直昭文馆张士逊为正旦使,供备库使王承德副之"②。又《辽史》载:"(开泰五年十二月)丁酉宋遣张逊、王承德来贺千龄节。"③(按:"张逊"应为"张士逊")可知薛映一行为祝贺辽圣宗生日出使契丹,于十二月抵达辽境。《宋会要辑稿》云:"枢密直学士薛映、直昭文馆张士逊充使,至上京,及还,上殿中境界。"④知薛映等人使还,上奏朝廷述契丹见闻。

《续资治通鉴长编》《宋会要辑稿》均引录一段文字涉及薛映、张士逊一行自中京至上京临潢府之行程经见,此段文字应源自于薛映等人使辽之行程录。《文献通考》卷三四六亦有称引,《辽史》卷三七引作《薛映记》,应为后人拟定之名。《契丹国志》卷二四亦引此段文字,误题作《富郑公行程录》,傅乐焕先生已有详考。⑤

11. 辛怡显《至道云南录》

《郡斋读书志》伪史类、《直斋书录解题》地理类、《宋国史艺文志》故事类、《宋史·艺文志》地理类均著录辛怡显"《至道云南录》

---

① 徐松《宋会要辑稿》蕃夷二之八,第7696页。
② 李焘《续资治通鉴长编》卷八八《真宗》,第2015页。
③ [元]脱脱等《辽史》卷一五《圣宗本纪》,中华书局,1974年,第179页。
④ 徐松《宋会要辑稿》蕃夷二之八,第7696页。
⑤ 傅乐焕《宋人使辽语录行程考》,《辽史丛考》,第15—17页。

三卷"。①《宋史·艺文志》故事类又重复著录,书名作《云南录》,《遂初堂书目》地理类亦著录,不云作者和卷数。②

辛怡显,嘉州人。太宗淳化五年,李顺乱蜀,与南蛮勾结,窜入云南,朝廷觅能使滇者前往招抚,辛怡显自荐请行,招安使雷有终遂遣辛怡显使南诏,至道初完成任务而归。《至道云南录》即为此次使边之行记,载"其国山川风俗及淳化末朝廷所赐诸驱诏,甚具"③。是书已佚,《续资治通鉴长编》《容斋随笔》尚有少量存文。

据《直斋书录解题》称此书有天禧四年(1020)自序,可知书成于此时。后世有书亦称此录为《天禧云南录》,如明代谢肇淛《滇略》即著录"宋辛怡显《天禧云南录》三卷"④,遂有学者认为辛怡显曾于至道、天禧年间两次出使云南分别撰有两部行记。如李德辉《晋唐两宋行记辑校》一书在为《至道云南录》撰写的提要中云辛怡显"真宗天禧元年撰成《至道云南录》献之,中载出使行程、诸国山川风俗及朝廷诏敕甚具。随后监虔州商税,再度奉使云南,著《天禧云南录》"⑤。此说盖源于对《玉海》一书著录的误解。《玉海》有"天禧云南录"一则提要,云:"《中兴书目》二卷,天禧元年监虔州商税辛怡显撰。淳化五年,以西蜀顺贼与南蛮结连,诏募命官士庶通边事者,往黎嶲界招抚,时怡显自荐请行。至道元年,讫

---

① 晁公武撰,孙猛校证《郡斋读书志校证》卷七,第290页。陈振孙撰,徐小蛮、顾美华点校《直斋书录解题》卷八,第267页。赵士炜辑考《宋国史艺文志》,《宋史艺文志》之附编,第552页。《宋史》卷二〇四《艺文志》,第5154页。
② 《宋史》卷二〇三《艺文志》,第5105页。尤袤《遂初堂书目》,《丛书集成初编》第32册,第16页。
③ 李焘《续资治通鉴长编》卷一〇,第228页。
④ 谢肇淛《滇略》卷八,《文渊阁四库全书》第494册,第215页。
⑤ 李德辉《晋唐两宋行记辑校》,辽海出版社,2009年,第194页。

事而归,是书备载始末云。"① 解题内容与《至道云南录》一书记录时间、出使缘由完全一致,可知《天禧云南录》即是《至道云南录》。《玉海》著述体例为先称年代后录书名,如卷十六著录书籍有"唐《西域记》""景德《交州图》""崇宁《鸡林志》"等条例,因而"天禧云南录"条指天禧年间有《云南录》一书,而非另有《天禧云南录》一书。

12. 宋绶等使辽行记

宋绶,字公垂,赵州平棘人。真宗天禧四年(1020),宋绶为工部员外郎,九月"辛酉,命知制诰宋绶为契丹国主生辰使,阁门祗候谭伦副之;太子左谕德鲁宗道为正旦使,阁门祗候成吉副之"②。《宋会要辑稿》又云:"(天禧)四年,知制诰宋绶充使,始至木叶山。及还,上房中风俗。"③ 可知宋绶以庆贺辽圣宗生日使辽,使还,上奏有关契丹风俗之事。

今《续资治通鉴长编》卷九七、《宋会要辑稿》均引宋绶等上奏内容,主要记录从中京到木叶山所经馆驿里数、契丹族住宿、射猎、捕鱼,以及辽国君臣服饰、官制等习俗。此段文字应源于宋绶使辽行记。此书书目未见著录,《辽史拾遗》卷一三引作《上契丹书》为后人拟定之名。

13. 刘涣《刘氏西行录》

《直斋书录解题》传记类著录刘涣"《刘氏西行录》一卷",《宋史》传记类亦录此书,称为《西行记》。④

---

① 王应麟辑《玉海》卷五八,第1114页。
② 《续资治通鉴长编》卷九六《真宗》,第2217页。
③ 徐松《宋会要辑稿》蕃夷二之九,第7696页。
④ 陈振孙撰,徐小蛮、顾美华点校《直斋书录解题》卷七,第203页。《宋史》卷二○三《艺文志》,第5120页。

刘涣,字仲章,保塞人。宋仁宗时期,西夏赵元昊唆使唃厮啰母与宋交好,企图共抗宋朝,朝廷以此为患。"赵元昊叛命,以兵遮厮啰,遂与中国绝。屯田员外郎刘涣献议通唃厮啰,乃使涣出古渭州,循末邦山,至河州国门寺。绝河,逾廓州,至青唐,见唃厮啰,授以爵命,自此复通。"①《涑水记闻》《续资治通鉴长编》均载出使时间为康定元年(1040)。②《直斋书录解题》云:"直昭文馆保塞刘涣仲章撰。按康定二年,朝廷议遣使通河西唃氏。涣以屯田郎知晋州,请行。以十月十九日出界,庆历元年三月十日回秦州。此其行纪也。"③可知刘涣使还为公元1041年三月。④

《刘氏西行录》即为此次出使之行记。是书已佚,周辉《清波杂志》云:"辉得《刘氏西行录》,乃涣所纪,往返系日以书,甚悉,且多篇咏。虽所至必与蕃僧接,且赖其乡导。既仗使节,辟官属,计事宜,结恩信,称诏赐赍茶彩,悉用汉官威仪。"⑤可知其书以日记体形式记奉使见闻,包括与蕃僧交往,于唃厮啰部族下诏受命之情形,以及使途所作诗歌。

---

① [宋]沈括撰,胡道静校注《新校正梦溪笔谈》卷二五,中华书局,1957年,第260页。
② 《续资治通鉴长编》卷一二八:"(康定元年八月)癸卯,遣屯田员外郎刘涣使邈川,谕唃厮啰出兵助讨西贼,涣请行也。"(李焘《续资治通鉴长编》,第3035页)《涑水记闻》卷一二云:"(康定元年)八月辛丑诏屯田员外郎刘涣往秦州,至邈州以东勾当公事,涣知晋州,自请使外国故也。"([宋]司马光《涑水记闻》,中华书局,1989年,第246页)
③ 陈振孙撰,徐小蛮、顾美华点校《直斋书录解题》卷七,第203页。
④ 庆历元年三月为公元1041年三月,出界日期十月十九日应为公元1040年十月十九日,即康定元年,解题所谓"康定二年"将使还日期误为出使日期。
⑤ [宋]周辉撰,刘永翔校注《清波杂志校注》卷一〇,中华书局,1994年,第426页。

14. 宋敏求《入蕃录》

《宋史·艺文志》传记类著录宋敏求"《入蕃录》二卷"。①

宋敏求,字次道,赵州平棘人,宋绶之子。嘉祐六年(1061)闰八月己丑"度支判官、刑部员外郎、集贤校理宋敏求为契丹生辰使,西染院副使、阁门通事舍人张山甫副之。"②《入蕃录》即为此次出使契丹之行记。其书早佚。苏颂《龙图阁直学士修国史宋公神道碑铭》称《入蕃录》为"记当官所闻见与其应用书"③之一。

范成大使金七十二绝句《琉璃河》一诗自注征引其文一则云:"此河大中祥符间路振《乘轺录》亦谓琉璃河,惟嘉祐中宋敏求《入番录》乃谓之六里河,大抵胡语难得其真。"④可知此书有关于出使契丹途中经琉璃河的记载。

15. 沈括《熙宁使虏图抄》

沈括,字存中,钱塘人。《通志·艺文略》地理朝聘类著录沈括"《使辽图抄》一卷",⑤《秘书省续编到四库阙书目》地理类著录"沈括《使虏图抄》一卷"。⑥沈括《熙宁使虏图抄》自云:"别为《图抄》二卷。"⑦可知此书原为两卷。成书不久后就有亡佚。

神宗熙宁年间,辽使萧禧使宋,因宋辽边界问题争执不下,久留宋不还,因此神宗于熙宁八年(1075)三月癸丑,命"右正言、知

---

① 《宋史》卷二〇三《艺文志》,第5121页。
② 李焘《续资治通鉴长编》卷一九五《仁宗》,第4717页。
③ [宋]苏颂《苏魏公文集》卷五一,中华书局,1988年,第775页。
④ [宋]范成大《范石湖集》卷一二,上海古籍出版社,1981年,第156页。
⑤ 郑樵《通志》卷六六《艺文略》,第782页。
⑥ 叶德辉考证《秘书省续编到四库阙书目》,《宋史艺文志》之附编,第338页。
⑦ 贾敬颜《沈括〈熙宁使契丹图抄〉疏证稿》,《五代宋金元人边疆行记十三种疏证稿》,第124页。

制诰沈括假翰林侍读学士,为回谢辽国使,西上阁门使、荣州刺史李评假四方馆使副之"①,使辽面议分界问题。沈括一行于"闰四月十九日离新城县,五月二十三日至永安山亭子""五月二十五日至北庭,六月五日起离,住十一日"②。《熙宁使虏图抄》即为此次使辽行记。

《熙宁使虏图抄》自序云:"山川之夷险、远近、卑高、横从之殊,道途之陟降纡屈,南北之变,风俗、车服、名秩、政刑、兵民、货食、都邑、音译,觇察变故之详,集上之外,别为《图抄》二卷,转相补发,以备行人。以五物反命,以周知天下之故。"③又《宋史·沈括传》云:"括乃还,在道图其山川险易迂直,风俗之纯庞,人情之向背,为《使契丹图抄》上之。"④两相对照可知自序所称:"山川之夷险、远近、卑高、横从之殊,道途之陟降纡屈,南北之变,风俗、车服、名秩、政刑、兵民、货食、都邑、音译,觇察变故之详"为《熙宁使虏图抄》一书的内容,而所称"集"则指沈括使还后上奏的语录《乙卯入国奏请并别录》。《续资治通鉴长编》卷二六五征引语录部分内容,主要记录沈括使辽双方论辩之辞。⑤两者同为使辽之产物,一为行记,一为语录。

《永乐大典》卷一〇八七七"虏"字条卜引此书作"沈存中《西

---

① 李焘《续资治通鉴长编》卷二六一《神宗》,第 6362 页。
② 李焘《续资治通鉴长编》卷二六五"六月壬子"条下注,第 6497 页,第 6498 页。
③ 贾敬颜《沈括〈熙宁使契丹图抄〉疏证稿》,《五代宋金元人边疆行记十三种疏证稿》,第 124 页。
④ 《宋史》卷三三一《沈括传》,第 10655 页。
⑤ 《续资治通鉴长编》卷二六一"三月癸丑"条下云:"沈括自有乙卯入国奏请并别录,载使事甚详。"卷二六二"四月丙寅"条又云:"载萧禧不肯习仪及朝辞事颇详。"

溪集·熙宁使房图抄》"①,据贾敬颜考证:"(沈)括集名《长兴》,《西溪集》乃括之侄遘所著,遘弟辽别著《云巢集》,括苍刊本合为《沈氏三先生文集》而以《西溪》居首,《大典》撰人不详查阅,且以括名在遘、辽上,遂误以《西溪》为括所著耳。"②由此可知《熙宁使房图抄》一书原收入沈括别集《长兴集》中,《永乐大典》撰者误题集名,今存《长兴集》散佚过多,已不复见原貌。《熙宁使房图抄》名曰图抄,而今《永乐大典》只存文而无图,引文记录沈括使辽自白沟至永安山之行程,详记馆驿间里程、方位,所经山河、州县之地形地貌,奚人、渤海人、契丹人之习俗。《资治通鉴》胡三省注亦征引《熙宁使房图抄》文字,只云"沈括曰"而不引书名,所引亦都在《永乐大典》范围之内。

16. 张舜民《甲戌使辽录》

《宋史·艺文志》故事类著录张舜民《使辽录》一卷,《遂初堂书目》地理类、本朝故事类重复著录,亦称为《使辽录》,《郡斋读书志》伪史类录"《使辽录》二卷",并云"右皇朝元祐甲戌春,张舜民被命为回谢大辽吊祭使,郑介为副,录其往返地里及话言也"。③张舜民《投进〈使辽录〉〈长城赋〉札子》自叙撰《使辽录》之经历:"臣近伏蒙圣慈差奉使大辽。寻具辞免,不获俞允。勘会昨于元祐九年,差充回谢大辽吊祭宣仁圣烈皇后礼信使,出疆往来,经涉彼

---

① [明]解缙等编《永乐大典》卷一〇八七七,中华书局,1986年,第5册,第4480页。
② 贾敬颜《沈括〈熙宁使契丹图抄〉疏证稿》,《五代宋金元人边疆行记十三种疏证稿》,第122页。
③ 《宋史》卷二〇三《艺文志》,第5107页。尤袤《遂初堂书目》,《丛书集成初编》第32册,第10页,第16页。晁公武撰,孙猛校证《郡斋读书志校证》卷七,第284页。

土,尝取其耳目所得,排日纪录,因著为《甲戌使辽录》。"① 宣仁太后元祐八年(1193)九月戊寅崩,"庚辰遣使告哀于辽""十二月丁巳辽人遣使来吊"②。张舜民作为回谢大辽吊祭使而使辽。其《画墁录》云:"使绍圣初备员北使,亦蒙此赐。"③(按:"此赐"指辽赐给宋使的羊肉、猪肉等厚礼)明言使辽为绍圣初,哲宗于1094年四月改元绍圣,张舜民使辽应在改元后,《郡斋读书志》"元祐甲戌春"应为"绍圣甲戌春"。

是书已佚。《契丹国志》《类说》《说郛》等书征引佚文数条。张舜民云《使辽录》为"排日记录""所载山川井邑、道路风俗,至于主客之语言,龙庭之礼数,亦可以备清闲之览观"④,知此书以日记体形式记旅行见闻,今存佚文记事为一事一则,已无法窥其原貌。

17. 李远《青唐录》

《宋史·艺文志》《直斋书录解题》传记类著录李远"《青唐录》一卷"。⑤

李远,史传不见著录,唯《直斋书录解题》云李远为"右班殿直""绍圣武举人,官镇洮,奉檄军前,记其经历见闻之实,灿然可观"⑥。《宋史》载:"西宁州,旧青唐城,元符二年陇拶降,建为鄯州,仍为陇右节度,三年弃之。"⑦知李远此书作于元符二年(1099)之

---

① 张舜民《画墁集》卷六,《丛书集成初编》第1948册,第49页。
② 《宋史》卷一七《哲宗本纪》,第336—337页。
③ [宋]张舜民《画墁录》,《丛书集成新编》第86册,第591页。
④ 张舜民《画墁集》卷六,《丛书集成初编》第1948册,第49页。
⑤ 《宋史》卷二〇三,第5122页。陈振孙撰,徐小蛮、顾美华点校《直斋书录解题》卷七,第215页。
⑥ 陈振孙撰,徐小蛮、顾美华点校《直斋书录解题》卷七,第215页。
⑦ 《宋史》卷八七《地理志》,第2168页。

后。是书记出征青唐、邈川之行程及其山川风土。《说郛》涵芬楼本存其文。

《宋史·艺文志》传记类著录汪藻撰"《青唐录》三卷"[1],《资治通鉴长编》多有引录,载崇宁年间童贯等取湟、廓、西宁州,青唐降宋,蔡京、童贯受赏等事,与李远之书异书同名。

18. 吴拭《鸡林志》(又名《鸡林记》)、王云《鸡林志》

《宋史·艺文志》史部传记类录有吴拭"《鸡林记》二十卷",《中兴馆阁书目》史部杂传类亦有著录。[2]

《宋史·高丽传》载:"崇宁二年(1103),诏户部侍刘逵、给事中吴拭往使(高丽)。"[3]《宣和奉使高丽图经》亦载:"崇宁元年命户部侍郎刘逵、给事中吴拭持节往使……二年五月,由明州道梅岑绝洋而往。"[4] 出使任务为面谕高丽国王下次遣使向宋朝入贡时可与女真人同来,"盖俾面谕高丽国王颙云:'女真人寻常入贡本朝,路由高丽,如他日彼来修贡,可与同来。'颙云:'明年本国入贡时,彼国必有人同入京也。'海上结约,兹为祸胎"[5]。盖宋朝此时已有联合女真以图辽之意,故有此谕。吴拭,又作吴栻,《宋史》无载。《福建通志》载:"徽宗朝为开封府推官,高丽自元丰后久不修贡,栻以给事中往谕德意,累官龙图阁直学士,再镇成都……后知郓州卒。"[6] 此人可能就是写《鸡林志》的吴拭。

---

[1]《宋史》卷二〇三《艺文志》,第 5124 页。
[2]《宋史》卷二〇三《艺文志》,第 5121 页。[宋]陈骙撰,赵士炜辑考《中兴馆阁书目》,《宋史艺文志》之附编,商务印书馆,1957 年,第 513 页。
[3]《宋史》卷四八七,第 14049 页。
[4] 徐兢《宣和奉使高丽图经》卷二,《丛书集成初编》3236 册,第 4 页。
[5] 周辉撰,刘永翔校注《清波杂志校注》卷一〇,第 324 页。
[6] [清]郝玉麟监修,谢道承编纂《福建通志》卷三三,《文渊阁四库全书》第 529 册,第 23 页。

《鸡林志》为出使高丽所记,鸡林是高丽的古称,其书已佚。《玉海》"崇宁鸡林志"条下载"书目《鸡林志》二十卷,崇宁中吴栻使高丽撰,载往回事迹及一时诏诰"①。可知此书载使高丽之行程经见及奉使高丽之文书。

王云《鸡林志》一书,《郡斋读书志》伪史类、《中兴馆阁书目》史部传记类、《宋史·艺文志》传记类均著录王云"《鸡林志》三十卷",②《直斋书录解题》传记类亦有著录,书名曰《奉使鸡林志》。③

王云,字子飞,泽州人。"崇宁间两掌翰苑,从使高丽,进《鸡林志》,徽宗甚喜,纳之,擢知淮阳军。"④慕容彦逢撰《宣德郎王云为进崇宁奉使〈鸡林志〉,文理可采,特转一官与诸军差遣制》云:"以笺箓从行,实纪其事,文理可采。"⑤王云使高丽与刘逵、吴栻同行,时为书状官一职。⑥其书已佚。晁公武称此书:"攟辑其会见之礼,聘问之辞,类分为八门。"⑦陈振孙云:"自元丰创通高丽以后事实,皆详载之。"⑧《玉海》"崇宁鸡林志"条云:"三十卷,王云撰。其类有八,自高丽事类至海东备检(云从栻使高丽)。"⑨可知此书分门别

---

① 王应麟辑《玉海》卷一六《地理·异域图书》,第305页。
② 晁公武撰,孙猛校证《郡斋读书志校证》卷七,第292页。陈骙撰,赵士炜辑考《中兴馆阁书目》,《宋史艺文志》之附编,第513页,《宋史》卷二〇三《艺文志》,第5121页。
③ 陈振孙撰,徐小蛮、顾美华点校《直斋书录解题》卷七,第204页。
④ [宋]徐梦莘《三朝北盟会编》卷六四,上海古籍出版社,1987年,第480页。
⑤ [宋]慕容彦逢《摛文堂集》卷七,《丛书集成续编》第126册,第168页。
⑥ 《郡斋读书志》卷七云:"崇宁中,刘逵、吴栻使高丽,云为书记官。"《直斋书录解题》卷七云:"崇宁元年,云以书状从刘逵、吴栻使高丽。"
⑦ 晁公武撰,孙猛校证《郡斋读书志校证》卷七,第292页。
⑧ 陈振孙撰,徐小蛮、顾美华点校《直斋书录解题》卷七,第204页。
⑨ 王应麟辑《玉海》卷一六《地理·异域图书》,第305页。

类记载使高丽之历史见闻。

南宋人李焘《续资治通鉴长编》,任渊、史容等《山谷内集诗注》,高似孙《剡录》,赵彦卫《云麓漫钞》等书曾征引《鸡林志》文字,有的引作"王云《鸡林志》",有的不提撰者,却从未有人提及吴栻《鸡林志》,似乎至南宋时期吴栻一书已不甚流行,这一点周辉《清波杂志》一书可作旁证。周辉谓:"徐兢仿元丰中王云所撰《鸡林志》为《高丽图经》……《鸡林志》四十卷,并载国信所行遣案牍,颇伤冗长。"① 称《鸡林志》有四十卷,与陈振孙、晁公武所见三十卷不合,又称其书载有"国信所行遣案牍",而据前引《玉海》一书记录,吴栻《鸡林志》才载有出使文书。由此可见,周辉所见王云《鸡林志》已非王书原貌,很有可能是将吴栻书部分内容混入王云一书,遂成四十卷,并署名王云,以致吴书湮没无闻。

19. 谢皓使辽行记

谢皓,字德夫,又字商老,建宁人。元丰五年进士。大观三年(1109)辽使至,"接伴使张闳不能对,徽宗命皓代之,还以对语录奏,称旨,乃以太常少卿充贺正旦国信使,归,条具北地山川地理名物以闻"②。《江西通志》载:"辽使至,命皓代张闳等接对,皓曰:不疑于物,物亦诚焉,苟待之以诚,彼虽无知亦当屈服。明年,以太常少卿使辽,比还,凡北界山川、地理、名物情状皆以闻。"③ 可知谢皓代张闳接待辽使为1109年,使辽为1110年。此次使辽有记载辽

---

① 周辉《清波杂志校注》卷七,第324页。此处误称王云《鸡林志》成书年代为元丰,应为崇宁。
② 郝玉麟监修,谢道承编纂《福建通志》卷四八,《文渊阁四库全书》第529册,第623页。
③ [清]觉罗石麟监修,储大文编纂《江西通志》卷一〇〇,《文渊阁四库全书》第545册,第459页。

地山川风物之见闻,今无存文。

20. 李罕《使辽见闻录》

《直斋书录解题》传记类著录李罕"《使辽见闻录》二卷"。① 据书名可知此书记北宋使者聘辽之见闻。

李罕生平不详,《直斋书录解题》称撰者李罕为"尚书膳部郎中"②。徽宗时期人慕容彦逢有制文《朝散郎新除太仆少卿李罕可开封少尹制》,不知所言李罕与此书作者是否为同一人,待考。

21. 佚名《蒲甘国行程略》

《通志·艺文略》地理蛮夷类著录"《蒲甘国行程略》一卷",《秘书省续编到四库阙书目》亦著录"《蒲甘国行程略》一卷",③ 并云此书阙,可知宋代此书已亡佚。

蒲甘国为中古南亚诸国之一,今属缅甸。据文献记载,宋代蒲甘国遣使入贡共有三次,第一次为"景德元年(1004),遣使同三佛齐、大食国来贡,获预上元观灯"④,第二次为崇宁五年(1106)二月"壬申,蒲甘国入贡"⑤,第三次为"绍兴六年(1136)七月二十七日大理、蒲甘国贡方物"⑥。此行程录应为宋回谢入贡,出使蒲甘国时所记,大约作于北宋或南宋初年。

22. 檀林《大理国行程》

《秘书省续编到四库阙书目》著录"檀林《大理国行程》一卷",

---

① 陈振孙撰,徐小蛮、顾美华点校《直斋书录解题》卷七,第204页。
② 陈振孙撰,徐小蛮、顾美华点校《直斋书录解题》卷七,第204页。
③ 郑樵《通志》卷六六《艺文略》,第783页。叶德辉考证《秘书省续编到四库阙书目》,《宋史艺文志》之附编,第338页。
④ [宋]赵汝适撰,杨博文校释《诸蕃志校释》卷上,中华书局,1996年,第31页。
⑤ 《宋史》卷四八九《蒲甘国传》,第14087页。
⑥ 王应麟辑《玉海》卷一五四,第2836页。

《宋史·艺文志》地理类亦有著录,其书已佚。①

檀林生平不详。据《宋史·大理国传》记载,宋代大理入贡共有三次:一为"熙宁九年(1076),遣使贡金装碧玕山、毡罽、刀剑、犀皮甲鞍辔。自后不常来,亦不领于鸿胪"。二为政和六年(1116)"遣进奉使天驷爽彦贲李紫琮、副使坦绰李伯祥来……七年二月,至京师,贡马三百八十匹及麝香、牛黄、细毡、碧玕山诸物。制以其王段和誉为金紫光禄大夫、检校司空、云南节度使、上柱国、大理国王"。此后,大理不再通于中国。三为绍兴六年(1136)"大理复遣使奉表贡象、马,诏经略司护送行在,优礼答之"。②此录盖回聘大理国时,宋代使臣所记,大约成书于北宋或南宋初。

23. 徐兢《宣和奉使高丽图经》

《直斋书录解题》地理类著录徐兢"《高丽图经》四十卷",《遂初堂书目》地理类亦有著录,书名作"《高丽图经》",不著撰人。③《宋史·艺文志》《四库全书总目》地理类作"《宣和奉使高丽图经》四十卷"。④

徐兢,字明叔,祖籍建州瓯宁县,后徙居和州历阳。《宋史》载:"(宣和四年九月)己巳,高丽国王王俣薨,遣路允迪吊祭。"⑤又云:"宣和四年,俣卒……其相李资深立俣子楷。来告哀,诏给事中路

---

① 叶德辉考证《秘书省续编到四库阙书目》,《宋史艺文志》之附编,第338页。《宋史》卷二〇四《艺文志》,第5159页。
② 以上引文见于《宋史》卷四八八,第14072—14073页。
③ 陈振孙撰,徐小蛮、顾美华点校《直斋书录解题》卷八,第267页。尤袤《遂初堂书目》,《丛书集成初编》第32册,第16页。
④ 《宋史》卷二〇四《艺文志》,第5160页。永瑢等《四库全书总目》卷七一,第631页。
⑤ 《宋史》卷二二《徽宗本纪》,第410页。

允迪、中书舍人傅墨卿奠慰。"①据徐兢《宣和奉使高丽图经》记载，路允迪、傅墨卿一行已于宣和四年（1122）春受命出使高丽，因国王俣薨，又兼以祭奠、吊慰的任务出行。徐兢以高丽国信所提辖人船礼物官之职随行。于宣和五年（1123）三月十四日离汴京，以两艘神舟，八艘客舟渡海，于六月十二日至高丽首都。在高丽停留一月后，又于七月十三日发顺天馆，至八月二十七日回国。《宣和奉使高丽图经》即为此次奉使之行记。徐兢于宣和六年（1124）上此书，得到徽宗赏识，迁尚书刑部员外郎。

全书记载航海至高丽的行程以及在高丽国内所见所闻，往返皆书。共分为二十九门，门下又分为数类，备载高丽之山川、风俗、典章制度、宫观城邑。书前徐兢自序云："谨因耳目所及……物图其形，事为之说，名曰《宣和奉使高丽图经》。"又文中有"今尽得其建国之形势而图之云""今并绘其仪物如后""今姑摭其异于中国者图之"②之语，可知原书既有图又有文。书后有徐蒇乾道三年（1167）跋云："仲父既以书上御府，其副藏家。靖康丁未春，里人徐周宝，借观未归，而寇至，失书所在。后十年，家君漕江西，弭节于洪，仲父来省，或谓郡有北医上官生，实获此书。亟访之，其无恙者特海道二卷耳，仲父尝为蒇言：'世传余书，往往图亡而经存。余追画之无难也。'然不果就。嘻！盖棺事乃已矣，姑刻是留澄江郡斋，来者尚有考焉。"③徐蒇为徐兢侄儿，仲父指徐兢。藏于家中之副本经兵火后已散佚，因徐蒇父在江西做官，徐兢省亲，访得此书下落，此时只有《海道》两卷尚完整，并感叹世传此书图亡而经存，

---

① 《宋史》卷四八七《高丽传》，第14049页。
② 以上引文分别见于［宋］徐兢《宣和奉使高丽图经》书前序，卷三，卷九，卷二〇，《丛书集成初编》第3236册，第1页，第7页，第33页，第69页。
③ 徐兢《宣和奉使高丽图经》书末跋语，《丛书集成初编》第3239册附录。

拟追画之，最终未果。可知徐兢在世时，图就已经陆续亡佚。宋末陈振孙《直斋书录解题》为此书所写提要云："（徐兢）归上此书，物图其形，事为之说。今所刊不复有图矣。"① 可见宋末《宣和奉使高丽图经》已经只存文而无图。徐蒇将寻访所得书刻于澄江郡斋，其书今存，是为乾道宋刻本。

宋代赵彦卫《云麓漫钞》卷七引徐兢、傅墨卿《高丽录》一书，《说郛》收录徐兢《使高丽录》一书。两书所引作者、书名均有差异。于是王皓《宋代外交行记与语录研究》一文认为徐兢一行人使回与同僚各自撰有使行日记，奉使回国后又去其同、取其异，条其篇目，整理卷数于使还后第二年撰成《宣和奉使高丽图经》一书进奏朝廷。《高丽录》《使高丽录》与徐蒇跋中所提到的《海道》二卷均为《宣和奉使高丽图经》成书前未经整理的使行日记，三者并非从《宣和奉使高丽图经》一书节录而成。② 余以为不然。

今检《云麓漫钞》引《高丽录》称："徐明叔、傅墨卿《高丽录》云……"③，所引文字正好对应《宣和奉使高丽图经·海道一》序论中谈潮汐的一段文字。宋代潜说友《咸淳临安志》亦引此段文字云"徐明叔传《高丽录》云……"④，虽引自同一书却不及傅墨卿的名字，因此并不能由赵彦卫引《高丽录》一书将徐兢、傅墨卿二人姓名并提即判定《高丽录》为徐明叔、傅墨卿二人合撰。赵彦卫将徐明叔、傅墨卿两人并称，盖两人同使高丽，傅墨卿又为使副，因此连

---

① 陈振孙撰，徐小蛮、顾美华点校《直斋书录解题》卷八，第267页。
② 王皓《宋代外交行记与语录研究》，四川师范大学博士论文，2012年，第70-72页。
③ ［宋］赵彦卫《云麓漫钞》卷七，中华书局，1996年，第127页。
④ ［宋］潜说友《咸淳临安志》卷三一，《文渊阁四库全书》第490册，第345页。

带提及,正如清人王士禛亦说:"宋使路允迪、徐兢著《高丽图经》,载富轼世家又图其形以归。"① 清人从历代目录学著作中应很清楚《宣和奉使高丽图经》为徐兢撰,但因此次出使,路允迪为正使声名显赫,因此也附带提及。

《使高丽录》为书名最早见于《说郛》一书,宋人并无此称。《说郛》的编撰原则为"仿曾慥《类说》之例,每书略存大概,不必求全"②。因而《使高丽录》决非徐兢与同僚使还后立即进奏的使行日记,而是《说郛》编撰者从《宣和奉使高丽图经》中抽取出来的节录本。

此文还认为徐蒇跋中提到"《海道》二卷"与今本《宣和奉使高丽图经》中《海道》部分为六卷不符,从而推测《海道》二卷亦"与《高丽录》《使高丽录》同源,是《宣和奉使高丽图经》成书前的一个'海道'单传本"③。细读徐蒇跋文,可知徐兢于江西访书,所得书为四十卷本《宣和奉使高丽图经》,其中《海道》六卷尚有两卷图文并存,其余皆只存文而无图。"无恙者特《海道》二卷"并非说《海道》只有二卷。从前后文来看,跋谈论对象始终为四十卷本《宣和奉使高丽图经》,而只字不提有《海道》单行本,所谓"《海道》二卷"必定是四十卷《宣和奉使高丽图经》的一部分,而非另有单行本存世。

徐兢《宣和奉使高丽图经》自序云:"谨因耳目所及,博采众说,简去其同于中国者,而取其异焉。凡三百余条,厘为四十卷。物图其形,事为之说,名曰《宣和奉使高丽图经》。"④ "博采众说"意

---

① [清]王士禛《居易录》卷三,《文渊阁四库全书》第869册,第340页。
② 永瑢等《四库全书总目》卷一二三,第1062页。
③ 王皓《宋代外交行记与语录研究》,第71页。
④ 徐兢《宣和奉使高丽图经》书前序,《丛书集成初编》第3236册,第1页。

指广泛记录出使高丽之所见所闻。"简去其同于中国者,而取其异焉"指与中国相同的缺而不载,只记录异于中国的见闻,正如书中所说:"今姑摭其异于中国者图之"①,而非如此文所谓将原始使行日记进行整理加工成《宣和奉使高丽图经》一书。

今检《云麓漫钞》《说郛》所引文字均与《宣和奉使高丽图经》相应部分完全一致。宋人所引《高丽录》以及《说郛》所录《使高丽录》无疑是《宣和奉使高丽图经》四十卷其中一部分,而非《宣和奉使高丽图经》成书前单独的出使日记。

今有《知不足斋丛书》《四库全书》《笔记小说大观》《天禄琳琅丛书》收录此书,另有朴庆辉、虞云国、孙旭等点校本。

24. 钟邦直《宣和乙巳奉使金国行程录》

书目无著录。此书记许亢宗等人于宣和七年(1125)使金之见闻。许亢宗等人使金一事,文献记载云:"宣和七年正月二十日壬辰,诏奉议郎、尚书司封员外郎许亢宗充贺大金皇帝登宝位国信使,武义大夫、广南西路廉访使童绪副之。"② 钟邦直时为管押礼物官随行。使还时间见于《宣和乙巳奉使行程录》记载:"于乙巳年(1125)春正月戊戌陛辞,翼日发行,至当年秋八月甲辰,回程到阙。"③

是书现已无足本,征引此书文字较多者有以下三种:一是《三朝北盟会编》,共两处引用此行程录。一处为《三朝北盟会编》卷

---

① 徐兢《宣和奉使高丽图经》卷二〇,《丛书集成初编》第3237册,第69页。
② 钟邦直《宣和乙巳奉使金国行程录》,见徐梦莘《三朝北盟会编》卷二〇,第141页。
③ 钟邦直《宣和乙巳奉使金国行程录》,见徐梦莘《三朝北盟会编》卷二〇,第141页。

一七引"钟邦直《行程录》",其引文记童贯出兵北伐契丹以应金兵,导致宋朝屏障丧失,金兵南下,宋朝被迫遣使增币以保幽蓟五州之地一事。另一处为《三朝北盟会编》卷二〇,前列许亢宗、童绪、钟邦直之名,接着便引《宣和乙巳奉使行程录》一书,记录至雄州至金廷之行程见闻,分程叙写,共计三十九程。二是《靖康稗史》收录此行程录,书名为《宣和乙巳奉使金国行程录》,不录作者名。《靖康稗史》本所收与《三朝北盟会编》卷二〇所收内容基本相同,文字略有差别,无《三朝北盟会编》卷一七引录的内容。三是《大金国志》卷四十收此行程录,题为"许奉使行程录",整个题目未必是书名,很可能是采用作者加书名的形式,即看作许奉使所著《行程录》。如果这样理解则可认为《大金国志》视许亢宗为此录作者。

此书作者历来有二说,或曰钟邦直,或曰许亢宗,陈乐素《三朝北盟会编考》结合文章内容与《三朝北盟会编》引书方式详加考证,认为《三朝北盟会编》所收行程录作者当为钟邦直,已属不刊之论。① 但《大金国志》为何将此书归于许亢宗名下呢?

对比《大金国志》与《三朝北盟会编》本,《大金国志》叙写使金三十九程之见闻,与《三朝北盟会编》本相当,然文字详略却大不相同,有多处文字《三朝北盟会编》有,而《大金国志》无。不见于《大金国志》的内容有以下两类:

其一,出使所见人、事、物等细节。如《三朝北盟会编》开头记录宋金奉使惯例,宋使赴金前的准备,使团人员设置以及携带的礼物的种类、数量,出发使还时间,行程总距离,进入女真部落所见金廷饮食、宫殿布局、游宴等事。如写翠微宫:"以五色彩间,结山石

---

① 陈乐素《三朝北盟会编考》,《历史语言研究所集刊》第六册,中华书局,1987年,第262-268页。

及仙佛龙像之形,杂以松柏枝,以数人能为禽鸣者,吟叫山内。"写乾元殿:"内木建殿七间,甚壮,未结盖,以瓦仰铺及泥补之,以木为鸱吻及屋脊,用墨下铺帷幕,榜额曰'乾元殿'。阶高四尺许。阶前土坛方阔数丈,名曰龙墀,两厢旋结,架小苇屋,幂以青幕,以坐三节人。"记赴花宴观看百戏:"有大旗、狮豹、刀牌、牙鼓、踏跷、踏索、上竿、斗跳、弄丸、挝簸旗筑球、角抵、斗鸡、杂剧等,服色鲜明,颇类中朝。又有五六妇人,涂丹粉,艳衣,立于百戏后,各持两镜,高下其手,镜光闪烁,如祠庙所画电母,此为异尔。"①

其二,记载边将守边情形以及对宋金形势之感叹议论。如写都水监于卢沟桥两岸造浮桥之奢侈,"以快耳目观睹,费钱无虑数百万缗"。写燕山钱帛皆归常胜军,而其余燕军饥寒交迫,"是岁,燕山大饥,父母食其子,至有病死尸插纸标于市,人售之以为食,钱粮金帛率以供常胜军。帅之牙兵皆骨立,而戍兵饥死者皆十七八,上下相蒙,上弗闻之。宣抚使王安中,方献羡余四十万缗,为自安计。后奉朝廷令,度支漕太仓粳米五十万石,自京沿大河,由保信、沙塘入潞河,以赡燕军。四程至此已见舳舻衔尾,舣万艘于水"。议论五关、幽燕与宋之利害关系:"前此经营边事,与金人岁币加契丹之倍,以买幽、蓟五州之地,而平、滦、营三州,不预其数。是五关我得其三,而金人得其二也。愚以为天下视燕为北门,失幽、蓟五州之地,则天下常不安。幽燕视五关为喉襟,无五关则幽、燕不可守。五关虽得其三,纵药师不叛,而边患亦终无宁岁也。"感叹居庸、松亭、金坡古北口、榆关等五关宋得其三,而金得其二,五关为幽燕之喉襟,五关不保则幽燕不可守,幽燕不保,则宋边患无穷。

---

① 以上三则引文见于钟邦直《宣和乙巳奉使金国行程录》,见徐梦莘《三朝北盟会编》卷二〇,第 146 页。

记金人发兵,传言攻宋,"是行回程,见虏中已转粮发兵,接迹而来,移驻南边,而汉儿亦累累详言其将入寇。是时,行人旦暮忧虑有质留之患,偶幸生还"。①

《三朝北盟会编》本末尾还云:"回阙,以前此有御笔指挥:'敢妄言边事者,流三千里,罚钱三千贯,不以赦阴减。'繇是无敢言者。"②《大金国志》本亦无此语。使臣使还有上奏出使见闻之惯例,如此前宋捋、晁迥、宋绶等使还都将见闻以奏章形式上奏朝廷。既然前有禁止议论边事之诏令,则使臣上奏之见闻必不敢言边事。由此可以推测:《三朝北盟会编》本可能是钟邦直的私人日记,将宋使出使细节,于女真部落所见感兴趣之事,由沿途所见引发的感叹全部记录在内。《大金国志》本则将有关边事之议论,朝廷已详悉之事(如宋金奉使惯例、奉使人员礼物安排、出使使还时间等),及其一些次要的细节(如金人饮食器具、宫殿、游宴)等全部删削,突出自雄州至上京之行程及其地理形势,作为使行报告上奏朝廷,导致此行程录有繁简两个版本流行。

另外,《大金国志》本开篇曰:"宋著作郎许亢宗为贺金主登位使,时太宗嗣立之次年,在宋为宣和六年也。自雄州起,直至金帝所都会宁府,共二千七百五十里。是时,金国礼南使甚厚,犹未渝盟,今自临安府余杭门起,至雄州凡三千二百七十里,又自雄州至上京会宁府二千七百五十里,通计六千零二十里。"③据陈乐素

---

① 以上引文分别见于钟邦直《宣和乙巳奉使金国行程录》,见徐梦莘《三朝北盟会编》卷二〇,第141页,第142页,第143页,第147页。
② 钟邦直《宣和乙巳奉使金国行程录》,见徐梦莘《三朝北盟会编》卷二〇,第147页。
③ [宋]宇文懋昭撰,崔文印校证《大金国志校证》卷四〇,中华书局,1986年,第559页。

考证：《大金国志》称许亢宗使金为"太宗嗣立之次年，在宋为宣和六年也"。而《三朝北盟会编》本明言："于乙巳年春正月戊戌陛辞，翼日发行，至当年秋八月甲辰，回程到阙。"乙巳年为宣和七年，两相抵牾，从而推断出《大金国志》本编撰者"未尝见第一程以前之文也"。① 此外，《三朝北盟会编》本记录出使行程曰："本朝界内一千一百五十里，二十二程，更不详叙。今起自白沟契丹旧界，止于虏庭冒离纳钵，三千一百二十里，计三十九程。"②《大金国志》计程方式与此差异甚大，且称"临安府"③，应是一南宋人根据南宋时的驿道距离计算所得，而非行程录之原文。由以上两点可知，《大金国志》所收录的行程录是上奏朝廷的简本，开头一段为后人所加按语，原文应从"自雄州六十里至新城县"记起，也许此行程录当时已无署名，而收录者又知此次使金许亢宗为正使，遂误题为许亢宗所撰。

此书名称众多，《三朝北盟会编》引用书目题为《奉使金国行程录》，卷一七引作《行程录》，卷二〇又引为《宣和乙巳奉使行程录》，《大金国志》引作《行程录》，《靖康稗史》引作《宣和乙巳奉使金国行程录》，其中应以《靖康稗史》所称完整，其余均为省称。

25. 沈琯《南归录》

沈琯，湖州德清人。宣和间任两浙漕运，后奉使至燕云，郭药师叛降，"士大夫皆束手，琯独毅然不屈，虽临以刀刃，终不变，逃归诣阙，献策不用，著《南归录》，以摅忠愤"④。《南归录》记宣和七年

---

① 陈乐素《三朝北盟会编考》，《历史语言研究所集刊》第六册，第264页。
② 钟邦直《宣和乙巳奉使金国行程录》，见徐梦莘《三朝北盟会编》卷二〇，第141页。
③ 南宋建炎三年在此建行宫，并于绍兴八年在此定都，为南宋特有之称呼。
④ [宋]谈钥《嘉泰吴兴志》卷一七，《续修四库全书》第704册，第216页。

（1125）十一月至燕山府，郭药师叛降，宋金议和之见闻以及由燕赴阙，力陈金之虚实，力主抗金之经历。是书无完本，唯《三朝北盟会编》征引数则。

《直斋书录解题》杂史类录沈琯"《南归录》一卷"，①《遂初堂书目》本朝杂史类、《通志·艺文略》杂史类亦有著录。②《郡斋读书志》杂史类亦著录为一卷，并云"《金人背盟录》七卷，《围城杂记》一卷，《避戎夜话》一卷，《金国行程》十卷，《南归录》一卷，《朝野佥言》一卷"为"汪藻编"，③可知汪藻曾合编以上诸书。今有学者引此书为汪藻撰，乃混淆《郡斋读书志》原意。④

26. 蔡鞗、王若冲《北狩行录》（又作《北狩录》）

《直斋书录解题》杂史类著录蔡鞗、王若冲"《北狩行录》一卷"。⑤《遂初堂书目》本朝杂史类亦有著录，不著撰人及卷数。《四库全书总目》史部杂史类亦录。⑥

蔡鞗，蔡京子，拜驸马都尉。徽宗北迁，金朝命其宗室官员随帝北行。徽宗致金书信《送蔡驸马书》云："蔡京之子鞗，见以除名勒停，缘系驸马都尉，当时不曾远窜，今令枢密都承旨王健押送军

---

① 陈振孙撰，徐小蛮、顾美华点校《直斋书录解题》卷五，第 147 页。
② 尤袤《遂初堂书目》，《丛书集成初编》第 32 册，第 9 页。郑樵《通志》卷六五《艺文略》，第 775 页。
③ 晁公武撰，孙猛校证《郡斋读书志校证》卷六，第 273 页。
④ 李德辉为《南归录》一书所作提要称《三朝北盟会编》引录此书文字"或径称'沈琯《南归录》'或直题'《南归录》'而无'沈琯'二字，但正文中提及沈琯，知出是书，而非别见于《郡斋读书志》卷六杂史类之汪藻《南归录》"。（见《晋唐两宋行记辑校》，第 331 页）
⑤ 陈振孙撰，徐小蛮、顾美华点校《直斋书录解题》卷五，第 156 页。
⑥ 尤袤《遂初堂书目》，《丛书集成初编》第 32 册，第 9 页。永瑢等《四库全书总目》卷五二，第 469 页。

前。"① 可知蔡鞗为随从人员之一。王若冲,据余嘉锡考证为徽宗朝"宦官之能文者"②。《北狩行录》一书记靖康二年(1127),徽宗北迁出青城,经燕京、中京相府院、韩州至五国城之经历以及北迁金地八年之言行举止。此书常被认为是蔡鞗、王若冲所作,《建炎以来系年要录》卷一八引此书只云王若冲撰。考书中多记蔡鞗、王若冲言行以及徽宗对二人之评价,如:"(徽宗)以书宣示李康曰:'予平日待蔡鞗以国士,今日报我,殊不愧德。'""(蔡鞗)言辞慷慨,坐皆泣下,莫不怀奋发心。""北狩未有行记,(徽宗)以批语赐王若冲曰:'一自北迁,于今八年,所履风俗异事不为不多。深欲记录,其未有人。询之蔡鞗,以为谓学问文采,无如卿者。高居东山,躬耕之余,为予记之,善恶必书,不可隐讳,将为后世之戒。'"③ 揣测其语气,均不似蔡鞗、王若冲两人自叙。熊克《中兴小纪》叙其成书经过曰:"甲子道君皇帝崩于五国城,圣寿五十有四。先是,道君尝命随行王若冲录北迁事迹,未克成书。丙寅渊圣申命若冲以谓先王嘉言善行,不可无纪,乃许随行官吏,各具见闻,送若冲编修,仍令蔡鞗提点。未几书成,即所谓《太上道君北狩行录》是也。"④ 由此可知,此书以随行官吏北行之见闻录为基础综合编撰而成,蔡鞗、王若冲为此书编修、监修者。因徽宗曾有让王若冲撰行记之意,⑤ 后人遂误认为

---

① [金]佚名编,金少英校补,李庆善整理《大金吊伐录校补》卷三,中华书局,2001年,第339页。
② 余嘉锡《四库提要辨证》,中华书局,1980年,第295页。
③ [宋]蔡鞗、王若冲《北狩行录》,《续修四库全书》第423册,第330页。
④ [宋]熊克《中兴小纪》卷一八,《丛书集成初编》第3859册,第219页。
⑤ 《北狩行录》曰:"北狩未有行记,(徽宗)以批语赐王若冲曰:'一自北迁,于今八年,所履风俗异事不为不多。深欲记录,其未有人。询之蔡鞗,以为谓学问文采,无如卿者。高居东山,躬耕之余,为予记之,善恶必书,不可隐讳,将为后世之戒。'"(见《续修四库全书》第423册,第330页。)

此书为王若冲所撰。《中兴小纪》中所说"丙寅"年为绍兴十六年，即1146年，书当成于1146年后不久。

此书今有《丛书集成初编》本、《四库全书存目丛书》本、《续修四库全书》本。《三朝北盟会编》《建炎以来系年要录》亦多引其文。

27. 曹勋《北狩见闻录》

《直斋书录解题》杂史类、《四库全书总目》史部杂史类著录"《北狩见闻录》一卷"，《遂初堂书目》本朝杂史类亦有著录。①

曹勋，字公显，阳翟人。"靖康初，为阁门宣赞舍人，勾当龙德宫，除武义大夫，从徽宗北迁"，后自燕山逃归，"建炎元年七月，至南京"②。徽宗北迁，曹勋与姜尧臣、徐中立、丁孚为近侍。《北狩见闻录》记录徽宗一行从京城出发被俘至真定府之情形。书中多次提及徽宗命曹勋逃归后寻诣康王并传达希望康王继统，保守宗庙、肃清中原之意。书中有"（徽宗）令臣勋见上奏之""见上深致我（徽宗）思念""如见上，奏有可清中原之谋"③之语，"上"指高宗赵构，可见此书应为赵构立国以后，曹勋逃归觐见高宗时所作，成书于建炎元年（1127）。文首题"保信军承宣使知阁门事兼客省四方馆事臣曹勋编次"④，考曹勋生平，绍兴十四年（1144）四月戊戌"勋仍以尝将到先朝御笔及编修接送馆伴例册有劳，迁保信军承宣

---

① 陈振孙撰，徐小蛮、顾美华点校《直斋书录解题》卷五，第156页。《四库全书总目》卷五一，第464页。《遂初堂书目》，《丛书集成初编》第32册，第9页。
② 《宋史》卷三七九《曹勋传》，第11700页。
③ ［宋］曹勋《北狩见闻录》，《丛书集成初编》第3893册，第4页。
④ 曹勋《北狩见闻录》，《丛书集成初编》第3893册，第1页。

使"①。因扈从徽宗及曾担任接伴使有功,而迁保信军承宣使。可知曹勋于绍熙十四年后重新编订过此书。

今有《丛书集成初编》本、《四库全书》本。

28. 赵子砥《燕云录》

《四库全书总目提要》史部杂史类著录赵子砥《燕云录》一卷。② 靖康元年(1126)二帝北迁,赵子砥时为鸿胪寺臣。"从军至燕山,久之,欲遁归,乃结归朝官忠翊郎朱宝国(按:《燕云录》作朱国宝)、承信郎王孝安至中京,得上皇宸翰。是日子砥发燕山,八月庚申至扬州。"③

《燕云录》为赵子砥建炎二年(1128)八月自金逃归后所作。记二帝北迁沿途所见宗室从官、百姓陷虏之情形、燕山政治军事形势,以及宋金人心之向背。是书主要内容今存于《三朝北盟会编》中。

29. 王大观《行程录》

书目无著录。王大观,生平无考。《建炎以来系年要录》卷五六、一四八、一五五、一五六征引此书文字数条。又《旧闻证误》卷四亦引王大观《行程录》文字两则。引文内容主要记录金讨伐蒙古终因连年不能克蒙,遂与蒙古和议之事。记事时限从绍兴五年(1135)至绍兴十八年(1148),年限跨度较长,不似一次使金之记录。《建炎以来系年要录》卷一五四又载绍兴十五年(1145)宇文虚中被诬谋反一事,"壬子,金主禋祀天于郊。先是,资政殿大学士宇文虚中既为金人所用,虚中知东北之士不甘应敌,密以信义感发

---

① 李心传《建炎以来系年要录》卷一五一,第 2434 页。
② 永瑢等《四库全书总目》卷五二,第 470 页。
③ 李心传《建炎以来系年要录》卷一五,第 314 页。

之,从者如响。乃与其翰林学士高士谭等同谋,欲因瞽郊天就劫杀之,先期以蜡书来告于朝,欲为之外应,秦桧拒不纳。会事亦觉,虚中与其子直显谟阁师瑗皆坐诛,阖门无噍类,虚中死,年六十八"。此条下李心传注云:"(宇文虚中谋归一事)王大观《行程录》所云亦同,二人皆北人,益知虚中死节无疑也。"①可知宇文虚中被诛时,王大观亦在金,且将此事记录在《行程录》中。称王大观与宇文虚中皆为"北人",又此书记事长达数年,似乎王大观曾使金而被羁留数年,《行程录》盖记留金数年之行程经见。

30. 楼钥《北行日录》

《直斋书录解题》传记类著录楼钥"《北行日录》一卷"。②此书单行本有《知不足斋丛书》本,同时又收入楼钥别集《攻媿集》中。

楼钥,字大防,自号攻媿主人,明州鄞县人。孝宗乾道五年(1169)"冬十月乙酉,遣汪大猷等使金贺正旦"③。《金史·交聘表》载其至金时间为"大定十年(1170)正月壬子朔,宋试吏部尚书汪大猷,宁国军承宣使曾觌贺正旦"④。此时,楼钥"时待次温州教授,随侍充公守括苍,受仲舅汪尚书大猷之辟"⑤,以书状官身份随从使金。楼钥此年十月九日得知使金消息,十八日出行,二十九日与仲舅会合,十一月二十九日渡淮至金地,历经故宋诸州县,十二月二十八日至燕山城,乾道六年正月初一入朝贺正旦,停留五日后返回,于三月六日到家。《北行日录》逐日记载此次使金之行程见闻,包括行前准备,出行前后的官私应酬,尤其详写渡淮至燕山一段行

---

① 李心传《建炎以来系年要录》卷一五四,第 2484 页。
② 陈振孙撰,徐小蛮、顾美华点校《直斋书录解题》卷七,第 205 页。
③《宋史》卷三四,第 646 页。
④《金史》卷六一,第 1426 页。
⑤ [宋]楼钥《攻媿集》卷一百十一,《四部丛刊》本。

程,如金地典章制度,宫苑城池,汉人在金生活情形等。

31. 范成大《揽辔录》

《直斋书录解题》《宋史·艺文志》传记类著录范成大"《揽辔录》一卷",《郡斋读书志》地理类著录,云"二卷",① 明代《菉竹堂书目》《文渊阁书目》史杂类著录为"一册"。②

乾道六年(1170),孝宗为请求金归还陵寝之地以及更改隆兴以来宋金之间不平等的受书礼,闰五月戊子"迁成大起居郎,假资政殿大学士,充金祈请国信使"③。于六月甲子,与崇信军节度使康谞共同使金。《揽辔录》记录使金行程中的所见所闻。出临安至渡淮河间行程一笔带过,详记八月戊午至十月戊午渡淮北行至燕山之行程,沿途之故迹,陷虏之百姓以及金代的宫殿、典章制度等。

《说郛》《宝颜堂秘笈》《续百川学海》《知不足斋丛书》等书均收录此书,均为残本。另有宋代黄震《黄氏日抄》、《三朝北盟会编》、元代王恽《玉堂嘉话》、《永乐大典》等征引该书,相当一部分文字为现今传本所无。今人赵永春、陈学霖、孔凡礼等都对此书进行过整理。

32. 姚宪《乾道奉使录》

《直斋书录解题》传记类著录姚宪"《乾道奉使录》一卷"。④

姚宪,字令则,会稽人,乾道八年进士,官至端明殿学士签书枢

---

① 陈振孙撰,徐小蛮、顾美华点校《直斋书录解题》卷七,第205页。《宋史》卷二〇三《艺文志》,第5124页。晁公武撰、孙猛校证《郡斋读书志校证》,第1131页。
② 叶盛《菉竹堂书目》,《丛书集成初编》第33册,第43页。杨士奇《文渊阁书目》卷六,《丛书集成初编》第29册,第78页。
③《宋史》卷三八六《范成大传》,第11868页。
④ 陈振孙撰,徐小蛮、顾美华点校《直斋书录解题》卷七,第205页。

密院事。据《直斋书录解题》称此书为"乾道壬辰使金日记",乾道壬辰即乾道八年(1172)。《宋史·孝宗纪》载其年二月戊申"遣姚宪等使金贺上尊号,附请受书之事"①。《金史·交聘表》载:"(大定十二年)四月,宋试吏部尚书姚宪、安德军承宣使曾觌贺加上尊号。"② 金大定十二年即1172年,可知姚宪一行于同年四月抵金。其书已佚。

33. 韩元吉《朔行日记》

韩元吉,字无咎,号南涧,开封人。其别集《南涧甲乙稿》有《书朔行日记后》一文:

> 呜呼！靖康之祸,吾及之也,尚忍趋庭而见于敌哉！然吾尝念之,中原陷没滋久,人情向背,未可测也。传闻之事,类多失实,朝廷遣侦伺之人,捐费千金,仅得一二。异时使者率畏风埃,避嫌疑,紧闭车内,一语不敢接,岂古之所谓觇国者哉？故自渡淮,凡所以觇敌者,日夜不敢忘,虽驻车乞浆,下马盥手,遇小儿妇女,率以言挑之。又使亲故之从行者,反覆私焉,往往遂得其情,然后知中原之人,怨敌者故在,而每恨吾人之不能举也……淳熙改元,出守婺女,夏曝书,见《朔行日记》,因书其后,以明吾志之非苟然耳。无咎记。③

韩元吉有感于往日使者使金不能继承古觇国之风,于是在使金途中利用各种机会打听金地虚实,了解陷虏中原人之人心向背,将沿

---

① 《宋史》卷三四《孝宗纪》,第639页。
② 《金史》卷六一,第1430页。
③ 韩元吉《南涧甲乙稿》卷一六,《丛书集成初编》第1982册,第322页。

途见闻记入《朔行日记》一书。

宋孝宗乾道八年(1172)十二月"丁巳,遣韩元吉等贺金主生辰"①。又《金史·交聘表》载大定十三年(1173)癸巳"宋试礼部尚书韩元吉、利州观察使郑兴裔等贺万春节"②。可知抵金时间为次年三月。《书朔行日记后》一文作于淳熙改元之夏,即公元1174年夏季,可知《朔行日记》成书于1173—1174年夏之间。

34. 周辉《北辕录》

焦竑《国史经籍志》著录周辉"《北辕录》一卷"。③

周辉,字昭礼,海陵人。孝宗淳熙三年(1176)十一月"庚午,遣张子正等贺金主生辰"④。《北辕录》亦载:"淳熙丙申(1176)十一月二十九日,诏待制、敷文阁张子政假试户部尚书,充贺金国生辰使,皇叔祖、右监门卫大将军士褒假明州观察使,知东上阁门兼客省四方馆事副之。"⑤周辉随从使金⑥,于淳熙四年正月七日出国门,二十九日渡淮,二月二十七日至燕山府,停留十三日后于三月十日离馆,四月十六日到家。详写渡淮后至燕山府之行程见闻,以及庆贺金主生辰的觐见礼仪、赐宴情况,对于临安至淮河以及回程则略有提及。

今《说郛》《古今说海》《历代小史》《续百川学海》等丛书均收录此书。

---

① 《宋史》卷三四《孝宗本纪》,第654页。
② 《金史》卷六一《交聘表中》,第1431页。
③ 焦竑辑《国史经籍志》,《丛书集成初编》第25册,第108页。
④ 《宋史》卷三四《孝宗本纪》,第662页。
⑤ 周辉《北辕录》,陶宗仪《说郛三种》宛委山堂本卷五六,第2587页。
⑥ 《清波杂志》卷三"朔北气候"条称周辉"淳熙丙申从使节出疆"。(周辉撰,刘永翔校注《清波杂志校注》,第100页)

35. 吴儆《邕州化外诸国土俗记》

吴儆,字益恭,又字恭父,号竹洲,徽州休宁人。淳熙四年（1177）为邕州通判,后得到孝宗召对,授广南西路安抚。① 吴儆自云:"某淳熙四年春,以邕州别驾被旨出塞市马,目所亲睹,及分遣谍者图其道里远近,山川险易,甚信。"② 可知此年吴儆曾亲自至邕州以外诸国,遣人作行程图,并又自作《邕州化外诸国土俗记》记载出邕州至汉西南夷故地、自杞国、大理国之道里行程,以及当地城池规模、风物民俗、军事力量强弱等情形。

其文存于《竹洲集》卷一〇。

36. 郑汝谐《聘燕录》

《遂初堂书目》地理类著录"郑汝谐《聘燕录》"一书。③

郑汝谐,字舜举,青田人,自号东谷居士。累官吏部侍郎。宋光宗绍熙六年（1192）九月"戊子,遣郑汝谐等使金贺正旦"④。《金史·交聘表》亦载明昌四年（1193）"宋显谟阁学士郑汝谐、均州观察使谯令雍贺正旦"⑤。可知郑汝谐与谯令雍共同使金贺正旦。此书已佚。

37. 余嵘《使燕录》

《直斋书录解题》传记类著录余嵘"《使燕录》一卷"。⑥

余嵘,字景瞻,衢州龙游人。淳熙四年进士,官至宝谟阁学士。

---

① [清]陆心源辑《宋史翼》卷一四,《续修四库全书》第 311 册,第 425 页。
② [宋]吴儆《邕州化外诸国土俗记》,《竹洲集》卷一〇,《文渊阁四库全书》第 1142 册,第 256 页。
③ 尤袤《遂初堂书目》,《丛书集成初编》第 32 册,第 16 页。
④ 《宋史》卷三六《光宗本纪》,第 704 页。
⑤ 《金史》卷六二《交聘表下》,第 1460 页。
⑥ 陈振孙撰,徐小蛮、顾美华点校《直斋书录解题》卷七,第 206 页。

《直斋书录解题》云:"嘉定辛未(1211),嵘使金贺生辰,会有鞑寇,行至涿州定兴县而回。"①《宋史》亦载嘉定四年"六月丁亥,遣余嵘贺金主生辰,会金国有难,不至而还"②。刘克庄《龙学余尚书神道碑》详细记载了余嵘使金经过:"(嘉定四年)六月,充金国贺生辰使,盱眙对境,颉洞接伴,对展词语加顺,馆舍饔饩,比旧尤整。抵涿州定兴县,铃声迅急,驿马交驰,溃军累累,号泣言鞑靼到宣德县,去此只三四百里。群胡垂首丧气,马嘶车行夜不绝,吏卒相视失色。公慨然以义命勉之曰……俄有使传虏旨遣回,公请留以俟,往复再四,虏意惶窘,读才终纸,公借观,径夺至怀中,虏不能拒。十月,公至阙下。……公有《使燕录》一卷,纪金、鞑情况尤详。"③此段文字盖据《使燕录》改写而成,从中可知《使燕录》一书主要记使金至涿州之见闻以及蒙古与金之形势。

38. 程卓《使金录》

《四库全书总目》杂史类著录程卓"《使金录》一卷"。④

程卓,字从元,徽州休宁人。以同知枢密院事致仕,封新安郡开国侯。嘉定四年(1211)九月"丁丑,遣程卓使金贺正旦"⑤。《使金录》亦载:"嘉定四年九月二十八日,有旨:以朝散郎、尚书刑部员外郎程卓假朝请大夫、试工部尚书、清化郡开国侯、食邑一千户、食实封一百户、赐紫金鱼袋,充贺金国正旦国信使,忠州防御使、知大宗正事赵师嵒假昭信军承宣使、左武卫上将军、天水县开国伯、

---

① 陈振孙撰,徐小蛮、顾美华点校《直斋书录解题》卷七,第206页。
② 《宋史》卷三九《宁宗本纪》,第757页。
③ [宋]刘克庄《后村先生大全集》卷一四五,《四部丛刊》本。
④ 永瑢等《四库全书总目》卷五二,第472页。
⑤ 《宋史》卷三九《宁宗纪》,第757页。

食邑七百户,充贺金国正旦国信副使。"①程卓一行于十一月十一日出国门,二十九日渡淮,十二月二十七日至燕山,嘉定五年正月六日离燕山,二月一日至淮河界。此录略写出国门至渡淮一段行程,逐日记录渡淮后至燕山之行程见闻。

《四库全书总目提要》称此书"于当日金人情事,全未之及,所记惟道途琐事"②。程卓使金为嘉定四年,正值蒙古大举攻金。他以觇国之姿往返于金,沿途留意金国遭遇天灾人祸后荒凉残破之景以及金国人心向背,并将从承应人、车夫、木工处得到的有关金与蒙古的局势发展的消息一一记入书中。回程后即上奏,言金国面临蒙古入侵,老弱皆兵捍御强敌,然逃溃将兵众多,其兵不足恃。民众遭受天灾,赋税苛刻,物价倍涨,饥民众多,民心亦不足恃,并称"骑士取之乡民,甲兵取之市户,粮食因其自备,弓刀亦其自随,诸如此类,自谓可以惑人,而其中枵然已不可掩于斯人之口,徒威之失,今已如此"。希望朝廷能"选择将帅,训练军伍,修车马备器械"以收复故土。③从回程所上奏章可看出程卓把探听金国虚实作为此次北行的主要目的,四库馆臣说"所记惟道途琐事"似不妥当。

此书有《碧琳琅馆丛书》本(《四库全书存目丛书》收录)、《芋园丛书》本(《丛书集成续编》收录)、清乾隆四十二年李鹤俦抄本(《续修四库全书》收录)、《新安文献志》本等。

39. 邹伸之《使鞑日录》

《千顷堂书目》史部别史类著录邹伸之"《使鞑日录》一卷"。④

---

① [宋]程卓《使金录》,《续修四库全书》第423册,第443页。
② 永瑢等《四库全书总目》卷五二,第472页。
③《程公卓行状》,见[明]程敏政编《新安文献志》卷七四,《文渊阁四库全书》第1376册,第245页。
④ 黄虞稷《千顷堂书目》,第140页。

《续通志·艺文略》杂史类、《续文献通考·经籍考》、《四库全书总目》史部杂史类亦著录"《使北日录》一卷"。①

邹伸之,生平不详,宋理宗时人。据《宋史》记载曾两次出使蒙古,第一次为绍定五年(1232)十二月,"时宋与大元兵合围汴京,金主奔归德府,寻奔蔡州,大元再遣使议攻金,史嵩之以邹伸之报谢"②。第二次为端平元年(1234),"十二月己卯大元遣王檝来。戊子王檝辞于后殿,辛卯遣邹伸之、李复礼、乔仕安、刘溥报谢,各进二秩"③。《四库全书总目提要》称:"理宗绍定六年(1233)癸巳,史嵩之为京湖制置使,与蒙古会兵攻金。(案:是时尚未建大元之号,故史仍以国名为称。)会蒙古遣王檝来通好,因假伸之朝奉大夫、京湖制置使参议官往使。以是岁六月,偕王檝自襄阳启行。至明年甲午二月,始见蒙古主于行帐。寻即遣回,以七月抵襄阳。计在途者十三月。因取所闻见及往复问答,编次纪录,以为此书。"④可知邹伸之于绍定六年(1233)六月启行,端平元年(1234)二月至蒙,同年七月使还,《使鞑日录》应为邹伸之第一次使蒙所撰行记。《宋史》记载初次使蒙时间为绍定五年(1232)十二月,指下诏时间,而此录所云为出行时间。

是书清修《四库全书》时只存其目而不录其文,今已不见全书。后代笔记、史书尚有引文数则,书名作《使燕日录》《使北日录》《使蒙日录》,均系元、清人所改,其引文内容见下表:

---

① [清]嵇璜、刘墉等《续通志》卷一五八《艺文略》,万有文库十通本,第4190页。[清]嵇璜《续文献通考》卷一六三《经籍考》,万有文库十通本,第4153页。永瑢等《四库全书总目》卷五二,第472页。
② 《宋史》卷四一《理宗本纪》,第797页。
③ 《宋史》卷四一《理宗本纪》,第804页。
④ 永瑢等《四库全书总目》卷五二,第472页。

《使鞑日录》存文内容及考辨表

书名	记事内容	引书名称
元代白珽《湛渊静语》卷二、《大金国志》卷三三	记端平元年六月回抵汴京，邹伸之与官属游汴京故宫，详写宫殿宏丽气象。	《湛渊静语》引作《使燕日录》，《大金国志》不引书名。
《资治通鉴后编》卷一三一	记蒙古种族的情形，原文云："蒙古本鞑靼国，汉匈奴北单于地也。其种有二：曰白鞑，曰黑鞑。白鞑与山后九州接壤，地狭而族少；黑鞑通漠北，地广而族多。因蒙古山以为号。鞑语谓银曰蒙古。女真名其国曰大金，故黑鞑亦名其国曰大银。"	《资治通鉴后编》引此段文字后云："据徐霆《黑鞑事略》、邹伸之《使燕日录》修入。"将两书内容未加分别一并录入。《黑鞑事略》一书今存，"鞑语谓银曰蒙古。女真名其国曰大金，故黑鞑亦名其国曰大银"一段内容出自此书，故"蒙古本鞑靼国，汉匈奴北单于地也。其种有二：曰白鞑，曰黑鞑。白鞑与山后九州接壤，地狭而族少；黑鞑通漠北，地广而族多。因蒙古山以为号"一段内容应出自《使鞑日录》。
《续文献通考》卷一一八、《日下旧闻考》卷二九	记至燕京，蒙古守将于重九日赐宴，观看女乐俳优以及亡金宫室等。	两书均引作《使蒙日录》。两书称邹伸之使蒙时间均云"端平甲午九月初一"至燕，端平甲午九月邹伸之第一次使蒙已回，第二次使蒙为此年十二月，盖将两次使蒙时间混淆，应为绍定六年九月至燕。

40. 徐霆《北征日记》

徐霆，字长儒，永嘉人。"端平初，轺车初通，霆以选介信使奉币入行阙。"① 徐霆自云："霆至草地时立金帐，想是以本朝皇帝亲

---

① [明]凌迪知撰《万姓统谱》卷七，《文渊阁四库全书》第956册，第181页。

遣使臣来,故立之以示壮观。前纲邹奉使至不曾立,后纲程大使、更后纲周奉使至皆不立。"①邹奉使指邹伸之,于绍定六年(1233)六月和端平元年(1234)十二月两次使蒙。②程大使指程旹,端平二年(1235)正月"辛酉,以御前宁淮军统制、借和州防御使程旹为大元通好使,从义郎王全副之。寻以武功郎杜显为添差通好副使"③。周奉使指周次说,嘉熙二年(1238)"三月己丑,命将作监周次说为大元通好使"④。称邹伸之为前纲,程旹为后纲,则徐霆使蒙应在邹伸之之后、程旹之前,即与邹伸之第二次使蒙同行,为端平元年(1234)十二月。徐霆自云:"霆自草地回程,宿野狐岭下,正是七月初五日""霆住草地一月余"⑤,可知徐霆等人于端平二年(1235)盛夏至蒙,七月左右返程。

徐霆使还,还著有《黑鞑事略》一书,书后跋云:"霆初归自草地,尝编叙其土风俗。及至鄂渚,与前纲书状官彭大雅解后各出所编,以相参考,亦无大辽绝,遂彭所编者为定本。间有不同,则霆复书于下方。然此亦述大略,其详则见之《北征日记》云。嘉熙丁酉(即嘉熙元年,1237年)孟夏朔,永嘉徐霆长孺书。"⑥彭大雅于绍定六年(1233)使蒙,⑦有关于蒙古风土的记录,徐霆在彭大雅之后使蒙,使还后在彭大雅记录之上去同存异、补充完善著成《黑鞑事略》一书,此书记录蒙古国君臣关系、地理形态、物产风俗、赋税商贸、

---

① [宋]彭大雅撰,徐霆疏证《黑鞑事略》,《丛书集成初编》第3177册,第2页。
② 参见本章"邹伸之《使鞑日录》"条的具体考证。
③《宋史》卷四二《理宗纪》,第807页。
④《宋史》卷四二《理宗纪》,第816页。
⑤ 彭大雅撰,徐霆疏证《黑鞑事略》,《丛书集成初编》第3177册,第3页。
⑥ 彭大雅撰,徐霆疏证《黑鞑事略》,《丛书集成初编》第3177册,第19页。
⑦ 前文已证徐霆使蒙为1234年,称彭大雅为前纲书状官,则彭大雅使蒙当在邹伸之首次使蒙时,为1233年。

行军作战等情况,为记叙地方风物的志书。《北征日记》则是以日记体形式记使蒙行程见闻的行记。徐霆为《黑鞑事略》一书作跋时已有《北征日记》一书,则此书应成书于嘉熙丁酉(1237)四月前。

是书已佚。徐霆称《黑鞑事略》一书中所作疏为"亦述大略,其详则见之《北征日记》",可知疏的内容盖亦源自于《北征日记》。

41. 严光大《祈请使程记》

恭帝德祐初,元兵一路南下,占领南宋诸州,宋朝屡次奉币求和无果。德祐二年(1276)二月辛丑,元兵入临安府,诏谕各郡县降元,封缴府库、图书、百司符印、告敕,罢官府和侍卫军。宋恭帝于二月壬寅"遣贾余庆、吴坚、谢堂、刘岊、家铉翁充祈请使"①,前往元上都乞降求和,严光大作为日记官亦在此行中。自二月初九日出临安府,闰三月二十四日与北狩至燕京的太后、嗣君、王公贵族会面,并先后至上都,于五月初二日面见蒙古皇帝。《祈请使程记》择日记载了赴上都的行程,沿途所经府县经元兵蹂躏后的荒芜景象,元军与坚守的宋军将领作战的情形以及祈请使与北使途中互宴、互访等事。

元代刘一清《钱塘遗事》卷九"丙子北狩"条引录此书,清管庭芬编《一瓻笔存》中亦录此书。

42. 俞庭椿《北辕录》

俞庭椿,字寿翁,临川人,"乾道八年进士,仕终新淦令。庭椿有大志,而廉介自将,见者莫不喜其才,服其敏,爱其清。尝出使金人,自北地还,因纪次其道路所经,山川人物,与夫语言事迹之可备采用者,为《北辕录》"②。《北辕录》为俞庭椿使金行记,可能作于孝

---

① 《宋史》卷四七,第938页。
② 凌迪知《万姓统谱》卷一二,《文渊阁四库全书》第956册,第250页。

宗、光宗朝时期,是书已佚。

第三节　宋代行记的著述体例

宋代创作行记成为一时之风气,参与创作的人员众多,宋代的知名文人大多创作过行记,如欧阳修、王安石、张舜民、黄庭坚、周必大、陆游、范成大、吕祖谦、沈括、楼钥等都有行记传世。行记是保存生活经历的重要记录,备受文人青睐,正如宋人周辉在《清波杂志》所云:"辉自四十以后,凡有行役,虽数日程,道路倥偬之际,亦有日记。以先人晚苦重听,如干盐次叙,旅泊淹速,亲旧安否,书之特详,用代缕缕之问。"①

从创作数量上来看,宋代行记数量众多,较汉魏晋唐时期有长足发展。前文将宋代行记按照记载的疆域分为国内行役记和域外行记两大类,这两类行记的创作规模在北宋、南宋呈现出不一样的特征。以本书所考察的行记为依据,北宋行记共38种,国内行记12种,占总数31.6%,域外行记26种,占总数68.4%。南宋行记共36种,国内行记19种,占总数52.7%,域外行记17种,占总数47.3%。可见,北宋时期,以域外行记为主,旅行者经行异域,将绝域行程、风光、物产、人情风俗笔录成文以备觇国之需,或为言谈之助,记录国内行役的行记相对较少。到南宋,行记这种文体被运用到更广阔的领域,除用于记录奉使交聘、求法等出行异域的经历外,还用来记录地方官任职、卸职、贬谪、游览、省亲、访友、应考、逃难等各种公私行旅,国内行记数量显著上升。

从文献形态上来说,作品既有单篇文章也有纪行专书,且以

---

① 周辉撰,刘永翔校注《清波杂志校注》卷九,第406页。

专书纪行居多，篇幅多在一两卷之间，多者达三四十卷。如徐兢的《宣和奉使高丽图经》多达四十卷；王云的《鸡林志》、吴拭的《鸡林志》亦有二三十卷的篇幅。不少行记收入文人别集中得以流传，单篇文章收入文集自是别集体例所致，而不少专书类行记虽已单独印行，但为防止流传中散佚，亦收入文集中。如郑刚中《西征道里记》收录于其子郑良嗣刊刻的《北山集》，欧阳修《于役志》收录于周必大主持刊刻的《欧阳文忠公集》，陆游的《入蜀记》收录于其子子遹刊刻的《渭南文集》，楼钥《北行日录》收录于其子楼治编刻的《攻媿先生文集》，周必大的《归庐陵日记》《泛舟游山录》《奏事录》《南归录》多部行记皆收录于《庐陵周益国文忠公集》，足以见时人对行记的重视。

与前代行记相比，最值得一提的是宋代行记的著述体例多样，主要有行传体、日记体、笔记体等三种体例。从北宋到南宋，行记的著述体例经历了从粗疏到精细的转变，行记的叙事功能随之大大增强，这三种体例亦成为后世行记创作的固定体式。接下来，将分别论之。

一、行传体

行传体以一段行程为叙事单元，行程的叙述方式为"甲地＋经行距离＋乙地"，通常以里距和经行时间来表示甲、乙两地的距离，有时还标明甲、乙两地的方向。在每一段行程之后则叙述所经各地的地理景观、民俗风情等见闻。这种纪行方式是宋前行记常用的，北宋时期的行记亦多采用此体行文，如继业的《西域行程》，王延德的《西州使程记》，王曾的《契丹志》，薛映、宋绶等人的使辽行记，李复的《冯翊行记》等。早期行记纪行尚显粗略，如继业《西域行程》云：

> 由灵武、西凉、甘、肃、瓜、沙等州入伊吾、高昌、焉耆、于阗、疏勒、大石诸国,度雪岭,至布路州国。又度大葱岭雪山,至伽湼弥罗国,西登大山……遂至健陀罗国……又西至庶流波国及左烂陁罗国。……又西过四大国至大曲女城……又西至波罗奈国……①

仅叙述沿途所经国名,而国与国之间数千里的行程却不暇提及。王延德《西州使程记》云:

> 初自夏州历玉亭镇,次历黄羊平……凡二日,次都啰啰族……次历茅家嗝子族……次历茅女王子开道族……次历楼子山……次历太子大虫族……凡三日,至思谷,曰避风驿……凡八日,至泽田寺……历交河州,凡六日,至金岭口……又两日,至汉家寨……又五日上金岭……②

用自……历……度……过……至……等一系列动词将所经地名连缀起来,展现出一段完整的行程,仅以经行时间表明甲乙两地之间的距离。这种纪行方式尚停留在汉魏六朝时期行记的叙写模式上,长达数日、行程数千里的路程只用寥寥数语一笔带过,从这些纪行的语句中只能得知行程大略,无法了解具体的行进路程。

经过不断发展完善,行记纪行模式更加细致,如李复的《冯翊行记》记录在冯翊境内行程:

---

① 范成大《吴船录》卷上引继业《西域行程》,《范成大笔记六种》,第204页。
② [宋]王延德《西州使程记》,王明清《挥麈录》前录卷四,中华书局,1961年,第36—38页。

> （白马之北）有古祠……自祠东北趋朝邑县……自庙之北过大云寺、文王社、洽水（今曰邰水）、郿谷（今曰茶）、韩原、少梁，遂至韩城。……（逾北山，渡澂水）至良辅镇……又西至白水县。①

李远的《青唐录》记青唐境内行程：

> 河州渡河至炳灵寺……三十里至墨城……下坡十余里，始得平川……由平壤中有行三十里，至湟州。……上峻岭，二十余里至湟。复由小径下十余里，道出峭壁间，萦行曲折，不容并驰……中途过平地，绝广数亩……四十里出峡，屈曲下至大川城。……又四十里至宗奇城……又二十里至青唐城。……自青唐西行四十里至林金城。②

所叙行程都为一乡一境之内，行程较短，但纪行更趋细化，叙写模式为甲地＋里距＋乙地，不但注明两地间的经行距离，有时还注明行走方向，所经道路平直曲折，宽窄变化。

北宋中期，沈括《熙宁使虏图抄》纪行详细、精确，成为行传体行记的经典之作。其书将使辽之行程按所经州县及馆驿名分为若干段，每一段都叙写山川、中顿（按：旅途中途饮食休息的地方）的位置及相互之间的距离，详载山川走向、宽广，如"涿之广渡三百步，其溢为城下之涿，广才百步而已。""（阴凉）河自西来，广度百

---

① 李复《冯翊行记》，《潏水集》卷六，《文渊阁四库全书》第1121册，第59-60页。
② ［宋］李远《青唐录》，陶宗仪《说郛三种》涵芬楼本卷三五，第602页。

步,河之流才二十许步。""济黑水,水广百余步。""(黑水)走西南百余里,复东出保和帐之北,大山之间。"①并指出各地的攻守之利,如论顺州:"城北倚涧水为险。水之衮数百步。地广多粟,可以积卒,以扼北山之冲。北当洞道而幽州压其后,背势面奇,此谋将之地也。"论檀州:"衢道北皆北之险,而顺州策其后,管钥所寄,鸷将之地也。"论古北口:"金钩之南至于古北,皆行峡中,而潮里之水出其间。逾古北而南距中顿,皆奇地。可以匿奸藉势,而南有密云其会冲,此古北之所以为固也。"②此外还能准确地揭示行进方向。前代行记记程也留意地理位置之间的方向,但多以东、西、南、北概言之,《熙宁使虏图抄》在方位词前加上程度副词能细微揭示两地之方位,如"小北""东行少北""循虎河逶迤正东""屈折北行""委回东北""少东折"。叙写完每一段行程后则总结乙地在某一方向上距甲地的距离,如"良乡西南距涿州六十里。""望京馆西南距幽州三十里。""顺州西距望京馆六十里少南。""檀州西南距顺州七十里。""古北馆南距金沟七十里少东。""新馆西南距古北七十里。"③《熙宁使虏图抄》记录行程既有具体入微的描写,又有层次分明的概写,使整个行程可感可知。

至北宋末期,许亢宗《宣和乙巳奉使金国行程录》在行记中引入"程"的概念,如将使金行程分为三十九程,依"程"记写。每一程后,详写此程之见闻。"程"的记录相当于《熙宁使虏图抄》中对

---

① 贾敬颜《沈括〈熙宁使契丹图抄〉疏证稿》,《五代宋金元人边疆行记十三种疏证稿》,第135页,第64页,第166页。
② 贾敬颜《沈括〈熙宁使契丹图抄〉疏证稿》,《五代宋金元人边疆行记十三种疏证稿》,第138—142页。
③ 以上引文见于《沈括〈熙宁使契丹图抄〉疏证稿》,《五代宋金元人边疆行记十三种疏证稿》,第136—140页。

每一段行程的总结如"良乡西南距涿州六十里""望京馆西南距幽州三十里",但直接引入"程"的概念则使每一段行程记录显得更加清晰。每一程后,则写该程的气候自然条件、地名历史沿革,城邑规模以及风俗人情等,完全摆脱了汉魏六朝古行记以罗列地名为主,大量省略行程细节的简单模式。

二、日记体

日记体特征是以"日"作为叙事单位,将旅行见闻按日期先后顺序逐日记载或择日叙写,以事系日、以日系月,完整连贯地展现一次行旅的过程。北宋文人偶尔用日记体形式记载旅途经见,但还未成风气,至南宋文人才普遍使用此体创作行记。宋代日记体行记亦经历了从粗疏草创到精细完善的演变。表现为:

第一,记日手段日趋多样。有的用干支记日,如张舜民的《郴行录》、陆游的《入蜀记》、范成大的《吴船录》;有的用数字记日,如郑刚中的《西征道里记》、吕祖谦的《入越录》《入闽录》;有的则将干支记日与数字记日结合起来,如楼钥的《北行日录》、程卓的《使金录》、方凤的《金华洞天行纪》。如果记录长达数月的行程,还在每月一日干支记日处标明为朔日,如"四月朔,辛酉""癸酉十月朔",使得记日更加清楚。

早期日记体行记如路振《乘轺录》只记日而不及天气,后来的行记不仅记录时间,还关注每日的天气情况。如神宗时期张舜民的《郴行录》偶尔标明天气状况,他记录丁丑、乙酉、辛卯、壬辰、乙未、丙申、丁酉、庚子、甲辰、己酉共十天的行程,只有两天提到天气情况,称"丁酉,早霁""庚子,晚霁"。到南宋周必大的《归庐陵日记》《泛舟游山录》《奏事录》《南归录》,吕祖谦的《入越录》《入闽录》,方凤的《金华洞天行纪》,楼钥的《北行日录》,程卓的《使金

录》几乎每日记载天气情况,天气成为记日不可缺少的一个要素。并且能细致入微地描写天气变化状态,如:

> 乙卯,早昏雾,辰后方行。未时次池口,去州数里,舟师以干乞留。风忽转南,得未曾有。张帆行仅二十里,雨作,复转北风。乙夜,叠棹入梅根港,百家之聚也。大风。①
> 壬子,早阴霾,风逆。行二十余里而晴,风色亦顺,扬帆颇驶。②
> (乙酉)三更,下雨。五更,风特甚。平明,望市早炊。③

对于天气的阴晴变化、风势顺逆、风向转变都有详细记录。

第二,行记叙事功能增强。宋代早期行记如欧阳修《于役志》择日记载贬谪夷陵之行,每日记叙模式为"日期+此日停留地点+见闻"。如"六月己酉,次柳子。""庚戌,过宿州,与张参约:泊灵壁镇,游损之园。会余有客住宿州,参先发,檥灵壁,待余不至,乃行。晚次灵壁,独游损之园,舟失水道,败柂。""辛亥,次青阳。""壬子,至于泗州。晚,与国器小饮州廨中。""癸丑,始见春卿。"④ 以干支记日,行程叙写只涉及每日停靠及住宿地点,用极其简洁的文字叙写每日会友及江行的见闻。仅用近千字就记录了长达五个月的行程。王安石《鄞县经游记》用一两百字记载了十二天往返鄞

---

① 周必大《泛舟游山录》卷一,《庐陵周益国文忠公集》卷一六七,《宋集珍本丛刊》第 52 册,第 623–624 页。
② 周必大《奏事录》,《庐陵周益国文忠公集》卷一七〇,《宋集珍本丛刊》第 52 册,第 664 页。
③ [宋]陈文蔚《游吴江行记》,《克斋集》卷一〇,《文渊阁四库全书》第 1171 册,第 73 页。
④ [宋]欧阳修《欧阳修全集》卷一二五,中华书局,2001 年,第 1898–1899 页。

县十四乡的行程,亦只简要记载日期及每日出行任务,行文干净利落、层次清晰,但过于单调简略。

晚出的行记叙事范围更广泛,内容更丰富,正如无名氏评价程卓《使金录》时所云:"宋人行役,多为日录,以记其经历之详。其间道里之邅迆、郡邑之更革,有可概见。而举山川、考古迹、传时事,在博洽者,不为无助焉。"① 山光水色、寺院宫观、宫殿楼阁、前人遗迹、历史传闻、地名考证、宋人轶事、方舆物产、民俗风情,以及诗文唱和、会友送别、所经地域的经济贸易、百姓生活现状,举凡一日之内感兴趣的行程经见都载入行记中,有话则长,无话则短,"逐日所书,随意命笔,正以琐屑毕备为妙"②。体现了日记体叙事内容丰富、自由的优势。此外还综合运用记叙、议论、抒情、描写等多种手法记录旅行见闻,使得细节成分增多,篇幅增加,周必大《归庐陵日记》记录的行程只有四个月,篇幅却是《于役志》的五倍。

行传体行记以一段行程为叙述单位,记载此段行程的地理风物是记录的重心,整篇行文以"地"为主体。日记体行记则以日为叙述单位,以旅行者为主体,记录他们每日在旅途中的见闻以及经行不同地域空间的心理感受,旅行活动本身成为着力表现的对象。但是纪行也是日记体行记不可缺少的部分,并且关于行程的叙写在日记体的体例下呈现出新的特点:行程分时段叙写,也就是在记日的同时亦记每日的行程。如郑刚中的《西征道里记》载:"二十二日,道铜口、临平镇、长安闸,宿崇德县。二十三日,石门、皂林、永乐,由秀州城外宿杉青闸。二十四日,两盱首,宿平望。

---

① 程卓《使金录》,《续修四库全书》第423册,第450页。
② [明]贺复征《文章辨体汇选》卷六三九,《文渊阁四库全书》第1409册,第645页。

二十五日,大风阻吴江,不进。二十六日,吴江县登垂虹亭,宿平江府。"① 每日是否行进以及经行的地方、停宿的地点都记载得很清楚。更甚者还将每日经行的地点按时段记录,如(加着重号者为标明时段的词语):

> 己巳,过平望,少留。未后抵吴江县,登塔四层。携家游曜庵,名园也。主人王氏,名份。申后,移舟过垂虹,泊县北。②
>
> 戊子,早过湖州,望城中楼观缥缈,环以溪山,宜晋唐以为名郡也。申时,过德清县,溪桥颇壮丽。有左顾亭,谓放龟也。二更,宿凤口。③
>
> 三日黎明,至长河堰,亦小市也,鱼蟹甚富。午后,至秀州崇德县,令右从政郎吴道夫、丞右承直郎李植、监秀州都税务右从政郎章湜来……是晚行十八里,宿石门。④
>
> 辰初,以小舟下彭山,已未已到,与孥累船会。即解维,午后,至眉州城外江,即玻瓈江也。⑤
>
> 三十日戊寅,晴。早顿临淮县驿。即行八十里,至青阳镇,已二更。⑥

或每日总结行经里数(见加着重号的文字):

---

① 郑刚中《西征道里记》,《四库全书存目丛书》史部第 127 册,第 546 页。
② 周必大《归庐陵日记》,《庐陵周益国文忠公集》卷一六五,《宋集珍本丛刊》第 52 册,第 608 页。
③ 周必大《归庐陵日记》,《庐陵周益国文忠公集》卷一六五,《宋集珍本丛刊》第 52 册,第 609 页。
④ 陆游《入蜀记》,《陆游集》,第 2408 页。
⑤ 范成大《吴船录》,《范成大笔记六种》,第 193 页。
⑥ 程卓《使金录》,《续修四库全书》第 423 册,第 443 页。

十三日乙丑,晴。四更,行六十里,过平望……行四十五里,过吴江。又行四十五里,至平江。仲舅入城回谒。船由城外至阊门,叔舅别去。一夕行九十里。①

八月二十八日……辰后出旌孝门,五里至关头,南折入会稽路。二里,桐树岭。八里,东藕塘。……十五里,舍香。……十里,义井。五里,上下仓。十里,孝顺镇。十里,自驿路北折入香山路。五里,宿杭慈潘氏庄。凡行七十里。②

二十九日,早,冒雨行。二里,小凤林寺。……五里,苦山。二十里,梅口邸舍……十五里,香山,林壑稍邃。八里,下稠岩景德寺。……七里,唐口。自是复出驿路……又二里,宿逆旅。凡行五十九里。③

以上诸例,与行传体行记相比,纪行的清晰、细腻程度有过之而无不及。日记体行记广阔的叙事空间完全能满足记行、记日、记事的需求。也许正是这个原因,行传体行记在南宋逐渐衰落,而日记体行记则兴盛一时。直至明清近代,采用日记体体例仍是行记创作的主要著述方式。

三、笔记体

笔记体行记记载旅行见闻,内容广泛,信手拈来,记录随意,不分先后次第,行文无伏脉呼应。两宋行记中属于笔记体体例的

---

① 楼钥《北行日录》,《攻媿集》卷一百十一,《四部丛刊》本。
② [宋]吕祖谦《入越录》,《东莱集》卷一五,《文渊阁四库全书》第1150册,第132页。
③ 吕祖谦《入越录》,《东莱集》卷一五,《文渊阁四库全书》第1150册,第132—133页。

有赵子砥的《燕云录》,蔡鞗、王若冲的《北狩行录》,王云的《鸡林志》,徐兢的《宣和奉使高丽图经》。

笔记体行记既不按程叙写,也不按日记录,但记录行程仍是笔记体行记行文的基本要素。如《北狩行录》记徽宗与宗室官吏北迁的辛酸经历,展现徽宗以社稷祖宗为重、勤学好思、虚怀纳谏、对宗族百官仁慈爱护、对亡国深怀悔意、洗心革面的仁君形象。凡在北迁金地途中的言语行动,皆有闻必录。行文中亦标明时空的变化,如"三月二十八日起发,行邢、赵之间""自燕京迁居金部相府院""戊申八月入见,尽徙韩州之民出而寓焉""庚戌中元,徙居五国城,乘舟而行,凡四十六日至"[①]。勾勒出徽宗从邢、赵经燕京至五国城的行程。

有些行记内容非常丰富,则采用分门别类的方式记录,如徐兢的《宣和奉使高丽图经》。全书分为建国、世次、城邑、门阙、宫殿、冠服、人物……二十九个门类,分类记写奉使高丽的见闻。从体例上看貌似记录一地的地理物产、风俗人情的地记,其实它具有行记纪行的本质特征。此书专设"海道门",记出使高丽所用交通工具及其行程,其下又设"神舟""客舟""招宝山""虎头山"……共四十六条。以地名条其名目,每条下则记载经历此地之行程。如"沈家门"条曰:

> 二十五日丁丑,辰刻,四山雾合,西风作,张篷委虵曲折,随风之势,其行甚迟,舟人谓之拒风。巳刻,雾散,出浮稀头、白峰、窄额门、石师颜,而后至沈家门,抛泊……申刻,风雨晦

[①] 蔡鞗、王若冲《北狩行录》,《续修四库全书》第423册,第327-329页。

第二章　宋代行记考论

冥,雷电雨雹欻至,移时乃止。①

"白水洋"条云:

> 二十九日辛巳,天色阴翳,风势未定。辰刻,风微且顺,复加野狐飔,舟行甚钝。申后风转。酉刻,云合雨作,入夜乃止。复作南风。入白水洋,其源出靺鞨,故作白色。②

上述文字均按时段记录航海行程及其天气变化(见加着重号的文字),借鉴了日记体行记纪行、记日细致入微的特点。

此外《宣和奉使高丽图经》其他门类也记载了出使人员在高丽国内的行程、行旅活动。如"祠宇门"下"靖国安和寺"条云:

> 安和寺,由王府之东北,山行三四里,渐见林樾清茂,薮麓崎岖。自官道南王轮寺,过数十步,曲径萦纡,修松夹道,森然如万载,清流湍激,惊奔嗽石,如鸣琴碎玉……复入深谷中,过山门阁,傍溪行数里,入安和之门,次入靖国安和寺……今使者至彼,率三节官属从吏,拜于御书殿下,饭僧祈福,日暮归馆,实宣和五年七月二日癸丑也。③

记载了游览靖国安和寺的经历。"崧山庙"条云:

---

① 徐兢《宣和奉使高丽图经》卷三四,《丛书集成初编》第 3239 册,第 119 页。
② 徐兢《宣和奉使高丽图经》卷三四,《丛书集成初编》第 3239 册,第 120–121 页。
③ 徐兢《宣和奉使高丽图经》卷一七,《丛书集成初编》第 3237 册,第 58 页。

> 六月二十六日丁未,遣官致祭,祠宇尚远,唯至半山,设酒馔望而拜之,遵旧典也。①

记载使臣在高丽国内的祭祀活动。"受诏门"下"祭奠"条云:

> 癸卯六月十三日甲午,使副到馆,王既受诏,越二日,王先遣人告办,都辖吴德休,往启建佛事。次日,提辖官徐兢,押所赐祭奠礼物,陈列于前。至日质明,使副与三节官吏奉诏舆至长庆宫,三节休于次,使副易带以乌犀,仍去式,候时至,入祭室。②

记使臣祭奠高丽王俣。"燕礼"门下"西郊送行"条云:

> 使副回程,是日早发顺天馆,未间抵西郊亭,王遣国相具酒馔于其中……使副与馆伴立马于门外叙别,馆伴就马上,亲酌以劝使者。饮毕各分袂,先是与接送伴官到馆即相别,及回程于此复与之相陪,以迄群山岛放洋也。③

记高丽大臣为使臣饯别,使臣与馆伴官、送伴官分别之场景。《宣和奉使高丽图经》在记录出使高丽见闻时,或隐或显地展现了旅行空间位移变化的过程,这与静态记录一地的风俗、物产、名胜古迹、地理沿革的地记作品完全不同。

---

① 徐兢《宣和奉使高丽图经》卷一七,《丛书集成初编》第3237册,第60页。
② 徐兢《宣和奉使高丽图经》卷二五,《丛书集成初编》第3238册,第88页。
③ 徐兢《宣和奉使高丽图经》卷二六,《丛书集成初编》第3238册,第94页。

小　结

　　本书绪论中已将宋代行记与相似文体游记、地记作一比较，辨析了宋代行记的文体内涵，认为其文体内涵表现在内容上以行程为线索，旅行活动本身为陈述对象，是对一段旅行行程所作的传记；在叙写对象上，行记所写的"行"一般指长途旅行，时间跨度大，所行距离远，所记行旅类型多样；从创作目的来看，行记是一种实用性很强的应用文体。以此为界定，本章全面整理考证宋代行记文献七十四种，按照记载的疆域来划分，分为国内行役记和域外行记两大类，一一考察其著录情况、书名、作者、创作背景、行记内容、著述体例以及留存情况，并对其中有疑义的地方作适当地考辨，对前人和时贤的一些说法进行商榷。

　　在文献梳理考证的基础之上，考察宋代行记的创作情况以及著述体例。在宋代，创作行记成为一时风气，行记这种文体被运用到更广阔的领域，除用于记录奉使交聘、求法等经历外，还用来记录地方官任职、卸职、贬谪、游览、省亲、访友、应考、逃难等公私行旅。作品既有单篇文章也有纪行专书，且以专书纪行居多，篇幅多在一两卷之间，多者达三四十卷，不少行记收入文人别集中，以防流传中散佚，从中可见时人对行记的重视。宋代行记改变了前代行记纪行的单一模式，其著述体例多样，主要有行传体、日记体、笔记体等三种体例。

　　行传体是沿用前代行记惯用的纪行方式，宋代早期的行记纪行尚显粗略，长达数日、行程数千里的路程只用寥寥数语一笔带过。经过不断发展完善，行记纪行模式更加细致，常将整个行程按所经州县及馆驿名分为若干小段，记载每一段州邑、馆驿间的位置以及相互之间的距离,详载山川走向、宽广,所经道路平直曲折,宽窄变化等地貌特征,并准确地揭示行进方向。

日记体以"日"作为叙事单位,将旅行见闻按日期先后顺序逐日记载或择日叙写,以事系日、以日系月,完整连贯地展现一次行旅的过程。宋代日记体行记亦经历了从粗疏草创到精细完善的演变。一方面,日记体行记记日手段日趋多样;另一方面,日记体行记的叙事功能显著增强。沿途所见山光水色、寺院道观、宫殿楼阁、前人遗迹、方舆物产、民俗风情,所经地域的经济贸易、百姓生活现状,所闻传奇轶事,以及诗文唱和、会友送别、考辨古迹等行旅活动都一一载入行记中,体现了日记体叙事内容丰富、自由的优势。关于行程的叙写在日记体的体例下呈现出新的特点:行程分时段叙写。与行传体行记相比,纪行的清晰、细腻程度有过之而无不及。日记体行记广阔的叙事空间完全能满足纪行、记日、记事的需求,因此成为后代行记创作的主要著述方式。

笔记体行记记载旅行见闻,内容广泛,信手拈来,记录随意,不分先后次第,行文无伏脉呼应。它既不按程叙写,也不按日记录,但记录行程仍是笔记体行记行文的基本要素。它记录见闻时均能或隐或显地展现旅行空间位移变化的过程,这与静态记录一地的风俗、物产、名胜古迹、地理沿革的地记作品完全不同。

第三章　宋代行记中的行旅生活

宋代行记以行程为线索,记载旅途见闻,尤其真实地再现了宋人熙熙攘攘奔波于山川道里的生活图景,是记录宋人出行文化的重要文本。通过行记的记录我们可以真实地感受到宋人丰富多彩的行旅生活,从中领略到宋人的精神风貌。

第一节　舟车鞍马:行记中的行旅方式

一、舟行

宋代制船业有了长足的进步,江河航线和海路航线覆盖范围广泛,舟行成为宋人出行的重要方式。宋代行记中记录的北宋时期宋人江行的主要路线有:从东京(今河南开封)出发,沿汴河东南行经陈留(今河南开封境内)、南京(今河南商丘)、宿州(今安徽宿州)、泗州(今江苏盱眙)至楚州(今江苏盱眙以东、宝应以北地区),由楚州南下沿淮南运河经宝应(今江苏宝应)、高邮(今江苏高邮)至扬州(今江苏扬州)入长江。从扬州分两路:一路沿江而上经江宁府(今江苏南京)、太平州(今安徽当涂县)、池州(今安徽贵池)、湖口(今江西湖口)、江州(今江西九江)、黄州(今湖北黄冈)、鄂州(今湖北武汉)至岳州(今湖南岳阳),西上可至峡州(今湖北宜昌等地)、归州(今湖北秭归等地)、夔州(今四川奉节)、万州、忠州(今四川忠县)、涪州(今重庆涪陵)、恭州(今重庆)、泸州、叙州(今四川宜宾)、嘉州(今四川乐山)、眉州(今四川眉山)达成都府,整个长江干道贯穿淮南东路、淮南西路、荆湖北路、夔州路、利州路、成都府路;从岳州南下沿湘水可至荆湖南路的潭州(今湖南长沙)、衡州(今湖南衡阳)、郴州(今湖南郴州);在湖口沿赣水南下可至江南西路的洪州(今江西南昌)、临江军(今江西清江)、吉州(今江西吉安)等地。另一路在扬州渡江沿浙西运河东南行经常州(今江苏常州)、秀州(今浙江嘉兴)可至杭州,在杭州沿浙水西南行可至严州(今浙江建德等地)、衢州(今浙江衢州)、信州(今江西上饶)至江南西路。南宋时期淮河以北为金所有,汴河河道堙塞,不复北宋繁荣之景,南宋与金人以淮河为界,淮河成为使金必经之道,除此变化之外,长江干道及支流、淮南运河、浙西运河仍是宋人江行之要道。宋代行记中记录的海上航线主要有至高丽、东部沿海州郡的海路:北从登州出海沿东航行可至高丽瓮津,南从明州(今浙江宁波)出海至定海县(今浙江镇海)、昌国县(今浙江定海)东北行经白水洋、黄水洋、黑水洋可至高丽礼成港(今朝鲜开城西礼成江)。从昌国县南下航行可至台州(今浙江临海)、温州港口。

在安全保障措施不齐全,交通工具落后的情况下,乘舟出行是较危险的,时常伴有风涛之患,覆船之险。一遇"暴风大雨,舟中尽湿"①,甚至出现船漏的情况。② 沉船之事亦屡见不鲜,陆游入蜀至赵屯,"是日大风,至暮不止……有一舟掀簸浪中,欲入夹者再三,

---

① 陆游《入蜀记》,《陆游集》,第2409页。
② 周必大《南归录》云:"(壬戌)夜雨舟漏,殊不安枕。"(见《庐陵周益国文忠公集》卷一七一)

不可得,几覆溺矣"①。周必大进京奏事,夜泊船于大通镇,"五更后,大风自西来,继以大雷雨,舟摇荡不可止,川船相去才数丈,沉焉"②。而自己乘坐的船迁移到避风之地才幸免于难。河道中还常有乱石堆积,周必大至宁都县外石城江口,"(船)正触乱石,危不可言,急令诸仆入水持舟。久之风定,方能去"③,一不留神就会触石船毁。有时地形的险要更加剧了行舟的危险程度,如范成大离蜀,一路滩多水急,险象环生,过滟滪滩见"滟滪之顶,犹涡纹瀺灂,舟拂其上以过,摇橹者汗手死心,皆面无人色"④,过黑石滩"两山束江骤起,水势不及平,两边高而中洼下,状如茶碾之槽"⑤,如此特殊的地势最易导致舟楫倾侧之险。行舟海上亦危险重重,海上航行阴晴变化不定,"既出于海门,则天地相涵,上下一碧,旁无云埃,遇天地晴霁时,皓月中天,游云四敛,恍然如游六虚之表,既不可以言喻。及风涛间发,雷雨晦冥,蛟螭出没,神物变化,而心悸胆落"⑥。如遇海风剧烈还常有折船之险,徐兢等使高丽至夹金山,遇大风,"第一舟大樯砉然有声,势曲欲折,亟以大木附之,获全"⑦。

江河运行与风的关系最为密切,风势太大则不能前行,范成大从江州行船至池州途中"欲泊马当,风甚不可前"⑧。此时须泊船避

---

① 陆游《入蜀记》,《陆游集》,第 2429 页。
② 周必大《奏事录》,《庐陵周益国文忠公集》卷一七〇,《宋集珍本丛刊》第 52 册,第 663 页。
③ 周必大《归庐陵日记》,《庐陵周益国文忠公集》卷一六五,《宋集珍本丛刊》第 52 册,第 610 页。
④ 范成大《吴船录》,《范成大笔记六种》,第 217-218 页。
⑤ 范成大《吴船录》,《范成大笔记六种》,第 218 页。
⑥ 徐兢《宣和奉使高丽图经》卷三四,《丛书集成初编》第 3239 册,第 116 页。
⑦ 徐兢《宣和奉使高丽图经》卷三五,《丛书集成初编》第 3239 册,第 123 页。
⑧ 范成大《吴船录》,《范成大笔记六种》,第 232 页。

入江边的港湾并增加缆绳以固定船只,如陆游"舟至石壁下,忽昼晦,风势横甚,舟人大恐失色,急下帆,趋小港,竭力牵挽,仅能入港……入夜风愈厉,增十余缆"[1]。船遇顺风时可以挂帆助行,行速较快。陆游入蜀"自江州至此(鄂州)七百里,溯流,虽日得便风亦须三四日"[2]。顺风逆水而行,日行速度在一百七十里左右。顺风顺水则速度更快,周必大从湖口至池口,"己未,风正,扬帆而下……日约行二百余里"[3]。陆游过雁翅夹遇顺风,五鼓出发至未时"已行百五十里"[4],行速达到每小时一百五十里左右。逆风顺水而行速度则要慢些,如周必大《奏事录》载从湖口到繁昌,五月辛酉、壬戌、甲子三日皆遇北风,日行各八十里、一百二十里、一百里。逆风逆水而行只能靠牵挽,速度极慢,陆游入蜀八月二十四日遇逆风挽船而行,"船自平旦至日昳,才行十五六里"[5]。无风时亦须牵挽,如陆游入蜀离黄州"江平无风,挽船正自赤壁矶下过"[6]。江上风气变化给江行带来许多不确定因素。《奏事录》详载池口段行舟情形:"(壬戌)五更后,大风自西来,继以大雷雨,舟摇荡不可止,川船相去才数丈,沉焉。予舟本泊于彼,临夜稍徙,仅免于难。癸亥,早南风,挂帆行近四十里,片云忽在头上,转为北风。两舟相望,篙师皆失色无措,急令转柂就帆,逆行十余里,入铜陵夹方定。"[7] 风向由

---

[1] 陆游《入蜀记》,《陆游集》,第 2430 页。
[2] 陆游《入蜀记》,《陆游集》,第 2441 页。
[3] 周必大《奏事录》,《庐陵周益国文忠公集》卷一七〇,《宋集珍本丛刊》第 52 册,第 666 页。
[4] 陆游《入蜀记》,《陆游集》,第 2429 页。
[5] 陆游《入蜀记》,《陆游集》,第 2437 页。
[6] 陆游《入蜀记》,《陆游集》,第 2440 页。
[7] 周必大《奏事录》,《庐陵周益国文忠公集》卷一七〇,《宋集珍本丛刊》第 52 册,第 667 页。

西转南,忽又转北,变幻不定,使舟行危机丛生,舟师亦为之惊慌失措。海上航行亦与风向关系密切。宋与高丽皆处于太平洋海域,夏季为东南季风,冬季则刮西北风。宋人至高丽利用夏季季风,"风便不过五日即抵岸焉"①。高丽使臣入宋则等秋冬季节西北季风时出行。徐兢一行出使高丽就是五月乘东南季风而行,共行十五日到达礼成港(今朝鲜开城西礼成江)。回程于七月中旬始发,秋季是东南季风和西北季风交织的季节,风向时常变化,使臣们只能趁北风出行,风阻则不行,回程沿途受阻,共行四十二日。海上航行风云变幻莫测。遇顺风则张篷而行"风势极大,舟行如飞"②;逆风则行速缓慢"舟人谓之拒风"③。"海上以风转至次日不改者,谓之埶。"④风势未定则须待风埶后方能起航。海船上还配有野狐帆,"大樯之颠更加小帆十幅,谓之'野狐帆'风息则用之"⑤,风微舟行甚慢则需加野狐帆以助行,风急则需"落帆撤篷,以缓其势"⑥。

航道深浅也对舟行有影响,水太浅则易搁浅,如周必大归庐陵经常州,"距港口仅半里,遇浅,推荡甚久,竟不能动,别以小舟,挈家径趋宜兴"⑦。因所走浙西运河河道太浅,故只好改换小船,从常州南下沿长江支流水系经宜兴、溧阳至太平州。舟子往往待潮涨至一定高度才行船,如陆游在镇江欲行时,"舟人辞以潮不应,遂宿

---

① 徐兢《宣和奉使高丽图经》卷三,《丛书集成初编》第 3236 册,第 7 页。
② 徐兢《宣和奉使高丽图经》卷三七,《丛书集成初编》第 3239 册,第 130 页。
③ 徐兢《宣和奉使高丽图经》卷三四,《丛书集成初编》第 3239 册,第 119 页。
④ 徐兢《宣和奉使高丽图经》卷三四,《丛书集成初编》第 3239 册,第 119 页。
⑤ 徐兢《宣和奉使高丽图经》卷三四,《丛书集成初编》第 3239 册,第 117 页。
⑥ 徐兢《宣和奉使高丽图经》卷三五,《丛书集成初编》第 3239 册,第 123 页。
⑦ 周必大《南归录》,《庐陵周益国文忠公集》卷一七一,《宋集珍本丛刊》第 52 册,第 688 页。

江口"①。航海时,水浅沙多同样危险,如徐兢等回程至黄水洋,"此第一舟几遇浅,第二舟午后三柂并折"②。因遇浅而折船,因而测量航道深度亦颇为重要,"海行不畏深,惟惧浅阁,以舟底不平,若潮落,则倾覆不可救,故常以绳垂铅硾以试之"③。

航运途中设有行船的辅助措施,江岸两旁有夹、港可供泊船。遇风涛太大亦可进入离岸不远的夹中继续航行,夹中风涛较小,可避免覆船之险。江边还设有亭可供行人登岸休息。江河两岸常有盗贼出没,如"邬子者,鄱阳湖尾也。名为盗区,非便风张帆及有船伴不可过"④。官位显赫者乘舟出行常常自带兵卒以加强防卫,"夜遣从卒爇船傍苇丛,作势以安众"⑤。宋代政府在沿河两岸亦设有巡检司,负责巡逻缉捕盗贼。如陆游离鄂州经百里荒一带就遇巡逻兵士,"平时行舟,多于此遇盗,通济巡检持兵来警逻,不寐达旦"⑥。此外,两岸还有以帮助行人过滩为业者称滩子,《郴行录》云:"船上执色倡道皆土人,谓之滩子。舟人束手,一不与焉。官舟过者,击鼓呼之,即时来集舟上。至昭灵出滩,方各舍去。"⑦范成大行至新滩,亦见"两岸多居民,号滩子,专以盘滩为业"⑧。周必大归乡"过大滩,亦险,而招滩者熟知河道,椓柂有方,赖以安然"⑨,

---

① 陆游《入蜀记》,《陆游集》,第2413页。
② 徐兢《宣和奉使高丽图经》卷三五,《丛书集成初编》第3239册,第121页。
③ 徐兢《宣和奉使高丽图经》卷三四,《丛书集成初编》第3239册,第117页。
④ 范成大《骖鸾录》,《范成大笔记六种》,第48页。
⑤ 范成大《骖鸾录》,《范成大笔记六种》,第48页。
⑥ 陆游《入蜀记》,《陆游集》,第2445页。
⑦ 张舜民《郴行录》,《画墁集》卷八,《丛书集成初编》第1948册,第69页。
⑧ 范成大《吴船录》,《范成大笔记六种》,第222页。
⑨ 周必大《归庐陵日记》,《庐陵周益国文忠公集》卷一六五,《宋集珍本丛刊》第52册,第608页。

在滩子的指引下才顺利过滩。舟人如误识江路还有专门的鱼艇导航,如周必大至余干,舟师不识港道,"行近湖始悟,急呼鱼艇前导,复溯流而上"①。船泊港湾,常有两岸居民前来售食物,陆游入蜀至平望,有"小舟叩舷卖鱼,颇贱"②;泊船于马当港,"有小舟冒风涛来卖薪菜豨肉,亦有卖野麂肉者,云猎芦场中所得"③;至石首,"至对岸买肉食,得大鱼之半,又得一乌牡鸡,不忍杀,畜于舟中"④。周必大归庐陵在途中泊船见"小商数十,皆以船为家"⑤,在岸边以船为场所经商。夜间航行海上还有专门人员负责举火导航,如《宣和奉使高丽图经》"半洋焦"条载:"入夜举火,八舟相应。""白水洋"条载:"是夜举火,三舟相应。""黑山"条载:"遇夜,于山颠明火与燧燧,诸山次第相应,以迄王城。"⑥ 舟人在江海之上常鸣鼓而行。鸣鼓可起到助威的作用,徐兢等至槟榔焦"舟随水退,几复入洋,举舟恐惧,亟鸣橹以助其势"⑦。陆游入蜀所乘舟遇顺风而上,见两大舟因逆风泊船不能前行,陆游船上的舟人"抚掌大笑,鸣鼓愈厉,作得意之状"⑧,击鼓以表得意之情。另一方面,鸣鼓是发船的信号,徐兢等的海船出海"乘东南风,张篷鸣橹"⑨。江船出江亦然,"五鼓

---

① 周必大《南归录》,《庐陵周益国文忠公集》卷一七一,《宋集珍本丛刊》第52册,第678页。
② 陆游《入蜀记》,《陆游集》,第2409页。
③ 陆游《入蜀记》,《陆游集》,第2430页。
④ 陆游《入蜀记》,《陆游集》,第2446页。
⑤ 周必大《南归录》,《庐陵周益国文忠公集》卷一七一,《宋集珍本丛刊》第52册,第679页。
⑥ 徐兢《宣和奉使高丽图经》卷三四、卷三五,《丛书集成初编》第3239册,第92页,第124页。
⑦ 徐兢《宣和奉使高丽图经》卷三六,《丛书集成初编》第3239册,第125页。
⑧ 陆游《入蜀记》,《陆游集》,第2420页。
⑨ 徐兢《宣和奉使高丽图经》卷三四,《丛书集成初编》第3239册,第118页。

发船,是日舟人始伐鼓"①。在船队航行途中鸣鼓还能起到发挥号令的作用,徐兢等人回程过群山岛遇海动,"舟侧欲倾,人大恐惧,即鸣鼓,招众舟复还"②。

江河运行,船是主要的交通工具。宋代的造船业已经比较发达,能根据不同的需求制造出各种类型的船只。在长江航道航行的船较大,有载重量达二千斛的舟,"樯高五丈六尺,帆二十六幅"③。在运河河道或湖泊则常用小舟、小舫,如周必大行至鄱阳湖水系,则"以小艇乘顺风而行,晚泊龙沙章江禅院"④。宋人出行,在特殊的江段需要更换特制的船。陆游入蜀至沙市时换为入峡船,"倒樯竿,立橹床,盖上峡惟用橹及百丈,不复张帆矣。百丈以巨竹四破为之,大如人臂。予所乘千六百斛舟,凡用樯六枝,百丈两车"⑤。后从归州欲入夔州途中又遇吒滩、东奔滩、黑石滩等一系列险滩,为避免触礁的危险特意换为小巧轻便的上滩船,"差小,然底阔而轻,于上滩为便"⑥。海上航行有专门的海船"上平如衡,下侧如刃"⑦,与江行平底船只不同,便于破浪前行。海船规模宏大,徐兢等使高丽,随从坐的客船为载重量二千斛的船,分为三仓。前仓上层供炊事、储水之用,下层供船上士兵住宿;中仓分作四室储货;后仓供使者乘坐,有窗户且装饰华丽。内部设置完善。舵分为正舵、副舵,便于不同水深的航区使用。帆有布帆五十幅,小帆十幅

---

① 陆游《入蜀记》,《陆游集》,第2413页。
② 徐兢《宣和奉使高丽图经》卷三九,《丛书集成初编》第3239册,第135页。
③ 陆游《入蜀记》,《陆游集》,第2414页。
④ 周必大《南归录》,《庐陵周益国文忠公集》卷一七一,《宋集珍本丛刊》第52册,第681页。
⑤ 陆游《入蜀记》,《陆游集》,第2448页。
⑥ 陆游《入蜀记》,《陆游集》,第2457页。
⑦ 徐兢《宣和奉使高丽图经》卷三四,《丛书集成初编》第3239册,第117页。

和利篷,根据不同的风向加以选用。每船设有十只橹作为船推进的工具。船还设竹篷以避雨,配有指南针以辨别南北,设矴石、绞车以供泊船,在风急浪猛时还可加游矴稳固船身。使副所坐神舟比随从所坐客舟更宏大,"神舟之长阔高大,什物器用人数,皆三倍于客舟也"①。

二、陆行

在水道不通或水道迂回之地,特别是通往当时辽、金、高昌等统治的北方地区,宋人则选择陆路方式出行。宋代路面多为泥路,上铺石子以避免雨天泥泞难行,但不少地区未经细致的修缮。范成大在袁州,遇连日大雨,"道上淖泥之浆如油。不知何人治道,乃乱置块石,皆刓面坚滑。舆夫行泥中,则浆深汩没;行石上,则不可著脚,跬步艰棘,不胜其劳"②。在荆湖南路衡州至永州间路亦难行,"路中皆小丘阜,道径粗恶,非坚拨即乱石,砌处又泥淖,虽好晴旬余,犹未干,跬步防踬,吏卒呻吟相闻"③。路中多尖、乱石子,行泥路则泥浆飞溅,行石子上则尖滑难行不胜其苦。少数南方地区则有砖街,范成大经婺州(今浙江金华)、衢州,"自婺至衢皆砖街,无复泥涂之忧"④。至眉州见"遍城悉是石街,最为雅洁"⑤。驿路上两旁多植树护道,范成大进入湖南境内见"夹道皆松木,甚茂","入南岳……夹路古松三十里"⑥,至桂林境内"夹道高枫古柳,道途大

---

① 参见徐兢《宣和奉使高丽图经》卷三四"客舟""神舟"条。
② 范成大《骖鸾录》,《范成大笔记六种》,第53页。
③ 范成大《骖鸾录》,《范成大笔记六种》,第56页。
④ 范成大《骖鸾录》,《范成大笔记六种》,第46页。
⑤ 范成大《吴船录》,《范成大笔记六种》,第193页。
⑥ 范成大《骖鸾录》,《范成大笔记六种》,第53—54页。

迳,如安肃故疆及燕山外城,都会所有,自不凡也"①。张舜民在池州亦见"两边长松夹路,云九里松也"②。

辽金境内的道路条件比中原更落后,道路多凭借自然的山道、河道,人工改造的成分较少。如沈括使辽时进入临潢府以北的古契丹境内,"自帐(牛山毡帐)西行……又十里余逾山……至锅窨帐。……自帐稍西北,行平川间二十余里,陟沙陁,乃行碛间十余里,至中顿"③。经山道、平原、过土坡、沙碛地至辽道宗御帐,均借助于天然的道路前行。《宣和乙巳奉使金国行程录》亦载许亢宗等人进入原女真境内,"行终日之内,山无一寸木,地不产泉,人携水以行"④,路上既无树荫遮挡又无泉水可供应,跋涉之艰难可想而知。中原驿道上设有里堠标明里程,而在通往辽金的驿路上常常里堠缺失,只能以车马一日所行的距离作为记程的依据,如《宣和乙巳奉使金国行程录》载:"第十五程,自润州八十里,至迁州。彼中行程,并无里堠,但以行辙一日,即记为里数。"⑤

被江河阻隔的地方则修桥以保持陆路畅通。行记中记载的几种比较特殊的桥包括蜀中的绳桥,"桥长百二十丈,分为五架,桥之广十二绳排连之,上布竹笆,攒立大木数十于江沙中,輂石固其根,每数十木作一架,挂桥于半空,大风过之,掀举幡幡然,大略如渔人

---

① 范成大《骖鸾录》,《范成大笔记六种》,第 59 页。
② 张舜民《郴行录》,《画墁集》卷七,《丛书集成初编》第 1948 册,第 61 页。
③ 贾敬颜《〈熙宁使契丹图抄〉疏证稿》,《五代宋金元人边疆行记十三种疏证稿》,第 105 页。
④ 钟邦直《宣和乙巳奉使金国行程录》,见徐梦莘《三朝北盟会编》卷二〇,第 145 页。
⑤ 钟邦直《宣和乙巳奉使金国行程录》,见徐梦莘《三朝北盟会编》卷二〇,第 148 页。

晒网、染家晾彩帛之状。又须舍舆疾步,从容则震掉不可立"①。金境内还有浮桥,"用船八十五只,各阔一丈六七尺。其布置,相去又各丈余,上实算子木,复覆以草,曳车牵马而过,如履平地"②。此外,还有柴桥。河流冲断古路则以柴桥通行,"用柴木横叠其上,积草土以行车马","只就浅水冰上,积柴草,为路里余,车马行其上,策策有冰泮声,遇深险处,即有人跂立道傍指示,使驱车疾行"③。将柴木、草土覆盖于冰上作为通道,但这只是权宜之计,楼钥使金回程遇冰化水涨,柴桥就已不可用,可见金境内的交通设施是比较简陋的。

驿道上有官方设置的馆驿,中原境内六十里置一驿,"职事五品以上,散官二品以上,爵国公以上,欲投驿止宿者听之;边远及无村店之处,九品以上,勋官五品以上,及爵,遇屯驿止宿亦听,并不得辄受供给"④,为公差人员及有一定级别的官员提供食宿。辽统治的北方境内驿道上也有馆驿,并在每程之间设置中顿供使节食宿,"近岁以来,中路又添顿馆,供帐鲜洁,器用完备,烛台、炭炉、悉铸以铜铁"⑤。沈括亦曰:"日有舍,中舍有亭,亭有饔饩。"⑥ 舍指馆驿,亭则为中顿。金国早在天会二年(1124)就下令"自京师至南京每五十里置驿",闰三年,又"命置驿上京、春、泰之间"⑦。楼钥使

---

① 范成大《吴船录》,《范成大笔记六种》,第189页。
② 周辉《北辕录》,陶宗仪《说郛三种》宛委山堂本卷五六,第2588—2589页。
③ 楼钥《北行日录》,《攻媿集》卷一百十一,《四部丛刊》本。
④ [宋]窦仪《宋刑统》卷二六《杂律·剩给传送》,中华书局,1984年,第420—421页。
⑤ 路振《乘轺录》,见晁载之《续谈助》,《丛书集成初编》第272册,第49页。
⑥ 贾敬颜《沈括〈熙宁使契丹图抄〉疏证稿》,《五代宋金元人边疆行记十三种疏证稿》,第123页。
⑦ 《金史》卷三《太宗纪》,第49—50页。

金见馆驿配置完善整洁,"(临洺镇)馆舍极宽洁,前有大厅,傍列三节位次;厅后主廊,方分使副位"。保州的金台驿"驿分东西,供张如法,屋宇宽洁"。①

除官驿外,道路沿线还有各种私人兴办的旅店,特别是至南宋,私人旅店发展兴盛,"凡居民去官道而远者,说令徙家驿旁,具膳饮以利行者,且自利官司,百役悉蠲之。由潮而往,过客已无曩日之忧已"②。周必大归庐陵在衢州到信州界内沿途见到"途中邸店颇多"③。楼钥从缙云县出发至临安途中止宿的岩泉夏家店、蒋家店、和尚店、余店都是民间经营的客店。

此外,寺院道观也成为接待来往过客的重要力量。寺观常修建于深山丛林之中,宋人在游山玩水时常于寺观食宿。如范成大离蜀归吴游眉州中岩(今属四川青神县),与送客一道留宿中岩的寺院,第二日欲启程,不料遇大雨,"诸宾客即席作诗,不觉日暮,遂皆不成行。下山,复入宿寺中"④。陆游入蜀至江州,一日内先后游太平兴国宫、东晋慧远法师道场东林太平兴龙寺,皆是当地规模宏大的宫观、寺院,当日不能游尽,遂夜宿东林寺。⑤宋人在官私旅店疏远之地亦常投宿寺观。欧阳修贬夷陵,在扬州寿宁寺、真州资福寺、江宁清凉寺等寺院食宿;王安石在鄞县管辖的十四个乡中布置兴修水利的任务,连续十二天皆在寺院食宿⑥;周必大归庐陵至

---

① 楼钥《北行日录》,《攻媿集》卷一百十一,《四部丛刊》本。
② 解缙等编《永乐大典》卷五三四三《桥道》引《山阳志》,第3册,第2453页。
③ 周必大《归庐陵日记》,《庐陵周益国文忠公集》卷一六五,《宋集珍本丛刊》第52册,第610页。
④ 范成大《吴船录》,《范成大笔记六种》,第195页。
⑤ 陆游《入蜀记》,《陆游集》,第2435页。
⑥ [宋]王安石《鄞县经游记》,《临川先生文集》卷八三,《四部丛刊》本。

信州旅店渐少,故连日于寺观歇息,至太霞宫,"寓客充满,无所容膝,排道士之闼宿焉"①。在周氏所著《南归录》《奏事录》等行记中亦多有关于在寺观食宿的记载,可见以寺观作为旅宿空间已成为宋人的一种普遍的选择。寺观还为来往行旅者提供汤饮等旅途中的多种便利,如范成大记载峨眉山上有多处称某某店者,"凡言店者,当道板屋一间。将有登山客,则寺僧先遣人煮汤于店,以俟蒸炊"②。陆游在太平州(今安徽当涂县)青山亦见"有两道人持汤饮迎劳于松石间。又里许,至一庵,老道人出迎,年七十余"③,专门为登山游客提供汤饮;张舜民登南岳衡山,履石梯而上,见"其端有小寺可数楹,谓之石桥寺,乃游人憩足之所。主僧必具茶食"④,为游客提供品茗休憩之需;次日,舜民一行又至衡山县花药山中寺观洗浴,见汤泉"在涧底,大如车轮,热不可插手,稍稍下流,始可盥濯,浸溉田亩,流数里"⑤。可见,寺中还为游客提供了温泉洗浴的服务。在宋代,寺观不仅是神圣的宗教空间,也成为了"飞锡者可以驻足,行李者可以息肩;炎暑则济道路之喝,暮夜则弭蒲苇之奸"⑥的供人食宿、休息的世俗场所,在旅行中承担了非常重要的角色。

陆行使用的交通工具主要有车辆。北方地区常以驴、马、牛作为车的驱动力,根据不同的载重性质有不同的车辆,粗车用于载货,"每两挽以四牛"⑦;细车用于载人,"每辆用驴十五头,把车

---

① 周必大《归庐陵日记》,《庐陵周益国文忠公集》卷一六五,《宋集珍本丛刊》第52册,第611页。
② 范成大《吴船录》,《范成大笔记六种》,第200页。
③ 陆游《入蜀记》,《陆游集》,第2424页。
④ 张舜民《郴行录》,《画墁集》卷八,《丛书集成初编》第1948册,第69页。
⑤ 张舜民《郴行录》,《画墁集》卷八,《丛书集成初编》第1948册,第69页。
⑥ [宋]梅应发、刘锡《四明续志》卷二"高桥寺"条,清刻宋元四明六志本。
⑦ 周辉《北辕录》,陶宗仪《说郛三种》宛委山堂本卷五六,第2587页。

五六人。行差迟,以巨梃击驴,谓之'走车',其震荡如逆风上下波涛间"①。驿路上"每十里置一马铺"②,车辆至马铺可更换新的马匹以及车夫。除车辆外,役畜也是陆行的主要工具。马是常用的役畜,载重量大且行驶方便。楼钥使金在驿道上使用车辆行驶至燕山城外,因车辆动辄十多头畜力牵引,庞大不便于控制,故换为乘马入城。从中原至高昌(在今新疆),因地为沙碛,还经常使用骆驼。③ 轿也是常见的交通工具,两宋南方地区乘轿出行很普遍,主要在水道不能继续,陆路通往下一水道时用,或作为登山游玩时的代步工具。两宋的轿类型多样,有肩舆、篮舆、山轿、笋舆等。肩舆是使用最广泛的一种,如周必大《南归录》云:"肩舆二里,观金沙塔。""同大兄肩舆五六里,至禅林山惠然院。"④ 篮舆多用于游览时乘坐,"以板为底,上起四柱,篮缺其前,以垂足于空虚,有雨雪,则以僧笠覆其上,两夫荷之"⑤,是一种上无顶盖,前无遮挡的轿子,由两人抬舁。范成大赴桂途中游北山石林、芎林、盘园皆乘篮舆。山轿多用于登山时。范成大游峨眉山至峰顶乘山轿,"余以健卒挟山轿强登。以山丁三十夫,曳大绳行前挽之"⑥,一轿要用三十人力。张舜民游岳祠,"自岳西渡小涧,以转轴轿子迤逦挽行,路皆直上,略无盘曲,一轿至十余夫,方可举而前"⑦。所谓转轴轿子盖与山轿

---

① 周辉《北辕录》,陶宗仪《说郛三种》宛委山堂本卷五六,第 2587 页。
② 楼钥《北行日录》,《攻媿集》卷一百十一,《四部丛刊》本。
③《西州使程记》曰:"马不能行,行者皆乘骆驼。"(见王明清《挥麈录》前录卷四,第 36 页)
④ 周必大《南归录》,《庐陵周益国文忠公集》卷一七一,《宋集珍本丛刊》第 52 册,第 682 页。
⑤ 范成大《骖鸾录》,《范成大笔记六种》,第 50 页。
⑥ 范成大《吴船录》,《范成大笔记六种》,第 200 页。
⑦ 张舜民《郴行录》,《画墁集》卷八,《丛书集成初编》第 1948 册,第 69 页。

形似。陈文蔚游傅岩"登笋舆,度松岭"①。所称笋舆也是一种竹子做的轿子。

第二节 公私兼具:行记中的行旅类型

宋代行记中记录的行旅类型丰富多样,有记出任地方官员或奉命外出办理公务的,如陆游的《入蜀记》、郑刚中的《西征道里记》;有记在任期间巡检民情的,如王安石的《鄞县经游记》、李复的《冯翊行记》;有记任满回阙、归家的,如周必大的《奏事录》、范成大的《吴船录》;有记贬谪之旅的,如欧阳修的《于役志》、张舜民的《郴行录》;有记奉使异域的,如徐兢的《宣和奉使高丽图经》、楼钥的《北行日录》;有记帝王出奔的,如曹勋的《北狩见闻录》、无名氏的《建炎维扬遗录》;有记汉人陷虏、逃归、避乱的,如赵子砥的《燕云录》、沈琯的《南归录》、胡舜申的《己酉避乱录》;有记长途游历山川的,如方凤的《金华洞天行纪》、赵鼎臣的《游山录》;有记省亲、访友的,如周必大的《泛舟游山录》、吕祖谦的《入闽录》;有记西行求法的,如继业的《西域行程》,不一而足。本节就行记中所见的主要行旅类型展开论述。

一、官差旅行

官差旅行包括官员出任地方官、任期结束返回京城或故乡、任官期间巡检民情转徙于所辖区域等行旅活动。宋代官差出行机会众多,这与宋代官员任官、选官制度密切相关。一方面,宋初实行

---

① 陈文蔚《游山记》,《克斋集》卷一〇,《文渊阁四库全书》第1171册,第75页。

地方官三考为一任期的任官制度。太宗太平兴国六年(981)下诏云:"诸道知州、通判、知军、监、县,及监榷物务官,任内地满三年,川广福建满四年者,并与除代。"① 八年(983)又下诏云:"河东、江浙、川峡、广南官自今满三考并与除代。"② 一年一考,三考为三年。此后地方官任期以三年为一任。随着科举取士、入仕人数大量增加,冗官问题日益严重,同一官职候阙者数人。为调解员多阙少的矛盾,缩短地方官任期成为主要手段。元祐元年(1086)地方官任期为两年半,元祐三年(1088)又下诏云:"请川、广知州、通判,除有专法指定及酬奖外,不论见任、新差官,并二年为任。"③ 南宋疆土面积缩小,官多阙少,任知州、通判、知县者任期均由三年改为两年,"在部知州军、通判、佥判及京朝官知县、监当,以三年为任者,权改为二年"④。地方官的频繁换任加速了官员的流动,增加了官员出行的机会。

另一方面,宋代对官员的考核实行磨勘制度,根据为官年限和政绩决定官员的升迁。景德四年(1007)七月四日诏云:"审官院磨勘京朝官劳绩,并限在任官三年以上者,方得引对,未及者依例差使。如特令考校引对者,不在此限。"⑤ 实行三年一磨勘之制,为官时限一到须自陈履历、任职功过,经铨选部门审查符合迁改条件者,须进京接受皇帝召见。仁宗天圣二年(1025)九月又重申外任官差遣满任后须罢职赴阙,予以磨勘引对之制,"审官院自今见任

---

① 李焘《续资治通鉴长编》卷二二"太平兴国六年八月乙酉"条,第494页。
② 李焘《续资治通鉴长编》卷二四"(太平兴国)八年十一月己卯"条,第559页。
③ 李焘《续资治通鉴长编》卷四一二"元祐三年六月丙子朔"条,第10017页。
④《宋史》卷一五八,第3712页。
⑤ 徐松《宋会要辑稿》职官十一之一,第2623页。

并带职京朝官磨勘,并如景德四年七月敕施行,其非时替移年限未及者并候四周年与转官"①。外任地方官者差遣满任后须进京面陈为官功过,这一规定使得地方官频繁往返于地方与京都之间。出行机会的增多也为行记的创作提供了契机。如陆游的《入蜀记》、范成大的《骖鸾录》均记出任地方官沿途经历,而范成大的《吴船录》则为卸任归乡时所作,周必大的《奏事录》则记录祠官满任后赴阙接受引见之行旅。官差旅行受官方派遣委托,与普通人出行相比有自身的特点。

(一)官员出行常由官方配备交通工具

郑刚中以枢密行府参谋身份随签书枢密楼炤前往陕西询访民情,从都城临安出发所乘舟为行府所备,行府为南宋调度军务的机构。② 从京师出发可使用官船外,沿途所经州县亦可为官员配备船只。天禧二年(1018)诏云:"自今赴任向南官员,如到真、楚、泗州纳下,从京乘载舟船,即与勘会逐处岸下系官空闲杂般船,许差借乘载赴任。"③ 此项制度至南宋亦无变化。如范成大任四川制置使,因病提前离任,由四川回故乡盘门,所乘舟是范成大专门命叙州制造的新船。"先是余浩舟于叙,既成,溯流泊于嘉。甫毕而被召,自合江乘小舟至此。登新舰,乃治装,及载诸军封桩"④,新船停靠于嘉州,范成大从合江乘小舟至嘉州换乘新船,顺江而下抵达故乡。新船为叙州州府制备,大小虽无明确记载,然《吴船录》八月丁丑条记由鲁家洑至鄂渚途中"偶有鄂兵二百更戍,欲归过荆南,遂以

---

① 李焘《续资治通鉴长编》卷一〇三,第2389页。
② 郑刚中《西征道里记》曰:"行府舟具。欲发前一日,宰执出钱于接待院。"(见《四库全书存目丛书》史部第127册,第546页)
③ 徐松《宋会要辑稿》食货五〇之二,第6657页。
④ 范成大《吴船录》,《范成大笔记六种》,第196页。

舟载,使偕行"①。除范成大及其随从外尚可搭乘二百士兵,可见是一艘大船。周必大入京奏事在江西丰城县"遇漕司所假舟徙焉",在太平州"借郡舟易豫章者",后又在昆山换乘"府中所借舟,为奏事之行"②。三次换舟,皆乘官船。陆游出任夔州通判,由故乡出发至西兴镇,自己购买小舟出临安北关后,"登漕司所假舟于红亭税务之西"③,亦乘坐官船自临安赴蜀。陆游私人购买的小舟则用于从故乡至临安的短途江行或行役途中的泛舟游览,如"闰五月十八日"条载:"同仲高出阊门,买小舟泛西湖,至长桥寺。"④

官方虽可以为因公出行的官员提供官船,但官船的数量有限,并非每位出行需乘船的官员都可以使用官船,也并非出行的整个行程都提供官船。陆游入蜀在临安搭乘官船,行至镇江则"迁入嘉州王知义船"⑤,是一艘载重量二千斛的私船⑥。此船除搭载陆游及其家属随从外,还有其他船客。如"(八月)二十九日,有广汉僧世全、左绵僧了证来附从人舟"⑦,可知是一客船。又于"(九月)十七日,日入后迁行李过嘉州赵青船"⑧。然而此船在十月十三日船上新滩时被滩上锐石所磨损,"锐石穿船底,牢不可动,盖舟人载陶器多

---

① 范成大《吴船录》,《范成大笔记六种》,第 225 页。
② 周必大《奏事录》,《庐陵周益国文忠公集》卷一七〇,《宋集珍本丛刊》第 52 册,第 665 页。
③ 陆游《入蜀记》,《陆游集》,第 2406 页。
④ 陆游《入蜀记》,《陆游集》,第 2407 页。
⑤ 陆游《入蜀记》,《陆游集》,第 2412 页。
⑥ 陆游《入蜀记》七月二十八日条载"舟行甚速。然江面浩渺,白浪如山,所乘二千斛舟,摇兀掀舞,才如一叶。"(见《陆游集》,第 2430 页)
⑦ 陆游《入蜀记》,《陆游集》,第 2444 页。
⑧ 陆游《入蜀记》,《陆游集》,第 2448 页。

所致"①。此舟载有大量陶器,应为一商船。可知陆游在整个行程中使用的船只既有官船,也有客船、商船。

(二)宋代官员出行,尤其是担任地方官者常携带家小上任、离任

范成大赴广西本与乳母徐氏同行,然乳母"自登舟,病喘甚,气息绵惙,若以登陆行,则速其绝,委之,恩义不可"②,最后因乳母病势严重不得不将其留在余杭委托他人照顾,自己则从余杭陆行至富阳县。范成大自桂入蜀,家人亦随行。自蜀中归时,家人自合江亭乘舟往眉州彭山县,范成大本人则骑马至新津县,后"以小舟下彭山,己未已到,与孥累船会"③。周必大乾道六年南剑守阙到期,入京奏事,亦携带妻小,"挈家泛舟入浙",并且让"邓庚子长秀才偕行"④,以教儿子读书。

(三)聚会宴饮众多

官员赴任、离任时,出发地的亲友常来饯别。范成大赴广西,自故乡盘门出发途经垂虹,"船不忍发,送者亦忘归,遂泊桥下"⑤。陆游入蜀,闰五月十八日出行,"夜至法云寺。兄弟饯别,五鼓始决去。十九日黎明,至柯桥馆,见送客"⑥。除了亲友的饯别以外,亦有官方举办的宴饮,如周必大乾道六年(1170)入京奏事,从永和出

---

① 陆游《入蜀记》,《陆游集》,第 2455 页。
② 范成大《骖鸾录》,《范成大笔记六种》,第 44 页。
③ 范成大《吴船录》,《范成大笔记六种》,第 193 页。
④ 周必大《奏事录》,《庐陵周益国文忠公集》卷一七〇,《宋集珍本丛刊》第 52 册,第 666 页。
⑤ 范成大《骖鸾录》,《范成大笔记六种》,第 41 页。
⑥ 陆游《入蜀记》,《陆游集》,第 2406 页。

发,有"守倅来饯饮"①。出任地方官赴任、离任时,地方州县还派专人来迎接护送。《庆元条法事类》记载:"诸接送人,签判及川、广、福建路知县差军人,余路军人、公人各半。"又曰:"诸缘边经略安抚总管钤辖司,遇帅臣之官替移,差本司吏人接送。"② 接送人既有军人亦有地方官吏。范成大入桂时至深溪,桂林府派官吏出迎③。陆游入蜀行至夔州,亦有军人前来迎接,如记中云:"夔州迓兵来参。"④ 范成大任四川制置使,离任时有蜀兵护送,行至鄂州尚"遣送兵之半归成都"⑤。出行官员与当地关系密切者或地位显赫者,常有众多送客相送。范成大离蜀,送客于新津县送别,"邑中借居,僦舍皆满,县人以为盛",在此留一日后令送客归,"留者尚十五六"⑥。出行者与送客之间情谊深厚者常远送至异地才归,如范成大离蜀,"蜀中送客至嘉州归尽,独杨商卿父子、谭季壬德称三人送至此,逾千里矣"⑦。周必大入京至吉水亦如此,"弟侄甥与送客皆还,惟永和十七客少留"⑧。

赴任、离任途中,聚会宴饮之类的活动亦频频出现。途中会客

---

① 周必大《奏事录》,《庐陵周益国文忠公集》卷一七○,《宋集珍本丛刊》第52册,第667页。
② [宋]谢深甫等《庆元条法事类》卷一○《职制门七·吏卒接送》,《续修四库全书》第861册,第187页。
③ 范成大《骖鸾录》曰:"桂林迓吏曰吾州亦有此庙。""二十三日,行山间,宿深溪。桂之门接牙队,例至于此。"(见《范成大笔记六种》,第52页,第59页)
④ 陆游《入蜀记》,《陆游集》,第2441页。
⑤ 范成大《吴船录》,《范成大笔记六种》,第227页。
⑥ 范成大《吴船录》,《范成大笔记六种》,第193页。
⑦ 范成大《吴船录》,《范成大笔记六种》,第214页。
⑧ 周必大《奏事录》,《庐陵周益国文忠公集》卷一七○,《宋集珍本丛刊》第52册,第668页。

大约有四类人:一是亲戚。陆游入蜀于闰五月二十日在临安省三兄;周必大入京至平江看望从母,并在百花洲置饭款待昆山诸亲。①

二是所经州县的地方官员。官员出行至某地,当地官员往往会前来迎接。周必大至太平州,"太守周元特、倅叶朝请梦、添倅钱宗丞佃、教授吴文林博古、添差教授杨文林恂、判官赵文林子觊、推官赵从事不役、知录赵修职彦灿、司理虞迪功俏、司户林迪功显、司法王从政豫、当涂宰王通直、权主簿林迪功浩、尉赵修职彦麒、路分都监宋大夫实、添差分路孙大夫谅及其子阁门祗候显祖、同年丁忧赵司法彦萃并相候"。迎接后即设宴款待,且宴会的次数往往不止一次。周必大至太平州后第二日"己巳赴州会",并于第三日"(庚午)再赴州饭",第四日再赴太守周元特之宴。②《入蜀记》《吴船录》《骖鸾录》中亦多次记载地方官员的宴请活动。宴会的组织者为当地太守、郡守、将帅、知府、县尉等官员,与会者既有出行官员的旧友,亦有素不相识的当地官员。如陆游入蜀停留常州时,司户右从政郎许伯虎前来探访,为"儿时笔砚之旧","教授左文林郎陈伯达、员外教授左从政郎沈瀛……皆未识"③,此前陆游并不认识二人。在宋代,当地政府接待路经官员是各州郡的职责,并且专设公使钱用于迎来送往的开销,《燕翼诒谋录》云:"祖宗旧制,州郡公使库钱酒,专馈士大夫入京往来与之官、罢任旅费。"④ 公使钱

---

① 陆游《入蜀记》云:"(六年闰五月)二十一日,省三兄。"(见《陆游集》,第 2406 页)周必大《奏事录》曰:"辛卯未后至平江。……壬辰,至从母宅。……丙申,早就百花洲具饭,待昆山诸亲。"(见《庐陵周益国文忠公集》卷一七〇,《宋集珍本丛刊》第 52 册,第 668 页)
② 周必大《奏事录》,《庐陵周益国文忠公集》卷一七〇,《宋集珍本丛刊》第 52 册,第 668 页。
③ 陆游《入蜀记》,《陆游集》,第 2410 页。
④ [宋]王栐《燕翼诒谋录》卷三,中华书局,1981 年,第 29 页。

中有很大一部分用于宴饮聚会,正如范仲淹所言:"窃以国家逐处置公使钱者,盖为士大夫出入及使命往返,有行役之劳,故令郡国馈以酒食,或加宴劳",宴请宾客一举被认为是"善贤之礼,不可废也"①,因此在宋代大行其道。

三为途中所遇同僚旧友。周必大泊新河,史志道侍郎为发运使亦过此,周必大"伺其出城,以小舟谒之"②。后来又在昆山得知范成大使金留居姑苏馆,即前往拜谒。陆游在镇江遇范成大使金过此,亦"遣人相招食于玉鉴堂"③。前任地方官如在途中遇后任地方官,按礼节亦应与后任相见,如范成大离蜀途中至归州,"闻交代胡长文给事已至夷陵,欲陆行,舟车且参辰,义不可相避,泊秭归以须之"④。胡长文即胡元质,任四川制置使,为范成大之后任。当范成大得知胡元质已到夷陵的消息后便泊船相待,并"往渡头迓之"⑤。

四是僧道。陆游停留镇江,来访者有焦山长老定圜、甘露长老化昭、金山长老宝印,至真州又有"北山长老蕴常来"⑥。周必大在昆山县(今江苏昆山市)停留,有"观音堂寂照大师若钦及其徒良规、良矩,东寺长老普璇及寺僧梵宗、了清,法安山寺僧蕴贤、师鼎、德安,真圣堂道士丁从炜并相候"⑦。官员到寺观游览、住宿更是受

---

① [宋]范仲淹《范文正公集·政府奏议》卷上《奏乞将先减省诸州公用钱却令依旧》,《四部丛刊》本。
② 周必大《奏事录》,《庐陵周益国文忠公集》卷一七〇,《宋集珍本丛刊》第52册,第669页。
③ 陆游《入蜀记》,《陆游集》,第2413页。
④ 范成大《吴船录》,《范成大笔记六种》,第220页。
⑤ 范成大《吴船录》,《范成大笔记六种》,第221页。
⑥ 陆游《入蜀记》,《陆游集》,第2415页。
⑦ 周必大《南归录》,《庐陵周益国文忠公集》卷一七一,《宋集珍本丛刊》第52册,第682页。

到僧道的礼遇。每逢至寺观,僧、道住持会前来拜谒官员,如周必大自临安归家乡庐陵,至余杭县(今杭州余杭区)径山寺游览,有住持僧"长老蕴衷来迓";至衢州江山县(今浙江江山市)太平寺投宿,有"长老善参来谒";至信州弋阳县(今江西弋阳县)禅院瑞相院,有"长老慧光来谒"。① 僧道们常于寺观内设宴款待前来官员或陪同游览,如周必大在昆山,观音庵寂照大师亦于庵中置饭招待②;在平江府普门禅院,"长老师璨约唐致远及仲谟昆仲,过万寿禅院素饭,并招范至能"③。陆游至建康天庆观,有"云堂道士陈德新,字可久,姑苏人,颇开敏,相从登览久之"④。周必大游吴江县尧峰山中寺院,有长老了愈陪同遍览寺中岩洞、殿阁、楼台。僧道们亦常备礼物馈赠官员,所备礼物多为寺中独具特色的物品,如陆游游览清凉广慧寺,清凉寺中有德清堂,堂榜为南唐后主李煜亲题,长老将其墨本赠予陆游⑤;周必大游南康军(今江西星子县)仙都观,观中有唐代名臣颜真卿塑像以及所书碑铭,观中主事者胥景常"送颜碑二本"⑥与周氏。从上所引材料可见,宋代官僚士大夫非常热衷于与僧人、道士交往;而僧道们亦显示出亲近士大夫文人的努力,积极争取官僚士大夫阶层的支持,两者之间的交往极其密切。

---

① 三则引文均见于周必大《归庐陵日记》,《庐陵周益国文忠公集》卷一六五,《宋集珍本丛刊》第52册,第611页。
② 周必大《奏事录》,《庐陵周益国文忠公集》卷一七〇,《宋集珍本丛刊》第52册,第669页。
③ 周必大《泛舟游山录》卷一,《庐陵周益国文忠公集》卷一六七,《宋集珍本丛刊》第52册,第623页。
④ 陆游《入蜀记》,《陆游集》,第2417页。
⑤ 陆游《入蜀记》,《陆游集》,第2417页。
⑥ 周必大《归庐陵日记》,《庐陵周益国文忠公集》卷一六五,《宋集珍本丛刊》第52册,第610页。

宴饮聚会除置饭饮酒外,士大夫之间常即席赋诗、赠诗。如范成大离任时与送客于慈姥岩下小饮,"诸宾客各即席作诗"①。此外还往往伴随以诗书交友的行动。陆游经过常州会见当地官员,有"员外教授左从政郎沈瀛"字子寿,本与陆游不相识,而"子寿仍出近文一卷"②。周必大经白沙有"萧伯和投诗及所业",经昆山"国学吴仁杰字斗南,携所解《古周易》及启事相候"③。陆游为南宋时期著名诗人,周必大为朝廷要员,地方士人以诗文拜谒有社会声望的人,试图通过诗文得到他们的延誉和提拔。

(四)赴任、卸任时间宽松

首先,自下诏到出发,有充分的时间为出行做准备。太宗淳化二年(991)正月下诏曰:"京朝官厘务于外者,受诏后给假一月浣濯,所在州府以赴上日闻,违者有罪。"④差遣外任诏令下达后,不需马上出发,对于差遣外任的官员给予一定的假期置备行装。淳熙元年(1174)十月诏范成大入蜀任四川制置使,范成大停留两月,于次年正月才出发赴蜀。陆游于乾道五年(1169)十二月六日被任命为夔州通判,因病推迟至次年闰五月十八日方出行,离下诏日已逾半年。

其次,官员在旅途中亦有充分的时间。范成大赴静江府水陆兼行,于乾道八年(1172)十二月七日从吴郡盘门出发,至次年二月二十八日至桂林城外,历时八十二天;陆游入蜀,自乾道六年(1170)闰五月十八日出发,十月二十七日至夔州,耗时一百六十

---

① 范成大《吴船录》,《范成大笔记六种》,第195页。
② 陆游《入蜀记》,《陆游集》,第2410页。
③ 周必大《奏事录》,《庐陵周益国文忠公集》卷一七〇,《宋集珍本丛刊》第52册,第669页。
④ 王栐《燕翼诒谋录》卷三,第26页。

日;周必大自江南西路永和镇泛舟入浙,四月六日出发,六月二十九日至临安,耗时八十四日。一方面,古人出行交通工具落后,人类改造自然的条件有限。走陆路,路面条件恶劣、设施不完善;走水路,则完全依赖风势,因而行旅时间长自在情理之中。另一方面,官员在途中逗留时间长亦是主要原因。宋代官员赴任其实也有时间程期的限制,宋真宗咸平元年(998)下诏云:"京朝官差知州、通判、知军、监县场及监临物务者,差定后不得更赴朝参,限五日朝辞,除程更与限一月,如违三日已上,别具闻奏。"①差遣确定后不得在京城逗留,赴职期限为路途上时间和一月的休假,到任超期三日则会受到相应的处罚。诏令对官员的行程安排能起到约束的作用,如范成大赴静江任经德清县,闻距德清县二十五里处有梅花邨,然因"客行有程,不得住"②。前往龙游县途中,各村落残雪压梅,景色清美,范成大却只能感叹:"客行匆匆,自无缘领略,可叹也。"③但在整个赴任途中,范成大仍与湖州太守同游石林,与家人谒三先生祠、登滕王阁、游东湖,兴致勃勃地冒雨独游芗林、盘园、玉虚观,登仰山……登临沿途各地的名山胜水成为出行活动的主要组成部分。陆游入蜀亦登览普照寺、甘露寺、光孝寺、广慈寺、保宁寺、戒坛寺等名刹道观,以及镇江之金山、真州之东园、太平州之青山等名山名园。官员在差旅途中往往可在一地停留数日之久,陆游在临安停留十日用于省亲、赴同僚置办的宴饮、泛舟西湖;在镇江停留十二日以会见当地的官员名流、赴各类宴请、游览僧寺;于太平州停留七日;于江洲停留十日。周必大南剑阙满离任、进京

---

① 徐松《宋会要辑稿》仪制九之八,第1991页。
② 范成大《骖鸾录》,《范成大笔记六种》,第43页。
③ 范成大《骖鸾录》,《范成大笔记六种》,第46页。

奏事,亦在丰城县停留五日,隆兴府停留七日,其主要活动也是赴宴、游览等。可见,宋代官员在旅途中有充足的时间可自由支配,虽有时间限制,但从现有的文献来看似乎限制的时间很宽松。

从行记对各类官差旅行的记叙中,我们可以看到宋代政府和社会为官员阶层出行提供了诸种优待:为其提供交通工具,可以入住馆驿①,家属可以随行,有充足的时间置办行装、观山览水,聚会宴饮众多,这些措施都极大缓解了长途跋涉给官员们带来的疲惫。另一方面,官员士大夫们在旅途奔波中,也充分享受到这些福利,从中深切地感受到作为仕宦阶层的特殊社会身份。特别是在旅行中出现的频繁的出迎送别、宴饮聚会、诗文酬唱等活动,作为官员士大夫出行的一个显著特征,被当代学者视为:"精英社交的焦点,让旅行中的官僚、地方官员和地方绅士有了机会接触。活动参与者的社交圈子得以扩大,来自各地的人们建立起了长期的友谊。"②这是宋代士大夫们扩大社交网络,感知社会地位,加强人际关系的重要方式。在文人士大夫的行记中,不厌其烦地提及此类活动,并且往往详列参与活动的诸位官员官职、姓名以及和自己的关系,清晰地勾勒出自己的社交关系图谱,有彰显自己的官宦士大夫身份的意图。

二、贬谪之旅

朋党之争贯穿宋代始末,各政治集团间因政见不同、利益不同,往往形成相互对立的派别。当权者对不附己的官员实行打击、摈斥,将官员从中央贬谪至地方任职,从权力中心发配至边远州

---

① 关于入住馆驿参见"贬谪之旅"中对"贬谪官员不住馆驿"的相关论述。
② [美]张聪著,李文峰译《行万里路——宋代的旅行与文化》,浙江大学出版社,2015年,第17页。

县,成为宋代官员宦海生涯的重要组成部分。欧阳修的《于役志》、周必大的《归庐陵日记》《南归录》都记载了贬官途中的经历,从中可知宋代贬官之旅的情形。

(一)朝廷下贬谪令后需立即辞阙,远赴贬所,不允许有多日的停留

欧阳修贬夷陵,"临行,台吏催苛百端……使人惶迫不知所为"①。戊戌得知贬谪令,时隔三日,辛丑日就被催促启程。周必大乾道八年(1172)自京贬吉州宫监,当日下诏即出北关,"黎明,受省札,即登车",南归吉水县并从好友曹大亨处得知"午间有旨……趣予与莫济日下出门"②。莫济是与周必大一同被贬的官员。可见,贬谪令下,时间之紧迫,连治备行装的时间都没有就匆匆出行,后来又在吴江县驿中治备行李,并派随从入城采购,一日方准备充足。隆兴元年(1163)周必大因不满朝廷对曾觌、龙大渊等人的任命,乞罢免官职,最后受敕主管台州崇道观。虽领受宫观,但从本质上来说是周必大因政见不同遭受排挤的贬谪之行,他亦于受命后第二日出暗门,第三日即出城。③

(二)远赴贬所,时间无严格限制

贬谪令下,被贬官员即被催促启程,匆忙前行。一旦离开京城,远赴贬所,途中时间却无严格限制。表现之一,被贬官员往往在一地停留数日,张舜民在池州停留九日,在黄州武昌停留十七日,停留期间亦不外乎访友、宴饮、登山玩水之事。张舜民在黄州、

---

① 欧阳修《与尹师鲁第一书》,《欧阳修全集》卷六七,第997页。
② 周必大《南归录》,《庐陵周益国文忠公集》卷一七一,《宋集珍本丛刊》第52册,第690页。
③ 周必大《归庐陵日记》,《庐陵周益国文忠公集》卷一六五,《宋集珍本丛刊》第52册,第612页。

武昌停留期间曾与黄州官员杨案、孟震、苏轼、李令等人宴饮,又同李观佐、吴亮、苏轼等人游武昌樊山、登石城观览、游魏夫人阁观。李纲被贬,辗转于江南、江西、湖南各地,每至一地必观览江山之胜。在梁谿,两游惠山;至弋阳,游龟峰寺;至豫章,与长老怀宗同游翠微寺、玉隆万寿宫;次筠阳,游九峰寺;次长沙,游道林岳麓寺。聚会游览时,友人之间烹茶饮酒、弈棋弹琴、作诗赋文,显得悠然自得而少有贬谪的痛苦哀吟。贬谪官员在旅途中宴饮、游览机会众多,这在周必大的《归庐陵日记》《南归录》中亦屡见不鲜,欧阳修的《于役志》甚至被王慎中称为"公酒肉账簿也"①。

贬谪官员在途中还有枉道而行的情形。周必大乾道八年(1172)贬吉州,从临安出发经崇德县、秀州、吴江,本可直接西北行至无锡,但他出吴江后绕道尹山、抵盘门,赴范成大之邀后又至木渎镇游灵岩山、泛太湖、游横山后归盘门,再至昆山访诸亲旧,前后滞留二十七日方从昆山出发前往无锡。隆兴元年(1163)周必大回吉州,从临安至贵溪县后,本可经临川沿江至吉州,但他改陆行至金溪,绕到南城、南丰、广昌,至宁都省亲,然后经雩都县、赣州北上至万安县、太和县,归永和镇,由贵溪至宁都绕道五百六十里,耗时十日。

表现之二,在水陆都能到达目的地的情况下,贬谪官员往往选择水路前往。欧阳修贬夷陵即选择水路,"沿汴绝淮,泛大江,凡五千里,用一百一十程,才至荆南"②。自五月二十四日出东水门,十月二十六日到夷陵县,用时五个多月。③ 如果选择陆路至

---

① 陶宗仪《说郛三种》宛委山堂本卷六五《于役志》后跋语,第3031页。
② 欧阳修《与尹师鲁第一书》,《欧阳修全集》卷六七,第997页。
③ 欧阳修《与尹师鲁第二书》云:"十月二十六日到县。"(《欧阳修全集》卷六七,第997页)

夷陵,可从汴京出发西南陆行二百一十五里至颍昌府(今河南许昌),再行四百五十里至唐州(今河南唐河),再行一百八十里至邓州(今河南邓州),再行一百七十八里至襄州(今湖北襄樊)。或自唐州顺汉水支流行二百五十里到襄州,南下经宜城、荆门军(今湖北荆门)共五百八十四里至夷陵(今湖北宜昌),夷陵距汴京的距离仅为一千六百里。张舜民贬郴州亦选择水路,循汴河而行,经泗州、润州进入长江河道,经芜湖、铜陵、池州、黄州、岳州、潭州至郴州。其实,从汴京至郴州也可从京师出发,西南陆行经颍昌府、唐州、襄州、江陵、岳州、潭州南下至郴州,郴州与汴京的直行距离仅三千五百里。① 两相比较,水路较陆路要迂回得多,又加之古代河运过多依赖自然条件,如风势的顺逆,河水的枯涨都会对运行速度造成极大的影响,一旦遇到不利于航行的情形,江行速度则会更慢。欧阳修之所以选择水路是因为"以大暑,又无马,乃作此行"②。为避免盛暑天气长途跋涉的劳累,故而选择了耗时颇多的水路前行。可见,政府并未对贬谪官员赴任贬所的时间有严格规定,因而贬谪官员可自由选择出行方式。

(二)贬谪官员通常不住馆驿

宋代政府发放驿券作为官差出行人员入驻馆驿的凭证,官员可在馆驿内食宿,凭驿券获取钱粮。但从欧阳修的《于役志》、张舜民的《郴行录》、周必大的《南归录》《归庐陵日记》等行记来看,朝廷并没有为这些因贬谪出行的官员提供馆驿食宿。如《归庐陵日记》记周必大由临安归庐陵之行程,周必大此行经垂虹、湖州、德清、余杭、富阳、桐庐、严州、衢州、信州、弋阳、贵溪等州县,住宿的

---

① 各地经行里数据《元丰九域志》卷一、卷六统计。
② 欧阳修《与尹师鲁第一书》,《欧阳修全集》卷六七,第 997 页。

地方或为朋友家,如沈监税宅;或为私人旅店,如彭坞口柴店、叶家店;或为寺观,如太平寺、灵岩寺、太霞宫。与此形成对比的是,范成大赴静江府任由盘门出发,亦经垂虹、湖州等地至贵溪县,所走路线与周必大完全一致,但范成大以朝廷要员身份出任地方官,住宿地虽有一般客馆或寺庙,但多数情况下则住馆驿。在婺州住金华驿、在龙游宿龙丘驿、于信州玉山县宿玉山驿、于临江军宿万安驿、于萍乡县宿萍实驿……此外,欧阳修贬夷陵、张舜民贬郴州也未见有入驻馆驿的情况。

(四)被贬官员如选择江行亦可差借官舟

欧阳修贬夷陵之行,在真州乘坐的尚为客船,至岳州"夷陵县吏来接"[1],遂迁入官舟。周必大贬吉州宫监,乘坐一小舟出京城北关后,途经吴江县"从王季海提刑别借舟"[2],成功借得官舟。宋代严禁随意差遣官船,《庆元条法事类》规定:"诸州座船监司辄差借与人及受之者,杖一百。"[3] 如工部郎中、天章阁侍制许元任淮南、江浙、荆湖制置发运使时,"衣冠之求官舟者,日数十辈。元视势家要族,立推巨舰与之,即小官惸独,伺候岁月,有不能得。人以是愤怨,而元自谓当然,无所愧惮"[4],因随意以官舟借人,后被徙至扬州。由宋代法律规定来看,岳州、吴江县官员不可能因私交而差遣官舟给欧阳修、周必大。由此可知,宋代并未将贬谪官员与官差出行人员区别对待,而是按照官员级别配给官舟。

---

[1] 欧阳修《于役志》,《欧阳修全集》卷一二五,第1903页。
[2] 周必大《南归录》,《庐陵周益国文忠公集》卷一七一,《宋集珍本丛刊》第52册,第692页。
[3] 谢深甫等《庆元条法事类》卷一一《职制门八·差借舟船》,《续修四库全书》第861册,第203页。
[4] 李焘《续资治通鉴长编》卷一七七,第4290页。

第三章 宋代行记中的行旅生活

贬谪之行往往是官员被迫从权力中心迁移到荒山恶水的边远地带，旅途的奔波，身心所遭受的意外摧残使得旅途充满悲伤、愤懑之情。而在宋代行记中，贬谪之行完全褪去了使人黯然神伤的色彩，跃身一变为访亲交友、登览胜景的旅行，与官差旅行有众多相似之处，展现了超逸、乐观、洒脱的士大夫形象。一方面，这与宋代官员任用惩罚制度息息相关。宋代以礼遇士大夫而闻名，宋统治者誓与士大夫共治天下，以"不杀大臣，不杀功臣，不杀谏官"为祖宗家法。除对极少数罪不可赦的官员处以死刑外，对于官员中有重罪者多发配到自然条件恶劣的地区接受管制，削籍为民或勒停现有官职，不发放俸给，并限制其人身活动自由。对一般触犯当权派利益者，往往只是降级处置，改任地方官，被贬者虽远赴异乡但仍有官职，并有俸给，人身自由亦不受限制。欧阳修贬夷陵、张舜民贬郴州酒税均属此类情况。宋代还设置宫观官，为管理宗教事务的官职，领管京城或外地诸州宫观，无实际职权但享有俸禄。宋代对统治集团的决议有异议的朝臣往往授予宫观，使其闲居食禄不干政事。虽为贬谪之官，但仍保留有官阶，每任宫观官有任期，闲居时间满后即可叙复官职。周必大隆兴元年受敕主管台州崇道观、乾道八年受吉州宫监即为此类。被贬官员任地方官或宫观官，任期一到或遇赦即可重新获得差遣，贬谪对官员的打击与前代相比程度更轻，因而贬谪之旅也少了几分痛苦哀吟的色彩。

另一方面，这也与宋人淡泊自适的心境有关。欧阳修贬夷陵时，作《与尹师鲁第一书》曰："每见前世有名人，当论事时，感激不避诛死，真若知义者，及到贬所，则戚戚怨嗟，有不堪之穷愁形于文字，其心欢戚无异庸人，虽韩文公不免此累，用此戒安道，慎勿作戚戚之文。"① 虽遭贬谪却节制内心凄楚之情，不作穷愁潦倒之叹，只将贬谪作为一次意外的出行，称："修行虽久，然江湖皆昔所游，往往有亲旧留连，又不遇恶风水，老母用术者言，果以此行为幸。又闻夷陵有米、面、鱼，如京洛，又有梨、栗、橘、柚、大笋、茶荈，皆可饮食，益相喜贺。昨日因参转运，作庭趋，始觉身是县令矣，其余皆如昔时。"② 对于长期生活在中原的士大夫而言，夷陵只是偏居荆湘一隅的穷乡僻壤，但在欧阳修眼里，赴夷陵之行既不遇险恶天气，夷陵又有与京师相同的物产以及丰富多样的地方特产，因而觉得除为官身份从京官变为夷陵县令以外，其余皆照旧。李纲靖康初年力主抗金，与朝廷主和之势不合而被贬，在扬州、江西、湖南等地漂泊近大半年，后又因抗金需要，复命领开封府事。李纲总结此段经历云："追思自去秋迄今，缭绕行万里，览观江山之胜，幽怀壮志，时发于文词之间，身劳而心适，所不能忘者，王室之艰难而已。今复堕世网，时方多故，扰扰万绪起矣，欲如前日之闲放，岂易得哉？"③ 将贬谪经历视为观览江山之胜、幽怀壮志的"闲放"的好时光，而视在朝为官为"复堕世网"，使人忧心忡忡。从中可见宋人随遇而安的平和心态。他们追求安时处顺、超然物外的处世态度，即使身处逆境，也能以理性的心智调节激情的宣泄，时时保持情绪的平静温和，发而为文则少作凄楚愁怨之音，而是化悲怨为旷达，推崇简远冲澹的风格，故在行记中亦较少流露悲哀忧愤之情。

---

① 欧阳修《与尹师鲁第一书》，《欧阳修全集》卷六七，第999页。
② 欧阳修《与尹师鲁第一书》，《欧阳修全集》卷六七，第998页。
③ 李纲《靖康行纪序》，《梁谿集》卷一三六，《文渊阁四库全书》第1126册，第559–560页。

三、奉使交聘

自公元960年赵匡胤代周立国直至公元1279年被元灭亡，宋与周边国家、民族政权建立了广泛的外交关系。或为解决国家政权之间的争端，或联络他国达到一定的政治目的，或为安抚周边民族政权，或为经济文化交流，双方常以互遣使节作为主要的外交途径。现存宋代行记中记录的与宋进行交聘的国家主要有以下两类：

一为高昌、交阯、大理、唃厮啰等国。在与这类国家交往中，宋始终扮演着宗主国的角色，将这些国家视为臣属之国。周边国家定期向中国朝贡，而宋则派遣使臣前往邻国对其进行册封，对进贡国进贡的物质给予相当数量或更多数量的回赐。王延德因回谢高昌国的朝贡而出使高昌、陈靖因册封高丽国王治出使高丽、宋镐因赐交阯郡王黎桓加恩诏书出使交阯，这些都是朝贡关系下的出使活动。

二为辽、金等国。辽、金是与宋先后并存的少数民族政权，与汉唐时期的少数民族政权相比，辽、金军事实力相当强大，"自契丹侵取燕蓟以北……其间所生豪英，皆为其用。得中国土地，役中国人力，称中国位号，仿中国官属，任中国贤才，读中国书籍，用中国车服，行中国法令……而又劲兵骁将长于中国，中国所有，彼尽得之，彼之所长，中国不及"①。辽人既擅长骑射、骁勇善战，又占据了燕云十六州的地理形胜，并能充分吸取汉民族的先进文化，兼具游牧民族与农耕民族之优势，后来取代辽的金国与辽相比更有过之而无不及。宋朝在军事上处于劣势，但在经济、文化上都直接继承华夏文明，处于优势地位。宋与辽、金之间发生过数次战争，但因

---

① 李焘《续资治通鉴长编》卷一五〇，第3640—3641页。

双方势均力敌都无法征服对方,因而互派使者、通和订盟成为解决双方政治、经济、文化交流的重要手段。太祖开宝八年(975)辽遣克沙骨慎思使宋,宋亦遣郝崇信、吕端使辽,两国交聘正式开始。① 此后数年间,太宗欲收复燕云失地,数次出师涿州、幽州,辽亦多次南侵,双方通聘由此中断,直至真宗景德元年(1004)澶渊之盟后,北宋与辽才建立了稳定的互派使节的制度,到宣和四年(1122)宋出师北伐,两国交往中断,前后维持了118年的和平。宋与金之间的交聘始于公元1118年,北宋派使者赴金商议联合灭辽并收复燕云失地之事,自此以后,宋金使者来往频繁。金灭辽后继续南下攻宋,宋金交聘亦遭破坏。宋虽多次派遣使者前往金,提出以向金称侄、称臣来乞和的条件,但使者多被扣留不返,到公元1141年绍兴和议,双方才正式确立了正常的交聘制度,直至宁宗嘉定十一年(1218),宋人拒绝接待金使,"以开封治中吕子羽、南京路转运副使冯璧为详问宋国使,行至淮中流,宋人拒止之,自此和好遂绝"②,双方聘使往来通和维持了77年的时间。宋与辽、金建交期间,每岁皆遣正旦使、生辰使贺邻邦皇帝、皇太后、皇后正旦、生辰;遇邻国国丧则有告哀使、吊祭使、遗留使;遇邻国君主即位、上尊号、受册封则有贺登位使、贺尊号使、贺册礼使;为答谢邻国为吊、贺、商议政事等所派使节,本国则遣报谢使答谢。如需商议某些具体的政治问题,则遣泛使前往邻国,有祈请使、计议使、请和使、通问使、详问使等,名称繁多,根据当时的遣使目的临时而定。

---

① 《宋史·太祖本纪》载:"(开宝八年春三月)己亥,契丹遣使克沙骨慎思以书来讲和。……(秋七月)庚辰,遣阁门使郝崇信、太常丞吕端使契丹。"(见《宋史》卷三,第44页)
② 《金史》卷六二《交聘表》,第1485-1486页。

第三章　宋代行记中的行旅生活

宋与周边国家建立了广泛的外交关系,派遣使者次数较多的有辽、金、高丽、交阯。据统计,北宋与辽自澶渊之盟至燕云之役118年间,"双方共遣使约681次,其中宋遣使约343次";宋与金从重和元年(1118)至嘉定十一年(1218)宋金失和,"双方共遣使300余次,其中宋遣使约181次"。[①] 宋与高丽从太祖建隆三年(962)至孝宗隆兴二年(1164)断交以来,宋遣使臣至高丽30次。[②] 据《宋史·交阯传》载,宋遣使臣至交阯亦达11次之多。使臣奉使异域常创作行记记录整个出使过程,在现存(包括有佚文留存)的宋代行记中,出使辽的有十种,出使金的有六种,出使高丽的有三种,出使高昌的有一种,出使交阯的有一种。与数十上百次的遣使行动相比,行记只反映了众多交聘活动中的极少一部分,但亦可从中窥见宋人远涉异域,完成使命的情形。

(一)出行团体人数众多,阶层广泛,人员级别设置严格

出使人员是由官方组织的一个团体。人数众多,有数十人至上百人。使团由使副及三节人从构成。使副为使团中的领导,是完成外交使命的主要负责人,一般为两人,一为正使,一为副使。宋朝总以正统自居,不欲派遣高官使夷,另一方面,在交通不便的古代,出使异域常面临各种巨大的风险,奉使也非高官乐意为之之事,故派往周边臣属国如高昌、交阯、等国的使副多为官品较低的官员,对使副是文官还是武官亦无特殊要求。如太平兴国六年(981)出使高昌的使副王延德、白勋同为武官,王延德为供奉官,属

[①] 吴丽萍《宋代外交制度研究》,安徽人民出版社,2006年,第99页。
[②] [韩]申採湜《宋代官人的高丽观》,林天蔚、黄约瑟主编《古代中韩日关系研究——中古史研讨会论文集之一》,香港大学亚洲研究中心,1987年,第138页。

从八品官,白勋为殿前承旨,属从九品官。① 淳化元年(990)左正言宋镐、右正言王世则使交阯,两人同为文官,左右正言官居从七品。各臣属国中,派往高丽的使者官位略高,宋试图拉拢高丽国以抑制契丹力量,因此派遣官位较高的使者以显示礼遇之意。太宗淳化四年(993)遣陈靖、刘式使高丽,两人均为文官,官职为秘书丞,而宋初沿用唐官制,秘书丞官职为从五品上。②《宣和奉使高丽图经》载宣和五年(1123)使高丽,正使为给事中路允迪,副使为中书舍人傅墨卿,两人均为正四品文官。③

宋与辽金建立了规范的交聘制度,派遣使副通常为一文一武,正使为文官,副使为武官。使辽者官阶大多较低,聂崇岐指出:"宋之大使,多为郎中、员外郎或少卿监等五六品官,低者至派校书郎、太常博士等七八品京职;若三四品之尚书、侍郎及以清贵显要著称之翰林学士,虽偶亦奉使,但前后仅二十余次,至两府执政则未闻有入国者。其副使多为诸司使副兼阁门祗候或通事舍人之类,位高者亦不过诸州刺史或团练使。"④ 官阶过低必然招致邻国的抗议。宋朝臣僚亦上言曰:"继好已来,每差臣僚奉使,尤须经济得人。欲乞今后差文臣给事中、武臣遥郡以上"⑤,规定了使副的官阶标准。

---

① 李焘《续资治通鉴长编》卷三二载,太宗淳化二年(991)正月乙酉"改殿前承旨为三班奉职"。第710页。[宋]孙逢吉《职官分纪》卷四四载:"元祐令三班奉职从九品。"故殿前承旨应为从九品官。(中华书局影印本,1988年,第822页)
②《唐六典》卷一〇载:"秘书省有丞一人,从五品上。"([唐]李林甫撰,陈仲夫点校《唐六典》,中华书局,1992年,第295-296页)
③ 文中所涉及的各官职官品级别依据《宋史·职官志》卷一六八《职官志》"官品"条,第4014-4015页。
④ 聂崇岐《宋辽交聘考》,见《宋史丛考》,中华书局,1980年,第289-290页。
⑤ 徐松《宋会要辑稿》职官三六之三五,第3089页。

为达到官阶的要求显示"重王命、绥远人"的目的,宋朝"自景德以来,凡中国使入蕃,必随所居官小大,加借以遣之"①。对所遣使者任命官品较高的职位,待使命结束后官复原位。聂崇岐已指出宋使辽假官之例数则,并认为"宋所遣使,原衔低于辽使官位,已不必言,即所假者亦不比辽使为高"②。

使金者亦有假官之举,乾道六年(1170)范成大使金以起居郎身份假资政殿大学士一职,起居郎官为从七品上,而资政殿大学士官居正三品。《北辕录》载淳熙三年(1176)"待制、敷文阁张子政假试户部尚书,充贺金国生辰使"③,敷文阁侍制本为从四品官,所借官户部尚书为从二品官。《使金录》载嘉定四年(1211)"以朝散郎、尚书刑部员外郎程卓假朝请大夫、试工部尚书、清化郡开国侯、食邑一千户、食实封一百户、赐紫金鱼袋,充贺金国正旦国信使,忠州防御使、知大宗正事赵师嵒假昭信军承宣使、左武卫上将军、天水县开国伯、食邑七百户,充贺金国正旦国信副使"④。正使程卓原官职为尚书刑部员外郎,属正七品文官,假借官职工部尚书为从二品;副使赵师嵒原官职忠州防御使为从五品的武官,所借官职左武卫上将军则为从三品官。与使辽者相比,使金者所借官职较高,以上几例都在正三品以上。

三节人从是使团中的随从人员,分为上、中、下三个级别。宋朝派出的使团,三节人从的规模多在几十人至上百人之间。王延德使高昌,太平兴国"八年(983)春,与其谢恩使凡百余人,复循旧

---

① [宋]岳珂《愧郯录》卷六,《文渊阁四库全书》第865册,第133页。
② 参见聂崇岐《宋辽交聘考》,《宋史丛考》,第291—293页。
③ 周辉《北辕录》,陶宗仪《说郛三种》宛委山堂本卷五六,第2587页。
④ 程卓《使金录》,《续修四库全书》第423册,第443页。

路而还"①，王延德所在的使团与高昌所遣谢恩使共有百余人，则出使高昌的宋朝使团至少有几十人。《宣和奉使高丽图经》"节仗门"亦详细记载了此次出使高丽的三节人的姓名及官位，共计153人。《宣和乙巳奉使金国行程录》载许亢宗所在的使团中三节人从共计80人左右，包括"都辖一、医一、随行指使一、译语指使二、礼物祗应三、引接祗应二、书表司二、习驭直二、职员二、小底二、亲属二、龙卫虞候六、宣抚司十、将一、察视二、节级三、翰林司二、仪鸾司一、太官局二、驼务二、槽头一、教骏三、后苑作匠一、鞍辔库子虎翼兵士五、宣武兵士三十"②。都辖为总管人、马、物的官员，随行指使、译语指使为出行掌管具体工作、负责翻译等事项的人员，礼物祗应是掌管礼物之官，引接祗应是掌握外交礼仪交接之官，书表司掌文字记录，宣抚司负责指挥士兵，仪鸾司掌出行的幕帘幄帐，太官局掌膳食，教骏负责看守、牧养马匹，职员为使副自辟的幕僚，亲属指使副的亲戚随从，驼务槽头负责货物运输，此外还有节级、虎翼兵、宣武兵等众多兵士。可见，出使人员涉及官、兵、医、厨、匠等各方面人员，构成了一个涉及面广泛、规模宏大的奉使团队。所遣三节人从的规格高低亦体现出宋朝与邻国的外交关系。如《宣和奉使高丽图经》所说："奉使高丽下节皆卒伍，比岁稍许命官士人、艺术工技以代其选。"③旧使高丽充下节者皆为士兵，而徽宗时期为达到联丽抗辽的目的，选派的下节人职位级别有所提高。据《宣和奉使高丽图经》记载下节人除士兵以外，尚有成忠郎、承信郎、登仕郎、各级胥吏等文、武官阶较低的官员以及进士、文学之士、医官等人，

---

① 王延德《西州使程记》，见王明清《挥麈录》前录卷四，第39页。
② 钟邦直《宣和乙巳奉使金国行程录》，见徐梦莘《三朝北盟会编》卷二〇，第141页。
③ 徐兢《宣和奉使高丽图经》卷二四，《丛书集成初编》第3238册，第85页。

（二）出行受到双方政府的高度重视，双方在人员、物质、礼仪上皆做了精心准备

奉使他国是一次特殊的公务旅行，涉及两国的外交关系，往往受到朝廷的重视。使团出发前通常要面见皇上以听诫谕，称为"陛辞"，皇帝亲御政殿送行并赐宴。如《宣和奉使高丽图经》载："十三日丙寅，皇帝御崇政殿，临轩亲遣，传旨宣谕。十四日丁卯，锡宴于永宁寺。……十四日丙寅，遣供卫大夫、相州观察使、直睿思殿关弼口宣诏旨，赐宴于明州之厅事。"① 官方各部门亦需事先做好相关准备，"行人所须者，皆在京诸司百局应办，纤悉备具，无一阙者"②。相关准备包括交通工具、礼物的准备以及出使人员的培训。

因奉使需要，朝廷会提前命京师相关部门及地方政府配置出行工具，如《宣和乙巳奉使金国行程录》载："行人并依奉使契丹条例，所至州县备车马，护送至界首。"③ 宣和五年（1123）遣使高丽，特"诏有司更造二舟"并"先期委福建、两浙监司，顾募客舟，复令明州装饰"④。共准备二艘神舟、六艘客舟供航海出行。

宋朝为表示对邻国的友好关系或回谢入贡国的贡礼，遣使时通常会备置礼物，如《宣和乙巳奉使金国行程录》记载了许亢宗一行出使金国，贺新主嗣位携带的礼物，包括"御马三，涂金银作鞍辔副之，象牙、玳瑁鞭各一，涂金半级八角银酒斛二只，盖杓全涂金；

---

① 徐兢《宣和奉使高丽图经》卷三四，《丛书集成初编》第3239册，第118页。
② 钟邦直《宣和乙巳奉使金国行程录》，见徐梦莘《三朝北盟会编》卷二〇，第141页。
③ 钟邦直《宣和乙巳奉使金国行程录》，见徐梦莘《三朝北盟会编》卷二〇，第142页。
④ 徐兢《宣和奉使高丽图经》卷三四，《丛书集成初编》第3239册，第117页。

平级八角银瓶十只,盖全涂金;大浑金香狮三只,座全着色。绣衣三袭,果子十笼,蜜煎十瓮,芽茶三斤"[1]。礼物既有贵重的金银器,亦有衣帛土物等普通物品。使节亦以私人名义送给对方官员礼物,作为联络感情的方式。如《北行日录》载,金国赐宴东京(即北宋汴京),有天使乌古伦璋赐宴、南京留守耶律成押宴,宋朝使副谢宴后"送璋土物,与璋、成互展辞状,即与接伴对揖归位,送押宴私觌往回"[2]。宋使赠予邻国伴使的私人礼物亦须提前准备好。

衔命出疆,事关国体,事事皆须按礼行事,因而出使人员在行前需接受外交礼仪规范的训练。如《北行日录》载:"(十一月)二日甲寅……习仪都亭驿……三日乙卯,晴。习仪驿中,已不及,习于参政府。四日丙辰,天明,微雨,即霁。使副以下习仪驿中,阅礼物,授衣衫。……五日丁巳,晴。习仪政府。……六日戊午,晴,驿中大习仪,使副以下备衣冠。"南宋都亭驿位于临安府,是国信所的办公之地,使团出行前使副以下人员均须至都亭驿接受数日的礼节训练。《北行日录》又载:"二十四日……泊燕馆下……二十六日戊寅,阴晴。使副以下具衣冠,习仪馆中,依例就皇华馆,犒三节人。"[3]《北辕录》亦载:"二十一日至淮阴。二十六日,燕馆习仪。"[4]南宋与金以淮河为界,使金人员至盱眙的燕馆,在渡淮之前还需要再次演练礼节规范,可见对外交礼仪的重视。

使节进入邻国,对方为表示对使节的重视会派遣一系列人员迎送、接待。首先,使节至异国国界处,邻国政府会派接伴使前往

---

[1] 钟邦直《宣和乙巳奉使金国行程录》,见徐梦莘《三朝北盟会编》卷二〇,第141页。
[2] 楼钥《北行日录》,《攻媿集》卷一百十一,《四部丛刊》本。
[3] 楼钥《北行日录》,《攻媿集》卷一百十一,《四部丛刊》本。
[4] 周辉《北辕录》,陶宗仪《说郛三种》宛委山堂本卷五六,第2587页。

迎接。如《宣和奉使高丽图经》载宋使至高丽境"有译语官、阁门通事舍人沈起来参,同接伴金富轼、知全州吴俊和遣使来投远迎状,使副以礼受之,揖而不拜,遣掌仪官相接而已,继遣答书。……使副牒接伴送国王先状,接伴遣采舫,请使副上群山亭相见。……午后,使副乘松舫至岸,三节导从入馆,接伴郡守趋廷……分两阵升堂,使副居上,以次对,再拜讫,少前叙致,复再拜,就位。上、中节堂上序立,与接伴揖。国俗皆雅揖,都辖前致辞,再拜;次揖郡守,如前礼"①。《北行日录》载金接伴使迎接宋朝使副之情形:"(二十八日)掌仪引接等渡淮,传衔。少顷,同北引接礼信司高琚等,传到接伴使副名衔……(二十九日)使副以下巳时渡淮,至泗州草馆,望拜如仪,各就幕次。三节人互参使副,使副互展起居状,茶酒三行,上马入城。"②宋使至境,宋朝使副与邻国接伴使皆须派遣掌仪礼之引接使传送各自门状,宋使在得到对方邀请后,过界与接伴使相见,双方使副及三节随从按礼仪相互参拜。

待宋使抵达对方都城外驿馆,邻国则派馆伴使与使节相见,如《宣和乙巳奉使金国行程录》记载在离金廷四十多里处的兀室郎君宅,"接伴使副具状词,馆伴使副于此相见,如接伴礼"③。《北辕录》载:"至燕山府外燕宾馆,赴班荆宴。少定,传衔馆伴使、昭武大将军、太子少詹事蒲察明,少中大夫、侍御史邓俨为之副,南使与之互展起居状,继与接伴互展辞状。"④双方互通名衔,互行参见之礼后,馆伴使陪同宋使入城以及此后在京城的一系列活动。

---

① 徐兢《宣和奉使高丽图经》卷三六,《丛书集成初编》第 3239 册,第 126 页。
② 楼钥《北行日录》,《攻媿集》卷一百十一,《四部丛刊》本。
③ 钟邦直《宣和乙巳奉使金国行程录》,见徐梦莘《三朝北盟会编》卷二〇,第 145 页。
④ 周辉《北辕录》,陶宗仪《说郛三种》宛委山堂本卷五六,第 2590 页。

在宋使朝见邻国君主之前,还有阁门使前来讲习礼仪,以便使节熟悉本国礼节制度,如《宣和乙巳奉使金国行程录》载:"阁门使躬来说议约,翌日赴虏廷朝见。"① 《北行日录》载:"阁门副使左光庆到馆,说朝见仪。"② 在觐见君主时,阁门使负责引见使节入殿,《宣和乙巳奉使金国行程录》载:"阁门使祗班引入,即捧国书,自山棚东入,陈礼物于庭下,传进如仪。"③《使金录》载:"阁副引至宣明门,捧国书,入仁政门……少憩,绿衣人引三节官属入见,出。受赐衣带,阁使再引卓等入殿下,谢赐衣带,复位而出。"④

使节完成使命回程时,邻国则派遣送伴使相送,如《宣和奉使高丽图经》"燕礼门·西郊送行"条载:"使副回程,是日早发顺天馆,未闲抵西郊亭,王遣国相具酒馔于其中。上中节位于东西廊,下节位于门外,酒十五行乃罢。使副与馆伴立马于门外叙别,馆伴就马上亲酌以劝使者。饮毕各分袂。先是与接送伴官到馆即相别,及回程于此复与之相陪,以迄群山岛放洋也。"⑤ 使节从高丽回国,高丽国置宴相待,宋使与馆伴至京城外驿馆相别,并与送伴使相见,送伴使将宋使送至高丽国境处方止。《宣和乙巳奉使金国行程录》记录宋使与金送伴使分别情形:

> 至清州,将出界,送伴使副夜具酒食,亦为惜别之会,亦出

---

① 钟邦直《宣和乙巳奉使金国行程录》,见徐梦莘《三朝北盟会编》卷二〇,第145页。
② 楼钥《北行日录》,《攻媿集》卷一百十一,《四部丛刊》本。
③ 钟邦直《宣和乙巳奉使金国行程录》,见徐梦莘《三朝北盟会编》卷二〇,第144页。
④ 程卓《使金录》,《续修四库全书》第423册,第447页。
⑤ 徐兢《宣和奉使高丽图经》卷二六,《丛书集成初编》第3238册,第94页。

衣服三数件,或币帛交遗,情意甚欢。……酒三行上马,复同送伴使副过我幕次,作乐。酒五行上马,复送至两界中,彼此使副回马对立,马上交奉酒一杯,换所执鞭,以为异日之记,引接展辞状,举鞭揖别,各回马,背马回顾,少顷,进数步踌躇,为不忍别之状。①

宣和七年(1125),宋金以清州为界,金国送伴使与宋使在此处相别,别前置送别会,以衣物互换作为礼物,在酒乐助兴之下,送伴使先将宋使送至宋界,宋朝使节再将金送伴使送至两界中间,行辞别之礼后各自回境。

为表示两国友谊,宋使进入邻国国境,所经州郡长官往往前来相迎并设宴款待来使。徐兢使高丽,经全州(今朝鲜全州)、清州(今朝鲜清州)、广州(今朝鲜广州),当地知州都致书来迎、备酒馔宴请宋使。至全州,"全州守臣致书备酒礼,曲留使者";至马岛,"知清州洪若伊,遣介绍与译语官陈懿同来,如全州礼";至紫燕岛,"知广州陈淑,遣介绍与译官卓安持书来迎,兵仗、礼仪加厚"。②许亢宗使金,金国地方官于滦州、咸州、信州、黄龙府设宴,且每宴"必以贵臣押伴"③。宋金绍兴和议之后,宋人入金,金国常常在南京(原北宋开封府)、真定府、燕山城外设宴相待。除赐宴外,还赐乐、赐酒果。如《北行日录》载:"(十二月)九日……入东京城……十一日

---

① 钟邦直《宣和乙巳奉使金国行程录》,见徐梦莘《三朝北盟会编》卷二〇,第147页。
② 徐兢《宣和奉使高丽图经》卷三七,卷三七,卷三九,《丛书集成初编》第3239册,第125页,第128页,第133页。
③ 钟邦直《宣和乙巳奉使金国行程录》,见徐梦莘《三朝北盟会编》卷二〇,第144页。

壬辰，晴，赐宴。""(十二月)十九日，宿真定府城外馆……二十一日壬寅，晴，赐宴东馆。""至燕山城外，去燕宾馆百余步。使副上马，三节具衣冠，随入馆中亭子。馆伴传衔，正使起复正议大夫、都水监、上轻车都尉、安定郡开国伯、食邑七百户、赐紫金鱼袋梁肃，副使广威将军、尚书工部郎中、上骑都尉、广平郡开国子、食邑五百户图克坦子澄肃兼押宴，白琮赐宴，李显金赐酒果。酒九行罢，入城。"①《使金录》《北辕录》亦有类似记载。至涿州或良乡县则赐汤药以示抚问，如《北行日录》载："(至涿州)天使高德亨传宣抚问，虞友益赐银合、汤药。银合二十五两，药十贴。"②《北辕录》载："二十六日至良乡县。入内，通侍郎李庆和赐银合汤药，贴用红绫。"③《使金录》载："二十六日甲辰，阴，早顿良乡县，赐银合汤药内使中卫大夫师宪。"④

　　进入京城朝见君主，国君会赐使节御宴。王延德使高昌至北廷，"其王烹羊马以具膳"并"张乐饮燕，为优戏至暮"⑤。出使高丽，高丽国王"遣官办燕，谓之拂尘会。自是之后五日一会，遇节序稍加礼焉"⑥。奉使辽、金者，辽、金国置办多样的御宴宴请宋使，有贺见君主后在殿中的御宴，还有射弓宴、花宴。宴后赐使节衣带、酒果、鞍马、弓矢等礼物，如《乘轺录》云："九日，辞虏主于武功殿。遗汉使及从人鞍马、衣物、彩段、弓矢有差。"⑦《宣和乙巳奉使金国

---

① 楼钥《北行日录》，《攻媿集》卷一百十一，《四部丛刊》本。
② 楼钥《北行日录》，《攻媿集》卷一百十一，《四部丛刊》本。
③ 周煇《北辕录》，陶宗仪《说郛三种》宛委山堂本卷五六，第2589—2590页。
④ 程卓《使金录》，《续修四库全书》第423册，第446页。
⑤ 王延德《西州使程记》，见王明清《挥麈录》前录卷四，第38页。
⑥ 徐兢《宣和奉使高丽图经》卷二六，《丛书集成初编》第3238册，第93页。
⑦ 路振《乘轺录》，见晁载之《续谈助》，《丛书集成初编》第272册，第48页。

行程录》亦载宋使在金廷朝见后,君主"赐袭衣、袍带,使副以金,余人以银,谢毕归馆",射弓宴后"赐袭衣、鞍马",朝辞礼毕后"赐使副袭衣、物帛、鞍马,三节人杂物、帛各有差,拜辞归馆"。①

(三)奉使行程的路线安排、时间长短都有严格的规定

奉使出行异域有严格的路线规定,接待国都精心安排路线、道旁修建馆驿,使节进入异国领土只能沿驿道进入京城,不能随意改变路线。以北宋三部使辽行记——路振的《乘轺录》、王曾的《契丹志》、沈括的《熙宁使虏图抄》为例,三者都详细记载使辽路线。路振与王曾分别于公元1009年和1012年使辽,沈括使辽在公元1075年,前后相差六十多年,但三者所记使辽从雄州至中京的路线却完全一致,均为自雄州白沟过界经新城、涿州、良乡、幽州、望京馆、顺州、檀州、金沟馆、古北馆、新馆、卧如馆、柳河馆、打造部落馆、牛山馆、鹿儿峡馆、铁浆馆、富谷馆、长兴馆至中京。②似乎辽境内只有这一条道路,其实不然,沈括的记载可谓明证,《熙宁使虏图抄》记载在打造馆与柳河馆之间,"自馆(柳河馆)循山行十里,下俯大川,曰柳河,乃北二十余里至中顿。过顿,逾度云岭,三十五里至打造馆。有径路行于巉屼荟蔚之间,校之驿道,近差十里余"。在鹿峡馆与牛山馆之间有松子岭,岭东"有夷路,回屈数里,车之所由也",在辽之中京城"循城以北,至城之隅,乃稍东北行。其东一路歧出,逾陇走靴淀"。③由此可见,在辽境内有多条道路可通辽廷,但辽人只设置了一条路线供使节来往,即使有捷径,也只能沿

---

① 钟邦直《宣和乙巳奉使金国行程录》,见徐梦莘《三朝北盟会编》卷二〇,第146—147页。
② 王曾、路振行记中"望京馆"记作"孙侯馆","长兴馆"记作"通天馆"。
③ 以上引文见于贾敬颜《沈括〈熙宁使契丹图抄〉疏证稿》,《五代宋金元人边疆行记十三种疏证稿》,第146—155页。

官方设置的驿道前行。

另外,为确保本国的国家安全和使节的人身安全,还会派遣本国士兵导行。如《宣和奉使高丽图经》记载使副至高丽礼成港后,"丽人以兵仗、甲马、旂帜仪物共万计,列于岸次"①。进入王城后,有青衣龙虎军、骑兵、千牛卫军、金吾仗卫军导行,既能保护使节安全,又体现出高丽国兵卫、仪仗的庄严。周辉等使金过淮河界至泗州驿馆,则有"夹道甲士执兵,直抵于馆"②。楼钥使金亦见"自河以北,每五里许必有小舍,或在古冢上,每夜轮保甲十人宿其中,以伺察行者"③,使节只能按规定线路行进,不能随意行走。

异国别有用心地安排使节行进路线主要是为了向宋使展示本国在地理、物产方面的优势,如《熙宁使虏图抄》所说:"自馆(鹿峡馆)东南行数里,度瘴岭,又四十里至中顿。过顿,又东南数里逾小山,复三十里至路口村,有歧路,西南出幽州。自幽州由歧路出松亭关,走中京五百里。循路稍有聚落,乃狄人常由之道。今驿回屈几千里,不欲使人出夷路,又以示疆域之险远。"④辽人故意将本族人常用之道弃置不用而让使节绕道而行,以显示本国领土宽广。另一方面,精心安排使节行驶路线能有效防止国家机密外泄,如《使金录》云:"卓等同三节官属,巳、午间出门,再由墟墓以行。乃闻旧路近西南门外,方遭残破,修葺未就,恐本朝人使见之,迂回以避之也。"⑤程卓等使金正值蒙金交战之后,金人唯恐宋使由遭致损

---

① 徐兢《宣和奉使高丽图经》卷三九,《丛书集成初编》第 3239 册,第 134 页。
② 周辉《北辕录》,陶宗仪《说郛三种》宛委山堂本卷五六,第 2587 页。
③ 楼钥《北行日录》,《攻媿集》卷一百十一,《四部丛刊》本。
④ 贾敬颜《沈括〈熙宁使契丹图抄〉疏证稿》,《五代宋金元人边疆行记十三种疏证稿》,第 151—152 页。
⑤ 程卓《使金录》,《续修四库全书》第 423 册,第 448 页。

坏的道路探悉到金国衰退的国势，因而特意另外辟道而行。

此外，使节在外国境内的行程安排亦有严格规定，不能随意提前或拖延。若以楼钥的《北行日录》、周辉的《北辕录》、程卓的《使金录》为例，三者虽然使金时间前后有差，但使金路线却基本一致，以渡淮后进入金境至抵达燕山城一段行程为考察对象，可看出以下规律：楼钥于乾道五年（1169）十一月二十九日渡淮至泗州驿馆，十二月二十七日抵达燕山城外燕宾馆；周辉于淳熙四年（1177）一月二十九日至泗州，二月二十七日抵燕山城；程卓于嘉定四年（1211）十一月二十九日渡淮，十二月二十七日至燕山城恩华馆（按：原燕宾馆，金承安三年（1198）更为此名），三者在此段行程上用时均为二十八天。他们在金南京（原北宋开封府）会停留三至四日，真定府停留二至三日，供途中休息以及接受金朝的赐宴招待，其余时间均连日赶路以赴金廷。据《北行日录》《使金录》记载，宋使每日行进里数多维持在 90 里至 120 里之间（参《北行日录》《使金录》行驿速度表），可见，宋使需要在规定的时间渡淮，并按期至京城外等待觐见，不得随意提前或拖延。

宋使进入金之京城后，停留时间亦有限制。以楼钥、程卓等贺正旦使为例，自十二月二十七日入燕山城与馆伴相见后入会同馆休息；二十八日在馆内讲习朝仪；二十九日朝见金主；三十日馆中赐宴；正月一日，觐见君主贺正旦；二日，赐分宴[①]、酒果于馆中；三日赴花宴；四日，赴射弓宴，选金国中善射者与宋使轮流射弓并宴饮；五日受国书，入辞金主；六日至燕宾馆与馆伴辞别后踏上回程。宋使能在京城前后停留约十日，完成使命后则需离开，不可在京城逗留。

---

① 分宴指御宴后，金主赐给使臣的食物。

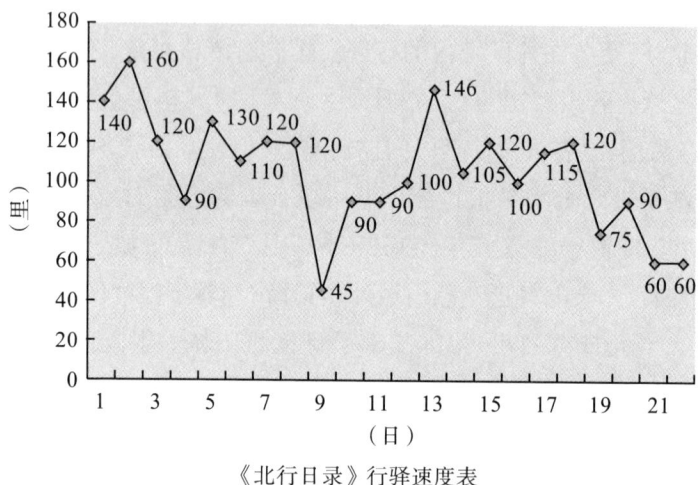

《北行日录》行驿速度表

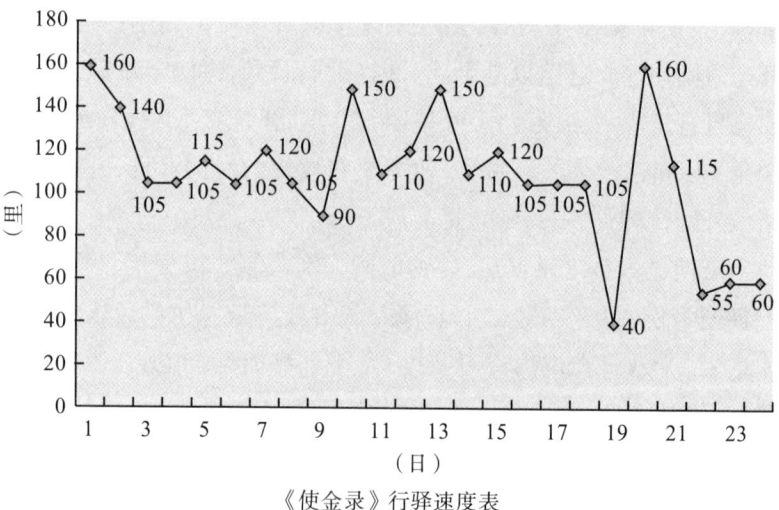

《使金录》行驿速度表

四、其他旅行

（一）北狩南逃

两宋自开国以来,北方的女真族逐渐崛起,南下侵宋所向披靡，积贫积弱的北宋王朝不堪一击，北方疆土尽归金朝所有，北宋遂亡，留存南方的王室宗族建立南宋王朝。南宋末年又遇强邻蒙古族入侵，南宋灭亡。战火纷飞、改朝换代之际，上至皇帝、宗室、百官，下至普通百姓被俘逃亡，南来北往于宋与异族之间，大大增加了宋人迁移的机会。部分行记如蔡鞗、王若冲的《北狩行录》、曹勋的《北狩见闻录》、陶宣干的《河东逢虏记》、无名氏的《建炎维扬遗录》、胡舜申的《己酉避乱录》、李正民的《己酉航海记》、沈琯的《南归录》、赵子砥的《燕云录》、严光大的《祈请使程记》都展现了宋人的流亡经历，它们记录的帝王北狩、宋人南逃的大规模移动主要有三次：

第一次为徽宗、钦宗北迁。宣和七年（1125）十月，金灭辽后进而攻宋，徽宗在危机之中将帝位传给太子赵桓，自己南逃。金军一路烧杀抢掠，在得到大量财物、取得割地后暂时于靖康元年（1126）二月退兵。同年八月，左副元帅粘罕（完颜宗翰）和右副元帅斡离不（完颜宗望）率金兵再次南侵占领汴京，在城内大肆搜刮、掠夺，将徽宗、钦宗废为庶人，并将二帝以及宗室子弟、皇后嫔妃、亲信大臣等押赴金营。

第二次为高宗南逃。靖康之变，所有宗室子弟皆被俘北迁，只有徽宗之子赵构当时受诏赴斡离不军营求和，看到形势危急遂带领军马独自南逃，并在靖康二年（1127）五月作为唯一的合法继承人在南京应天府继位，改元建炎，称高宗。建炎元年（1127）秋，金人南下，高宗逃至扬州。建炎三年（1129）二月，金兵至天长，高宗二月三日从扬州起驾，经丹阳、常州、无锡、平江府、吴江、秀州、崇德逃至杭州，并派遣使节求和，金兵遂北归。高宗于此年四月从杭州回至建康府。南宋虽一再地屈膝求和，但金旨在灭亡南宋政权，于是又在建炎三年以兀术为统帅南下侵宋。高宗命杜充留守建康府,自己则从建康府经平阳府、越州(今浙江绍兴)、四明,逃亡定海县、昌国县,至台州、温州。同时,隆祐太后一行从建康逃亡洪州,金人破黄州从鄂州渡江至江西,隆祐太后又经吉州逃往虔州(今江西赣州)。

第三次逃亡为南宋末年,元军进攻南宋时。德祐元年(1275)元军攻破常州、直捣临安,在形势危急之下,于次年二月遣左相吴坚、右相贾余庆、参知政事家铉翁、刘岊为祈请使赴大都求和。同年三月丞相伯颜率元军入临安城,宋恭帝赵㬎、全太后、后宫众人及朝廷官员被迫亦赴大都,并于闰三月二十四日与先前到达的祈请使会合,之后分别于四月十二日和四月十五日离开大都,前往上都见元世祖。吴坚一行虽以祈请使名义入元,其实与恭帝、太后同为元兵俘虏。

北狩南逃中,全国上下饱受颠沛流离之苦,出行无足够的交通工具。徽宗北迁途中只得乘坐"平日宫人所乘牛车"①,途中牛车屡坏,直到真定府才换得充足的畜力。金兵南下,宋人欲渡江逃窜,而"官私般载,舳舻无虑万计,悉为虏人所有",情急之下只得"奔迸溺水,死者不知其数"②。

途中缺衣少食,东京城破后"医官、教坊、内侍、内人、作匠、司天官吏"全都被驱至燕山,"路途之遥,饥饿之困,死者枕藉,骨肉遍野"③。帝王宗室亦然,"随行宗族官吏,远触炎热,不谙风土,饮食不时,比至燕山,病者几半"。"宗室自濮王仲理以下,别居仙露僧舍,有粮食不给、形体裸裼之人。"④

---

① 曹勋《北狩见闻录》,《丛书集成初编》第3893册,第6页。
② 佚名《建炎维扬遗录》,《丛书集成初编》第3890册,第2页。
③ [宋]赵子砥《燕云录》,见徐梦莘《三朝北盟会编》卷九八,第725页。
④ 蔡鞗、王若冲《北狩行录》,《续修四库全书》第423册,第327页。

全国陷入一片混乱之中,帝王身边扈从甚少。高宗南逃"唯内侍五六员护圣军,随行者数人而已"。百姓逃亡,"扶老携幼如蜂屯蚁散,父母兄弟妻子多不相保,递相哭泣,遍满道路"。贵重财物抛弃殆尽,"金帛珠玉捐弃江岸,如堆山阜,非金人即为无赖辈所得"。"官府案牍,悉为煨烬,片纸不留,上至乘舆服御,尽皆委弃。"[①]北狩南逃之行成为两宋史上甚为耻辱的行旅方式。

(二)应考

宋代以文治国,自宋太祖登基以来即开科取士,通过科举考试几乎成为士子进入仕途的唯一门径。贡举之年,应举士子首先需参加由州郡组织的发解试,一般情况下,举子要求在本贯取解,固只需在本贯所在州郡应试,无需长途跋涉。考试合格者须参加下一级考试,即尚书礼部主持的省试,省试在京城开考,各州得解举子需千里迢迢进京应考。以太平兴国二年(977)为例,参加省试人数"诸道所发贡士凡五千三百余人"[②],淳化三年(992)则增至一万七千三百人[③],可知,贡举之年赴京应试的举子数量之多。宋代科举取士名额亦远远多于前代,如太平兴国二年省试,"上御讲武殿,内出诗赋题覆试进士,赋韵平侧相间,依次用。命翰林学士李昉、扈蒙定其优劣为三等,得河南吕蒙正以下一百九人。庚午,覆试诸科,得二百七人,并赐及第。又诏礼部阅贡籍,得十五举以上进士及诸科一百八十四人,并赐出身。九经七人不中格,上怜其

---

① 佚名《建炎维扬遗录》,《丛书集成初编》第3890册,第2—3页。
② 李焘《续资治通鉴长编》卷一八"太平兴国二年春正月"条,第392页。
③ 《燕翼诒谋录》卷二云:"诸州贡士,国初未有限制,来者日增。淳化三年正月丙午,太宗命诸道贡举人悉入对崇政殿,凡万七千三百人。"(王栐撰,第16页)

老,特赐同三传出身,凡五百人"①。及第合格者五百人,是此年应举人数的十分之一。此后,每次科考虽录取名额有所调整,但大都维持在二百人以上,多时可达八百人左右。②宋代科举录取率虽高,但落第者亦众多,而科举及第是士子得官的必备条件,下第举子会一次又一次地奔波于故乡与京师之间备考应考、求取功名。进京考试成为每位举子必有的出行机会,也是宋人行旅生活的重要组成部分。

与因应考带来的出行机会众多的局面不相称的是宋代记录赴京应考行旅的行记数量却很少。现存行记中仅有卢襄的《西征记》一种。导致这种局面的原因大致有二:一方面是由于举子所作的行记散佚太多,故保存下来的行记数量甚少。另一方面,这可能与宋代的科举考试科目有关。同样是记录举子应考途中情形,宋代赴举纪行诗流传至今的仍有不少,而行记数量却寥寥无几。宋代以诗赋策论取士,诗赋是科举考试的重要考试科目之一,虽然北宋熙宁、绍圣年间,新党执政后曾两度罢诗赋而以经义取士,但综观两宋以诗赋取士仍是宋代科举的主要考试方法。举子赴京应试途中用诗歌纪行,既能记录此段生活,又能起到考前练笔的作用,故创作纪行诗的热情高涨,而冷落了行记这类散文文体。

(三)长途游玩

宋代行记中还记录了宋人以游山览水、访幽寻胜为目而进行的长途游览活动,出行往往相约三五好友结伴而行至异地,耗时数日或几十日。赵鼎臣与友人姜子华、祖德三人至泰山游玩,往返共计十八日;吕祖谦与潘叔度两人从金华至会稽游玩,历时一月;方

---

① 李焘《续资治通鉴长编》卷一八"太平兴国二年春正月"条,第393页。
② 具体录取人数参见徐松《宋会要辑稿选举》选举一之一二至二九。

凤同友人谢翱、陈公凯、陈公举、吴续古等人相邀至金华洞天,前后游玩共十五日。而在前文所述的多种公私事务旅行中,只要不是情况危急、时间紧迫的特殊情形,宋人也往往会在行旅中游览胜景。他们认为游历山川可拓宽视野,如卢襄《西征记》所云:"予欲长游远睎,穷极天下壮丽奇伟卓绝之处,南穷沧溟,北底幽都,东折若木之枝,西淹濛汜之谷,顶摩太清,辙环八埏,以助夫造物所以与予者。生抱此志二十三年矣,更念衢为小邦,处会稽、姑蔑之地,山川形胜,不足为天下伟观,居常病是不足广吾胸中之气。"① 局限于一方一土,只会孤陋寡闻。天下奇观胜景是造物者给予人们的恩赐,因而渴望周览山水,增长见闻,以广胸中之气。另一方面,山川游历还可排遣内心烦闷,如张舜民贬郴州途中游览淮南山势后云:"凡久居京师,厌倦尘土,乍尔登舟沿流,已觉意思轩豁。……及出汴入淮,始见山水之胜,历目稍旷而适口鲜繁,竟日之间,遂忘迁流之怀也。"② 仕途充满现实功利纷争,为官稍有不慎就会遭致不虞之祸,一旦摆脱仕宦的羁绊,悠游于佳山胜水中,顿感轻松惬意。故访山游水往往成了宋人出行必不可少的组成成分。

第三节　祭祀与旅行:行记中的行神祈祷

行走于不同的地理空间,面对陌生的地理环境,且夕祸福难以预料,宋人往往会在行旅途中祈祷神灵、保佑旅途平安。旅途中祭祀的神灵称为行神,对行神的祭祀称为"祖道",这种习俗在宋之前就已很盛行,如西晋嵇含的《祖赋序》称:"祖之在于俗尚矣,自天

---

① 卢襄《西征记》,《四库全书存目丛书》史部第127册,第538页。
② 张舜民《郴行录》,《画墁集》卷七,《丛书集成初编》第1948册,第53页。

子至庶人莫不咸用。"① 所说的"祖"即指出行前祭祀行神。在宋代充当行神的神祇有以下几类：

一为人物神。一般是具有神异特征的人物，如徐兢出使高丽与使副路允迪同乘一舟，行至黄水洋，三桅并折，"与同舟之人断发哀恳，祥光示现。然福州演屿神亦前期显异，故是日舟虽危，犹能易他桅。既易，复倾摇如故。又五昼夜，方达明州定海"②，在福州演屿神的庇佑之下，化险为夷顺利归航。此演屿神亦称天妃，本为福建莆田湄洲人林泉之女，生前能预知人祸福，殁后常穿朱衣在海上云游，乡人为其立庙加以祭祀。廖鹏飞《圣墩祖庙重建顺济庙记》最早记载了湄洲神女被视为神祇的原由：

> 元祐丙寅岁（1086），墩上常有光气夜现，乡人莫知何详，有渔者就现，乃枯槎，置其家，翌日自还故处。当夕遍梦墩旁之民曰："我湄洲神女，其枯槎实所凭，宜馆我于墩上。"父老异之，因为立庙，号曰圣墩。岁水旱则祷之，疠疫降则祷之，海寇盘亘则祷之，其应如响。③

路允迪在出使高丽途中受到湄洲神女的保佑，使还后为感谢神灵而上奏朝廷，请求朝廷为湄洲神女赐封号、庙号，以报答神灵护佑之功。湄洲神女被赐庙额顺济，成为国家承认的海神。后人航海出行都要祭祀这位天妃，希望得到她的保佑，天妃在宋代成为盛行

---

① [西晋]嵇含《祖道赋序》，[明]梅鼎祚《西晋文纪》卷一八，《文渊阁四库全书》第1398册，第413页。
② 徐兢《宣和奉使高丽图经》卷三九，《丛书集成初编》第3239册，第135页。
③ 郑振满、丁荷生《福建宗教碑铭汇编》（兴化府卷），福建人民出版社，2008年，第16页。

一时的行神。

地方的忠臣义士殁后也往往成为行人祭祀的对象。如范成大离蜀经合江县见登天王庙。此庙"相传为吕光庙。事苻坚,以破虏将军平蜀有功,后其子绍即天王位,登天之名或以此"。吕光因平蜀有功得到乡人的祭奠,舟人行舟过此庙都要上岸祭祀,"以鱼为享,无即以鲊"。① 程卓等使金至磁州,率"三节官属望拜,祷于神,护往来"②,拜谒的是崔府君庙。楼钥使金至磁州亦云:"夜宿滏阳驿,之东北,望见崔府君庙、灵星门并庙栋,使副以下焚香遥谒。"③ 据《续资治通鉴长编》记载:"(景祐二年)封崔府君为护国显应公。府君唐贞观中为滏阳令,再迁蒲州刺史,失其名。在滏阳有爱惠名,立祠后因葬其地。咸平三年(1000)尝命磁州葺其庙,而京师北郊及郡县建庙宇,奉之如岳祠,于是因民所向而封崇之。"④ 滏阳县在宋代属磁州,崔府君本为磁州尹,因忠正受到后人尊敬并为之建立祠庙。后有传说云:"高宗为王尚书云迫以使虏,磁人击毙王云。高宗欲退,无马可乘,神人扶马载之,南渡河……"⑤ 靖康元年(1126),在金军逼近汴京的危急形势下,宋钦宗遣弟赵构使金与金主议和,刑部尚书王云一同前往,至磁州,宗泽等人力劝赵构不要使金,而王云坚持北行,被磁州人杀害。正在赵构身处险境之时,受到神人相助,提供马匹供赵构返回相州。崔府君因此也成为保佑路人平安的神灵,特别是南宋人往返宋金之间,经过磁州时都要拜谒崔府君庙,以祈祷行旅平安。

---

① 以上引文见范成大《吴船录》,《范成大笔记六种》,第213页。
② 程卓《使金录》,《续修四库全书》第423册,第445页。
③ 楼钥《北行日录》,《攻媿集》卷一百十一,《四部丛刊》本。
④ 李焘《续资治通鉴长编》卷一一七,第2745页。
⑤ 程卓《使金录》,《续修四库全书》第423册,第445页。

第二是山川神。欧阳修贬夷陵在江州祭小姑山神,在新冶、鄂州至岳州途中都曾祈祷江神。楼钥使金至洪泽渡船,河水极浅不能渡,"使副借潮于渎头神"①,潮应期而涨,顺利渡江;陆游入蜀在沙市拜谒江渎庙,祭祀的渎头神、江渎神是宋朝赐封的四大水神之一。陆游在峡州黄牛庙祭祀黄牛神,此神传说是助夏禹治水的神灵,亦为水神之一。

第三是动物神。在各种动物神中,宋人祭祀龙神的风气最盛,宋徽宗大观四年(1110)"八月诏天下五龙神皆封王爵。青龙神封广仁王,赤龙神封嘉泽王,黄龙神封孚应王,白龙神封义济王,黑龙神封灵泽王"②。龙王神被看作能兴云致雨,无所不能的神祇,人们祭祀龙王神以祈雨、抗旱、消灾。宋人在行旅途中亦常常祭祀龙王神。范成大至余干县遇风雪,遂至龙王庙祈祷龙神③。徐兢等使高丽,出海前在定海县"建道场于总持院,七昼夜仍降御香,宣祝于显仁助顺渊圣广德王祠,神物出现,状如蜥蜴,实东海龙君也",至蛤窟见"山之脊有龙祠,舟人往还必祀之"④,航海途中祭祀龙神以求旅途平安。蛇亦是行人祭祀的对象,又被称为小龙,如卢襄赴汴京途经真州谒见小龙之祠庙,见到:"有小蛇,盘旋几案上,朱鳞火鬣,目赫赫有异光。"庙中尸祝称:"此非蚖蝮蟒蜴之俦伍也,喜则俯首摇尾,仅可玩弄;稍怒则摇撼坤关,翻海摧岳而后已。所以舣舟而

---

① 楼钥《北行日录》,《攻媿集》卷一百十一,《四部丛刊》本。
② [元]马端临《文献通考》卷九〇,中华书局,1986年,第824页。
③ 范成大《骖鸾录》曰:"雪甚风横,祷于龙神。"(见《范成大笔记六种》,第48页)
④ 引文分别见于徐兢《宣和奉使高丽图经》卷三九、卷三四,第3239册,第118页、第135页。

祷者,袂相属焉。"① 由此可见,小蛇亦成为使行舟之人免受风涛之灾的保护神。

众多被祭祀的神祇中,有些原本并非行神,如陆游在富池谒昭勇庙,庙中供奉的昭毅武惠遗爱灵显王神本为"吴大帝时折冲将军甘兴霸也。兴霸尝为西陵太守,故庙食于此",后又屡次被加封"神妃封顺祐夫人。神二子,封绍威、绍灵侯。神女封柔懿夫人。而后殿复有王与妃像偶坐。祭享之盛,以夜继日"。可知昭勇庙本为纪念甘兴霸的祠庙,但据舟人所说:"若精虔致祷,则神能分风以应往来之舟。"② 舟子往来于此祷告祈风常常应验,因而被尊为行神。

行人祭祀神灵常采用焚香祷告或杀鸡、豕置酒以祈福的方式,如《入蜀记》载:"(四日)早,见舟人焚香祈神""(二十二日)中夜后,舟人祀峡神屠一豨""(二十六日)祭江渎庙,用壶酒特豕。庙在沙市之东三四里,神曰昭灵孚应威惠广源王,盖四渎之一,最为祀典之正者""二日,泊桂林湾。……全舟人杀猪十余口祭神,谓之开头"。③ 徐兢等过黄水洋因"前后行舟过沙,多有被害者"④,故以鸡黍祀沙以祭奠溺水之魂。此外,受宋代道教兴盛的影响,祭祀时也曾用道教中的禳灾之术。如徐兢出使高丽,至沈家门将"每舟各刻木为小舟,载佛经粮糗书所载人名氏纳于其中而投诸海",至海驴焦"投御前所降神霄玉清九阳总真符箓,并风师龙王牒、天曹

---

① 卢襄《西征记》,《四库全书存目丛书》史部第127册,第541页。
② 引文分别见于陆游《入蜀记》,《陆游集》第2436页,第2437页,第2437页。
③ 陆游《入蜀记》,见《陆游集》,第2445页,第2449页,第2449页,第2450页。
④ 徐兢《宣和奉使高丽图经》卷三四,《丛书集成初编》第3239册,第121页。

直符、引五岳真形与止风雨等十三符讫,张篷而行"①。符箓是道教中用以召神驱鬼、治病延年的图文,是道士能够交通天神的凭证,行人将符箓投入海中亦是祈求神的庇佑的方式。程卓等使金时经过黄河祭河亦以祭文投于桥中,祈求河渎神的保佑。②

小　结

本章探讨宋代行记中反映的宋人的行旅生活面貌。宋代行记具有强大的叙事功能,真实地再现了宋人长途旅行的场景,是记录宋人出行文化的重要文本。其中记录的宋人的出行方式主要有舟行、陆行两种。舟行既包括江河行船,亦有海上航行。行记中记录了宋人江行、海上航行的主要路线,并生动展现了在古代乘舟出行的危险情景。揭示了舟行与天气、航道深浅的密切关系,以及宋代多种类型的航运船只和途中多样的行船辅助措施。在水道不通或水道迂回之地,特别是通往当时辽、金、高昌等统治的北方地区,宋人往往选择陆路方式出行。行记中记载了宋代的路面情况,别具一格的桥梁设施,宋人出行在外的住宿地点以及陆行使用的交通工具等情况。

宋代行记中记录的行旅类型丰富多样,有官差旅行、贬谪、奉使、北狩南逃、应考、求学、长途游玩等。记载得最多的行旅是官差

---

① 徐兢《宣和奉使高丽图经》卷三四,《丛书集成初编》第 3239 册,第 120 页。
②《使金录》曰:"(至黄河)欲从例下车祭河,李希道传示不必,遂委都辖投文,祭于桥中。文曰:'猗欤灵河,肇源自天。四渎宗之,荣光发焉。我宋秩祀,垂二百年。今暂隔壤,时祭靡愆。使节修聘,车徒翩翩。必涉于河,言往言旋。或乘舆梁,或履冰坚。惟神昭鉴,受职如前。尚飨。"(见《续修四库全书》第 423 册,第 444 页)

旅行,此类行旅活动受官方派遣委托,与普通人出行相比,有自身的特点:从行记中可以看到宋代政府和社会为官员阶层出行提供了诸多优待,在食宿交通、随行人员安排、迎劳送往方面采取了各项措施,极大缓解了官员们旅途跋涉之苦,官员士大夫们在旅途奔波中亦深切地感受到作为仕宦阶层的特殊社会身份。朋党之争在宋代此起彼伏,与当权者政见不一的官员常遭到贬谪的打击。宋代行记也记载了贬官之旅的情形,贬谪之行褪去了使人黯然神伤的色彩,跃身一变为访亲交友、登览胜景的旅行,展现了超逸、乐观、洒脱的士大夫形象。这与宋代官员任用惩罚制度有关,也与宋人追求安时处顺、超然物外的处世态度有关,故在行记中较少流露出悲哀忧愤之情。宋与周边国家、民族政权建立了广泛的外交关系,派遣使节是主要的外交途径之一。使臣出使异域常创作行记记录整个出使的情形。从中可见宋人出使是由官方组织的,使团由使副及三节人从构成,规模多在几十人至上百人之间,涉及官、兵、医、厨、匠等各方面人员,使副的官品以及三节人从规格的高低都直接体现了宋与他国之间的外交关系;奉使他国涉及两国的外交关系,出发前要做精心的准备;使节进入邻国,双方都有程序化的接待礼数;奉使出行异域有严格的路线规定以及行程安排,不能随意改变。

  面对陌生的地理环境,旦夕祸福难以预料,宋人往往会在行旅途中祈祷神灵、保佑旅途平安。充当行神的神祇主要有人物神、山川神和动物神。众多被祭祀的神祇中,有些原本并非行神,只因路人往来于此祈福祷告常常应验,因而被尊为行神。行人祭祀神灵常焚香祷告或杀鸡、豕置酒以祈福或用道教中的禳灾之术。通过行记的记录我们可以真实地领略到宋人的精神风貌。

第四章 关于"他者"的文化想象：
行记中的异国形象

人文地理学中，"自我"与"他者"常常是以地域来划分界限的，空间对于定义"其他"群体起着关键性的作用。异国跨越地域界限，有着不一样的文化形态，相对于旅行者来说是一个"他者"①。域外行记中存在大量关于异国和异国人物的描写，它们是旅行者将自身文化与所到之处的异国文化差异比较下的产物。对异国形象的记载并不是简单的先验于文本的对异国现实的复制品，而是旅行者在自身的社会文化、伦理情感等因素影响下对异国所作的描述。这种形象是"由感知、阅读，加上想象而得到的有关异国和异国人体貌特征及一切人种学的、物质生活和精神生活等各个层面的看法总和，是情感和思想的混合物"②。

行记中描述的异国形象与"社会集体想象物"的关系十分密

---

① 霍柔在《当代文学理论术语汇编》一书中称："人们将一个人一个群体，或一种制度定义为他者。是将他们置于人们所认定的自己所属的常态或惯例的体系之外。于是，这样一种通过分类来进行排外的过程就成了某些意识形态机制的重要组成部分。"（见 Jeremy Hawthorn, *A Glossary of Contemporary Literary Theory*, London; New York: Routledge, Chapman and Hall, 1994: 207.）
② 孟华《比较文学形象学论文翻译、研究札记》，孟华主编《比较文学形象学》，第 4 页。

切,"从哲学、历史观念来看,社会集体想象物基本上被理解为对(在社会—历史和心理方面)基本上不确的面目/形式/形象的不断创造。只有从这些面目/形式/形象出发,才能研究'某物'。我们称之为'现实'和'理性'的东西为其研究对象。很可能所有对异国的描述都处于这一层面。然而,文学史家仍可将社会集体想象物等同于文化生活范畴,并把它定义为是对一个社会(人种、教派、民族、行会、学派……)集体描述的总和,即是构成,亦是创造了这些描述的总和"①。行记作者一方面受制于"社会集体想象物"的制约,从自身所处的语境来描述异国;另一方面,他们关于异国形象的记载"文本化"后,通过各种方式的广泛传播,作用于宋人的"社会集体想象",两者相互作用,形成描述异国形象的模式。

本章拟以宋代使金行记为研究对象,以异域形象为切入点,探讨使金行记中塑造的金国形象。通过对使金行记中记载的有关金地的人物、风俗、城市建筑、器物等要素的分析,阐明行记作者在文本中塑造了怎样的"他者"形象以及创作的异国形象与"社会集体想象物"之间的关系,同时考察宋人采取了哪些策略塑造金国形象。通过宋人看待金地、金人的独特视角,挖掘这些形象背后蕴含的社会文化心理。

自北宋重和元年(1118)宋朝派遣使节赴金商议联金灭辽、收复燕云失地以来,至南宋嘉定十一年(1218)宋金断交,历经百年,宋金聘使往来频繁。使金行记记录了宋代文人出使金国的旅行见闻,金国是由女真族统治的区域,与汉族统治的南宋地区分属不同

---

① [法]让-马克·莫哈《试论文学形象学的研究史及方法论》,孟华主编《比较文学形象学》,第29-30页。

的文化形态,金国成为宋人眼中的"他者"。使金行记文本中描述的金国形象并非金国现实的复制品,而是在宋人文化语境下塑造出来的异国形象,是夹杂着宋人思想与情感的混合物,是对金国的文化想象。"就文学文本而言,'想象'并不能看作是一种能力,而是一种显现或运作的模式"①,行记作者通过想象塑造了宋人"集体记忆"制约下的金国形象。通过使金文人塑造的金国形象可进一步了解宋人以文化大国自居的优越心态。

第一节　蛮夷异类:使金行记中的女真族形象

金朝是由女真族建立的王朝,女真族是生活在中原地区以北的多种民族之一,族源可追溯到先秦时期的肃慎人,战国以后称为"挹娄",魏晋隋唐时期又称作"勿吉""靺鞨",五代时期,靺鞨中的一支黑水靺鞨称为女真②。他们长期以狩猎、游牧为生产手段,经济发展缓慢。中原地区的汉民族长期处在农耕文明的生产形态中,早在先秦时期就已经产生了儒家的"华夷观"。他们以中原汉族为中心向外不断延伸,离中心越远的地区越荒芜,在那里生活的民族也越野蛮落后。在这种尊华卑夷、以华夏文化为中心的观念下,女真人被宋人视为周边众多落后民族之一。宋人以文明人俯视野蛮人的姿态指称金人为"虏"、金朝的朝廷为"虏廷"、金朝统治的区域为"虏地"、金朝的君主为"虏主"。"虏"是中原民族对周边民

---

① [德]沃尔夫冈·伊瑟尔著,陈定家、汪正龙等译《虚构与想象——文学人类学疆界》,吉林人民出版社,2003年,第37页。
② 参马端临《文献通考》卷三二七《四裔考》对女真族的来源的介绍。

族的蔑称,宋人大量使用"虏"这一套话来指代女真族①,而套话具有极强的生命力,它会渗透进宋人的深层心理结构中,使人一提到"虏"就想起女真族,联想到"虏"所具有的野蛮、残暴、落后的品性,形成女真族是蛮夷之族、是迥异于华夏汉民族的异类的社会集体想象。

另一方面,古代中国②与周边民族国家建立了以朝贡关系为主的外交关系,周边国家向中国称臣进贡,中国则对其周边国家国王进行赏赐、册封,以维持封建宗藩关系。这种以中原民族为中心的朝贡关系在宋金交往中被彻底颠覆,宋金百年外交,时战时和,而金始终占据主导地位。宋重和元年(1118)宋朝遣马政等人使金,商议联金灭辽之事,试图收回曾割让给契丹的燕云十六州之地,而金只愿归还燕京六州二十四县地,坚决不同意将西京(今山西大同)、平州(今河北卢龙县)、营州(今河北昌黎县)、滦州(今河北滦

---

① 达尼埃尔-亨利·巴柔将套话定义为是具有"单一形态和单一语义的具象……套话实际上释放出的是一个'基本'信息;而这个具象散布的是一种基本的、原初的、第一和最终的形象"。(达尼埃尔-亨利·巴柔《从文化想象到集体想象物》,见孟华主编《比较文学形象学》,第126页)套话"原指印刷业中使用的'铅板'后被转借到思想领域,指称那些一成不变的旧框框、老俗套。在符号学研究中,人们再次借用了这个词。按照以色列符号学家吕特·阿莫希所下的定义,'套话'就是人们'思想的现成套装',亦即人们对各类人物的先入之见。……首先把它用在社会科学领域内的是美国学者瓦尔特·利普曼,他在1922年发表的《公众舆论》(*Public Opinion*)一书中,把'套话'描述为'我们头脑中现存的形象'"。(孟华《试论他者"套话"的时间性》,见孟华主编《比较文学形象学》,第185页)"套话是形象的一个最小单位,它浓缩了一定时间内一个民族对异国的'总的看法'。"(孟华《比较文学形象学论文翻译、研究札记》,见孟华主编《比较文学形象学》,第12页)
② 这里的中国指古代以汉族为主的中原民族政权建立的国家,与今日的"中国"的国家含义不同。

州市)等地归还宋朝。在宋与金的联合灭辽行动中,金人进一步看到宋朝国势衰弱的情形,不仅不归还西京、平、营、滦等地,甚至索要燕地赋税。金军灭辽后,与宋败盟,发动攻宋战争并试图灭亡南宋,任凭南宋王朝如何卑躬屈膝地乞求议和,金都不予理睬。在灭宋目标难以实现的情况下,金转而谋求与宋议和,先后签订绍兴和议、隆兴和议,每一次和议对宋朝来说都是不平等的,南宋须向金称臣、称侄,割让淮河以北大量土地与金,并岁贡银绢。由此看来,宋金两国之间,宋朝的地位往往低于金的地位。在宋人眼中,女真族本应是按期前来朝贡,接受宋朝安抚、教化的夷狄,而现实中,女真族不仅不向宋称臣进贡,甚至举兵入侵宗主国,俘获二帝、占据中原领土烧杀抢掠,迫使宋王朝偏居南方一隅并向女真称臣、称侄,昔日的藩属国成为宗主国,这让宋人对女真族充满畏惧、愤恨,对女真族形象的刻画充满否定性的描述。

一、残暴狡猾的形象

使金行记中刻画的女真人残暴、凶狠。北宋末年金灭辽后,钟邦直出使金国至接近宋金边界处的蓟州(今天津蓟州区),听闻"自甲辰年(1124),金人杂奚人,直入城劫虏。每边人告急,宣抚使王安中则戒之曰:'莫生事。'四月之内,凡三至,尽屠军民,一火而去"[①]。此时蓟州已归还宋朝,王安中被任命为燕山府路宣抚使,总管燕山府事。战乱期间,辽朝人逃入宋境的很多,金人却常常借遣回逃亡者之机南下残暴地烧杀抢掠,而宋代官员只能忍气吞声、不予理睬。至营州又听闻金灭辽时,"金国讨张觉,是州之民,屠戮殆

---

① 钟邦直《宣和乙巳奉使金国行程录》,见徐梦莘《三朝北盟会编》卷二〇,第142页。

尽,存者贫民十数家"①。张觉本为辽朝旧臣,官至辽兴军(平州)节度副使,金军取得燕京以后,张觉接受金朝官职,仍被封为临海军节度使,知平州军州事。后又以平州降宋,女真人听说张觉叛金降宋之事后举兵前往平州讨伐张觉,大量屠杀无辜百姓,手段极其毒辣。辽朝曾经入侵后晋,割占了燕云十六州,晋出帝被俘北迁,辽人血腥残暴的形象随着时间的推移积淀在汉族人的历史记忆深处,今日的女真人灭辽如同昔日的辽灭后晋,相同的历史情境唤起宋人的历史记忆,亦激活了对女真族的想象——一个比契丹族更强大、更残暴的异族。因此,钟邦直在经显州时见契丹人坟墓被毁就联想到是女真人所为,他说:"契丹兀欲葬于此山(医巫闾山),离州(显州)七里,别建乾州,以奉陵寝。今尽为金人毁掘。"②钟邦直使金正值金灭辽之后不久,战乱后城池破败、百姓生活艰难,盗墓往往可收获意想不到的财富,盗墓者也有可能是当地百姓,而钟邦直受到"女真族残暴"的先入之见的影响,认为掘坟这种暴行只有女真人才做得出来。

楼钥使金记载了金官无论尊卑,只要有过失都会受到杖罚的情形,他说金法规定:"士夫无免捶挞者,太守至,挞同知,又闻宰相亦不免,惟以紫褥藉地,少异庶僚耳。"③这与中原士大夫遵循的"刑不上大夫"④的原则格格不入,特别是宋代统治者遵循与士大夫

---

① 钟邦直《宣和乙巳奉使金国行程录》,见徐梦莘《三朝北盟会编》卷二〇,第148页。
② 钟邦直《宣和乙巳奉使金国行程录》,见徐梦莘《三朝北盟会编》卷二〇,第144页。
③ 楼钥《北行日录》,《攻媿集》卷一百十一,《四部丛刊》本。
④《礼记·曲礼》云:"礼不下庶人,刑不上大夫。"(见[清]孙希旦《礼记集解》,中华书局,1989年,第81-82页)

共治天下的方针,对士人优待有加,很少对有罪官员实施杖刑、黥刑等刑法。金朝鞭打士大夫的行为更进一步印证了宋人关于女真族残暴的集体想象。

女真人还有狡猾贪婪的一面。如钟邦直使金返回,与金送伴使于清州界(今河北青县)分别,女真人"各回马,背马回顾,少顷,复数步踌躇,为不忍别之状,如是者三,乃行。虏人情皆凄恻,或挥泪,吾人无也"①,刻画出女真人与宋人分别时一步一回头、惆怅满怀、依依不舍之态。接着又称:"是行回程,见虏中已转粮发兵,接迹而来,移驻南边,而汉儿亦累累详言其将入寇。"②两相对照可看出女真人"不忍别之状"是假,"其将入寇"为真,强烈地讽刺了女真人阴险狡诈的性格。范成大使金见到"虏本无钱,惟炀王亮尝一铸正隆钱,绝不多,余悉用中国旧钱,又不欲留钱于河南,故效中国楮币,于汴京置局造官会,谓之交钞,拟见钱行使,而阴收铜钱,悉运而北,过河即用见钱,不用钞"③。女真人建立交钞所,以纸币换取铜钱后将铜钱运往河北。楼钥使金亦见到女真人运铜钱至金地上京府库,他说:"接伴所得私觌物,尽货于此,物有定价,责付行人,尽取见钱,分附众车以北,岁岁如此。又金人浚民膏血以实巢穴,府库多在上京诸处,故河南之民贫甚,钱亦益少。途中曾遇蒲篓数杠,导之以旗,殿以二骑,或云其中皆交子也。都管愠其主人贪墨,以秽语诋之。"④金朝城镇商业分为不同的行业,参加同一行业的商

---

① 钟邦直《宣和乙巳奉使金国行程录》,见徐梦莘《三朝北盟会编》卷二〇,第147页。
② 钟邦直《宣和乙巳奉使金国行程录》,见徐梦莘《三朝北盟会编》卷二〇,第147页。
③ 范成大《揽辔录》,《范成大笔记六种》,第12页。
④ 楼钥《北行日录》,《攻媿集》卷一百十一,《四部丛刊》本。

人称为行人。接伴使将所得私觌强行卖与商人,变相掠夺铜钱,导致河南百姓生活穷困。又云接伴使安德"贪沓狠愎,不知何以有政声,益知北方守令,难得循良者"①,楼钥由安德个人所为得出金朝难有好官的结论。在宋人的社会集体想象中,女真人是残暴贪婪的异类,一旦宋人踏上金地遇到女真人,则按先入之见对女真人作出价值判断。

二、尚武少文的形象

使金文人认为女真人蛮横少文。如许亢宗、钟邦直使金,女真人赐宴后宋使按双方交聘惯例进谢表,谢表中有"祗造邻邦"之语,女真人不服,与宋使展开争辩,指责宋使"轻我大金国。《论语》云'蛮貊之邦',表辞不当用'邦'字,请重换,方肯持去"。宋使副许亢宗反驳曰:"《书》谓'协和万邦''克勤于邦',《诗》谓'周虽旧邦',《论语》谓'至于他邦''问人于他邦''善人为邦''一言兴邦',此皆'邦'字,而中使何独止诵此一句,以相问也?表不可换,须到阙下,当与曾读书人理会。"②在宋人眼里,只知中原诗书皮毛的金国伴使被视为非"读书人"。

范成大使金"至中山府,寇依旧名曰定州,有东坡祠"③,他在此地作有《东坡祠堂》《松醪》二诗:

> 化原坊里尚黉堂,闻道苏仙有奉尝。

---

① 楼钥《北行日录》,《攻媿集》卷一百十一,《四部丛刊》本。
② 钟邦直《宣和乙巳奉使金国行程录》,见徐梦莘《三朝北盟会编》卷二〇,第144页。
③ 范成大《揽辔录》节文,[宋]黄震《黄氏日抄》卷六七引,《文渊阁四库全书》第708册,第623页。

想见当年行乐处,牙旗铁马照金章。

松风漱罢读离骚,翰墨仙翁百代豪。
一笑毡裘那办此,当年嵇阮尚餔糟。①

苏轼曾任定州知州,昔日此地有苏轼饱读诗书的风流雅韵,如今却只有那些住在毡帐、身穿皮裘、以武力自矜的女真人,这些女真人哪里懂得中原文士的文采风流?范成大使金见到馆伴使后还作有《耶律侍郎》一诗,云:

乍见华书眼似獐,低头惭愧紫荷囊。
人间无事无奇对,伏猎今成两侍郎。②

写馆伴使兵部侍郎耶律宝不识汉字,愧对其职位。"伏猎"用户部侍郎萧炅一事,《旧唐书·严挺之传》载:"萧炅为户部侍郎,尝与挺之(按:严挺之)同行庆吊,客次有《礼记》,萧炅读之曰:'蒸尝伏猎。'炅早从官,无学术,不识'伏腊'之意,误读之。"③《礼记》本作"伏腊",指夏天伏日与冬天腊日,萧炅将"伏腊"读作"伏猎"。诗借萧炅之事嘲讽金官不识汉字,文化素质低下。然而女真人不识汉字本无可厚非,他们本有自己的文字。女真族使用的女真大字为金太祖时期所制,"太祖命希尹(按:完颜希尹)撰本国字,备制度。希尹乃依仿汉人楷字,因契丹字制度,合本国语,制女直字

---

① 范成大《范石湖集》卷一二,第154页。
② 范成大《范石湖集》卷一二,第158页。
③ 《旧唐书》卷九九,第3105页。

（按:"女直"即"女真"）。"金熙宗时期又制女真字,"与希尹所制字俱行。用希尹所撰为女直大字,熙宗所撰为小字"①。女真人不识汉字并不能说明文化水平低下,但在使金的中原士大夫看来,这些不知汉文化,不懂诗书的女真人是尚武少文的异族。

相反,熟悉汉文化的女真人往往受到宋人的称赞,如楼钥称接送伴使安德"道中颇读《庄子》,故临事间有可观",又称金官左宣徽使敬嗣晖"雍容庄重而善应接,尝使于我,尽记朝仪以归。国中典章礼文,多出其手"②。敬嗣晖因为懂得中原朝仪所以得到宋人赞赏。宋人以汉文化水平的高低来衡量女真族的文化素养,这显然受到华夷观的深刻影响。他们以华夏文化为中心来审视周边民族的文化水平,而忽略了各民族不同的文化形式,显示出对自身文化的高度自信与自满。

范成大使金期间还目睹了金朝学习汉文化的情形:

（虏主）始则大修官制,见其大定二年(1162)十二月诏书,略曰:"建官咸则于三代,分职仍总于六卿。宣化迩遐,服来内外,卑高以序,名位有伦。旧或舛差,理宜增损,冗散者并其任,繁剧者益其联,悉命有司存,革从允当。其新定官制,令尚书省镂行。所谓官制者,曰三师……曰三公……曰尚书省……曰六部……曰都元帅府……曰枢密院……曰大宗正府……曰劝农使司……曰殿前都点检司……曰宣徽院……曰御史台……曰翰林学士院……曰国史院……曰太常寺……曰秘书监……曰谏院……曰大理寺……曰国子监……曰记

---

① 《金史》卷七三《完颜希尹传》,第1684页。
② 楼钥《北行日录》,《攻媿集》卷一百十一,《四部丛刊》本。

注院……曰少府监……曰都城所……曰惠民司……曰承发司……曰宫师府……曰亲王府……曰开府仪同三司……崇进特进金紫光禄、金紫荣禄、光禄、荣禄……为文散官。……龙虎、金吾卫、骠骑、奉国……为武散官。……又有佩服之制：……其封国亦有大国、次国、小国之别。头衔亦有行、守、试、充之辨。……而最可笑者，金本无年号，自阿骨打始有'天辅'之称，今四十八年矣。……四十八岁以前，虏无年号，乃撰造以足之。①

文中介绍了女真官制的概貌，认为女真族仿汉族建立了官制，有三师、三司之职，设尚书省、六部等机构，又设置佩服之制，设文散官、武散官等官位，仿汉族使用年号。但范成大对金朝的汉化制度颇有微词，评价道："虏既蹂躏中原，国之制度，强慕华风，往往不遗余力，而终不近似。虏主既端坐得国，其徒益治文，为以眩饰之。"②出于女真族是蛮夷异族的想象，范成大认为即使他们有学习中华文明的意愿，也只能得其皮毛，不可能成为中原文明的真正继承者。事实上，早在金熙宗时期，女真统治者就任用汉人为金朝建立各项典章制度，金朝的政治制度由女真的勃极烈制度转化为汉官的三省制，其后，海陵王、金世宗都积极推行汉化改革以巩固金朝的统治。金朝一方面积极学习汉文化，一方面也试图显示出与汉族制度的差异，在机构、命名、分工上都与汉人官制有所区别。而范成大却通过矮化女真人学习汉文明的行为塑造了女真族迥异于宋人的"他性"，以此来表明金朝的统治是不合理的，只有中原民族才是

---

① 范成大《揽辔录》节文，见徐梦莘《三朝北盟会编》卷二四五引，第1758页。
② 范成大《揽辔录》，《范成大笔记六种》，第16页。

中华文明的正统继承人。在宋金军事力量较量中宋弱于金,这是宋代士大夫不得不承认的事实,当他们踏上金国的土地这种屈辱感尤其强烈,这使得他们不断地否定女真人以此来加强对自我文化大国身份的认同,在否定"他者"的同时言说了自我。

三、野蛮落后的形象

宋人还在行记中从饮食、服饰、音乐、婚嫁、祭祀习俗等各方面塑造了女真人野蛮落后的形象。

(一)饮食

北宋晚期,女真族仍以从事畜牧业、狩猎业为主,饮食多肉食,如《宣和乙巳奉使金国行程录》记载了女真人待宋使的食物为"猪、鹿、兔、雁、馒头、炊饼、白熟、胡饼之类",并且"以极肥猪肉或脂,润切大片一小盘子,虚装架起,间插青葱三数茎,名曰'肉盘子'"。① 女真人还喜欢腥味较重的食物。女真人在清州款待宋使的食物为"酒五行,进饭,用粟,钞以匕。别置粥一盂,钞以小勺,与饭同下,好研芥子,和醋伴肉食,心血脏瀹羹,芼以韭菜",在肉类中浸渍醋、生血等物并配以芥子、韭菜等辛辣品,即《大金国志》所云:"渍以生狗血及蒜之属,和而食之"②。女真族的饮食常有生食,膻腥之物,这种原始古朴的饮食习俗与宋人大不一样。宋人有发达的农业文明,食物包括五谷、蔬菜、肉类、水果等丰富多样的品种,烹饪技术亦有较高的水平。在中原士人眼里,食物的精细程度是人类文明进步的标志。早在春秋时期,孔子就已说过:"食不厌精,脍不厌细……鱼馁而肉败,不食。色恶,不食。臭恶,不食。失饪,不

---

① 以上引文均见于钟邦直《宣和乙巳奉使金国行程录》,见徐梦莘《三朝北盟会编》卷二〇,第143页。
② 宇文懋昭撰,崔文印校证《大金国志校证》卷三九,第554页。

食。不时,不食。"① 宋人一进入金国就以一种文明人俯视野蛮人的态度称女真人的饮食"秽污不可向口"②。即使到达金廷,金人以盛宴招待宋使,宴会场面豪华隆重,"前施朱漆银装镀金几案,果楪以玉,酒器以金,食器以玳瑁,匙箸以象齿",但宋人亦以苛刻的眼光认为食物"但差精细而味和耳"③。

楼钥于乾道五年(1169)使金,此时女真人已统治中原地区四十多年,他们的饮食结构发生了很大变化。楼钥至金南京城(原北宋旧京开封城),女真人置办的宴会上的饮食为"初盏,燥子粉,次肉油饼,次腰子羹,次茶食。以大桦贮四十楪,比平日又加工巧,别下松子糖粥糕縻里蒸蜡黄批羊饼子之类,不能悉计。次大茶饭,先下大枣䴵、二大饼、肉山,又下燔鱼、咸䴵等五楪,继即数十品源源而来,仍以供顿之物杂之,两下饭,与肚羹,三下饼子,五下鱼,不晓其意,盖其俗盛礼也。次饼馅三,次小杂椀,次羊头,次煿肉,次划子,次羊头假鳖,次双下灌浆馒头,次粟米、水饭、大簇钉,凡十三行"④。食物已改变了往日单一的结构,变得丰富多样,既有鱼、羊等肉类,又有粟、麦、豆、枣等各类食品。制作工艺也由粗糙变为精巧,与汉族的饮食习惯相差无几。楼钥评价女真族的饮食曰:"自南京来,饮食日胜,河北尤佳,可以知其民物之盛否。自是不必家馔。"⑤ 女真人已经汉化的饮食得到楼钥的赞许。

---

① [魏]何晏注,[宋]邢昺疏《论语注疏》卷一〇《乡党》,《十三经注疏》本,北京大学出版社,2000年,第134页。
② 钟邦直《宣和乙巳奉使金国行程录》,见徐梦莘《三朝北盟会编》卷二〇,第143页。
③ 钟邦直《宣和乙巳奉使金国行程录》,见徐梦莘《三朝北盟会编》卷二〇,第146页。
④ 楼钥《北行日录》,《攻媿集》卷一百十一,《四部丛刊》本。
⑤ 楼钥《北行日录》,《攻媿集》卷一百十一,《四部丛刊》本。

(二)服饰

范成大的《揽辔录》记载了汉人深受女真族发俗的影响的情景,"男子髡顶,月辄三四髡,不然亦间养余发,作椎髻于顶上,包以罗巾,号曰鸥鹚,可支数月或几年。村落间多不复巾,蓬辫如鬼,反以为便"[1]。女真人的发式是将头顶四周头发剃去,只留顶后中间长发,编成辫子垂于身后,而长期接受儒家思想熏陶的宋人认为服饰可以体现人类的礼仪教化程度,束发戴冠才是文明的象征,脑后垂辫是野蛮落后的蛮夷之俗,因而称女真发式"蓬辫如鬼",将女真人描述成异类、丑类的形象。其实,剃发垂辫的习俗一方面源于女真人对萨满教的信仰,萨满教认为天可以应地,地亦可应天,天人相通。发辫位于人的顶部,与天最接近,是人的灵魂的栖息之地,故而对发辫特别重视。另一方面,女真人长期以畜牧、狩猎为主,剃发垂辫能有效避免骑射时头发遮挡视线,或头发被周围的障碍物牵扯,保持这样的发式也是生产、生活所需。女真人的剃发垂辫与宋人的束发戴冠都是各民族不同的服饰习俗而已,并无野蛮与文明之别。范成大又曰:"惟妇女之服不甚改,而戴冠者绝少,多绾髻,贵人家即用珠珑璁冒之,谓之方髻。"[2]范成大使金见到女真族妇女很少戴冠,男子亦只有巾而无冠,他认为女真人戴的鸥鹚巾远不如宋人的冠带精美,其《鸥鹚巾》一诗云:

> 重译知书自贵珍,一生心愧鸥鹚巾。
> 雨中折角君何爱,帝有衣裳易介鳞。

---

[1] 范成大《揽辔录》,《范成大笔记六种》,第12页。
[2] 范成大《揽辔录》,《范成大笔记六种》,第12页。

诗下小注云:"接送伴田彦皋爱予巾裹,求其样,指所戴鸥鹗有愧色。"① 认为女真人羡慕宋人冠带,而以其所带罗巾不如宋人的美观而感到羞愧,宋人之所以衣冠精美是因为华夏民族有创建衣冠制度的帝王圣君。"介鳞"指甲虫和鳞虫,比喻野蛮未开化的状态。"衣裳易介鳞"指衣冠礼制的推行使得臣民摆脱蒙昧走向文明,言下之意则奚落女真人没有文明的服饰,尚处于落后的"介鳞"阶段。

《北辕录》亦记载周辉经过原北宋东京城时见到女真人的服饰为"男子衣皆小窄,妇女衫皆极宽大。有位者便服立,止用皂纻丝,或番罗系版绦,与皂隶略无分别,绦反插,垂头于腰,谓之有礼,无贵贱,皆着尖头靴。所顶巾谓之蹋鸱"②。周辉注意到女真族的服饰有官者与衙门差役、普通百姓都一样,无贵贱之别,这与宋人的服饰习俗亦有区别。在早期的儒家经典《礼记》中就已对人类的服饰做了严格的规定,儒家认为服饰的面料、样式、配饰都是身份、地位的象征,人们应根据不同的地位穿着不同的服饰。穿着贵贱有别的服饰是儒家礼治教化的重要组成部分,因而周辉对女真族服饰无贵贱之别特别在意。其实,金统治了北方大片地区以后也仿宋朝制订了舆服制度,金世宗、章宗时期制定了一系列官民衣着穿戴的制度,目的是使"贵贱有等"③。就在周辉使金前一年即大定十六年(1176)"世宗以吏员与士民之服无别,潜入民间受赇鬻狱,有司不能检察,遂定悬书袋之制。省、枢密院令、译史用紫纻丝为之,台、六部、宗正、统军司、检察司以黑斜皮为之,寺、监、随朝诸局、并

---

① 范成大《范石湖集》卷一二,第157页。
② 周辉《北辕录》,陶宗仪《说郛三种》宛委山堂本卷五六,第2588页。
③ 《金史》卷四三《舆服志》,第984页。

州县,并黄皮为之,各长七寸,阔二寸,厚半寸,并于束带上悬带,公退则悬于便服,违者所司纠之"①,专门制定"悬书袋之制"以区分官位不等的官员与士庶。周辉使金在途中见到女真人大致相仿的衣着打扮时,出于对女真族是蛮夷落后民族的想象就武断地认为女真族的服饰无贵贱之别,而未仔细辨别官员与士庶的服饰的细微区别。

(三)乐舞

宋人使金,女真人款待宋使时往往在宴会或行进途中以乐舞助兴,但使金文人对女真乐舞的评价极低。如《宣和乙巳奉使金国行程录》曰:"乐作,有腰鼓、芦管、笛、琵琶、方响、筝、笙、篆、箜篌、大鼓、拍板,曲调与中朝一同,但腰鼓下手太阔,声遂下,而管、笛声高。韵多不合,每拍声后继一小声。舞者六七十人,但如常服,出手袖外,回旋曲折,莫知起止,殊不可观也。"②《北行日录》曰:"乐人大率学本朝,惟杖鼓色皆幞头红锦帕首鹅黄,衣紫裳,装束甚异。乐声焦急,歌曲几如哀挽,应和者尤可怪笑。"③《北辕录》亦记使金途中"有羌管从后,声顿凄怨。永夜修途,行人为之感怆"④。他们认为女真乐舞"殊不可观",歌曲如哀婉之乐、声调凄凉使人感伤。女真族的乐舞带有鲜明的民族特色,与汉族差异明显,两者同质的因素较少。宋人总是以自身的审美观为标准来对待异族文化,因而女真乐舞只能得到否定性的评价。此外,宋人出使金国,路途遥远、前程未卜,面对完全陌生的异国风物,心情沉重,异族音乐被投

---

① 《金史》卷四三《舆服志》,第986页。
② 钟邦直《宣和乙巳奉使金国行程录》,见徐梦莘《三朝北盟会编》卷二〇,第144页。
③ 楼钥《北行日录》,《攻媿集》卷一百十一,《四部丛刊》本。
④ 周辉《北辕录》,陶宗仪《说郛三种》宛委山堂本卷五六,第2587页。

射上使金文人惆怅的心情,成为了一曲哀婉、凄楚之音。

(四)婚嫁、祭祀

楼钥使金听闻"接伴使之兄左丞安礼,罢为沧州刺史。初,安礼娶金主之妹。妹死,欲妻以女,辞以不当复娶妻侄,强之不可,金主怒,以抗敕坐之"①。妻死复以同姓侄女为妻的做法显然违背了汉人的伦理纲常,以安礼百般推辞与金主"强之""怒"的行为对比,塑造出金主荒淫乱伦的形象。而在女真族俗里,"妇女寡居,宗族接续之"②,"父死则妻其母,兄死则妻其嫂,叔伯死则侄亦如之。无论贵贱,人有数妻"③。女真族早期实行群婚制,一个氏族的妇女以另一氏族的所有男子为他们共同的丈夫,男子则以另一氏族的所有妇女作为他们共同的妻子。妻死复以同姓侄女为妻的做法正是这种群婚制的残留。

范成大使金至邯郸县见"墙外居民以长竿磔白犬悬其首,别一竿缚茅浸酒,揭于上,云:'女真人用以祭天禳病。'"④,有感而发作《邯郸驿》一诗云:

> 长安大道走邯郸,倚瑟佳人怅望间。
> 若见膻腥似今日,汉宫何用忆关山。⑤

邯郸为汉高祖宠妃戚夫人的故乡。诗作以假想的口吻描写汉宫中的戚夫人日夜思念故乡邯郸,如果她知道故乡的山河已被膻腥的

---

① 楼钥《北行日录》,《攻媿集》卷一百十一,《四部丛刊》本。
②《金史》卷六四《后妃传下》,第1518页。
③ [宋]宇文懋昭《金志》"婚姻"条,见《丛书集成初编》第3903册,第9页。
④ 范成大《揽辔录》,《范成大笔记六种》,第14页。
⑤ 范成大《范石湖集》卷一二,第151页。

女真人所玷污,应该不会再思念故乡了吧! 设竿祭天本是女真人拜天的习俗,以此方式祈求天神的福佑。而范成大出于对女真人膻腥野蛮的社会集体想象,认为这是粗俗不堪之举。

使金文人总是以一种对立的态度来对待女真族的民俗习惯,他族文化的野蛮落后如同一面映照自己的镜子,使金文人从中看到了自身文化的先进和强大。女真族野蛮落后的形象是使金文人将自身的文化价值观投射到女真族身上而获得的意识形态化的形象。①

四、奢侈劳民的形象

范成大至金朝南京城(原北宋汴京),见到经金人修葺后的汴京宫殿,认为比北宋时期更加壮丽,但他只用了"五门如画""廊亦如画"②等平实的语言记录了宫殿的外观,并未渲染宫殿的壮丽之美,反而着力强调民间的荒败景象。他说:"炀王亮徙居燕山,始以为南都。独崇饰宫阙,比旧加壮丽,民间荒残自若。新城内大抵皆墟,至有犁为田处。旧城内市肆,皆苟活而已。四望时见楼阁峥嵘,皆旧宫观、寺宇,无不颓毁。"③将壮丽的宫殿与民间的荒凉景象进行对比,认为金统治者只会大兴土木,而不体恤百姓,表达对其奢侈生活的批判。在此地,范成大还有《京城》一诗,曰:

---

① 法国学者让-马克·莫哈认为:"意识形态形象(或描写)的特点是对群体(或社会、文化)起整合作用。它按照群体对自身起源、特性及其在历史中所占地位的主导性阐释将异国置于舞台上。这些形象将群体基本的价值观投射在他者身上,通过调节现实以适应群体中通行的象征性模式的方法,取消或改造他者,从而消解了他者。"(《试论文学形象学的研究史及方法论》,见孟华主编《比较文学形象学》,第35页)
② 范成大《揽辔录》,《范成大笔记六种》,第13页。
③ 范成大《揽辔录》,《范成大笔记六种》,第12页。

> 倚天栉栉万楼棚,圣代规模若化成,
> 如许金汤尚资盗,古来李勣胜长城。①

范成大由眼前城池回忆北宋时期开封城内曾有的楼阁鳞次栉比的繁荣景象,将其看作是圣主明君时代的象征。其实,金朝南京城虽经过金人的修葺,但总体布局与北宋时大体一致,范成大详细地描述了南京城的布局:

> 循东御廊百七十余间,有面西棂星门,大街直东,出旧景灵,东宫也。过棂星门,侧望端门,旧宣德楼也。房改为承天门。……出樊楼街,转土市马行街,出旧封丘门,即安远门也。房改为玄武门。门西金水河,旧夹城曲江之处。……过药市桥街、蕃衍宅、龙德宫、撷芳、撷景二园,楼观俱存。……过清辉桥,出新封丘门,旧景阳门也,房改为柔远馆。②

从加着重符号的语句来看,金人沿袭了北宋人兴建的开封城的城市以及宫殿布局,只是稍加修葺,改变部分宫殿、楼阁、城门名称而已。在范成大前一年使金的楼钥也称旧东京城内宫殿"新造亦如旧制"③,《大金国志》"汴京制度"条亦曰:"宫室制度金国时有更改,大抵皆宋朝之旧也。"④ 同样的宫殿与北宋统治者相联系时,它是圣贤的代称,而一旦将壮丽的宫殿与金朝统治者相联系时,这种象征意义消失殆尽,金南京城华丽雄伟的宫阙成为金统治者奢侈

---

① 范成大《范石湖集》卷一二,第147页。
② 范成大《揽辔录》,《范成大笔记六种》,第13页。
③ 楼钥《北行日录》,《攻媿集》卷一百十一,《四部丛刊》本。
④ 宇文懋昭撰,崔文印校证《大金国志校证》卷三三,第473页。

劳民的象征。

范成大甚至认为如此壮丽的宫阙是女真族不配享有的,在当他经过开封城内的宣德楼时写有《宣德楼》一诗,集中体现了他的这种思想。其诗曰:

> 绕阙丛霄旧玉京,御床忽有犬羊鸣。
> 他年若作清宫使,不挽天河洗不清。

诗下有小注云:"虏加崇茸,伪改曰'承天门'。"① 可知宣德楼曾经过金人的修葺,理应更加精美,但范成大丝毫没有关注楼阁的外观美,而是认为昔日圣主贤君活动的地方今日犬羊吠鸣,昔日神圣高贵的地方被女真人这种异类所玷污。女真被视为与犬羊一般的异类,东京城的繁华盛景在女真人手里沦落。

同样,范成大至金朝国都燕山城亦详细描绘了都城的布局、规模,认为城门外的龙津桥用燕石砌成"石色如玉,桥上分三道,皆以阑隔之,雕刻极工",燕山城内的宫殿"东西两角楼,每楼次第攒三檐,与挟楼接,极工巧"。② 但是燕山城内宏伟壮丽的建筑并未得到范成大的赞叹,其《燕宫》一诗曰:

> 金盆濯足段文昌,乞索家风饱便忘。
> 他日楚人能一炬,又从焦土说阿房。③

段文昌为唐宪宗、穆宗时人,拜中书侍郎、同中书门下平章事,授剑

---

① 范成大《范石湖集》卷一二,第148页。
② 以上引文分别见于范成大《揽辔录》,《范成大笔记六种》,第14页,第15页。
③ 范成大《范石湖集》卷一二,第158页。

南西川节度使,官宦显达、出将入相,服饰玩好、歌童妓女,一一取之以尽乐,作风奢侈过度。秦始皇修建阿房宫亦奢侈铺张,最终导致亡国。范成大以段文昌、秦始皇奢侈腐朽的生活来暗讽金朝统治者如此骄奢,不体恤百姓,最终也只能落得国破家亡的下场。范成大在《龙津桥》一诗中又曰:

燕石扶栏玉作堆,柳塘南北抱城回。
西山剩放龙津水,留待官军饮马来。①

表达出希望金朝因奢侈而亡国之日也正是宋人北复中原之日的侥幸心理。他在《揽辔录》中还明确地表明了对金朝修筑宫殿的看法,曰:"遥望前后殿屋,崛起处甚多。制度不经,工巧无遗力,所谓穷奢极侈者。炀王亮始营此都,规模多出于孔彦舟。役民夫八十万,兵夫四十万,作治数年,死者不可胜计。"②借雄伟、华丽的燕山城来批判金朝统治者的穷奢极侈、劳民伤财。

在范成大之后使金的周辉亦在《北辕录》中提到燕山城的工巧,如记龙津楼(按:范成大《揽辔录》作"龙津桥")曰:"楼亦分三道,通用夺玉石扶阑,上琢为婴儿形,极工巧",并评价道:"北宫营缮之制,初虽取则东都,而竭民膏血,终殚土木之费,瓦悉覆以琉璃,日色晖映,楼观翚飞,图画莫克摹写。佐佑之初,役民、兵一百二十万,数年方就,死者不计其数。"③周辉与范成大的批判口吻完全一致,都将壮丽如画的宫殿作为金统治者竭民膏血、奢侈浪费的标志。

---

① 范成大《范石湖集》卷一二,第158页。
② 范成大《揽辔录》,《范成大笔记六种》,第16页。
③ 以上引文见于周辉《北辕录》,陶宗仪《说郛三种》宛委山堂本卷五六,第2590页。

于嘉定四年(1211)年使金的程卓评价燕宫亦曰:"房廷宫阙侈甚,乃炀王亮所作。"又云:"入门内山棚,名元庆,其下左右各障以锦,为路通行,引棚之索未结,各缚为彩狮子,凡二十棚。前剪彩,为花数十株,又以彩为金狮、玉象各一,徒闻用此为美。"① 程卓亦由燕宫的华丽联想到金统治集团奢侈腐朽的作风。

在范成大之前,女真族的形象还只是"残暴狡猾贪婪""野蛮落后""尚武少文"等社会集体想象的复制品,而"奢侈劳民"的形象则是范成大、周辉、程卓等使金文人关于女真族形象的"新文本"。范成大在《揽辔录》中塑造了女真人骄奢的形象,通过作品的广泛传播,宋朝国内的读者认识到金人除有野蛮落后的形象特点之外,还有奢侈劳民的一面,为宋人关于"女真族的集体记忆"增添了新的元素。后出使金国的宋使在使金过程中,带着对女真族"奢侈劳民"的前理解来塑造女真人的形象,一旦见到华丽的燕山城,就与女真人的奢侈作风相联系起来。

金国宫殿豪华、女真人奢侈的形象一方面是对金国现实的某种反映。金朝定都燕山城称为中都,经济从战后的萧条状态中慢慢复苏,统治者花费大量的人力、物力营建燕山宫殿,历时三年才完工。《大金国志》"燕京制度"条详细记载了燕京宫殿的布局:

> ……城之四围凡九里三十步。天津桥之北曰宣阳门,中门绘龙,两偏绘凤,用金钉钉之。中门惟车驾出入乃开。两偏分双单日开一门。过门有两楼,曰文曰武,文之转东曰来宁馆,武之转西曰会同馆。正北曰"千步廊",东西对焉。廊之半各有偏门,向东曰太庙,向西曰尚书省。至通天门,后改名应

---

① 以上引文见于程卓《使金录》,《续修四库全书》第423册,第447页。

天楼,高八丈,朱门五,饰以金钉。东西相去一里余,又各设一门,左曰左掖,右曰右掖。

内城之正东曰宣华,正西曰玉华,北曰拱辰。及殿凡九重,殿凡三十有六,楼阁倍之。正中位曰"皇帝正位",后曰"皇后正位"。位之东曰"内省",西曰"十六位",乃嫔妃居之。西出玉华门曰同乐园,若瑶池、蓬瀛、柳庄、杏村,尽在于是。

都城四围凡七十五里,城门十二,每一面分三门,其正门两傍又设两门。正东曰宣曜、阳春、施仁,正西曰灏华、丽泽、彰义,正南曰丰宜、景风、端礼,正北曰通玄、会城、崇智,此四城十二门也。此外有宣阳门,即内城之南门也。上有重楼,制度宏大,三门并立,中门常不开,惟车驾出入。通天门即内城之正南门也,四角皆垛楼,瓦皆琉璃,金钉朱户,五门列焉。门常扃,惟大礼祫享则由之。宣华乃内城之正东门,玉华正西门也。左掖东偏、右掖西偏门也。各有武夫守卫,士夫过者不敢瞬目。拱辰即内城正北门也,又曰"后朝门"。制度守卫,一与宣华门、玉华等。①

整个宫殿分为外城、都城、内城三道城垣,制度宏大、金碧辉煌,显得极其壮丽。

另一方面,这也受到宋人对于女真人的社会集体想象的影响。宋人无视壮丽的燕山宫殿所蕴含的金人的精工的建筑技术,却总是有意强调宫殿的豪华,以展现金朝统治者的奢侈作风。其实北宋的东京城内威严华丽的宫殿何尝不是耗费巨资修建而成的呢?但在使金行记中,宋人提及北宋东京城时却从未使用北宋

---

① 宇文懋昭撰,崔文印校证《大金国志校证》,第470—471页。

统治者骄奢、不体恤百姓的话语。前文所引范成大的《京城》一诗即通过北宋东京城的繁华景象来称赞北宋统治的圣明。而且，当使金文人经过旧东京城时，见到"城外人物极稀疏""城里亦凋残""景德、开宝寺二塔，并七宝阁寺，上清、储祥宫，颓毁已甚，金榜犹在""栾将军庙颓垣满目，皆大家遗址"①"人烟极凋残"②的场面时，心中充满了对旧日繁荣胜景的追忆和眼前衰败景象的叹息。宋人将雄伟壮丽的燕山城、金南京城视为金统治阶级奢侈腐朽的标志，这反映了宋人对于金统治集团的一种心理期待，认为金人的统治是腐朽的、终会灭亡的，中原地区不会长久沦落在异族手中。可见，在形塑女真族形象的过程中，女真族被典型地"他者化"，"自我"和"他者"的特性以一种不平等的关系建立了起来，被定义为其中之一的群体（"自我"）都在价值上得到了积极的肯定，把自己害怕的"缺点"都投向了他人③。因此京都的繁华于己而言是王政昌明的标志，于女真而言则成了亡国的预兆。在这"他者化"的过程中，体现的是对华夏中原民族强烈的文化认同。

第二节　人心思汉：使金行记中的遗民形象

宋室南渡，北方广大地区的汉族百姓沦陷在金的统治区域下，使金文人以自身的眼光审视沦陷区的遗民形象，认为他们虽久陷金地不得不接受异族的统治，却仍然心念故土，渴望宋朝君主早日北定中原。行记中多次记载了宋使经过金地受到当地百姓欢迎的

---

① 楼钥《北行日录》，《攻媿集》卷一百十一，《四部丛刊》本。
② 周辉《北辕录》，陶宗仪《说郛三种》宛委山堂本卷五六，第2588页。
③ 迈克·克朗《文化地理学》，第78页。

情形。如楼钥经宿州见"市肆列观无禁,老者或以手加额而拜",至宋旧东京城又见"都人列观,间有耆婆,服饰甚异,戴白之老,多叹息掩泣,或指副使曰:'此必宣和中官员也'"①。显然,围观的百姓既有女真人,亦会有汉人;既有因好奇来围观者,亦有因思念故土来围观者。使金文人关注的总是那些人心向汉的遗民,着重写这些遗民或围观南宋使臣,或行礼拜见之,或表达他们见到宋代官员后悲喜交加的感叹,刻画了他们眷念赵宋王室的形象。

范成大经相州(今河南安阳),亦见同样的情景,他说:"遗黎往往垂涕嗟啧,指使人云:'此中华佛国人也。'老妪跪拜者尤多。"②并作《翠楼》一诗,云:

> 连衽成帷迓汉官,翠楼沽酒满城欢。
> 白头翁媪相扶拜,垂老从今几度看!③

描绘了整个相州城内欢天喜地、遗民争先恐后拜见宋使的情形。此诗下有小注曰:"在秦楼之北,楼上下皆饮酒者。"这些饮酒者如前述的围观者一样,他们身份各不相同,都只是酒店的普通顾客而已,但在范成大看来,这些人都成了因见到宋使而沽酒相贺的遗民。范成大还在此地作《相州》一诗云:

> 秃巾髽髻老扶车,茹痛含辛说乱华。
> 赖有乡人聊刷耻,魏公原是鲁东家。④

---

① 以上引文均见于楼钥《北行日录》,《攻媿集》卷一百十一,《四部丛刊》本。
② 范成大《揽辔录》,《范成大笔记六种》,第 3 页。
③ 范成大《范石湖集》卷一二,第 148 页。
④ 范成大《范石湖集》卷一二,第 150 页。

魏公指相州人韩琦,宋仁宗时期曾率兵抵御西夏获得胜利,迫使元昊向宋称臣。全诗借相州老车夫的口吻指斥金人的统治是以夷乱华,渴望南宋王朝有如韩琦那样的能臣早日收复中原。在范成大眼里,遗民虽长期处于金朝的统治之下,内心却始终排斥金人,思汉之心未变。

使金文人还认为金地的遗民仍然保留着中原的礼仪规范,是人心向汉的表现。如楼钥在旧东京城遇负责接待宋使的承应人,称:"承应人各与少香茶、红果子,或跪或喏。跪者胡礼,喏者犹是中原礼数,语音亦有微带燕音者,尤使人伤叹。"①承应人为汉人,虽久受异族文化侵染,但仍然保留了中原礼数和汉人的语音,这让宋朝的士大夫既感伤又欣慰。

范成大经过邯郸县特别提及邯郸人的抗金活动,曰:"邯郸人健武,逆亮死时遮杀其归卒以待王师。"②邯郸人彼时虽仍被金统治,但他们却不忘中原文化,"春时倾城出祭赵王,歌舞其上"③,以中原贤明君主赵武灵王为祭祀对象来表达对故土文化的眷恋之情。

范成大、程卓至真定府都见到此处仍有北宋京师的旧乐工表演中原乐舞,④范成人评价道:"老来未忍菁婆舞,犹倚黄钟衮六

---

① 楼钥《北行日录》,《攻媿集》卷一百十一,《四部丛刊》本。
② 范成大《揽辔录》节文,见黄震《黄氏日抄》卷六七,《文渊阁四库全书》第708册,第622页。
③ 范成大《揽辔录》,《范成大笔记六种》,第14页。
④ 范成大《真定舞》一诗诗下小注云:"虏乐悉变中华,惟真定有京师旧乐工,尚舞高平曲破。"(范成大《范石湖集》卷一二,第154页)程卓《使金录》亦云:"已时卓等赴宴,见舞《高平曲》,他处尽变虏乐,惟真定有京师旧乐工故也。"(《续修四库全书》第423册,第446页)

么。"① 认为京师的旧乐工虽然年龄已大,却始终不愿演奏虏乐,仍然依念中原故曲,在乐舞中寄托着遗民的黍离之悲。

使金文人在行记中试图塑造一个人心思汉的群体,他们希望看到中原百姓能永远固守向汉情结,以宋为衣食父母,因而当范成大见到旧北宋东京城内汉人身着胡装、尽用薙发结辫的女真发式时,他说:"民亦久习胡俗,态度嗜好与之俱化。男子髠顶,月辄三四髠,不然亦间养余发,作椎髻于顶上,包以罗巾,号曰鸥鹑,可支数月或几年。村落间多不复巾,蓬辫如鬼,反以为便,最甚者,衣装之类,其制尽为胡矣。自过淮已北皆然,而京师尤甚。惟妇人之服不甚改,而戴冠者绝少,多绾髻,贵人家即用珠珑璁冒之,谓之方髻。"② 字里行间透露出范成大唯恐中原久陷,遗民人心渐变,向汉的情绪慢慢淡化的担忧之情。

实际上,中原百姓改习女真的发式、服饰等习俗并不代表人心的改变,而是在金人推行薙发左衽政策下的被迫行为。女真族占据广大的中原地区,如何统治在文化上远远优于自己的汉民族成为女真统治者面临的一大难题。女真统治者试图通过使汉人改从女真之习俗来改变其人心,因而强制汉人薙发左衽。在金太宗天会四年(1126),金军围攻汴京时就颁布了改俗令,"今随处既归本朝,宜同风俗,亦仰削去头发,短巾左衽。敢有违犯,即是犹怀旧国,当正典刑"③。宋室南渡,淮河以北大面积地区沦为金国所有,金朝则在更大范围之内推行汉人习女真俗的措施,"下令禁民汉服,

---

① 范成大《真定舞》,《范石湖集》卷一二,第154页。
② 范成大《揽辔录》,《范成大笔记六种》,第12页。
③ 佚名编,金少英校补,李庆善整理《大金吊伐录校补》卷一○六《枢密院告谕两路指挥》,第306页。

及削发不如式者皆死"①。《建炎以来系年要录》载:"是时知代州刘陶执一军人于市验之,顶发稍长,大小且不如式,即斩之。其后知赵州韩常知解州,耿守忠见小民有衣犊鼻者,亦责以汉服斩之。生灵无辜被害,莫可胜纪。"②在发式、服饰上稍不合金朝的制度,就会招致杀身之祸。在此类高压政策下,中原百姓为保全性命不得不遵从女真人要求改俗的命令。范成大基于中原百姓都应保留汉俗、留念宋王朝的遗民想象,对汉人改从蛮夷之冠的行为过度的敏感,从而误读了汉人改习胡俗这一历史现象。

此外,使金文人记载了金地的遗民窘困、艰辛的生活情形。如楼钥至金南京城,听闻金地遗民的生活情形,他说:

> 承应人有及见承平者,多能言旧事,后生者亦云,见父母备说,有言,其父嘱之曰:"我已矣! 汝辈当见快活时。"岂知擔阁三四十年,犹未得见! 多是市中提瓶人言。倡优尚有五百余,亦有旦望接送礼数。又言,旧日衣冠之家陷于此者,皆毁抹旧告,为戎酋驱役,号闲粮官,不复有俸,仰其子弟,就末作以自给。有旧亲事官,自言月得粟二斗、钱二贯短陌,日供重役,不堪其劳。语及旧事,泫然不能已。③

沦陷金地的遗民为金人驱使,不堪劳役,俸禄微薄,只能屈辱苟活。楼钥前往胙城县途中"遇老父,云女婿戍边,十年不归。苦于久役。今又送衣装与之。或云新制,大定十年为始,凡物力五十贯者招一

---

① 熊克《中兴小纪》卷七,《丛书集成初编》第3858册,第80页。
② 李心传《建炎以来系年要录》卷二八,第561页。
③ 楼钥《北行日录》,《攻媿集》卷一百十一,《四部丛刊》本。

军,不及五十贯者,率数户共之,下至一二千者亦不免。每一军费八十缗,纳钱于官,以供此费"①。陷金百姓既要服兵役,又要承担繁重的军费开销,生活非常窘迫。程卓的《使金录》作于蒙金交战之后,行记中亦屡屡提及遗民生活的贫穷艰辛。他至宿州(今安徽宿州)听车夫言:"官司科敛频仍,民间贫乏,父子兄弟因金军,久不见面,词语怨嗟。"至真定府(今河北正定)又云:"途中遇差诸路人丁,往添筑燕城,无日不见运粮草军,往来牛马或毙,即载车中。车夫怨言征取之扰,自常赋外,有曰和籴,又曰初借,前途言者亦如是。"②听闻多位车夫抱怨金国的苛捐杂税繁重。

　　遗民对金朝统治下的生活状况怨声载道,而对宋朝的统治充满向往之情。如《北行日录》记载了一马姓承应人自叙在金的生活情形:虽有"校尉名目",但"无差遣,多只监本州酒税务。又言并无俸禄,只以所收课额之余以自给,虽至多不问;若有亏欠,至鬻妻子以偿亦不恤"。并感叹道:"若以宋朝法度,未说别事,且得俸禄养家,又得寸进,以自别吏民。今此间与奴隶一等,官虽甚高,未免箠楚,成甚活路。"③对宋朝的制度心怀眷念之情。《使金录》亦载一位修车木工云:"此间官司不恤民,一应工役,自备工食,及合用竹木等费,子孙不敢世其业。"程卓由此感叹道:"我南朝爱民,不如此。"④将遗民在金统治下生活的艰难不堪与宋朝统治的美好情形相对比,赋予宋朝的统治无比的优越性,以展现金朝的统治是不得民心的,沦陷金地的百姓仍然渴望回到宋朝的统治中。

---

① 楼钥《北行日录》,《攻媿集》卷一百十一,《四部丛刊》本。
② 程卓《使金录》,《续修四库全书》第 423 册,第 443 页,第 448 页。
③ 楼钥《北行日录》,《攻媿集》卷一百十一,《四部丛刊》本。
④ 程卓《使金录》,《续修四库全书》第 423 册,第 446 页。

"制作一个异国'形象'时,作家并未复制现实。他筛选出一定数目的特点,这些是作家认为适用于'他'要进行的异国描述的成分。"① 使金文人特意筛选出"遗民欢迎宋使""遗民仍保留中原礼仪文化""遗民在金地生活艰辛"等三个特点塑造了人心思汉的遗民形象,更进一步印证了女真人残暴、野蛮、粗疏无文的统治是不得人心的。

第三节 荒凉破败:使金行记中的金地形象

使金行记中描绘了金统治地区一片荒凉的景象。北宋末期钟邦直使金时描述金地的情景曰:"山(燕山)之南地,则五谷百果、良材美木,无所不有。出关(榆关)来才数十里,则山童水浊,皆瘠卤弥望,黄茅白草,莫知亘极,岂天设此限南北也。"② 燕山本是我国中温带与北温带的自然地理分界线。燕山以北地区气候寒冷,远离海洋,大兴安岭等山脉阻挡了东部太平洋吹来的湿润空气而形成干旱地带,土地贫瘠,境内多草地、沙漠,以畜牧业为主;而燕山以南地区,冬季寒冷干燥,夏季暖热多雨,四季气候分明,土壤较燕山以北地区肥沃,以种植农作物为主。自然的地埋分界线在宋朝使臣看来却成了区分华夷的界限,燕山以南物产丰饶,以北土地贫瘠,这是天意所致。他们带着女真族是蛮夷之族的先入之见踏上金的领土,当见到不同于自身生活的北国风光时,便对北地的自然地理特点进行了具有强烈种族情感的阐释。

---

① 达尼埃尔-亨利·巴柔《从文化想象到集体想象物》,孟华主编《比较文学形象学》,第138页。
② 钟邦直《宣和乙巳奉使金国行程录》,见徐梦莘《三朝北盟会编》卷二〇,第143页。

南宋使金文人更详细地展现了金地的萧索之景。除前文所引宋使经过汴京城描绘的京城萧索、人烟稀少的景象之外,① 以下再举诸例:范成大经过旧东京城外宜春苑时,仅见"颓垣荒草而已"②,其创作《宜春苑》一诗云:

> 狐冢獾蹊满路隅,行人犹作御园呼。
> 连昌尚有花临砌,肠断宜春寸草无。③

曾经风光无限的御园如今除去满眼荒草,只有狐、獾之类的野兽在荒墟坟墓间穿行,让人心酸。

他进入旧东京城内所见亦"弥望悉荒墟"④,并作《相国寺》一诗曰:

> 倾檐缺吻护奎文,金碧浮图暗古尘。
> 闻说今朝恰开寺,羊裘狼帽趁时新。⑤

北宋东京城内的相国寺是当时的商业贸易中心,"东京相国寺乃瓦市也,僧房散处,而中庭两庑可容万人。凡商旅交易,皆萃其中,四方趋京师以货物求售转售他物者,必由于此"⑥。金朝统治中原后,

---

① 参见本章第一节"蛮夷异类:使金行记中的女真族形象"之四"奢侈劳民的形象"所引文字。
② 范成大《揽辔录》,《范成大笔记六种》,第 11 页。
③ 范成大《范石湖集》卷一二,第 146 页。
④ 范成大《揽辔录》,《范成大笔记六种》,第 11 页。
⑤ 范成大《范石湖集》卷一二,第 147 页。
⑥ 王栐《燕翼诒谋录》卷二,第 20 页。

相国寺仍然维持了其经贸中心的地位,每月定期开寺贸易,但范成大对金地繁荣的商贸景象丝毫不感兴趣,只曰:"寺中杂货皆胡俗所需而已。"① 寺中所卖尽为羊裘狼帽一类女真族喜爱的商品,而他希望见到的是北宋时期宋人在此交易汉人货物的盛况。"任何一个外国人对一个国家永远也看不到像当地人希望他看到的那样"②,女真人眼中繁荣的商业贸易场景在范成大眼里成为宋代经济文化衰落的表征,因而他感叹到"倾檐缺吻,无复旧观"③。

他经过金水河时见到"河中卧石礧魂,皆艮岳所遗"④,由此感叹到"谁怜磊磊河中石,曾上君王万岁山"⑤。宋徽宗时期营建万岁山,命朱勔等人在全国搜求奇花异石,并组织专门的船队"花石纲"负责调运花石入京,建造寿山艮岳,集天下瑰奇怪异之石、精美珍贵之花木于一体,大兴亭台楼阁、雕栏曲槛,成为北宋史上最优美的宫廷苑囿。这里曾经是帝王精心营建的游玩场所,如今只剩下在河水冲击之下的数块凌乱的大石头。

他经过浚州(今河南浚县一带)又见到"旧治已沦水中"⑥,周辉使金云"自过泗,地皆荒瘠"⑦,程卓亦云"早顿栾城(今河北石家庄市栾城区),县极萧条"⑧。

---

① 范成大《范石湖集》卷一二,第 147 页。
② [法]布吕奈尔《形象与人民心理学》,孟华主编《比较文学形象学》,第 113 页。
③ 范成大《揽辔录》,《范成大笔记六种》,第 12 页。
④ 范成大《揽辔录》,《范成大笔记六种》,第 13 页。
⑤ 范成大《范石湖集》卷一二,第 148 页。
⑥ 范成大《揽辔录》节文,见黄震《黄氏日抄》卷六七引,《文渊阁四库全书》第 708 册,第 622 页。
⑦ 周辉《北辕录》,陶宗仪《说郛三种》宛委山堂本卷五六,第 2588 页。
⑧ 程卓《使金录》,《续修四库全书》第 423 册,第 445 页。

从以上诸例可以看出,范成大、周辉、程卓等人都一再地渲染金地破败不堪的景象。事实上,金朝统治中原后,战事停息,百姓生活渐渐安定,经济也逐渐发展。以河南开封城为例,据吴松弟《中国人口史》第三卷统计,北宋崇宁元年(1102)的人口密度为15.1 户/平方公里,而金泰和七年(1207)增长到 20.8 户/平方公里。① 从北宋到金统治时期开封城人口密度呈上升趋势。范成大、周辉使金在泰和七年之前,他们使金时开封人口也许还未达到泰和七年的水平,但也并非完全如使金文人所描述的旧开封城内人物极其稀疏的场景。此外中原地区的城镇经济在金统治时期亦有显著发展,如黄久约称河北涿州"州治当南北之冲,四方行旅取道往来十率八九,使客冠盖,旁午晨夕,疲于应接以为常"②。王侹称安州(今河北高阳、安新县):"舟车交辌,水行陆走无往不通,贸迁有无,可殖厥货,故人物熙熙,生涯易足。"③ 描绘出金境内的州郡一派商业繁荣、旅客众多的生机勃勃的气象。又如河北保州(今河北保定)至金末虽受到蒙金战争影响,但仍显示出城市的繁荣景象,"保当南北之冲,乱后荒空者十余年。公(按:指金人柔德刚,后归元,封安肃公)乃划荆榛、立市井、通商贩、招流亡,不数年官府第舍奂然一新,向者井泉咸卤,不可饮食,遂引鸡距一亩二泉,凿城门而入,疏为长河,以流秽浊,楼观相望、陂池映带,若图画然,遂为燕南一大都会。"④ 不难想象,金地既有荒凉落后之地,亦有繁荣发达之

---

① 吴松弟《中国人口史》第三卷,复旦大学出版社,2000 年,第 398 页。
② [金]黄久约《涿州重修文宣王庙》,[清]张金吾辑《金文最》卷三六,《续修四库全书》第 1654 册,第 490 页。
③ [金]王侹《云锦亭记》,张金吾辑《金文最》卷一三,《续修四库全书》第 1654 册,第 235 页。
④ [元]苏天爵《元朝名臣事略》卷六《万户张忠武王》,《文渊阁四库全书》第 451 册,第 560 页。

地,但使金文人受到金人的统治是蛮夷之族的统治,必定不会长久的社会集体想象的影响,因而总是忽略金地的繁荣景象,只是以一系列的荒残之景勾勒出一幅破败的图画,旨在表达这样一种意图:金地是不适人居的,只有宋人才能统治好这片地区,金人对此地的统治实为一种沉沦。

使金文人作为同一个阐释群体在对金地的描述中,呈现出强烈的一致性,但具体到特定的经验个体,在一致性中又表现出不同程度的差异。如在范成大前一年使金的楼钥虽也提到金地荒凉的景象,如"淮北荒凉特甚",涿州州治"门庑陋甚,馆驿尤湫隘"①,但他也记载了金地的不少地方市井繁庶,如称宿州城:"城中人物颇繁庶,面每斤二百一十,粟、谷每斗百二十,粟、米倍之。陌以六十,大寺数所,皆承平时物。酒楼二所,甚伟,其一跨街,榜曰'清平',护以苇席,市肆列观无禁,老者或以手加额而拜,有倒卧脚引书铺,般贩官局汤药、蔡五经家饼子、风药";至北宋旧南京城曰"市井益繁",至汤阴县见"县有重城,自此州县有城壁,市井繁盛,大胜河南";至相州城"马入城,人烟尤盛。二酒楼,曰康乐楼,曰月白风清,又二大楼夹街,西无名,东起三层,秦楼也。望傍巷中,又有琴楼,亦雄伟";至新乐县曰"(县)尤繁庶",②前后多次描绘了金地的繁荣景象。

楼钥与范成大对同一地点的描述也有不同。两人都记载了曹操修筑的讲武城及其受到金人增封的七十二冢,③范成大云:"过漳河,入曹操讲武城。周遭十数里。城外有操冢七十二,

---

① 楼钥《北行日录》,《攻媿集》卷一百十一,《四部丛刊》本。
② 以上引文均见于楼钥《北行日录》,《攻媿集》卷一百十一,《四部丛刊》本。
③ 范成大使金,作《七十二冢》一诗,诗下小注云:"在讲武城外,曹操冢也。森然弥望,北人比常增封之。"(见范成大《范石湖集》卷一二,第150页)

散在数里间,传云操冢正在古寺中。"① "散在数里间"表达出散乱无层次的情形。范成大在此还作《讲武城》及《七十二冢》诗,云:

> 阿瞒虓武盖刘孙,千古还将鬼蜮论。
> 纵有周遭遗堞在,不如鱼复阵图尊。

> 一棺何用冢如林,谁复如公负此心。
> 闻说群胡为封土,世间随事有知音。②

前诗认为讲武城虽存,但曹操的名声低下,不如诸葛亮受到世人的尊敬。后诗认为曹操性情多疑,善猜忌,所建七十二疑冢实无必要,金人却对曹操冢加以增封,引以为知音,从而可见出金人诡谋深算的性格。范成大基于对"女真族狡猾贪婪"的集体记忆,对讲武城和曹操冢进行了否定性评价。楼钥经过讲武城,描述道:"(讲武城)犹有壁垒,气象雄壮。有将台甚高。城外高丘相望,号七十二冢,世传曹公之葬,以此惑后人,使不至发掘,或云其冢数世所葬。有庙屋甚雄,即曹公祠也。"③ 以"气象雄壮""庙屋甚雄"等正面词语来描述讲武城和曹公祠,"高丘相望"一词也展现了井然有序的情形。

如果说范成大、周辉、程卓等使金文人塑造的金地的荒凉形象是在宋朝语境下关于女真族的社会集体想象的复制品,那么楼钥

---

① 范成大《揽辔录》,《范成大笔记六种》,第 13 页。
② 范成大《范石湖集》卷一二,第 151 页。
③ 楼钥《北行日录》,《攻媿集》卷一百一十一,《四部丛刊》本。

对金地的肯定性描述是在一定程度上背离了集体想象的框架而进行的创造活动,是具有独创性的。①

使金行记中的女真人残暴狡猾、尚武少文、野蛮落后;沦陷区的遗民生活悲惨、人心思汉;金地一片荒凉破败。遗民形象和金地形象更进一步佐证了女真族野蛮无教化的形象,三者共同构成了金国形象,总体呈现出负面、丑陋的形象。对金国形象的描述一方面是金国某种现实社会图景的反映,另一方面,它是使金文人以华夏文化为中心的想法来重组的、重写的,是借助想象对民族集体记忆所作的再创造。

华夷之辨自古有之,到宋代尤为显著。宋建国以来,边患不断,辽、西夏、金相继入侵,使得宋人不断反思与周边民族的关系,严防夷夏成为共识。积贫积弱的宋王朝面对强大的异族的侵扰,如何凸显王朝政权的合法性,如何张扬汉民族文化的优越性,成为一个亟待解决的问题。对正统、民族、国家的讨论在有宋一代持续不断,石介的《中国论》堪称代表,被后代研究宋代思想史的学者转相沿用,其文曰:"夫天处乎上,地处乎下,居天地之中者曰中国,居天地之偏者曰四夷。四夷外也,中国内也。天地为之乎内外,所以限也。夫中国者,君臣所自立也,礼乐所自作也,衣冠所自出也,冠婚祭祀所自用也,缞麻丧泣所自制也,果蔬菜茹所自殖也,稻麻黍稷所自有也。东方曰夷,被发文身,有不火食者矣;南方曰蛮,雕题交趾,有不火食者矣;西方曰戎,被发衣皮,有不粒食者矣;北方

---

① 比较文学形象学代表人之一法国学者让－马克·莫哈认为:"一个形象最大的创新力,即它的文学性,存在于使其脱离集体描述总和(因而也就是因袭传统、约定俗成的描述)的距离中,而集体描述是由产生形象的社会制作的。"(让－马克·莫哈《试论文学形象学的研究史及方法论》,见孟华主编《比较文学形象学》,第29页)

曰狄,衣毛穴居,有不粒食者矣。其俗皆自安也,相易则乱。"① 认为中国居于天下之中,有着先进的礼乐教化制度和农耕文明;四夷居于天下之边缘,是被发文身、雕题交趾、被发衣皮、毛衣穴居的野蛮异类,如果中国不与四夷在空间、文化上划清界限,将会遭致天下大乱,把中国与四夷严格的区分对立起来。"在自我中心的天下主义遭遇挫折的时候,自我中心的民族主义开始兴起","民族和国家的地位日益降低的时代,民族和国家的自我意识却在日益升高"②。

当宋代士大夫们踏上金国的土地,这种意识尤其强烈,他们自觉不自觉地以天朝上国的姿态来打量女真族的举止习俗,金国的社会面貌,看到的全是异国的落后不堪。他族文化的野蛮落后如同一面映照自己的镜子,越发从中看到了自身文化的先进和强大。金国形象是使金文人将自身的文化价值观投射到异国而获得的意识形态化的形象,是一种文化想象。宋人自我形象与金国形象始终处于华夏与夷狄、文明与野蛮的两端。使金文人以他们在场的身份(对金国的理解和想象),置换了一个缺席的原型(金国),③ 通过不断地否定金国这个"他者",从而加强了对自我文化大国身份的认同。

---

① [宋]石介《徂徕石先生文集》卷十,中华书局,1984年,第116页。
② 葛兆光《宅兹中国:重建有关"中国"的历史论述》,中华书局,2011年,第42页。
③ 法国学者保尔·利科提出形象学研究的两根轴,第一根轴为在场和缺席轴,"在这第一根轴的一端,形象指称的是它仅仅是痕迹的感觉,这是在在场变弱的意义上;趋于此端的形象,被看作弱印象,所有再现想象的理论都在这一端展现出来。在同一根轴的另一端,形象基本上是按照缺席,按照在场的他者构思的"。(保尔·利科《在话语和行动中的想象》,见孟华主编《比较文学形象学》,第43页)

小　结

本章以"他者"形象为切入点,分析行记中宋代文人如何描写异域的"他者"以及背后所蕴藏的文化因子。行记不仅记录了旅行者自然地理空间位移的跨越,也记录了他们从一文化空间进入另一文化空间的情感体验。宋代域外行记中存在大量关于异国和异国人物的描写,它们是旅行者将自身文化与所到之处的异国文化差异比较下的产物。以宋代使金行记为中心来探讨这个问题,可以发现其描述的金国形象并非金国现实的复制品,而是在宋人文化语境下塑造出来的"他者"形象,夹杂着宋人的思想与情感,是对金国的文化想象。使金文人在"社会集体想象物"的影响下,通过对金地的人物、风俗、城市建筑、器物等的描述,塑造了女真族残暴、狡猾、贪婪、尚武少文、野蛮落后的形象。宋人以汉文化水平的高低来衡量女真族的文化素养,以自身的审美观为标准来对待异族文化,而忽略了各民族不同的文化形式,显示出对自身文化的高度自信与自满,通过不断地否定"他者",以此来加强对自我文化大国身份的认同。此外,宋使将金南京城和燕山城壮丽如画的宫殿作为金统治者竭民膏血、铺张浪费的标志,塑造了女真人奢侈劳民的形象,这是使金文人关于女真族形象的"新文本"。它一方面是对女真形象的真实写照,另一方面也反映了宋人对于金统治集团的一种心理期待,认为金人的统治是腐朽的、终会灭亡的。

除对女真族形象的塑造外,使金文人还从"遗民欢迎宋使""遗民仍保留中原礼仪文化""遗民在金地生活艰辛"等三个方面塑造了人心思汉的遗民形象,又在行记中描绘了金地一片荒凉破败的图景,表达了使金文人认为"金人对此地的统治实为一种沉沦"的政治意图。三者共同构成了金国负面、丑陋的形象。这一方面是金国某种现实社会图景的反映,另一方面,它也是使金文人以华夏文化为中心,以天朝上国的姿态来重组的、重写的。

第五章　风景的描绘：景观的自然地理空间

人文地理学家认为："文学作品不只是简单地对地理景观进行深情的描写，也提供了认识世界的不同方法，揭示了一个包含地理意义、地理经历和地理知识的广泛领域。"[①] 宋代行记文本中的景观描写正是这样一个包含了景观的地理知识、情感经历以及文化内涵的多维文本。以景观为中心的行旅空间书写可以分为三个层面：一是景观的自然地理空间，即对地理景观客观的描绘，以唤起对于景观地理形态的实体印象。二是关于景观的心理空间，景观触动了旅行者的情思，在自然景观中融入作家的个人情感，地理空间具有了主观心理的色彩。二是关于景观想象空间。旅行者借助已有的文化经验来想象眼前的景观，构建景观的含义，地理空间具有了厚重的文化含义，也传达出观看者的文化心态。接下来三章则分别从上述三个角度来阐释行记中景观书写的丰富内涵。首先来看行记中景观的自然地理空间。

宋代文人因不同的出行目的南来北往、东奔西走，跋涉于山川道里之间，在旅途中，他们不仅仅是为完成各项事务而匆匆赶路的行旅者，更是充满生活热情、富有审美情趣、意态闲适的画家，在

[①] 迈克·克朗《文化地理学》，第72页。

行记中用文字绘制出沿途美妙风景,为我们展现了一系列宋代的山水风景长卷。首先,宋代行记展现的地域空间之广,在两宋疆域内,北至河北东路、南至广南东路、西至成都府路、东至两浙路,如此辽阔的地理疆域中的景观在行记中都有所涉及;域外行记更将表现的地理空间范围延伸至两宋周边的民族、国家,如辽、金、高丽、高昌、交阯、蒲甘国等。此外,行记中描述的景观类型丰富多样。按照景观地理学的分类,地理景观形态可以分为自然景观和人文景观。自然景观是指受人为因素影响很少的自然世界综合体;人文景观是在自然景观的基础之上,为了满足人类自身的需求,有意识地进行了人为改造和创造的景观。以此为标准,宋代行记记载的自然景观有山川、湖泊、飞瀑、岩洞、溪、泉、池潭、奇花异木等;人文景观有寺庙、宫观、园林、祠堂、亭台楼阁、碑刻、墓葬、城镇聚落等。在诸多景观中,哪些景观成为宋代行记记录的重点,宋代文人运用什么样的书写策略将自然地理空间中的风景铭刻在传世文献中,本章将分述之。

第一节 被记录的风景

宋人行记中记载的自然景观和人文景观丰富多样,凡是在旅行途中所见并能引起作者兴趣的景观皆可入文,其中对江海景观和寺庙宫观着墨甚多。

一、"水之活体"与移动取象:江海景观[①]

宋代内河航运交通尤为发达,两宋分别建都汴京和临安,与

[①] 本书以江海景观代指江、河、湖、海等水流景观,并非仅指江和海。

唐代相比,"宋代政治、经济、文化中心的东移、南移,与南方的关系愈益密切,而南方水域纵横,水路交通的发达也就是情理之中的事"①,纵贯南北的大运河和横贯东西的长江主干道以及各支流成为人们出行的重要路线。宋代的航海业与前代相比,也有了突破性的进步:造船技术达到极高的水平,指南针在航海中得到广泛应用,人们的航海经验日益丰富。宋代凭借海路与南海诸国、高丽、日本等国开展了广泛的外交、商贸活动,宋代文人涉海出行不再是遥不可及的事情。因此,宋人行记中对江海特征的描述、沿途所见风光的描写尤为密集。

(一)缤纷多姿的江海水景

宋代行旅者在江海航行,短则数日、长则数月,长时间泛舟江海之上,对水文景象有着细致地观察,在行记中全方位、多角度地描绘水景。首先,文人们常常会关注江水的颜色、清浊,如张舜民在潭州一带见湘水云:"丙申,阴晦欲雪。岸洪宛转,尚未全出湖中。午际,风微雨作。可十五余里,东岸始有人烟,曰龙渥。水色极深,乃湘水也……丁卯,晴。无风,抛东岸。牵行五里许,过车子矶,西岸有小山。又行十里,过昭潭,其水澄湛如墨,俗云傍通江南。"②范成大在潭州醴陵县见湘水亦云:"江色黛绿可爱,流而出于潇湘。"③皆写出湘水翠碧、幽深、清澈之貌。

文人们对于江水清浊合流的景色尤其感兴趣。如陆游记湖口所见曰:"江自湖口分一支为南江,盖江西路也。江水浑浊,每汲用,皆以杏仁澄之,过夕乃可饮。南江则极清澈,合处如引绳,不相

---

① 王祥《论宋代交通与文学》,邓乔彬编《第五届宋代文学国际研讨会论文集》,暨南大学出版社,2009年,第36页。
② 张舜民《画墁集》卷八,《丛书集成初编》第1948册,第67页。
③ 范成大《骖鸾录》,《范成大笔记六种》,第53页。

乱。"①周必大过湖口县亦云:"江水北来而浊,湖水南出而清,合流仅五十里方混。"②描写南江清澈,北水浑浊,江水合流,初不相杂、清浊分明,后又合二为一的奇观。范成大出蜀至涪州,观黔江曰:"此江自黔州来合大江。大江怒涨,水色黄浊,黔江乃清冷如玻璃,其下委是石底。自成都登舟,至此始见清江。"③状写黔江支流清澈见底,长江主流奔涌浑浊之态。并又作诗云:"水从岷来如浊泾,夜榜黔江聊濯缨。玻璃彻底镜面清,忽思短棹中流横,钓丝随风浮月明。"④由眼前清浊分明的江水联想到"沧浪濯缨"的典故,以月明风清之际、垂钓江渚的生活画面表达寄身江湖的超尘脱俗之趣。《沧浪歌》早在先秦时期就已在汉水流域广泛传唱,《孟子·离娄》和《楚辞·渔父》都有记载,歌曰:"沧浪之水清兮,可以濯吾缨;沧浪之水浊兮,可以濯吾足。"⑤以水之清浊喻世之清浊,借对清浊之水的不同利用方式表明有道则出、无道则隐的人生选择,无论处庙堂之高抑或处江湖之远,都以平和豁达的心态泰然处之。沧浪水意象所代表的人生情怀得到历代士子的共鸣,在后人诗文中转相沿用,水之清浊景象遂承载了厚重的文化含义。宋代文人在旅行途中见到江水清浊分明的景象,一方面为如此江河奇景吸引,激发了强烈的好奇心;另一方面,此种景象特有的文化内涵也特别容易激发骚人词客的人生思考,因而在行记中屡屡提及,乐此不疲。

---

① 陆游《入蜀记》卷三,《陆游集》,第 2431 页。
② 周必大《泛舟游山录》卷三,《庐陵周益国文忠公集》卷一六九,《宋集珍本丛刊》第 52 册,第 649 页。
③ 范成大《吴船录》,《范成大笔记六种》,第 214 页。
④ 范成大《范石湖集》卷一九,第 268 页。
⑤ 杨伯峻《孟子译注》卷七,中华书局,1960 年,170 页;[宋]洪兴祖《楚辞补注》,中华书局,1983 年,第 180 页。

作家还细心地捕捉到水色的变化,范成大写蜀水云:"至眉州城外江,即玻瓈江也。冬时水色如此,方夏,潦怒涛涨,皆黄流耳。"① 冬季水色如玉,明净澄澈;夏季水涨沙多,变为浊黄。徐兢海路出使高丽,对海水景象保持着持久的观察热情,并将海水颜色的变化情形一一记录于行记中:

1. 过虎头山、水浃港口、七里山。虎头山以其形似名之,度其地,已距定海二十里矣。水色与鄞江不异,但味差咸耳,盖百川所会,至此尤未澄澈也。

2. (至梅岑)水色稍澄而波面微荡,舟中已觉觥觥矣。

3. 出赤门,食顷,水色渐碧,四望山岛稍稀,或如断云,或如偃月。

4. 舟行过蓬莱山之后,水深碧,色如玻璃,浪势益大。

5. 十九日辛巳,天色阴翳,风势未定……入白水洋,其源出靺鞨,故作白色……黄水洋即沙尾也,其水浑浊且浅……黑水洋即北海洋也,其色黯湛渊沦,正黑如墨,猝然视之,心胆俱丧。

6. (至槟榔焦)大日晴霁,风静浪平,俯视水色,澄碧如鉴,可以见底。

7. (至蛤窟)海水至此,比之急水门,变黄白色矣。分水岭即二山相对,小海自此分流之地,水色复浑如梅岑时。②

---

① 范成大《吴船录》,《范成大笔记六种》,第 193 页。
② 徐兢《宣和奉使高丽图经》卷三四,卷三四,卷三四,卷三四,卷三四,卷三六、卷三九,《丛书集成初编》第 3239 册,第 118 页,第 119 页,第 120 页,第 120 页,第 120 页,第 125 页,第 134 页。

海水因深浅、含沙量、太阳光折射等因素的不同,呈现出不一样的水色:入海附近,大江万里奔腾入海,水色浑浊;离海岸渐远,水色渐澄碧;随着航海距离的增加,由近海到远海,水色渐深渐蓝,以至湛黑如墨。作者以白描的手法细腻地描绘出不同海域海水的差异以及水色变化的过程。

作者们还常常提及光和影对水的影响。如徐兢描写月光照映下的海面:"适值中秋月出,夜静水平,明霞映带,斜光千丈,山岛林壑,舟楫器物,尽作金色,人人起舞弄影,酌酒吹笛,心目欣快,不知前有海洋之隔也。"[1]月光皎洁、云霞灿烂,宁静的海面上一片空明澄澈的境界,令人赏心悦目。陆游在《入蜀记》中将各种光影与江河水文景观融合在一起,展现出一幕幕光彩斑斓的水景。或写火光与江面相映:"自是(江陵建宁镇)泛江,入石首县界。夜观隔江烧芦场,烟焰亘天如火城,光照舟中皆赤。"[2]江边燃烧芦草,火光冲天,江面被一片红光笼罩。或写日光与江面相映:"二十八日,夙兴,观日出,江中天水皆赤,真伟观也。"[3]红日映江、天水一色。或写月光与江面相映:"(八月十五日次蕲口镇)夜与诸子登岸,临大江观月。江面远与天接,月影入水,荡摇不定,正如金虬,动心骇目之观也……(十六日)前一夕,月犹未极圆,盖望正在是夕。空江万顷,月如紫金盘,自水中涌出,平生无此中秋也。"[4]远看大江与天相接,近看江面与月影相伴,天、江、月影构成了一个极其广袤的空间。在这浩瀚无边的大江中,月光随波涌动,犹如金虬腾跃,皎洁无瑕的月光与波涛起伏的大江相映照,呈现出一派雄奇壮丽之景。

---

[1] 徐兢《宣和奉使高丽图经》三六,《丛书集成初编》第3239册,第125页。
[2] 陆游《入蜀记》,《陆游集》,第2446页。
[3] 陆游《入蜀记》,《陆游集》,第2413页。
[4] 陆游《入蜀记》,《陆游集》,第2438页。

行记中除了描绘水的色与光,也常常从声音的角度写水。有写海浪拍岸的声音:"是日未刻,到急水门。其门不类海岛,宛如巫峡江路,山围屈曲,前后交锁。两间即水道也。水势为山峡所束,惊涛拍岸,转石穿崖,喧豗如雷,虽千钧之弩、追风之马不足喻其湍急也。"① 海水奔腾前行,为山石所挡,水石撞击,发出雷鸣般的声响,山谷为之轰鸣,雷霆万钧之势,震撼人心。有写江水冲刷河滩的声音,范成大观嘉州凌云寺弥勒佛像曰:"寺有天宁阁,即大像所在。嘉为众水之会,导江、沫水与岷江,皆合于山下,南流以下为犍为。沫水合大渡河由雅州而来,直捣山壁,滩泷险恶,舟楫至危之地。唐开元中,浮屠海通始凿山为弥勒像以镇之……佛足去江数步,惊涛怒号,汹涌过前,不可安立正视,今谓之佛头滩。"② 沫水西来,汹涌澎湃,在佛头滩与导江、岷江三江会合,水流湍急、直冲岸滩,奔腾怒号,发出震耳欲聋的江涛声。

行记作者除了从正面描绘江海水景,还从涛水带给人们的感受来侧面描写江海。《宣和奉使高丽图经》记载徐兢使高丽在黑水洋上航海所见:"怒涛喷薄,屹如万山。遇夜则波间熠熠,其明如火。方其舟之升在波上也,不觉有海,唯见天日明快。及降在洼中,仰望前后水势,其高蔽空,肠胃腾倒,喘息仅存,颠仆吐呕,粒食不下咽。其困卧于茵褥上者,必使四维隆起,当中如槽,不尔则倾侧辊转,伤败形体,当是时,求脱身于万死之中,可谓危矣。"③ 海涛汹涌澎湃、起伏不定,舟行其间,在波峰时唯见天容海色澄澈明快;在波谷时,水势浩瀚,船只颠簸,令人眩晕、翻滚,劳神伤体、惊恐万

---

① 徐兢《宣和奉使高丽图经》三九,《丛书集成初编》第 3239 册,第 133-134 页。
② 范成大《吴船录》,《范成大笔记六种》,第 196 页。
③ 徐兢《宣和奉使高丽图经》卷三四,《丛书集成初编》第 3239 册,第 121 页。

分,以航海者的身体感受侧面渲染惊涛骇浪奔腾涌动之势。又如范成大记录舟过险滩的经历:"早遣人视瞿唐,水齐仅能没滟滪之顶,盘涡散出其上,谓之滟滪撒发。人云如马尚不可下,况撒发耶!是夜,水忽骤涨,潦及排亭诸箄舍,亟遣人毁拆,终夜有声,及明走视,滟滪则已在五丈水下……或谓可以侥幸乘此入峡,而夔人犹难之。丁巳。水长未已,辰、巳时,遂决解维。十五里,至瞿唐口,水平如席。独滟滪之顶,犹涡纹瀺灂,舟拂其上以过,摇橹者汗手死心,皆面无人色。"① 以舟师们观察江水涨落趋势,审慎决定出舟时机的行为,以及紧张、惊悚的行舟体验来衬托滟滪滩段江水巨石屹立、涡漩百转、狂澜腾空、水声如雷的至险至危之景。

郭熙在《林泉高致》中将水视为活物:"其形欲深静、欲柔滑、欲汪洋、欲回环、欲肥腻、欲喷薄、欲激射、欲多泉、欲远流、欲瀑布插天、欲溅扑入地、欲渔钓怡怡、欲草木欣欣、欲挟烟云而秀媚、欲照溪谷而光辉,此水之活体也。"② 以画家的眼光看到水的万千姿态,而宋代行记作者则以视觉、听觉、触觉等知觉去感知风景,从颜色、声音、光影等各种角度用文字呈现出千姿百态的水景。或为白浪如山、汹涌澎湃之景:

晚过四桥,旁连震泽,渺瀞弥茫,无复畔岸,但见帆樯掀舞于其中,真伟观也……抵县市,登垂虹,望太湖,水阔天低,风急涛怒,纵观移时,真有荡空之势……晨兴,登华严寺佛阁,阁正面湖,石枕垂虹。僧颇能诗,指垂虹曰:"桥之美,阁能尽之。"所谓"不识庐山真面目,只缘身在此山中"。喜其言之予

---

① 范成大《吴船录》,《范成大笔记六种》,第 218 页。
② [宋]郭思编,杨无锐编著《林泉高致》,天津人民出版社,2018 年,第 50 页。

契也。为之赋诗:"杰阁凭栏眼界宽,天将震泽壮吴门。乾坤高下相连接,日月朝昏见吐吞。巨浪声翻鼍起斗,危樯风急骏来奔。定知从此难为水,更欲乘槎问本源。"①

作者分别于四桥边、垂虹桥上、华严寺佛阁欣赏太湖水景,反复渲染太湖洪波万顷、广阔无际、风急浪涌、水天相接,舟行其中,荡兀掀舞之壮伟景象。特别是在佛阁咏诗中,将"乾坤"与"日月"、"高下"与"朝昏"对举,空间的广袤与时间的纵深感相结合,展现出一个巨大的时空体,在此时空中,巨浪翻腾怒吼、舟船如骏马飞奔,有排山倒海之势。

或是清远平旷、清澈明丽之景:

> 二十二日,过大江,入丁家洲夹,复行大江。自离当涂,风日清美,波平如席,白云青嶂,远相映带,终日如行图画,殊忘道途之劳也。②

在和风煦日下,大江波澜不兴,飘渺的白云、青翠的山峦与澄静的江水相衬,显示出江河宁静秀美的一面。

或是潆洄曲折、蜿蜒迤逦之景:

> 令行余导至石边,攀缘而下,得小舟同泛清溪。(《图志》云清溪自此方成溪。)水正碧色,下浅滩数里至玉镜潭,水自

---

① 陈文蔚《游吴江行记》,《克斋集》卷一〇,《文渊阁四库全书》第1171册,第74页。
② 陆游《入蜀记》,《陆游集》,第2427页。

南来,触岸西折,弯环可喜,深才二三丈云。李白诗云:"江祖一片石,青天扫画屏。"又云:"溪水正南奔,回作玉镜潭。"皆实录也。途中占小诗云:"清溪水色胜于蓝,祖石移舟下镜潭。妙绝画屏并碧玉,谪仙不见与谁谈。"①

写池州清溪澄碧静谧,因山势使然,江水由南转西,萦纡前行,积水成潭,与祖石山相映带,山如画屏潭如玉,煞是可爱。

或是一泻千里、滔滔汩汩之景:

> 庚午。二十里,早顿安德镇。四十里,至永康军。一路江水分流入诸渠,皆雷轰雪卷,美田弥望,所谓岷山之下沃野者正在此。②

江水东流,浩浩荡荡,遇堤坝引流入渠,灌溉成都平原,湍急的江水突遇拦截,激起如雪的大浪,发出雷鸣般的轰响,江水之磅礴气势跃然纸上。

或是礁石散布,滩多水急:

> (泊马岛)泉甘草茂,国中官马,无事则群牧于此,因以为名。其主峰浑厚,左臂环抱,前一石觜入海,激水回波,惊湍汹涌,千奇万怪,不可名状,故舟过其下,多不敢近,虑触暗礁也。③

---

① 周必大《泛舟游山录》卷三,《庐陵周益国文忠公集》卷一六九,《宋集珍本丛刊》第52册,第648页。
② 范成大《吴船录》,《范成大笔记六种》,第188页。
③ 徐兢《宣和奉使高丽图经》卷三七,《丛书集成初编》第3239册,第130页。

海水与山石相激,生成浪花无数,水势湍急,暗礁丛生,为行舟至险之处。

或江河浅涩,徘徊不前:

> 壬戌,风顺。行至八尺而东南风太猛,卷水入湖,河道浅涩,日午泊舟,乘除之理如此。夜雨舟漏,殊不安枕。癸亥,早风定,而所至河干,其行甚艰。午时,至吴江县……(丙寅)食罢,行半里而止,风逆水涩也。丁卯,竟日牵挽,不能行半里……(戊辰)风卷河水,仅存尺余,米船数艘占据中道。赵尉卒徒竭力推荡,彼此舟船相戛,损者甚众。①

周必大行船至秀州、吴江一带,正值冬季枯水期,江南运河河道浅涩,载重货船只能横挡于江面之上,周氏一行数日仅行数里。

或变幻多端,晴雨无常:

> 午间,过瓜洲,江平如镜。舟中望金山,楼观重复,尤为巨丽。中流风雷大作,电影腾掣,止在江面,去舟才丈余,急系缆。俄而开霁,遂至瓜洲。②

陆游记载了从镇江泛舟至瓜洲江行经历。于镇江出江时,风和日丽,江面澄净;中途遇风雨,风起浪涌,雷电映射江面;转眼又云开雾散、复归一片明丽景象。天气瞬息万变,江面亦随之变化。

---

① 周必大《南归录》,《庐陵周益国文忠公集》卷一七一,《宋集珍本丛刊》第52册,第673页。
② 陆游《入蜀记》,《陆游集》,第2414页。

(二)移动中的两岸风景

舟行江海,人置身舟中,随波前行,由于行船速度、江行时间、观看视角等因素的影响,旅行者有着与陆行完全不一样的观景体验,在行记中呈现出别具一格的两岸风景。

首先,舟中观景,立于甲板之上,江海水面浩瀚无际,毫无遮拦,视野极其开阔。张舜民在《郴行录》中生动地描写了登舟出行,眼界豁然开阔的身体感受,以及给人情感上带来的微妙变化,"凡久居京师,厌倦尘土,乍尔登舟沿流,已觉意思轩豁。然汴岸荒疏,无可观览,未有超然清思。及出汴入淮,始见山水之胜,历目稍旷而适口鲜繁,竟日之间,遂忘迁流之怀也"①。舜民贬郴州,从京师出发,由汴入淮,虽然汴河两岸荒凉破败,无佳景可观,但仅是乘舟江行的行旅方式就给他带来全新的感受,顿觉境界开阔;进入淮河段,视野更加空旷,山水风光渐增,饮食渐佳,大大缓解了贬谪失意之悲。

在舟中观景,作者常常采用一些具有空间延展性的动词来引出观看的景色,如:

> 复出大江,过三江口,极望无际。②
> 己亥,行山夹、顺风夹,合大江,东岸山小而近,尤为秀拔。西岸淮南界,极望平旷。③
> 乙卯,风犹顺。弥望皆湖田。行七十里,至三塔院,院在

---

① 张舜民《郴行录》,《画墁集》卷七,《丛书集成初编》第1948册,第53页。
② 陆游《入蜀记》,《陆游集》,第2440页。
③ 张舜民《郴行录》,《画墁集》卷七,《丛书集成初编》第1948册,第61页。

水中,有元丰中刘谊所作记。①

四望山岛稍稀,或如断云,或如偃月。②

"极望""弥望""四望"等动词都标示着观赏的空间之大、之广、之深。

在行记中,作者们也往往呈现出舟行所见的宏阔的景观空间。如范成大在《吴船录》中记载由蜀归吴,出夷陵回望西蜀诸山,曰:"离蜀都至汉嘉,则江之两岸皆山矣。入夔州,则山忽陡高,无不摩云者。自嘉以来,东西三千里,南北绵亘,以入蕃夷之界,又莫知其几千里,不知其几千万峰,山之多且高大如此,然自出夷陵,至是回首西望,则杳然不复一点,惟苍烟落日,云平无际,有登高怀远之叹而已。"③出夷陵进入江汉平原,地势平缓,从江中回望,夔州千峰万嶂已杳然无踪迹,衬托出江面之广阔无垠。被苍茫雾气笼罩的落日、无边缥缈的白云与一望无际的江水共同构成了一个极其宏阔的境界。又如陆游在《入蜀记》中记载泛舟鄱阳湖的景象,曰:"泛彭蠡口,四望无际,乃知太白'开帆入天镜'之句为妙。始见庐山及大孤。大孤状类西梁,虽不可拟小孤之秀丽,然小孤之旁,颇有沙洲葭苇,大孤则四际渺弥皆大江,望之如浮水面,亦一奇也。"④天气晴明,江水澄霁,如明镜一般,涵映天空。碧波万顷之中,唯见大孤山突兀而起,浮于江面。天、水与山相互映照,呈现出一派宏大景象。

---

① 周必大《南归录》,《庐陵周益国文忠公集》卷一七一,《宋集珍本丛刊》第 52 册,第 678 页。
② 徐兢《宣和奉使高丽图经》卷三四,《丛书集成初编》第 3239 册,第 120 页。
③ 范成大《吴船录》,《范成大笔记六种》,第 224 页。
④ 陆游《入蜀记》,《陆游集》,第 2431 页。

其次,在江海中观景,随着舟船的移动,岸边景色不断变换,风景突兀而至又戛然而止,消失在视线中,对两岸风景往往采用印象式的概括描写。如徐兢记由宋至高丽航海所见山石,曰:"东北望一山,极大,连亘如城,日色射处,其白如玉……未后风作,舟行甚快。黑山在白山之东南,相望甚迩。初望极高峻,逼近见山势重复。前一小峰,中空如洞,两间有澳,可以藏舟……月屿二,距黑山甚远,前曰大月屿,回抱如月,旧传上有养源寺;后曰小月屿,对峙如门,可以通小舟行……阑山岛又曰天仙岛,其山高峻,远望壁立。前二小焦,如龟鳖之状……白衣岛三山相连,前有小焦附之,偃桧积苏,苍润可爱,亦曰白甲苫。"① 写沿途所见白山、黑山、月屿、阑山岛、白衣岛等山峰、岛屿,皆只是粗略勾画其大小、山势、颜色、形状,未有工笔描摹之辞。此日顺风,舟行甚快,作者根本无暇细细品味沿海风光,完全凭借视觉来感知沿途风景的大致面貌。视觉是人类最重要、最敏锐的观察、感受大自然的方式,"人是一种视觉优先的动物。通过眼睛,更广阔的世界会展现在人的面前,更多详细而特别的空间信息会更加接近他,而听觉、嗅觉、味觉和触觉就没有这么大的能力"②。置身舟中,山石倏忽而过,在极短暂的时间里,作者只能以敏锐的视觉来感知风景,用简略的笔法来描绘对景观的第一印象。

又如张舜民记载芜湖、铜陵一带江行所见风景,曰:"己卯,发芜湖,循东岸而行。数里,抛西岸中,有群石拱起,林樾苍然,曰蠙矶,其上有若塔屋,俗云有道人居其上。过板子矶,矶上红黄丝花,俯照江面,花繁而石怪,间以翠筱,正如徐熙所画者,乃知艺之工者

---

① 徐兢《宣和奉使高丽图经》卷三五,《丛书集成初编》第3239册,第124页。
② [美]段义孚著,志丞、刘苏译《恋地情结》,商务印书馆,2017年,第7页。

有本也。诗云：'石上红花低照水，山头翠筱细含烟。天生一本徐熙画，祗欠鹨鸪相对眠。'"① 写蠛矶，概写其山势、山上苍翠的林木以及道人所居小屋；写板子矶，粗线条勾勒山上山花灿烂、间杂翠竹的景致，至于山上树木具体是什么树，红黄小花到底是什么花，塔屋的材质、结构诸细节，皆因江行观景、转瞬即逝的特点，无法一一详尽描摹，语言极简练、朴素，却不失生动传神。特别是对板子矶景色的描绘，以"照水"写花水相映的明丽多情之姿，以"含烟"状翠竹被云雾笼罩的空蒙之态，将红花与翠筱并举，拟作一幅徐熙画。徐熙是唐五代著名画家，擅画汀花野竹、禽鸟虫鱼，常以水墨淡彩、粗笔描摹风景，画面清新洒脱、生意盎然。张舜民正是用观赏徐熙画的审美体验来勾勒眼前的风景，重其神而略其形，重整体印象而忽略细节，寥寥数笔便展现了秀丽氤氲的江南景象。

复次，舟行江海，行人于舟中观景，本能地以自身为参照物来观看两岸的景色，原本静态的景物具有了流走的气韵，呈现出风景的动态美。卢襄从衢州舟行入京应考，经睦州桐庐所见岸边山色云："敛三江之水，会合于亭下。有山隆然，直压其首，如渴鳌怒鲸，奋迅鳞鬣，奔而冲水之状。上有桐君祠，乃戴颙飞仙之地，祥氛瑞气，氤氲回薄，鹤驾往矣，灵踪俨然。"② 桐庐位于桐江、富春江以及天目溪三江汇合之处，江水滔滔，水势浩大，又有突兀之山峰耸立其间。本是江水奔流冲击岸边的岩石，但在作者眼里，却将山石比作鳌与鲸，飞奔冲水，赋予静态的山石强烈的动感，也更烘托出山峰崔嵬之势。这种感受只有作者在扬帆疾行的船上观看风景才会出现，而在岸边观景的话是不会有这样的错觉的。接下来，卢襄又

---

① 张舜民《郴行录》，《画墁集》卷七，《丛书集成初编》第1948册，第59页。
② 卢襄《西征记》，《四库全书存目丛书》史部第127册，第539页。

云:"自桐君祠而西,有群山蜿蜒,如两蛇对走于平野之上,三江之水,并流于两间,惊波斗驰,秀壁双峙。"① 以"两蛇对走"来写两岸群山蜿蜒迤逦之态,静止的山峦变得飞扬灵动起来。范成大在《吴船录》中也描述过类似的体验:"癸卯,发波斯夹,至皖口。北岸淮山相迎,绵延不绝。灊、皖、琅琊,云物缥渺,生平未曾着脚处也。"② 用"相迎"来写淮山,把岸边连绵起伏的山峦视作一个个鲜活的生命体,这种感受全因江行视线移动所致。作者于移动的舟船上观景,两岸山峰扑面而来,让人应接不暇。

于行舟中观景,所见景观的动态美也来自于观景视角的不断转换。如周必大在弋阳、贵溪一带所见上饶江两岸风景,"庚戌,早过泗口镇、弋阳县,皆不泊。终朝望见龟峰,如行南康江中对五老峰,所谓'横看成岭侧成峰'者,甚欲一至其下,而溪湍不能舣岸"③。又如徐兢描写航海所见岛屿曰:"聂公屿,以姓得名。远视甚锐,逼近如堵,盖其形匾,纵横所见各异。是日未末,舟过其下。"④ 龟峰以峰峦奇秀著称,山势重复;聂公屿形状奇特,横观纵览形势各异。当舟船保持一定速度前行时,在短暂的时间内,随着船的移动,船上的行人对同一景观的观察视角亦会频繁转变,从不同视角观山,景色的各种姿态相继映入眼帘,形成一幅动态的图画,富有变幻的美感。

最后,行记中对舟行所见景观的描绘具有连贯性。文人们每到一个新的地方,对其地形地貌、沿岸风景都给予了特别的关注,

---

① 卢襄《西征记》,《四库全书存目丛书》史部第 127 册,第 539 页。
② 范成大《吴船录》,《范成大笔记六种》,第 232 页。
③ 周必大《归庐陵日记》,《庐陵周益国文忠集》卷一百六十五,《宋集珍本丛刊》第 52 册,第 611 页。
④ 徐兢《宣和奉使高丽图经》卷三八,《丛书集成初编》第 3239 册,第 132 页。

按照舟行的空间位移顺序，依次连续地展现沿江山水风光。如《入蜀记》中对荆门峡口一带景观的描述：

> 六日，过荆门十二碛，皆高崖绝壁，崭岩突兀，则峡中之险可知矣。过碛，望五龙及鸡笼山，嵯峨正如夏云之奇峰……八日，五鼓尽，解船，过下牢关。夹江千峰万嶂，有竞起者，有独拔者，有崩欲压者，有危欲坠者，有横裂者，有直坼者，有凸者，有洼者，有罅者，奇怪不可尽状。初冬草木皆青苍不凋，西望重山如阙，江出其间，则所谓下牢溪也……九日，微云，过扇子峡。重山相掩，政如屏风扇，疑以此得名。①

荆门峡口地带为荆楚之门户，溯江西上，则是水流湍急、险滩密布的天下至险之处西陵峡。陆游从烟波浩渺、一望无际的江汉平原逆流而上，至此，景色陡然转变，两岸山水风光深深地吸引了他。陆游排日记写沿岸景色：荆门诸峰悬崖绝壁、奇险峭拔；下牢关峰峦叠嶂，姿态万千，山色青润；扇子峡山势奇特，宛如屏扇，将以上连续几日的写景文字合而观之，峡州崇山峻岭的雄伟气势尽现眼前。

文人们长时间行舟于江海之上，有机会目睹不同航段的地理形貌，这使得他们有意识地记录、对比、总结各地的沿岸地理景观特点。试以陆游《入蜀记》中诸例为证：

1. （六月）十一日五更，发枫桥。晓过许市，居人极多。至望亭小憩。自是夹河皆长冈高垄，多陆种菽粟，或灌木丛

---

① 陆游《入蜀记》，《陆游集》，第 2452—2453 页。原文"许市"即"浒墅"，今属苏州。

筏,气象窘隘,非枫桥以东比也。

2.(七月)二十八日,过东流县不入。自雷江口行大江,江南群山,苍翠万叠,如列屏障,凡数十里不绝。自金陵以西,所未有也。

3.(八月)十五日,微阴,西风益劲,挽船尤艰。自富池以西,沿江之南,皆大山起伏如涛头。山麓时有居民,往往作棚,持弓矢,伏其上以伺虎。

4.(八月)十七日,过回风矶,无大山,盖江滨石碛耳。然水急浪涌,舟过甚艰。过兰溪,东坡先生所谓"山下兰芽短浸溪"者……自兰溪而西,江面尤广,山阜平远。①

第一则是陆游从山阴出发,过钱塘江北上临安,沿运河经秀州、平望、吴江至平江府所见。以平江府望亭镇为界,指出运河西段气象窘迫,不如自己已经过的运河东段江面开阔、烟波浩渺。第二则以池州雷江口为界,比较雷江口以西段和金陵至雷江口段山势之区别。第三、四两则分别总结富池(今属湖北阳新)以西至蕲口镇(今属湖北蕲春)、兰溪以西(今属湖北蕲水)至鄂州的山势起伏、江面宽窄的变化。作者通过比较、总结,将数百上千里的江河形貌清晰呈现出来,勾勒出一幅绵延不绝的巨幅山水画卷。

二、文人视野中的景观观看与再现:佛寺宫观景观

宋王朝建立以来,统治者深知佛教对于安定民心、巩固统治的重要性,一改后周世宗毁佛灭法的禁佛政策,对于佛教采取扶植、

---

① 引文分别引自陆游《入蜀记》,《陆游集》,第 2429 页,第 2429 页,第 2437 页,第 2438 页。

支持的态度,佛教在宋代又焕发出勃勃生机。道教作为本土生长的宗教在宋代也得到统治者的推崇,诸位皇帝对道教都很重视,尤其是真宗和徽宗朝更掀起了崇道的高潮,统治者援道入政,积极发挥道教在社会政治生活中的作用,道教在宋代得以兴盛。作为佛道修行的场所寺院和宫观的规模也随之蓬勃发展。尽管统治者为防止佛道泛滥,曾实行一系列管理措施,严格控制寺院、道观的发展速度和规模,但也没能遏制住寺院、宫观迅速发展的势头,据宋人记载,到北宋熙宁末年,寺观、宫院数量已增加至四万余所。[①]众多的寺庙、道观成为旅行者行旅途中驻足流连的地方,在行记中也留下大量有关寺观景观的描写,选择传世内容完整的行记为样本,统计其中记录寺院、宫观数量,略作下表:

行记中记录的寺院、宫观数量统计

行记名称	寺院	宫观	总计(座)
郴行录	22	7	29
归庐陵日记	20	8	28
泛舟游山录	85	47	132
奏事录	24	4	28
入蜀记	31	12	43
南归录	39	0	39
骖鸾录	11	2	13
入越录	8	3	11
吴船录	17	7	24

[①] [宋]方勺《泊宅编》卷十载:"熙宁末,天下寺观、宫院四万六百十三所。"中华书局,1983年,第57页。

由上表可知，在行记中，寺观景观占有非常大的比重，文人们非常热衷于描写旅途中的寺观景色。宋代文人们如何观看和书写旅途中的寺观景观的？寺观景观对文人士大夫们来说是一个什么样的空间？下文将分而论之。

（一）神圣性的消释与人文旨趣的增强：寺观之人文物象

游览佛寺、宫观，首先呈现在人们眼前的是佛寺、宫观中的各体建筑，如山门、殿堂、讲堂、经楼、斋堂、斋厨、钟楼、墓塔等，描绘这些最具有宗教特色的建筑本应是寺观景观书写题中应有之义，但是在宋代行记中，却极难见到对此类建筑的规模、形制、结构、殿堂楼阁的装饰等进行细致地描摹，文人对此多是概括简要的描述。如周必大记建昌军（今江西南城）仙都观"观宇虽古而道士星居，无复清高气象"[1]；记茅山（今属江苏句容）清真观，曰："（茅山）诸观皆有茅君像，而此观独异，栋宇亦弊陋，惟新创元武殿甚伟。"[2] 范成大写江州（今江西九江）东林寺，曰："晋惠远师道场也。自晋以来，为星居寺，数十年前始更十方，楼阁堂殿，奇巧巨丽，然皆非晋旧屋。"[3] 陆游记镇江金山寺，曰："游金山，登玉鉴堂、妙高台，皆穷极壮丽，非昔比……新作寺门亦甚雄。"[4] 记普照寺曰："官寺楼观如画，西阚大江，气象极雄伟也。"[5] 对寺院、宫观中的殿、院、楼、阁、堂、台仅仅用"虽古""弊陋""奇巧""巨丽""壮丽""甚雄""如画""雄伟"

---

[1] 周必大《归庐陵日记》，《庐陵周益国文忠集》卷一六五，《宋集珍本丛刊》第52册，第613页。
[2] 周必大《泛舟游山录》卷二，《庐陵周益国文忠公集》卷一六八，《宋集珍本丛刊》第52册，第640页。
[3] 范成大《吴船录》，《范成大笔记六种》，第230页。
[4] 陆游《入蜀记》，《陆游集》，第2413页。
[5] 陆游《入蜀记》，《陆游集》，第2412页。

等简单词语进行印象式地概写,寥寥数语、一笔带过。写得较详细者,莫过于周必大在《泛舟游山录》中记载的豫章(今江西南昌)西山玉隆观、江州(今江西九江)太平兴国宫;范成大在《吴船录》中记载的白水普贤寺藏经阁诸条。试看对玉隆观的描述:

> 东为三清殿,次真君殿,次道馆,皆横列为屋数百楹。真君殿前古柏围丈五尺,其半已枯。每岁八月开观时,四方之人纷至,采其叶以疗病。左有丹井,已督。右有药臼、石函臼,亦裂矣。又有修行钟,刻姓名甚多,止曰戊辰岁,疑本朝开宝初也。①

按方位顺序依次呈现殿堂、道馆屋宇数百的恢弘气势,又以真君殿为中心,叙写周围的参天古柏、枯竭的丹井、破裂的石臼以及布满信众刻名的修行钟。阅读上述文字,玉隆观的规模、陈设依稀可见,但是关于玉隆观的具体规模、格局、殿阁亭台的装饰并没有确切、细腻的描绘,仍然停留在较概括、简单的记叙层面上。

由此可见,文人们并不太在意对寺院、宫观建筑的描绘,与此形成鲜明对比,他们更倾心于对寺院、宫观中的造像、题刻、碑义、书画作品的观赏与记录。在行记中可以看到,在文人进入寺观空间时,有强烈地观书览画、寻访文物的意图。张舜民游镇江金山寺,"遍索古今题咏,了不可得,惟于化城阁栋间揭介甫兄弟两诗而已"②。"遍索"二字揭示出舜民对寺中题刻的浓厚兴趣。周必大在

---

① 周必大《泛舟游山录》卷三,《庐陵周益国文忠公集》卷一六九,《宋集珍本丛刊》第 52 册,第 659 页。
② 张舜民《郴行录》《画墁集》卷七,《丛书集成初编》第 1948 册,第 54 页。

豫章荐福寺,"求观山谷遗墨,但有《枯求道士赋》《寄老庵赋》《煮茶赋》《薄薄酒诗》;又永州化光仁老画水石二轴,其一题云:'湖北山无地,湖南水接天。云烟真富贵,翰墨小神仙。'复有跋语。韩子苍各题一诗"①。通过主动"求观",见到山谷作品诗赋四种,以及题画诗、跋各一。遇到特别有价值的碑刻、诗画、塑像等还想方设法留存下来,周必大在《泛舟游山录》中记录了他游茅山的经历,茅山为道教胜地,相传有茅氏三兄弟在此得道升天,山中道观众多,他在玉晨观见"观有其板并古碑数十余,最佳者隐居所帖《长史旧坛馆碑》,隐居撰并自书数十字。又玄静先生碑,柳识文,张从申书,李阳冰篆额,号为三绝。又颜鲁公书。又唐太和七年十月四日禁山敕……呼匠摹一二碑及三茅君像,偿以千钱"②。将古碑尤佳者和仙真造像摹写留存。

但凡文人在寺观中发现感兴趣的此类文物,必然会在行记中记录下来。此类例子不胜枚举,如关于寺、观中造像的记载,张舜民在《郴行录》中记录郴州通惠禅师院,"郴之通惠禅师院,有唐杨惠之手塑九子母一堂。每躯自地坐立,不以床具,至于装绘采饰,皆以纯色,不甚华彩,开户懔然,观者皆以为生动也"③。杨惠之是唐代开元年间著名的雕塑家,所塑"九子母一堂"造像是对佛经中鬼子母神故事的反映。佛典《根本说一切有部毗奈耶杂事》《鬼子母经》皆有记载,大意为一女投生王舍城,即为鬼子母,生有五百子,因前生许下毒誓,常啖食城中百姓幼儿,后经佛祖劝化,顿悟前非,

---

① 周必大《泛舟游山录》卷三,《庐陵周益国文忠公集》卷一六九,《宋集珍本丛刊》第 52 册,第 657 页。
② 周必大《泛舟游山录》卷二,《庐陵周益国文忠公集》卷一六八,《宋集珍本丛刊》第 52 册,第 641 页。
③ 张舜民《画墁集》卷八,《丛书集成初编》第 1948 册,第 70 页。

成为护法神之一。民间常因疾病、无子祷告女神。张舜民游览禅院时,并没有突出神像给人带来的庄严神妙的宗教意味,而是从艺术欣赏的角度着力描写塑像的姿态、装饰、彩绘,以栩栩如生的塑像来展现杨惠之的高超技艺。

行记中还有不少对寺观中壁画的记载,如范成大记道教"十大洞天"之一的青城山,描写山中丈人观之真君殿,"殿四壁,孙太古画黄帝而下三十二仙真,笔法超妙,气格清逸。此壁冠于西州。两庑古画尚多,半已剥落,惟张果老、孙思邈二像无恙"。又至长生观,曰:"孙太古画龙虎二像,在殿外两壁上。笔势挥扫,云烟飞动,盖孙笔之尤奇者。"至忠州丰都县(今重庆丰都)景德观,写观内壁画,曰:"(观)有晋、隋、唐三殿,制度率痹狭,不突兀,故能久存。壁皆唐时所画,不能尽精,惟隋殿后壁十仙像为奇笔,丰臞妍怪,各各不同,非若近世绘仙圣者一切麾曼之状也。晋殿内壁亦有溪女等像,可亚隋壁。"① 孙太古是北宋初年西蜀著名画家,尤擅长描摹释道圣象,丈人观和长生观中壁画即以得道仙人和道教守护神青龙、白虎为对象;景德观殿堂以道教中的仙人、仙女为对象,皆属宗教题材的壁画。范成大既没有阐释壁画所传达的宗教意蕴,也没有表达观赏壁画后激起的宗教情愫,只是高度称赞画家笔法精妙、气韵生动,刻画的仙道形象姿态各异,品评各幅壁画之优劣,完全从鉴赏艺术作品的角度来观看道观内的壁画。

此外,行记中还有许多对寺观中留存的题刻、碑文、榜文、书札、诗文的记载,如范成大游江州西林寺记寺中碑刻,曰:"寺有西林道场碑,隋太常博士渤海欧阳询撰,大业十二年作,而不著书人姓名。笔意清润,微有肉,酷似虞永兴,然结字之体,则全是率更

---

① 三段引文分别见《吴船录》,《范成大笔记六种》,第190页,第191页,第215页。

法。疑询在隋时作此体,入唐始加劲瘦刻削也。"① 欧阳询书法以笔力劲险、法度谨严著称,并在理论上总结出结字三十六法,探讨书法的间架结构安排。范成大在观赏这块只具撰者、不著书者的古碑时,饶有兴致地去考察书者为何人的问题,在他看来,碑上字体虽有虞世南圆融遒丽之风,但从其字体结构安排上来看,必为欧阳询所作,并由此推断欧体由隋入唐风格有所转变。这些品评鉴赏的文字流露出范成大对书法艺术的真知灼见。又如陆游记归州(今湖北秭归)天庆观所见碑刻,"观唐天宝元年碑,载明皇梦老子事,巴东太守刘瑶所立。字画颇清逸,碑侧题当时郡官吏胥姓名,字亦佳"。至池州光孝寺,曰:"有石刻沈睿达所作西峰铭,文辞古雅可爱,恨非其自书也。"② 张舜民游金陵台城寺,观南朝陈后主遗迹,记井上石刻曰:"石槛上刻后主事,八分小字,极其精古,乃大历七年张署文,颇详。为近年俗人题记刊刻所掩,甚可惜也。"③ 作者或鉴赏文辞特点,或品评字体之风格,皆从艺术审美的角度来观看碑刻。

甚至有些时候,对造像、书画、题刻、碑文的描写构成了寺观叙写的全部,如陆游记写萧山县(今属浙江杭州)觉苑寺,云:"有大碑,叶道卿文。寺额及佛殿榜,皆沈睿达所书,有碑亦睿达书,尤精古。又有毗陵人戚舜臣所画水,盖佛后座大壁也,卒然见之,觉涛澜汹涌可骇,前辈或谓之死水,过矣。"④ 叙写寺中的碑、匾额之文辞与书法,以及佛殿后壁波澜起伏、逼真传神的绘水壁画,寺院中的其他陈设无一语提及,对寺院中书画、碑刻的描写代替了对寺院本

---

① 范成大《吴船录》,《范成大笔记六种》,第231页。
② 陆游《入蜀记》,第2457页,第2429页。
③ 张舜民《郴行录》,《画墁集》卷七,《丛书集成初编》第1948册,第58页。
④ 陆游《入蜀记》,《陆游集》,第2406页。

身的描写。

寺院、宫观是最富有宗教意义的空间,是体现了佛、道宗教精神、理念的物质载体。寺院中殿、堂、楼、阁都具有自身的寓意,其严整布局象征着森严的佛国世界;道教宫观亦与此类似,用于崇奉仙真、延请仙人、修炼静养的各式堂、院、楼、台、殿、阁建筑寓意由凡入仙的修炼模式,象征仙人往来其间的神仙世界。当人们走进红墙绿瓦、画栋雕梁的寺观场所,让人感受到宗教的威严与神秘,是一个与凡俗空间不同的神圣所在。释道的佛、仙造像是佛祖、仙真的替身,代替他们在世间劝导教化俗人,受信众的顶礼膜拜;释道题材的壁画蕴含着丰富的宗教含义,是宣传教化、普度众生的辅助手段,正如段玉明所说:"在造像和壁画的参与下,寺院隐藏的无形的神圣被部分地赋予了有形的光辉,其本身亦被包容在了膜拜体系中。"[1] 宫观中的造像与壁画也同样适用于这样的论述。寺观建筑、造像、壁画都是明显富有宗教意蕴的符号,它们共同构成了一个恢弘的膜拜体系,置身其中,使人感受到与红尘俗世判然有别,激起信众虔诚的宗教情感。

对寺观所具有的这种宗教空间意义的揭示在僧道对寺观的描写中显得尤其显著。如日僧成寻于宋熙宁五年(1072)入宋游历杭州、都城汴京(今河南开封)、五台山等地,巡礼诸佛寺,对寺院描写详细,试以至汴京启圣禅院之见闻为例:

> 乘马行六里,到启圣禅院大门……次礼大佛殿,丈六弥勒为中尊,左右弥陀,千百亿释迦,庄严甚妙。次礼卢舍那大殿,

---

[1] 段玉明《相国寺——在唐宋帝国的神圣与凡俗之间》,巴蜀书社,2004年,第97页。

> 烧香……依次礼东大殿,烧香释迦像。次礼西大殿,金字一切经庄严,不可思议。东西南北壁边有墨字一切经二部,每间经上造楼阁,一间三宇,其下棚置经。次礼泗州大师堂,回见寝殿,每一间三人宿造,有厨子三,皆有关镒,十一间殿也。次见食堂,见住僧百五十人云云。次礼佛牙堂,敕使自开封,有敕封,筒之内有七宝塔,高八尺许,塔内有纯金楼阁,阁内有纯金筥,方一尺许,以锦绫色色缝物绢等十重裹之,筥内有纯金小厨子,厨子以赤锦三重裹之。四向立白琉璃,内见彻,银莲花座上置佛牙,长一寸三分,广六分,厚四分云云。今礼拜烧香,泪下数行,始自使臣诸僧百余人,皆置顶礼了。①

成寻按照游历顺序由外向内,历叙禅院各殿、堂、楼、阁,叙及各类建筑的规模形制、装饰陈设,重点描绘各殿堂供养的佛像、佛舍利等。以"庄严甚妙"形容佛像的姿态、以"庄严""不可思议"来表现见到金字经书神圣面貌的惊叹,渲染出寺院空间的神圣威严。成寻"先礼""次礼""依次礼""置顶礼"等一系列动作,以及见到以纯金宝阁供奉的佛牙舍利时"泪下数行"的神情正反映了寺院这一特定空间带给人们的对宗教的崇奉、敬畏之感。将宋人行记中的寺观描写与之对照,可以看到僧人笔下的寺观描写与宋代文人之间的显著区别:文人行记中对寺观建筑的叙述简略,少有对宗教景观神圣性的烘托;虽有大量对寺观中造像、壁画的描述,但多从艺术审美角度进行品评、鉴赏,而不是从宗教的角度作出评判;成寻巡礼佛寺亦在宋朝,年代相仿佛,但宋代文人在行记中提到的

---

① [日]成寻著,王丽萍校《新校参天台五台山记》,上海古籍出版社,2009年,第324—325页。

诸多碑文、题刻、寺观所藏书画等艺术作品,在成寻的寺观记叙中难觅踪影。总的来说,在宋代文人的寺观描写中,寺观这类宗教建筑所体现的威严、神圣的意味被淡化了,而对寺观中的艺术珍品赏玩的人文旨趣大大增强了。

(二)审美与宗教的二重观照:寺观之山石林泉

文人们游览寺观,不仅欣赏寺观内的建筑、碑铭、题刻、书画等人文物象,对寺观内部以及周围的自然山水景色也格外关注,在行记中呈现山石林泉之趣。不少关于寺观景观的描写是将自然山水景致与寺观内文化景观结合起来的,如吕祖谦记诸暨县(今浙江诸暨)天章寺,曰:"十里,含晖桥亭,天章寺路口也。遂穿松径至寺,寺盖晋王羲之兰亭,山林秀润,气象开敞。寺右臂长冈,达桥亭,植以松桧,疑人力所成者。法堂后砌筒引水,激高数尺。堂后登阶四五十级,有照堂。两旁修竹,木犀盛开,轩槛明洁。又登二十余级,至方丈,眼界颇阔。寺右王右军书堂,庭下皆杉竹。观右军遗像。"[①]古寺位于秀润的山林之中,松桧夹道,曲径通幽。堂中修竹掩映、桂花飘香,与寺内建筑相映成趣,景色雅致而明丽。又如陆游记江州东林寺,即东晋著名高僧慧远道场,起篇即写寺院处于青山环抱之形胜之地,"寺正对香炉峰,峰分一支东行,自北而西,环合四抱,有如城郭,东林在其中,地者谓之倒挂龙格"[②],接着再写寺内罗汉阁、钟楼、五杉阁、舍利塔、白公草堂、慧远祠堂、神运殿等寺内建筑,以及寺中所藏佛祖、禅师造像、白居易文集、碑林、题刻等文物。寺外青山四合、萦绕环抱;寺内殿阁壮丽,文物众多,彰显着

---

① [宋]吕祖谦《入越录》,《东莱集》卷一五,《文渊阁四库全书》第1150册,第134页。
② 陆游《入蜀记》,《陆游集》,第2434页。

浓厚的文化底蕴,两者相得益彰,共同构建了千年古刹之风貌。

还有一些行记关于寺观景观的描绘几乎全以寺观的自然景色为对象。如周必大记庐山明真尼院,曰:"约四五里,并五老峰至明真尼院。(亦是惠济、拭眼二禅师道场。绍兴初尼居之。)冰霜满履,扣门久之方开,盖旧屋也。同尼师登凌霄岩。岩在平地,奇石如岩,古有僧坐禅其间。绕洞别过石门,谓之喝石。其前一石甚大,即《记》中所谓对五老如宾客者。傍有石屏,亦可爱。出门数十步,望宫亭湖横出,而扬澜、左里左右相对,落星仅如叶舟,惟军城为紫荆山所蔽耳。"① 除简要交代禅院本为唐代智常禅师道场之来历外,其余全是对寺院自然风光的描绘。寺中奇石林立,寺院依山而建,背倚五老峰,面朝宫亭湖,于寺中远眺,湖光山色尽收眼底。又如范成大在《吴船录》中记载登青城山访上清宫之见闻,"自丈人观登西山,五里至上清宫。在最高峰之顶,以板阁插石,作堂殿。下视丈人峰,直堵墙耳。岷山数百峰,悉在栏槛下,如翠浪起伏,势皆东倾。一轩正对大面山,一上六十里,有夷坦曰芙蓉坪。道人于彼种芎。非留旬日不可登,且涉入夷界,虽羽衣辈亦罕到。雪山三峰烂银琢玉,阛出大面后。雪山在西域,去此不知几千里,而了然见之,则其峻极可知。上清之游真天下伟观哉!"② 描写上清宫几乎全是对宫观周边山景的描绘。宫观位于巅峰之顶,登临俯视,丈人峰峻峭高耸,岷山万重、翠峦起伏;遥望远处西域雪山,如银似玉、晶莹璀璨,各种姿态的山峰衬托出上清宫的清幽、澄澈之境。

---

① 周必大《泛舟游山录》卷三,《庐陵周益国文忠公集》卷一六九,《宋集珍本丛刊》第 52 册,第 655 页。
② 范成大《吴船录》,《范成大笔记六种》,第 191 页。

文人们为何倾心于描写寺观的自然风景呢？一方面，寺院、宫观常建于佳山胜水之间，风景秀丽。山石幽壑、松竹翠柏、流泉溪涧无不给人们带来强烈的审美愉悦，正所谓"气之动物，物之感人，故摇荡性情，形诸舞咏"①。文人们往往徜徉于寺观山水之间，赋诗属文，用文字再现眼前的奇美风光。周必大在《泛舟游山录》记载了池州齐山之延庆院，寺院殿阁多横架于岩石之上，作者一一描绘寺中岩洞，"环寺岩洞可见者：罗汉殿后曰妙空岩，在大石中。次曰丹砂岩，俯偻乃可入，片石斜出，叩之声控控然，四傍屈曲，皆奇石也。法堂之下蕉笔岩，亦名唐公岩。有黄大临诸人题字。山之上曰春流泉，进窥无底。同历武功岩，遂至观音岩。岩本名上清，两岩对起，三面环抱，有程正辅、蒋颖叔题字。右转登寄隐亭，四面皆翠石，有小岩刻'寄隐岩'三字石上，其前有熙宁甲寅重阳太守刘斅思甫题名。东北乃紫薇亭故基，面淮南诸山，下临秋浦、清溪，直接大江，眼界豁然。又其傍拔起数峰，奇甚，谓之小九华，盖与上清岩皆齐山最胜处也"。②先写寺中怪石奇峰，玲珑深秀，接着又于紫薇亭上登临远眺，只见远处江南群山蜿蜒迤逦，山下溪水碧绿澄澈，旁边小九华奇峰耸立，寺院依山傍水，风光甚佳。在游览了寺院内外的美丽风光后，作者赋诗感叹道："上清别殿旧通明，仙圣飞腾户不扃。出郭尚疑窗列岫，绝堤始露岳真形。奇奇怪怪无非洞，下下高高总可亭。但把醺酣酬绝景，天风吹面径须醒……"③寺

---

① ［梁］钟嵘《诗品·序》，见陈延杰注《诗品注》，人民文学出版社，1958年，第1页。
② 周必大《泛舟游山录》卷二，《庐陵周益国文忠公集》卷一六八，《宋集珍本丛刊》第52册，第644页。
③ 周必大《泛舟游山录》卷二，《庐陵周益国文忠公集》卷一六八，《宋集珍本丛刊》第52册，第644页。

院中上清岩奇石林立、姿态各异,犹如仙人飞天的曼妙之姿;寺院周围古洞遍布、亭台错落,诗人完全沉醉于眼前的绝景之中,兴会之际,发而为文,将寺观的自然美景留存于行记之中,成为永恒的记忆。

另一方面,寺观选址多在深山之中,清幽的环境能使僧人、道士在此远离尘世,一意修行,明心见性,悟得佛道之真义。文人驻足于此,虽不是专程来参禅问道,却往往在这众峰环绕、修竹森然、月映松桂、曲涧泉流之间感受到佛道的境界。佛教追求心无挂碍、清心涤虑;道教追求自然无为、返朴归真,两者都注重寻求宁静闲适、淡泊澄澈的心境,文人们在对寺观山水林泉清幽秀丽之景的静照观赏中,往往获得这样空灵自由的心境,寺观成为文人们消除世虑、缓解忧愁、抚平躁动情绪的心灵栖居之所。范成大游历眉州中岩(今属眉山青神县),访佛教第五罗汉诺巨罗尊者道场,记寺中风景云:"入寺,侧出石磴,半里余,有三石峰,平正如高楼巍阙,巉巘奇伟不可名状。前二峰,后一峰,如品字。前二峰之间,容一径,可以并行。至中峰之下,有石室,诺矩那庵也……旁又有宝缾峰数百尺,上侈下缩,真一古壶,亦甚奇怪……初夜,月出东岭,松桂如蒙霜雪,与诸人凭栏极谈。"① 并作《中岩》一诗云:"赤岩倚玲瓏,翠逻森戍削。岑蔚岚气重,稀间暑光薄。聊寻大士处,往扣洞门钥。双撑紫玉关,中蠹翠云幄。应供华藏海,归坐宝楼阁。无法可示人,但见雨花落。不知龙湫胜,何似鱼潭乐。夜深山四来,人静天一握。惊看松桂白,月影到林壑。门前六月江,世界尘漠漠。宝瓶有甘露,一滴洗烦浊。扪天援斗杓,请为诸君酌。"② 文与诗皆描绘了

---

① 范成大《吴船录》,《范成大笔记六种》,第 195 页。
② 范成大《范石湖集》卷一八,第 252 页。

中岩静谧的境界：岩壑幽深、草木茂盛、翠峰竦峙、云雾缭绕，特别是诺巨罗结庵所在地三石峰，如撑天翠柱耸入天界，静坐观景，如临佛祖说法，诸天降花之境。夜静山空之时，月光如霰，映照松林，万物皆渗透着湛然的佛理。这里仿佛和漠漠俗世完全隔绝，一洗尘世的烦恼与污浊。在对中岩诸景充满禅意的观照中，诗人心境亦随之悠然宁静。

范成大在对寺观自然景色的描绘中，常常表现出类似的情感诉求：借助寺观清幽、秀丽之景澄心静虑，缓解内心的愁绪。如前文所引，他登道教圣地青城山访上清宫，见层峦拥翠、冰清玉洁之瑰奇山景，范氏不禁感叹道："但觉星辰垂地上，不知风雨满人间。蜗牛两角犹如梦，更说纷纷触与蛮。"① 驻足山顶，感到自己仿佛离尘绝世，与世无争，完全忘却了人世间的艰难处境，一切俗世的富贵名利，恍如旧梦；他登佛教圣山峨眉山，游峰顶之光相寺，山顶四季如冬，寺院人迹罕至，只见斑驳苔痕、千年古木；芳花春草，自开自落。在光明岩边见到俗称"小现"的佛光，云出岩下，光彩绚烂，范成大赋诗感怀，曰："浮生元自有超脱，地上可怜悲攘蓬。"② "攘蓬"一典源出《庄子·至乐》篇，载列子在行旅途中遇路边蓬草下掩盖着一百年骷髅，遂拨开杂乱的蓬草，与之进行了一番关于生死忧乐的对话③。"攘蓬"亦用来代指令人悲伤痛苦的事情。这里借用此典表达了人生本应超尘脱俗，不要一味执着于世间苦乐的豁达的人生态度。在对寺院周遭花草树木、天光云影的审视中，将死

---

① 范成大《范石湖集》卷一八，第 250 页。
② 范成大《范石湖集》卷一八，第 260 页。
③《庄子·至乐》篇载："列子行食于道从，见百岁髑髅，攓蓬而指之曰：'唯予与汝知而未尝死，未尝生也。若果养乎？予果欢乎？'"意谓不以人的死生为忧乐。（见陈鼓应注释《庄子今注今译》，中华书局，2009 年，第 493 页）

生哀乐的强烈主观情感转化成恬淡超然的心境;范成大游览袁州仰山,即唐五代著名高僧慧济禅师道场,所见山中禾田层层、清泉淙淙,寺周遭竹木苍郁,佳峰环抱,山如莲盆,清幽之中又充满生机灵动之美。面对这样的平淡而悠远的景色,范氏触景生情,不无戏谑地写道:"问龙亦借一席地,解包听雨眠西斋。"① 仰山本为神龙所居,后因慧济禅师入山修行,遂将此地施与慧济。诗人大发奇想,望与龙神借得一方净土,细听雨落,安枕僧斋,表达出希望不受世事羁绊,对随缘任运、率性闲适的心境的追求。可见,文人们在对寺观自然景色的欣赏中,往往领悟到佛道追求的自由无碍的境界,在静谧、清幽的美景中体会人生的恬淡、自由,自然景色成为他们澄照内心的媒介,因此文人们十分青睐于对寺观自然风景的描绘。

正如英国人文地理学者丹尼斯·E.科斯格罗夫(Denis E. Cosgrove)所说,"风景是一种主观的构成",是"一个意识形态的概念。他提供一种方法,使某些阶层的人通过想象与自然的关系表示自己及其所处的世界,并强调和传达自己与他人相对于外部自然的社会角色"②。在对外部景色的观看和取舍中,风景作为一种媒介传达了观者的社会角色,身份与品位。宋代文人对寺观观看和再现的方式正是与他们的社会地位、身份角色密切相关的。一方面,宋代士大夫阶层与前代文人相比是更具诗书气的文人群体,"宋人把更多的注意力转向以读书、著书为中心的精神文化创造、欣赏和研究上来。人文活动占据了宋代士人的大部分日常生活,

---

① 范成大《范石湖集》卷一三,第 164 页。
② Denis E. Cosgrove, *Social Formation and Symbolic Landscape*, University of Wisconsin Press, 1998 : 15, 32.

评书题画,听琴对弈,焚香煮茗,玩碑弄贴,吟诗作对,谈禅论道,几乎寄托着一代士人的全部生命"[①]。宋代士大夫们有着高雅的人文情趣,日常生活充满了浓郁的人文氛围。寺观是高僧、道士传法布道、修行栖居的场所,是一处典型的文化景观,频繁寻访游览寺观的行为本身就是他们热爱人文生活的重要体现,而在游览寺观时,长期养成的重人文的审美体验使得他们尤其关注碑铭、题刻、诗书古玩等极富有人文气息的物象。士大夫们往往在诗文、书法、绘画等文学艺术门类皆有较高的造诣,这也使他们往往以文学艺术审美的标准来衡量释道中的人和物。

另一方面,宋代文人对于宗教的态度与佛道之人自不相同。僧人道士虔诚奉佛崇道,或是为了获得救赎,超越轮回;或是为了追求永生,求得解脱,将其作为人生的终极信仰。而在宋代文人士大夫中,虽然有不少人受宋代尊佛崇道社会思潮的影响,亲近佛道,多与僧人、道士往来,精研释道经典,对佛道义理有较深入的认识,但他们缺乏对佛、道的真正信奉,往往只是将佛道思想作为摆脱现实困境,获得心灵安慰的一种哲学。因此,在对寺观的观看和描写中,文人们不会过分关注寺观场所体现的神圣威严的宗教氛围,而是竭力展现寺观的清幽之境,在这古木掩映、流水潺潺的寺观之中寻求内心的清净与安宁,获得心灵的慰藉。可以说,行记中的寺观描写正是在宋代文人士大夫眼光注视下展现出来的风景,这样的书写也正标识出宋代文人群体作为社会文化知识精英的身份与品位。

---

① 周裕锴《宋代诗学通论》,上海古籍出版社,2007年,第102页。

第二节　风景的书写策略

一、粗笔勾勒与精心镂刻：山水描摹的方式

宋代行记记录了文人因奉使交聘、游宦、贬谪、游学、应考等各种目的发生的旅行经历，游山玩水往往并非他们旅行的唯一目的，而只是他们在旅行中附带完成的活动而已。每一次行旅的旅行路线之长，沿途佳山胜水之多，但迫于行程的紧张，他们来不及对每一处胜景都细细品味，只能一边匆忙赶行程，一边观赏沿途风景。宋代文人往往采用粗笔勾勒的方式呈现旅途中移动的风景，用简洁的语言勾勒景观的形貌。前文所述行舟中观景已体现出这样的特征，不仅如此，陆行对景色的描绘亦采用粗笔白描的方式。如张舜民《郴行录》记载贬谪郴州之行旅经历，泊舟虹县云："城北有湖水，广袤十里，蒲鱼之饶，周给邻境……至小洲，有民居两三家，鸡犬篱落，四面渺茫。"[①] 广袤无际的湖水、丰饶的水产，辅之以点点星星的人家、鸡犬、竹篱等意象，寥寥数笔勾画出一个富足而又宁静闲适的生活聚落。又如至金陵清凉寺云："在府城之北、石头之上，下临大江，后附山麓，规制宏敞，山势回合，拥抱殿阁，盛暑清凉，因以名之。"[②] 游览寺院，却没有对其内部景观一一描写，只是从"北""上""下临""后附"等方位全景式地概写寺庙所处的依山傍水的地理环境，"拥抱"一词更衬托出清凉寺被大江、山峦环绕的宏大气势。《入蜀记》是记载陆游赴蜀为宦经历的行记，其中亦有诸多粗笔勾画风景的句子，如至公安所见城池"规模气象甚壮。兵火之

[①] 张舜民《画墁集》卷七，《丛书集成初编》第1948册，第51页。
[②] 张舜民《画墁集》卷七，《丛书集成初编》第1948册，第56页。

后,民居多茅竹。然茅屋尤精致可爱。井邑亦颇繁富,米斗六七十钱"①。公安是宋代荆州江陵府下属的县邑,陆游关于城邑的诸多方面都没有涉及,仅仅用"甚壮""精致可爱""繁富"等几个形容词简要勾勒了城池宏伟繁华的景象。又如至秀州,拜谒樊氏友人,记其居所,曰:"二樊居城外,居第颇壮,茂实晚岁所筑,尚未成也。隔水有小园,竹树修茂,荷池渺弥可喜。池上有堂曰读书堂。"②简约地描绘溪水、竹树、荷池、书堂等景致,一个精致的江南园林景象跃然纸上。

即使是以游览为目的的旅行,在未到旅行的目的地之前,也往往只是浮光掠影地记录途中的景色。如吕祖谦《入越录》记载从浙江金华至会稽的旅行经历,对途中景色描述亦简单明了,如:

> 十五里,香山,林壑稍邃。八里,下稠岩景德寺,寺屋可百年,绘事皆朴质……方池丛竹皆有趣,然稍芜矣。七里,唐口。自是复出驿路,老梧离立道旁,濯濯如青玉干……三十日,早发。二里,石斛桥,溪流潺潺,崖旁大石如屋,桥西走浦江道也。度桥而北,十里,石牛,有楼临路,楼下牖户亦明敞……十里,新界。自石斛桥道出两山间,少旷土,至此山围始宽,秋稼极目,黄云蔚然。③

作者用"里程+地点"的方式展现行程的推进,随着行程的变化,各种景观纷纭而至,但对每种景色的叙写皆是用简洁的语言,点到为止。以"邃"写林壑的深远之貌;以"百年""朴质"写寺庙的历

---

① 陆游《入蜀记》,《陆游集》,第2447页。
② 陆游《入蜀记》,《陆游集》,第2408页。
③ 吕祖谦《入越录》,《东莱集》卷一五,《文渊阁四库全书》第1150册,第133页。

史悠久以及寺中绘画的特点;以"青玉"写梧桐青翠的枝干;写流水突出其水声潺潺,写崖石突出其形态硕大,写楼阁突出其光线敞亮,上述文字记载的景物不可谓之不丰,但对景观的描述,仅用一两个词语来概括其形貌。为何写得如此简要,吕祖谦自道其原因,云:"所历大抵匆匆,不能详也。"① 程期有限,不能一一驻足观赏,亦无法在行记中一一详细描摹。行文虽然简约,却不空洞,对每一景观的描写,皆能抓住其中最主要的特征,特别是最后一句,生动地呈现出至新界所见到的秋天的丰收景象。游人一直穿梭于狭窄的山间小路,突然山道开阔,眼界豁然开朗,放眼望去,皆是金黄的稻穗,如同一片黄色的云海。作者直观地抓住在移动中,途中风景突兀进入视野产生的第一印象,用简洁而生动的笔触描绘了稻田的广袤及其鲜艳灿烂的颜色。

粗笔勾勒风景的方式除了常用于描绘途中移动的风景、来不及细看的风景外,也常用来描述远望所见风景。远望是行人观赏自然的重要方式,行记中记载了诸多远望所见之景,如:

> 戊午,率董谋父登赏心亭。赏心、白鹭,二亭相连,南北对偶,以扼淮口。凭望烟渚,杳无边际,白鹭、蔡州,皆在其下,亦金陵设险之地也。②

> 晚至南丰县……自出南城门,望诸山迤逦,而军山杰出数百丈,其左四小峰尤秀拔。人物炳灵有自来矣。③

---

① 吕祖谦《入越录》,《东莱集》卷一五,《文渊阁四库全书》第1150册,第133页。
② 张舜民《郴行录》,《画墁集》卷七,《丛书集成初编》第1948册,第57页。
③ 周必大《归庐陵日记》,《庐陵周益国文忠公集》卷一六五,《宋集珍本丛刊》第52册,第613页。

> 丙寅,早雨止。絜家游茅山……是日行道中,望冈阜西南来,势若连环,既赴三茅,而尾北掷。①
>
> 丁未,舟人赛庙毕,解去。自此入湖,掠珠溪、神冈、左里庙,皆不泊。湖中多沙山,望之如云,庐阜青苍,真欲招隐耶。②
>
> 早饭罢,游青山……南望平野极目,而环宅皆流泉奇石,青林文筱,真佳处也。③
>
> 游黄山东岳庙广福寺,遂登凌歊台……凌歊台正如凤皇、雨花之类,特因山颠名之。宋高祖所营,面势虚旷,高出氛埃之表。南望青山、龙山、九井诸峰,如在几席。④

"凭望""望诸山""望冈阜""望之""南望"等字眼表明了行旅者远距离观看山光水色的方式,所见或是烟波微渺、广袤无垠的江面,或是曲折连绵的山势,或是高耸、峭拔、青翠的山峰,或是一望无际的原野。作者以如椽大笔,全景式地、粗线条地勾勒所见之景,呈现风景的轮廓,重视对景色的整体气势的渲染。

南朝时期画家宗炳在《画山水序》中提到远观山水的必要性,曰:"且夫昆仑山之人,瞳子之小,迫日以寸,则其形莫睹;迥以数里,则可围于寸眸。"⑤山之大而人眼之小,近距离观看,无法看清山

---

① 周必大《泛舟游山录》卷二,《庐陵周益国文忠公集》卷一六八,《宋集珍本丛刊》第 52 册,第 639 页。
② 周必大《泛舟游山录》卷一,《庐陵周益国文忠公集》卷一六七,《宋集珍本丛刊》第 52 册,第 622 页。
③ 陆游《入蜀记》,《陆游集》,第 2424 页。
④ 陆游《入蜀记》,《陆游集》,第 2422 页。
⑤ [唐]张彦远《历代名画记》卷六,《丛书集成初编》第 1646 册,第 209 页。

之形态;远距离观望,大山全景方可尽收眼底。北宋时期著名画家郭熙进一步论曰:"真山水之川谷,远望之以取其深,近游之以取其浅;真山水之岩石,远望之以取其势,近看之以取其质……真山水之风雨,远望可得,而近者玩习不能究一川径隧起止之势;真山水之阴晴,远望可尽,而近者拘狭不能得一山明晦隐见之迹。"① 观山览水时,采用远望的方式才可见山水重叠纵深之深远景象,才能捕捉到山峦高下起伏、光影阴晴明暗之变化,从而把握山水之整体气象。远观对于画家来说非常重要,对于文人来说亦同样如此,远观才能一睹山水之整体风貌,求得山水之风骨神韵,形诸于文字则多为粗笔勾勒之阔大之景。

远观的角度多种多样,可以是远距离平视,也可以是从下仰望,或从上俯视……其中,尤以俯视之景呈现的境界最为远大。如张舜民至润州(今江苏镇江)甘露寺,云:"甲子,同陈舅游甘露寺。寺俯大江,踞崇岗,金山、焦山、皆在指掌,东眺海门,北见扬州,天下绝致也。"② 周必大至平江府,登黄山至灵岩秀峰院,"上琴台,下视川原华丽,太湖数百里在眼中"③。从山上的亭台楼阁俯瞰,居高临下,远近诸景尽收眼底,展现出极其开阔的视野,有着苞括宇宙、笼罩万物的气度,令人顿时产生"会当凌绝顶,一览众山小"④ 的豪迈气概。宗白华论中国山水画的境界偏向远景,认为远景的观照方式是"从世外鸟瞰的立场关照全体的律动的大自然……在这远景里看不见刻画显露的凹凸及光线阴影。浓丽的色彩也隐没于轻

---

① [宋]郭思编,杨无锐编著《林泉高致》,第29页。
② 张舜民《画墁集》卷七,《丛书集成初编》第1948册,第54页。
③ 周必大《泛舟游山录》卷一,《庐陵周益国文忠公集》卷一六七,《宋集珍本丛刊》第52册,第630页。
④ 杜甫《望岳》,见仇兆鳌注《杜诗详注》卷一,第3页。

烟淡霭。一片明暗的节奏表象着全幅宇宙的絪缊的气韵,正符合中国心灵蓬松潇洒的意境"①。文人远观山水又何尝不是如此?仰观俯察、游目骋怀,以开阔的胸襟眺望山水,描绘景观之"势",展现出自由闲适的精神状态。

当行旅者有时间停留于一地、驻足观赏周围的风景时,常常以敏锐的观察力,精心镂刻眼前的风景,细腻地呈现景色的万千姿态。如赵鼎臣在游泰山的行记中记载了与密州道人张景岩于日观峰上共赏日出的景色:

> 辛酉,夜未艾,率二子夙兴,揽衣寒甚,挟犷被毳而出。方行数十步,则道人者已候于中路矣。遂复至日观峰上,山间莽苍,晓色未分。俄有赤光,发于极望之东。道人曰:"未也,是阳辉之先至者尔。"须臾,霞采四出,炫晃腾射,众皆注目视之。少顷,金规一缕,隐起于青冥杳霭之间,道人呼曰:"日将旦矣!"既而大明赫然,涌出云端,恍如车轮,万里直上,光耀所烛,东极沧海,波涛动摇,远接天际。是时山下阴翳,尚未辨色,道人以手加额曰:"贫道居山七八年,昨宵之月色与今旦之日光,天宇清明,洞彻太虚,殆未曾有也。"②

以"夜未艾""俄有""须臾""少顷""既而"一系列表示时间的词语串联起对日出景色的描绘,表现由夜色苍茫到金光四射的整个日出过程。从一束赤光到朝霞绚丽,再到一缕金光,直至红日当

---

① 宗白华《论中西画法的渊源与基础》,见《美学散步》,上海人民出版社,1981年,第111页。
② [宋]赵鼎臣《游山录》,《竹隐畸士集》卷二○,《文渊阁四库全书》第1124册,第269页。

空、光彩四射,细腻地勾勒了光线由暗到明的变化。特别是对太阳跃出地平线的瞬间景象的捕捉,显得尤为传神,"赫然"言其颜色艳丽、光彩鲜明;"涌""万里直上"言其动作,充满蓬勃的生命力;"恍如车轮"的比喻既言其形,又富有动态美,传达出旭日东升的景象。此段对日出景象的描绘,不仅仅停留在太阳本身,还以周围的景和人加以衬托,为突出东边的"赤光",则以"山间莽苍"的迷茫夜色为底色;为表现日出刹那间光芒四射的景象,则以浩瀚无垠的大海衬托出光随波涌的雄伟场面,以古木丛生、幽暗的林间景色反衬日光的明艳;众人的"注目视之"以及道士"天宇清明,洞彻太虚"的评价更从侧面烘托出日出的雄奇瑰丽之景。

又如范成大由蜀归吴,专程游峨眉山,以细腻的笔触描绘了所见山泉岩壑之景,写双溪云:"乱石如屏簇,有两山相对,各有一溪出焉,并流至桥下,石堑深数十丈,窈然沉碧,飞湍喷雪,奔出桥外,则入岑蔚中。可数十步,两溪合为一,以投大壑,渊渟凝湛(一作湛澈),散为溪滩。滩中悉是五色及白质青章石子,水色曲尘,与石色相得,如铺翠锦,非摹写可具,朝日照之,则有光彩发溪上,倒射岩壑,相传以为大士小现也。"① 山峰如翠屏般耸立,两路溪水从山间流出,经过幽深的峡谷,水流湍急、溅起雪花般的波浪,经过桥下,流向茂盛的草木丛中;后又合二为一、奔涌向前,流向更深的岩壑,聚积为一池深湛清澈的潭水,分散开来的溪水则汇为浅滩。既有对山峦沟壑的形态、颜色的静态描绘,又连用"出""流至""奔出""入""合""投""散"一系列动词勾画出溪水从山间缓缓流出,随山石之高下曲折,或飞流湍急、或深远澄澈的不同姿态,动静结合,相得益彰。随着溪水向前流动,山间、桥下、峡谷、草木丛中、

---

① 范成大《吴船录》,《范成大笔记六种》,第198页。

沟壑、溪滩等空间由近及远地依次呈现于眼前,作家以灵动之笔增强了景观的空间纵深感。接下来又写到浅滩中景色,五颜六色、青白相间的石子与淡黄色的溪水相映衬,如同翠锦一般光鲜,色彩浓淡相间,鲜艳亮丽。在日光的照射下,波光荡漾,水光、日光照映山岩,岩壑亦随之熠熠生辉,作者敏锐地捕捉到丰富的色彩以及光线变化对景色的影响,细致入微地呈现溪水流动之美。范成大对双溪的描写虽然用墨不多,但却能注意到动静地结合,远近地搭配,光与色的变化,多层次多角度地描绘出绰约多姿的自然之美。除此之外,他还特别擅长以细腻的身体知觉感受来描绘峨眉山水之景。如他描写峨眉龙门之景,认为比双溪更胜一筹,其曰:"冒雨以游龙门,竭蹶数里,欻至一处,涧溪自两山石门中涌出,是为龙门峡也。以一叶舟棹入石门,两岸千丈岩壁,色如碧玉,刻削光润。入峡十余丈,有两瀑布各出一岩顶,相对飞下嵌根,有盘石承之,激为飞雨,溅沫满峡,舟过其前,衣皆沾洒透湿……以雨大作,加飞瀑沾濡,暑肌起粟,骨惊神慄,凛乎其不可以久留也。"[1] 刻画峭壁绿润光滑,峡中溪水清寒,瀑布从高处泻下,水石相撞击,飞花四溅的雄奇壮丽之景,山水相衬展现出峡泉灵动之美。作者竭力渲染飞瀑直下,水花沾衣,给人带来的神清骨寒的感受,营造出一种清冷之境。又如记录登峨眉山从山脚到山顶的经历云:"初衣暑绤,渐高渐寒,到八十四盘,则骤寒。比及山顶,亟挟纩两重,又加毳衲驼茸之裘,尽衣笥中所藏,系重巾,蹑毡靴,犹凛栗不自持,则炽炭拥炉危坐。"[2] 登山之初,只需单衣葛布,愈高愈寒,至山顶披绒裹裘尤觉寒冷战栗,作者将登山时由暖到寒的身体感知形象细腻地表现出

---

[1] 范成大《吴船录》,《范成大笔记六种》,第 207 页。
[2] 范成大《吴船录》,《范成大笔记六种》,第 201 页。

来，令人读之感同身受。

再如方凤的《金华洞天行纪》记载游道教第三十六洞天金华山的经历，精心描摹所见洞穴、岩泉之景，对久负盛名的双龙洞的描绘尤其细腻生动。写外洞云："双龙洞口，石室明净，坐可三二百人。仰视石室绀碧，其隐约可名状者，为云物，为仙桃，为道人比肩而立，龙首见其左而尾悬右。石壁上又悬石至地，独黄色，俗呼吕先生藏身霞衣挂，其旁有北斗星窠。洞穴如蟆颐，水淙淙从中出，即流入右偏，暗出洞外溪涧。"——描摹外洞大小形态，石壁颜色，洞中钟乳石之形态，以及一泓清泉潺潺不绝、联通内外之情态。接着写众人弯腰曲背，俯身进入内洞，所见奇异之景："见蜂窠石，水蛙石，石钟，手捶之，钟声。仙珠累累贯岩上，石门限雪山，山前雪，山后雪，望之皎然。仙笠悬岩石。石鼓，捶之鼓声。有形蜿蜒，头角须尾凡二，屈蟠隐见，爪尖皆白石如玉，所谓双龙也。猫一，狮子一，头足尾具，额有珠。大龟黑色，白蛇斜绕其背，首入甲下，奇甚。笔格一。霜崖粲如繁霜。有卷石，小窍指面大，有水正滴窍中，名仙人砚滴。候片时，才一滴。仰观洞中，他无漏泉，独此尔。浴室石棂，三足蟾。悬钟宝盖，如名刹讲台上所设而加高大。海角虎蹲立。云霞五色欲飞。极里从暗处俯伏，远望洞口水中所从入处，仅一小隙透明，如十五夜月，名仙人望月。又大象足二，小一。仙桂。水波石粼粼然，大者如浪。转雪山后而左为滑台，为池，为田，畦町高下可数。仙人挂衣横十数丈，衣纯素，袪袖躄折皆天成。又仙人眠石，方整可卧。仙人帽。日月二宫。复从洞口踏水而出。凡洞中所见，不假一毫镌凿而形状自然，其妙处殆不可言也。"① 作者以

---

① 方凤《金华洞天行纪》，《存雅堂遗稿》卷四，《文渊阁四库全书》第1189册，第554页。

一连串暗喻穷形尽相地描绘钟乳石的千姿百态,它们如龙、如猫、如狮子、如龟、如蛇、如虎……作者不仅摹其形,还能传其神,蜿蜒飞动、若隐若现的龙,相互缠绕的龟蛇皆栩栩如生。文中还写到仙人砚滴、仙人望月、仙人眠石等景观,将溶洞中造型奇特的石钟乳、石笋大胆想象成仙人生活的各种场景,惟妙惟肖,使人宛如置身于琼阁玉宇的仙境之中,展现大自然鬼斧神工般的造化。

行记作者以敏锐的观察力捕捉山容水色,调动视觉、听觉、触觉、味觉等各种感知摹写大自然,运用夸张、想象、比喻等修辞手法摹景状物,将景色的动与静、颜色的浓与淡、空间的远与近、光彩的明与暗皆精心刻镂在行记之中,通过文字将行旅的现场感带给读者。

二、俯仰自得与绸缪往复:流动不居的视角

行记描绘的是旅行途中的风景,移动的路线、变化的视角常常使作者有机会多角度、多侧面地观看风景,形成一种流动的空间意识,诉诸于文字,更显笔势婀娜多姿。作者观看风景的视角主要有以下三种:

(一)游目换形

游目换形是观赏风景的重要方式。游览者固定立足点,视线却不断游移于多处风景之间,通过仰观俯察、左顾右盼、远观近察等各种视角来描摹映入眼帘的各种风景。如张舜民游金陵高座寺云:"高座寺在长干之南,迤逦登陟冈岭,兰若甚幽,大松修竹,夹道而起,超然出群冈之上,俯瞰都城,人物可数。西望江渚,云水杳然,乃金陵绝胜之景。"[1]作者沿着蜿蜒而上的山路一路攀爬,到达

---

[1] 张舜民《郴行录》,《画墁集》卷七,《丛书集成初编》第1948册,第57页。

高座寺,首先将视线投向寺庙本身,庙宇幽静、松竹挺拔;接着,又从山顶俯视都城,人物清晰可见;最后又西望江渚,烟波浩渺,隐约可见。驻足高座寺,放眼四周,视线由近及远,由俯视到远望,多角度地描绘寺院周遭之景。

陆游至巴东县登白云亭所见幽奇之景,曰:"(白云亭)群山环拥,层出间见。古木森然,往往二三百年物。栏外双瀑泻石涧中,跳珠溅玉,冷入人骨。其下是为慈溪,奔流与江会。予自吴入楚,行五千余里,过十五州,亭榭之胜,无如白云者。"① 先写白云亭上所见四周之景,群山环抱,古木成荫;再写从亭中平视亭栏外,飞瀑直下的壮观景象;随着双瀑的流向,视线亦随之下移,聚焦于溪水奔腾涌入大江的气势。驻足于欣赏风景的绝佳处——白云亭,依照远近高低的空间结构来呈现景物,展现出大自然错落有致的美景。

周必大游江西落星寺,记其所见曰:"山色满眼,湖光千里,真世间之景。又尝有玉京轩,今皆废,但存清晖阁。西对庐阜,如天翠屏。初至,白云英英起山腰,少焉散漫,俄复退敛,已而山披絮帽,变态不常。举酒赏之,不觉径醉。午后移坐佛屋之前,东南观巨浸,右为扬澜,左为左里,其中两山如门,是为鄱阳湖。由寺门而望,则东北直宫亭湖,西南轩窗对流,青山其胁,亦有湖汉,西北则军城也。再举酒而归。"② 先总写湖光山色之奇绝,再将目光投向西面,只见庐山拔地而起,如翠屏耸立,随着时间推移,云气或敛或散,姿态万千。接着,定位于寺中佛屋,视线游移于东南、东北、西南、西北各方向,所见有洪涛巨浪,有青峦叠翠,有激滟湖光,亦有

---

① 陆游《入蜀记》,《陆游集》,第2458页。
② 周必大《泛舟游山录》卷三,《庐陵周益国文忠公集》卷一六九,《宋集珍本丛刊》第52册,第656页。

市井城邑。描绘的景色上至青山云岚,下至江湖岛屿,形成一个立体、广阔的空间。

(二)移步换景

移步换景是行记中运用最多的观景方式,常用来描述沿途所见风景。随着时间的推移,行程的推进,按照地点和视角的变化,描写所见景色。景观随步伐的移动不断变换,作者以行程为线索,将不同空间的景观呈现出来,连缀成一幅流动的画卷。

范成大《骖鸾录》记载经湖州寻访北山石林的经历,即是以移步换景的方式展现的。其文曰:"十九日将游北山石林,薛守愿同行。乘轻舟十余里,登篮舆,小憩牛氏岁寒堂,自此入山。松桂深幽,绝无尘事。过大岭,乃至石林。则栋宇已倾颓,西廊尽拆去,今畦菜矣。正堂无恙,亦有旧床榻在凝尘鼠壤中。堂正面下山之高峰,层峦空翠照衣袂,略似上天竺白云堂所见而加雄尊。自堂西过二小亭,佳石错立道周。至西岩,石益奇且多。有小堂曰承诏。叶公自玉堂归守先坟,经始之初,始有此堂。后以天官召还,受命于此,因以为志焉。其旁,登高有罗汉岩,石状怪诡,皆嵌空装缀,巧过镂劖。自西岩回步至东岩,石之高壮礧砢,又过西岩,小亭亦颓矣。叶公好石,尽力剔山骨,森然发露若林,而开径于石间,亦有自他所移徙置道傍以补阙空者。"① 石林是宋代著名作家叶梦得晚年在浙江湖州的隐居之地。范成大游览叶氏故居,按照游览之顺序,依次展现了沿途山径、故居堂院、西岩、东岩等四个空间。先写由岁寒堂入山所见道中松桂环绕,超凡脱俗之景;再写越岭至石林所见,叶氏厅堂已颓败荒芜,堂前屋后已沦为菜地,无复往日光景,唯有下山层峦叠翠,依旧雄奇壮丽。从厅堂往西行,至西岩观石,所

---

① 范成大《骖鸾录》,《范成大笔记六种》,第42页。

见怪石林立、争奇斗巧,胜过人工斧凿。最后再写由西岩至东岩,观东岩石林高耸堆积之貌。文中以"自此入山""过大岭""堂西过二小亭……至西岩""自西岩回步至东岩"等一系列标识行程的语言串联起对石林故居的描摹,随着作者游览踪迹的改变,石林不同空间的丰富景观都呈现于眼前。

陈文蔚《游山记》亦是采用移步换景的手法的典型之作。陈氏记录与友人同游傅岩的行旅经历曰:"吾三人者舍车策杖,循山涧以出涧之侧,古木盘屈,藤萝蔓延,怪石隐见,不可名状。涧或流石底,或穿石腹,姿态横生,殊可玩。盖自山之阴绕山之阳,而一窦涓涓不绝,即其源。岩踞山阳之左麓,其口可容坐十余人,内渐狭。繇峡口入,数步间有井焉,其深莫测。自井而往,暗昧不辨人物。尝有持炬入者,以不可穷极而返。出岩,自右登山,往往皆怪石,或洼然而下,或隆然而高,或洞然而空,或窅然而深,或群然而齐,或特然而孤。峡可通身,崖可侧足。若室而通,如往而复。不得其径,游者辄迷向背。时有古梅桂树,蘘生其间,有若种而实非人力。至山之巅,所谓群玉堂者,最其佳处,一峰巍然独高,群峰环列两傍,有如天造地设。"① 首先从山之阴,涧之源处写起,古木丛生,怪石嶙峋,水石相映,绵延不绝;接着来到山之阳,入傅岩游览,路由阔至狭、由明至暗;随后,出傅岩登山,奇石林立,高低深浅,姿态横生;山路回环往复,古梅桂枝交相掩映;最后,登至山颠群玉堂,观赏群峰错落之景。作者写傅岩之景,从山北至山南,从山腰至山顶,随着行程的不断变化,将旅途中不同空间的山涧岩泉编织成一幅流动的图画,形成起伏跳跃的节奏,显示出作者游山览水的无穷兴致。

---

① 陈文蔚《游山记》,《克斋集》卷一〇,《文渊阁四库全书》第1171册,第75页。

(三)物定神移

物定神移的观照方式是指观赏的景观不变,但目光改变,眼神游移于同一景观,从不同的角度观察同一景色的万千姿态。宋代山水画家郭熙论画强调师法自然,得山水之"神",他以观山为例阐释画家作画,应从不同角度观察景物,才能获得山水之"神",文曰:"山:近看如此,远数里看又如此,远十数里看又如此,每远每异,所谓'山形步步移'也。山:正面如此,侧面又如此,背面又如此,每看每异,所谓'山形面面看'也。如此是一山而兼数十百山之形状,可得不悉乎?"[1] 远观近察、多侧面观看才能获对景观细腻而全面的感受。行记作者观赏风景也常采用这种动态的审美方式,随着空间位移的变化对同一景观进行多层次、多角度的观赏,从而获得对景观的全方位感知。

陆游《入蜀记》记载江行所见,常常随着行舟位移的变化来观看两岸风景。如:"(过烽火矶)自舟中望山突兀而已。及抛江过其下,嵌岩窦穴,怪奇万状,色泽莹润,亦与它石迥异。又有一石,不附山,杰然特起,高百余尺,丹藤翠蔓,罗络其上,如宝装屏风。"[2] 舟中遥望远山,平淡无奇,仅突兀而已,舟行山下,近观山石,姿态横生,藤蔓萦绕,美不胜收。作者以烽火矶为中心,视线由远及近,寥寥数笔勾勒了江边石壁的瑰奇之景,远观近察,愈近愈秀,不同的观看角度导致不同的观景体验,流露出作者探寻美景的喜悦之情。江行途中,陆游亦常用由近渐远的方式观看景色,如至鄂州访黄鹤楼云:

---

[1] 郭思编,杨无锐编著《林泉高致》,第31页。
[2] 陆游《入蜀记》,《陆游集》,第2430页。

由江滨堤上还船,民居市肆,数里不绝。其间复有巷陌,往来憧憧如织。盖四方商贾所集,而蜀人为多。二十九日,早有广汉僧世全、左绵僧了证来附从人舟。日昳,移舟江口,回望堤上,楼阁重复,灯火歌呼,夜分乃已。①

游镇江金山寺,云:

（六月二十六日）遂游金山,登玉鉴堂、妙高台,皆穷极壮丽,非昔比……（二十八日）午间,过瓜洲,江平如镜。舟中望金山,楼观重复,尤为巨丽……二十九日,泊瓜州,天气澄爽。南望京口月观、甘露寺、水府庙,皆至近。金山尤近,可辨人眉目也。②

前例先写在堤岸上观景,只见鄂州江岸上市井繁庶,商贾云集;再写于江口舟中回望,所见岸边繁华夜景。后例从置身于金山中,到江中回望金山,再到泊舟瓜州、南望金山,在渐行渐远的观赏过程中,不断加深对鄂州繁盛、金山壮丽之景的景观体验,在频频回望的观赏姿态中,贯注了作者兴意未阑的眷恋之情。

周必大在《泛舟游山录》中将这种物定神移的观赏方式用到了极致,对匡庐胜景的描写即是典型。庐山是江南东道南康军(今江西九江市)境内名胜,也是周必大此行的重要游览地,在南康军停留的数日里都有对庐山风景的描绘。如:

---

① 陆游《入蜀记》,《陆游集》,第 2444 页。
② 陆游《入蜀记》,《陆游集》,第 2414 页。

1.（甲寅）……又过陈准主簿宅,登楼望庐山及星湾,有甲秀堂,对瀑布、香炉峰。

2. 壬戌,五更雪打篷。平明出,别郡官。望庐山已横白练,欲解去,而南风作。

3.（至落星寺）寺去军岸仅五里……西对庐阜,如青天翠屏。初至,白云英英起山腰,少焉散漫,俄复退敛,已而山披絮帽,变态不常。

4. 癸亥,早发南康。北风微作,已而转南。……去军城八十里有巡检司及小市,登岸北望庐山。

5. 甲子,南风。晡时方行十里至吴城山,谒庙毕,登望湖亭,犹见庐山也。①

从初至南康军于同僚宅院中登楼遥望庐山,到离别时于郡圃眺望庐山,再到落星寺中望庐山,再到离开南康以后于八十里外的岸边北望庐山,最后在离南康更远的吴城山亭中再望庐山,描绘了不同时间、不同方位所见到的庐山景象,以一步一观景的方式多层次展现了庐山胜景之概貌以及作者游览庐山的缱绻之情。

在对庐山景色的具体描绘中,又挑出山中标志性的景观进行回环往复地观看。如记文殊亭、主簿塔、佛手岩等景观:

（丁巳）亭午至天池禅院……同首座道彻登文殊亭,下视铁船峰、望石涧。涧自山委蛇而出,直达于江,然则尊胜庵之石门非水源矣……归院日方斜,复度岭行二里许至主簿塔,

---

① 周必大《泛舟游山录》卷三,《庐陵周益国文忠公集》卷一六九,《宋集珍本丛刊》第 52 册,第 656 页。

（顷有主簿于此遇文殊胜境，立石塔，遂以为名。今秋雷击其顶。）洞视空阔，又非第四亭而上可比。东西二林历历在眼，而江州屋壁已可辨。有九十九峰磬折如城堵然……此登眺最佳处也。稍前至佛手岩，雪花满树，庵门尚闭，乃知昨日大雪，今日骤霁。望南山雪气犹未散……岩石空洞不止容百人，下有泉水。①

先写丁巳日亲历其间，在亭中、塔顶、岩前所见之景：文殊亭依山傍水，与蜿蜒流淌的涧水相映衬；主簿塔空旷阔大、居高临下，为登临胜地；佛手岩白雪堆积、幽寂空旷。后又写戊午日下山后仰望诸景，云："戊午，早，同道彻望罗汉岩即下山，山上微雪，山半乃为雨矣。由石门涧出官路，稍前即岳家市……回视文殊亭渺在峰顶，主簿塔仅如枯木，佛手岩屋仿佛可辨，始叹昨日登涉之不易也。"② 简笔勾勒出从山腰仰望，所见亭、塔、岩杳渺隐约之概貌。作者以远处仰视、近处细看等不同的视角来描绘亭、塔、岩景观的不同姿态。又如记庐山主峰五老峰，曰：

1.（己未至吴章岭）岭脊分江东西两路界。过界便见五老峰，是为山南。庚申，登采访使者阁，望五老峰……今五老之峰垒石如屏障，盖其故址，自阁而望，相去若在百步间，庐阜之甲观也……五老第二峰即狮子峰，与九叠屏相连，山无草木，晓日照之，殆如赤城，自廊庑望之，则奇姿巧势犹不可状。

---

① 周必大《泛舟游山录》卷三，《庐陵周益国文忠公集》卷一六九，《宋集珍本丛刊》第 52 册，第 651 页。
② 周必大《泛舟游山录》卷三，《庐陵周益国文忠公集》卷一六九，《宋集珍本丛刊》第 52 册，第 652 页。

2.（庚申至垒石庵）门外大石长数丈,复垒一石,前眺江湖宛如池,庵背即五老峰,乃几案间物,陈舜俞以未见,盖后来庵宇之绝景也……（至净妙院）门外数十步,回望五老及他山如图画。凡此寺观庵宇,大抵环绕五老峰。每至一处,山色峰数辄不同,造物之无尽藏也。狮子峰尤肖,今日但少云气饰之……（至卧龙旧庵）旧庵隔溪,岩石层出,粲如百叠之云,中有流泉注于涧,亦一佳处也。望五老峰甚近……登环翠阁,望五老峰背。

3.（辛酉）再过三峡桥,徘徊久之……行小路,望五老峰了然。①

作者连续数日在庐山中信步游览,行踪不断改变,但目光却始终聚焦于五老峰。从吴章岭、采访使者廊阁、垒石庵、净妙院、卧龙旧庵、环翠阁等地或远望、或回望、或从正面、或从背面,回旋往复地观赏五老峰,呈现出不同时间、不同方位看到的姿态各异的山色峰峦。对五老峰异时异地的描绘立体、流动地展现了峰峦叠翠、山势奇峭的如画美景,令读者有身临其境之感。周必大就是这样将庐山这一大空间划分为若干小空间,并对庐山整体面貌以及各小空间中的标志性景物进行全方位、多层次的观赏,从而完成了对匡庐胜景的勾勒。

总之,宋代行记的作家或立足于一点仰观俯察、远近取与,观照山光水色;或是按照地点的移动,视点亦不断变换,依次展现出不同的景观画面;或是执着一景,远眺近观,绸缪往复,描绘"横看

---

① 周必大《泛舟游山录》卷三,《庐陵周益国文忠公集》卷一六九,《宋集珍本丛刊》第 52 册,第 655 页。

成岭侧成峰"的千姿百态,都是以一种运动的、变化的视角来观赏景色。宗白华论中国画画法,认为"画家以流盼的眼光绸缪于身所盘桓的形形色色。所看的不是一个透视的焦点,所采的不是一个固定的立场,所画出来的是具有音乐的节奏与和谐的境界",体现着"节奏化、音乐化了的中国人的宇宙观"①。行记作者亦如中国画家的审美方式,以流动不居的视角俯仰自得、回环往复地观照景物,形成具有韵律美感的文本空间。

三、纵横交织与虚实相间:地理空间的多样联结

宋代行记作者在描绘当下所经历的地理空间时,还常常以不在场的空间进行补充描述,这些不在场的空间包括异地的空间、异时的空间、听闻的空间,它们一起构成了行记中的地理景观描述。

(一)当下风景与异地的空间

作者描绘行旅途中所见空间景色时,常插入对其他地方景色的描述。如《入蜀记》记载游当涂县青山的经历,于山顶俯视,"下视四山,如蛟龙奔放,争赴川谷,绝类吾乡舜山。但舜山之巅,丰沃夷旷,无异平陆,此所不及也"②。作者由群山蜿蜒逶迤、奔赴河流之山势联想到故乡舜山,揭示出舜山山势走向与之相似,进而描述舜山之景,山巅沃野平旷,胜出青山一等。陆游以故乡的舜山与当下所游的青山进行比较,以舜山的景色补充了眼前游青山所见,从而更完整地展现青山的山势形貌。描写当下之景,插入对另一地景色的描述,这种叙写方式在行记中比比皆是,联想起的异地空间常

---

① 宗白华《中国诗画所表现的空间意识》,见《美学散步》,上海人民出版社,1981年,第82—83页。
② 陆游《入蜀记》,《陆游集》,第2424页。

常是自己乡居之地,如:

> 二十六日,解舟过长风沙罗刹石……西望群山靡迤,岩嶂深秀,宛如吾庐南望镜中诸山,为之累欷……(二十七日)经皖口至赵屯,未朝食,已行百五十里,而风益大,乃泊夹中……大风至暮不止,登岸,行至夹口,观江中惊涛骇浪,虽钱塘八月之潮不过也。①
>
> 十二日,缺门镇、千秋店,宿渑池县。行十里,过会盟台。渑池、新安之间,溪山人家如东浙,用溪石垒墙。②
>
> 食顷,光渐移,过山而西。左顾雷洞,山上复出一光,如前而差小,须臾亦飞行过山外,至平野间,转徙得得,与岩正相值,色状俱变,遂为金桥。大略如吴江垂虹,而毗有紫云捧之。③

以上诸例皆是将故乡之景融入到当下景观的描绘中,郑刚中以浙东路居民溪石垒墙的风俗写河南府渑池、新安县所见,陆游以故居山阴镜湖、浙江钱塘秋潮写舒州(今安徽潜山)江行所见,范成大以苏州垂虹桥写峨眉山顶所见光景。郑刚中的故乡是婺州金华(今浙江金华),陆游的故乡是越州山阴(今浙江绍兴),范成大的故乡是平江府吴县(今江苏苏州),属浙东路和浙西路,他们皆以对两浙路熟悉的故土生活经验来描写眼前的风景。

由当下风景联想到的异地空间有时又是前期行旅中留下过深

---

① 陆游《入蜀记》,《陆游集》,第2429页。
② 郑刚中《西征道里记》,《四库全书存目丛书》史部第127册,第549页。
③ 范成大《吴船录》,《范成大笔记六种》,第202页。

刻印象的地方，如：

> 至汤泉，在涧底，大如车轮，热不可插手，稍稍下流，始可盥濯，浸溉田亩，流数里。左右山径偪侧，略无兴葺之地。瘴岭蛮溪亦有此泉，渴饮猿鸟，汙濯侬猺，物同而其致异，亦可叹也。①

> 甫入桂林界，平野豁开，两傍各数里，石峰森峭，罗列左右，如排衙引而南，同行皆动心骇目，相与指示夸叹，又谓来游之晚。夹道高枫古柳，道途大逵，如安肃故疆及燕山外城，都会所有，自不凡也。②

> 入马肝峡。石壁高绝处，有石下垂如肝，故以名峡。其傍又有狮子岩，岩中有一小石，蹲踞张颐，碧草被之，正如一青狮子。微泉泠泠，自岩中出，舟行急，不能取尝，当亦佳泉也，溪上又有一峰孤起，秀丽略如小孤山。③

这几例是以行旅途中留下深刻印象的景色来描写眼下的风景。张舜民记衡山（今属湖南衡阳县）汤泉之景，所谓"侬猺"是广西壮族的代称，张舜民贬谪郴州之前曾被贬邕州（今广西南宁），"瘴岭蛮溪"盖指邕州。由衡山炙热的汤泉联想起曾在邕州所见到类似的泉水，只是邕州泉水仅用于满足猿鸟饮用、边民洗濯等基本生存需求，而在衡州，淙淙流动的泉水灌溉出广袤的良田。作者以原始落后的蛮夷景象反衬出衡州所见农耕文明的欣欣向荣的之景，"物同

---

① 张舜民《郴行录》，《画墁集》卷八，《丛书集成初编》第 1948 册，第 70 页。
② 范成大《骖鸾录》，《范成大笔记六种》，第 59 页。
③ 陆游《入蜀记》，《陆游集》，第 2455 页。

而其致异"的喟叹不乏中原优势文化对边地劣势文化的偏见,但也更全面地展现了衡山汤泉作为农业文明符号的特征。第二则为范成大赴桂林途中见闻。范氏赴桂林静江府任前一年多曾奉命出使金朝,远至安肃军(今河北徐水)、金都城燕山城等地,故土风光引起他极大的关注,《揽辔录》中记载:"至安肃军。故时塘泺,今悉淤塞。门外大道,古出塞路也。夹道古柳参天,至白沟始绝。"① 范成大正是以使金所见安肃军至燕山城途中景象描写桂林界内古木森然的通衢大道之景。陆游以小孤山的秀丽之景来写从峡州至归州途中见到的孤峰耸立的山势。小孤山是入蜀之行中给陆游留下美好印象的景色,陆游曾感叹道:"凡江中独山,如金山、焦山、落星之类,皆名天下,然峭拔秀丽,皆不可与小孤比。自数十里外望之,碧峰巉然孤起,上干云霄,已非他山可拟,愈近愈秀,冬夏晴雨,姿态万变,信造化之尤物也。"② 作者以小孤山来描写江行中见到的不知名的山峰,更衬托出山峰的峭拔秀丽之姿。

可见,宋代的行记作者总是以个人熟悉的乡居生活或旅途经验来看待当下的风景,陌生的地理空间变得可亲近、可游观,把对异地空间景色的描述融入到对当下风景的描绘中,也使作者能从更广阔的空间范围来看待眼前的风景,更完整地展现眼前风景的特点。

(二) 当下风景与异时的空间

宋人旅行的机会多,旅行的路线长,有些地方不止到访过一次,文人在记载这些风景时,既描绘当下的风景,又常常联想

---

① [宋]黄震《揽辔录节文》,《黄氏日钞》卷六七,《文渊阁四库全书》第708册,第623页。
② 陆游《入蜀记》,《陆游集》,第2430页。

曾经在此地的见闻,把过去"在场"的经历融入到当下的景观描绘中。

周必大至平江府游砚石山,行记中记载:"长老善卿来迓,同自响屟廊过草堂,上琴台,下视川原华丽,太湖数百里在眼中……湖中山之大者,有东西二山,皆号洞庭山,余多岛屿云。夜待月望湖光,然后就枕。顷年尝同章茂之兄弟剧饮于草堂,濯足偃松间,中夜方寝。今日之乐又过昔游,所惜偃松一枝已瘁。"① 作者在欣赏夜月映湖的幽美风景时,往年与好友于草堂豪饮、松间谈笑的超尘脱俗之景浮现于脑海,昔日的良辰美景、赏心乐事增添了今日望湖赏月的诗情画意。过去在此地游赏的见闻经历对当下的风景描述起到了补充作用,呈现出"我"所见证过的砚山的过去和现在。又如周必大丁亥年(1167)游宜兴通真观,曰:"辛巳,庄支使玙相访。饭罢,因谒郭宅心寺丞,遂游通真观,比癸未岁,益不振。向余一柏,又复不存。庭下有虞察院诗刻云:'此树已三百年,而数岁间俱失之,庸道士之罪也。'"② 作者将游观所见之景与癸未年所见景色进行比较,其实癸未年(1163)的相关见闻在此前所作行记《归庐陵日记》中有详细记载,"乙酉,报谒郭提举知训……宅在观巷,自谓东坡旧居。门外数步即通真观。造于陈大建三年,初名宏道,唐改兴道,本朝赐今名。殿宇摧败,过者惧压焉。观中有双柏院,绍兴二十八年大风拔一柏去,其存者甚大"③。当时道观已有萧索气

---

① 周必大《泛舟游山录》卷一,《庐陵周益国文忠公集》卷一六七,《宋集珍本丛刊》第 52 册,第 630 页。
② 周必大《泛舟游山录》卷一,《庐陵周益国文忠公集》卷一六七,《宋集珍本丛刊》第 52 册,第 625 页。
③ 周必大《归庐陵日记》,《庐陵周益国文忠公集》卷一六五,《宋集珍本丛刊》第 52 册,第 609 页。

象。周必大在描写当下所见通真观景色时,特意回顾四年前在此所见风景,两相比较,更描写出道观颓败不堪之貌。

这种空间联结的方式在陆游的《入蜀记》、范成大的《骖鸾录》中也很常见。他们在记录多次经历的景观时,往往回溯之前在此的经历、见闻,将曾经"在场"的经历融入到对当下风景的描绘中,风景有了时间的跨度,景观的今昔风貌皆得以展现。

(三)当下风景与听闻的空间

作者在描写正在经历的景观地理空间时,不仅有对眼前实景的刻画,也有对听闻的风景的勾勒,听闻的风景虽然不是作者正在经历的实景,却与眼前的景色一同构建了景观的多样面貌。如张舜民记录至岳州(今湖南岳阳)登岳阳楼之见闻,曰:"晚登岳阳楼,即岳州之西门也。下临湖水,北望荆江,自西北流东南,至岳州城下,与湖水合而东流,始为大江。凡绝湖而南,西者趋鼎、澧,西北趋荆、峡,一湖之间,分此四路也。每岁十月以后,四月以前,水落洲生,四江可辨。余时弥漫,云涯相浃,日月出没,皆在其中。望水中如覆斗者,即君山也。岳州西南山势如覆舟,东连众山而孤绝。"[①]作者在岳阳楼上望洞庭,见到的是北来的荆江与洞庭湖水相汇,东流入大江,水势奔腾的景象。洞庭湖上烟波浩渺,云气缭绕,有吞吐日月的气势;在浩瀚的湖面上,湖中诸山仅如覆斗、覆舟,微露水面。所谓"每岁十月以后,四月以前,水落洲生,四江可辨"的枯水景象并非张舜民所见实景,因为他被贬郴州,途经岳州是在永丰五年(1082)九月,正是洞庭湖涨水季节,对于枯水景色的描写很可能来源于与当地百姓的交流。这个"听闻"的空间是真实存在的,但又不被作者亲身经历,它与当下作者所经历的真实的地理空

---

① 张舜民《画墁集》卷八,《丛书集成初编》第1948册,第65页。

间,各自表现出洞庭湖不同时节的不一样的面貌,它们错综交织,共同构建了洞庭湖变幻多姿的湖光山色。

又如陆游描写巫山神女峰,曰:"二十三日,过巫山凝真观,谒妙用真人祠。真人即世所谓巫山神女也。祠正对巫山,峰峦上入霄汉,山脚直插江中。议者谓太华衡庐,皆无此奇。然十二峰者,不可悉见。所见八九峰,惟神女峰最为纤丽奇峭,宜为仙真所托。祝史云:每八月十五夜月明时,有丝竹之音,往来峰顶,山猿皆鸣,达旦方渐止……坛上观十二峰,宛如屏障。是日天宇晴霁,四顾无纤翳,惟神女峰上有白云数片,如鸾鹤翔舞裴徊,久之不散,亦可异也。"① 陆游见到的巫山十二峰峰峦叠翠,其中神女尤为纤丽奇峭,山势突兀而起,时常云气飘拂,映带青山,一片神奇秀丽之景。其中"八月十五夜月明时,有丝竹之音,往来峰顶,山猿皆鸣,达旦方渐止"是转述祝史(即祠庙中掌管祭祀之人)所言,并非陆游在巫山神女峰亲身体验之景,但皓月当空、丝竹之音缭绕、山猿达旦齐鸣的境界却真实地展现着神女峰在中秋时节的神奇面貌,这个听闻的空间为眼前的神女景观增添了奇幻的色彩,更显神女峰绰约多姿的样貌。

异地空间从横向上拓宽了对当下风景的描述;异时空间从纵向上延伸了对当下风景的描绘;听闻的空间是真实存在的景色但又不被作者亲身经历,于作者而言可视为"虚",它与作者真实经历的"实"的空间一起,虚实结合地展现出多样化的景观面貌。在对当下景观空间的描述中,融入对异地空间、异时空间、听闻空间的描绘,都极大丰富了景观的内涵。

---

① 陆游《入蜀记》,《陆游集》,第 2458 页。

四、同中有异与山水的"占有":个性化的风景呈现

(一)同类景观,姿态各异

行记中记录的景观类型丰富多样,山川湖泊、飞瀑岩泉、亭台楼阁、郡圃园林、寺观祠庙……每一类中涉及到的具体景观不计其数,作者写来却绝不雷同,毫无概念化、模式化的弊病。同样是写山,或孤拔峻峭、或蜿蜒起伏、或翠峰如屏、或雪山如玉;同样是写江,或涛涌浪急、或波平如席、或渺茫无际、或澄澈如镜。作者描写的都是亲身经历过的景色,往往采用写实的手法展现风景各自独有的特征,展现出千姿百态的景观样貌,即使是一些不起眼的岩石、滩壑,在宋人行记中也描写得精彩纷呈。如陆游在《入蜀记》中记载了长江沿岸各种各样的矶:

1. (三山矶)水湍急,篙工并力撑之,乃能上。然今年闰余秋早,水落已数尺矣,则盛夏可知也。三山自石头及凤凰台望之,杳杳有无中耳……慈姥矶,矶之尤巉绝峭立者。

2. 十九日,便风,过大小褐山矶。奇石巉绝,渔人依石挽罾,宛如画图间所见。

3. 过狮子矶。一名佛指矶,薛壁百尺,青林绿筱,倒生壁间,图画有所不及。犹恨舟行北岸,不得过其下。旁有数矶,亦奇峭,然皆非狮子比也。

4. (过烽火矶)自舟中望山突兀而已。及抛江过其下,嵌岩窦穴,怪奇万状,色泽莹润,亦与它石迥异。

5. (澎浪矶)属江州彭泽县,三面临江,倒影水中,亦占一山之胜。舟过矶,虽无风,亦浪涌,盖以此得名也。

6. 过谢家矶、金鸡洑,矶不甚高,而石皆横裂,如累层甓。

7. 楼下稍东,即赤壁矶,亦茅冈尔,略无草木……二十日晓,离黄州。江平无风,挽船正自赤壁矶下过,多奇石,五色错杂,粲然可爱,东坡先生怪石供是也。①

矶是临水的突出的岩石,本不为人注意,但在陆游笔下却各有各的面貌:慈姥矶的特点是险峻陡峭;狮子矶的特点是苔藓满壁、竹树苍翠;烽火矶的特点是洞穴怪奇、石色润泽;谢家矶的特点是断岩累积;赤壁矶的特点是无草木,多五色奇石。对矶石的描写不仅从正面加以描述,也从侧面进行烘托,刻画不同的特点,写三山矶、澎浪矶,以水势湍急、浪花奔涌的江面加以烘托,展现出矶石的地理形势;写大小褐山矶,除了抓住山石奇峭的特点,渔叟垂钓的场景也给矶石平添了几分生活气息。同是江面突兀耸起的大石,陆游却能抓住各自不同的特征,将其写得姿态各异。

　　范成大离蜀,从涪州到峡州顺流而下,一路上滩多路险,在《吴船录》中他描写了多个险滩,既突出它们"险"的共同特点,又能写出各自不同的特点,让人感同身受,兹举数例如下:

　　1. 过群猪滩,既险且长。水虽大涨,乱石犹森然。两旁他舟皆荡兀,惊怖号呼。

　　2. 峡中两岸,高岩峻壁,斧凿之痕皱皱然,而黑石滩最号险恶。两山束江骤起,水势不及平,两边高而中洼下,状如茶碾之槽,舟檝易以倾侧,谓之茶槽齐。

　　3. 九十里,至归州。未至州数里,曰吒滩,其险又过东奔。

---

① 陆游《入蜀记》,分别见《陆游集》,第 2420 页,第 2425 页,第 2430 页,第 2430 页,第 2431 页,第 2445 页,第 2440 页。

土人云黄魔神所为也。连接城下大滩,曰人鲊瓮。很石横卧,据江十七八。从人船倾侧,水入篷窗,危不济。

4. 二十里,至东奔滩。高浪大涡,巨舳掀舞,不当一槁叶,或为涡所使,如磨之旋。三老挽招竿叫呼,力争以出涡。

5. 三十里,至新滩。此滩恶名豪三峡,汉、晋时,山再崩,塞江,所以后名新滩。石乱水汹,瞬息覆溺,上下欲脱免者,必盘博陆行,以虚舟过之。①

群猪滩之险在于河道狭长、乱石罗列;黑石滩之险在于地势两边高中间低,船易倾覆;吒滩之险在于大石横截江面,占据大江十之七八的宽度,船易触礁;东奔滩之险在于浪高水急,涡旋奔湍,巨舟恍如枯叶,随波荡兀;新滩之险在于山崩塞江,沙石堆积,水势汹涌,只能空船过滩,生动逼真地刻画了蜀道艰险、行人惊恐万分的情景。

(二)同一景观,陈言务去

对于同一景观的描述往往见诸多部宋代行记,却没有陈陈相因、千篇一律的弊病,不同的作者描写得各有特色,对于前人行记中已涉及到的风物描述,晚出的行记作者充分发挥创造个性,陈言务去、另辟蹊径地呈现一个与前人描述不一样的风景。比如张舜民和周必大都到访过池州的齐山,在他们的行记《郴行录》和《泛舟游山记》中都详细记录了齐山的风景。张舜民曰:

(次池州弄水亭)俯溪流……齐山在州城之南,隔清溪,

---

① 引文分别见于范成大《吴船录》,《范成大笔记六种》,第215页,第220页,第218页,第220页,第222页。

可二里许,背溪之阳,不与大山相连,东西可数里,南北才一里,高可百步,石色绀碧,棱角隐显,百怪千状,正似人家所畜太湖石也。竹木丛生其上,有如塑画,寺居其阳。山有二十九洞,左史、石燕、白虎、七顶、观音岩、小九华、紫峰,其著也,乃李白、杜牧及唐人素所游息之地。刺史齐照日居其中,故以名焉。左史在山东首,自南麓缘山蹊,可一里余,越岭北下,穿石罅,石颇奇怪。磬折入洞,十步许,稍低。匍匐寻丈间,又傥壮丈余,乃出一穴,忽见天日,四壁削高可二十丈,浑如甑形,石色如黛,女萝、摎葛遍其上,亦名小洞天。北崿有刊志,会昌六年刺史杜牧、建安张佑书石。石燕,左史之西,越岭少下,北崿如覆杯,可容百人。有穴西出,昼日石燕飞翔,然捕者莫能得也……白虎洞有石如虎蹲,人不敢近也。①

首先总写齐山地理位置、山势走向、山石绀碧、棱角参差之状;再分写齐山二十九岩洞中最为著名者,左史洞、石燕洞以及白虎洞。对左史洞的描述尤为细腻,先以游赏者屈身入洞、匍匐前行、忽见天日等一系列动作侧面展现石洞蜿蜒高低起伏的特征,再正面描绘石洞之大小、形态以及葛藤萝蔓错综交织,掩映石洞的清幽之景。对石燕洞、白虎洞亦简略描述其形态、大小特征。时过八十五年,乾道三年(1167)周必大也来到张舜民曾经游赏过的齐山,在《泛舟游山录》中浓墨重彩地记叙了这一次游山的经历,所记与张舜民的描绘毫无重复之嫌。他先写远望齐山山脚入溪、石色青苍的姿态,再叙入山所见,着重描绘山中姿态各异的岩洞,如妙空岩、单砂岩、焦笔岩、观音岩、寄隐岩、九顶洞、独秀岩,这些岩洞在《郴行录》

---

① 张舜民《郴行录》,《画墁集》卷七,《丛书集成初编》第1948册,第60页。

中均无记录;而张舜民重点描绘的左史洞、石燕洞,周必大只以寥寥数笔附带提及,曰:"(左史洞)其深数丈,可达于外。左史谓李方元景业也,杜牧之代景业来守,故为立名,而张佑书之。又有石燕洞,大抵皆石也。"①周必大似乎有着强烈地摆脱前人的影响、创作独具个性的文字的创作倾向。

其实周必大对前贤张舜民的文学、气节极佩服②,对其《郴行录》一书烂熟于胸,在周必大《跋山谷题橘洲画卷》一文中曾提到"橘洲在湘江中,巨浸不能没,膏润宜橘,是以得名……张舜民记:洲南北与州城等有巡检寨及僧寺两三所,渔者数百家"③。在游宜兴著名景观二洞时也提到:"时有四足鲇鱼出游,村夫或击而食之,今日童仆辈亦有见之者……张舜民《南迁录》:过黄州,闻东坡云:近获一鱼,似鲇而有四足,能履地而行,或曰鲵鱼也。"④所谓"张舜民记""张舜民《南迁录》"皆指《郴行录》一书。在日常生活中,周必大遇到与《郴行录》中记录的情境,很自然地联想起张舜民的行记,可见周氏早就熟稔此书。因此,在行记景观描绘中,他有意地避开前人已描写过的景致,深入挖掘齐山不为人知的美景,呈现独具个性的风景,可谓"人所易言,我寡言之;人所难言,我

---

① 周必大《泛舟游山录》卷二,《庐陵周益国文忠公集》卷一六八,《宋集珍本丛刊》第 52 册,第 645 页。
② 周必大《京西北路制置安抚使孙公昭远行状》一文中提及"张舜民文学气节名天下"。(《庐陵周益国文忠公集》卷二九,《宋集珍本丛刊》第 51 册,第 355 页)
③ 周必大《庐陵周益国文忠公集》卷四九,《宋集珍本丛刊》第 51 册,第 511 页。
④ 周必大《泛舟游山录》卷一,《庐陵周益文忠集》卷一六七,《宋集珍本丛刊》第 52 册,第 626 页。

易言之"①。

(三)尤好书写无名山水

宋代行记作家除了描绘通都大邑的知名景观外,还特别喜欢记录一些瑰奇险远、不被关注的无名山水,他们有着搜奇揽胜的强烈愿望,在旅途中去发现并记录美景。

方凤与朋友谢翱、吴续古等同游金华北山洞天,游览著名的三洞,至中洞冰壶洞时,众人持炬入洞,石路既滑且险,行三十余丈至一水帘处,只见水帘"自高岩喷出,下有巨石盛之,即不知水之所往。水帘出处,前有悬石如钟,又如飞凤。视水帘以下,复沉沉深黑,人多不敢复入"。浩大的水势、高悬的岩石、深黑的岩洞使得其他游客畏缩不前,唯有方凤一行人毅然前行,"由水帘之右,转而深入,巨石无数,回视水帘,乃在目前。愈入愈深,下复无水,有石笋入空旷中,高可三四丈,色莹如玉。从石笋而下,极底有石室燥洁,曾游者留题在焉。回至水帘,渐可望明而上,不如入之险也"。经过艰难跋涉,他终于一睹洞中瑰奇之景,不由感叹道:"不得深入则不得尽其奇,来游者率望水帘而止尔。"② 作者认为只有穷幽涉险,方能发现常人未见之景。

周必大至平江府游太平山,连日登山游寺本已使人颇感疲倦,但作者一想到好友范成大书简中曾向他推荐过太平山之奇石佳泉,便游兴倍增,蹑石而上,一览太平盛景。太平山中山泉凝白甘甜、山石形态各异,无限风光尽收眼底,周必大不由感叹曰:"今日适疲倦,又当暑,不能穷其巅,然郡人能至予之所至者寡矣,况游客

---

① [宋]姜夔《白石道人诗说》,见[清]何文焕《历代诗话》,中华书局,1981年,第681页。
② 方凤《金华洞天行纪》,《存雅堂遗稿》卷五,《文渊阁四库全书》第1189册,第555页。

乎!"①作者对自己能探寻到郡人、普通游客都看不到的风景感到惊喜和自豪。他至湖口县石钟山观上、下钟石,扣石聆音,寻访前人李渤、苏轼文中关于石钟山的记忆,当听说水边还有一石扣之有声,便欣然前往,"而线路临深潭,蔓草蔽之,予步往,几堕不测,当咋齿镌铭以为戒也"②。为观赏奇石,不惮险远,即使冒着落水的危险,也要一睹风景之妙。在宜兴,遍访白鹤洞、洞山、白马洞、大城洞等各种岩洞,将宜兴南面岩洞搜罗殆尽,而这些岩洞"道士辈且不知所在,况游客乎?"③一般游客乃至身居深山中的道士都没有注意到的景观却令作者兴致盎然。在宜兴登使岭,同行者都惧怕山岭高峻、野虎袭人,可周必大执意攀登,"一上约二三里得平顶,俯视县郭仅成聚落,隔湖及众溆一一可指,眼界廓然"④,最终一览山顶雄奇开阔之景。

宋代文人常常特意探访这些处于幽辟险远处、不为人关注的山光水色,并对此保持着持久的记录的热情,这种发现不同寻常的美的过程一方面是对欣赏者的审美能力的确证。审美能力首先指的是发现美的审美意识,美是审美活动的产物,它存在于主体与客体的意向性关系中,既依赖于美的物质存在,也需要主体的审美意识的参与。存在主义哲学家萨特说过:"我们的每一种感觉都伴随着意识活动,即意识到人的存在是'起揭示作用的'……这个风

---

① 周必大《泛舟游山录》卷一,《庐陵周益国文忠公集》卷一六七,《宋集珍本丛刊》第 52 册,第 631 页。
② 周必大《泛舟游山录》卷三,《庐陵周益国文忠公集》卷一六九,《宋集珍本丛刊》第 52 册,第 649 页。
③ 周必大《泛舟游山录》卷二,《庐陵周益国文忠公集》卷一六八,《宋集珍本丛刊》第 52 册,第 636 页。
④ 周必大《泛舟游山录》卷二,《庐陵周益国文忠公集》卷一六八,《宋集珍本丛刊》第 52 册,第 637 页。

景,如果我们弃之不顾,它就失去见证者,停滞在默默无闻状态之中……直到有另一个意识来唤醒它。"① 美是需要具有审美意识的人去揭示的。叶燮也说:"山水之性情气象,种种状貌,变态影响,皆从我目所见、耳所听、足所履而出,是之谓游览。且天地之生是山水也,其幽远奇险,天地亦不能一一自剖其妙,自有此人之耳目手足一历之,而山水之妙始泄,如此方无愧于游览,方无愧乎游览之诗!"② 宋代的行记作者正是如此之人,有充分的审美意识、敏锐的审美眼光,于幽远奇险的山水中剖析出其中蕴藏的妙谛,发现常人未见之美。

审美的能力还包括探索风景的强烈意愿和勇敢执着的精神。正如范成大在游峨眉时所说:"昔尝闻峨眉双溪,不减庐山三峡。前日过之,真奇绝。及至龙门,则双溪又在下风。盖天下峡泉之胜,当以龙门为第一……然其路险绝,乱石当道,将至峡,必舍舆,蹑草履,经营跂步于槎牙兀嵲中,方至峡口。盖大峨峰顶天下绝观,蜀人固自罕游,而龙门又胜绝于山间,游峨眉者,亦罕能到。非好奇喜事、忘劳苦而不惮疾病者,不能至焉。"③ 峨眉山色瑰奇险绝,龙门峡景天下第一,但只有那些不畏艰险、执着探访风景的人才能欣赏到这天下奇观。宋代文人对瑰奇险远的无名之景的探寻过程正是对他们的审美意识、游览意志、勇敢冒险精神确证的过程。

另一方面,行记作者将这些不为人知的瑰奇险远之景诉诸于文字还可以达到显扬山水的目的。蒋概在归州巴东县为官时,曾

---

① [法]萨特《为什么写作》,见施康强选译《萨特文集(文论卷)》,人民文学出版社,2005年,第120页。
② [清]叶燮著,蒋寅笺注《原诗笺注》卷四,上海古籍出版社,2014年,第408页。
③ 范成大《吴船录》,《范成大笔记六种》,第207页。

游龙昌洞,此洞虽地处一隅,却风景绝异:幽洞深碧、飞泉四溅、青山秀拔、怪石林立、山回路转、渊潭澄湛,中有禽鸟出没、嘉树成荫、佛寺掩映,山奇水丽,如在桃源仙境,蒋概对此爱赏不已,遂感叹道:"大凡山水之嘉,非造物者昔尝着意于其间,则不能如此奇且怪也,此固神工有私于兹境矣。惜乎生不得其地,而埋没已久,不为人所知尔。予旧尝阅《桃源图》,有渔者扬舟而来,类于今之游龙昌,但无楼屋仙人,霞裾飘然,俯蟠桃,饮嘉客而已。然而异世荒诞之说,予固未可知其必胜也,亦欲写为《龙昌图》,将传于中州,以示喜异者,然恐举画者之手,必不能得其一二自然,以此故不必画也。"①如此山水胜景,却不为人知,蒋氏欲使画工以图画摹写,又恐画者不能得其真谛,遂作《巴东龙昌洞行记》,将美景诉诸笔端,以俟后来者见赏。

这种通过语言文字,将不为人关注的无名山水显扬于世,已成为宋代文人的一种共识,宋代许永为颜真卿撰写的祠堂记文中提到:"大抵江山之胜,必托诸伟人,然后名显,而人乐之。"②王向《游石笼山记》亦曰:"夫天作而地藏之以遗其人者,可谓至矣。虽然,惜其不出于通都大邑之郊,而藏乎穷山绝壑之下,而不为好游而有势者之所知也。使当唐时为柳宗元、李愿等见之,则其为名也,岂特石潭、盘谷之比哉!"③柳宗元贬永州作《永州八记》,韩愈为隐士李愿作《送李愿归盘谷序》,永州的石潭溪涧、李愿故居盘古,这些穷山绝壑、不为人知的景色借助文人的辞藻得以名满四方。李觏

---

① [宋]周敦颐《周元公集》卷六《肇庆府星岩留题》后附蒋概著《巴东龙昌洞行记》,北京图书馆藏宋刻本。
② [唐]颜真卿《颜鲁公文集》卷一七收录宋代许永撰《祁阳颜元祠堂记》,《四部丛刊》本。
③ 曾枣庄、刘琳主编《全宋文》第82册,上海辞书出版社,2006年,第112页。

《遣兴》诗云:"境入东南处处清,不因辞客不传名。屈平岂要江山助,却是江山遇屈平。"①早在六朝时期,刘勰就提出了"江山之助"的著名命题,"若乃山林皋壤,实文思之奥府,略语则阙,详说则繁。然屈平所以能洞鉴风骚之情者,抑亦江山之助乎!"②认为江山风景对人有感召作用,能激发文人的才情,创作出优秀的作品。而在李觏看来,与楚地山水助长诗人情思相比,更强调文人创作对山水的作用,凭借屈原的作品,楚地东南胜景才得以声名远扬。在对待山水自然与文学作品的关系上,宋代文人"将山川钟灵(人因地而秀)的人地相关观念,转化为山川因人而名的人本主义立场"③,已经超越了前人提出的"江山之助"的观念,强调人在自然景观中的能动作用。山水之美借诸文人的揄扬而显名,在这种认识背后渗透的是文人对风景的"占有"意识。这种"占有"不是物质实体上的拥有,而是在话语层次上完成地对风景的"占有",文人通过文字再现风景、与风景形成文化意义上的契约,公共的自然山水风光成为文人个性化、私有化的风景。后人游览此地时常常通过前人的文本来欣赏此地,前人的文字描述是后人诗性地体验此处风景的重要组成部分。宇文所安在论述山水诗文和土地的关系时说过:"对于物和土地的占有在这里是较为低劣的占有,因为传承的过程变幻无常,而所有权的合法性只能靠一纸文书来证明,因为文书可以把所有权的谱系追溯到原主。拥有一种独特的风格或者一篇不同寻常地描述了某一经验和地方的作品,则是将所有权传之后世

---

① [宋]李觏撰,王国轩校点《李觏集》,中华书局,1981年,第434页。
② [梁]刘勰著,范文澜注《文心雕龙注》卷一〇《物色》,人民文学出版社,1958年,第695页。
③ 潘晟《宋代地理学的观念体系与知识兴趣》,商务印书馆,2014年,第173-174页。

的更可靠的手段。"①对山水土地物质性的占有是短暂的,而通过文学作品实现对风景的"占有"则是永恒的。行记文人倾注浓浓的怜惜、欣赏之情来描述这些瑰奇险远、幽辟不为人关注的"不同寻常"之景,将现实的风景转换成文本中的风景,景观随文本的传播而为人所知,文人的名字也永远镌刻在了关于这段景观的历史中,从而实现了对景观文化意义上的"占有"。

小　结

宋代行记中以景观为中心的行旅空间书写,可分为自然地理空间、心理空间、想象空间三个层面,本章探讨景观的自然地理空间。行记中描述的景观类型丰富多样,本章选取了其中最具有代表性的两类景观进行分析,即江海景观和寺观景观。宋代文人以视觉、听觉、触觉等知觉去感知风景,从颜色、声音、光影等各种角度用文字呈现出缤纷多姿的江海水景。舟行江海,移动观景,在行记中呈现出别具一格的两岸风景,表现在观景视野极其开阔;对两岸风景采用印象式的概括描写;静态的景物具有了流走的气韵;景观的描绘具有连贯性。江海景观典型地体现了空间移动对景观书写的影响。对于寺观景观的描写,文人们对寺观建筑的描绘相当简略,更倾心于对寺院、宫观中的造像、题刻、碑文、书画作品的观赏与记录。宗教建筑所体现的威严、神圣的意味被淡化了,而对寺观中的艺术珍品欣赏的人文旨趣大大增强了。此外,他们在行记中大力呈现山石林泉之趣,这源自于文人们对寺观自然风景的审

---

① [美]宇文所安著,陈引驰、陈磊译,田晓菲校《中国"中世纪"的终结:中唐文学文化论集》,生活·读书·新知三联书店,2014年,第29页。

美与宗教的二重观照。一方面,寺观常建于佳山胜水之间,秀丽之景给人们带来强烈的审美愉悦;另一方面,文人们在对寺观山水林泉清幽秀丽之景的静照观赏中,往往获得这样空灵自由的心境,寺观成为文人们心灵栖居之所。宋代文人高雅的人文情趣,较高的艺术造诣,以及对宗教的态度都影响了对寺观景色的书写角度,行记中的寺观描写正是在宋代文人士大夫视角下的风景。对于寺观景观的阐释旨在表达行记中对自然地理风景的呈现并非纯然客观的再现,而是受到了观看者的视角、身份的影响的。

接下来,由点及面,纵观行记中的各类景观描写,从中挖掘风景书写的策略。包括了以下四点:一、对景观的描摹采用粗笔勾勒与精心镂刻相结合的方式。粗笔勾勒以寥寥数笔,简洁生动地展现山水之风骨神韵;精心镂刻则是作者调动各种感知摹写大自然,运用各种修辞手法摹景状物,将景色的动与静、颜色的浓与淡、空间的远与近、光彩的明与暗皆展现在行记中,通过文字将行旅的现场感带给读者。二、描摹风景的视角有游目换形、移步换景、物定神移三种,皆是俯仰自得、回环往复地观照景物,以流动不居的视角形成具有韵律美感的文本空间。三、地理空间联结多样化。作者在描绘当下所经历的地理空间时,还常常以不在场的空间进行补充描述,这些不在场的空间包括异地的空间、异时的空间、听闻的空间,异地空间从横向上拓宽了对当下风景的描述;异时空间从纵向上延伸了对当下风景的描绘;听闻的空间于作者而言可视为"虚",它与作者真实经历的"实"的空间一起,虚实结合地展现出多样化的景观面貌,三者都极大丰富了景观的内涵。四、呈现个性化的风景。写同类景观往往采用写实的手法展现风景各自独有的特征;对于前人行记中已涉及到的风物描述,晚出的行记作者充分发挥创造个性,另辟蹊径地呈现一个与前人描述不一样的风景;喜欢记录一些瑰奇险远、不被关注的无名山水。这种发现不同寻常的美的过程是对欣赏者的审美能力的确证。也渗透了文人对风景的"占有"意识,通过文字将自然山水风光转化为文人个性化、私有化的风景。

第六章　情感的符号：景观的心理空间

　　文人在行旅途中,纷至沓来的自然地理风景往往会激发他们的各种情思,文人们通过景观寄托自身的情感,在自然山水中融入个体的悲欢情愁,外在的地理空间通过宋代文人的书写,形成具有情感意义的空间,景观成为承载了文人情感的符号。面对相似的景观,却常常产生不一样的情感体验。本章以陆游《入蜀记》与范成大《吴船录》为中心,探讨相似的行程与景观带给两人的不同情感体验,以及情感差异产生的原因。

第一节　同在蜀道唱异曲：范陆二人　　　出入蜀的情感差异

　　乾道六年(1170)陆游远赴西蜀任职夔州通判,他从故乡山阴出发取道江南运河乘舟北上至镇江,尔后进入长江航道,逆流而上经吴越、荆楚等地至夔州。时隔七年,淳熙四年(1177)范成大时任四川制置使,因病求归,从成都出发途经巴蜀诸州,从夔州出蜀,泛舟顺流而下至镇江,再南下至故乡吴郡盘门。两人一为入蜀、一为出川,除成都府至夔州段、镇江至吴郡盘门、绍兴至镇江段外,其余沿长江所行路线完全重合。他们先后都到过夔州、归州、峡州、鄂州、黄州、江州、池州、太平州、建康府、镇江等地,欣赏过相同的

第六章　情感的符号：景观的心理空间

景点,而且两人旅行时间都是从五月至十月之间,所见山光水色大致相仿,但两人在观山览水中却渗透出不一样的情感。

一、壮志未酬　辛酸赴蜀

陆游早有才名,素有报国之志,在宋金对峙的形势中,坚决主张抗金,恢复中原,但他一生主要生活在主和派把持朝政的年代里,因而仕途坎坷。早年参加科举考试名列榜首,却因压倒秦桧孙子秦埙,遭致秦桧嫉恨而被黜免,直到秦桧死后才得以任用。孝宗即位初年有光复之志,陆游得以升迁为枢密院编修官,本以为能在京城大展宏图实现自己抗金夙愿,却因直言敢谏,不久即被逐出京,通判镇江,后又改易隆兴府(今江西南昌)。其后受人非议,称其"交结台谏、鼓唱是非,力说张浚用兵"①,于乾道二年(1166)被免官闲居故乡山阴,直到乾道五年(1169)才被差遣通判夔州军州事,至此为止,陆游已闲居故里近五年之久。陆游对此次任命并没有复官的喜悦,而是满腹愁绪,在《将赴官夔州书怀》一诗中真实地表达了远赴夔州为官的愁苦,诗云:"病夫喜山泽,抗志自年少。有时缘龟饥,妄出丐鹤料。亦尝厕朝绅,退懦每自笑。正如怯酒人,虽爱不敢釂。一从南昌免,五岁嗟不调。朝廷每哀矜,幕府误辟召。终然敛孤迹,万里游绝徼。"②自述本有山泽林泉之高志,但为养家糊口不得不屈己志以仕宦,然仕途坎坷,哀怨不得志。好不容易得到朝廷任命却只能孤苦伶仃远赴"绝徼",更让人悲叹不已。

夔州的偏远、征程的艰辛孤寂都使陆游产生畏难情绪,不仅如此,陆游在启程前所写《投梁参政》一诗,更透露出不愿远赴夔州

---

① 《宋史》卷三九五,第12058页。
② [宋]陆游著,钱仲联校注《剑南诗稿校注》卷二,上海古籍出版社,1985年,第131页。

的深层原因。其诗曰："浮生无根株，志士惜浪死。鸡鸣何预人，推枕中夕起。游也本无奇，腰折百僚底。流离鬓成丝，悲咤泪如洗。残年走巴峡，辛苦为斗米。远冲三伏热，前指九月水。回首长安城，未忍便万里。"①梁参政指梁克家，时任参知政事兼枢密院事，陆游写诗自叙平生闻鸡起舞、奋发图强，旨在有功名于世。可惜长期沉沦下僚，此次远赴西蜀行旅艰辛且远离京城，更添心酸悲苦之情。又云："平生实易足，名幸污黄纸。但忧死无闻，功不挂青史。"他说自己本是非常容易知足的人，获得夔州通判一职已非常荣幸，自己的忧愁主要在于担心夔州通判一职并不能实现自己的抱负。他的抱负是"颇闻匈奴乱，天意殄蛇豕。何时嫖姚师，大刷渭桥耻。士各奋所长，儒生未宜鄙。覆毡草军书，不畏寒堕指"。立志从军，直捣胡虏，不畏艰险，恢复中原。因此他要"袖诗叩东府，再拜求望履"，②希望能得到梁克家的帮助。可惜一纸书信并不能改变命运，陆游不得不接受这番朝廷的任命。

陆游在给朝廷写的谢官文《通判夔州谢政府启》中除了表达礼节性地感恩之意外，也无奈地说道："惟是鱼复之故城，虽号乌蛮之绝塞。乃如别驾，实类闲官。况惸惸方起于徒中，宜凛凛过虞于意外。固弗敢视马曹而不问，亦每当占纸尾而谨书。岂有功劳，能自表见。念昔并游于英俊，颇尝抒思于文辞，既嗟气力之甚卑，复恨见闻之不广。今将穷江湖万里之崄，历吴楚旧都之雄。山巅水涯，极诡异之观；废宫故墟，吊兴废之迹。动心忍性，庶几或进于豪分。娱忧纾悲，亦当勉见于言语。"③远赴荒僻偏远的夔州为官，

---

① 陆游著，钱仲联校注《剑南诗稿校注》卷二，第135页。
② 连续四则引文皆出自于陆游《投梁参政》一诗，见钱仲联校注《剑南诗稿校注》卷二，第135页。
③ 陆游《渭南文集》卷八，《陆游集》，第2038页。

不过是一闲职而已,但自己一定会履行好通判的职责,不仅如此,他还不无自嘲地感叹道此次远赴万里为官,必得江山之助,摹写山水,有助于诗艺的提升。对于无意做诗人而希望做抗金报国、恢复中原的英雄志士的陆游来说,这一任命对他的人生打击是多么沉重。

从以上赴夔州临行前的诗文中可以清楚看到陆游对朝廷的这次任命是充满哀怨和畏惧的,不仅因为赴任地荒凉偏僻、行旅艰苦,更因为夔州远离政治中心、远离抗金前线,通判一职又官微言轻,根本无法实现自己的报国之志,壮志未酬的辛酸与苦楚成了陆游远赴西蜀的旅程中挥之不去的情感基调。

陆游从绍兴出发,泛舟北上至临安(今浙江杭州),路过南宋京城,看到城中景致不胜感慨,《入蜀记》云:"二十八日,同仲高出闉门,买小舟泛西湖,至长桥寺。予不至临安八年矣,湖上园苑竹树皆老苍,高柳造天,僧寺益葺,而旧交多已散去,或贵不复相通,为之绝叹。"① 自绍兴三十年(1160)起,陆游任敕令所删订官② 修吏部法,一年后又迁大理寺司直兼宗正簿③ 纂修牒谱图籍,隆兴元年(1163)再迁枢密院编修官兼编内圣政所检讨官④ 负责修史。在京城为官期间,陆游一直担任史官,并被孝宗赐进士出身,是陆游仕宦生涯中的亮点,本以为这是他实现人生抱负的良好开端,却好景不长,因反对曾觌、龙大渊擅权被遣出京,此后任镇江通判、隆兴通判、免官归居山阴,一再远离政治中心。在离开京城的数年中,

---

① 陆游《入蜀记》,《陆游集》,第 2407 页。
② 李心传《建炎以来系年要录》卷一八五,第 3096 页。
③ 李心传《建炎以来系年要录》卷一九一,第 3195 页;《宋史》卷三九五,第 12058 页。
④ 《宋史》卷三九五,第 12057 页。

主战派人士史浩罢相,陈康伯、张浚等人离世,与陆游政治志趣相投的人或被罢免,或被远放,朝廷中主和派位居上风。此次陆游至临安,并非入朝为官,而是暂作休憩后再远走西蜀,仍然是通判小官,赴任地与京城更是相隔万里,这不仅意味着南宋与金交往的政治形势杳渺难闻,更意味着朝廷对主战派人士的打击。陆游目睹亭苑僧寺依旧,世事变迁之景,想起往日在京城的风光岁月,反观眼下的不堪处境,思绪万千,对京城的依恋,报国无门、壮志难伸的愁绪都融入到这一声喟叹之中。陆游舟行至太平州,遇京城故交亦云:"十二日早,移舟泛姑熟溪五里,泊阅武亭……徽猷阁直学士左朝请郎知州周元特操,闻予病,与医郭师显俱来视疾。自都下相别,迨今八年矣。"① 韶华空逝、壮志难酬,京城的风物故吏时时触动着陆游对京城的思念,念念不忘抗金之志向。

陆游壮志未酬的悲叹不仅表现在对京城的留恋,还体现在行旅途中登山览水、待人接物上。那些因金兵南下,受到战火毁坏的建筑尤其受到陆游的关注,如:

> (至真州)游东园,园在东门外里余,自建炎兵火后,废坏涤地,漕司租与民,岁入钱数千。昔之闳壮巨丽,复为荆棘荒墟之地者四十余年,乃更葺为园。以记考之,惟清宴堂、拂云亭、澄虚阁粗复其旧,与右之清池、北之高台尚存。若所谓流水横其前者,湮塞仅如一带,而百亩之园,废为蔬畦者,尚过半也,可为太息。②

---

① 陆游《入蜀记》,《陆游集》,第 2421 页。
② 陆游《入蜀记》,《陆游集》,第 2415 页。

东园为北宋初期真州发运使施昌言所建,建成后欧阳修为之作《真州东园记》,是北宋一代山水名园。经战火毁坏已成断壁残垣,虽经修复亦只能见其梗概,大半已沦为躬耕之地,再也不见欧阳修记中所见古木萧森、亭台掩映、光影斑驳、鸟语花香之景,陆游目睹名园之萧索景象引发其强烈的兴衰之叹。又如:

> （至建康）出西门,游清凉广慧寺。寺距城里余,据石头城,下临大江,南直牛头山,气象甚雄,然坏于兵火。
>
> （至鄂州）游头陀寺,寺在州城之东隅石城山。山缭绕如伏蛇,自西亘东,因其上为城,缺坏仅存。州治及漕司,皆依此山。寺毁于兵火,汴僧舜广,住持三十年,兴葺略备。自方丈西北蹑支径,至绝顶,旧有奇章亭,今已废。四顾江山井邑,靡有遗者。①

在"坏于兵火""毁于兵火""靡有遗者"的描述中饱含的是对金兵侵宋的愤恨和对南宋朝廷偏安一隅、苟且偷安的痛心。

在入蜀途中遇见与他有相似命运的人物时,也常常触动陆游内心深处对自己人生的悲叹。如至镇江谒金山寺英灵助顺王祠,"庙中遇武人王秀,自言博州人,年五十一,元颜亮寇边时,自河朔从义军,攻下大名,以待王师,既归朝,不见录。自言孤远无路自通,歔欷不已"②。曾在抗金战争中为国立功的将士却不为朝廷所重,陆游为之叹息,既有悲天悯人的情怀,更是自伤自悼之辞。至方城,陆游目睹嘉州人王百一,本为船之招头,因失去招头一职,

---

① 陆游《入蜀记》,《陆游集》,第 2417 页,第 2441 页。
② 陆游《入蜀记》,《陆游集》,第 2413 页。

遂欲跳河一事,不禁感叹曰:"一招头得丧,能使人至死,况大于此者乎?"① 川、峡一带称船上舵手、篙工为长年三老②,招头是其中位高年长者。失去招头一职尚使人悲痛不已,陆游由人度己,反观自己被斥出京,远赴偏僻之乡、任一通判闲职,无法实现自己抗金报国的理想,由此带来的人生幻灭感与王百一相比,有过之而无不及。

二、倦于仕宦　归乡情切

范成大东归,虽与陆游入蜀路线大致相仿,但一路走来,少有陆游那种报国无门的悲叹愁苦,而是怀有强烈的思乡归隐之情。范成大绍兴二十四年(1154)进士及第,旋即任徽州司户参军,后入京为官"累迁著作佐郎,除吏部郎官"③。乾道三年(1167)知处州(今浙江丽水),不久又入朝为官,任礼部员外郎兼崇政殿说书,迁起居舍人兼侍讲。乾道六年(1170),以祈请国信使身份出使金国;乾道八年(1172),出知静江府(今广西桂林)兼广西经略安抚使;淳熙二年(1175),转赴巴蜀,任四川制置使,知成都府。范成大在朝为官直言善谏,深为孝宗赏识;奉命使金,大义凛然,威震四野;历任地方官,兴利除弊,为民造福,在政治上卓有建树。但长期的东奔西走的生活也渐渐使范成大对仕宦生涯产生了厌倦感,从进入仕途到此次从四川制置使任上归乡前后已二十多年的时间,他辗转于京城与地方之间为官,"北抚幽、蓟,南宅交、广,西

---

① 陆游《入蜀记》,《陆游集》,第2449页。
② 陆游《入蜀记》卷五:"见舟人焚香祈神,云,告红头须小使头长年三老,莫令错呼错唤。问何谓长年三老,云梢工是也。长读长幼之长。"(见《陆游集》,第2445页)
③《宋史》卷三八六《范成大传》,第11867页。

使岷峨之下,三方皆走万里"①,羁旅之愁、乡土之思、衰老之叹等情绪亦渐次萦绕于怀。

早在离桂入蜀时,范成大就已产生倦于仕宦的情绪,其《初发桂林偶陆融州有使来书此寄之》一诗云:"今朝逐出岭,欢呼系行缠。罝兔脱丰草,池鱼跃清渊。那知多病身,久静翻怀安。长风荡篮舆,帘箔飘以翾。灵泉路吃蹶,仆夫告赪肩。我亦头岑岑,中若磨蚁旋。走投破驿宿,强饭不下咽。兹事未渠央,万里蜀道难。"②当范成大接到由静江府转任四川制置使的调令时,如同落网之兔、池中之鱼重获自由一般欣喜,可是年老体衰、道路崎岖,走得头晕目眩,寝食难安,加之蜀地又远在万里之外,范成大不由得感叹道:"十年故倦游,况乃成华巅。蚕老当作茧,不茧夫何言?"③流露出数十年的仕宦生涯虽已使人年老发白、身心俱疲,可是还得继续出仕为官的无奈。在入蜀途中,范成大频频生发出归乡的念头,如以下诸诗所云:

> 来偿茧足债,尚欠界天岭。老矣且倦游,归期行可请。(《小望州》)④
> 日增衰病复一日,山隔旧游知几山?倦拂盘陀苍石坐,归心聊与石俱顽。(《茸山道中感怀》)⑤

---

① 范成大《桂海虞衡志》,《范成大笔记六种》,第83页。
② 范成大《范石湖集》卷一五,第188页。
③ 范成大《范石湖集》卷一五,第188页。
④ 范成大《范石湖集》卷一五,第206页。
⑤ 范成大《范石湖集》卷一五,第228页。

梦犹风灯前,身已云木杪。浮生固有役,远道何时了?(《午夜登嶓山》)①

天涯各芳春,秦吴千万里。故人攀桂枝,今夕念游子。(《渚宫野步题芳草》)②

这些诗句抒发了诗人的漂泊之苦,游子之思以及归乡之情切。范成大甚至在《横溪驿感怀》一诗中提到"未得归田先作赋,专攻种树已成书。只今飞到南山下,犹解清晨出荷锄"③,迫不及待地为自己勾画出了一幅晨曦荷锄、躬耕南亩的归隐田园图。

在蜀中,范成大的倦游、思归情绪与日俱增。他于重阳节与诸客共游药市④、参加宴饮时,回顾自己宦游四方的经历曰:"余于南北西三方,皆走万里,皆遇重九,每作《水调》一阕。燕山首句云:'万里汉家使。'桂林云:'万里汉都护。'成都云:'万里桥边客。'。今岁倦游甚矣,不复更和前曲,乃作此诗以自戏。"⑤长期离家万里、在外奔波使范成大倍感仕途漂泊,羁旅之愁愈发浓烈,连填词的兴趣都消失了。其时,作诗一首曰:"莫向登临怨落晖,自缘羁宦阻归期。年来厌把三边酒,此去休哦万里诗。乌帽不辞欹短发,黄花终是欠东篱。若无合坐挥毫健,谁解西风楚客悲?"⑥为仕宦所缚,无法归乡的凄楚之情,力透纸背。范成大治蜀期间已年过半百,再加

---

① 范成大《范石湖集》卷一五,第222页。
② 范成大《范石湖集》卷一五,第203页。
③ 范成大《范石湖集》卷一七,第222页。
④ [明]曹学佺《蜀中广记》卷五五曰:"九月九日玉局观药市,宴监司宾僚于旧宣诏堂,晚饮于五门,凡三日。官为幕帘棚屋以事游观。"(《文渊阁四库全书》第591册,第615页)
⑤ 范成大《范石湖集》卷一七,第240页。
⑥ 范成大《范石湖集》卷一七,第240页。

之在蜀中患病①,更深切地体验到仕宦的艰辛与生命的流逝:

> 官事拘挛似力田,作劳归晚意茫然……人生元是华胥客,休向迷涂更着鞭。(《早衰不寐》)②
> 久病厌闻铜鼎沸,不眠惟望纸窗明。摧颓岂是功名具,烧药炉边过此生。(《枕上》)③

一辈子追求仕宦功名,待到年老体衰之时方悟得人生不过华胥一梦而已,诗人在蜀中流露出强烈的人生虚无感和对仕宦的厌倦感。

淳熙四年(1177),范成大因病求归,五月起程自蜀归吴,终于实现了他的归乡梦。一路上,归家的急切与喜悦之情充溢于胸中,出城不久即作诗云:"东归短棹昨已具,明日发船挝鼓催。滩平放溜日千里,已梦鲙鲈如雪堆。"④荆渚道中又云:"山川相迎复相送,转头变灭都如梦。归程万里今三千,几梦即到石湖边。"⑤顺流而下,日行千里,不久即将回到日思夜想的鲈鲙之乡、石湖之畔。乘舟归吴,偶遇阻风,停泊滞留当地也让范成大感到焦虑,《佛池口大风复泊》诗云:"谁能坐守白头浪,我欲往骑金背鲸。俯仰之间抚四

---

① 范成大《吴船录》卷上载:"泊青城山。始生之辰也。今春病少城,几殆,仅得更生,因来名山襀祭。"(见《范成大笔记六种》,第190页)在成都期间,有多篇诗歌提到自己的病情,如《西楼夜坐》云"病倦百骸非复我,但思禅板与蒲团"、《二月二十七日病后始能扶头》、《初履地》等。
② 范成大《范石湖集》卷一七,第239页。
③ 范成大《范石湖集》卷一七,第243页。
④ 范成大《范石湖集》卷一八《崇德庙》,第248页。
⑤ 范成大《范石湖集》卷一八《荆渚中流回望巫山无复一点戏成短歌》,第274页。

海,可怜步步愁江程。"①离故乡越来越近,却遇大风无法行船,诗人天真地想象欲骑鲸还乡,其迫切归乡的心情溢于言表。将至吴中,又作诗云:"望见家山意欲飞,古来燕晋一沾衣。回思客路岂非梦,乍听乡音真是归。"②乡音惊醒梦中人,日思夜想的故乡已近在咫尺,归家的惊喜与惬意跃然纸上。

在东归途中,范成大也时常回首过去的仕宦生涯,感叹仕宦的劳苦奔波和离家万里的羁旅愁苦,如:

> 我家长川到海处,却在发源传酒杯。人生几展办此役,远游如许神应哈。(《崇德庙》)
>
> 重九信来风未愁,大千行遍昨俱非。羁愁万斛从头数,带眼今秋又减围。(《马当洑阻风居人云非五日或七日风不止谓之重阳信》)
>
> 年年佳节歌《式微》,秋浦片帆还欲飞。万里蜀魂思远道,九歌楚调送将归。(《池州九日用杜牧之齐山韵》)③

范成大治蜀期间守边练兵、兴利除弊、勤于政事,政绩突出,但他也清晰地认识到朝廷仍为主和派把持,眼前山河分裂的局势并非个人所能改变,"大千行遍昨俱非",过去的仕宦奔波皆是徒劳,只不过是增加了无限离愁别绪罢了。饱经仕宦之苦方得归乡,他由衷地感慨道:"酣睡午枕眠方丈,一笑闲身始自由。"④流露出摆脱仕宦束缚后的难得的轻松悠闲。往日早有的倦游之心又再次滋

---

① 范成大《范石湖集》卷一九,第277页。
② 范成大《范石湖集》卷一九,第279页。
③ 诗歌分别见于范成大《范石湖集》卷一九,第248页,第277页,第288页。
④ 范成大《凌云九顶》,见《范石湖集》卷一八,第255页。

长,其《江州庾楼夜宴》诗云:"岷江潄北渚,庐阜窥南窗。名山复大川,超览兹楼双。……小留听琵琶,船旗卷修杠。请呼裂帛弦,为拊洮河腔。曲终四凭栏,倦游心始降。明发挂帆去,晓钟烟外撞。"[1] 登江州庾楼欣赏庐阜胜景,眼观江川壮丽之景,耳闻琵琶清脆动人之音,一曲洮河腔引起了诗人无限感慨。洮河在今甘肃省西南部,北宋曾被吐蕃所占,徽宗年间收复失地,靖康之变遂为金侵占,"洮河腔指演奏反映收复失地题材的曲调"[2]。乐曲传达的是收复失地的高昂志气,现实是南宋政府的屈辱求和、偏安一隅,巨大的反差让诗人感到心灰意冷,遂起倦游之心,挂帆归隐以度余生,流露出超然物外的洒脱。

三、风景相同　情感有别

陆范二人出入蜀道前后相隔仅七年,但因不同的性格、人生经历,在观山览水之时展现出不一样的情感基调,特别是他们在游览相同景观时,更见出明显的情感差异。比如两人都曾到过鄂州,陆游云:

> 贾船客舫,不可胜计,衔尾不绝者。数里白京口以西,皆不及……市邑雄富,列肆繁错,城外南市亦数里,虽钱塘、建康不能过,隐然一大都会也。吴所都武昌,乃今武昌县。此州在吴名夏口,亦要害。故周公瑾求以精兵进住夏口。而晋武帝亦诏王浚、唐彬,既定巴丘,与胡奋、王戎共平夏口、武昌,顺流长骛也……郡集于南楼,在仪门之南石城上,一曰黄鹤山。制

---

[1] 范成大《范石湖集》卷一九,第275页。
[2] 白宁《声腔的概念定义与演唱审美期待》,《沈阳音乐学院学报》2016年第3期。

> 度闳伟,登望尤胜。鄂州楼观为多,而此独得江山之要会……下阚南湖,荷叶弥望。中为桥,曰广平。其上皆列肆,两旁有水阁极佳,但以卖酒,不可往。①

不仅描写鄂州市井繁华、经济富庶,登高望远,一片秀丽之景,还特意指出此地是兵家要地,历史上曾有周瑜进驻夏口大败曹操;晋武帝派诸将平夏口、攻武昌,顺流而下、势同破竹,直捣建业(今江苏南京)以致孙吴灭国,以古鉴今,这些军事重镇对于南宋王朝固守疆土来说也具有重要意义。

陆游在入蜀途中,不仅勾勒景观之地理风光,更关注地理形胜的军事战略意义,从地缘政治学的角度来阐释山水城池的意义,这成了陆游欣赏风景的特殊方式,对建康城的描述也同样如此。陆游将至建康,泛舟江中,远望石头城曰:

> 过龙湾,浪涌如山,望石头山不甚高,然峭立江中,缭绕如垣墙。凡舟皆由此下至建康,故江左有变,必先固守石头,真控扼要地也。②

至建康城中,又专门登临石头城观览景色曰:

> 西望宣化渡及历阳诸山,真形胜之地。若异时定都建康,则石头当仍为关要。或以为今都城徙而南,石头虽守无益,盖未之思也。惟城既南徙,秦淮乃横贯城中,六朝立栅断航之

---

① 陆游《入蜀记》,《陆游集》,第 2441–2443 页。
② 陆游《入蜀记》,《陆游集》,第 2416 页。

类,缓急不可复施。然大江天险,都城临之,金汤之势,比六朝为胜,岂必依淮为固邪?①

认为石头城是控守江南的战略要地,迁都建康才能稳固基业。陆游早在临安为京官时就曾上书言定都建康的重要性,其《上二府论都邑札子》云:"闻江左自吴以来,未有舍建康他都者。吴尝都武昌,梁尝都荆渚,南唐尝都洪州,当时为计,必以建康距江不远,故求深固之地。然皆成而复毁,居而复徙,甚者遂至于败亡。相公以为此何哉?天造地设,山川形势,有不可易者也。车驾驻跸临安,出于权宜,本非定都。以形势则不固,以馈饷则不便,海道逼近,凛然常有意外之忧。至于谶纬俗语,则固所不论也。"②认为建康之地理形势是天造地设的王者之基,而临安偏居一隅,对内对外皆非建都之地。这次入蜀途经建康,又实地考察,进一步确认了自己的观点。定都问题自南渡以后就成为主战派和主和派争论的焦点,主战派力主定都建康,既是东南形胜之地,可凭借长江天堑之险固守南宋王业,又可伺机而动,挥师北上,收复中原。陆游反复论及石头城为战略要地,建康为都城首选地,正是将迁都与抗金的雄伟抱负联系在一起,尽管他的建议不被朝廷采纳,收复故土的愿望难以实现,但是他还是要不断地重申自己的主张,在观山览景之时也不忘怀,其报国拳拳之心天地可鉴。

可见陆游对沿途的这些军事要塞的关注是与他的抗金夙愿紧密相联的,只可惜现实中英雄无用武之地,令陆游哀叹不已。在鄂州还作《武昌感事》一诗曰:

---

① 陆游《入蜀记》,《陆游集》,第2418页。
② 陆游《渭南文集》卷三,《陆游集》,第2000页。

百万呼卢事已空,新寒拥褐一衰翁。
但悲鬓色成枯草,不恨生涯似断蓬。
烟雨凄迷云梦泽,山川萧瑟武昌宫。
西游处处堪流涕,抚枕悲歌兴未穷。①

陆游站在曾为三国孙吴要塞的鄂州回望历史,感慨万千。自己年华空逝、壮志未成,人生飘零;目睹眼前凄迷萧瑟之景,悲叹孙吴霸业已为陈迹,怀古而伤今,既有对自己不幸身世的哀叹,又有对南宋国运衰微的忧虑。

范成大东归亦经鄂州,登南楼观景云:

(午至鄂渚)……南市在城外,沿江数万家,廛閈甚盛,列肆如栉。酒垆楼栏尤壮丽,外郡未见其比。盖川、广、荆、襄、淮、浙贸迁之会,货物之至者无不售,且不问多少,一日可尽,其盛壮如此……壬午晚遂集南楼,楼在州治前黄鹤山上。轮奂高寒,甲于湖外。下临南市,邑屋鳞差。岷江自西南斜抱郡城东下。天无纤云,月色奇甚。江面如练,空水吞吐。平生所遇中秋佳月,似此夕亦有数,况复修南楼故事,老子于此,兴复不浅也。向在桂林时,默数九年之间,九处见中秋,其间相去或万里,不胜漂泊之叹,尝作一赋以自广。及徙成都,两秋皆略见月。十二年间,十处见中秋。去年尝题数语于大慈楼上,今年又忽至此。通计十三年间,十一处见中秋,亦可以谓之游子。然余以病丐骸骨,傥恩旨垂允,自此归田园,带月荷锄,得遂此生矣。②

---

① 陆游著,钱仲联校注《剑南诗稿校注》卷二,第142页。
② 范成大《吴船录》卷二,第226页。

范成大亦如陆游一样描写到鄂州城镇富庶,南楼为登临胜地,但不一样的是鄂州对范成大而言,不再是陆游心目中的军事战略要地,吸引他驻足停留的是皎洁明净的月色、是庾亮南楼观月的雅兴[1]。他生动地描绘了江月一色的空明澄澈之境,借咏月抒发因仕宦常年在外奔波,东奔西走的游子之叹,并进而感叹希望在东归吴郡以后,结束漂泊不定的仕宦生涯,躬耕田园,尽享出世之趣。在其《鄂州南楼》一诗中亦云:"却笑鲈乡垂钓手,武昌鱼好便淹留。"[2] 以"鲈乡垂钓手"自喻,难道我这江南吴中客,岂能因为武昌鱼好便滞留他乡吗?其浓浓归思自不待言。在南楼即兴所作《水调歌头》一词也表现出倦于仕宦之情,其词云:

> 细数十年事,十处过中秋。今年新梦,忽到黄鹤旧山头。老子个中不浅,此会天教重见,今古一南楼。星汉淡无色,玉镜独空浮。　敛秦烟,收楚雾,熨江流。关河离合,南北依旧照清愁。想见姮娥冷眼,应笑归来霜鬓,空敝黑貂裘。酹酒问蟾兔,肯去伴沧洲。[3]

中秋之夜,登楼赏月,在这里既能再续王子安乘鹤归去的缥缈仙话,又可重温庾亮南楼宴集的风流雅兴,让人兴致盎然。皓月当空,星汉也黯淡无光,大江南北笼罩在一片温和的月色中。放眼远望,忽感南北依旧山河分裂,清愁萦绕。自叹平生迁徙不定,北抚

---

[1] 东晋庾亮镇守武昌登南楼与僚佐吟诗宴饮,谈笑风生,曰:"老子于此处兴复不浅。"([南朝宋]刘义庆《世说新语》"容止"篇,上海古籍出版社,2012年,第330-331页)
[2] 范成大《范石湖集》卷一九,第274页。
[3] 范成大《吴船录》,《范成大笔记六种》,第226页。

幽蓟、南帅桂府，西使巴蜀，走南闯北，如今已鬓发如霜，却无法实现自己的政治理想，徒然奔走于仕途。唯愿举酒邀月，结伴沧洲，退隐田园，方能释怀。词中有对江河分裂的悲叹，亦有对自己年华虚掷的惋惜，但更多的是欣赏良辰美景的愉悦、万里归家的惬意、久经世事后消泯忧愁的脱俗。

两人都曾经过黄州，并在黄州泊舟驻留。他们游览了几乎相同的景观，却生发出不一样的情感。宋代的黄州只是长江边上偏僻简陋之邦，先后有王禹偁、苏轼、张耒等北宋名贤被贬此地，遂成为后人凭吊怀古之胜地。黄州还有赤壁矶一地，与赤壁大战发生地湖北嘉鱼县东的赤壁同名，后人作诗填词往往混淆不分，视黄州赤壁为嘉鱼赤壁，发怀古之幽思。陆游舟行至此，特意停留二日，尽览前人遗迹。他极有兴致地游览了苏轼被贬黄州团练副使时寓居的临皋亭、安国寺，营造的栖居之所东坡、雪堂；寻访苏轼、张耒二人曾游历过的四望亭，苏轼观赏过的栖霞楼，王禹偁知黄州时修建的竹楼，传闻曾发生赤壁大战的赤壁矶。将陆游对黄州每一景观的描述内容分类整理如下：

陆游《入蜀记》黄州景观描述表

黄州景观	实景	虚景
临皋亭	烟波渺然，气象疏豁。	与秦少游书所谓"门外数步即大江"是也。
东坡	自州门而东，冈垄高下，至东坡，则地势平旷开豁，东起一垄颇高……正南有桥榜曰"小桥"……东一井曰"暗井"……泉寒熨齿，但不甚甘。	（小桥）以"莫忘小桥流水"之句得名。 （暗井）取苏公诗中"走报暗井出"之句。

续表

黄州景观	实景	虚景
雪堂	有屋三间,一龟头,曰居士亭。亭下面南一堂,颇雄,四壁皆画。雪堂中有苏公像,乌帽紫裘,横按筇杖,是为雪堂。堂东大柳传以为公手植。	
四望亭	正与雪堂相直,在高阜上,览观江山,为一郡之最。	亭名见苏公及张文潜集中。
栖霞楼	下临大江,烟树微茫,远山数点,亦佳处也。楼颇华洁。	苏公乐府云:"小舟横截春江,卧看翠壁红楼起。"正谓此楼也。
酒	酒味殊恶	苏公薑汤蜜汁之戏不虚发……然文潜乃极称黄州酒,以为自京师之外无过者。故其诗云:"我初谪官时,帝问司酒神,曰此好饮徒,聊给酒养真。去国一千里,齐安酒最醇。失火而得雨,仰戴天公仁。"岂文潜谪黄时,适有佳匠乎?
竹楼	循小径缭州宅之后,至竹楼,规模甚陋。	不知当王元之时亦止此邪?
赤壁矶	茅冈尔,略无草木。	韩子苍待制诗云:"岂有危巢与栖鹘,亦无陈迹但飞鸥。"李太白《赤壁歌》云:"烈火张天照云海,周瑜于此败曹公。"不指言在黄州。苏公尤疑之,赋云:"此非曹孟德之困于周郎者乎?"乐府云:"故垒西边,人道是当日周郎赤壁。"盖一字不轻下如此。至韩子苍云:"此地能令阿瞒走。"则真指为公瑾之赤壁矣。①

---

① 陆游《入蜀记》,《陆游集》,第 2439–2440 页。

每至一处,陆游不仅用简洁生动的语言勾勒出眼前所见实景,更以古典诗文为媒介,从眼前的景致联想到当年前贤们在这的生活情景以及历史场景,即便是前贤诸公手植的一棵树、曾经品味过的酒都引起陆游的关注。

陆游不仅行走在黄州的古物遗迹之间,更是在黄州这一特定的地理空间频频与古人相遇、与他们进行一次跨越历史时空的对话,进而引发了陆游对人生的不尽感慨,写下了《黄州》一诗,曰:

> 局促常悲类楚囚,迁流还叹学齐优。
> 江声不尽英雄恨,天意无私草木秋。
> 万里羁愁添白发,一帆寒日过黄州。
> 君看赤壁终陈迹,生子何须似仲谋! ①

陆游胸怀抗金报国之雄心壮志,却屡屡不得志,绍兴中应试名列前茅却被秦桧黜免,后又积极参与张浚的抗金,又因被攻击"交结台谏,鼓唱是非"得罪免官、罢斥还乡。赋闲在家,好不容易求得夔州通判一职,却要跋山涉水远赴数万里之外的西蜀。首联说正因不会齐国优伶那番曲意逢迎的谄媚功夫,才落得今日如"南冠而絷"的楚囚一般的窘迫的处境,强忍局促不得自由的迁徙之悲。这两句既是感叹曾被贬在此的北宋诸公,亦是自伤之辞。江水滔滔、秋木凋零,一帆孤舟与两岸萧瑟之景相映照,更引发诗人韶华易逝、壮志难酬之恨,万里客居他乡之愁。愁恨交织,诗人不禁感叹即使是在赤壁之战中挥斥方遒的千古英雄终为陈迹,万事尽付东流,功名成败又何必念念于心呢?言下之意则是自己积极追求建功立

---

① 陆游著,钱仲联校注《剑南诗稿校注》卷二,第141页。

业,如今却为这区区薄宦所缚,落得如此窘迫境地,这又是何苦呢?黄州的人文古迹激发了陆游的怀古之思,抚今追昔,不禁悲从中来,看似消极之言,实则愤激之语,念时事艰危,叹英雄已矣,伤自身飘零,感年华空逝,无限伤感形诸诗咏。

范成大从蜀地归吴也经过黄州,在此泊舟停留一日,游览了临皋亭、赤壁、东坡、栖霞楼等地,与陆游观览之处相同,但两人的游览感受却完全不一样。黄州对于陆游而言是凝聚了前贤诸公精神气质的文化场域,他在这里体味古人的诗文、遥想当年的生活经历,引发深沉的人生感慨。而范成大至黄州,更着意于观览胜景,至东坡雪堂则曰:"郡东山垄重复,中有平地,四向皆有小冈环之……东小屋,榜曰东坡,堂前桥亭曰小桥,皆后人旁缘命之。对面高坡上新作小亭曰高寒,姑取水调中语,非当时故实。然此亭正对东岸武昌数峰,亦登览不凡处。"[①] 对于屋、桥、亭以苏轼诗词命名的做法颇不以为意,认为可取处唯在地理形势甚佳,为欣赏风景之形胜之地。至栖霞楼则云:"面势正对落日,晖景既堕,晴霞亘天末,并染川流,釅黄酣紫,照映下上,盖日日如此,命名有旨也。"[②] 写落日余晖,映照江边,天水一色的绚烂之景。至赤壁矶则云:"赤壁,小亦土山也。未见'乱石穿空'及'蒙茸''巉岩'之境,东坡词赋微夸焉。"[③] 虽提及苏轼赤壁词,关注的仅仅是眼前所见景致与赋中描绘景色的区别,至于赤壁之战的历史史实,苏轼被贬黄州的人生经历都不在范成大情感关照范围内。在此地范成大亦作《题黄州临皋亭》一诗咏叹黄州,诗云:"夏口风帆赤壁矶,雪堂酾酒竹楼

---

① 范成大《吴船录》,《范成大笔记六种》,第 228 页。
② 范成大《吴船录》,《范成大笔记六种》,第 228 页。
③ 范成大《吴船录》,《范成大笔记六种》,第 228 页。

棋。系舟一日黄州下,只办登临不办诗。"① 写黄州览胜,品酒下棋的惬意,并一语道出此行"只办登临不办诗"的登览兴致。范成大因仕宦常年奔波在外,对于宦海沉浮早已淡然处之,此时的他一心只想早日回到故乡东湖,沿途地登山临水、寻幽览胜成为慰藉乡愁的最好方式,因此呈现出与陆游完全不一样的情感指向。

第二节 穷乡僻壤与感情附着的"地方":关于巴蜀的地方映像

陆游是越州山阴(今浙江绍兴)人,范成大是吴郡(今江苏苏州)人,两人皆生活在吴越文化区。南宋时期,中国社会经济文化中心南移,吴越地区经济繁荣,文化积淀深厚,又是京城所在地,是文化强势地区。巴蜀地区在唐宋时期文化上已取得长足地发展,但因地理形势封闭,与外界交流较少,与吴越地区相比相对落后。在文人士大夫的传统认知中,巴蜀地区偏居西南一隅,远离政治中心,是文化弱势地区。两人先后来到巴蜀为官,是从强势文化区到弱势文化区的一次迁徙,但两人因不同的人生经历,呈现出不一样的巴蜀情怀。

一、哀伤畏惧:陆游的巴蜀情怀

陆游接到夔州通判的任命时,心情极为沮丧,一方面,通判一职官微言轻,并不能实现陆游的报国之志;另一方面,夔州一地荒凉偏僻,入蜀之路遥远、艰辛。在《将赴官夔府书怀》一诗中真实地展现出陆游心目中的夔州印象:

---

① 范成大《范石湖集》卷一九,第274页。

民风杂莫徭,封域近无诏。
凄凉黄魔宫,峭绝白帝庙。
又尝闻此邦,野陋可嘲诮。
通衢舞竹枝,谯门对山烧。
浮生一梦耳,何者可庆吊。
但愁瘿累累,把镜羞自照。①

他认为夔州地处边塞一隅、华夷杂居、荒僻险远,与外界不通音讯,民风野蛮鄙陋且多瘿病,"舞竹枝""对山烧"等行为成为野陋之地的象征。竹枝词是巴蜀一带流行的民歌,音调清扬、情韵婉转,刘禹锡任夔州刺史时,亲闻其音,称:"四方之歌,异音而同乐。岁正月,余来建平,里中儿联歌《竹枝》,吹短笛,击鼓以赴节。歌者扬袂睢舞,以曲多为贤。聆其音,中黄钟之羽。其卒章激讦如吴声,虽伧儜不可分,而含思宛转,有淇、濮之艳。"②对其音调、伴奏、情思皆喜爱不已,并自作《竹枝词》九首,后世文人如苏轼、苏辙、黄庭坚、杨万里等人皆纷纷仿效作《竹枝词》,成为文人借鉴民歌创作的一种喜闻乐见的文学样式。"谯门对山烧"则是指夔州百姓畲田耕种的农作方式,因巫山、夔州一带土壤贫瘠,只能焚烧山林草木,以草木灰作肥料,待雨作下种,使收成倍增。范成大入蜀曾亲自体验过这种耕作方式,并以赞赏的口吻称:"颇具穴居智,占雨先燎原。雨来亟下种,不尔生不蕃。麦穗黄剪剪,豆苗绿芊芊。饼饵了长夏,更迟秋粟繁。"③认为巴蜀先民面对艰苦的自然条件,发挥聪明

---

① 陆游著,钱仲联校注《剑南诗稿校注》卷二,第131页。
② [唐]刘禹锡著,卞孝萱校订《刘禹锡集》,中华书局,1990年,第359页。
③ 范成大《范石湖集》卷一六,第217页。

才智,从而获得丰收。客观地说,这种刀耕火种的生产方式虽然原始,却是当地百姓因地制宜采取的一种耕种方式,可使人们免受饥寒之苦。陆游在此之前,从未到过巴蜀,既没有亲身聆听过《竹枝词》的乐调,也没有设身处地地考虑过畲耕对百姓生产的意义,对于巴蜀的印象皆源自于古书的记载和人们的传闻,历史文献中对巴蜀蛮荒之地的描述深深影响了陆游的巴蜀认知,《竹枝》歌舞、畲耕等富有夔州地方风情的生活、生产方式都构建了他关于蜀地土风僻陋的地方想象,入蜀之行由此被笼罩上了浓重的悲情色彩。

陆游自闰五月十八日启程至八月十八日至黄州以来,舟行于吴越境内,这是陆游极其熟悉的地域,他在《入蜀记》中虽详细记录了沿江优美的山光水色,却很少作诗,只有《宿枫桥》《晚泊》等数首。诗是诗人至情之流露,"在心为志,发言为诗,情动于中而形于言"①。情感在心中激荡,喷涌而出,用语言表达出来就是诗。陆游此时作诗甚少,似乎表明很少有能激发诗人作诗冲动的外界事物。能引发诗人作诗冲动的莫过于奉命入蜀的悲叹,寥寥数诗多传达出入蜀的畏难情绪,如:

> 七年不到枫桥寺,客枕依然半夜钟。风月未须轻感慨,巴山此去尚千重。(《宿枫桥》)
> 半世无归似转蓬,今年作梦到巴东。身游万死一生地,路入千峰百嶂中。(《晚泊》)②

---

① [唐]孔颖达疏《毛诗正义》卷一,《十三经注疏》本,中华书局,1957年,第13页。
② 陆游著,钱仲联校注《剑南诗稿校注》卷二,第137–138页。

蜀地与吴越相隔千山万水,是九死一生的绝域荒原,诗中表现了诗人远赴西蜀的身世飘零之感。

接着陆游行船至荆楚一带,其入蜀的哀伤、愁苦之情有增无减,特别是从九月一日起离开繁华都会鄂州,舟行于江陵道中,两岸凄凉之景尤其能触发诗人的愁苦之叹。如《入蜀记》云:"九月一日始入沌,实江中小夹也……自是遂无复居人,两岸皆葭苇弥望,谓之百里荒。"① 并作《夜思》诗曰:"楚泽无穷白,巴山何处青。四方男子事,不敢恨飘零。"② 由眼前苍茫的古泽,联想到拟赴任地夔州的荒凉,颠沛流离的身世哀叹油然而生。又如九月十九日出江陵城西门所云:"自出城即黄茅弥望,每十余里,有村疃数家而已。道遇数十骑纵猎,获狐兔皆系鞍上,割鲜藉草而饮,云襄阳军人也。是日极寒如穷冬。"③ 并作诗《大寒出江陵西门》云:"纷纷狐兔投深莽,点点牛羊散远村。不为山川多感慨,岁穷游子自消魂。"④ 江陵本为战国时期楚国故都,如今早已繁华不再,沦为黄草弥漫、狐兔藏身之地,眼见故都凋敝衰败之景,又加之岁暮天气渐寒,陆游心中羁旅之愁渐增,游子之思渐浓。然而蜀地尚在千里之外,行程遥遥无期,旅途凄苦,正如诗中所云:"乡遥归梦短,酒薄客愁浓。白帝何时到,高吟醉卧龙。"(《江陵道中作》)"岁事忽云暮,吾行殊未央……此去三巴路,无猿亦断肠。"(《秋风》)⑤ 令人为之悲伤。

---

① 陆游《入蜀记》,《陆游集》,第 2445 页。
② 陆游著,钱仲联校注《剑南诗稿校注》卷二,第 143 页。
③ 陆游《入蜀记》,《陆游集》,第 2448 页。
④ 陆游著,钱仲联校注《剑南诗稿校注》卷二,第 151 页。
⑤ 陆游著,钱仲联校注《剑南诗稿校注》卷二,第 145 页,第 147 页。

江陵以西,巴山初现①,险滩丛生。由峡州夷陵县溯江而上至下牢关,进入西陵峡,经黄牛滩至归州,溯江西上经巫峡、瞿塘峡至夔州,此路是从东至西水路入蜀的必经之路。西陵峡以东是烟波浩渺、一望无际的大江;峡以西则是高山绝壁,水势奔腾,彰显出蜀道的险峻。陆游在离江陵以后,即将踏入蜀道之前,已经对这片陌生的山水满怀抵触情绪,他认为"三巴亦有何好,万里翩然独寻"(《六言》),"地崄多崎岖,峡束少平旷。从来乐山水,临老愈跌宕。皇天怜其狂,择地令自放"(《将离江陵》)②。自己孤苦无助地远赴三巴,地势险要、山路崎岖,这是上天为他放荡不羁的性格安排的归宿,使其能纵情山水之间。诗中自嘲之意以及对巴山蜀水的畏惧之情皆依稀可见。陆游行走于蜀道之间,满目皆是凄凉之景:

  西游六千里,此地最凄凉。骚客久埋骨,巴歌犹断肠。(《松滋小酌》)
  小滩拍拍鸬鹚飞,深竹萧萧杜宇悲……莫问长安在何许,乱山孤店是松滋。(《晚泊松滋渡口二首(其二)》)
  虎行欲与人争路,猿啸能令客断肠。寂寞倚楼搔短发,剩题新恨付巴娘。(《憩归州光孝寺》)③

凄婉的乐调、乱山孤店、杜鹃悲鸣、猿猴哀啼、猛虎出没,一系列的景象都呈现出蜀道的荒芜。陆游视巴蜀为蛮荒之地,在临近归州

---

① 陆游《入蜀记》卷五云:"(十月三日)自离塔子矶,至是始望见巴山。山在松滋县。"(见《陆游集》,第2450页)
② 陆游著,钱仲联校注《剑南诗稿校注》卷二,第156页,第155页。
③ 陆游著,钱仲联校注《剑南诗稿校注》卷二,第158页,第159页,第169页。

的新安驿,他称此地为:"孤驿荒山与虎邻,更堪风雪暗南津。……蛮风弊恶蛟龙横,未敢全夸见在身。"(《新安驿》)至归州秭归县曰:"蛮俗杀人供鬼祭,败舟触石委江沙。"(《秭归醉中怀都下诸公示坐客》)① 称其风为"蛮风"、当地习俗为"蛮俗",再辅之以孤驿、荒山、野虎、蛟龙、乱石等意象的渲染,巴蜀成为原始野蛮,荒凉僻陋的代名词。陆游的这种巴蜀认知持续而深刻地影响着诗人的情感,以至于在一向以客观冷静著称的《入蜀记》一文中亦流露出无尽的悲叹,陆游经过归州巴东县,曰:"井邑极于萧条,邑中才百余户,自令廨而下,皆茅茨,了无片瓦……谒寇莱公祠堂,登秋风亭,下临江山。是日重阴微雪,天气飋飘,复观亭名,使人怅然,始有流落天涯之叹。"② 北宋宰相寇准早年曾为归州巴东县知县,被陆游称作是"寇公壮岁落巴蛮"③,陆游在阴冷疾风之中亲自体验了"巴蛮"之地的萧条景色,遂产生流落天涯的凄楚之情。在巴东县所作诗中也称此地是"荒村寇相县,破屋屈平祠。不奈新愁得,啼猿挂冷枝"④(《泛溪船至巴东》)。荒村破屋再加上猿啼的悲鸣,一片荒芜。《巴东遇小雨(其二)》一诗云:"西游万里亦何为,欲就骚人乞弃遗。到此宛然诗不进,始知才分有穷时。"⑤ 赴夔任通判一职与陆游的政治人生理想相差甚远,只好自我解嘲地宽慰自己此行有助于诗思,但是到了巴东一地愁绪满怀,连作诗的兴致都没有了,更渲染出此地的荒凉。

蜀道中亦有让陆游为之惊叹、为之震撼的景色,如观巫山十二

---

① 前后两诗皆见于陆游著,钱仲联校注《剑南诗稿校注》卷二,第168页。
② 陆游《入蜀记》卷六,《陆游集》,第2457页。
③ 陆游著,钱仲联校注《剑南诗稿校注》卷二,第174页。
④ 陆游著,钱仲联校注《剑南诗稿校注》卷二,第170页。
⑤ 陆游著,钱仲联校注《剑南诗稿校注》卷二,第171页。

峰之景,曰:

> 二十三日过巫山,凝真观谒妙用真人祠。真人,即世所谓巫山神女也。祠正对巫山,峰峦上入霄汉,山脚直插江中。议者谓太华衡庐,皆无此奇。然十二峰者,不可悉见。所见八九峰,惟神女峰,最为纤丽奇峭,宜为仙真所托。祝史云:每八月十五夜月明时,有丝竹之音,往来峰顶,山猿皆鸣,达旦方渐止。庙后山半,有石坛平旷……坛上观十二峰,宛如屏障。是日,天宇晴霁,四顾无纤翳,惟神女峰上有白云数片,如鸾鹤翔舞裴徊,久之不散,亦可异也。①

巫山峰峦起伏,神女峰最为奇峭,山峰上白云缭绕,徘徊不散,见到不同于吴越山水的峡中奇景,这让陆游为之惊异,但是这一抹亮色只给陆游带来暂时的喜悦,很快又陷入对自己流落荒蛮之地的悲叹中。在巫峡中作《闻猿》诗云:"瘦尽腰围不为诗,良辰流落自成衰。也知客里偏多感,谁料天涯有许悲。汉塞角残人不寐,渭城歌罢客将离。故应未抵闻猿恨,况是巫山庙里时。"②羁旅客愁、天涯悲叹并未因巫山诸峰的奇异之景而减弱,反而将此地视作"汉塞"即边塞之地,巫峡的萧森之气与哀猿的长啸之音激起诗人心中的悲愁意绪,巴蜀的荒蛮、入蜀的艰辛皆使陆游难以释怀。

二、深情回望:范成大的巴蜀情怀

在陆游入蜀七年之后,范成大因病求归,《吴船录》记载了他乘

---

① 陆游《入蜀记》卷六,《陆游集》第 2458 页。
② 陆游著,钱仲联校注《剑南诗稿校注》卷二,第 176 页。

舟东下归乡的行程。从成都东郭的合江亭写起,一直记载到故乡吴郡盘门,其中峡州以西的所见所闻记载尤其详细,占整个行记内容的四分之三。峡州治所夷陵县正处于西陵峡峡口,以西则进入山势险峻、大江奔腾的三峡区域,与一望无垠的江汉平原呈现出完全不一样的地理形貌,成为一道天然的区域分界线。在范成大生活时代,峡州以西的归州(今湖北秭归)已经属于西蜀的范围,《吴船录》对此有专门记载,称:"归故尝隶湖北,近岁以地望形势正在峡中,乃以属夔,是矣。而财赋仍隶湖北,岁输止二万缗,而一州两属,罢于奔命,非是。当别拨此缗补湖北而并以归隶夔,始尽事理。"[①] 因此,范成大《吴船录》中大部分笔墨皆是记载巴蜀见闻的,而峡州以东的湖北、安徽、江西、江苏等地的风光,相比之下记载得极为简略。范成大在离蜀东归的路上,记载了众多沿途所见巴蜀地区的自然人文景观,写山者如永康军(今四川都江堰)之青城山、峨眉县之峨眉山、西域诸雪山、嘉州九顶山、万州西山;写江河险滩者如眉州玻瓈江,嘉州沫水,涪州黔江,瞿塘滟滪滩,归州吒滩;写寺观庙宇者如永康军之崇德庙、凌云寺,峨眉牛心寺,忠州景德观,合江县登天王庙,恭州张益德庙;写亭台楼阁者如青城浮云亭,新津绝胜亭,嘉州万景楼,泸州南定楼,忠州四贤阁;写宅园者如青城县何子方园林,蜀州周家庄,嘉州古安乐园、程氏雪堂;写岩壑林泉者如眉州中岩、慈姥岩,嘉州方响洞,峨眉双溪、龙门;记载巴蜀具有地方风情的事物如郫县的郫筒,青城的绳桥,蜀菱,眉州荷花、荔枝,峨眉娑罗……

范成大不仅记载大量的巴蜀风光,而且对多处具有代表性的景观进行细致地勾勒,如写峨眉山,详细记录从峨眉县城至峨眉山

---

① 范成大《吴船录》,《范成大笔记六种》,第 221 页。

顶所经路线：

> 癸巳，发峨眉县。出西门，登山，过慈福、普安二院、白水庄、蜀村店。十二里，龙神堂……小憩华严院，过青竹桥，峨眉县新观、路口、梅树垭、两龙堂，至中峰院……出院过樟木、牛心二岭及牛心院路口，至双溪桥……出白水寺侧门，便登点心山……过茅亭觜、石子雷、大小深坑、骆驼岭、簇店……又过峰门、罗汉店、大小扶掅、错喜欢、木皮里、胡孙梯、雷洞平……过新店、八十四盘、娑罗平……自娑罗平，过思佛亭、软草平、洗脚溪，遂极峰顶光相寺。①

沿途所经地点细化到所经庙宇、村店、平地、溪桥等。细腻刻画所见风景，如普贤寺之普贤大士铜像庄严神圣的形象、大峨山上草木花鸟之异、峰顶所见佛光的神奇壮丽之景等等。范成大把自己在巴蜀所见的点点滴滴都希望记录在行记中，成为难以忘怀的记忆。当文字不足以表达其妙处时，他还以图画摹之，如途经巫峡曰：

> 巫峡山最嘉处，不间阴晴，常多云气，映带飘拂，不可绘画，余两过其下，所见皆然。岂余经过时偶如此，抑其地固然，"行云"之语，亦有所据依耶？世传巫山图，皆非是。虽夔府官廨中所画亦不类。余令画史以小舫泛中流摹写，始得形似。今好事者所藏，举不若余图之真也。②

---

① 范成大《吴船录》，《范成大笔记六种》，第198-201页。
② 范成大《吴船录》，《范成大笔记六种》，第219页。

巫峡云雾缭绕的奇特景色引起范成大格外关注,他派专人前往描摹,为得其巫峡景观之真貌而欣喜自豪,他已经与巴蜀这片土地建立了一份深厚的情感。

在东归途中,范成大写下的不少诗作都表现了他对巴蜀的眷恋之情,刚踏上归程,他就作《入崇宁界》诗云:"桑间三宿尚回头,何况三年濯锦游。"① 用佛教中"三宿恋"一语表明寄居桑间三宿尚且有依恋之情,宦游蜀地三年怎能割舍这份浓情。至蜀州(今四川崇州)湖中赏荷,又云:"采菱不盈掬,兴与莼鲈会。遥知新津宿,魂梦亦清丽。"② 莼羹鲈脍是范氏故乡吴郡之美味,如今在蜀地湖中采菱的兴致亦可与之媲美,在范成大看来,他乡风物却充满故乡的情致,连梦境亦是清丽可爱。至池州,作《九月八日泊池口》诗云:"我从落日西,忽到大江东。回首旧游处,瞳黄锦城中。药市并乐事,歌楼沸晴空。故人十二阑,岂复念此翁。"③ 回忆在锦城游览药市、笙歌宴饮的赏心乐事,从对方着笔,以故人思翁来写自己对蜀地生活的思念。上述诸诗皆可见出范成大对蜀地的一片深情,当他以这种深情的眼光来关照巴蜀景观时,自然会产生与陆游不一样的体验。

比如同写蜀道中的荒凉之景,陆游往往借眼前的荒芜抒发入蜀的凄凉,感慨宦途的艰辛,景观中渗透着作者浓烈的主观情感;范成大记蜀中见闻,不仅记录了众多名山胜水,亦记录了蜀中的萧条荒芜之景,但多为客观描述。如至恭州曰:"自此入峡路。大抵自西川至东川,风土已不同,至峡路益陋矣。恭为州乃在一大磐石

---

① 范成大《范石湖集》卷一八,第247页。
② 范成大《范石湖集》卷一八,第251页。
③ 范成大《范石湖集》卷一九,第278页。

上,盛夏无水土气,毒热如炉炭燔灼,山水皆有瘴,而水气尤毒。人喜生瘿,妇人尤多。"①揭示了恭州盛夏酷热、瘴气弥漫、瘿病多发等恶劣的自然条件,与西川的秀丽富庶景象相比,风土甚"陋"。此日所作诗云:"小楼高下依盘石,弱缆西东战急流。入峡初程风物异,布裙跣妇总垂瘤。"②亦只是揭示川峡风物区别以及恭州妇女多染瘿病的事实。又如至万州云:"邑里最为萧条,又不及恭、涪。蜀谚曰:'益、梓、利、夔最下,忠、涪、恭、万尤卑。'"③对县邑萧条的描述仅仅为客观比较,并没有像陆游一样从眼前萧瑟之风物抒发人生之悲叹,而是始终保持了一种客观冷静的姿态。

而且与陆游相比,范成大还总以政治、历史的眼光来打量巴蜀的荒凉之景。两人皆泊船归州,对其风景都有描述,范成大曰:

> 泊归州。峡路州郡固皆荒凉,未有若归之甚者。满目皆茅茨,惟州宅虽有盖瓦,缘江负山,偪仄无平地……州东五里,有清烈公祠,屈平庙也……倚郭秭归县,亦传为宋玉宅……属邑兴山县,王嫱生焉。今有昭君台、香溪尚存。城南二里有明妃庙。余尝论归为州僻陋,为西蜀之最,而男子有屈、宋,女子有昭君。阀阅如此,政未易忽。④

叙写归州茅屋遍地、地势狭窄,甚为荒凉僻陋。但是范成大特意拈出此地有屈原、宋玉、王昭君等人青史留名,功绩卓著,认为穷乡僻壤中亦有杰出人才,这是为政者应予以重视的。在《夜泊归舟》一

---

① 范成大《吴船录》,《范成大笔记六种》,第214页。
② 范成大《范石湖集》卷一九,第268页。
③ 范成大《吴船录》,《范成大笔记六种》,第216页。
④ 范成大《吴船录》,《范成大笔记六种》,第220-221页。

诗中亦表达了相似的意思:"细和悲秋赋,遥怜出塞情。荒山饮阀阅,儿女擅嘉名。"① 宋玉的文学才华、昭君的出塞和亲皆赢得千秋佳名。地虽僻陋却人才辈出,范成大客观地评价了归州的历史地位。陆游入蜀经归州,呈现出与范成大不一样的情感表现,《入蜀记》云:

> 十六日到归州……馆于报恩光孝寺,距城一里许,萧然无僧。归之为州,才三四百家,负卧牛山,临江。州前即人鲊瓮。城中无尺寸平土,滩声常如暴风雨至。②

描写了归州人烟稀少、地势险恶。在归州所作《饮罢寺门独立有感》一诗云:"一邑无平土,邦人例得穷。凄凉远嫁妇,憔悴独醒翁。今古阑干外,悲欢酒盏中。三巴不摇落,搔首对丹枫。"③ 虽也提及昭君、屈原等人,但重在揭示他们远嫁异域,与浑浊世道抗争的凄凉身世,并由人及己抒发人生之感,陷入对自身的哀悼之中。

又如《入蜀记》和《吴船录》皆有对蜀道、险滩的记叙,但艰险历程给范、陆二人也带来不同的情感体验。范成大经滟滪滩时,瞿唐水骤涨,侥幸过峡,所见瞿唐峡门:

> 水平如席,独滟滪之顶,犹涡纹瀺灂,舟拂其上以过,摇橹者汗手死心,皆面无人色。盖天下至险之地,行路极危之时,旁观皆神惊,余已在舟中,一切付自然,不暇问,据胡床坐招头

---

① 范成大《范石湖集》卷一九,第 271 页。
② 陆游《入蜀记》,《陆游集》,第 2456 页。
③ 陆游著,钱仲联校注《剑南诗稿校注》卷二,第 169 页。

处,任其荡兀。每一舟入峡数里,后舟方敢续发。水势怒急,恐猝相遇,不可解拆也。帅司遣卒执旗,次第立山之上下,一舟平安,则簸旗以招后船。①

滩险水急令人惊心动魄,长期行船的舟子亦为之改色,而范成大却能安坐舟中、任其荡兀,淡然自若。《瞿唐行》一诗云:"人间险路此奇绝,客里惊心吾饱更。剑阁翻成蜀道易,请歌范子《瞿唐行》。"② 范成大认为自己过瞿唐才是天下至险的经历,而历代传唱的《蜀道难》与之相比,其险绝程度亦显逊色,字里行间充满战胜艰险后的喜悦与自豪。又如范成大游峨眉山,称:"盖天下峡泉之胜,当以龙门为第一。……然其路险绝,乱石当道,将至峡,必舍舆,蹑草履,经营跬步于槎牙兀臬中,方至峡口。盖大峨峰顶天下绝观,蜀人固自罕游,而龙门又胜绝于山间,游峨眉者亦罕能到。非好奇喜事、忘劳苦而不惮疾病者,不能至焉。"③ 至龙门的道路虽险绝,乱石当道、杂草丛生、人迹罕至,但当欣赏到峨眉第一形胜时,登山的劳苦荡然无存,留下的是不畏艰险、寻访胜景的欣喜之情。

与范成大相比,陆游对巴山之险峻、蜀水之湍急往往多悲伤、凄楚之叹。欲近峡州泊松滋渡口时,他就感叹道:"此行何处不艰难,寸寸强弓且旋弯……未满百年均是客,不须数日待东还。"④ 旅途的艰辛使得陆游尚未至夔就已开始遥望归期。在离峡州至归州段,《入蜀记》记载云:"(十月)十日早,以特豕壶酒,祭灵感庙,遂

---

① 范成大《吴船录》,《范成大笔记六种》,第 217–218 页。
② 范成大《范石湖集》卷一九,第 271 页。
③ 范成大《吴船录》,《范成大笔记六种》,第 207 页。
④ 陆游《泊松滋渡口》,见钱仲联校注《剑南诗稿校注》卷二,第 159 页。

行。过鹿角、虎头、史君诸滩,水缩已三之二,然湍险犹可畏。"① 虽已是枯水季节,仍滩多水急,令人生畏。陆游在此作《泊虎头滩下》一诗曰:"大舟已泊灯火明,小舟犹行闻橹声。虎头崔嵬鹿角横,人生实难君勿轻。"② 由蜀道的艰险感慨人生之路的坎坷。又如:"(十月十一日)晚泊马肝峡口。两山对立,修耸摩天,略如庐山。江岸多石,百丈萦绊,极难过。夜小雨。十二日早过东灢滩,入马肝峡。石壁高绝处,有石下垂如肝。故以名峡。"③ 山势险峻、乱石嶙峋,行舟危险,陆游由此感叹道:"书生就食等奔逃,道路崎岖信所遭。船上急滩如退鹢,人缘绝壁似飞猱。"(《过东灢滩入马肝峡》)④ 为谋求生计奉命入蜀,奔波劳苦,又遇滩峡之极险,透露出入蜀的悲叹。

三、"蜀地荒蛮"的先在视野与地方感的获得

总体而言,陆游对巴蜀的风景呈现出较多负面、悲观的情绪,而范成大表现出正面、积极乐观的情绪,两人认识、理解、观看巴蜀的方式有着明显差异,这是与两人对巴蜀的地方认同感强弱密切联系的。陆游是第一次远赴西蜀,之前没有在巴蜀生活的经历,他对蜀地的认知多源于历史典籍以及传说故事。在众多文献典籍中有许多对巴蜀荒凉景象的记载,尚且不说远古神话如蚕丛、鱼凫开国,五丁开山等展现的古蜀国的蛮荒闭塞景象,即便在唐代也有相当数量的诗文作品描述过文人对巴蜀荒僻险远的地域感知。写巴

---

① 陆游《入蜀记》,《陆游集》,第 2454 页。
② 陆游著,钱仲联校注《剑南诗稿校注》卷二,第 167 页。
③ 陆游《入蜀记》,《陆游集》,第 2455 页。
④ 陆游著,钱仲联校注《剑南诗稿校注》卷二,第 167 页。

蜀的偏远蛮荒者,如杜甫的"乡关胡骑远,宇宙蜀城偏"①(《得广州张判官叔卿书使还以诗代意》),岑参的"星当觜参分,地起西南僻。陡觉烟景殊,杳将华夏隔"②(《入剑门作寄杜杨二郎中时二公并为杜元帅判官》),认为巴蜀偏居西南边塞,与中原风景判然有别;写蜀道之艰险者,如杜甫有"西蜀地形天下险"③(《诸将五首(其五)》),李颀有"蜀江流不测,蜀路险难寻"④(《临别送张諲入蜀》),更有李白一曲《蜀道难》道尽入蜀之艰辛;写巴蜀民风鄙陋者,如白居易的"巴人类猿狖,鼍鼍满山野。敢望见交亲,喜逢似人者"(《自江州至忠州》),"高城直下视,蠢蠢见巴蛮。安可施政教,尚不通语言"⑤(《征秋税毕题郡南亭》),视巴蜀百姓是不通教化的异类;写巴蜀之地的自然气候恶劣者,如元稹的"巴山昼昏黑,妖雾毒濛濛"⑥(《巴蛇三首(其二)》),杜甫的"瘴疠浮三蜀,风云暗百蛮"⑦(《闷》),常年阴云雾气笼罩、瘴疠肆虐;写巴蜀的虎蛇横行、猿鸟悲鸣,如杜甫的"不寐防巴虎,全生狎楚童"⑧(《秋峡》),刘禹锡的"巴人泪应猿声落,蜀客船从鸟道回"⑨(《松滋渡望峡中》),李白的"蜀

---

① [唐]杜甫撰,[清]仇兆鳌注《杜诗详注》卷一〇,上海古籍出版社,1979年,第871页。
② [唐]岑参撰,廖立笺注《岑嘉州诗笺注》卷一,中华书局,2004年,第264页。
③ 杜甫撰,仇兆鳌注《杜诗详注》卷一六,第1370页。
④ [清]彭定求等编《全唐诗》卷一三二,中华书局,1960年,第1344页。
⑤ 两首诗分别引自[唐]白居易著,顾学颉校点《白居易集》卷十一,中华书局,1979年,第209页,第219页。
⑥ [唐]元稹《元稹集》卷四,中华书局,1982年,第39页。
⑦ 杜甫撰,仇兆鳌注《杜诗详注》卷二十,第1790页。
⑧ 杜甫撰,仇兆鳌注《杜诗详注》卷一九,第1725页。
⑨ [唐]刘禹锡著,卞孝萱校订《刘禹锡集》卷二四,中华书局,1990年,第305页。

国曾闻子规鸟,宣城还见杜鹃花。一叫一回肠一断,三春三月忆三巴"①(《宣城见杜鹃花》)。

特别是唐代曾经寓居夔州的诗人如杜甫、刘禹锡等对夔州风物的叙写更对陆游的巴蜀认知带来了最直接的影响。如:

> 夔府孤城落日斜,每依北斗望京华。听猿实下三声泪,奉使虚随八月槎。(杜甫《秋兴八首(其二)》)②
>
> 绝塞乌蛮北,孤城白帝边……吊影夔州僻,回肠杜曲煎。(杜甫《秋日夔府咏怀奉寄郑监李宾客一百韵》)③
>
> 为客无时了,悲秋向夕终。瘴余夔子国,霜薄楚王宫。(杜甫《大历二年九月三十日》)④
>
> 天外巴子国,山头白帝城。……暮色四山起,愁猿数处声。重关群吏散,静室寒灯明。⑤(刘禹锡《始至云安寄兵部韩侍郎中书白舍人二公近曾远守故有属焉》)
>
> 瞿唐嘈嘈十二滩,此中道路古来难。(刘禹锡《竹枝词九首并引(其七)》)
>
> 巫峡苍苍烟雨时,清猿啼在最高枝。⑥(刘禹锡《竹枝词九首并引(其八)》)

孤城一座,猿啼悲鸣、烟雾朦胧、瘴气环绕、苍凉无限,集中地展现

---

① [唐]李白著,[清]王琦注《李太白全集》卷二五,中华书局,1977年,第1164页。
② 杜甫撰,仇兆鳌注《杜诗详注》卷一七,第1485页。
③ 杜甫撰,仇兆鳌注《杜诗详注》卷一九,第1699页。
④ 杜甫撰,仇兆鳌注《杜诗详注》卷二十,第1787页。
⑤ 刘禹锡著,卞孝萱校订《刘禹锡集》卷三一,第417页。
⑥ 刘禹锡著,卞孝萱校订《刘禹锡集》卷二七,第359页。

了夔州的蛮荒景象。陆游正是借助前代文本中蜀地僻远荒凉、蜀道艰险、子规悲鸣、猿猴长啸、瘴疠横行等意象来看待巴蜀地理空间,进而生成巴蜀为蛮荒之地的地域感知的。

康纳顿(P. Connerton)提出:"我们对现在的体验在很大程度上取决于我们有关过去的知识。我们在一个与过去的时间和事物有因果联系的脉络中体验现在的世界,从而当我们体验现在的时候,会参照我们未曾体验的事件和事物。"[1]前代文本中的巴蜀意象正是"与过去的时间和事物有因果联系的脉络中"的重要一环,陆游虽然行走在巴山蜀水之间,亲自体验了巴蜀的自然环境,但驻足停留时间很短,难以对沿途各地风物进行深入的考察,前代诗文中对巴蜀蛮荒景象的记录作为一种参照,早已占据了陆游对蜀地的认知,"蜀地荒蛮"的先在视野左右着陆游观看风景的方式,使他以个人亲身体验来不断强化巴蜀与繁庶、先进的吴越文化区之"异",即使沿途亦有明丽之景让陆游为之欣喜,但短暂的喜悦之后,又陷入到对蛮荒之地的深沉悲叹之中。

范成大的行记作于离蜀之时,在此之前他已在蜀中停留两年左右时间,他与此地已经建立了非常亲密的关系。新人文主义地理学者认为:"'地方'不只是一个客体,虽然相对于主体来说,它常是一个客体;但它更被每一个客体视为一个意义、意向或感觉价值的中心;一个动人的、有感情附着的焦点;一个令人感觉到充满意义的地方。"[2] 巴蜀对范成大而言就是这样一个附着了感情意义的

---

[1] [美]康纳顿(P. Connerton)著,纳日碧力戈译《社会如何记忆·导论》,上海人民出版社,2000年,第2页。
[2] [美]艾伦·普瑞德《结构化历程和地方——地方感和结构的形成过程》,夏铸九编译《空间的文化形式与社会理论读本》,明文书局,1987年,第119页。

"地方",他已经在此地获得了"地方感"。"一个地点的个体感觉,一般来说是不能被置于其自身而和其意识的发展和意识形态完全分开来或不被其倾向所影响的……其起源亦不能和她过去历史的交互作用、社会化历程以及社会、学校、工作场所和其他制度所提供的具体情境相分离。"① 段义孚(Tuan)、雷尔夫(Relph)等学者强调这种对"地方"的情感"经由人的住居及某地经常性活动的涉入;经由亲密性及记忆的积累过程;经由意象、观念及符号等等意义的给予;经由充满意义的'真实的经验'或移动事件以及个体或社区的认同感、安全感及关怀的建立"②。如其所说,范成大在巴蜀的地方感的建立是与他入蜀的社会地位、社会身份以及在蜀中所作政绩、参与的社会活动、蜀中的人际交往密切相关的。

范成大赴蜀担任四川制置使一职,知成都府,"兼制置成都、潼川、利、夔四道,成都地大人众,事已十倍他镇,而四道大抵皆带蛮夷,且北控秦陇,所以临制捍防,一失其宜,皆足致变故于呼吸顾昐之间"③。四川为边境重镇,既与西南少数民族地区接壤,又能北控中原,具有非常重要的战略地位,制置使为掌管军务之机要大臣,范成大任四川制置使一职是朝廷委派的重任,范成大深知使命重大,正如他在谢表中所说:"不泄迩,不忘远,均万里于广庭;在知人,在安民,揭九霄之日月。"④ 肃边守边、选将治兵、安抚百姓,他

---

① 艾伦·普瑞德《结构化历程和地方——地方感和结构的形成过程》,夏铸九编译《空间的文化形式与社会理论读本》,第121页。
② 转引自艾伦·普瑞德《结构化历程和地方——地方感和结构的形成过程》,夏铸九编译《空间的文化形式与社会理论读本》,第120页。
③ 陆游《范待制诗集序》,《渭南文集》卷一四,《陆游集》,第2098页。
④ [宋]黄震《黄氏日抄》卷六七引范成大《自广帅蜀谢表》,《文渊阁四库全书》第708册,第616页。

以"我怀汉制诏,来慰蜀父老"①的心情来到蜀地,希望在政治上卓有建树。

在蜀中,他整编行伍、修饬边防、扫除边患,"日夜阅士卒,制甲器,大抵以守边为先务"②,添置兵马、精选将帅,犒赏士兵,体察军情,修分弓亭、筹边楼等军备。对周边民族的侵扰,恩威并用,"崛强者讨击之,善良者抚摩之,使知畏慕"③,蜀中军政积弊、边患骚扰得以缓解。在任用官员方面,选贤任能,"诸州将佐,皆易以材武之人"④,既须"事艺可观,胆勇可仗",又要"稍知弓马、略识行阵"⑤,大力推举蜀中名士,蜀士为之归心。

他还关心蜀中百姓生活,为民分忧,减免杂税、减轻徭役、尽力赈灾、修葺学宫,正如杨甲在《修学记》中所说"(范成大)以儒长者治蜀,有大惠利及民"⑥。甚至在离蜀之时仍念念不忘百姓疾苦,如《吴船录》载:"自侍郎堤西行岷山道中,流渠汤汤,声震四野,新秧勃然郁茂。前两旬大旱,种几不入土,临行,连日得雨。道见田翁,欣然曰:'今年又熟矣。'"⑦在《初发太城留别田父》诗中亦写道:"秋苗五月未入土,行人欲行心更苦。路逢田翁有好语,竟说宿来

---

① 范成大《午夜登蟠山》,《范石湖集》卷一六,第 222 页。
② 于北山《范成大年谱》,上海古籍出版社,2006 年,第 198 页。
③ 周必大《资政殿大学士赠银青光禄大夫范公成大神道碑》,《庐陵周益国文忠公集》卷六一,《宋集珍本丛刊》第 51 册,第 602 页
④ 范成大《辟兵官札子》,[明]解缙等编《永乐大典》卷八四一三,第 4 册,中华书局,1987 年,第 3902 页。
⑤ [明]杨士奇、黄淮编《历代名臣奏议》卷二四〇《任将》,《文渊阁四库全书》第 439 册,第 799 页。
⑥ [明]周复俊编《全蜀艺文志》卷三六,《文渊阁四库全书》第 1381 册,第 433 页。
⑦ 范成大《吴船录》,《范成大笔记六种》,第 187 页。

三尺雨。行人虽去亦伸眉,翁皆好住莫相思。流渠汤汤声满野,今年醉饱鸡豚社。"[1] 蜀中大旱,庄稼生长受阻,近日持续的降雨及时缓解了旱情,在行人见久旱不雨的"心更苦"和连日得雨后的"伸眉"的转变中,渗透着范成大对蜀中百姓的深深牵挂。在"翁皆好住莫相思"的离别宽慰之辞中饱含范成大对蜀中百姓的依恋之情,也看到蜀中百姓对范成大的尊敬与不舍。

范成大在蜀中经常参与到蜀中百姓的庆典、游赏等活动中,与民同乐。如元日赴安福寺礼敬佛塔,祈求安宁吉祥,有诗纪其事曰:"岭梅蜀柳笑人忙,岁岁椒盘各异方。耳畔逢人无鲁语,鬓边随我是吴霜。新年后饮屠苏酒,故事先然窣堵香。石笋新街好行乐,与民同处且逢场。"[2] 所谓"石笋新街"为范成大治蜀期间所修,由官方出资,集结民力而成,以砖铺路,解决了雨后泥淖之苦,蜀地百姓对此称赞有加,曰:"公之于蜀,药伤补败,苗耨发柟,无一不用其方。至道路之政,世所谓缓且细者,亦整治如此,百世之下,四方之人,入其境,仰公之贤,推此以考其政绩,尚可仿佛云。"[3] 安福寺礼塔活动是蜀中正月一日举行的大型游宴活动。《岁华纪丽谱》记载此日"郡人晓持小彩幡,游安福寺塔,粘之盈柱,若鳞次然。以为厌禳,惩咸平之乱也。塔上燃灯,梵呗交作,僧徒骈集。太守诣塔前张宴,晚登塔眺望焉"[4]。宋初蜀中爆发了声势浩大的王小波、李顺起义,其后咸平三年(1000)蜀中又发生王均兵变,数年间,蜀地政局动荡,百姓饱受战乱之苦。此后,在蜀地渐渐形成于岁时节日至安福寺礼塔的习俗,表达蜀中百姓厌恶战乱、祈求安康的美

---

[1] 范成大《范石湖集》卷一八,第247页。
[2] 范成大《范石湖集》卷一七,第232页。
[3] 周复俊编《全蜀艺文志》卷四〇,《文渊阁四库全书》第1381册,第559页。
[4] [元]费著《岁华纪丽谱》,民国景明宝颜堂秘笈本。

好愿望。范成大作为蜀地最高行政长官,亦参与其中,至寺院焚香礼拜、饮屠苏酒,喜迎新年、祈福禳灾,又正值石笋新街筑毕,与百姓同游,其乐融融。他还参加过海云寺摸石活动,海云摸石是宋代成都的岁时宴饮游赏风俗,"以三月二十一日游城东海云寺,摸石于池中,以为求子之祥。太守出郊,建高旆、鸣笳鼓,作驰骑之戏,大燕宾从,以主民乐。观者夹道百里,飞盖蔽山野,謹讴嬉笑之声,虽田野间如市井,其盛如此"①。范成大亦与民同游,写有《三月二十三日海云摸石》一诗。此外,蜀地百姓的浣花宴游、重九药市、正月初三祭东君宴饮、会庆节大慈寺宴饮等蜀地节庆游宴活动都有范成大与民同乐的身影②。

由于在蜀地这样的"经常性活动的涉入",范成大与蜀地的风土、百姓建立了深厚的情感,产生了对巴蜀生活的归属感。蜀中百姓对范成大亦给予了格外的关注,如范成大至郫县,"观者塞途,皆严妆盛饰,帘幕相望。盖自来无制帅行此路者。自是而西,州县皆然"③;至青城山,见"山后老人村耆耋妇子辈,闻余至此,皆扶携来观"④;至嘉州苏稽镇、符文镇,"两镇市井繁遝,类壮县。符文出布,村妇聚观于道,皆行而绩麻,无索手者"⑤。由此可见,蜀中父老对范成大的景仰与爱戴。治蜀期间,范成大为巴蜀的军务、政事付出了大量的心血,也因在蜀中政绩突出、关爱百姓,赢得了蜀中

---

① 宋人吴中复《游海云寺唱和诗》诗前王霁所撰序,见[宋]扈仲荣、程遇孙编《成都文类》卷九,《文渊阁四库全书》第1354册,第384页。
② 范成大诗集中有《丁酉重九药市呈坐客》《会庆节大慈寺茶酒》《初三日出东郊碑楼院》《浣花戏题争标者》诸诗。
③ 范成大《吴船录》,《范成大笔记六种》,第187页。
④ 范成大《吴船录》,《范成大笔记六种》,第191页。
⑤ 范成大《吴船录》,《范成大笔记六种》,第197页。

百姓的尊重,获得了社会的普遍认同,"巴蜀"成为镌刻着范成大这一辉煌人生经历的"地方",范成大亦由此获得对巴蜀的"地方感"。

范成大在蜀中交游甚广,建立了良好的人际关系。"地方感"建立的一个重要来源是"在一个实质环境中关怀的范围,人与人之间相互关怀的网的建立"[①]。范成大在蜀中短短两年时间,编织了一张密集的"关怀的网",在他离开蜀地时,众多蜀中友人前来道别即是明证。为范成大送行的士人之多,至新津县,"成都及此郡送客毕会。邑中借居,僦舍皆满,县人以为盛"[②],范成大为送客在此停留一日后才启程;送客送行路程之长,"蜀中送客至嘉州归尽,独杨商卿父子、谭季壬德称三人送至此,逾千里矣"[③],送客大多远送至嘉州,最远者一直送到泸州合江县才分别;送客与范成大之间情谊之深,范成大为送客留宿数日、宴饮送客[④],与客同登沿途形胜如慈姥岩、峨眉,"至慈姥岩前徘徊,皆不忍分袂"[⑤],依依惜别之意至深至诚。在其与送客的赠诗中更清晰地传达了离别的缱绻之意,如:

> 诗成酒尽肠亦断,休唤佳人唱渭城。(《慈姥岩与送客酌别》)
> 一曲红窗声里怨,如今分作两愁城。(《次韵代答刘文潜司业二绝(其二)》)

---

① 艾伦·普瑞德《结构化历程和地方——地方感和结构的形成过程》,夏铸九编译《空间的文化形式与社会理论读本》,第 120 页。
② 范成大《吴船录》,《范成大笔记六种》,第 193 页。
③ 范成大《吴船录》,《范成大笔记六种》,第 214 页。
④ 为送客留宿数日,如"(新津县)为送客住一日。饮罢,发遣,令各归,留者尚十五六"。宴饮送客,如至眉山"招送客燕于眉山馆,与叙别"。范成大《吴船录》,《范成大笔记六种》,第 193 页,第 194 页。
⑤ 范成大《吴船录》,《范成大笔记六种》,第 195 页。

锦城亦何乐,所乐多友生。相从不知久,相送不计程。(《既离成都故人送者远至汉嘉分袂》)

君归我去两销魂,愁满千山锁瘴云。后夜短檠风雨暗,谁能相伴细论文。(《题杨商卿扇》)

千里追随不忍归,一杯重把知何处。临歧心曲两茫然,但祝频书无别语。(《谭德称杨商卿父子送余水行逾千里作诗以别》)①

回忆在蜀地高朋满座、把酒论文的惬意,叙写离别的愁绪伤感,遥想别后的凄清与茫然,对蜀中友人的一片深情渗透纸背,这张友人之间"关怀的网"的建立也加深了范成大对蜀地的认同感。

直到范成大离蜀以后,"巴蜀"仍然令他魂牵梦绕,巴蜀的风物、故人在他诗词中频频出现,如"采蛛横斜春不夜,绛霞浓淡月微明。梦中重到锦官城"(《浣溪沙·烛下海棠》),"沉犀浦上旧仙踪,老木长春翠扫空。敢请丹光来万里,为扶云峤驾飞鸿"(《寄题郫县蓬仙观四楠》),"西楼第一红多叶,东苑无双紫压枝"(《蜀花以状元红为第一》),"漓水桥西列炬香,少城楼下变灯忙"(《灯夕怀广蜀旧事》),"四海西州旧故多,烦君问讯各如何。心期本自无南北,万里天波一月波"(《送刘唐卿户曹擢第西归六首(其六)》),"岷峨交旧如相问,铁锁无扃任客攀"(《次韵蜀客西归者来过石湖并寄成都旧僚》)②。锦官城的海棠、郫县的楠木、西蜀的状元花、少城楼下的变灯、西蜀的故人旧友都让范成大难以忘怀。

---

① 引文分别引自范成大《范石湖集》卷一八,卷一八,卷一八,卷一九,卷一九,第253页,第253页,第263页,第267页,第267页。
② 引文分别引自范成大《范石湖集》卷三四,卷二六,卷二三,卷二三,卷二四,卷二〇,第462页,第367页,第330页,第325页,第336页,第281页。

对于范成大来说,"巴蜀"一地积聚着他的政治情怀以及对巴蜀百姓、友人的牵挂、留恋之情,"巴蜀"是附着了他的人生情感、体现他人生意义的"地方",这种对于"巴蜀"的地方认同感使得他能以一种关怀的眼光来看待巴蜀的风物。其实,在范成大入蜀时,他也同陆游一样,对蜀道的险山恶水满怀悲伤、凄楚之情,如入峡口陆行至秭归,《初入峡山效孟东野》诗云:"峡路如登天,猿鹤不敢梯。仆夫负嵎哭,我亦呻吟悲。悲吟不成章,聊赓峡哀诗。"①山势险绝陡峭、猿猴飞鹤尚难攀援飞渡,何况人行其中,此情此景令人悲不自已。又如至归州有《巴东峡口》诗曰:"水宿频欹侧,徒行又险艰。舟危神女峡,马瘦鬼门关。……催成头雪白,休说鬓丝斑。"②舟行、陆行皆艰险,畏惧忧愁,令人早生华发。但是,在蜀地近两年的长时间居住,经常性地参与蜀地事务处理以及参加蜀地的地方活动,经由一系列具有意义的"真实的经验",赢得了蜀地百姓的认同,建立了"人与人之间相互关怀的网",获得了对"巴蜀"的地方感,人与地之间建立了深厚的情感,因此,在离蜀归吴之时,范成大能乐观豁达地看待蜀中山水的奇险,客观冷静地对待蜀道中的荒凉之景。这与陆游入蜀初来乍到,因对"巴蜀"之地的陌生而产生隔阂,由隔阂进而多发凄楚悲凉之叹,形成显著的区别。

小　结

本章主要探讨以景观为中心的心理空间。文人们通过景观寄托自身的情感,景观成为承载了文人情感的符号。面对相似的

---

① 范成大《范石湖集》卷一五,第204页。
② 范成大《范石湖集》卷一六,第214页。

景观,却常常产生不一样的情感体验。以陆游《入蜀记》与范成大《吴船录》为例,可以看到,几乎同样的行程,两人情感大不一样。陆游赴蜀,夔州通判一职根本无法实现自己的报国之志,壮志未酬的辛酸与苦楚成了旅程中挥之不去的情感基调。范成大东归,常年东奔西走的人生经历渐渐使他对仕宦生涯产生了厌倦感,因而在归乡途中怀着强烈的思乡归隐之情。当他们在游览相同景观,如鄂州、黄州时,更见出明显的情感差异。对于巴蜀的地方情怀,两人也有显著差异。陆游入蜀之行具有浓重的悲情色彩,多悲伤、凄楚之叹。而范成大满怀深情地在行记中记载了沿途所见巴蜀地区的自然人文景观,流露出对蜀地的眷恋之情。这源于两人不同的巴蜀认知,陆游对巴蜀的印象源自于古书的记载和人们的传闻,"蜀地荒蛮"的先在视野左右着陆游观看风景的方式。范成大已在蜀中停留两年左右时间,与此地已经建立了非常亲密的关系,巴蜀对范成大而言是一个附着了感情意义的"地方",他已经在此地获得了"地方感",这种对于"巴蜀"的地方认同感使得他能以一种关怀的眼光来看待巴蜀的风物。

第七章　人文的凝视：景观的想象空间

旅行者游移于不同的地理空间总会以自身的眼光来注视空间中的景观，空间被投射上旅行者的个人色彩，在这个空间中既有自然地理空间的存在，又融合了旅行者自身的文化传统，成为一个复合的想象空间。宋人在行记中不仅展现了自然地理空间的山川美景，表达了景观带给人的情感体验，还揭示了宋人以人文理性的眼光解读风景的方式。

第一节　地理空间与历史叙事

宋人在旅行的过程中跨越不同的地理空间，欣赏着空间中不同的景观，空间与空间中的景观在宋人眼里成为一个可供阅读的文本，充满了开放性和未定性。阅读的文本有赖于读者在阅读的过程中赋予文本未定之处以确定的含义，[①] 宋代的行旅者也如同

---

① 此处借用德国接受美学理论家伊泽尔的"空白理论"加以分析。伊泽尔在接受英伽登的"不确定性"概念的基础之上提出文学本文的空白理论。他认为文学本文存在着意义空白和不确定性，它们是本文中未实写出来的或未明确写出来的部分。这些意义空白和不确定性促使读者在阅读过程中进行创造性地填补和想象，通过想象将这些不确定因素确定化，将空白之处填补完整。本文中的不确定性与意义空白激发着读者去寻找作品的意义，读者通过这种方式参与了作品意义的构建。(参见伊泽尔《审美过程研究——阅读活动：审美响应理论》，中国人民大学出版社，1988年，第245–309页)

阅读者一样在空间的游历中赋予空间以确定的含义、填补空间的意义空白。挖掘空间的历史含义成为填补空间空白的重要策略。

宋人在旅行中每至一处往往拈出与所经空间及空间中的景观相关的历史人物、历史事件进行一番追叙和咏叹,将眼前之景与所想之历史紧密结合起来。早在北宋中期成书的张舜民的《郴行录》中就常常在叙写现实的风景中融入历史的记忆。张舜民贬郴州途中出江宁府至采石矶,则联想到此处为"温峤然犀照水怪、袁宏月夜舣舟之所"①。温峤是两晋时期人,晋明帝时曾拜侍中、中书令,《晋书·温峤传》载:"(温峤)至牛渚矶,水深不可测,世云其下多怪物,峤遂毁犀角而照之。须臾,见水族覆火,奇形异状,或乘马车著赤衣者。峤其夜梦人谓己曰:'与君幽明道别,何意相照也?'意甚恶之。"②温峤过牛渚矶时,听闻此处水下多怪物,烧毁犀角以照亮水面见到水下的奇异之景。袁宏为东晋文学家、史学家,《晋书·袁宏传》载:"宏有逸才,文章绝美,曾为咏史诗,是其风情所寄。少孤贫,以运租自业。谢尚时镇牛渚,秋夜乘月,率尔与左右微服泛江。会宏在舫中讽咏,声既清会,辞又藻拔,遂驻听久之,遣问焉。答云:'是袁临汝郎诵诗。'即其咏史之作也。尚倾率有胜致,即迎升舟,与之谭论,申旦不寐,自此名誉日茂。"③袁宏于月夜泊舟牛渚矶,在舟中吟诗讽咏,正好遇上时为安西将军的谢尚,得到谢尚的延誉,由此进入仕途。

接着,张舜民又由牛渚矶与对岸和州之间江岸的狭窄联想到南唐人樊若水巧量江面宽度,向宋太祖进献架浮桥以平南唐之策,

---

① 张舜民《郴行录》,《画墁集》卷七,《丛书集成初编》第1948册,第59页。
② [唐]房玄龄等《晋书》卷六七,中华书局,1974年,第1795页。
③ 《晋书》卷九二,第2391页。

导致南唐亡国一事,云:"本朝下南唐,樊若水假为僧徒,于此筑庵,凿石穴,度量水面。及大军临江,用以为桥,不差尺寸,军事获济焉,至今石凿穴尚存。"①

他在登黄鹤楼时见到江中的鹦鹉洲,则称此处为"黄祖沉祢衡之所"②,祢衡为东汉时人,才华横溢,但因恃才傲物、出言不逊,触怒时为江夏太守的黄祖,被黄祖所杀,葬于此洲。张舜民经过此洲,由地及人地将江中的洲与历史上的祢衡联系起来。普通的自然景色如江河、江边的矶、江中的洲都被张舜民赋予了历史的色彩,使得地理景观增添了历史的厚度。

卢襄的《西征记》则基本采用"风景描绘+历史叙事"的结构组织全文。卢襄记录了从故乡衢州出发,经睦州、杭州、秀州、苏州、常州、润州、真州、楚州、泗州、雍丘、陈留至汴州的旅途经历。卢襄每至一地或缅怀历史人物,或评述历史事件,或发历史之感叹。如他至秀州,先叙写临桥所观江景,云:"登吴江桥,如长虹欲舒,横截水面,左瞰太湖,一望千里。"③状写太湖上吴江桥横跨江面的雄浑之势。接着便追忆此地古人之贤风,云:"思昔拂袖去国、扁舟五湖者,鸱夷子之远游也;莼羹半糁、鲈鱼自香者,张季鹰之思归也;行歌长吟、兴属云水者,陆鲁望之嘉遁也。"④鸱夷子指春秋时期的范蠡,他帮助越王勾践破吴后,功成而退,过着扁舟游五湖的隐居生活。张季鹰即张翰,为西晋时期的文学家,被齐王冏辟为大司马东曹掾,但"因见秋风起,乃思吴中菰菜、莼羹、鲈鱼脍,曰:

---

① 张舜民《郴行录》,《画墁集》卷七,《丛书集成初编》第1948册,第59页。
② 张舜民《郴行录》,《画墁集》卷七,《丛书集成初编》第1948册,第64页。
③ 卢襄《西征记》,《四库全书存目丛书》史部第127册,第540页。
④ 卢襄《西征记》,《四库全书存目丛书》史部第127册,第540页。

'人生贵得适志,何能羁宦数千里以要名爵乎!'"① 不甘仕宦羁绊,遂弃名归乡。陆鲁望即指唐末的陆龟蒙,才高而不乐仕途,躬耕山野,过着读书品茶的隐居生活。作者身处吴地而联想到此地不求功名的先贤之风,在勾勒风景的基础之上展开对此一地理空间的历史想象,眼前的江湖风景成为呈现历史人物的凭借。

卢襄入汴口、观汴河则云:"出于昆仑、黄河之源,浊浪奔驰,自上而下,与淮俱流,数千里间,清浊异色,久则与俱,如泾渭然。"写汴河水势、水色。进而由汴河联想到隋炀帝开凿运河以游幸江南一事,"遂念隋大业间,炀帝所以浚辟,使达于扬州者,不过事游幸尔,奈何锦帆未张而神器移,膏血未干而生民瘵,天怨神怒,假手于唐,龙舟凤楫,鼓枻而回者,不其无聊哉?今则东南岁漕,上给于京师者,数千百艘,舳舻相衔,朝暮不绝"。隋炀帝开凿运河,劳民伤财,耽于玩乐,自取其祸而导致身败国亡,曾经供皇帝出行游玩、象征炀帝奢侈腐朽生活的大运河在北宋成为南北经济、交通大动脉,造福北宋臣民。卢襄在抚今追昔中对隋炀帝的功过进行了一番评价:"盖有害于一时,而利于千百载之下者,天以隋为吾宋王业之资也。"②

卢襄以由地及史的方式叙写了自己从衢州至汴京的整个经历,行旅在线性的时间历程中展开,随着地理空间的频繁转换,历史叙事的进程也一步步向前推进。一方面对历史的回忆、感叹、想象都浓缩在真实的地理空间中,历史叙事依托于地理空间得以展现,历史具有了艺术的空间性;另一方面,可知可感的自然地理空

---

① 《晋书》卷九二,第 2384 页。
② 以上引文均见于卢襄《西征记》,《四库全书存目丛书》史部第 127 册,第 540–541 页。

间又被卷入历史的叙事中,空间具有了艺术的时间性,形成了一个地理空间与历史叙事有机融合的艺术时空体。① 自然、人文的景观在卢襄面前犹如一个个有待解读的文本,他每见一景都试图从记忆库中搜寻出与此地相关的历史材料,与眼前的景观相对应,以丰富的历史积淀对眼前的文本进行了历史的阐释。在地的地理感知与历史叙事相结合,共同构筑了行记中的景观。

南宋时期的行记更普遍地运用这种以历史解读风景的方式。陆游入蜀一行途经众多名人故居、军事要地、寺庙碑刻,这些都大大地激发了作者的怀古之思,陆游由此而评述前朝旧事、感叹历史兴衰变幻,使得《入蜀记》整部作品都弥漫着浓重的历史韵味。如在鄂州游头陀寺,见南齐王简栖碑,碑文为王简栖所写。此碑本建于唐开元六年,至宋开宝二年此地仍属南唐,南唐统治者重立此碑,碑阴文字由南唐韩熙载所撰,上有"皇上鼎新文物,教被华夷,如来妙旨,悉已遍穷,百代文章,罔不备举,故是寺之碑,不言而兴"②的字样。这本为一段臣下阿谀奉承统治者的官样文字,在历朝历代都不足为奇,陆游却从中看出南唐亡国的必然。他说:"此碑立于己巳岁,当皇朝之开宝二年,南唐危蹙日甚,距其亡六年尔。熙载大臣,不以覆亡为惧,方且言其主鼎新文物,教被华夷,固已可怪。又以穷佛旨、举遗文,及兴是碑为盛,夸诞妄谬,真可为后世

---

① 苏联文艺理论家巴赫金论"艺术时空体"特征时称:"在文学中的艺术时空体里,空间和时间标志融合在一个被认识了的具体的整体中。时间在这里浓缩、凝聚,变成艺术上可见的东西;空间则趋向紧张,被卷入时间、情节、历史的运动之中。时间的标志要展现在空间里,而空间则要通过时间来理解和衡量。这种不同系列的交叉和不同标志的融合,正是艺术时空体的特征所在。"(见巴赫金著,白春仁、晓河译《小说理论》,河北教育出版社,1998年,第274–275页)

② 陆游《入蜀记》,《陆游集》,第2442页。

发笑。然熙载死,李主犹恨不及相之。君臣之惑如此,虽欲久存,得乎?"① 陆游感叹南唐面临亡国之危,不知励精图治、加强军事力量,反倒兴修文物、尊佛崇文,追求文雅风流之事,君臣昏庸暗聩不堪如此。陆游生活的南宋王朝为与金求和,割地赔款、岁贡于金,尊严丧失殆尽,而统治者却不思进取、苟安一隅,这与南唐统治者的昏聩无能何其相似! 韩熙载碑阴上书写的文字触动了陆游心灵深处的那根爱国之弦,由此而生发出浓重的历史忧患意识。

接着,陆游又对王简栖撰写的碑文发表评论,云:"简栖为此碑,骈俪卑弱,初无过人,世徒以载于《文选》,故贵之耳。自汉魏之间,骎骎为此体,极于齐梁,而唐尤贵之,天下一律,至韩吏部、柳柳州,大变文格,学者翕然慕从。然骈俪之作,终亦不衰。故熙载、锴号江左辞宗(按:锴指南唐徐锴),而拳拳于简栖之碑如此。本朝杨、刘之文擅天下,传夷狄,亦骈俪也。及欧阳公起,然后扫荡无余。后进之士,虽有工拙,要皆近古。如此碑者,今人读不能终篇,已坐睡矣,而况效之乎?"② 王简栖碑文文采华丽,久负盛誉,而陆游认为此类骈俪之作并不可取。汉魏六朝骈俪之风渐行渐盛,一直影响到宋初,中间虽有韩愈、柳宗元的古文运动力倡文风的改革,然骈俪之风仍久盛不衰。至宋代的欧阳修倡导古文之风以来,骈偶之辞渐衰,文章为之一变,自然清新、流畅易读,而以王简栖碑文为代表的骈文则艰涩难懂,读之不能终篇。陆游以古文家的眼光简明扼要地评述了从汉魏到宋散文演变的过程,是一段关于"文"的历史评述。陆游既将王简栖碑放入南唐的历史兴衰中进行

---

① 陆游《入蜀记》,《陆游集》,第 2442 页。
② 陆游《入蜀记》,《陆游集》,第 2442 页。

观照,又将其置于散文史的角度加以考察,展现出一块陆游的"阅读视野"下的王简栖碑。

楼钥的《北行日录》记录出使金国时期重经中原故地的行旅经历,他也同样以历史的眼光来看待风景。楼钥自过淮进入金地后,每经一地都会回溯该地的历史渊源及此地曾发生的历史事件。在此,以楼钥渡淮至北宋旧东京城之行程为一段落,略作下表,以备分析。

楼钥《北行日录》地理空间叙写表

地理空间的记叙	历史背景的追寻
车行六十里临淮县早顿,县境有徐城。	本徐国,嬴姓。有徐君墓,季札挂剑之所。
(宿州)负郭县曰符离。	项羽破汉军于灵壁东,睢水为之不流,即此县界。
永城县早顿,驿中犹有灯……有芒山,与砀山相接。	县本芒、敬丘二县地……汉高帝隐于此,汉更敬丘为太丘,陈寔尝为长。
谷熟县早顿。	县即商之南亳,汤所都也。
(南京城)市井益繁,观者多闭户以窥。夹道甲骑百余,城外及驿前皆步兵。大楼曰睢阳,制作雄占,倾圮已甚。……南京城楼侧,有亭名解愠,……城中犹有徐太宰、路枢密、郑宣徽等大宅,多为官中所占,亦有子孙居者。	按此地即高辛氏子阏伯所居商丘也。武王封微子启,是为宋国后。唐以为归德军节度。本朝以王业所基,景德四年,升应天府,祥符七年,升南京。金改曰归德府。汉梁孝王所都兔园、平台、雁鹜池、蓼堤皆在此。春秋陨石五,犹存。
宁陵县早顿。	古葛伯国,汤所征也。魏信陵君无忌封于此。
又六十里,宿拱州。本襄邑县,属开封。	本宋承匡襄陵乡也,襄公所葬,故曰襄陵。
雍丘县早顿。	县故杞国,武王封禹后东楼公,故至今土人犹曰杞县。祖逖镇此,以御石勒。

续表

地理空间的记叙	历史背景的追寻
圉城镇在东南。	本汉圉县,属睢阳国。王莽击翟义,为京观于此。
汉外黄县故城在东,又有葵丘。	齐桓公所会也。
又行二十里,过空桑。	伊尹所生之地也。①

由上表可以看出,楼钥对地理空间的记叙有时用三言两语简略提及,有时则简单地浓缩为一个地名,风景的描绘已退居其次,对此地历史的追寻成为记叙的重心。沿着旅行的时间轴的展开,楼钥以历史的眼光来看待眼前的风景,这与阅读文本的过程非常相似。阅读活动随着阅读时间轴的展开,由过去的经验与记忆构筑起来的想象对象形成一个序列,各想象对象沿着时间轴的展开延伸,不断相互挑战、融合,并形成想象对象之间的一致性,从而获得对文本的理解。②

楼钥每至一地,由地理空间的位置常常联想到此地曾是上古三代、春秋战国、两汉时期的某地,联想到在此曾经有过哪些叱咤风云的历史人物。值得注意的是,楼钥关于某地的想象都是联想到此地在先秦两汉时期的历史史实,而很少提及唐宋时期的史实。也许在他眼里,先秦两汉的文明才真正代表了中华文明的精髓。

---

① 表格中引文见于楼钥《攻媿集》卷一百十一,《四部丛刊》本。
② 伊泽尔认为阅读过程中存在的时间轴(time axis)是"由意象建立起来的想象性客体构成了一个系列,这个系列的延伸连续不断地揭示沿着这条时间轴而来的各种各样想象性客体之间的矛盾和悬殊差别。这样就必然会使这些想象性客体形成一种相互的注意中心,这些想象性客体通过它就获得了它们的一致性。"(见伊泽尔《审美过程研究——阅读活动:审美响应理论》,第201页)

楼钥从临淮县经宿州、永城县、谷熟县、北宋旧南京城、宁陵县、拱州、雍丘县、圉城镇、葵丘、空桑等地,地理空间的转换在线性的时间序列中展开,关于此地的历史记忆亦在这个序列中按照邻接的原则一一展开。这些历史记忆不断地对话、融合,形成一个有关先秦两汉文明的文化场域,代表着此地负载了悠久的华夏文明,这里自古就是汉民族的领土,金人的侵占是不合理的、不正当的,从而赋予了地理空间以历史的涵义。楼钥虽身在金国的地理空间中行走,心却在先秦两汉的历史隧道中游历,他以头脑中构筑的关于此地的历史想象来"阅读"眼前的地理景观,现实的风景被抹上浓厚的历史色彩。

第二节 地理空间与书本记忆

读书是宋代士人日常生活的重要组成部分,书本知识成为宋代士人认识世界的重要手段。长期以翰墨书斋为中心的生活方式使得宋人在周览山川时也念念不忘书本中的意趣。旅行途中,随着空间位移的不断变化,各地的名山胜水、亭台楼阁、寺院道观一一映入眼帘,宋人在饱览山川胜景的同时,常常想起与此地相关的前人作品。前人作品中关于此地的描述构成了宋人观赏眼前风景的先在视野,[①] 宋人透过对古人作品的理解与诠释来认识眼前的景观。他们将眼前的风景与古人的描写相印证、相对比、相补充,地理空间中的自然美与书本记忆中的人文美有机地统一起来,眼前景与书中景的相互融合、对话,共同塑造了所经历的空间中的

---

① "先在视野"本为接受美学的术语,本指读者在接触文本之前已经先行具备的知识框架、理解结构,是理解文本的基础。此处借用以指由与此处风景相关的传统知识与理解构建的行旅者的认知与存在的世界。

景观。

一、由眼前景体验书中景

宋人在领略自然风景的同时,常常陶醉于古人对此地的描写中。周必大登齐山至紫微亭、翠微亭,描写眼前的景色为:"面淮南诸山,下临秋浦、清溪,直接大江,眼界豁然。又其傍拔起数峰,奇甚,谓之小九华,盖与上清岩皆齐山最胜处也。崎岖行碛中,仅可通人。稍前曰大石谷,又稍前曰定力窟,深不可测。又其上即翠微亭,是为山巅。杜牧之云'江澄秋影雁初飞',此地此时也。"[1] 清江环抱、澄江流淌、数峰高耸,周必大带着杜牧诗中的经验来欣赏眼前的风景,在齐山的景致中找到了杜诗的意境。

陆游自吴入蜀也不仅仅停伫于赏山玩水的感官享受,而是游历于前人观赏风景的诗文记忆中。如:"二十四日早,抵巫山。县在峡中,亦壮县也。市井胜归、峡二郡。隔江南陵山极高大,有路如线,盘屈至绝顶,谓之一百八盘,盖施州正路。黄鲁直诗云:'一百八盘携手上,至今归梦绕羊肠。'即谓此也。"[2] 亲历高峻险要的南陵山体验到黄庭坚诗中的羊肠小道之景。陆游舟行过西塞山,见"石壁数百尺,色正青,了无窍穴,而竹树进根,交络其上,苍翠可爱,自过小孤,临江峰嶂无出其右"[3]。西塞山石色清苍、绿荫环绕,陆游由眼前的美景联想到"玄真子《渔父辞》所谓'西塞山前白鹭飞'者。李太白《送弟之江东》云:'西塞当中路,南风欲进船。'必在荆楚作,故有中路之句。张文潜云:'危几插江生,石色擘青

---

[1] 周必大《泛舟游山录》卷二,《庐陵周益国文忠公集》卷一六八,《宋集珍本丛刊》第52册,第641页。
[2] 陆游《入蜀记》,《陆游集》,第2458页。
[3] 陆游《入蜀记》,《陆游集》,第2438页。

玉。'殆为此山写真。又云：'已逢妩媚散花峡，不泊艰危道士矶。'盖江行惟马当及西塞最为湍险难上"①。张志和的《渔父辞》写西塞山与白鹭相互辉映的优美而纯朴的自然之景；李白诗写西塞山的位置；张文潜写西塞山山色青翠、地势险要。三人关于西塞山的描述构成了一个虚拟的文学世界，陆游由眼前的西塞山风景印证着一个早在前人诗歌中存在的文学的西塞山风景。陆游入蜀从池州至江州所见江景，曰：

> 八月一日，过烽火矶。南朝自武昌至京口，列置烽燧，此山当是其一也。自舟中望山，突兀而已。及抛江过其下，嵌岩窦穴，怪奇万状，色泽莹润，亦与他石迥异。又有一石，不附山，杰然特起，高百余尺，丹藤翠蔓，罗络其上，如宝装屏风。是日风静，舟行颇迟，又秋深潦缩，故得尽见杜老所谓"幸有舟楫迟，得尽所历妙"也。②

杜甫《次空灵岸》诗云："沄沄逆素浪，落落展清眺。幸有舟楫迟，得尽所历妙。空灵霞石峻，枫栝隐奔峭。青春犹无私，白日亦偏照。"③写诗人舟行水中，见到江面旷远无际，岸边峻石如奔，高耸峭拔之景色。诗人感叹所幸行驶缓慢才得以尽赏江边美景。陆游经过烽火矶时，风缓水浅，舟行甚慢，观赏到沿江山石千姿百态之状，从而体验到杜甫舟行观山水的感受，进一步理解到杜诗的内在情感。如果没有相似的行旅经历是不可能深入理解这样的江行体

---

① 陆游《入蜀记》，《陆游集》，第2438页。
② 陆游《入蜀记》，《陆游集》，第2430页。
③ 杜甫撰，仇兆鳌注《杜诗详注》卷二二，第1964页。

验的。

又如张舜民过石头城曰：

> 石头城者，天生石壁，有如城隅，起夹口，直至清凉寺。金陵之为国，大略自孙权城石头，谓之建业，即今之覆舟山上也。晋宋以来，其台城稍迁而南，以就平坦，尚在今之城北数里之内。梁陈因之。及李氏即营今之江宁，跨踞淮水，形势始全。梦得所谓"山围故国周遭在"，此不刊之句也。兵火之迹宛然，登览之间使人凄怆不已。①

张舜民亲眼目睹石头城依山而筑，因水以为池的险要地势以及战火留下的痕迹，由眼前之景引发对城池兴衰变化的历史回顾，身临其境地体验到刘禹锡在《金陵五题》中面对荒凉残破的旧城抒发的繁华易逝的感慨。

在观山观水的现实游历中体验前人诗文中的古典意境，这已成了宋人欣赏风景的习惯。再举以下诸例，可窥一斑：

> （昇元寺）在城内西南隅，后踞崇冈，前瞰江西城，最为古迹。然累朝兵火，略无仿佛。李氏时，昇元阁犹在，乃梁朝故物，高二百四十尺，李白有诗云"日月隐檐楹"者是也。②

> 十日，行舟数里，即再见南岳峰崛敦可尊。而仰带江别有小山一重，山民幽居点缀，上桃李花方发，望之如临皋道中。

---

① 张舜民《郴行录》，《画墁集》卷七，《丛书集成初编》第1948册，第56页。
② 张舜民《郴行录》，《画墁集》卷七，《丛书集成初编》第1948册，第57页。

卢仝诗"湘江两岸花木深",至此方有句中意。①

金陵山本止三面,至此则形势回互,江南诸山与淮山团栾应接,无复空阙。唐人诗所谓"山围故国周遭在"者,惟此处所见为然。②

镇江因北固山以为城,而寺在山上。东坡诗云:"古郡山为城,层梯转朱栏。"尽之矣。③

宋人在现实风景中寻找到书中的意境,并进而体验到书中风景描绘得精确贴切,如周必大泊舟湖口县云:"江水北来而浊,湖水南出而清,合流仅五十里方浑。无为子杨次公一联云:'浊浪自分清浪影,真山徒作假山看。'语殊中的。盖山前数石绝奇,巧而宏壮,全类假山耳。"④亲见江水合流,山石奇巧之状,理解到北宋名贤杨杰诗歌准确生动、恰如其分表达出眼前之景。陆游的《入蜀记》中这类评价更为常见:

历游城上亭榭,有坐啸亭,颇宜登览。城濠皆植荷花。是夜,月白如昼,影入溪中,摇荡如玉塔,始知东坡"玉塔卧微澜"之句为妙也。

二十三日过阳山矶,始见九华山。……惟王文公诗云:"盘根虽巨壮,其末乃修纤",最极形容之妙。大抵此山之奇,

---

① 范成大《骖鸾录》,《范成大笔记六种》,第 55 页。
② 范成大《吴船录》,《范成大笔记六种》,第 233–234 页。
③ 周必大《奏事录》,《庐陵周益国文忠公集》卷一七〇,《宋集珍本丛刊》第 52 册,第 667 页。
④ 周必大《泛舟游山录》卷三,《庐陵周益国文忠公集》卷一六九,《宋集珍本丛刊》第 52 册,第 649 页。

在修纤耳。然无含蓄敦大气象,与庐阜、天台异矣。

　　二日,早行未二十里,忽风云腾涌,急系缆。俄复开霁,遂行。泛彭蠡口,四望无际,乃知太白"开帆入天镜"之句为妙。

　　石镜亭者,石城山一隅,正枕大江,其西与汉阳相对,止隔一水,人物草木可数……太白诗云:"谁道此水广,狭如一匹练。江夏黄鹤楼,青山汉阳县。大语犹可闻,故人难可见。"形容最妙。①

当然,极富理性精神的宋人也往往会在观山览水中体验到前人描写中的不实之处。如范成大至黄州赤壁"未见所谓'乱石穿空'及'蒙茸''巉岩'之境,东坡词赋微夸焉"②。"乱石穿空"是苏轼《念奴娇·赤壁怀古》一词中所写的"乱石穿空,惊涛拍岸,卷起千堆雪"③之景,勾勒出滚滚长江流经赤壁时的雄浑景象。"蒙茸""巉岩"出自苏轼《后赤壁赋》的"履巉岩、披蒙茸"④一语,描绘葱茏丛生的草木遮掩着峻峭的岩石的险峻景象。范成大亲历赤壁而未体验到苏轼辞赋中的意境,因而认为苏轼词有夸张的成分。

宋人处处以书中景去观赏眼中景,当书中景在眼前消失时,良辰已逝、盛景不复的伤叹油然而生。如张礼游长安观曲江景色,曰:"倚塔下瞰曲江宫殿,乐游燕喜之地,皆为野草。"接着便引唐

---

① 四则引文皆引自陆游《入蜀记》,分别见《陆游集》,第2423页,第2427页,第2431页,第2443页。
② 范成大《吴船录》,《范成大笔记六种》,第228页。
③ 邹同庆、王宗堂《苏轼词编年校注》,中华书局,2002年,第398页。
④《后赤壁赋》,见苏轼撰,孔凡礼点校《苏轼文集》卷一,中华书局,1983年,第8页。

人欧阳詹的《曲江记》一文云:"兹地循原北峙,回冈旁转。园环四币,中成坎窞。窀窆港洞,生泉禽源。东西三里而遥,南北三里而近。崇山浚川,钩结盘护,不南不北,湛然中停。荡恶含和,厚生蠲疾。涵虚抱景,气象澄鲜。涤虑延欢,栖神育灵。"唐时的曲江是群山环抱、景色优美的宴游之地,如今却野草满地、胜景不再。张礼将书中的风景与眼前之景相对比,继而兴起今不如昔的"黍离麦秀之感"。① 又如范成大登滕王阁,见"故基甚侈,今但于城上作大堂耳,榷酤又借以卖酒,'佩玉鸣鸾'之罢久矣"②。王勃《滕王阁诗》中所写的"滕王高阁临江渚,佩玉鸣鸾罢歌舞"③的良辰美景与高朋满座的宴会盛事都已不复存在,眼前的滕王阁只是一个不起眼的卖酒场。

二、由书中景认识眼前景

宋人将书本知识作为认识世界的途径,书中景色的描绘激发了他们欣赏实景的愿望。陆游至铜陵界见"远山崭然,临大江者,即铜官山,太白所谓'我爱铜官乐,千年未拟还',是也。恨不一到"④。由李白的诗歌激发了陆游观赏山景的愿望,只因为行旅匆匆不能一往,遗憾之情溢于言表。

书中对景观的评价还成为宋人是否登览山水的依据,如周必大游庐山云:"观对天柱峰,倚凌云峰,兵火后殊草创。其西有四庵

---

① 以上引文均见于张礼《游城南记》,《丛书集成初编》第 3202 册,第 3 页。
② 范成大《骖鸾录》,《范成大笔记六种》,第 48 页。
③ [唐]王勃著,[清]蒋清翊注《王子安集注》卷三,上海古籍出版社,1995年,第 76 页。
④ 陆游《入蜀记》,《陆游集》,第 2426 页。

一院,相去不远。而《记》中无所取,故不往。"①《记》指宋人陈舜俞的《庐山记》。陈舜俞曾耗六十日遍游庐山,参照前人图经、杂录,考证山中名胜古迹撰成《庐山记》一书,是一部详细介绍庐山的地理位置、山势、景色的地记。周必大游览庐山的哪些景观完全根据书中的评价优劣来取舍。

宋人在欣赏自然风景的同时,常常回到自己的记忆库中搜寻出与此地相关的书本知识,用书中的知识补充眼前的风景。如张舜民游高座寺云:"高座寺在长干之南,迤逦登陟冈岭,兰若甚幽,大松修竹,夹道而起,超然出群冈之上,俯瞰都城,人物可数。西望江渚,云水杳然,乃金陵绝胜之景,吴仲庶作《记》。案《高僧传》西域帛尸黎密多罗,晋永嘉中始至中国。值乱渡江,居金陵。建初中,王导、庾亮咸敬信之,江左人呼为高座,所居曰高座寺。至咸康中,葬于石子冈。"②先写登高座寺所见松竹环绕的清幽之景,接下来便引《高僧传》中的记载来叙述高座寺建寺之始末。

陆游入蜀至峡州泊沱滩,见此地"皆聚落,竹树郁然,民居相望。亦有村夫子聚徒教授,群童见船过,皆挟书出观,亦有诵书不辍者。沱,江别名。《诗》'江有沱'《禹贡》'岷山导江,东别为沱'是也。滩,则《尔雅》所谓春夏秋有水,冬无水曰滩也"③。先写此地竹树掩映民居,夫子讲学、群童诵书的生活气象,接着便引《诗经》《禹贡》《尔雅》解释沱滩这一地名的含义。

周必大至池州游齐山,首先引当地太守所作《齐山记》一文,称:"嘉祐中,太守王皙字微之,尝作《齐山记》云:'山东西广三里,

---

① 周必大《泛舟游山录》卷三,《庐陵周益国文忠公集》卷一六九,《宋集珍本丛刊》第 52 册,第 669 页。
② 张舜民《郴行录》,《画墁集》卷七,《丛书集成初编》第 1948 册,第 57 页。
③ 陆游《入蜀记》,《陆游集》,第 2450 页。

袤半之,其西直郡之谯门,距城千余步。上有十余峰,其高等,故曰齐山。'"借太守之文交代齐山命名原由,接着再写齐山的景致,云:"山脚插入清溪,石色青苍可画。洞穴半出水中。"①由以上诸例可见出宋人在写景时往往引用书本知识交待景观的来历、地名的含义,在游览的风景中渗透着书本的意趣。

在旅行中宋人还习惯于将书本中的知识与眼前之景相对应,如周必大游庐山东林寺一段:"《山记》云清溪有亭(今废)。牛僧孺太和四年书神运之殿(今殿非其旧),南唐元宗题神运木(今亡)。流泉匝寺,下入虎溪(如故)。殿后白莲池(如故)、晋辇(或云政和间太守焚之)、经藏院(经卷尚存,古经生所写)、白公草堂(《记》云非元和故基,今又焚毁,但存阶墄,前对两大流池,左对香炉峰,其侧则鸡冠峰,右望天池,四傍多水)、双玉涧(《记》云草堂在半山,二泉出石间故曰双玉。寺僧无知者,予按《记》而得之。此处望见莲花峰、双剑锋)、明皇铜像(今作傅大士装饰,观其丰下,真明皇也)、唐壁画等(今亡)。上方舍利塔(有南唐保大碑,在门首),颜鲁公题名(与古碑多在者)。上方之北虎跑泉(深八九尺)、五彩阁(阁后作释迦入灭卧像,十大弟子环立)、甘露戒坛(今亡)。其西石磴三百级(岳飞折砌母坟)、滴翠亭(今亡)、殷仲堪聪明泉(在寺中)、佛影台(今亡)、晋朝三杉(亦为岳飞取去)。"②周必大把在庐山游览的每一景点都与陈舜俞记载的庐山相比较,并以注文的形式标明眼前的庐山与《记》中的庐山有何异同,以书中的记载去认识眼前的景致。

---

① 以上引文均见于周必大《泛舟游山录》卷二,《庐陵周益国文忠公集》卷一六八,《宋集珍本丛刊》第52册,第644页。
② 括号中文字是原文献中的注文。周必大《泛舟游山录》卷三,《庐陵周益国文忠公集》卷一六九,《宋集珍本丛刊》第52册,第652页。

宋人在对比观察中，往往产生理性的思考，以亲身经历之景考证书中风景之误。如周必大《泛舟游山录》记载在宜兴的经历，云："乙酉，早，肩舆二三里，至董山。按《三国志》《金陵实录》：孙皓因国山有石自立，遣司空董朝、太常周处封禅刻石，埋银龙铜马于其下。其石如囷，故俗呼囷碑。山高数十丈，与徐宗策杖同登。碑字三面可辨，惟东向剥裂模糊，盖无屋以庇之也。俗呼董山，谓董朝也。碑词载所遣官姓名，而无周处，史氏误矣。"① 据周必大称《三国志》《金陵实录》记载了董朝、周处随孙皓同至董山封禅刻石一事，今本《三国志》仍有关于此事的记载，云："吴兴（按：宋代此地属宜兴县）阳羡山有空石，长十余丈，名曰石室。在所表为大瑞，乃遣兼司徒董朝、兼太常周处至阳羡县，封禅国山。明年改元大赦，以协石文。"② 周必大在董山见到封禅时留存的题名石刻，碑上并无周处之名，得知周处并未参与此次封禅，从而纠正了《三国志》《金陵实录》的谬误。又如陆游至镇江甘露寺，登北固山发现"此山多峭崖如削，然皆土也，国史以为石壁峭绝，误矣"③。由实际登临经历发现史书中记载不恰当之处。

宋人有时亦以眼前景纠正对书中景的误读，如《入蜀记》云："（欧阳修诗）云：'江上孤峰蔽绿萝。'初读之，但谓孤峰蒙藤萝耳，及至此，乃知山下为绿萝溪也。"④ 因亲见峡州绿萝溪，从而准确地理解了欧阳修诗中"绿萝"的含义。

---

① 周必大《泛舟游山录》卷一，《庐陵周益国文忠公集》卷一六七，《宋集珍本丛刊》第 52 册，第 626—627 页。
② ［晋］陈寿撰，［刘宋］裴松之注《三国志》卷四八《吴书三》，中华书局，1959 年，第 1171 页。
③ 陆游《入蜀记》，《陆游集》，第 2412 页。
④ 陆游《入蜀记》，《陆游集》，第 2452 页。

三、以书中景置换眼前景

宋人观赏景观时,常常陶醉于与眼前的景观相关的书本记忆中,当这种感情发挥至极致,便是忽略了对眼中景的鉴赏,而沉湎于对书中景的记述、考证之中。如陆游至公安游吕蒙城时写道:"寺后有废城,仿佛尚存,图经谓之吕蒙城。然老杜乃曰:'地旷吕蒙营,江深刘备城。'盖玄德、子明皆屯于此也。老杜《晓发公安》诗注云:'数月憩息此县。'按公《移居公安》诗云:'水烟通径草,秋露接园葵。'而《留别公安太易沙门》诗云:'沙村白雪仍含冻,江县红梅已放春。'则是以秋至此县,暮冬始去。其曰数月憩息,盖为此也。"①陆游并没有描写吕蒙城的风光,而是以多次征引杜甫的诗歌来代替对吕蒙城的描绘。他引第一首杜诗旨在说明吕蒙、刘备都曾在此屯兵。接着便由杜诗联想到杜甫入蜀的经历,连引《晓发公安》《移居公安》《留别公安太易沙门》三诗考察杜甫在公安停留的时间。吕蒙城只是引发陆游书本记忆的媒介,陆游已经完全忘记了眼前的风景,而是沉浸于对杜诗的考辨中,书中的风景完全替代了对眼前风景的描绘。

范成大写巫山神女庙亦然:"神女庙乃在诸峰对岸小冈之上,所谓阳云台、高唐观,人云在来鹤峰上,亦未必是。神女之事,据宋玉赋云以讽襄王,其词亦止乎礼义,如'玉色頩以赪颜''羌不可亲犯干'之语,可以概见。后世不晓,一切以儿女子亵之。余尝作前后《巫山高》以辩。"②他由神女联想到宋玉的《神女赋》一文,进而辨析宋玉赋的创作目的旨在写儿女之情还是讽谏襄王。神女庙的地势、布局、庙中的陈设都不再是范成大关注的重点。在陆游、范

---

① 陆游《入蜀记》,《陆游集》,第 2447 页。
② 范成大《吴船录》,《范成大笔记六种》,第 219 页。

成大等人的行旅途中,触目皆是古人的诗文,自然的山水风光已经消融在对古典诗意的品评辨析之中。

从以上论述可见,宋人的旅行不仅是一次感官之旅,更是一次人文之旅。他们一边用自己的眼和手勾勒出空间移动中的山姿水态,一边往自己的人文积淀中去寻找相关的记忆。书中的记忆不断激发着宋人游山玩水的观察和想象,眼中的美景亦不断印证或修正早已在文人的书本记忆中存在的风景,两者相互融合,构成了自然与人文、现实与古典相结合的风景。

第三节 人文眼光凝视风景的意义

一、书斋静坐与征行万里:格物致知的认知方式

宋代是一个高度崇尚"文"的时代,统治者以文治国,重用文士,大力兴办官私各类学校,广开科举之门,增加科举考试录取的名额,取消考生的门第限制,在考试中实行誊录、弥封等措施以使考试更加规范公平,在当时,科举及第,步入仕途,跻身要津成为宋人的人生理想。宋代士人不再有唐朝士人驰骋疆场"宁为百夫长,胜作一书生"[①]的豪情壮志,而是钟情于翰墨书斋,饱读诗书,以求取功名,但凡经书要义、史家典籍、诸子百家之说、前贤诗文、佛典道藏有助于增长学问者皆广泛涉猎。再加之宋代印刷术改进,大量刊印书籍,书籍的传播更加普及,为士人读书创造了有利的物质条件。一时间求学好学之风浓厚,江西饶州甚至出现"为父兄者,

---

① [唐]杨炯《从军行》,《全唐诗》卷五〇,第611页。

以其子与弟不文为咎;为母妻者,以其子与夫不学为辱"①的向善好学之民风,他们视读书为最重要的精神文化生活,对人生的发展具有重要意义。首先,宋代文人认为读书能涵养心性、修炼气质。"治经之法,不独玩其文章,谈说义理而已,一言一句皆以养心治性"②,读圣贤诸文能修养身性。"腹有诗书气自华"③"胸中有万卷书,笔下无一点俗气"④成为当时文人理想的人生境界,沉浸于书卷之中,可以获得一种精神力量,使人超凡脱俗,气质得以改变。其次,读书可以增进学问,创作佳篇。"旧书不厌百回读,熟读深思子自知"⑤,多读、反复阅读经典才能获得最真切的感受,才能有宏富的学问和高明的见解,进而熔铸万物,产生优秀的诗文。"词意高胜,要从学问中来尔"⑥,熟读古书,提升艺术修养以及知识储备,吸取前人在命意构思、谋篇布局、遣词造句方面的经验方能作出不同凡响的作品。

然而宋代文人也体会到静坐书斋、潜心读书的冥想与体验并不能完全准确生动地认识外部世界,要想清楚地认识世界还需要丰富的实践理性认知。苏辙曾经说过:"百氏之书虽无所不读,然皆古人之陈迹,不足以激发其志气。恐遂汩没,故决然舍去,求天

---

① [宋]洪迈撰,孔凡礼点校《容斋随笔》四笔卷五,中华书局,2005年,第683页。
② [宋]黄庭坚《豫章黄先生文集》卷二五《书赠韩琼秀才》,《四部丛刊》本。
③ [宋]苏轼撰,[清]王文诰辑注,孔凡礼点校《苏轼诗集》卷五《和董传留别》,中华书局,1982年,第221页。
④ 黄庭坚《豫章黄先生文集》卷二六《跋东坡乐府》,《四部丛刊》本。
⑤ 苏轼《送安惇秀才失解西归》,见王文诰辑注,孔凡礼点校《苏轼诗集》卷六,第247页。
⑥ [宋]黄庭坚《山谷别集》卷六《论作诗文》,《文渊阁四库全书》第1113册,第592页。

下奇闻壮观,以知天地之广大。过秦、汉之故都,恣观终南、嵩、华之高,北顾黄河之奔流,慨然想见古之豪杰;至京师,仰观天子宫阙之壮,与仓廪、府库、城池、苑囿之富且大也,而后知天下之巨丽;见翰林欧阳公,听其议论之宏辩,观其容貌之秀伟,与其门人贤士大夫游,而后知天下之文章聚乎此也。"①博览群书固然重要,而行旅途中所见山川、故都、宫阙、城池之奇闻壮观,与古之豪杰的精神沟通,与今之名贤的交游唱和更能开阔眼界、治心养气。陆游也说:"纸上得来终觉浅,绝知此事要躬行""君诗妙处吾能识,正在山程水驿中"②,这既是读诗作诗的经验,也是读书求知的体会。"书斋里的阅读只能弄懂纸上(文字上)的意义,无论怎样意推悬解难免有隔膜之感"③,只有亲身去体验,躬行实践,才能识得书中三昧,而能获得书中真义的方式正是"山程水驿"的旅行体验。

首先,在行记中,随处可以看到宋代文人将书斋阅读的经历与对自然世界的体验结合在一起,宋代文人在旅途中亲自体验到作品中写到的场景,从而更准确地把握作者原意,读懂作品。进而以一个批评家的眼光探讨诗文"写物之功"的问题,"宋诗学常讨论诗人'写物之功'的问题,而'功'除了修辞的巧妙之外,主要是指形容的准确"④。他们关注前人诗作能否将行旅体验真实准确地表达清楚,以其亲身游历实践去印证诗歌世界的精妙,处处散发着评

---

① [宋]苏辙《上枢密韩太尉书》,见曾枣庄、马德富校点《栾城集》卷二十二,上海古籍出版社,1987年,第477页。
② 两诗分别出自于陆游《冬夜读书示子聿八首(之三)》,见钱仲联校注《剑南诗稿校注》卷四二;《题庐陵萧彦毓秀才诗卷后二首(其二)》,《剑南诗稿校注》卷五〇,上海古籍出版社,1985年,第2629页,第3020页。
③ 周裕锴《宋代诗学通论》,第444页。
④ 周裕锴《宋代诗学通论》,第446页。

诗论诗的兴致。本章第二节已举若干例证分析,在此不再赘述。

其次,宋代文人在行旅途中习惯以读书的知识积累来观察自然世界,将书中世界与自然世界一一对应,相互比较。如前文引述周必大游庐山东林寺一段就以北宋陈舜俞的《庐山记》为参照,按《记》索骥一一寻访,将《记》之所言与今之所观一一加以印证,从而展现东林寺胜迹之兴衰变迁之貌。类似记载在《泛舟游山录》中还有多处,如记登览庐山所见:

> 庚申,登采访使者阁,望五老峰。《记》言汉武筑羽章馆于屏风叠,下临相思涧。今五老之峰叠石如屏障,盖其故址,自阁而望,相去若在百步间,庐阜之甲观也。
>
> 龙潭在观后一里,水作琉璃色,其中数尺正黑,知观汤善翔云深数十丈,盖洞天之门云。潭上有龙王祠,疑即记中所谓绿净亭也。①

周必大通过实地寻访,证实了所游五老峰、龙潭即是《记》中所云屏风叠、绿净亭一带,只因时代的变化,名称有所改变而已。他对自然界的事物始终保持着观察的自觉与考证的兴趣,在结束庐山之游后仍感慨云:"陈氏《山记》北起江州,尽圆通,乃转山南,起康王观迄于吴章岭,其序如此。予今自南而北,与之相反,故问津多误。然记中指名奇特处十得六七,其余当路者游,迂曲者略,异时再以旬日穷探极览,可使无遗蕴矣。"② 他们热衷于考察书中知识与

---

① 周必大《泛舟游山录》卷三,《庐陵周益国文忠公集》卷一六九,《宋集珍本丛刊》第 52 册,第 654 页。
② 周必大《泛舟游山录》卷三,《庐陵周益国文忠公集》卷一六九,《宋集珍本丛刊》第 52 册,第 655 页。

现实世界的异同,用书中的世界去证实自然世界的物理,从而加强对书本知识与自然世界的理解。

在对书中世界与自然世界的比较中,宋代文人往往透过现象深入思考,慎思明辨以获得新知,如前文所引周必大以董山碑刻考查史书之误诸例皆可作如是观。又如《入蜀记》中所载:

> 泊赤沙湖口,东北望,犹见庐山。老杜《潭州道林诗》云"殿脚插入赤沙湖",此湖当在湖南,然岳州华容县及此,皆有赤沙湖,盖江湖间地名多同,犹赤壁也。
>
> 食时至鄂州,泊税务亭,贾船客舫,不可胜计,衔尾不绝者数里。自京口以西,皆不及。李太白《赠江夏韦太守》诗云:"万舸此中来,连帆过扬州。"盖此郡自唐为冲要之地。①

前文将杜甫诗歌所写对象与陆游所经之地结合起来考察,从而得出长江沿岸"一名多地"的地理现象。后文以唐代诗人李白诗歌描写的鄂州万舸齐发之繁荣盛景与陆游在江边的见闻相比较,从而理解鄂州从唐至宋皆是交通要塞这一历史事实。

他们总是以一种理性的眼光来审视历史,考辨自然世界蕴含的事理、物理,即使是对诗歌这种纯粹表现人类心灵生活的主观事物亦常常以理揆之。"学文之端,急于明理。夫不知为文者,无所复道;如知文而不务理,求文之工,世未尝有是也。"②"观古人文词者,必先质其事而揆之以理。"③宋代文人在旅途中因亲临其境而获

---

① 两则引文皆引自陆游《入蜀记》卷四,见《陆游集》第 2436 页,第 2441 页。
② [宋]张耒《张右史文集》卷五八《答李推官书》,《四部丛刊》本。
③ [宋]葛立方撰《韵语阳秋》沈洵序,见[清]何文焕辑《历代诗话》,中华书局,1981 年,第 481 页。

得丰富的生活经验,亲自捕捉到客观世界存在的规律,以所悟之理来评诗论诗,极为常见。陆游就曾评价韩愈的诗歌曰:"自江州至此七百里,溯流,虽日得便风,亦须三四日。韩文公云:'盆城去鄂渚,风便一日耳。'过矣,盖退之未尝行此路也。"① 韩愈《除官赴阙至江州寄鄂岳李大夫》一诗言"盆城去鄂渚,风便一日耳"是以艺术的手法表明两地距离之近,前往拜访鄂州刺史李程是很方便的。陆游评诗则以自己从江州至鄂州的舟行经历判断韩愈此诗是不符合事理的。虽然如此论诗难免会抹煞诗歌的艺术魅力,但由此可清晰见到宋代文人亲证其事、尚理崇理的认知态度。

宋代文人在行旅途中或经过前朝故都,或登临名山古刹,或舟行大川之上,或观赏亭台楼榭,举目望去皆是古典的意境,他们以既有的知识积淀来关照眼前的世界,也以亲身经历来判断、补充、修正书斋阅读中获得的知识,处处散发着理性的光辉,这与宋代格物致知的学术思想密切相关。"格物致知"被宋儒们看作是"《大学》第一义,修己治人之道无不从此而出"②,它是获取知识的重要途径,也是提升道德修养的根基。"在宋朝及宋朝以后的儒士精英中,'格致'似乎是对知识自身积累的最普遍的认识论的框架。"③ "格物"就要求人们"穷至事物之理,欲其极处无不到也"④,探究、穷尽清楚事物中的规律,这样才能"致知",不断扩充自己已有的知识,达到融会贯通的境界。可见,"穷理"是获得认知的关

---

① 陆游《入蜀记》,《陆游集》,第2441页。
② [宋]朱熹《晦庵先生朱文公文集》卷五八《答宋深之(五)》,《四部丛刊》本。
③ [美]艾尔曼《从前现代的格致学到现代科学》,载《中国学术》(第二辑),商务印书馆,2000年,第9页。
④ [宋]朱熹《大学章句》,见朱杰人等编《朱子全书》第六册《四书章句集注》,上海古籍出版社、安徽教育出版社,2001年,第17页。

键,而多读书又是"穷理"的关键,宋儒提出"为学之道莫先于穷理,穷理之要必在于读书"①,要想探究清楚事物之理,多读书是基础,只有这样才能获得知识。宋儒还指出要想获得知识也离不开"行","知与行,工夫须着并到。知之愈明,则行之愈笃;行之愈笃,则知之益明。二者皆不可偏废"②。适时地践行更能获取真知。宋代文人正是以旅行为践行真知的途径,在行旅征程中他们一边回顾历史,玩味书册,重新审视读书获得的经验,一边亲临真实的地理空间,寻求自然世界之"理",将书斋静坐的读书生活迁移到跋山涉水的行旅经历中,使读书涵泳的内心体悟与外部自然世界联系起来,相互印证、比较,即物穷理,格物致知,获取新知并提升自我的精神层次。

二、构建景观与精英身份的确证:文化记忆的融入③

著名的人文地理学者段义孚认为,空间不是一个先验的、抽象的存在或冰冷的几何图制,反而因为人的身体经验而使所谓"空间性"具有实际的生命内涵。这种具有生命感的空间意识不会只是停留在个人肉身知觉或情感经验,而会逐渐累积成可以看出历史

---

① 朱熹《晦庵先生朱文公文集》卷一四《行宫便殿奏札二》,《四部丛刊》本。
② [宋]黎靖德编撰《朱子语类》卷一四,《文渊阁四库全书》第700册,第245页。
③ 衣若芬认为,"文化记忆融会了古往今来人们的集体智慧与个人的生命经历,左右人们的认知和情绪反应、价值判断",包括对于艺术技法的学习、文学与文化知识的重复累积、典范传统的延续。(参见衣若芬《潇湘八景——地方经验·文化记忆·无何有之乡》,《东华人文学报》2006年第9期)

脉络的文化传统。[1]宋代文人正是以人文视角来观看眼前的风景，在行记中生动地展现了他们塑造文化景观、构建文化记忆、凸显文化身份、挖掘文化传统的过程。宋代士人每至一地不仅陶醉于眼前的山水风光，更热心于挖掘景观背后的意义，他们感兴趣的是脚下的这片土地在历史上发生过什么样的重大事件，有哪些历史文化名人曾经来过，写过与此地相关的哪些作品。在地的山水经验往往触发他们的文化感怀与理性思辨，他们以自己的知识背景来凝视风景，整合关于此地的一段文化历史，风景的文化意义得以凸显，在行记作品中呈现出一系列历史化的、文学史化的地理景观。如陆游入蜀舟行于建康城至太平州江面，途经三山矶、慈姥矶、采石矶等地，矶是江边的岩石，本来只是普通的山石而已，但经陆游妙笔点染，山石激荡着历史的回响，焕发出文学的优美意境。将《入蜀记》中相关记载整理为下表所示：

《入蜀记》关于矶石景观的描述表

地名	记叙山光水色	整合当地文化历史
三山矶	凡山临江，皆曰矶。水湍急，篙工并力撑之，乃能上。然今年闰余秋早，水落已数尺矣，则盛夏可知也。三山自石头及凤凰台望之，杳杳有无中耳。	谢玄晖登三山还望京邑，李太白登三山望金陵，皆有诗。晋伐吴，王浚舟师过三山，王浑要浚议事，浚举帆曰："风利不得泊。"即此地也。

---

[1] 参见潘朝阳《空间、地方观与"大地具现"暨"经典诉说"的宗教性诠释》一文中关于段义孚地理思想的描述，《中国文哲研究通讯》第10卷第3期，第175–176页。

续表

地名	记叙山光水色	整合当地文化历史
慈姥矶	慈姥矶,矶之尤巉绝峭立者。	徐师川有《慈姥矶》诗,序云:"矶与望夫石相望,正可为的对,而诗人未尝挂齿牙。"故其诗云:"离鸾只说闽中恨,舐犊谁知目下情。"然梅圣俞《护母丧归宛陵发长芦江口》诗云:"南国山川都不改,伤心慈姥旧时矶。"师川偶忘之耳。圣俞又有《过慈姥矶下》及《慈姥山石崖上竹鞭》诗,皆极高奇,与此山称。
采石矶	采石一名牛渚,与和州对岸,江面比瓜洲为狭……然微风辄浪作不可行……	故隋韩擒虎平陈及本朝曹彬下南唐,皆自此渡。刘宾客云:"芦苇晚风起,秋江鳞甲生。"王文公云:"一风微吹万舟阻。"皆谓此矶也。①

陆游既叙写了三山矶水流湍急、慈姥矶峭立高绝、采石矶狭窄奇险之状,又挖掘出谢朓、李白、刘禹锡、梅尧臣、王安石、徐师川等前贤历经此地写下的诗作,联想到历史上的名将西晋王浚、隋初韩擒虎、北宋曹彬皆以此地为军事要地大获全胜的历史事实。前人诗作中的优美意境和历史上的军事奇谋妙计与眼前风光交相辉映。陆游将前人诗歌中的审美感知和历史故事与眼前的山水联系在一起,把前人在此地的经历、发生的故事、产生的著作等相关知识加以整合,在自然地理空间之上构建了一个关于此地的文化空间,赋予了山水丰富的文化含义。

宋人挖掘景观的文化含义,对景观蕴含的文化知识进行整合,在整合过程中亦伴随着选择。他们以自己的文化背景选择与此地

---

① 表中引文出自于《入蜀记》,见《陆游集》,第 2420–2421 页。

理空间相关的感兴趣的历史知识、文学轶事,赋予眼前的风景以文化内蕴,涤荡掉他们认为不太重要或者不太能激发他们兴趣的文化知识,被强调过的故实成为后人观看风景的知识传统得以延续,其人其文于此地的重要性得以提升,而没有被强调过的故实在历史长河中慢慢淡出了人们的视线,通过这样的选择建构了关于一地的文化记忆。如陆游入蜀至湖北路峡州境内,在描写峡州山水的同时,屡次提及北宋前朝名人欧阳修在此地的著述。援引数例如下:

> 晚至峡州,泊至喜亭下……《至喜亭记》欧阳公撰,黄鲁直书。
>
> 以小舟游西山甘泉寺,竹桥石磴,甚有幽趣……法堂之右,小径数十步,至一泉,曰孝妇泉,谓姜诗妻庞氏也。泉上亦有庞氏祠,然欧阳文忠公不以为信,故其诗曰:"丛祠已废姜祠在①,事迹难寻楚语讹。"
>
> 又至汉景帝庙及东山寺,景帝不知何以有庙于此。欧阳公为令时,有祈雨文,在集中。东山寺亦见欧阳公诗。
>
> 过下牢关,夹江千峰万嶂……江出其间,则所谓下牢溪也。欧阳文忠公有《下牢津》诗云:"入峡山渐曲,转滩山更多。"即此也。
>
> 晚次黄牛庙,山复高峻……门左右各一石马,颇卑小,以

---

① 此诗为欧阳修所作《和丁宝臣游甘泉寺》一诗,欧集中作"丛林已废姜祠在"。(参见[宋]欧阳修著,洪本健校笺《欧阳修诗文集校笺》居士集卷一,上海古籍出版社,2009年,第15页)

小屋覆之。其右马无左耳,盖欧阳公所见①也……欧诗刻石庙中……②

欧阳修于景祐三年(1036)被贬夷陵令,夷陵在北宋为峡州治所,欧阳修舟车鞍马从京师出发,远赴夷陵,在峡州境内沿途停留,并留下诗文。陆游初至峡州泊舟于至喜亭下,游览甘泉寺、汉景帝庙、东山寺,经下牢关,游黄牛庙,每至一地皆联想到欧阳修关于此地的作品,依次提到了欧阳修的《至喜亭记》《和丁宝臣游甘泉寺》《祭五龙祈雨文》《冬后三日陪丁元珍游东山寺》《初晴独游东山寺五言六韵》《下牢津》《黄牛峡祠》等作品。陆游在即将离开峡州时,还总结性地回忆欧阳修在峡州的行径,曰:"欧阳公自荆渚赴夷陵。而有下牢、三游及虾蟆碚、黄牛庙诗者,盖在官时来游也。故忆夷陵山诗云:'忆尝只吏役,巨细悉经觑。'其后又云:'荒烟下牢戍,百仞塞溪漱。虾蟆喷水帘,甘液胜饮酎。'亦尝到黄牛泊舟听猨狖也。"③所谓"忆夷陵山诗"为欧阳修在庆历元年(1041)回京城

---

① "欧公所见"指欧阳修于峡州黄牛庙复见梦中之境一事,事后作《黄牛峡祠》一诗。苏轼在《书欧阳公黄牛庙诗后一首》一文中详载此事,曰:"轼尝闻之于公:'予昔以西京留守推官为馆阁较勘。时同年丁宝臣元珍适来京师,梦与予同舟溯江,入一庙中,拜谒堂下。予班元珍下,元珍固辞,予不可。方拜时,神像为起,鞠躬堂下,且使人邀予上,耳语久之。元珍私念神亦如世俗,待馆阁乃尔异礼耶?既出门,见一马只耳。觉而语予,固莫识也。不数日,元珍除峡州判官,已而余亦贬夷陵令。日与元珍处,不复记前梦云。一日与元珍溯峡谒黄牛庙,入门惘然,皆梦中所见。予为县令,固班元珍下。而门外镌石为马,缺一耳。相视大惊,乃留诗庙中。'"(见张志烈、马德富、周裕锴主编《苏轼全集校注·文集校注》卷六八,第 19 册,第 7743 页)
② 上述引文分别见于陆游《入蜀记》,《陆游集》第 2452 页,第 2452 页,第 2452 页,第 2453 页,第 2454 页。
③ 陆游《入蜀记》,《陆游集》,第 2455 页。

任官时所写《忆山示圣俞》一诗，全诗回顾了景祐年间在夷陵的生活情景以及当地的风光民俗。陆游透过此诗以及欧阳修的《三游洞》《下牢溪》《虾蟆碚》《黄牛峡祠》等诗去体验欧阳修当年游览夷陵山水、酌泉畅饮、泊舟听猿的贬谪生活。陆游的峡州之行可以说是踏着欧阳修的步伐的文化之旅，一边欣赏风景，一边借欧诗传达的意境遥想欧公的精神风貌，表达对前贤的缅怀与崇敬之情。

在夷陵县，陆游愈发怀古之思，睹物思人，着意于与欧阳修相关的事物，称："厅事东至喜堂，郡守朱虞部为欧阳公所筑者，已焚坏。柱础尚存，规模颇雄深。又东，则祠堂，亦简陋，肖像殊不类，可叹！厅事前一井，相传为欧阳公所浚，水极甘寒，为一郡之冠。井旁一栭，合抱，亦传为公手植……又有绛雪亭，取欧阳公千叶红梨诗，而红梨已不存矣。"[①] 郡守纪念欧阳修的至喜堂，供有欧阳修肖像的祠堂，欧阳修挖掘的井、亲手栽种的树，以欧诗《千叶红梨花》中"风轻绛雪樽前舞，日暖繁香露下闻"[②]一句命名的亭苑，皆成为陆游关注的焦点。尽管至喜堂已残败颓毁、祠堂简陋不堪、千叶红梨花开的芳菲灿烂之景不再，但这一切丝毫不影响陆游观览的兴趣，他如数家珍一般将眼前所见与欧公相关的风景一一道来。

陆游将欧阳修的诗文层积地累加起来，在峡州这一地理空间中营造出一个关于欧阳修的文化场域。峡州不仅是充满奇山异水的形胜之地，更是承载了欧公精神风采的物质实体，透过这一物质实体即可进入峡州的想象空间，领略欧公之雅趣，把握欧公之风貌。峡州与欧阳修相关的花草树木、亭台楼阁皆成为象征其精神的重要标志物。历史上在峡州为官的名人绝非欧阳修一人，三国

---

① 陆游《入蜀记》，《陆游集》，第2453页。
② 欧阳修著，洪本健校笺《欧阳修诗文集校笺》居士集卷一，第13页。

时期的张飞、陆逊,初唐大将许绍,中唐名臣颜真卿,北宋名儒程颐、贤臣刘安世、名贤张商英等都曾在峡州为官或贬官至此,陆游却无一语提及诸人,他留意的皆是与欧阳修相关的事物,这在描述峡州三游洞这一段中体现得特别明显。《入蜀记》卷六"(十月)八日五鼓尽"条载:

> 解船,过下牢关……系船与诸子及证师登三游洞,蹑石磴二里,其险处不可着脚。洞大如三间屋,有一穴通人过,然阴黑峻险尤可畏。缭山腹,伛偻自岩下,至洞前,差可行。然下临溪潭,石壁十余丈,水声恐人。又一穴,后有壁,可居。钟乳岁久垂地若柱,正当穴门。上有刻云:"黄大临弟庭坚,同辛纮子大方,绍圣二年三月辛亥来游。"旁石壁上刻云:"景祐四年七月十日,夷陵欧阳永叔。"下缺一字。又云"判官丁",下又缺数字。丁者,宝臣也,字元珍。今丁字下二字,亦仿佛可见,殊不类元珍字。又永叔但曰夷陵,不称令。洞外溪上又有一崩石偃仆,刻云:"黄庭坚弟叔向子相侄橄同道人唐履来游,观辛亥旧题,如梦中事也。建中靖国元年三月庚寅。"①

三游洞位于峡州夷陵县境内,下牢戍之北。唐代著名文人白居易元和十三年被贬忠州刺史,其弟白行简与之随行,于次年三月路经峡州夷陵,偶遇欲赴虢州任长史的旧友元稹,三人相约夷陵,同游下牢戍附近的一个洞穴,寻幽览胜,只见清泉怪石,不绝如缕。三人诗兴大发,各赋古调诗二十韵,刻于石壁。因三人同游洞穴,白居易将此命名为"三游洞",他还另作《三游洞序》以纪其事,目的

---

① 陆游《入蜀记》,《陆游集》,第2453页。

是"欲将来好事者知,故备书其事"①。白居易欲让后人知晓此胜迹的目的达到了,本来名不见经传的洞穴,因白居易的题著而声名大震,后世文人频频造访三游洞,留下大量诗作和碑刻,如北宋的欧阳修,苏洵与苏轼、苏辙父子三人都曾造访此洞并留下作品,白居易是将三游洞从普通石洞转变为风景名胜的核心人物。而陆游对三游洞的描述,一方面是对山洞峻险奇异之景的勾勒,一方面则热心于洞前石碑上欧阳修和黄庭坚等人题刻的文字,全然没有提及白居易。

实际上,白居易被贬忠州,沿途经过峡州时留下过不少传世作品,如从峡州出发至忠州,沿途滩险相继遂作《初入峡有感》,泊黄牛峡作《发白狗峡次黄牛峡登高寺却望忠州》,于夷陵遇元稹作《十年三月三十日别微之于沣上十四年三月十一日夜遇微之于峡中停舟夷陵三宿而别言不尽者以诗终之因赋七言十七韵以赠》……陆游记载相应地点时,却从来没有提到过白居易在此留下的诗文,按理说博学多才的陆游不可能不知道前朝著名诗人白居易的文学成就,那为何只提欧阳修而不及白居易,合理的解释只能是陆游对峡州的文化想象有意识地突出了欧阳修而淡化了其他文人。陆游在三游洞见到的欧阳修的石刻"下缺一字""下又缺数字""今丁字下二字,亦仿佛可见",早已模糊不清,但陆游怀着极大的热情悉心勘辨,试图获得更多关于欧阳修的知识。

陆游不仅记录了欧阳修的石刻,还饶有兴致地记录了黄庭坚的石刻,在诗学传承上,陆游服膺黄庭坚,发扬江西诗派的观点,留意黄庭坚等人的碑刻文字自在情理之中,充分显示了陆游对于黄庭坚的崇敬之情。在南宋,黄庭坚被推至文坛宗主的地位,刘克庄

---

① 白居易著,顾学颉校点《白居易集》卷二六,中华书局,1979年,第940页。

评价黄庭坚曰:"至六一、坡公巍然为大家数,学者宗焉。然二公亦各极其天才笔力之所至而已,非必锻炼勤苦而成也。豫章稍后出,荟粹百家句律之长,究极历代体制之变,搜猎奇书、穿穴异闻,作为古律,自成一家。虽只言半字不轻出,遂为本朝诗家宗祖,在禅学中比得达摩,不易之论也。"① 杨万里曾云:"在仁宗时则有若六一先生主斯文之夏盟;在神宗时,则有若东坡先生传六一之大宗;在哲宗时,则有若山谷先生续国风雅颂之绝弦。"② 欧阳修是北宋前期的文坛盟主,在南宋人心目中,黄庭坚在文坛的地位可与欧阳修相提并论,是欧阳修的传承者。陆游附带提及黄庭坚的石刻,也表明了陆游对欧阳修到黄庭坚这种文学传承顺序的认同,是以欧阳修为中心产生的文化联想。

由此可见,陆游的峡州之行是与前贤欧阳修的一次文化邂逅,陆游由眼前峡州的风景产生的文化联想皆是与欧阳修相关的联想,能引起陆游兴趣的皆是关于欧阳修的著述以及生平轶事,他以欧阳修为中心构建了关于峡州这一地理空间的文化想象,突出了欧阳修的文化意义及其地位,随着陆游的文学地位在后世的提升,峡州与欧阳修的关系亦会不断为后人所知,成为峡州不可磨灭的文化记忆。

宋代文人在行旅途中不仅以过去既有的历史、文学、文化知识来观山览水,亦在山姿水色的感发下吟诗作赋,这些诗文也与他们在行记中提及的历史书本知识共同构成了关于此地的文化记忆,士大夫们的文化精英身份也在文化记忆的构建中得以确认。宋人对以自己创作的诗歌来丰富景观的文化含义,确认自身的文化身

---

① [宋]刘克庄《后村先生大全集》卷二四,《四部丛刊》本。
② [宋]杨万里《诚斋集》卷八三,《四部丛刊》本。

份这一创作动机有非常清醒的认识。如前述《入蜀记》中有关三游洞的记载,陆游既以欧阳修和黄庭坚的碑刻丰富了三游洞的文化内涵,又有感于洞穴的奇险之景,发而为诗,作《系舟下牢溪游三游洞二十八韵》云:"久闻三游洞,疾走忘病婴。窦穴初漆黑,伛偻扪壁行。方虞触蜇蛇,俯见一点明。扶接困僮奴,恍然出瓶罂。穹穹厦屋宽,滴乳成微泓。题名欧与黄,云蒸苍藓平。穿林走惊麇,拂面逢飞鼪。息倦盘石上,拾樵置茶铛。长啸答谷响,清吟和松声。辞卑不堪刻,犹足寄友生。"① 极写山洞之险峻、钟乳之奇异与诗人游赏之乐。在诗中陆游又一次提到欧黄二人的碑刻,可见对其十分重视。称自己所作诗歌"辞卑不堪刻",实乃谦虚之词,反过来,也表明"辞堪刻"在陆游心目中是一件多么有价值的事情。陆游真实的创作意图恐怕更是希望自己的诗作能像欧黄二人的一样,留之于石刻,扬名后世,成为三游洞这一景观的永恒记忆。

又如范成大离蜀归吴途经夔州瞿塘峡曰:"早遣人视瞿唐,水齐,仅能没滟滪之顶,盘涡散出其上,谓之滟滪撒发。人云如马尚不可下,况撒发耶!是夜,水忽骤涨,潏及排亭诸簟舍,亟遣人毁拆,终夜有声,及明走视,滟滪则已在五丈水下。或谓可以侥幸乘此入峡,而夔人犹难之。同行皆往瞿唐祀白帝,登三峡堂及游高斋,皆在关上。高斋虽未必是杜子美所赋,然下临滟滪,亦奇观也。"② 所谓"高斋"指杜甫寓居夔州白帝城江边的书斋,杜甫曾作《宿江边阁》写斋中所见瞿塘峡口之景,曰:"暝色延山径,高斋次水门。薄云岩际宿,孤月浪中翻。"③ 山中小径暮色弥漫,远眺群山万

---

① 陆游著,钱仲联校注《剑南诗稿校注》卷二,第160-161页。
② 范成大《吴船录》,《范成大笔记六种》,第217页。
③ 杜甫撰,仇兆鳌注《杜诗详注》卷一七,第1469页。

壑云雾缭绕,江面上波涛汹涌,一轮孤月映入水中,随波奔腾翻动,瞿塘雄奇之景跃然纸上。范成大亲历瞿塘滟滪之奇险,进而体验到杜诗中的滟滪之境,以杜诗的审美体验丰富了景色的文化内涵。在瞿塘之景以及杜诗诗境的感发下,范成大自创《瞿唐行》一诗,云:"川灵知我归有程,一夜涨痕千丈生。中流击楫汹作气,夹岸簸旗呀失声。不知滟滪在船底,但觉瞿唐如镜平……人间险路此奇绝,客里惊心吾饱更。剑阁翻成蜀道易,请歌范子瞿唐行。"① 诗歌在杜诗基础之上进一步渲染了瞿塘奇险的特点,又突出了范成大的亲身体验。杜甫所写瞿塘滟滪之景是当滟滪堆浮出水面,江水汹涌而来,水石相击、波浪滔天的汹涌澎湃之景;范诗则描写了江水骤涨,滟滪淹没于江水之中,江面上水平如镜,江面下暗流涌动的另一番险绝之景。"请歌范子瞿唐行"一句清楚地表达了范成大希望诗作能广泛传播、流传后世的愿望。

  范诗在后代流传甚广,得到广泛认可,其诗收入宋末祝穆编撰的地理方志《方舆胜览》中,《胜览》一书以宋代路、府、州、军行政区划为单位,历载各地地理沿革、山川形胜、风土民情,每一条目之后多附关于此地的题咏诗文,"夔州路·山川"类"瞿唐峡"条目下载"在州东一里。旧名西陵峡。瞿唐乃三峡之门,两崖对峙,中贯一江,望之如门。○杜甫《瞿唐两崖》诗,三峡传何处,双崖壮此门。入天犹石色,穿水忽云根。猱玃髯须古,蛟龙窟宅尊。羲和冬驭近,愁畏日车翻……○范至能诗:"不知滟滪在船底,但觉瞿唐如镜平。剑阁翻成蜀道易,请看范子《瞿唐行》。"② 《方舆胜览》编撰

---

① 范成大《范石湖集》卷一九,第 271 页。
② [宋] 祝穆撰,施和金点校《方舆胜览》卷五七,中华书局,2003 年,第 1010 页。

的目的是"益搜猎古今记序诗文,与夫稗官小说之类,摘其要语以附之入",以使"学士大夫端坐窗几而欲周知天下,操弄翰墨而欲得助江山,当览此书,毋庸他及"①,重在搜集前代关于一地题咏之经典作品以供文人吟咏之需。《方舆胜览》此条目中不仅收录了杜甫描写瞿塘景色的诗歌,亦收录了范成大的诗歌,这使得范诗被世人广泛阅读传诵。范诗在世人心目中的作用正如杜诗在范成大心中的作用,成为文人创作与瞿塘景观相关诗歌、想象瞿塘之景的重要媒介,他的诗作和前人的文学作品一同构建了关于瞿塘这一自然地理空间的文学想象,范成大的这段经历亦将永远镌刻在瞿塘这一地的文化记忆中。

可见宋代文人既用过去的历史掌故、文学审美体验丰富了景观的文化空间,展现了关于此地的文化传统,与过去进行了一番精神沟通;又在前人的文化积淀中积极进行文学创作,将自身融入到关于一地的特有的历史中,借江山之永恒获得不朽之声名,凸显了宋代文人的文化精英身份。

小　结

本章探讨了以景观为中心的文化想象空间。宋人游移于不同的地理空间,总以一种人文理性的眼光来注视空间中的景观,为空间注入了浓重的人文色彩,他们将空间与空间中的景观视为一个充满意义空白的可供阅读的文本,宋代的行旅者也如同阅读者一样在空间的游历中挖掘其历史含义,以填补空间中的空白。宋人在旅行中每至一处往往拈出与所经空间及空间中的景观相关的历

---

① 祝穆撰,施和金点校《方舆胜览》书前自序以及吕午序,第1页。

史人物、历史事件进行一番追叙和咏叹,将眼前之景与所想之历史紧密结合起来,地理景观被赋予了历史的色彩。随着地理空间的频繁转换,历史叙事的进程也一步步向前推进。这些历史记忆不断地对话、融合,体现了宋人对眼前景观的历史想象。

宋人在游山玩水的同时,常常想起与此地相关的前人作品,前人作品中关于此地的描述构成了宋人观赏眼前风景的先在视野,他们透过对古人作品的理解与诠释来认识眼前的景观。他们以其亲身游历实践印证了诗歌世界的精妙,处处散发着评诗论诗的兴致;以读书的知识积累来观察自然世界,考辨自然世界蕴含的事理、物理。书中的记忆不断激发着宋人游山玩水的观察和想象,眼中的美景亦不断印证或修正早已在文人的书本记忆中存在的风景,两者相互融合构成了自然与人文相结合的风景。

以人文的眼光凝视风景的意义在于它展现了宋人格物致知的认知方式,他们以旅行为践行真知的途径,在行旅征程中他们一边回顾历史,玩味书册,重新审视读书获得的经验,一边亲临真实的地理空间,以一种理性的眼光来审视历史,使读书涵泳的内心体悟与外部自然世界联系起来,获取新知并提升自我的精神层次。宋代文人以人文视角来看风景也起到了塑造文化景观、构建文化记忆、凸显文化身份、挖掘文化传统的作用。他们以既有的知识背景来凝视风景,整合关于此地的一段文化历史,风景的文化意义得以凸显,在行记作品中呈现出一系列历史化的、文学史化的地理景观。他们亦在山姿水色的感发下吟诗作赋,这些诗文也与他们在行记中提及的历史书本知识共同构成了关于此地的文化记忆,士大夫们的文化精英身份也在文化记忆的构建中得以确认。

结语：兼论宋代行记之特点与地位

行记是以旅程为线索，记载沿途自然、人文风光，逸闻趣事，风土民情以及旅行者的个人经历体验等内容的一类文体，它有独特的时空标志，亦有固定的叙述模式，是一种独立性很强的著述形式。早在汉魏时期就有此类作品的产生，经两晋南北朝隋唐五代时期的发展，到宋代已蔚为大观，数量、质量均远超前代。它记载内容广泛，涉及地理、交通、政治、军事、经济、社会文化等方面，在古代目录学著作中常被著录在史部地理类、伪史类、杂史类、传记类。在历代学者眼中，行记被视为史部著述，其重要的历史文献价值受到关注，而文学上的价值几乎被遮掩。其实大多数宋代行记都具有较强的文学性和浓重的人文色彩，是宋代散文中的重要一类，如果缺少了对宋代行记的研究，那么整个宋代散文的研究都将是不完整的。本书从以下五个方面多角度地对行记这一文类进行了探讨：

一

为了更清楚地把握这一文体发展的源流演变情况，认识宋代行记在行记这一文体发展史上的重要地位，首先本书对宋前的行记进行一番梳理和探讨。先宋时期行记散佚严重，需从各目录学著作、史传、笔记等典籍中一一梳理考证，可得其概貌：汉魏时期的行记创作尚处于萌芽时期,数量少、类型单一,但已经具备了行记记行程和录见闻两大基本要素。两晋南北朝时期,行记已正式成为一类文体。其数量增加,种类增多,按照行旅背景的不同,可将其分为行役记、交聘记、西行记。行役记、交聘记往往以"地"为记叙对象,关注所经地的地名、地势以及与此地相关的历史、传闻。僧人的西行记除有对"地"的记录外,旅途中所见的"人"与所发生的"事"亦成为其关注的对象,为我们呈现了旅行中的一段个人经历。语言大多平实质朴。隋唐时期,行记的创作进一步发展,创作最兴盛的是交聘记,僧人创作西行记的热情亦有增无减,国内行役记的创作也时有创获。与两晋南北朝时期的行记相比,纪行更加详细,内容更加丰富,在艺术形式上也多有创新。

二

明辨宋代行记的文体内涵,并全面整理考证宋代行记文献,考察宋代行记的著述概貌。行记发展到宋代已形成较固定的叙写模式,将其与游记、地记进行比较,以明确其文体差异。进而全面搜集整理相关文献,可考知书名者有74种行记,按照记载的疆域来划分,分为国内行役记和域外行记两大类。本书一一考证其著录情况、书名、作者、创作背景、行记内容、著述体例以及留存情况,并对其中有疑义的地方作适当地考辨,对前人和时贤的一些说法进行商榷。在文献梳理考证的基础之上,考察宋代行记的创作情况以及著述体例。可以见到,宋代行记创作受到时人的重视,著述体例在前代行记的基础之上不断发展完善,形成行传体、日记体、笔记体三分的局面。

三

探讨宋代行记中反映的宋人的行旅生活面貌。宋代行记真实地再现了宋人长途旅行的场景,是记录宋人出行文化的重要文本。其中记录的宋人的出行方式主要为舟行和陆行两种。舟行是宋人出行的重要方式,可分为江河航行和海路航行。在水道不通或水道迂回之地,特别是通往当时辽、金、高昌等统治的北方地区,宋人则选择陆路方式出行。宋代行记中记录的行旅类型丰富多样,有官差旅行、贬谪、奉使、北狩南逃、应考、求学、长途游玩等。面对陌生的地理环境,旦夕祸福难以预料,宋人往往会在行旅途中祈祷神灵保佑旅途平安。充当行神的神祇主要有人物神、山川神和动物神。通过行记的记录我们可以真实地领略到宋人的精神风貌。

四

以"他者"形象为切入点,分析行记中宋代文人如何描写异域以及背后所蕴藏的文化因子。宋代域外行记中存在大量关于异国和异国人物的描写,它们是旅行者将自身文化与所到之处的异国文化差异比较下的产物。对异国形象这个"他者"的记载并不是简单的先验于文本的对异国现实的复制品,而是宋人在自身的社会文化、伦理情感等因素影响下对异国所作的想象性描述。以宋代使金行记为中心来探讨这个问题,可以发现其描述的金国形象并非金国现实的复制品,而是在宋人文化语境下塑造出来的异国形象,夹杂着宋人的思想与情感,是对金国的文化想象。使金文人在"社会集体想象物"的影响下,通过对金地的人物、风俗、城市建筑、器物等的描述,塑造了女真族残暴、狡猾、贪婪、尚武少文、野蛮落后、奢侈劳民的形象。并从"遗民欢迎宋使""遗民仍保留中原礼仪文化""遗民在金地生活艰辛"等三个方面塑造了人心思汉的遗民形象,又在行记中描绘了金地一片荒凉破败的图景,三者共同构成了金国负面、丑陋的形象。使金文人以华夏文化为中心,通过不断地否定"他者",从而加强了对自我文化大国身份的认同。

五

以景观为切入点,探讨宋代行记中以景观为中心的行旅空间书写。行旅空间可分为景观的自然地理空间、景观的心理空间、景观的想象空间三个层面。对于景观的自然地理空间书写,选取了行记中最具有代表性的两类景观进行分析,即江海景观和寺观景观。行记中以多种艺术表现方式,多角度地刻画了缤纷多姿的江海水景,舟中移动观景的方式使得视野开阔,岸边景色呈现印象式、流动美、连贯性等特点。寺观景观描写以寺观中文物古玩和山石林泉为重心,这是与宋代文人士大夫观景视角、身份地位密切相关的。接下来由点及面,挖掘宋代行记风景书写的策略。表现在采用粗笔勾勒与精心镂刻相结合的方式描摹景观;视角流动不居,形成具有韵律美感的文本空间;地理空间错综交织;呈现个性化的风景等四个方面。

关于景观的心理空间,以陆游《入蜀记》与范成大《吴船录》为中心来分析。文人们通过景观寄托自身的情感,面对相似的景观,却常常产生不一样的情感体验,景观成为承载文人情感的符号。陆游赴蜀心怀壮志未酬之情,深感巴蜀为荒蛮之地;范成大东归,怀着强烈的思乡归隐之情,对蜀地满怀眷恋。两人不同的人生经历、对于巴蜀的地方认知,左右着他们观景的情感体验。

关于景观的想象空间,可以发现宋人在旅行中,总是以人文的、理性的眼光来解读风景,空间注入了浓重的人文色彩。宋人在旅行中每至一处往往拈出与所经空间及空间中的景观相关的历史人物、历史事件进行一番追叙和咏叹，将眼前之景与所想之历史紧密结合起来，地理景观被赋予了历史的色彩。随着地理空间的频繁转换，历史叙事的进程也一步步向前推进。这些历史记忆不断地对话、融合，体现了宋人对眼前景观的历史想象。宋人在游山玩水的同时，常常想起与此地相关的前人作品，前人作品中关于此地的描述构成了宋人观赏眼前风景的先在视野，他们透过对古人作品的理解与诠释来认识眼前的景观。他们或在山水的游历中体验前人诗文中的古典意境，或者用书中的知识认识眼前的风景，书中的记忆不断激发着宋人游山玩水的观察和想象，眼中的美景亦不断印证或修正早已在文人的书本记忆中存在的风景，两者相互融合构成了自然与人文相结合的风景。这种文化想象展现了宋人格物致知的认知方式，也起到了塑造文化景观、构建文化记忆、凸显文化身份、挖掘文化传统的作用。

本书在明晰宋代行记的文体内涵的基础之上，既对行记这一文体作了史的观照，又全面梳理宋代行记这批文献的创作情况以及行文特征，从中勾勒出宋人行旅生活的整体面貌，并以"形象"与"景观"为切入点，分析了空间的移动与文学书写之间的关系，讨论了旅行者的跨界文化想象；呈现地理空间之美的文学手段；旅行者身份与景观的观看、选择、再现；旅行者借助文本将风景私有化的"占有"意识；空间移动、地方感知对情感体验的影响；构建景观的文化记忆，自然地理景观人文化等诸问题，揭示出人和地之间如何借助文学建立起一种亲密互动的关系，展现了旅行书写的特征，并进而剖析了宋代文人作为社会文化精英的文化心理。在此基础之上，我们将其与宋前行记作一比较，以此来审视宋代行记的特点和地位。

首先,宋代行记创作成一时风气,数量较前代大增,参与创作的人员众多,宋代的知名文人大多创作过行记,如欧阳修、王安石、张舜民、黄庭坚、周必大、陆游、范成大、吕祖谦、沈括、楼钥等都有行记传世。行记这种文体被运用到广阔的领域,士人的任职、卸职、贬谪、出使、游览、省亲、访友、应考、逃难等公私行旅都在行记中得以展现。文人认识到行记是保存生活经历的重要记录,对此比较重视,不少行记收入文人别集中,以防流传中散佚。与之相较,宋前行记数量较少,应用范围也只局限于记录奉使交聘、西行求法、文人扈从等经历,还没有成为文人广泛运用的文体。行记少有收入文集的,可考知的只有李翱《来南录》收入其《李文公集》,孙樵《兴元新路记》收入其《孙可之集》,因而先宋行记皆散佚严重。

其次,宋代行记的叙事功能增强。汉魏六朝古行记专述行程,唯有行传体一种体例,以"地"为记叙对象,主要记录沿途山川城郭、历史古迹、地形地貌,民风民情,旅途中遇见的人,经历的事情都不得而知,只有部分僧人的西行记除有对"地"的记录外,能简单叙及旅行中的个人经历。隋唐行记稍有改观,能对旅行活动本身进行简略的记录,借此可对旅行的过程有粗略的了解。发展至宋代,行记继承了前代行记记山川道里、民俗风情的传统写法,又显示出新的面貌。记叙对象由"地"转变为"旅行活动"本身,表现旅行者的一段行旅经历,是对一段旅行行程所作的传记,旅行中所观之景、所见之人、所遇之事皆可载入行记中,叙写内容极其丰富。这一点在目录学著作对宋代行记的著录分类中也可以得到印证。在目录学著作中,魏晋六朝古行记皆著录于史部地理类或地理类下细分的地理行役类、地理朝聘类、地理蛮夷类、地理郡邑类等,而宋代行记则著录于史部地理类或是伪史类、杂史类、传记类等,可见,在目录学家眼里,宋代行记有着不同于古行记的显著特征,不仅有对地学知识的记录,而且是为旅行所作的传记。行记的功能从专述行程转变为以记录旅行活动为主,行程的记载退居其次,只是组织材料的线索而已。

此外宋代行记改变了前代行记纪行的单一模式,行传体、日记体、笔记体三种著述体例并行发展,从北宋至南宋,经历了从记事粗疏到精细完善的转变。特别是随着日记体著述体例的广泛应用,行记的叙事功能大大增强,纪事尤为细密,能完整连续地展现旅行活动的进展情形。宋人每日出行的时间、地点、人物、所采用的出行方式、出行前的相关准备、出行途中省亲访友、宴饮聚会、登山览水、休息食宿、祈神福佑的情形以及完成使命的情况都一一呈现于眼前,似乎旅途中的一切经历皆可载入文本中,从中我们可身临其境地感受到千年前古人出行的场景。

再次,宋代行记取得了较高的艺术成就,典型地体现了宋代散文平易自然、追求实用的特点。汉魏六朝古行记叙述平实、文风古朴;隋唐行记仍以简古质朴为主要风格,但与汉魏六朝古行记相比,对沿途风物间已有粗线条地描摹,景色描写稍显细腻,语言形式上亦有所创新,散句之间时或夹杂骈句、韵文,出现了以诗入行记、诗文结合的形式。宋代行记沿袭唐代行记已有的艺术面貌,更进一步发展。叙事、写景、抒情、议论各种表达方式相得益彰:叙事要言不烦,详略得当;写景成就突出,粗笔勾勒以传其神,工笔描写以绘其形,调动各种感知、变换不同视角,刻画具有个性化的山川胜景;在叙事、写景中往往融入抒情、议论,对沿途的人、事、景或激怀感慨、或发思古之幽情、或考辨评析,情韵深婉。语言上,大量使用白描手法,主要运用散文语体,往往融入诗歌,韵散结合,音韵和谐。各种艺术手段综合运用,将本是应用文体的行记写得情韵、辞采兼擅,文风清新淡雅、自然流畅。

最后,宋代行记饱含了宋代文人丰富的行旅体验。汉魏六朝古行记多客观平实地陈述旅行见闻。隋唐时期行记偶尔可见到对景色、风物的描写,在客观冷静的叙述中暗含作者的主观情愫,间有简单的评论,但这只是偶一为之,并不代表此阶段行记的总体特征。宋人则与之不同,他们对沿途所见所闻有追叙、有咏叹、有评述、有想象,折射出旅行者个人的感情体验与思考。于是,我们在行记中可以看到陆游带着"蜀地荒蛮"的先在视野、满怀壮志未酬的辛酸苦楚远赴西蜀;也可以看到范成大视"巴蜀"为附着其人生情感,体现其人生意义的"地方",怀着对巴蜀的眷念与归家的喜悦之情离蜀东归。我们可以看到宋代文人受自身的社会文化、伦理情感等因素影响对异国"他者"所作的跨界文化想象;也可以看到宋代文人以人文理性的眼光来凝视旅途的景观,以历史叙事与书本记忆来解读风景,传达自然与人文、现实与古典相结合的观景体验。对宋人而言,旅行不仅是自然地理空间的位移,更是文化空间的跨越,旅行触动了他们的个人情感,激发了他们的文化想象,带给他们深沉的人文思考。正如王瑷玲所说:"有关空间或空间移动的书写自身,亦形成一'文本空间',创造出一内在想象的世界,其本身即具有丰富的社会文化意涵。人作为书写的主体,往往带着这样的有关空间的记忆或想象,在不同的地域空间、文化场域、权力结构、历史情境之间游走、迁徙、甚至越界,而激发了或拓展了作品中的意识流动与跨界想象。因此,在某种意义上,这类文本可视为一种空间实践(spatial practice),既是一种'空间的再现'(a representation of space),也可说是一种'再现的空间'(a space of representation）。"①宋代的行记作品正是呈现了作者对行旅途中地域空间的情感经验、历史文化记忆与想象的"文本空间"。透过这一"文本空间",我们可以了解到宋代文人旅行的真切体验,体会他们的思想趣味、文化心态。

总之,宋代行记既能完整清晰地呈现旅行活动本身的特点,体现了行记的强大的叙事功能,又真切地展现了宋人经行不同地域空间的个人情感体验,以及面对异域他乡事物的人文思考,行记成为宋人自由书写个人旅行经历、情感、思想的重要文本。同时各种艺术手法的运用也一改前代行记质朴平实之貌,变得情趣盎然,清辞丽句,颇耐玩味,体现了平易自然的宋文文风。宋代行记成为行记文体发展史中非常重要的一环,是行记文体发展史上的定型期,它对前代行记的内容、艺术形式兼收并蓄、融会贯通,熔铸出了一个固定的模式,自此以后,元明清时代行记的著述体例、文体规范、叙写内容、艺术手段皆沿袭宋代发展而来,宋代行记正处于这样一个承前启后的关键时段。

---

① 王瑷玲《导论:空间移动之文化诠释》,见黄应贵、王瑷玲主编《空间与文化场域:空间移动之文化诠释》,第2页。

附　录

一、两晋南北朝时期行记叙录[①]

（一）行役记

1. ［东晋］伏滔《北征记》

书目无著录。伏滔，字玄度，平昌安丘人。《晋书·伏滔传》载伏滔被"大司马桓温引为参军，深加礼接，每宴集之所，必命滔同游，从温伐袁真，至寿阳。以淮南屡叛，著论二篇，名曰《正淮》"[②]。可知伏滔为桓温随从。今有《水经注》《太平寰宇记》《编珠》《初学记》《太平御览》《后汉书》《文选》李善注存文数则。从佚文来看，此书记建康、下邳（今江苏睢宁境内）、广陵（今扬州）、睢阳（今河南商丘等地）等地见闻，盖作于随桓温北伐关中之时。

[①] 目前，已有一些学者对行记进行文献整理，如傅乐焕、贾敬颜、赵永春、刘浦江、李德辉、李辉、王晧等，都取得了可喜的成就。他们的研究或偏于外交行记一体，或为辑佚校刊，或与本书对行记的界定有交叉，在各位前辈及时贤的研究基础上，本叙录对行记中同书异名而误作两书，或异书同名而通作一书的现象，行记成书时间、成书过程以及行记作者是否冠以他人之名的署名问题，行记的存佚、脱文衍文、卷次、版本、著述体例等情况，古代书目对行记的评述是否恰当等众多问题详加考证，以方便进一步的研究。
[②]《晋书》卷九二《伏滔传》，第2399页。

2. [东晋]孟奥《北征记》

书目无著录。孟奥生平不详。今有《艺文类聚》《太平御览》征引其文数则。存文所记在许昌(今河南许昌东)、邺城(今河北临漳境内)的见闻,盖亦记东晋北伐经见。

3. [东晋]徐齐民《北征记》

书目无著录。徐齐民生平不详。其书早佚。唯《后汉书》引文两则,记苑陵县(今河南新郑境内)、陈留(今河南开封陈留镇)见闻。盖亦记东晋北伐收复关中之旅途经历。

4. [东晋]王羲之《游四郡记》

书目无著录。王羲之,字逸少。东晋名士,时为右军将军、会稽内史。其书不存,唯有《艺文类聚》存文一则,迻录于后:

> 王羲之《游四郡记》曰:"永宁县界海中有松门,西岸及屿上皆生松,故名松门。"①

5. [晋宋]郭缘生《述征记》

《隋书·经籍志》《旧唐书·经籍志》《新唐书·艺文志》史部地理类均著录"郭缘生《述征记》两卷",②《通志·艺文略》地理行役类亦列"郭缘生《述征记》二卷"。③

《册府元龟》称:"郭缘生为天门太守,撰《武昌先贤志》二卷、《述征记》二卷。"④ 程大昌《雍录》云:"郭缘生从刘裕入长安,记其

---

① 欧阳询撰,汪绍楹校《艺文类聚》卷八八引王羲之《游四郡记》,第1521页。
② 《隋书》卷三三《经籍志》,第982页。《旧唐书》卷四六《经籍志》,第2015页。《新唐书》卷五八《艺文志》,第1505页。
③ 郑樵《通志》卷六六《艺文略》,第783页。
④ 王钦若等编《册府元龟》卷五五五《国史部》,第1565页。

所闻名《述征记》。"① 可知,郭缘生为晋宋间人,曾为天门太守。据《宋书·武帝本纪》载,义熙十二年(416)"会羌主姚兴死,子泓立,兄弟相杀,关中扰乱,公(按:指刘裕)乃戒严北讨"②。刘裕于义熙十三年(417)正月以舟师讨伐姚泓,驻扎留城,二月至潼关,三月至洛阳,七月至陕城,于八月"大破姚泓于蓝田","十四年(418)正月壬戌,公至彭城,解严息甲"③。《述征记》即为此次随刘裕西征姚秦所作,成书时间当在公元418年以后。

是书已佚。今有《路史》、《水经注》、《通典》、《元和郡县图志》、《太平寰宇记》、《长安志》、《封氏闻见记》、《编珠》、《北堂书钞》、《艺文类聚》、《初学记》、《太平御览》、《史记》张守节正义、《文选》李善注、《资治通鉴》胡三省注等书征引其文。

6. [晋宋]郭缘生《续述征记》

历代书目未见著录。《水经注》《太平寰宇记》《初学记》《太平御览》多有征引。《宋书·武帝本纪》载晋安帝义熙年间北征慕容超一事,义熙五年(409)"三月公(刘裕)抗表北讨。以丹阳尹孟昶监中军留府事。四月舟师发京都,溯淮入泗。五月,至下邳,留船舰辎重,步军进琅邪,所过皆筑城留守"④。"六年(410)二月丁亥屠广固,超逾城走,征虏贼曹乔胥获之,杀其王公以下,纳口万余,马二千匹,送超京师,斩于建康市。"⑤此书记载义熙五年至义熙六年,郭缘生随刘裕北征南燕之征途见闻。书名为《续述征记》,应为《述征记》之续书,当成书于《述征记》之后,《述征记》成书于公元

---

① [宋]程大昌《雍录》卷七,中华书局,2002年,第143页。
② [梁]沈约《宋书》卷二《武帝本纪》,中华书局,1974年,第36页。
③《宋书》卷二《武帝本纪》,第42页,第44页。
④《宋书》卷一《武帝本纪》,第15页。
⑤《宋书》卷一《武帝本纪》,第17页。

418年以后，则此书成书时间不会早于418年。此书所记历史在郭缘生《述征记》所载史实之前，应为郭缘生写完《述征记》后，仿其体例，追忆义熙五、六年间从征行旅见闻之作。

后代典籍对《述征记》《续述征记》征引颇多，却常常混淆二书。如《资治通鉴》卷一〇八胡三省注引《述征记》云："逢山在广固南三十里，洋水历其阴而东北流，世谓之石沟水，出委粟山北，而东注于巨洋水，谓之石沟口。然是水下流，亦有时通塞，及其春夏水泛，川澜无辍，亦或谓之龙泉水。"① 东晋时期，逢山、广固（今山东青州境内）都在南燕境内，不在刘裕西征姚秦的道上，故此条应引自《续述征记》。又如《艺文类聚》卷九引《续述征记》云："大梁西南七十里尉氏，县有蓬池。"②《太平寰宇记》卷一亦引相同文字，但称此条引自于《述征记》。考大梁位于后秦境（今河南）内，为西征姚秦必经之道，故应引自《述征记》，《艺文类聚》征引有误。后代典籍即使同一书对《述征记》《续述征记》征引亦颇混乱，如《水经注》卷二六引《述征记》云："齐桓公冢在齐城南二十里，因山为坟。大冢东有女水，或云齐桓公女冢在其上，故以名水也。女水导川东北流，甚有神焉。化隆则水生，政薄则津竭。燕建平六年，水忽暴竭，玄明恶之，寝病而广。燕太上四年，女水又竭，慕容超恶之，燕祚遂沦。"③ 同卷又引《续述征记》云："女水至安平城南，伏流十五里，然后更流，北注阳水。"④ 前一条文字以燕年号记女水枯竭、燕国有难一事，且齐城、安平、女水均在南燕境（今山东）内，可知此二条文字均记录征慕容燕途中见闻，应同出自《续述征记》。

---

① 司马光编著，胡三省音注《资治通鉴》卷一〇八，第3418页。
② 欧阳询撰，汪绍楹校《艺文类聚》卷九《水部下》，第171页。
③ 郦道元撰，陈桥驿校证《水经注校证》卷二六，第625页。
④ 郦道元撰，陈桥驿校证《水经注校证》卷二六，第625页。

7. ［晋宋］戴延之《宋武北征记》

《隋书·经籍志》地理类、《通志·艺文略》地理行役类著录"《宋武北征记》一卷，戴氏撰"。① 据钱大昕考证书目中所称戴氏即指戴延之。② 今《元和郡县图志》、《太平寰宇记》、《后汉书》李贤注等书存有佚文数则。

《元和郡县图志》卷一〇引《宋武北征记》云："桓公宣武，以太和四年率众平赵、魏时，遣冠军将军毛彪生凿此沟，号曰桓公沟。于今四十九年矣，沟已填塞，公遣宁朔将军朱超石更凿通之。"③ 又《宋书·王懿传》云："义熙十二年（416）北伐，进仲德征虏将军，加冀州刺史，为前锋诸军事。冠军将军檀道济、龙骧将军王镇恶向洛阳，宁朔将军刘遵考、建武将军沈林子出石门，宁朔将军朱超石、胡藩向半城，咸受统于仲德。"④ 朱超石时为宁朔将军，随刘裕北伐。两相对照，可知戴延之所记为随刘裕北征慕容超之见闻。

8. ［晋宋］戴延之《西征记》

《隋书·经籍志》史部地理类著录"戴延之撰《西征记》二卷"又录戴祚撰"《西征记》一卷"，《旧唐书·经籍志》著录戴祚撰"《西征记》一卷"，《新唐书·艺文志》史部地理类、《通志·艺文略》地理行役类均录戴祚"《西征记》二卷"。⑤

---

① 《隋书》卷三三《经籍志》，第 985 页。郑樵《通志》卷六六《艺文略》，第 783 页。
② ［清］钱大昕《廿二史考异》卷三四，商务印书馆，1958 年，第 645 页。
③ 李吉甫《元和郡县图志》卷一〇，第 270 页。《元和郡县图志》本作"公遣宁朔将军朱超凿石通之"，《宋书》《水经注》都有关于宁朔将军朱超石的记载。可知《元和郡县图志》将"朱超石"误作"朱超凿石"。
④ 《宋书》卷四六《王懿传》，第 1392 页。
⑤ 《隋书》卷三三《经籍志》，第 982 页。《旧唐书》卷四六《经籍志》，第 2015 页。《新唐书》卷五八《艺文志》，第 1505 页。郑樵撰《通志》卷六六《艺文略》，第 783 页。

《封氏闻见记》称戴祚为"江东人,晋末从刘裕西征姚泓"①。《水经注》云:"义熙中,刘公西入长安,舟师所届,次于洛阳,命参军戴延之与府舍人虞道元,即舟遡流,穷览洛川,欲知水军可至之处。延之届此而返,竟不达其源也。"② 可知,戴祚又名戴延之,《隋书》误为两人。刘裕西征姚泓,戴祚时为西戎太守,随刘裕出征,记其从征见闻。

今有《元和郡县图志》《太平寰宇记》《水经注》《洛阳伽蓝记》《艺文类聚》《初学记》《说郛》等书存其佚文。

9. [晋宋]裴松之《述征记》

书目未见著录。裴松之,字世期,河东闻喜人。《宋书·裴松之传》载:"高祖北伐,领司州刺史,以松之为州主簿,转治中从事史,既克洛阳,松之居州行事。"③《三国志·魏志》裴松之注亦云:"臣松之昔从征西至洛阳,历观旧物,见《典论》石,在太学者尚存,而庙门外无之。"④ 刘裕克洛阳事在晋末义熙十三年(417),裴松之亦为僚属从征姚秦,《述征记》应为记此次征行之作,其书早佚。《太平寰宇记·河南道》引桓裴之《述征记》云:"老子宫前有双松,左阶之松久枯。隋炀帝大业十三年,忽从根生一枝,耸干一丈三尺,枝叶青翠。唐武德二年,更生一丛,直上五尺,横枝两层,枝叶相覆,异于常树。"⑤ 此条佚文记河南道景物,与裴松之长居洛阳的生平相合,盖《太平寰宇记》编者将"裴松之"误作"桓裴之",引文

---

① [唐]封演撰,赵贞信校注《封氏闻见记》卷七,中华书局,2005年,第65页。
② 郦道元撰,陈桥驿校证《水经注校证》卷一五,第365页。
③《宋书》卷六四《裴松之传》,第1699页。
④《三国志》卷四《魏书四》,第118页。
⑤ 乐史撰,王文楚等点校《太平寰宇记》卷一二《河南道》,第237页。

中所记隋唐间事应为编者所增。

10. [晋宋]丘渊之《征齐道里记》

丘渊之,字思玄,吴兴乌程人。《宋书·丘渊之传》载:"太祖从高祖北伐,留彭城,为冠军将军、徐州刺史,渊之为长史。"① 可知刘义隆随刘裕北伐时,丘渊之为随从。《征齐道里记》所存佚文记在古齐国境内见闻,应为义熙五年至六年北征慕容超时所作。今有《编珠》《太平寰宇记》《北堂书钞》《太平御览》等书存其佚文。

11. [晋宋]伍缉之《从征记》

书目无著录。《隋书·经籍志》称伍缉之为"宋奉朝请",有文集十二卷。② 今有《后汉书》李贤注、《水经注》《元和郡县图志》《艺文类聚》《太平御览》等书征引其文。存文多记广固、鲁城(今山东境内)等地见闻,盖义熙年间伍缉之曾随刘裕从征慕容燕,作此书以纪行。

12. [宋]沈怀文《隋王入沔记》

《隋书·经籍志》著录沈怀文撰"《隋王入沔记》六卷",③《旧唐书·经籍志》《新唐书·艺文志》著录沈怀文撰"《隋王入沔记》十卷"。④

沈怀文,字思明,吴兴武康人。《宋书·沈怀文传》云:"(沈怀文)随王诞镇襄阳,出为后军主簿,与谘议参军谢庄共掌辞令,领义成太守。"⑤ "沔"指南朝之沔阳郡(今属湖北省)。书名中的"隋王"

---

①《宋书》卷八一《丘渊之传》,第 2079 页。
②《隋书》卷三五《经籍志》,第 1072 页。
③《隋书》卷三三《经籍志》,第 983 页。
④《旧唐书》卷四六《经籍志》,第 2015 页。《新唐书》卷五八《艺文志》,第 1505 页。
⑤《宋书》卷八二《沈怀文传》,第 2102 页。

应作"随王",指竟陵王诞,是宋文帝第六子。《宋书·文五王传》载竟陵王"元嘉二十年,年十一,封广陵王"。"(二十六年)以广陵凋弊,改封随郡王。""上欲大举北讨,以襄阳外接关、河,欲广其资力,乃罢江州军府,文武悉配雍州,湘州入台税租杂物,悉给襄阳。及大举北伐,命诸蕃并出师,莫不奔败;唯诞中兵参军柳元景先克弘农、关、陕三城,多获首级,关、洛震动。"① 竟陵王诞后被封为随郡王,镇守襄阳。此书即作于竟陵王诞镇守襄阳,沈怀文以后军主簿之职从征之时。

13. [梁]许懋《述行记》

历代书目未见著录。许懋,字昭哲,高阳新城人。《梁书·许懋传》载许懋"撰《述行记》四卷",②《册府元龟·国史部》亦称"许懋为著作郎,著《述行记》四卷"。③ 其书已佚。

14. [梁]吴均《入东记》

书目无著录。吴均,字叔庠,吴兴故鄣人。《梁书·吴均传》载:"天监初,柳恽为吴兴,召补主簿,日引与赋诗。"④ 可知,梁武帝时期,吴均被任命为吴兴主簿。《浙江通志》叙此书成书经过云:"(吴均)居长兴南六十里之青山,在吴兴之西。太守柳恽召补主簿,始入东境,作《入东记》,以辨山川故实。"⑤ 此书记载吴均从故乡至吴兴沿途见闻。今有《太平寰宇记》、《浙江通志》、《苏诗补注》查慎行注等引文数则。

---

① 《宋书》卷七九《文五王传》,第 2026 页。
② 《梁书》卷四〇《许懋传》,第 579 页。
③ 王钦若等编《册府元龟》卷五五五《国史部》,第 1567 页。
④ 《梁书》卷四九《吴均传》,第 698 页。
⑤ [清]嵇曾筠监修,沈翼机编纂《浙江通志》卷二五三,《文渊阁四库全书》第 525 册,第 737 页。

15. [梁]薛泰《舆驾东行记》(又题为《舆驾东幸记》《梁武帝舆驾东行记》)

《隋书·经籍志》地理类、《通志·艺文略》地理行役类均著录薛泰"《舆驾东行记》一卷",《旧唐书·经籍志》地理类、《新唐书·艺文志》地理类著录为"《舆驾东幸记》一卷"。①

《梁书·武帝本纪》载梁武帝大同十年(544)东巡一事,云:"三月甲午舆驾幸兰陵,谒建陵,辛丑至修陵。……己酉幸京口城北固楼,改名北顾。庚戌,幸回宾亭,宴帝乡故老。及所经近县奉迎候者,少长数千人各赍钱二千。夏四月乙卯舆驾至自兰陵。"②薛泰为随从,记随武帝回帝乡之经见。今唯《太平御览》存文一则。

16. [北魏]孙景安《征途记》

书目无著录。据《魏书·赵邕传》载,孙景安在北魏宣武帝时曾任中散大夫。③《通典》引文一则,记马嵬一地之故实,其书应为记奉命至长安之行程见闻。

17. [北周]姚僧垣所撰行记

姚僧垣,字法卫,吴兴武康人。初仕梁,后入周。官至车骑大将军,医术高明。《周书·姚僧垣传》载:"僧垣乃搜采奇异、参校征效者,为《集验方》十二卷,又撰《行记》三卷,行于世。"④知姚僧垣撰有行记。

---

① 《隋书》卷三三《经籍志》第974页。郑樵《通志》卷六六《艺文略》第783页。《旧唐书》卷四六《经籍志》第2015页。《新唐书》卷五八《艺文志》,第1505页。
② 《梁书》卷三《武帝本纪下》,第88页。
③ 《魏书》卷九三《赵邕传》载:"阳氏诉冤,台遣中散大夫孙景安研检事状,邕坐处死,会赦得免。"(见魏收《魏书》,第2004页)
④ [唐]令狐德棻等《周书》卷四七《姚僧垣传》,中华书局,1971年,第844页。

18. ［北周］姚最《序行记》

《隋书·经籍志》史部地理类著录姚最撰"《序行记》十卷",① 《旧唐书·经籍志》《新唐书·艺文志》史部地理类著录姚最撰"《述行记》二卷",②《通志·艺文略》地理行役类既著录姚最撰"《序行记》十卷",又著录"姚最《述行记》二卷"。③ 由书目记载可知,此书到唐代多有散佚。

姚最,字士会,吴兴武康人,姚僧垣之子。"幼而聪敏,及长,博通经史,尤好著述,年十九,随僧垣入关。世宗盛聚学徒,校书于麟趾殿,最亦预为学士。俄授齐王宪府水曹参军,掌记室事。特为宪所礼接,赏赐隆厚。"④《周书·武帝本纪》载建德五年(576)"冬十月己酉,帝总戎东伐。齐王宪、陈王纯为前军……齐王宪攻洪洞、永安二城,并拔之"⑤。今《元和郡县图志》卷一二引姚最《序行记》云:"周建德五年。从行讨齐师,次洪洞,百雉相临,四周重复,控据要险,城主张元静率其所部肉袒军门。"⑥ 与周书所载一致。姚最以齐王宪府水曹参军、掌记室事的身份随齐王宪征北齐,《序行记》乃记征途见闻之书。

今有《元和郡县图志》《太平寰宇记》《永乐大典》存文数则。

19. ［北周、北齐之际］卢思道《西征记》

历代书目无著录。卢思道,范阳人。北齐文宣帝时被荐入朝,

---

① 《隋书》卷三三《经籍志》,第986页。
② 《旧唐书》卷四六《经籍志》,第2016页。《新唐书》卷五八《艺文志》,第1505页。
③ 郑樵《通志》卷六六《艺文略》,第783页。
④ 《周书》卷四七《姚僧垣附子最传》,第844页。
⑤ 《周书》卷六《武帝本纪》,第96页。
⑥ 李吉甫《元和郡县图志》卷一二,第339页。

官至京畿主簿、给事黄门侍郎。周武帝平齐后,授仪同三司,遂赴长安。《广弘明集》载卢思道于"周武平齐诣京师,作《西征记》"①。可知此书作于北齐灭亡,卢思道入长安时。《广弘明集》称卢思道在此书中记载了后秦溺于佛法一事,云:"《西征记》略云:'姚兴好佛法,罗什译经论。佛图遍海内,士女为僧尼者十六七。糜费公私岁以巨万,帝独运远略罢之,强国富民之上策也。'"②

今有《封氏闻见记》《太平寰宇记》存文两则:

> 卢思道《西征记》云:"新乡城西有汉桂阳太守赵越墓,墓北有碑,碑有石柱,东南有亭,以石柱为名。"
> 白鹿山,在县西北五十三里,西与太山连接,上有天门谷、百家岩。卢思道《西征记》云:"孤岩秀出,上有石,自然为鹿形,远视皎然独立,厥状明净,有类人工,故此山以白鹿为称。"③

卢思道记载的新乡城、白鹿山均在河北道卫州县内,为从北齐入长安必经之地。从以上佚文和《广弘明集》的记载可知《西征记》一书记入长安之旅途见闻以及对历史兴亡之感叹。

20. 无名氏《庙记》

《隋书·经籍志》地理类、《旧唐书·经籍志》地理类、《新唐书·艺文志》地理类、《通志·艺文略》地理都城宫苑类均著录有

---

① [唐]道宣《广弘明集》卷七,上海古籍出版社,1991年,第138页。
② 道宣《广弘明集》卷七,第138页。
③ 封演撰,赵贞信校注《封氏闻见记》卷六,第60页。乐史《太平寰宇记》卷五六,第1159页。

《庙记》一卷"。①

《玉海·地理》"唐地理六十三家"条下云:"述征行,则有《庙记》《舆驾东幸》《循抚扬州》《西征》《述征》《述行》《入沔》《聘使行记》及圣贤冢墓之记。"②可知其书具有行记述征行的特点。《三辅黄图》、《史记》张守节正义、《通典》、《初学记》、《文选》李善注征引其书文字,主要记录了长安、洛阳众多的宫苑故迹。

21. 无名氏《江表行记》

《隋书·经籍志》史部地理类、《通志·艺文略》地理行役类著录"《江表行记》一卷"。③作者无考。此书已佚,唯《初学记》《太平寰宇记》征引同一条文字。

(二) 交聘记

1. [北魏]董琬使西域之见闻

书目无著录。《魏书·西域传》载:"(太延中)遣散骑侍郎董琬、高明等多赍锦帛,出鄯善,招抚九国,厚赐之。"④又云:"琬等使还京师,具言凡所经见及传闻傍国云……"⑤后引录董琬使西域之经见。董琬回朝后上奏朝廷的使行见闻可看作董琬出使西域之行记。《魏书》引完此段见闻后又称:"自琬所不传而更有朝贡者,纪

---

① 《隋书》卷三三《经籍志》,第984页。《旧唐书》卷四六《经籍志》,第2014页。《新唐书》卷五八《艺文志》,第1505页。郑樵《通志》卷六六《艺文略》,第781页。
② 王应麟辑《玉海》卷一五《地理》,第292页。
③ 《隋书》卷三三《经籍志》,第985页。郑樵《通志》卷六六《艺文略》,第783页。
④ 《魏书》卷一〇二《西域传》,第2260页。
⑤ 《魏书》卷一〇二《西域传》,第2261页。

其名,不能具国俗也。其与前使所异者录之。"① 可知《魏书·西域传》根据董琬的出使见闻而修成,西域各国中如果董琬未提及者,只记其国名,而不知其风俗。

2. [东魏]李绘、封述《封君义行记》

《隋书·经籍志》地理类著录"《封君义行记》一卷,李绘撰"。②《通志·艺文略》地理行役类亦著录"《封君义行记》一卷",不著撰人。③

封君义指北齐的封述,字君义,渤海蓨人。据《北齐书·封述传》记载:"梁散骑常侍陆晏子、沈警来聘,以述兼通直郎使梁。"④《南史·梁武帝本纪》云:"(大同六年,540)秋七月丁亥,东魏人来聘。遣散骑常侍陆晏子报聘。"又云:"(七年)夏四月戊申,东魏人来聘。"⑤ 陆晏子使东魏在公元540年,东魏人应指封述等人,可知封述使梁在公元541年夏。《隋书·经籍志》著录为李绘所撰,而据《魏书·孝敬帝本纪》记载:"(兴和四年)春正月丙辰,萧衍遣使朝贡。夏四月丙寅,遣兼散骑常侍李绘使于萧衍。"⑥ 可知,李绘聘梁在兴和四年即公元542年。李绘与封述并非同时聘梁,李绘不太可能为比他早一年聘梁的使臣撰写行记。《酉阳杂俎》征引《封君义行记》佚文一则,云:

> 梁主客贺季指马上立射,嗟美其工。绘曰:"养由百中,楚

---

① 《魏书》卷一〇二《西域传》,第2261页。
② 魏征等《隋书》卷三三《经籍志》,第986页。
③ 郑樵《通志》卷六六《艺文略》,第783页。
④ [唐]李百药《北齐书》卷四三《封述传》,第573页。
⑤ [唐]李延寿《南史》卷七《梁武帝本纪》,中华书局,1975年,第215页。
⑥ 《魏书》卷一二《孝静帝本纪》,第305页。

恭以为辱。"季不能对。又有步从射版,版记射的,中者甚多。绘曰:"那得不射獐?"季曰:"上好生行善,故不为獐形。"自獐而鹿,亦不差也。①

上述佚文记录了梁人贺季与聘使李绘应对之辞,可知《封君义行记》一书中亦有李绘聘魏的言行。李绘于封述后一年使梁,所撰行记可能是在封述的行记基础之上润色加工而成,因此《隋书·经籍志》将《封君义行记》归为李绘所作。

3. 无名氏《魏聘使行记》

《隋书·经籍志》著录"《魏聘使行记》六卷"②,《旧唐书·经籍志》《新唐书·艺文志》史部地理类,《通志·艺文略》地理朝聘类均著录为五卷。③

《宋书·索虏传》载:"(义熙十三年)高祖西伐长安,嗣先娶姚兴女,乃遣十万骑屯结河北以救之,大为高祖所破,事在朱超石等传,于是遣使求和,自是使命岁通。"④高祖指刘裕,义熙十三年为公元417年,此时北魏开始与晋通和。其后,东魏代北魏,亦与南方梁朝通好。据《魏书·孝敬帝本纪》记载,魏使聘梁次数众多,自天平四年(537)李谐、卢元明、李邺使梁至武定五年(547)李纬使梁共计十三次。魏自建国以来,与东晋、梁交聘时断时续,本书盖记魏朝使者出使之经见。是书早佚。

---

① 段成式《西阳杂俎》续集卷四,第237-238页。
② 《隋书》卷三三《经籍志》,第986页。
③ 《旧唐书》卷四六《经籍志》,第2016页。《新唐书》卷五八《艺文志》,第1505页。郑樵《通志》卷六六《艺文略》,第782页。
④ 《宋书》卷九五《索虏传》,第2322页。

4. ［东魏］李谐《李谐行记》

《隋书·经籍志》史部地理类、《通志·艺文略》地理行役类著录"《李谐行记》一卷"。①

李谐为东魏时人。《魏书·孝静本纪》载天平四年（537）"先是，萧衍因益州刺史傅和请通好。秋七月甲辰，遣兼散骑常侍李谐、兼吏部郎中卢元明、兼通直散骑常侍李邺使于萧衍"②。《魏书·李平传附李谐传》亦云："萧衍求通和好，朝廷盛选行人，以谐兼散骑常侍，为聘使主。"③此书是李谐使梁所作行记，早佚。

5. ［陈］江德藻《聘北道里记》（又名《北征道理记》）

《隋书·经籍志》史部地理类、《通志·艺文略》地理朝聘类著录江德藻撰"《聘北道里记》三卷"。④

江德藻，济阳考城人。据《陈书·江德藻传》载："天嘉四年，兼散骑常侍，与中书郎刘师知使齐，著《北征道理记》三卷。还拜太子中庶子，领步兵校尉。"⑤此书为江德藻出使北齐之行记。今有《酉阳杂俎》《北户录》等书征引数则文字。

6. ［陈］刘师知《聘游记》

《隋书·经籍志》史部地理类、《通志·艺文略》地理朝聘类著录刘师知撰"《聘游记》三卷"。⑥《册府元龟》国史部地理类载：

---

① 《隋书》卷三三《经籍志》，第986页。郑樵《通志》卷六六《艺文略》，第783页。
② 《魏书》卷一二《孝静本纪》，第301页。
③ 《魏书》卷六五《李平传附李谐传》，第1460页。
④ 《隋书》卷三三《经籍志》第986页。郑樵《通志》卷六六《艺文略》，第782页。
⑤ 姚思廉《陈书》卷三四《江德藻传》，第457页。据《陈书·江德藻传》后校勘记"天嘉四年"疑为"二年"之误。
⑥ 《隋书》卷三三《经籍志》，第986页。郑樵《通志》卷六六《艺文略》，第782页。

"江德藻为散骑常侍,为中书郎刘师知使北齐。德藻撰《聘北道里记》三卷,师知撰《聘游记》三卷。"① 江德藻与刘师知同年使齐,分别撰有行记。是书已佚。

7. 无名氏《朝觐记》

《隋书·经籍志》史部地理类、《通志·艺文略》地理朝聘类著录"《朝觐记》六卷"②,由书名可知是书记载东晋南北朝时期各国交聘之见闻。其书早佚。

8. [陈]姚察《西聘道里记》

《册府元龟》载:"姚察为吏部尚书使隋,著《西聘道里》一卷。"③

姚察,字伯审,吴兴武康人。《陈书·姚察传》载:"(姚察)太建初,补宣明殿学士,除散骑侍郎、左通直。寻兼通直散骑常侍,报聘于周。江左耆旧先在关右者,咸相倾慕。沛国刘臻窃于公馆访《汉书》疑事十余条,并为剖析,皆有经据。臻谓所亲曰'名下定无虚士'。著《西聘道里记》,所叙事甚详。"④《西聘道里记》记录姚察出使北周之见闻。是书已佚。

(三) 西行记

1. [西晋] 支僧载《外国事》

书目未见著录。支僧载为"晋时自月氏东来沙门之一"⑤。杜

---

① 王钦若等编《册府元龟》卷五六〇,第 1602 页。
② 《隋书》卷三三《经籍志》,第 978 页。郑樵《通志》卷六六《艺文略》,第 783 页。
③ 王钦若等编《册府元龟》卷五六〇,第 1602 页。
④ 《陈书》卷二七《姚察传》,第 348-349 页。
⑤ 向达《汉唐间西域及海南古地理书叙录》,见《唐代长安与西域文明》,第 571 页。

佑《通典》云："诸家纂西域事，皆多引诸僧游历传记，如法明《游天竺记》、支僧载《外国事》、法盛《历诸国传》、道安《西域志》、惟《佛国记》、昙勇《外国传》、智猛《外国传》、支昙谛《乌山铭》《翻经法师外国传》之类……"① 可知其文体为行记。《水经注》《艺文类聚》《太平御览》等书多有征引，存文多记漫游天竺之见闻。

2. [东晋]法显《法显行传》（又名《法显传》《佛国记》《历游天竺记传》）

《隋书·经籍志》史部地理类著录法显撰"《佛国记》一卷"，史部传记类又录"《法显传》二卷""《法显行传》一卷"，均不著撰人。②《通志·艺文略》地理蛮夷类著录法显撰"《佛国记》一卷"。③《历代三宝记》《法苑珠林》传记篇著录法显"《历游天竺记传》一卷"。④《宋史·艺文志》释氏类著录"《法显传》一卷"。⑤ 从各目录学著作的记载可看出此书名称众多，著录既有二卷本又有一卷本。据章巽考证这些名称均为《法显传》之异称，"今本《法显传》后出，应为详本，其先应尚有一略本。所称《法显行传》之一卷本，或即略本，《法显传》之两卷本，或即详本。略本今当已不传，今之传本盖为详本，特亦已改为一卷耳"⑥。

《高僧传·宋江陵辛寺释法显传》载："晋隆安三年（399），与同学慧景、道整、慧应、慧嵬等发自长安，西渡流沙……凡所经历

---

① 杜佑《通典》卷一九一，第5199页。
② 《隋书》卷三三《经籍志》，第983页，第979页。
③ 郑樵《通志》卷六六《艺文略》，第783页。
④ [隋]费长房《历代三宝记》卷七，《大正新修大藏经》第49册，第71页。[唐]道世著，周叔迦、苏晋仁校注《法苑珠林校注》卷一〇〇，中华书局，2003年，第2872页。
⑤ 《宋史》卷二〇五《艺文志》，第5188页。
⑥ 法显撰，章巽校注《法显传校注》，第3-5页。

三十余国……至中天竺显留三年,学梵语、梵书,躬自书写,于是持经像,寄附商客,到师子国。……停二年,复得《弥沙塞律》《长杂》二《含》及杂藏本,并汉土所无。既而附商人大舶,循海而还。……其游履诸国,别有大传焉。"①《魏书·释老志》云:"沙门法显,慨律藏不具,自长安游天竺。历三十余国,随有经律之处学其书语,译而写之。十年乃于南海师子国,随商人泛舟东下。昼夜昏迷,将二百日。乃至青州长广郡不其劳山,南下乃出海焉。是岁,神瑞二年(415)也。②法显所经诸国,传记之,今行于世。"③所谓"大传""传记"即指《法显行传》。

今《津逮秘书》《学津讨原》《说郛》《四库全书》《丛书集成新编》均有收录,今人整理本中,章巽的《法显传校注》最为详备。

3.〔东晋〕宝云游西域行记

书目未见著录。宝云,凉州人。《高僧传·释宝云传》载:"晋隆安之初远适西域,与法显、智严先后相随,涉履流沙,登逾雪岭……遂历于阗、天竺诸国备观灵异。……云在外域遍学梵书,天竺诸国音字诂训悉皆备解,后还长安。……其游履外国,别有记传。"④宝云所撰行记,仅见此处记载,后世亦无典籍征引。

4.〔晋宋〕智猛《游行外国传》(又名《外国传》)

《隋书·经籍志》史部地理类、《新唐书·艺文志》史部地理

---

① 〔梁〕慧皎撰,汤用彤校注《高僧传》卷三《宋江陵辛寺释法显传》,中华书局,1992年,第87—90页。
② 《魏书》记载法显至青州时间为415年,而据《法显传》载:"法显发长安,六年到中国,停六年,还三年达青州。"法显于公元399年发长安,六年至中天竺为404年,停留六年为410年,住师子国一年,海上航行一年,到青州广郡应为413年。
③ 《魏书》卷一一四《释老志》,第3031页。
④ 慧皎撰,汤用彤校注《高僧传》卷三《释宝云传》,第103页。

类,《通志·艺文略》地理蛮夷类均著录释智猛"《游行外国传》一卷"。①《旧唐书·经籍志》亦有著录,书名作"《外国传》"。②

智猛,雍州京兆新丰人。《高僧传·宋京兆释智猛》载:"伪秦弘始六年(404)甲辰之岁,招结同志沙门十有五人,发迹长安,渡河跨谷三十六所,至凉州城。出自阳关,西入流沙……遂历鄯善、龟兹、于阗诸国……至波伦国。……与余四人共度雪山,渡辛头河至罽宾国。……复西南行千三百里至迦维罗卫国……后至华氏国阿育王旧都……以甲子岁发天竺,同行三伴,于路无常,唯猛与昙纂俱还。……以元嘉十四年(437)入蜀,十六年(439)七月造传,记所游历。"③《游行外国传》即是智猛记游天竺经历之书,是书已佚。今《高僧传·宋京兆释智猛》《出三藏记集·智猛法师传》中记智猛游天竺等国经历尤详,应是参照智猛的行记而修成,可从中得其梗概。

5.［宋］昙勇《外国传》

《隋书·经籍志》史部地理类、《通志·艺文略》地理蛮夷类著录"《外国传》五卷,释昙景撰"。④

昙勇,梵名昙无竭,幽州黄龙人。《高僧传·宋黄龙释昙无竭传》载:"宋永初元年(420),招集同志沙门僧猛、昙朗之徒二十五人,共赍幡盖供养之具,发迹北土,远适西方,初至河南国,仍出海西郡,进入流沙,到高昌郡。经历龟兹、沙勒诸国,登葱岭,度雪

---

① 《隋书》卷三三《经籍志》,第 983 页。《新唐书》卷五八《艺文志》,第 1505 页。郑樵《通志》卷六六《艺文略》,第 783 页。
② 《旧唐书》卷四六《经籍志》,第 2016 页。
③ 慧皎撰,汤用彤校注《高僧传》卷三《宋京兆释智猛》,第 125 页。
④ 《隋书》卷三三《经籍志》,第 984 页。郑樵《通志》卷六六《艺文略》,第 783 页。

山。……进至罽宾国,礼拜佛钵。停岁余,学梵书梵语。……复西行至辛头那提河,汉言师子。缘河西入月氏国……复行向中天竺界。……后于南天竺随舶泛海达广州,所历事迹,别有记传。"①

《历代三宝记》著录昙无竭《外国传》五卷并云"竭自述西域事"。②《法苑珠林》云:"昔法盛昙无竭者,再往西方,有传五卷。"③《大唐内典录》云:"《外国传》五卷,竭自述游西域事。"④ 由上可知,昙无竭游西域有行记五卷。《隋书·经籍志》将"昙勇"误称为"昙景"。此书今已不存,《出三藏记集》《高僧传》均依据此行记为昙勇立传,可从中窥其大略。

6. [宋]法盛《历国传》

《隋书·经籍志》史部地理类、《旧唐书·经籍志》史部地理类、《新唐书·艺文志》史部地理类、《通志·艺文略》地理蛮夷类均著录法盛撰"《历国传》二卷"。⑤

法盛,本高昌人,后入宋。据《高僧传·晋河西昙无谶传》载:"时高昌复有沙门法盛,亦经往外国,立传凡有四卷。"⑥ 是书早佚,唯《通典》存文一则。

7. [宋]道普游西域行记

书目无著录。据《高僧传·晋河西昙无谶传》载:"法师(按:指昙无谶)志欲重寻《涅槃后分》,乃启宋太祖资给,遣沙门道普,

---

① 慧皎撰,汤用彤校注《高僧传》卷三《宋黄龙释昙无竭传》,第93-94页。
② 费长房《历代三宝记》卷一〇,《大正新修大藏经》第49册,第92页。
③ 道世著,周叔迦、苏晋仁校注《法苑珠林》卷一四,第500页。
④ [唐]道宣《大唐内典录》卷四,《大正新修大藏经》第55册,第260页。
⑤ 《隋书》卷三三《经籍志》,第987页。《旧唐书》卷四六《经籍志》,第2016页。《新唐书》卷五八《艺文志》,第1505页。郑樵《通志》卷六六《艺文略》,第783页。
⑥ 慧皎撰,汤用彤校注《高僧传》卷二《晋河西昙无谶传》,第81页。

将书吏十人,西行寻经。至长广郡,舶破伤足,因疾而卒。普本高昌人,经游西域,遍历诸国,供养尊影,顶戴佛钵,四塔道树,足迹形像,无不瞻觌。善梵书,备诸国语,游履异域,别有大传。"① 可知道普曾受命远涉西域求经,并撰有游历西域之行记。

8. [北魏] 慧生《慧生行传》

《隋书·经籍志》史部地理类、《通志·艺文略》地理蛮夷类均著录"《慧生行传》一卷"。②

慧生亦作惠生。《魏书·西域传》载:"熙平中,肃宗遣王伏子统宋云、沙门法力等使西域,访求佛经。时有沙门慧生者亦与俱行,正光中还。"③《魏书·释老志》又云:"熙平元年(516),④诏遣沙门惠生使西域,采诸经律。正光三年(522)冬,还京师。所得经论一百七十部,行于世。"⑤《慧生行传》为慧生游西域之行记。

现《大正藏》第五十一册收录此书,题为《北魏僧惠生使西域记》。《洛阳伽蓝记》云:"惠生在乌场国二年,西胡风俗大同小异,不能具录。至正光二年二月始还天阙。衒之按惠生行记事多不尽

---

① 慧皎撰,汤用彤校注《高僧传》卷二《晋河西昙无谶传》,第 80-81 页。
② 《隋书》卷三三《经籍志》,第 985 页。郑樵《通志》卷六六《艺文略》第 783 页。
③ 《魏书》卷一〇二《西域传》,第 2279 页。
④ 杨衒之《洛阳伽蓝记》卷五称宋云、惠生于神龟元年(518)十一月冬向西域求经,于正光三年二月还阙。与魏书记载惠生出行时间为熙平元年(516)不一致。内田吟风撰文指出两人受诏时间也有先后之别,惠生于熙平元年受诏,他和宋云、法力等一同出行则在两年后的神龟元年。之所以延期出发,是因为柔然征讨高车发生了叛乱,至 518 年叛乱平息,出行方成为可能。(参见内田吟风《后魏宋云释惠生西域求经记考证序说》,见《冢本博士颂寿纪念佛教史学论集》,京都,1961 年,第 113-124 页)
⑤ 《魏书》卷一一四《释老志》,第 3042 页。

录,今依《道荣传》《宋云家记》,故并载之,以备缺文。"① 可知杨衔之曾根据慧生的行记编撰《洛阳伽蓝记》相关部分,又嫌慧生的行记大部分见闻都"不尽录",记事简略,故以《道荣传》《宋云行记》(即《宋云家记》)加以补充。《洛阳伽蓝记》卷五虽将慧生的行记、《道荣传》《宋云行记》三部书的内容混在一起,但仍可从现有文本中分辨出有一部分内容确实出于《慧生行传》,如:"惠生既在远国,恐不吉反,遂礼神塔乞求一验。于是以指触之,铃即鸣应。得此验,用慰私心,后果得吉反。惠生初发京师之日,皇太后敕付五色百尺幡千口、锦香袋五百枚、王公卿士幡二千口。惠生从于阗至乾陀,所有佛事悉皆流布,至此顿尽,惟留太后百尺幡一口,拟奉尸毗王塔。宋云以奴婢二人奉雀离浮图,永充洒扫。惠生遂减割行资,妙简良匠,以铜摹写雀离浮屠仪一躯,及释迦四塔变。"② 记慧生沿途布施北魏太后与王公卿士托付的财物,求神验,模写浮屠、佛塔之经历,应据慧生的行记编撰。又《魏书·西域传》云:"慧生所经诸国,不能知其本末及山川里数,盖举其略云……"③ 接着便列举慧生所经西域诸国情况。由此可见,魏收编写《魏书》时曾亲见《慧生行传》一书,并根据其内容编修《魏书·西域传》。《洛阳伽蓝记》卷五和《魏书·西域传》节录的《慧生行传》的内容与《大正藏》收录的《北魏僧惠生使西域记》所记国家一致、内容详略有别,可相互补充,亦可知《大正藏》收录的只是《慧生行传》的节本。

9. [北魏]宋云《魏国以西十一国事》(又名《宋云家记》)

《旧唐书·经籍志》史部地理类、《新唐书·艺文志》史部地理

---

① 杨衔之著,杨勇校笺《洛阳伽蓝记校笺》卷五,第216页。
② 杨衔之著,杨勇校笺《洛阳伽蓝记校笺》卷五,第215页。
③ 《魏书》卷一〇二《西域传》,第2279页。

类均著录宋云撰"《魏国以西十一国事》一卷"。①

《魏书·西域传》载:"熙平中,肃宗遣王伏子统宋云、沙门法力等使西域,访求佛经。时有沙门惠生者亦与俱行,正光中还。"② 可知宋云与惠生同行。宋云奉使西域,依诏令安抚西域诸国,惠生以僧人身份远至西域寻求经典,两人因出使目的、任务各不相同而分别撰有行记。是书早佚,其内容梗概收入杨衒之《洛阳伽蓝记》卷五,记录出使西域十一国之见闻。前文在《慧生行传》一则叙录中已提及《洛阳伽蓝记》卷五将慧生的行记、《道荣传》、《宋云行记》三部书的内容混在一起,但仔细分辨《洛阳伽蓝记》中记录的内容亦可确定部分内容是参照宋云的行记而修成。如文中记载宋云作为北魏使臣出使西域,代表北魏太后传递诏书、宣扬国威、结好邻国之事,包括宋云授乌场国国王诏书、宋云向乌场国国王列举中国圣人、宋云授乾陀罗国国王诏书而乾陀罗国国王坐受诏书凶慢无理等事,符合使臣的经历,都应采自宋云《魏国以西十一国事》一书。

前代学者多将慧生的《慧生行传》、宋云的《魏国以西十一国事》、道荣的《道荣传》作为一书加以笺释,如于谦对其进行辑佚考证,著《魏宋云释惠生西域求经记地理考证》一卷,收入《浙江图书馆丛书》第二集。法国学者沙畹亦笺证其书,中国学者冯承钧译为汉文,题为《宋云行记笺证》,并收入《西域南海史地考证译丛六编》。此外还有周祖谟的《洛阳伽蓝记校释》"宋云行记"部分,余太山的《"宋云行纪"要注》③ 都对其进行了精审的校释。

---

① 《旧唐书》卷四六《经籍志》,第 2016 页。《新唐书》卷五八《艺文志》,第 1505 页。
② 《魏书》卷一〇二《西域传》,第 2279 页。
③ 余太山的《"宋云行纪"要注》一文收录于上海人民出版社 2009 年出版的《早期丝绸之路文献研究》一书。

10. ［北魏］道荣《道荣传》

书目未见著录。《释迦方志·游履篇》云："后魏太武末年，沙门道药从疏勒道入，经悬度到僧伽施国。及返，还寻故道。著传一卷。"① 其书早佚，《洛阳伽蓝记》卷五多次征引其书，且将"道药"作"道荣"。

11. ［北凉］竺法维《佛国记》

书目无著录。竺法维，北凉人。《高僧传·晋河西昙无谶传》末云："又有竺法维，释僧表，亦经往佛国。"② 《水经注》《通典》有少量存文。

二、隋唐五代时期行记叙录

（一）行役记

1. ［隋］诸葛颖《北伐记》《巡抚扬州记》

《隋书·经籍志》史部地理类著录诸葛颖"《北伐记》七卷""《巡抚扬州记》七卷"。《旧唐书·经籍志》史部地理类著录，书名作《巡总扬州记》。《新唐书·艺文志》史部地理类、《通志·艺文略》地理行役类均著录诸葛颖"《巡抚扬州记》七卷"。③

《北史·诸葛颖传》载诸葛颖"清辩有俊才，晋王广素闻其名，

---

① ［唐］道宣撰，范祥雍校点《释迦方志》卷下《游履篇》，中华书局，1983 年，第 98 页。
② 慧皎撰，汤用彤校注《高僧传》卷二《晋河西昙无谶传》，第 81 页。
③ 《隋书》卷三三《经籍志》，第 986 页。《旧唐书》卷四六《经籍志》，第 2016 页。《新唐书》卷五八《艺文志》，第 1505 页。郑樵《通志》卷六六《艺文略》，第 783 页。

引为参军事,转记室。及王为太子,除药藏郎。炀帝即位,迁著作郎",后又"从征吐谷浑,加正议大夫。从驾北巡,卒于道。……撰《銮驾北巡记》三卷,《幸江都道里记》一卷"①。钱大昕认为《幸江都道里记》《銮驾北巡记》二书即指《北伐记》和《巡抚扬州记》,② 然而李延寿修《北史》和魏征修《隋书》在同一时代,所见书应相同,但所记书名、卷数皆不合,故很难说明《幸江都道里记》《銮驾北巡记》二书即指《北伐记》和《巡抚扬州记》。以诸葛颖生平来看,《北伐记》盖为从征吐谷浑之行记,《銮驾北巡记》为诸葛颖随炀帝北巡之行记,《幸江都道里记》《巡抚扬州记》为诸葛颖随炀帝游江都之作。

2. [隋]蔡允恭《并州入朝道里记》

《隋书·经籍志》史部地理类著录蔡允恭"《并州入朝道里记》一卷",《通志·艺文略》地理郡邑类亦有著录。③

蔡允恭,荆州江陵人。《旧唐书·蔡允恭传》载蔡允恭"仕隋历著作佐郎、起居舍人……江都之难,允恭从宇文化及西上,没于窦建德。及平东夏,太宗引为秦府参军兼文学馆学士。贞观初,除太子洗马。寻致仕"④。其书早佚,盖记从并州(今山西境内)至隋朝都城洛阳之道途经见。

3. [唐]韩琬《南征记》

《新唐书·艺文志》史部杂传记类、《通志·艺文略》地理行役类均著录"韩琬《南征记》十卷"。⑤《玉海》"唐御史台记"条亦著

---

① [唐]李延寿《北史》卷八三《诸葛颖传》,中华书局,1974年,第2810页.
② 钱大昕《廿二史考异》卷三四,第646页。
③《隋书》卷三三,第986页。郑樵《通志》卷六六《艺文略》,第781页。
④《旧唐书》卷一九○《蔡允恭传》,第4988页。
⑤《新唐书》卷五八《艺文志》,第1485页。郑樵《通志》卷六六《艺文略》,第783页。

录韩琬"《南征记》十卷"。①

韩琬,字茂贞,邓州南阳人。中宗、玄宗朝为监察御史、殿中侍御史。此书早佚。《刘梦得文集》外集卷七《浙西李大夫述梦四十韵并浙东元相公酬和斐然继声》一诗自注云:"润州城如铁瓮,事见韩琬《南征记》。"②知其书有关于润州城(今江苏镇江)的记载。此书大概是韩琬奉命巡检江南时所作。

4. 佚名《两京道里记》

《崇文总目》地理类、《中兴馆阁书目》地理类、《新唐书·艺文志》地理类、《通志·艺文略》地理都城宫苑类、《宋史·艺文志》地理类均著录"《两京道里记》三卷",③ 不著撰人。《遂初堂书目》亦著录《两京道里记》,不载卷数。④

《通志·艺文略》称"唐世记洛阳至长安道路事"⑤。今《大事记续编》《长安志》《雍录》等书存有佚文,主要记载长安至洛阳沿途馆驿、寺观、城邑、陵冢等景观。从佚文来看,记事晚至乾元、宝应年间,《长安志》引此书云:"乾元二年,方士王列国秦畿内置寺四十九所,此其一也。"⑥ 又《长安志》卷七引此书云:"通化门改达礼门,识者曰:'三年之丧,天下达礼,非嘉名。'三年而元、肃晏驾,

---

① 王应麟辑《玉海》卷五七《艺文》,第1094页。
② [唐]刘梦得《刘梦得文集》外集卷七,《四部丛刊》本。
③ 王尧臣等编次,钱东垣等辑释《崇文总目》卷二,《丛书集成初编》第21册,第95页。陈骙等撰,赵士炜辑考《中兴馆阁书目》,《宋史艺文志》之附编,第518页。郑樵《通志》卷六六《艺文略》,第781页。《宋史》卷二〇四,第5156页。
④ 尤袤《遂初堂书目》,《丛书集成初编》第32册,第15页。
⑤ 郑樵《通志》卷六六《艺文略》,第781页。
⑥ 宋敏求《长安志》卷一一,第156页。

还复旧名也。"① 元、肃指唐玄宗和肃宗,唐玄宗上元元年(760)崩于神龙殿,年七十八,②肃宗于宝应元年(762)四月丙寅崩于长生殿,年五十二。③ 可知此书作者应为肃宗以后的人。其书并非静态平面描述长安、洛阳名胜古迹的地记,如云"到彼(骊山巅的始皇祠)即下视诸山,有羲轩已降形"④,可见其中记载了观览胜景的经历,应视为一行记。

5. [唐]李翱《来南录》

书目无记载。李翱,字习之,陈留人。"贞元十四年(798),登进士第,授校书郎。三迁至京兆府司录参军。元和初,转国子博士、史馆修撰。"⑤ 李翱在《来南录》中自云:"元和三年(808)十月,翱既受岭南尚书公之命。"⑥ 所称岭南尚书公指时为岭南节度使的杨於陵。《旧唐书·杨於陵传》载其"元和初,以考策升直言极谏牛僧孺等,为执政所怒,出为岭南节度使。……五年,入为吏部侍郎"⑦。李翱被辟为使府掌书记,于元和四年正月初携带妻小赴任岭南。从洛阳出发,沿汴入淮至淮阴,经楚州、扬州、润州、常州、苏州、杭州、睦州、衢州、信州、洪州、吉州、虔州、洪州,翻越大庾岭经韶州至广州。

《来南录》简略记载了近六个月的行程及登山览水之见闻。此文收入《李文公集》卷一八,《说郛》亦将此文单独析出加以收录。

---

① 宋敏求《长安志》卷七,第 83 页。
② 《新唐书》卷五《玄宗本纪》,第 154 页。
③ 《新唐书》卷六《肃宗本纪》,第 165 页。
④ 宋敏求《长安志》卷一五引《两京道里记》,第 207 页。
⑤ 《旧唐书》卷一六〇《李翱传》,第 4206 页。
⑥ 李翱《李文公集》卷一八,《四部丛刊》本。
⑦ 《旧唐书》卷一六四《杨於陵传》,第 4293 页。

6. [唐]张氏《燕吴行役记》

《崇文总目》传记类著录张氏"《燕吴行役记》一卷"。① 《新唐书·艺文志》地理类、《通志·艺文略》地理行役类、《直斋书录解题》地理类、《宋史·艺文志》地理类均著录张氏"《燕吴行役记》二卷"。② 《遂初堂书目》杂传类著录"《燕吴行役记》",又在地理类著录"张氏《燕吴行役记》"。③

《直斋书录解题》云:"大中九年(855)崔铉镇淮南,诸镇毕贺。为此《记》者,燕帅所遣僚佐,道中纪所经行郡县道里及事迹也。其曰'我府张公'者,时张允中方帅燕也。"④ 可知其书成书原由乃幽州使府府帅张允中派遣一张氏幕僚赴淮南贺崔铉,张氏记从幽州府至淮南途中见闻。

今《重修政和经史证类本草》《天中记》《中山诗话》存文数则,记扬州物产以及淮南地区寒食、上元夜民俗。

7. [唐]孙樵《兴元新路记》

孙樵,字可之,又自隐之。大中九年(855)进士,官至中书舍人。此文记载在京畿道内从扶风县至褒城县沿途所见驿路情形,收入《孙可之集》卷四。

8. [唐]韦庄《蜀程记》《峡程记》

《崇文总目》传记类著录韦庄撰"《蜀程记》一卷,《峡程记》一

---

① 王尧臣等编次,钱东垣等辑释《崇文总目》卷二,《丛书集成初编》第21册,第120页。
② 《新唐书》卷五八《艺文志》,第1507页。郑樵《通志》卷六六《艺文略》,第783页。陈振孙撰,徐小蛮、顾美华点校《直斋书录解题》卷八,第244页。《宋史》卷二〇四《艺文志》,第5156页。
③ 尤袤《遂初堂书目》,《丛书集成初编》第32册,第7页,第15页。
④ 陈振孙撰,徐小蛮、顾美华点校《直斋书录解题》卷八,第244页。

卷"。①《通志·艺文略》地理行役类亦有著录。②《遂初堂书目》地理类著录"《蜀程记》《峡程记》",不录撰人。③《宋史·艺文志》地理类著录"韦庄《蜀程记》一卷,又《峡程记》一卷"。④

韦庄,字端己,京兆杜陵人。唐肃宗朝宰相韦见素之后。韦庄曾于乾宁四年(897)奉命入蜀,《新五代史·前蜀王建世家》载:"五月,建(王建)自将攻东川,昭宗遣谏议大夫李洵、判官韦庄宣谕两川,诏建罢兵。建不奉诏,乃责授建南州刺史。"⑤《十国春秋·韦庄传》云:"高祖为西川节度副使,昭宗命庄与李洵宣谕两川,遂留蜀。同冯涓并掌书记,文不加点而语多称情。"⑥此次入蜀后即留蜀中,为王建军幕掌书记。后于天复三年(903)"王建出兵攻秦、陇,乘李茂贞之弱也;遣判官韦庄入贡,亦修好于朱全忠"⑦。奉王建命出蜀,与唐朝通好。

《蜀程记》一书现有《西渡集》存文一则,记由京入蜀经驿路嘉陵道之见闻。《峡程记》一书,《太平御览》《说郛》多有引录,记经三峡之滩名以及行舟之情形,所记均为走水道之情形。由现存佚文以及韦庄生平可知,《蜀程记》记陆路入蜀之见闻,《峡程记》则是记出蜀取水路至京之见闻。《方舆胜览》卷六九引韦庄《入蜀记》云:"大散岭之北,唐僖宗巡幸历山下,爱玩不能去。"⑧大散岭在川

---

① 王尧臣等编次,钱东垣等辑释《崇文总目》卷二,《丛书集成初编》第21册,第120页。
② 郑樵《通志》卷六六《艺文略》,第783页。
③ 尤袤《遂初堂书目》,《丛书集成初编》第32册,第15页。
④ 《宋史》卷二〇四《艺文志》,第5155页。
⑤ 《新五代史》卷六三《前蜀王建世家》,第786页。
⑥ [清]吴任臣《十国春秋》卷四〇《韦庄传》,中华书局,1983年,第592页。
⑦ 司马光编著,胡三省音注《资治通鉴》卷二六四,第8607页。
⑧ [宋]祝穆《方舆胜览》卷六九,中华书局,2003年,第1213页。

陕驿道上,为走陆道之见闻,应是《蜀程记》一书的内容,书名引作《入蜀记》,盖因《蜀程记》记入蜀之见闻。

9.[五代]王仁裕《入洛记》

《崇文总目》传记类、《通志·艺文略》地理行役类著录王仁裕撰"《入洛记》十卷"。① 《郡斋读书志》杂史类、《直斋书录解题》传记类、《宋史·艺文志》传记类均著录王仁裕"《入洛记》一卷"。② 此书在宋初尚有十卷,南宋以后即已大部分亡佚,仅存一卷。《通志·艺文略》记载十卷乃依前人书目所载,并非南宋时尚存十卷。

《郡斋读书志》云:"仁裕随王衍降,入洛阳,记往返途中事并其所著诗赋。"③《直斋书录解题》云:"仁裕仕前蜀。国亡入洛记行。"④

王仁裕,字德辇,天水人。"少不知书,以狗马弹射为乐,年二十五始就学。而为人俊秀,以文辞知名秦、陇间。秦帅辟为秦州节度判官,秦州入于蜀,仁裕因事蜀为中书舍人、翰林学士。唐庄宗平蜀,仁裕事唐,复为秦州节度判官。"⑤《新五代史》载"(同光三年十一月)己酉,王衍降"⑥,可知唐庄宗平蜀,蜀降后唐一事在925年。蜀亡后,王衍率文武百官宗族由蜀入洛,《入洛记》即记此时随蜀王王衍赴洛阳之见闻。

---

① 王尧臣等编次,钱东垣等辑释《崇文总目》卷二,《丛书集成初编》第21册,第119页。郑樵《通志》卷六六《艺文略》,第783页。
② 晁公武撰,孙猛校证《郡斋读书志校证》卷六,第258页。陈振孙《直斋书录解题》卷七,第199页。《宋史》卷二〇四《艺文志》,第5118页。
③ 晁公武撰,孙猛校证《郡斋读书志校证》卷六,第258页。
④ 陈振孙《直斋书录解题》卷七,第199页。
⑤《新五代史》卷五七《杂传》,第662页。
⑥《新五代史》卷五《唐本纪》,第48页。

10. 敦煌残卷中的行记

敦煌残卷中还有四种唐代僧人在国内游方巡礼的行记。

一是伯 3973 号。郑炳林将其定名为《往五台山行记》，仅存残文几十字，记载一僧人戊寅年从沙州出发，经丰州、胜州、朔州、代州，过雁门关、忻州，二月二十日至五台山，辛卯岁十一月回程的经过，记载从沙州至五台山之行程。

二是伯 4648 号。王重民《敦煌遗书总目索引》将其定名为《旅行日记》，采用日记体体例，择日记载从怀州、泽州、潞州至太原的行程。记日行路程、食宿地点、游礼诸寺之情形。

三是斯 397 号。王重民《敦煌遗书总目索引》将其定名为《五台山行记》，采用日记体形式，记从太原、忻州、定襄县至五台山之行程。记游太原太安寺殿楼规模、藏经、讲经盛况，以及游览五台山佛光寺、圣寿寺、福圣寺，观览圣灯等见闻。据郑炳林考证，本卷写于"后唐长兴二年以后"。①

四为斯 529 号。王重民《敦煌遗书总目索引》将其定名为《诸山圣迹志》，实为一五代时期僧人记载游历幽州、定州、镇州、邢州、沧州，以及南方吴、越二国的名山圣迹的行记。

（二）交聘记

1. ［隋］常骏《赤土国记》

《旧唐书·经籍志》地理类、《新唐书·艺文志》地理类、《通志·艺文略》地理蛮夷类均著录常骏"《赤土国记》二卷"。②

常骏，隋炀帝时期曾为屯田主事。《隋书·南蛮列传》载："大

---

① 郑炳林《敦煌地理文书汇集校注》，第 313 页。
② 《旧唐书》卷四六《经籍志》，第 2016 页。《新唐书》卷五八《艺文志》，第 1505 页。郑樵《通志》卷六六《艺文略》，第 783 页。

业三年(607),①屯田主事常骏、虞部主事王君政等请使赤土。帝大悦,赐骏等帛各百匹、时服一袭而遣。赍物五千段,以赐赤土王。其年十月,骏等自南海郡乘舟……至于赤土之界。"② 常骏在赤土国受到国王和王子那邪迦的热情款待,并于"六年春与那邪迦于弘农谒帝,大悦,赐骏等帛二百段,俱授秉义尉,那邪迦等官,赏各有差"③。常骏在赤土国历时近两年半。《赤土国记》记录常骏出使赤土国的沿途见闻。《通志》以后的书目皆未有著录,盖宋以后已散佚。《隋书·南蛮列传》《北史·赤土列传》记录常骏出使赤土国之始末以及在赤土国受到国王接见、赐宴、赠送礼物等细节,盖根据常骏的《赤土国记》一书删改而成,可从中得知此书的内容概貌。

2. [隋]韦节《西蕃记》

书目无著录。韦节,炀帝时为侍御史。《隋书·西域传》载:"炀帝时,遣侍御史韦节、司隶从事杜行满使于西蕃诸国。至罽宾,得玛瑙杯;王舍城,得佛经;史国,得十儛女、师子皮、火鼠毛而还。"④

《通典》《太平寰宇记》《通志》《文献通考》有少量存文。

3. [隋]屈瑑《道里记》

书目无著录。屈瑑生平不详。唐前期成书的《初学记》《通典》曾征引此书文字,而隋前著作无征引,故屈瑑此书大概成书于

---

① 《隋书·炀帝本纪》载大业四年(608)三月丙寅"遣屯田主事常骏使赤土,致罗刹"。(《隋书》卷三《炀帝本纪》,第71页)与《南蛮列传》所记出行时间不一,待考。
② 《隋书》卷八二《南蛮列传》,第1834页。
③ 《隋书》卷八二《南蛮列传》,第1835页。
④ 《隋书》卷八三《西域传》,第1841页。

隋代。《初学记》卷八、《通典》卷一八八存佚文两则,记岭南道、林邑国(今越南中部)的地理风物,可能是屈瑡出使岭南以外至林邑的行记。

4. [隋唐]程士章《西域道里记》

《隋书·经籍志》史部地理类著录"《西域道里记》一卷",不著撰人。①《新唐书·艺文志》史部地理类著录"程士章《西域道里记》二卷"。②《通志·艺文略》地理蛮夷类亦著录程士章《西域道里记》,称有三卷。③

《玉海》卷一六《地理·异域图书》将此书列入"唐西域记"条,程士章盖为隋唐间人。据书名可知,此书记通西域之道里情形。今唯《太平寰宇记》存文一则。

5. [唐]韦弘机《西征记》

《新唐书·艺文志》史部杂传记类著录"韦机《西征记》卷亡",④可知在北宋中期编撰《新唐书》时此书就已亡佚。

韦弘机,又作韦机,京兆万年人。《新唐书·韦弘机传》载:"贞观时为左千牛胄曹参军,使西突厥,册拜同俄设为可汗。会石国叛,道梗,三年不得归。裂裾录所过诸国风俗物产,为《西征记》。比还,太宗问外国事,即上其书。帝大悦,擢朝散大夫,累迁殿中监。"⑤可知此书为唐太宗贞观年间,韦弘机出使西域记风俗见闻之行记。

6. [唐]王玄策《中天竺国行记》(又名《西国行传》《王玄策

---

① 《隋书》卷三三《经籍志》,第 987 页。
② 《新唐书》卷五八《艺文志》,第 1505 页。
③ 郑樵《通志》卷六六《艺文略》,第 783 页。
④ 《新唐书》卷五八《艺文志》,第 1485 页。
⑤ 《新唐书》卷一〇〇《韦弘机传》,第 3944 页。

行传》《王玄策传》《西国行记》)

《法苑珠林》杂集部著录"《中天竺行记》十卷",[1]《旧唐书·经籍志》地理类、《新唐书·艺文志》地理类、《通志·艺文略》地理蛮夷类均著录王玄策"《中天竺国行记》十卷"。[2]

王玄策,河南洛阳人,本为融州黄水县令,后官至朝散大夫。他曾于太宗、高宗朝三次奉命出使天竺。第一次出使在贞观十七年(643),《法苑珠林》卷三九载:"粤以大唐贞观十七年三月内,爰发明诏,令使人朝散大夫卫尉寺承上护军李义表、副使前融州黄水县令王玄策等,送婆罗门客还国。其年十二月至摩伽陀国。"[3]第二次出使情形,《旧唐书·西戎传》有详细记载云:"先是遣右率府长史王玄策使天竺,其四天竺国王咸遣使朝贡。会中天竺王尸罗逸多(戒日王)死,国中大乱,其臣那伏帝阿罗那顺篡立,乃尽发胡兵以拒玄策。玄策从骑三十人与胡御战,不敌,矢尽,悉被擒。胡并掠诸国贡献之物。玄策乃挺身宵遁,走至吐蕃,发精锐一千二百人,并泥婆罗国七千余骑,以从玄策。玄策与副使蒋师仁率二国兵进至中天竺国城,连战三日,大破之。"[4]《旧唐书·太宗本纪》记载此次出使时间在贞观二十二年(648)。第三次出使在显庆二年(657),《法苑珠林》卷二四引王玄策《西国行传》云:"唐显庆二年,敕使王玄策等往西国,送佛袈裟。"[5]后又多次记载此次出使之行

---

[1] 道世著,周叔迦、苏晋仁校注,《法苑珠林校注》卷一〇〇,第2885页。
[2] 《旧唐书》卷四六《艺文志》,第2016页。《新唐书》卷五八《艺文志》,第1505页。郑樵《通志》卷六六《艺文略》,第783页。
[3] 道世著,周叔迦、苏晋仁校注《法苑珠林校注》卷二九,第911页。
[4] 《旧唐书》卷一九八《西戎传》,第5308页。
[5] 道世著,周叔迦、苏晋仁校注《法苑珠林》卷一六,第538页。

程,如"王使显庆四年至婆栗阇国"①,"大唐显庆五年九月二十七日菩提寺,寺主名戒龙,为汉使王玄策等设大会,使人已下各赠华氎十段,并食器","至于十月一日,寺主及余众僧饯送使人"②。此次出使在中天竺停留四年方回,"至大唐龙朔元年(661)春初,使人王玄策从西国将来"③。《中天竺国行记》综合记录了王玄策三次出使天竺的见闻,备载异国风物、佛教的圣迹传闻,以及唐朝使者在佛教圣地刻石题名、宣扬国威之事。

其书已无完本,《法苑珠林》保存佚文多则,书名作《西国行传》《王玄策行传》《王玄策传》《西国行记》等,均为《中天竺国行记》之异称。前代学者对此行记多有研究,如冯承钧著《王玄策事辑》、岑仲勉《王玄策〈中天竺国行记〉》、法国学者列维著《王玄策使印度记》,冯承钧将其译为中文收录于《西域南海史地考证译丛》第七编。

7.[唐]达奚通《海南诸蕃行记》

《新唐书·艺文志》地理类、《通志·艺文略》地理蛮夷类均著录达奚通"《海南诸蕃行记》一卷"。④《崇文总目》地理类亦有著录,书名作《诸蕃行记》。⑤《遂初堂书目》地理类收录《西南诸蕃记》一书,无撰者姓名,盖亦为此书。⑥《中兴馆阁书目》地理类录

---

① 道世著,周叔迦、苏晋仁校注《法苑珠林》卷四,第107页。
② 道世著,周叔迦、苏晋仁校注《法苑珠林》卷三九,第1254页。
③ 道世著,周叔迦、苏晋仁校注《法苑珠林》卷二九,第891页。
④ 《新唐书》卷五八《艺文志》,第1508页。郑樵《通志》卷六六《艺文略》,第783页。
⑤ 王尧臣等编次,钱东垣等辑释《崇文总目》卷二,《丛书集成初编》第21册,第91页。
⑥ 尤袤《遂初堂书目》,《丛书集成初编》第32册,第16页。

此书,书名为《西南海诸蕃行记》。①《宋史·艺文志》地理类既著录有"达奚弘通《西南海蕃行记》一卷",又著录"达奚洪(一作通)《海外三十六国记》一卷",②将其视为二书。

达奚通生平史传无载,各书目又称其名为达奚弘通或达奚洪。据《玉海》称达奚通在唐上元中期为唐州刺史,"以大理司直使海外,自赤土至虔郍,凡经三十六国,略载其事"③。《海南诸蕃行记》为达奚通出使南海诸国记行程见闻之书,据《玉海》所说所经国家正好为三十六个,故又称为《海外三十六国记》。元代脱脱等编撰《宋史》时,误作二书。是书早佚,今《六帖补》卷一二、《类说》卷六〇存相同佚文一则。

8. [唐]顾愔《新罗国记》

《崇文总目》地理类、《新唐书·艺文志》地理类、《通志》地理蛮夷类、《宋史·艺文志》地理类均著录"顾愔《新罗国记》一卷"。④

《旧唐书·新罗传》载大历二年(767),新罗王宪英卒,"国人立其子乾运为王,仍遣其大臣金隐居奉表入朝,贡方物,请加册命。三年,上遣仓部郎中、兼御史中丞、赐紫金鱼袋归崇敬持节赍册书往吊册之。以乾运为开府仪同三司、新罗王,仍册乾运母为太妃"⑤。《新唐书·新罗传》亦载:"大历初,宪英死,子乾运立。甫

---

① 陈骙撰,赵士炜辑考《中兴馆阁书目》,《宋史艺文志》之附编,第518页。
②《宋史》卷二〇四《艺文志》,第5152页,第5154页。
③ 王应麟辑《玉海》卷一六《地理·异域图书》,第301页。
④ 王尧臣等编次,钱东垣等辑释《崇文总目》卷二,《丛书集成初编》第21册,第91页。《新唐书》卷五八《艺文志》,第1508页。郑樵《通志》卷六六《艺文略》,第783页。《宋史》卷二〇四,第5154页。
⑤《旧唐书》卷一九九《新罗国传》,第5337页。

卯,遣金隐居入朝待命。诏仓部郎中归崇敬往吊,监察御史陆珽、顾愔为副册授之,并母金为太妃。"①

今有《绀珠集》、《观林诗话》、《说郛》宛委山堂本等征引该书文字数则,存文主要记载新罗的物产、风俗。《新唐书·归崇敬传》记此次出使新罗至海中流,遇舟船坏漏,舟人请以小舟独载归崇敬以避祸,而他坚持与使团人员同患难一事,又称赞归崇敬不贪财取利,东夷称重其德一事,盖亦源自顾愔《新罗国记》所记。

9. [唐]赵憬《北征杂记》

《直斋书录解题》传记类著录赵憬撰"《北征杂记》一卷",并云:"贞元四年(788),咸安公主下降回纥,憬副关播为册礼使,作此书纪行。"②《宋史·艺文志》地理类亦著录"《北征杂记》一卷",③不著撰人。

赵憬,字退翁,天水陇西人。唐德宗时官至宰辅。"贞元四年,回纥请结和亲,诏以咸安公主降回纥,命检校右仆射关播充使,憬以本官兼御史中丞为副。前后使回纥者,多私赍缯絮,蕃中市马回以规利,憬一无所市,人叹美之。使还,迁尚书左丞,纲辖省务,清勤奉职。"④此书记护送咸安公主至回纥之使途经见,书早佚。

10. [唐]袁滋《云南记》

袁滋,字德深,蔡州朗山人。《新唐书·艺文志》地理类著录袁滋"《云南记》五卷",⑤《册府元龟》亦载:"袁滋,贞元中为祠部郎

---

① 《新唐书》卷二二〇《新罗传》,第6205页。
② 陈振孙著,徐小蛮、顾美华点校《直斋书录解题》卷七,第197页。
③ 《宋史》卷二〇四《艺文志》,第5153页。
④ 《旧唐书》卷一三八《赵憬传》,第3776页。
⑤ 《新唐书》卷五八《艺文志》,第1508页。

中,持节入南诏慰抚,因使行,著《云南记》五卷。"① 唯《通志·艺文略》地理蛮夷类著录袁滋撰"《云南记》一卷",② 可见袁滋此书在南宋已经亡佚大半。

《旧唐书·袁滋传》载:"贞元十九年(803),韦皋始通西南蛮夷,酋长异牟寻贡琛请使,朝廷方命抚谕,选郎吏可行者,皆以西南遐远惮之。滋独不辞,德宗甚嘉之,以本官兼御史中丞,持节充入南诏使。未行,迁祠部郎中,使如故。来年夏,使还,擢为谏议大夫。"并称此次奉使"著《云南记》五卷"。③《新唐书·南蛮传》亦载袁滋等人出使南诏一事,称贞元十年(794)"夏六月,册异牟寻为南诏王,以祠部郎中袁滋持节领使,成都少尹庞颀副之,崔佐时为判官,俱文珍为宣慰使"④。《旧唐书·德宗纪》亦云贞元十年六月"癸丑,以祠部郎中袁滋兼御史中丞,为册南诏使"⑤。各书记载袁滋出使时间均为贞元十年,《旧唐书·袁滋传》所记出使时间有误。

《唐会要》称袁滋使还后于元和十三年(818)六月"撰《云南纪》五卷上之"⑥。此书记出使道途见闻。今《新唐书·地理志》记自戎州开边县至羊苴咩城的道里行程,并云:"贞元十年,诏祠部郎中袁滋与内给事刘贞谅使南诏,由此。"⑦ 这段文字应是据袁滋上奏朝廷的《云南记》修撰而成的。《新唐书·南蛮传》记载袁滋奉使南诏时,异牟寻盛礼迎接袁滋、受册封以及遣使厚礼回谢唐朝的经

---

① 王钦若等编《册府元龟》卷五六〇《国史部·地理》,第 1603 页。
② 郑樵《通志》卷六六《艺文略》,第 783 页。
③《旧唐书》卷一八五《袁滋传》,第 4830—4831 页。
④《新唐书》卷二二二《南蛮传》,第 6274 页。
⑤《旧唐书》卷一三《德宗本纪》,第 379 页。
⑥ [宋]王溥《唐会要》卷三六,中华书局,1960 年,第 661 页。
⑦《新唐书》卷四二《地理志》,第 1086 页。

过,盖亦源自于《云南记》的记载。

11. [唐]刘希昂等使南诏的行程录

《新唐书·地理志》"嶲州条"下记载从清溪关经达仕城、永安城、台登城、苏祁县、嶲州、姚州至南诏境内的驿程远近,其后云:"贞元十四年(808),内侍刘希昂使南诏,由此。"① 盖刘希昂使南诏时曾撰有行记,《新唐书》据此而编修。

12. [唐]李宪《入蕃道里记》(又名《回鹘道里记》)

李宪,唐朝名将李晟之第五子,陇右临洮人。《唐会要》载长庆元年(821)穆宗下诏云:"左金吾大将军胡证,充送公主为回纥可敦归国及加册可汗等使,光禄卿李宪充副使,太常卿李铣充婚礼使。"② 护送太和公主下嫁回鹘。《旧唐书·李宪传》载李宪"入为宗正少卿,迁光禄卿。穆宗即位,以太和公主降回鹘,命金吾大将军胡证充送公主使,命宪副之。使还,献《入蕃道里记》,迁检校左散骑常侍,兼太府卿"③。《新唐书·李宪传》亦载:"入为宗正少卿,副金吾大将军胡证为送太和公主使。还,献《回鹘道里记》,迁太府卿。"④ 是书已佚。

《旧唐书·回纥传》云:"长庆二年,闰十月,金吾大将军胡证、副使光禄卿李宪、婚礼使卫尉卿李锐、副使宗正少卿李子鸿、判官虞部郎中张敏、太常博士殷侑送太和公主至自回纥,皆云:……"⑤ 其后则详细地记录了胡证、李宪护送公主至回纥,回纥可汗迎接唐使并册封公主为回鹘可敦的经历,盖据李宪的行记和使臣的上奏

---

① 《新唐书》卷四二《地理志》,第 1083 页。
② 王溥《唐会要》卷六,第 77 页。
③ 《旧唐书》卷一三三《李宪传》,第 3685 页。
④ 《新唐书》卷一五四《李宪传》,第 4874 页。
⑤ 《旧唐书》卷一九五《回纥传》,第 5212 页。

而编撰。

13. [唐]刘元鼎使吐蕃回程上奏经见

《旧唐书·吐蕃传》载刘元鼎赴吐蕃会盟一事,称长庆元年(821)"九月吐蕃遣使请盟……命大理卿、兼御史大夫刘元鼎充西蕃盟会使,以兵部郎中兼御史中丞刘师老为副,尚舍奉御兼监察御史李武、京兆府奉先县丞兼监察御史李公度为判官"①。《新唐书·吐蕃传》载长庆元年"以大理卿刘元鼎为盟会使,右司郎中刘师老副之,诏宰相与尚书右仆射韩皋、御史中丞牛僧孺、吏部尚书李绛、兵部尚书萧俛、户部尚书杨於陵、礼部尚书韦绶、太常卿赵宗儒、司农卿裴武、京兆尹柳公绰、右金吾将军郭鏦及吐蕃使者论讷罗盟京师西郊。……明年,请定疆候,元鼎与论讷罗就盟其国"②。可知刘元鼎等先至京师西郊与吐蕃使会盟,后又同赴吐蕃就盟。

《新唐书·吐蕃传》记载了刘元鼎使吐蕃沿途经见以及与吐蕃赞普会盟的情形,其后云:"元鼎所经见,大略如此。"③可知《新唐书》所记应据刘元鼎行记增删而成。《旧唐书·吐蕃传》《册府元龟》卷八一亦记录了刘元鼎使吐蕃之经见,所记较《新唐书》简略。

14. [唐]韦齐休《云南行记》

《郡斋读书志》伪史类著录韦齐休"《云南行纪》二卷",④《宋史·艺文志》地理类亦有著录,书名作"《云南行记》"。⑤

《新唐书·南蛮传》载:"(长庆三年,823)弟丰祐立,丰祐趫

---

① 《旧唐书》卷一九六《吐蕃传》,第5264页。
② 《新唐书》卷二一六《吐蕃传》,第6102页。
③ 《新唐书》卷二一六《吐蕃传》,第6104页。
④ 晁公武撰,孙猛校证《郡斋读书志校证》卷七,第288页。
⑤ 《宋史》卷二〇四《艺文志》,第5154页。

敢,善用其下,慕中国,不肯连父名。穆宗使京兆少尹韦审规持节临册。"① 奉命至南诏册封丰祐。《册府元龟·外臣部》亦载长庆三年九月"南诏遣使朝贡,以京兆少尹韦审规为册立南诏使"②。《郡斋读书志》云:"长庆三年从韦审规使云南,记其往来道里及其见闻。"③ 知韦齐休随从出使南诏,《云南行记》一书为此次出使南诏之行记。

韦齐休生平唯《太平广记》"韦齐休"条下云:"韦齐休擢进士第,累官至员外郎,为王璠浙西团练副使,太和八年卒于润州之官舍。"④ 其人与著《云南行记》之韦齐休生活年代相仿,盖即一人。

是书已佚,《郡斋读书志》保存了此书之序,云:"云南所以能为唐患者,以开道越嶲耳。若自黎州之南、清溪关外,尽斥弃之,疆场可以无虞。不然,忧未艾也。"⑤《太平御览》征引其文数则,书名或作《云南记》,或题为《云南行记》,存文记韦齐休一行取道清溪关路,经雅州、黎州、嶲州至云南的沿途见闻。

15. [唐]张建章《渤海国记》《戴斗诸蕃记》

《崇文总目》地理类、《新唐书·艺文志》地理类、《通志·艺文略》地理蛮夷类、《宋史·艺文志》地理类均著录有张建章"《渤海国记》三卷"。⑥

---

① 《新唐书》卷二二二《南蛮传》,第 6281 页。
② 王钦若等编《册府元龟》卷九五六《外臣部》,第 3816 页。
③ 晁公武撰,孙猛校证《郡斋读书志校证》卷七,第 288 页。
④ [宋]李昉《太平广记》卷三四八,中华书局,1961 年,第 2610 页。
⑤ 晁公武撰,孙猛校证《郡斋读书志校证》卷七,第 288 页。
⑥ 王尧臣等编次,钱东垣等辑释《崇文总目》卷二,《丛书集成初编》第 21 册,第 91 页。《新唐书》卷五八《艺文志》,第 1508 页。郑樵《通志》卷六六《艺文略》,第 783 页。《宋史》卷二〇四《艺文志》,第 5154 页。

张建章,生平史传无载,《北梦琐言》载:"张建章为幽州行军司马,后历郡守。尤好经史,聚书至万卷。所居有书楼,但以披阅清净为事。经涉之地,无不理焉。曾赍府戎命往渤海。"① 其《渤海国记》为此次出行之行记。是书已佚。

《北梦琐言》记张建章往渤海途中遇风涛泊船,遇一青衣邀请至一大岛,中有仙女盛情款待,及回程风涛已平息之事。又记回程途中张建章见《太宗征辽碑》浸于水中,摸而读之一事。这些传奇经历盖据《渤海国记》敷衍而成。《东都事略》载王贻孙遍览群书,知识渊博,受到赵普赞赏一事:

> 太祖尝问赵普拜礼何以男子跪而妇人不跪。普访礼官,无知者。贻孙曰:"古诗云'长跪问故夫',即妇人古亦跪也。唐武后时妇人始拜而不跪。"普问所出,对曰:"唐幽州从事张建章著《渤海记》备言之。"普叹。②

可知《渤海国记》记录了唐武后朝的礼制习俗,相似文字亦见宋人程大昌的《考古编》、王楙的《野客丛书》。

张建章还著有《戴斗诸蕃记》一书。《新唐书·艺文志》地理类、《宋史·艺文志》地理类均著录有"张建章《戴斗诸蕃记》一卷"。③《玉海》称此书载"朔漠群蕃回鹘等族类本末,及道里远近"④。

---

① [五代]孙光宪撰,贾二强点校《北梦琐言》卷一三,中华书局,2002年,第276-277页。
② [宋]王称《东都事略》卷一八,《丛书集成三编》第96册,第842页。
③《新唐书》卷五八《艺文志》,第1508页。《宋史》卷二〇四《艺文志》,第5155页。
④ 王应麟辑《玉海》卷一六《地理·异域图书》,第302页。

"戴斗"指北方,① 盖张建章为幽州判官时曾奉使至北方诸蕃,此书为当时奉使纪行之作。

16. [唐]窦滂《云南行记》《云南别录》

《新唐书·艺文志》地理类著录"窦滂《云南别录》一卷、《云南行记》一卷"。②《通志·艺文略》地理行役类著录"《云南行记》一卷"。③《宋史·艺文志》只著录窦滂有"《云南别录》一卷"。④

唐懿宗咸通十年(869)"南诏遣使者杨酉庆来谢释董成之囚,定边节度使李师望欲激怒南诏以求功,遂杀酉庆。西川大将恨师望分裂巡属,阴遣人致意南诏,使入寇。师望贪残,聚私货以百万计,戍卒怨怒,欲生食之,师望以计免。朝廷征还,以太府少卿窦滂代之。滂贪残又甚于师望,故蛮寇未至,而定边固已困矣。是月,南诏骠信酋龙倾国入寇,引数万众击董春乌部,破之"⑤。窦滂曾代李师望为定边军节度使,贪婪无能而为南诏所败,次年贬康州司户。二书当作于此时,据《玉海》称"窦滂《云南别录》一卷,叙南蛮族类及风土"⑥。而《云南行记》据书名当记此次奉使守边至云南之行程经见,二书均佚。

17. [唐]徐云虔《南诏录》

《新唐书·艺文志》地理类、《直斋书录解题》地理类、《宋

---

① [宋]王应麟《困学纪闻》卷二〇"杂识"条称:"赵安仁作《戴斗怀柔录》、王晦叔作《戴斗奉使录》,戴斗谓北方。"(王应麟著,翁元圻注《困学纪闻(全校本)》,上海古籍出版社,2008年,第2170页)
② 《新唐书》卷五八《艺文志》,第1508页。
③ 郑樵《通志》卷六六《艺文略》,第783页。
④ 《宋史》卷二〇四《艺文志》,第5155页。
⑤ 司马光编著,胡三省音注《资治通鉴》卷二五一《唐纪》,第8150-8151页。
⑥ 王应麟辑《玉海》卷一六《异域图书》,第303页。

史·艺文志》地理类均著录徐云虔撰"《南诏录》三卷"。①

《直斋书录解题》称《南诏录》为唐岭南节度巡官徐云虔乾符中奉使南诏时所作,"上卷记山川风俗,后二卷纪行及使事"②。《玉海》亦称"《南诏录》三卷,唐徐云乾撰,乾符中南诏请通好,邕州节度使辛谠遣云虔复命使回,录所见闻上之"③。徐云虔使南诏事,史载共三次:第一次为乾符四年(877),南诏"遣陀西段瑳宝诣邕州节度使辛谠,请修好,诏使者答报。未几,寇西川。……使者再入朝议和亲……辛谠遣幕府徐云虔摄使者往觇,到善阐府"④。第二次为乾符六年,前使贾宏等人使南诏,卒于道中,岭南节度使辛谠"召摄巡官徐云虔,执其手曰:'谠已奏朝廷发使入南诏,而使者相继物故,奈何?吾子既仕则思徇国,能为此行乎?谠恨风痹不能拜耳。'因呜咽流涕。云虔曰:'士为知己死!明公见辟,恨无以报德,敢不承命!'谠喜,厚具资装而遣之"⑤。于二月丙寅至善阐城,并留十七日而还。第三次为广明元年(880)六月,"令敬瑄录诏白,并移书与之,仍增赐金帛。以嗣曹王龟年为宗正少卿充使,以徐云虔为副使,别遣内使,共赍诣南诏"⑥,并于中和元年(881)八月还至西川。《南诏录》应是综合三次出使见闻而成。是书已佚。

今《资治通鉴》卷二五三记徐云虔与南诏使的外交应对之辞、《新唐书·南蛮传》载徐云虔至善阐府"见骑数十,曳长矛,拥绛服

---

① 《新唐书》卷五八《艺文志》,第1508页。陈振孙撰,徐小蛮、顾美华点校《直斋书录解题》卷八,第266页。《宋史》卷二〇四《艺文志》,第5155页。
② 陈振孙撰,徐小蛮、顾美华点校《直斋书录解题》卷八,第267页。
③ 王应麟辑《玉海》卷一六《地理·异域图书》,第302页。
④ 《新唐书》卷二二二《南蛮传》,第6291页。
⑤ 司马光编著,胡三省音注《资治通鉴》卷二五三,第8211页。
⑥ 司马光编著,胡三省音注《资治通鉴》卷二五三,第8228页。

少年,朱缯约发,典客伽佗酋孙庆曰:'此骠信也。'问天子起居,下马揖客,取使者佩刀视之,自解左右钮以示。乃除地判三丈版,命左右驰射,每一人射,法駼马逐以为乐,数十发止。引客就幄,侲子捧瓶盂,四女子侍乐饮,夜乃罢。又遣问客《春秋》大义,送使者还"①。这些内容盖据徐书加以编撰。

18. [南唐]章僚《海外使程广记》(又名《高丽国外使程记》《海外行程记》《使高丽记》)

《通志·艺文略》地理朝聘类著录"《高丽国外使程记》三卷",不著撰人。②《直斋书录解题》地理类著录"《海外使程广记》三卷,南唐如京使章僚撰"。③《宋史·艺文志》地理类亦著录"章僚《海外使程广记》三卷"。④

章僚,亦作张僚。南唐末充如京使出使高丽,作《海外使程广记》。《通志·艺文略》称其书为"昇元中录",⑤而程大昌《演繁露》引章僚《海外使程广记》称其书载有保大初徐弼使高丽一事,可知其书成于徐弼使高丽之后。《直斋书录解题》称其书前有"史虚白为作序,称己未十月,盖本朝开国前一岁也"⑥。宋开国前一年为959年。可知其书作于南唐保大年间至南唐灭亡之间。

《直斋书录解题》称其书"使高丽所记海道及其国山川、事迹、物产甚详"⑦。程大昌《演繁露》续集"高丽境望"条称:"《海外行程

---

① 《新唐书》卷二二二《南蛮传》,第6291页。
② 郑樵《通志》卷六六《艺文略》,第783页。
③ 陈振孙撰,徐小蛮、顾美华点校《直斋书录解题》卷八,第266页。
④ 《宋史》卷二〇四《艺文志》,第5155页。
⑤ 郑樵《通志》卷六六《艺文略》,第783页。
⑥ 陈振孙撰,徐小蛮、顾美华点校《直斋书录解题》卷八,第266页。
⑦ 陈振孙撰,徐小蛮、顾美华点校《直斋书录解题》卷八,第266页。

记》者,南唐章僚记其使高丽所经所见也。"①《十国春秋·章僚传》略述此书内容云:"大抵言高丽有二京、六府、九节度、百二十郡,内列十省四部官,朝服紫丹、绯绿、青碧。俗喜區头,生男旦日按压其首。又言高丽多铜,田家馌具皆铜为之。有温器名服席,状如中国之铛,其底方,其盖圆,可容七八升。地志家多称其书为博洽云。"②其书已佚。今《演繁露》存文数则,书名作《海外使程广记》《使高丽记》。

19.［后晋］平居诲《于阗国行程录》(又名《使于阗行程记》)

《崇文总目》地理类、《通志·艺文略》地理类均著录平居诲撰"《于阗国行程记》一卷",③《宋史·艺文志》地理类作"《于阗国行程录》一卷"。④

平居诲,《新五代史·四夷附录》称高居诲。史载:"晋天福三年(938),于阗国王李圣天遣使者马继荣来贡红盐、郁金、氂牛尾、玉氎等,晋遣供奉官张匡邺假鸿胪卿,彰武军节度判官高居诲为判官,册圣天为大宝于阗国王。是岁冬十二月,匡邺等自灵州行二岁至于阗,至七年冬乃还。而居诲颇记其往复所见山川诸国,而不能道圣天世次也。"⑤平居诲以判官身份随行出使于阗,作《于阗国行程录》以记出使见闻。

欧阳修撰《新五代史》时,将此行程录删改后放入《四夷附录第三》,主要记至于阗之行程道里,沿途民风民情、物产以及于阗使节迎接晋使、受诏等情形。另有宋人笔记程大昌的《演繁露》、张世男的

---

① ［宋］程大昌《演繁露》续集,《丛书集成新编》第11册,第623页。
② 吴任臣《十国春秋》卷二八,第410页。
③ 王尧臣等编次,钱东垣等辑释《崇文总目》卷二,《丛书集成初编》第21册,第93页。郑樵《通志》卷六六《艺文略》,第783页。
④《宋史》卷二〇四《艺文志》,第5156页。
⑤《新五代史》卷七四《四夷附录》,第917页。

《游宦纪闻》、唐慎微的《重修政和经史证类本草》、元代陆友仁的《研北杂志》存佚文数则。《研北杂志》引此书,书名作《使于阗行程记》。

20. [南唐]公乘镕使契丹后上奏元宗使途见闻之书

南唐保大元年(943),元宗继位,遣使者公乘镕航海至契丹以修好邻国。次年,契丹主遣伴送使陈植等与公乘镕同回南唐。在公乘镕之前有南唐使王郎使契丹,于本年二月二十日先回,公乘镕遂请王郎代蜡书一封,进献元宗。书叙使契丹之行程,契丹主遣使劳问、接见南唐使节等事,可视为一篇行记。

今全文存于《南唐书》卷一八。

(三)西行记

1. [隋]无名氏《大隋翻经婆罗门法师外国传》

《隋书·经籍志》地理类、《通志·艺文略》地理蛮夷类均著录"《大隋翻经婆罗门法师外国传》五卷"。[1]

杜佑《通典》云:"诸家纂西域事,皆多引诸僧游历传记,如法明《游天竺记》、支僧载《外国事》、法盛《历诸国传》、道安《西域志》、惟《佛国记》、昙勇《外国传》、智猛《外国传》、支昙谛《乌山铭》《翻经法师外国传》之类……"[2] 杜佑提到的《翻经法师外国传》是此书之省称,其性质是与法显的《法显传》、智猛的《游行外国传》、昙勇的《外国传》等相同的僧人游历西域之书。

2. [唐]常愍《游历记》

书目无著录。常愍,并州人。《大唐西域求法高僧传》称常愍曾发愿远诣西方,瞻仰圣迹,"遂至海滨,附舶南征,往诃陵国。从

---

[1]《隋书》卷三三《经籍志》,第986页。郑樵《通志》卷六六《艺文略》,第783页。

[2] 杜佑《通典》卷一九一,第5199页。

此附舶,往末罗瑜国。复从此国欲诣中天"①,回程遇船沉身殁。《游历记》记游天竺之经历。

今《大正新修大藏经》第五十二册《三宝感应要略录》卷上"北印度僧伽补罗国沙门达磨流支感释迦像惊感应"条引常愍《游历记》,"造毘卢遮那佛像拂障难感应"条又引此书,书名作《记游天竺记》,记常愍至僧伽补罗国、鞞索迦国观览佛像之经历以及有关佛像之传闻。

3. [唐]僧玄奘《大唐西域记》

各家书目对此书著录不一。一种意见认为此书为玄奘所撰:《郡斋读书志》伪史类著录玄奘撰"《西域志》十二卷"。②《法苑珠林》传记篇杂集部著录"《大唐西域传》一部十三卷……皇朝西京大慈恩寺沙门玄奘奉敕撰"。③第二种意见认为此书由玄奘译,辩机撰:《直斋书录解题》地理类著录"《大唐西域记》十二卷"为"唐三藏法师玄奘译,大总持寺僧辩机撰"。④《中兴馆阁书目》史部地理类亦著录"《大唐西域记》十二卷,玄奘译,辩机撰"。⑤还有人认为玄奘和辩机分别撰有行记:《新唐书·艺文志》释氏类著录"玄奘《大唐西域记》十二卷",又著录"辩机《西域记》十二卷"。⑥《通志·艺文略》地理蛮夷类亦录"《大唐西域记》十二卷,玄奘撰。《西域记》十二卷,辩机撰"。⑦《宋史·艺文志》子部释氏类只著录有辩

---

① [唐]义净著,王邦维校注《大唐西域求法高僧传校注》卷一,中华书局,1988年,第51页。
② 晁公武撰,孙猛校证《郡斋读书志校证》卷七,第291页。
③ 道世著,周叔迦、苏晋仁校注《法苑珠林校注》卷一〇〇,第2884页。
④ 陈振孙《直斋书录解题》卷八,第266页。
⑤ 陈骙等撰,赵士炜辑考《中兴馆阁书目》,《宋史艺文志》之附编,第518页。
⑥ 《新唐书》卷五九《艺文志》,第1528页。
⑦ 郑樵《通志》卷六六《艺文略》,第783页。

机撰"《唐西域志》十二卷",①不言玄奘一书。余嘉锡对此进行过考证,认为"此书实出自辩机手笔……其只题玄奘之名者,以译经之事,玄奘为之总领,犹之《晋书》只题房玄龄,《隋书》只题魏征耳"②。

玄奘,俗姓陈,洛州缑氏人。早慧,潜心佛典,游方诸寺,遍谒众法师,有感于佛教宗派各擅其说,教义混乱,"隐显有异,莫知适从,乃誓游西方以问所惑"③。于贞观元年(627)西行求法,经历千难万险抵达印度,四处访谒名师,遍参诸佛典。留居十七年,于贞观十八年陆路回于阗,次年春回到长安,受到唐太宗接见。太宗向他提出"佛国遐远,灵迹法教,前史不能委详,师既亲睹,宜修一传,以示未闻"④的要求,玄奘奉命,用一年多的时间编撰了《大唐西域记》,并上奏太宗云:"所闻所履,百有二十八国。窃以章亥之所践籍,空陈广袤;夸父之所陵厉,无述土风。班超侯而未远,张骞望而非博。今所记述,有异前闻。虽未极大千之疆,颇穷葱外之境,皆存实录,匪敢彫华。谨具编裁,称为《大唐西域记》,凡一十二卷,缮写如别。"⑤

此书记录了玄奘亲身经历和传闻得知的一百多个国家和地区的政治、经济、社会、文化、民族关系、佛教信仰情况。历叙所经国家疆域大小、地理形貌、宫室城邑、农业、商业、教育、法律、物产民俗、语言文字等方面的内容。《大唐西域记》是唐代行记中最受关注的一部,是研究印度历史、哲学、宗教、社会、地理、文学时的重要

---

① 《宋史》卷二〇五《艺文志》,第 5185 页。
② 余嘉锡《四库提要辨证》,第 456 页。
③ [唐]慧立、彦悰《大慈恩寺三藏法师传》卷一,中华书局,1983 年,第 10 页。
④ 慧立、彦悰《大慈恩寺三藏法师传》卷六,第 129 页。
⑤ 慧立、彦悰《大慈恩寺三藏法师传》卷六,第 134–135 页。

典籍,现有章巽的《大唐西域记》、季羡林的《大唐西域记校注》等整理本。

4. [唐]悟空述,圆照笔录《悟空入竺记》

沙门悟空,俗姓车氏,京兆云阳人。天宝九年(750),罽宾国遣使入唐,次年"玄宗皇帝敕中使内侍省内寺伯赐绯鱼袋张韬光,将国信物行,官奉傔四十余人"[1],取道安西,赴罽宾。悟空授"奉朝左卫泾州四门府别将员外置同正员"[2],随张韬光出使罽宾国,因重病留寄此国,落发为僧,游历天竺诸国,学习梵语、巡礼佛迹,寻得《十地经》《回向轮经》《十力经》,并在龟兹国、乌耆国、于阗国请高僧翻译上述三经。于贞元六年(790)将汉译佛经带回至上京,流寓西域各国长达四十年,回国后住持章敬寺。悟空口述西域求法经历,圆照笔录成《悟空入竺记》一文,并与从西域带回的经典共同编入《大唐贞元续开元释教录》。

其文今存于《大正新修大藏经》第五十一册。

三、相关图表

表一 宋代国内行役记统计表

朝代	时间	书名	作者	存佚	文献形态	著述体例
仁宗	——	游蜀记	李用和	残存	专书一卷	——
	1036	于役志	欧阳修	存	专书一卷	日记
	1047	鄞县经游记	王安石	存	文章	日记

---

[1] 悟空《悟空入竺记》,《大正新修大藏经》第51册,第979页。
[2] 悟空《悟空入竺记》,《大正新修大藏经》第51册,第979页。

续表

朝代	时间	书名	作者	存佚	文献形态	著述体例
神宗	1082	冯翊行记	李复	存	文章	行传
	1082	郴行录	张舜民	存	专书一卷	日记
哲宗	1086	游城南记	张礼	存	专书一卷	日记
	1095	黔南道中行记	黄庭坚	存	文章	日记
	1096年前	江行录	太守张公	佚	专书一卷	——
	1100	西征记	卢襄	存	专书一卷	行传
徽宗	1114	游山录	赵鼎臣	存	文章	日记
钦宗	1126	河东逢虏记	陶宣干	残存	专书	日记
	1126	靖康行纪	李纲	佚	专书	——
高宗	1129	建炎维扬遗录	佚名	存	专书一卷	日记
	1129	己酉避乱录	胡舜申	存	专书一卷	笔记
	1130	己酉航海记	李正民	存	专书一卷	日记
	1136	荆溪行记	孙觌	存	文章	日记
	1139	西征道里记	郑刚中	存	专书一卷	日记
	1139	巩洛行记	洪吉寿	佚	专书一卷	——
孝宗	1163	归庐陵日记	周必大	存	专书一卷	日记
	1167	泛舟游山录	周必大	存	专书三卷	日记
	1170	奏事录	周必大	存	专书一卷	日记
	1170	入蜀记	陆游	存	专书四卷或六卷	日记
	1172	南归录	周必大	存	专书一卷	日记

续表

朝代	时间	书名	作者	存佚	文献形态	著述体例
孝宗	1172-1173	骖鸾录	范成大	存	专书一卷	日记
	1174	入越录	吕祖谦	残存	专书一卷	日记
	1175	入闽录	吕祖谦	残存	专书一卷	日记
	1177	吴船录	范成大	存	专书一或两卷	日记
光宗	1191	游吴江行记	陈文蔚	存	文章	日记
宁宗	1209	游山记	陈文蔚	存	文章	日记
	1209	雁山行记	陈谦	佚	专书	——
宋亡以后	1289	金华洞天行纪	方凤	存	专书一卷	日记

表二 宋代域外行记统计表

朝代	年代	书名	作者	存佚	卷数	著述体例
太宗	966	西天路竟	一沙门	敦煌残卷	一卷	行传
	976	西域行程	继业	存	文章	行传
	984	西州使程记	王延德	残存	专书一卷	行传
	990	宋镐等使交阯行记	宋镐	残存	奏章	行传
	993	陈靖等出使所撰行记	陈靖	残存	——	行传
真宗	1008	宋抟行程录	宋抟	残存	奏章	行传
	1008-1009	乘轺录	路振	残存	专书一卷	日记

续表

朝代	年代	书名	作者	存佚	卷数	著述体例
真宗	1012	契丹志	王曾	残存	专书一卷	行传
	1013	北庭记	晁迥	残存	专书	行传
	1016	薛映等使契丹行记	薛映	残存	奏章	行传
	1017	至道云南录	辛怡显	残存	专书三卷	——
	1020	宋绶等使辽行记	宋绶	残存	奏章	行传
	1040	刘氏西行录	刘涣	残存	专书一卷	——
	1061	入蕃录	宋敏求	残存	专书两卷	——
神宗	1075	熙宁使虏图抄	沈括	残存	专书一卷	行传
哲宗	1094	甲戌使辽录	张舜民	残存	专书一卷或两卷	日记
	1099	青唐录	李远	存	一卷	行传
徽宗	1103	鸡林志	吴拭	佚	专书二十卷	——
	1103	鸡林志	王云	残存	专书三十卷	笔记
	1110	谢皓使辽行记	谢皓	残存	奏章	——
	不详	使辽见闻录	李罕	佚	专书两卷	——
两宋之交		蒲甘国行程略	佚名	佚	专书一卷	——
		大理国行程	檀林	佚	专书一卷	——
	1124	宣和奉使高丽图经	徐兢	存	四十卷	笔记

续表

朝代	年代	书名	作者	存佚	卷数	著述体例
徽宗	1125	宣和乙巳奉使金国行程录	钟邦直	残存	专书一卷	行传
	1125	南归录	沈琯	残存	专书一卷	日记
高宗	1127	北狩行录	蔡鞗、王若冲	存	专书一卷	笔记
	1127	北狩见闻录	曹勋	存	专书一卷	笔记
	1128	燕云录	赵子砥	残存	专书一卷	笔记
	1135–1148	行程录	王大观	残存	专书	——
孝宗	1169	北行日录	楼钥	存	专书两卷	日记
	1170	揽辔录	范成大	残存	专书一卷或两卷	日记
	1172	乾道奉使录	姚宪	佚	专书一卷	日记
	1173–1174	朔行日记	韩元吉	佚	——	日记
	1177	北辕录	周辉	存	专书一卷	日记
	1177	邕州化外诸国土俗记	吴儆	存	文章	行传
光宗	1192	聘燕录	郑汝谐	佚	专书	——
宁宗	1211	使燕录	余嵘	佚	专书一卷	——
	1211	使金录	程卓	存	专书一卷	日记
理宗	1233–1234	使鞑日录	邹伸之	残存	专书	日记
	1234–1235	北征日记	徐霆	佚	专书	日记
恭帝	1276	祈请使程记	严光大	存	专书一卷	日记
孝宗光宗时期	时间不详	北辕录	俞庭椿	佚	——	——

表三 历代目录学著作著录宋代行记一览表
（注：空格表示该书目未著录此书）

作者	书名	直斋书录解题	郡斋读书志	宋史·艺文志	宋国史艺文志	秘书省续编到四库阙书目	中兴馆阁书目	通志·艺文略	遂初堂书目	千顷堂书目	四库全书总目	文渊阁书目	绛云楼书目	菉竹堂书目	国史·经籍志
李用和	游蜀记							地理行役类							
张舜民	郴行录		小说类	史部传记类 著录又见于子部小说类					杂传类			子杂类	子杂类		
卢襄	西征记														
李正民	乙酉航海记	杂史类									史部杂史类				
郑刚中	西征道里记										史部传记类				
张礼	游城南记		地理类								地理类				

附　录

续表

作者	书名	直斋书录解题	郡斋读书志	宋史·艺文志	宋国史艺文志	秘书省续编到四库阙书目	中兴馆阁书目	通志·艺文略	遂初堂书目	千顷堂书目	四库全书总目	文渊阁书目	绛云楼书目	菉竹堂书目	国史·经籍志
陆游	入蜀记														
范成大	骖鸾录			史部传记类							史部传记类				
范成大	吴船录	小说家类									子杂类	子杂类	小说家类	子杂类	
陈谦	雁山行记	传记类		史部地理类				地理类							
张舜民	甲戌使辽录		伪史类	故事类					地理类又录人本朝故事类						
李远	青唐录	传记类		传记类											

续表

作者	书名	直斋书录解题	郡斋读书志	宋史·艺文志	宋国史艺文志	秘书省续编到四库阙书目	中兴馆阁书目	通志·艺文略	遂初堂书目	千顷堂书目	四库全书总目	文渊阁书目	绛云楼书目	菉竹堂书目	国史·经籍志
沈晦	南归录	杂史类						杂史类	杂史类						
赵子砥	燕云录														
蔡鞗、王若冲	北狩行录	杂史类							本朝杂史类		史部杂史类				
曹勋	北狩见闻录	伪史类							本朝杂史类		史部杂史类				
王延德	西州使程记			史部传记类					地理类						
范成大	揽辔录	传记类	地理类	史部传记类							杂史类	史杂类		史杂类	地理朝聘

续表

作者	书名	直斋书录解题	郡斋读书志	宋史·艺文志	宋国史艺文志	秘书省续编到四库阙书目	中兴馆阁书目	通志·艺文略	遂初堂书目	千顷堂书目	四库全书总目	文渊阁书目	绛云楼书目	菉竹堂书目	国史·经籍志
徐兢	宣和奉使高丽图经	地理类		地理类					地理类		地理类				
辛怡显	至道云南录	地理类	伪史类	地理类又录入故事类	故事类				地理类						
路振	乘轺录	传记类	伪史类	传记类											
王曾	契丹志			地理类					地理类						
刘涣	刘氏西行录	传记类		传记类											
宋敏求	入蕃录	传记类		传记类											
沈括	熙宁使房图抄				地理朝聘类										地理类

续表

作者	书名	直斋书录解题	郡斋读书志	宋史·艺文志	宋国史艺文志	秘书省续编到四库阙书目	中兴馆阁书目	通志·艺文略	遂初堂书目	千顷堂书目	四库全书总目	文渊阁书目	绛云楼书目	蒙竹堂书目	国史·经籍志
吴栻	鸡林志			传记类											
王云	鸡林志		伪史类	传记类											
李字	使辽见闻录	传记类													
佚名	蒲甘国行程略					地理类		地理蛮夷类							
佚名	大理国行程			地理类		地理类									
楼钥	北行日录	传记类													
姚宪	乾道奉使录	传记类													

续表

作者	书名	直斋书录解题	郡斋读书志	宋史·艺文志	宋国史艺文志	秘书省续编到四库阙书目	中兴馆阁书目	通志·艺文略	遂初堂书目	千顷堂书目	四库全书总目	文渊阁书目	绛云楼书目	蒙竹堂书目	国史·经籍志朝聘
周煇	北辕录														地理朝聘
郑汝谐	聘燕录														
余嶸	使燕录	传记类							地理类						
程卓	使金录											杂史类			
邹伸之	使鞑日录										史部别史类	史部杂史类			

参考文献

（按作者姓氏音序排列）

一、基本古典文献

［唐］白居易著，顾学颉校点《白居易集》，北京：中华书局，1979年。
［汉］班固《汉书》，北京：中华书局，1962年。
［清］毕沅《续资治通鉴》，北京：中华书局，1957年。
［宋］蔡絛、王若冲《北狩行录》，《续修四库全书》本。
［明］曹学佺《蜀中广记》，《文渊阁四库全书》本。
［宋］曹勋《北狩见闻录》，《丛书集成初编》本。
［唐］岑参撰，廖立笺注《岑嘉州诗笺注》，北京：中华书局，2004年。
［宋］晁公武撰，孙猛校证《郡斋读书志校证》，上海：上海古籍出版社，1990年。
［宋］晁载之《续谈助》，《丛书集成初编》本。
陈鼓应注释《庄子今注今译》，北京：中华书局，2009年。
陈佳荣、钱江、张广达等编《历代中外行纪》，上海：上海辞书出版社，2008年。
［宋］陈骙等撰，赵士炜辑考《中兴馆阁书目》，《宋史艺文志》本，北京：商务印书馆，1957年。
［晋］陈寿撰，［刘宋］裴松之注《三国志》，北京：中华书局，1959年。
［宋］陈文蔚《克斋集》，《文渊阁四库全书》本。

[明]陈耀文《天中记》,《文渊阁四库全书》本。

[宋]陈振孙撰,徐小蛮、顾美华点校《直斋书录解题》,上海:上海古籍出版社,1987年。

[宋]陈著《本堂集》,《文渊阁四库全书》本。

[宋]程大昌《演繁露》续集,《丛书集成新编》本。

[宋]程大昌《雍录》,北京:中华书局,2005年。

[明]程敏政《宋遗民录》,《四库存目丛书》本。

[明]程敏政编《新安文献志》,《文渊阁四库全书》本。

[元]程棨《三柳轩杂识》,《说郛三种》本。

[宋]程卓《使金录》,《续修四库全书》本。

[晋]崔豹《古今注》,《丛书集成初编》本。

[元]戴表元《剡源文集》,《文渊阁四库全书》本。

[唐]道世著,周叔迦、苏晋仁校注《法苑珠林校注》,北京:中华书局,2003年。

[唐]道宣《大唐内典录》,《大正新修大藏经》本。

[唐]道宣撰,范祥雍校点《释迦方志》,北京:中华书局,1983年。

[唐]道宣《广弘明集》,上海:上海古籍出版社,1991年。

丁传靖辑《宋人轶事汇编》,北京:中华书局,1981年。

[宋]窦仪《宋刑统》,北京:中华书局,1984年。

[唐]杜佑《通典》,北京:中华书局,1988年。

杜泽逊《四库存目标注》,上海:上海古籍出版社,2007年。

[唐]段成式《酉阳杂俎》,北京:中华书局,1981年。

[唐]段公路《北户录》,《丛书集成新编》本。

二十五史编纂委员会编《二十五史补编》,北京:开明书店,1933年。

[东晋]法显撰,章巽校注《法显传校注》,北京:中华书局,2008年。

[宋]范成大《范石湖集》,上海:上海古籍出版社,1981年。

[宋]范成大撰,孔凡礼校点《范成大笔记六种》,北京:中华书局,2002年。

[刘宋]范晔《后汉书》,北京:中华书局,1965年。

[宋]范仲淹《范文正公集》,《四部丛刊》本。

[宋]方凤《存雅堂遗稿》,《文渊阁四库全书》本。

[宋]方勺《泊宅编》,北京:中华书局,1983年。

[唐]房玄龄等《晋书》,北京:中华书局,1974年。

[隋]费长房《历代三宝记》,《大正新修大藏经》本。

[元]费著《岁华纪丽谱》,民国景明宝颜堂秘笈本。

[唐]封演撰,赵贞信校注《封氏闻见记》,北京:中华书局,2005年。

[宋]冯琦撰,陈邦瞻增辑《宋史纪事本末》,北京:中华书局,1977年。

傅璇琮等主编《全宋笔记》,郑州:大象出版社,2003年。

[宋]葛胜仲《丹阳集》,《丛书集成续编》本。

[宋]郭思编,杨无锐编著《林泉高致》,天津:天津人民出版社,2018年。

[唐]韩愈著,钱仲联、马茂元校点《韩愈全集》,上海:上海古籍出版社,1997年。

[宋]韩元吉《南涧甲乙稿》,《丛书集成初编》本。

[清]郝玉麟监修,谢道承编纂《福建通志》,《文渊阁四库全书》本。

[清]何文焕《历代诗话》,北京:中华书局,1981年。

[曹魏]何晏注,[宋]邢昺疏《论语注疏》,《十三经注疏》本,北京:北京大学出版社,2000年。

[宋]洪迈撰,孔凡礼点校《容斋随笔》,北京:中华书局,2005年。

[宋]洪兴祖《楚辞补注》,北京:中华书局,1983年。

[宋]扈仲荣、程遇孙编《成都文类》,《文渊阁四库全书》本。

[宋]黄庭坚《豫章黄先生文集》,《四部丛刊》本。

[清]黄以周等辑注《续资治通鉴长编拾补》,北京:中华书局,

2004年。

[清]黄虞稷《千顷堂书目》,上海:上海古籍出版社,1990年。

[宋]黄震《黄氏日抄》,《文渊阁四库全书》本。

[清]黄宗义撰,全祖望补修《宋元学案》,北京:中华书局,1986年。

[梁]慧皎撰,汤用彤校注《高僧传》,北京:中华书局,1992年。

[唐]慧立、彦悰《大慈恩寺三藏法师传》,北京:中华书局,1983年。

[晋]嵇含《南方草木状》,《丛书集成初编》本。

[清]嵇璜、刘墉等《续通志》,万有文库十通本。

[明]焦竑辑《国史经籍志》,《丛书集成初编》本。

[清]靖道谟等编纂《云南通志》,《文渊阁四库全书》本。

[唐]孔颖达疏《毛诗正义》,《十三经注疏》本,北京:中华书局,1957年。

[宋]黎靖德编撰《朱子语类》,《文渊阁四库全书》本。

[唐]李翱《李文公集》,《四部丛刊》本。

[唐]李白著,[清]王琦注《李太白全集》,北京:中华书局,1977年。

[唐]李百药《北齐书》,北京:中华书局,1972年。

[宋]李昉《太平广记》,北京:中华书局,1961年。

[宋]李昉等编《太平御览》,北京:中华书局,1960年。

[宋]李复《潏水集》,《文渊阁四库全书》本。

[宋]李纲《梁谿集》,《文渊阁四库全书》本。

[宋]李觏撰,王国轩校点《李觏集》,北京:中华书局,1981年。

[唐]李吉甫《元和郡县图志》,北京:中华书局,1983年。

[唐]李林甫撰,陈仲夫点校《唐六典》,北京:中华书局,1992年。

[宋]李焘《续资治通鉴长编》,北京:中华书局,1995年。

[宋]李心传《建炎以来系年要录》,北京:中华书局,1956年。

[唐]李延寿《北史》,北京:中华书局,1974年。

［唐］李延寿《南史》，北京：中华书局，1975年。
［宋］李远《青唐录》，《说郛三种》本。
［清］厉鹗辑《宋诗纪事》，上海：上海古籍出版社，1983年。
［北魏］郦道元撰，陈桥驿校证《水经注校证》，北京：中华书局，2007年。
［明］凌迪知《万姓统谱》，《文渊阁四库全书》本。
［唐］令狐德棻等《周书》，北京：中华书局，1971年。
［宋］刘克庄《后村先生大全集》，《四部丛刊》本。
［唐］刘梦得《刘梦得文集》，《四部丛刊》本。
［梁］刘勰著，范文澜注《文心雕龙注》，北京：人民文学出版社，1958年。
［后晋］刘昫等《旧唐书》，北京：中华书局，1975年。
［元］刘一清《钱塘遗事》，上海：上海古籍出版社，1985年。
［南朝宋］刘义庆《世说新语》，上海：上海古籍出版社，2012年。
［唐］刘禹锡撰，卞孝萱校订《刘禹锡集》，北京：中华书局，1990年。
［宋］楼钥《攻媿集》，《四部丛刊》本。
［宋］卢襄《西征记》，《四库全书存目丛书》本。
［清］陆心源辑《宋史翼》，《续修四库全书》本。
［宋］陆游《陆游集》，北京：中华书局，1976年。
［宋］陆游《南唐书》，《丛书集成初编》本。
［宋］陆游著，钱仲联校注《剑南诗稿校注》，上海：上海古籍出版社，1985年。
［宋］吕祖谦《东莱集》，《文渊阁四库全书》本。
［元］马端临《文献通考》，北京：中华书局，1986年。
［清］迈柱等监修，夏力恕等编撰《湖广通志》，《文渊阁四库全书》本。

[明]梅鼎祚《西晋文纪》,《文渊阁四库全书》本。

[宋]梅应发、刘锡《四明续志》,清刻宋元四明六志本。

[宋]慕容彦逢《摛文堂集》,《丛书集成续编》本。

[宋]欧阳修《新五代史》,北京:中华书局,1974年。

[宋]欧阳修、宋祁《新唐书》,北京:中华书局,1975年。

[宋]欧阳修《欧阳修全集》,北京:中华书局,2001年。

[宋]欧阳修著,洪本健校笺《欧阳修诗文集校笺》,上海:上海古籍出版社,2009年。

[唐]欧阳询撰,汪绍楹校《艺文类聚》,上海:上海古籍出版社,1965年。

[宋]彭大雅撰,徐霆疏证《黑鞑事略》,《丛书集成初编》本。

[清]彭定求等编《全唐诗》,北京:中华书局,1960年。

彭作桢《完县新志》,台北:成文出版社,1934年铅印本。

[明]祁承爜《澹生堂书目》,《明代书目题跋丛刊》本,北京:书目文献出版社,1994年。

[清]钱大昕《廿二史考异》,北京:商务印书馆,1958年。

[清]钱谦益《绛云楼书目》,《续修四库全书》本。

[清]仇兆鳌《杜诗详注》,北京:中华书局,1979年。

[宋]确庵、耐庵撰,崔文印笺证《靖康稗史笺证》,北京:中华书局,1988年。

[梁]僧祐撰,苏晋仁、萧炼子点校《出三藏记集》,北京:中华书局,1995年。

[宋]沈括撰,胡道静校注《新校正梦溪笔谈》,北京:中华书局,1957年。

[梁]沈约《宋书》,北京:中华书局,1974年。

[宋]司马光《涑水记闻》,北京:中华书局,1989年。

[宋]司马光《资治通鉴考异》,《文渊阁四库全书》本。

[宋]司马光编著,[元]胡三省音注《资治通鉴》,北京:中华书局,1956年。

[汉]司马迁《史记》,北京:中华书局,1959年。

[明]宋濂《浦阳人物记》,《丛书集成新编》本。

[宋]宋敏求《长安志》,北京:中华书局,1991年。

[宋]苏轼撰,[清]王文诰辑注,孔凡礼点校《苏轼诗集》,北京:中华书局,1982年。

[宋]苏轼撰,孔凡礼点校《苏轼文集》,北京:中华书局,1983年。

[宋]苏轼著,张志烈、马德富、周裕锴校注《苏轼全集校注》,石家庄:河北人民出版社,2010年。

[宋]苏颂《苏魏公文集》,北京:中华书局,1988年。

[元]苏天爵《元朝名臣事略》,《文渊阁四库全书》本。

[宋]苏辙著,曾枣庄、马德富校点《栾城集》,上海:上海古籍出版社,1987年。

[宋]孙逢吉《职官分纪》,北京:中华书局,1988年。

[清]孙希旦《礼记集解》,北京:中华书局,1989年。

[清]孙诒让《周礼正义》,北京:中华书局,1987年。

[宋]谈钥《嘉泰吴兴志》,《续修四库全书》本。

[宋]唐庚《眉山集》,《文渊阁四库全书》本。

[明]陶宗仪编《说郛三种》,上海:上海古籍出版社,1988年。

[元]脱脱等《金史》,北京:中华书局,1975年。

[元]脱脱等《辽史》,北京:中华书局,1974年。

[元]脱脱等《宋史》,北京:中华书局,1977年。

[元]王安石《临川先生文集》,《四部丛刊》本。

[唐]王勃著,[清]蒋清翊著《王子安集注》,上海:上海古籍出版

社,1995年。
[宋]王称《东都事略》,《丛书集成三编》本。
[宋]王存《元丰九域志》,北京:中华书局,1984年。
[宋]王明清《挥麈录》,北京:中华书局,1961年。
[宋]王溥《唐会要》,北京:中华书局,1960年。
[明]王圻《续文献通考》,万有文库十通本。
[宋]王钦若等编《册府元龟》,北京:中华书局,1989年。
[宋]王象之《舆地纪胜》,北京:中华书局,1992年。
[宋]王尧臣等编次,钱东垣等辑释《崇文总目》,《丛书集成初编》本。
[宋]王应麟辑《玉海》,南京:江苏古籍出版社,1987年。
[宋]王栐《燕翼诒谋录》,北京:中华书局,1981年。
[北齐]魏收《魏书》,北京:中华书局,1974年。
[唐]魏征等《隋书》,北京:中华书局,1973年。
吴洪泽等编《宋人年谱丛刊》,成都:四川大学出版社,2003年。
[宋]吴儆《竹洲集》,《文渊阁四库全书》本。
[清]吴任臣《十国春秋》,北京:中华书局,1983年。
[宋]吴曾《能改斋漫录》,北京:中华书局,1960年。
[宋]吴自牧《梦粱录》,杭州:浙江人民出版社,1980年。
[宋]谢翱《晞发遗集》,《文渊阁四库全书》本。
[清]谢旻监修,陶成编纂《江西通志》,《文渊阁四库全书》本。
[宋]谢深甫等《庆元条法事类》,《续修四库全书》本。
[明]谢肇淛《滇略》,《文渊阁四库全书》本。
[明]解缙等编《永乐大典》,北京:中华书局,1987年。
[宋]熊克《中兴小纪》,《丛书集成初编》本。
[明]徐𤊹《徐氏家藏书目》,《明代书目题跋丛刊》本,北京:书目文

献出版社,1994年。

[宋]徐兢《宣和奉使高丽图经》,《丛书集成初编》本。

[宋]徐梦莘《三朝北盟会编》,上海:上海古籍出版社,1987年。

[清]徐松《宋会要辑稿》,北京:中华书局,1957年。

[汉]许慎撰,段玉裁注《说文解字注》,上海:上海古籍出版社,1990年。

[唐]玄奘撰,季羡林校注《大唐西域记校注》,北京:中华书局,1985年。

[宋]薛居正《旧五代史》,北京:中华书局,1976年。

[唐]颜真卿《颜鲁公文集》,《四部丛刊》本。

[明]杨慎《升庵集》,《文渊阁四库全书》本。

[明]杨士奇、黄淮编《历代名臣奏议》,《文渊阁四库全书》本。

[明]杨士奇《文渊阁书目》,《丛书集成初编》本。

[宋]杨万里《诚斋集》,《四部丛刊》本。

[北魏]杨衒之著,杨勇校笺《洛阳伽蓝记校笺》,北京:中华书局,2006年。

[唐]姚思廉等《梁书》,北京:中华书局,1973年。

[清]叶德辉考证《秘书省续编到四库阙书目》,《宋史艺文志》本,北京:商务印书馆,1957年。

[宋]叶隆礼《契丹国志》,上海:上海古籍出版社,1985年。

[明]叶盛《菉竹堂书目》,《丛书集成初编》本。

[清]叶燮著,蒋寅笺注《原诗笺注》卷四,上海:上海古籍出版社,2014年。

[唐]义净著,王邦维校注《大唐西域求法高僧传校注》,北京:中华书局,1988年。

[金]佚名编,金少英校补,李庆善整理《大金吊伐录校补》,北京:中华书局,2001年。

［清］永瑢《四库全书总目》,北京：中华书局,1965年。

［宋］尤袤《遂初堂书目》,《丛书集成初编》本。

于北山《范成大年谱》,上海：上海古籍出版社,2006年。

余嘉锡《四库提要辨证》,北京：中华书局,1980年。

［宋］宇文懋昭《金志》,《丛书集成初编》本。

［宋］宇文懋昭撰,崔文印校证《大金国志校证》,北京：中华书局,1986年。

［唐］元稹《元稹集》,北京：中华书局,1982年。

［宋］岳珂《愧郯录》,《文渊阁四库全书》本。

［宋］乐史撰,王文楚等点校《太平寰宇记》,北京：中华书局,2007年。

曾枣庄、刘琳主编《全宋文》,上海：上海辞书出版社,2006年。

［清］张金吾辑《金文最》,《续修四库全书》本。

［宋］张耒《张右史文集》,《四部丛刊》本。

［宋］张礼《游城南记》,《丛书集成初编》本。

张舜徽主编《二十五史三编》,长沙：岳麓书社,1994年。

［宋］张舜民《画墁集》,《丛书集成初编》本。

［宋］张舜民《画墁录》,《丛书集成新编》本。

［唐］张彦远《历代名画记》,《丛书集成初编》本。

［宋］赵鼎臣《竹隐畸士集》,《文渊阁四库全书》本。

［宋］赵汝适撰,杨博文校释《诸蕃志校释》,北京：中华书局,1996年。

［宋］赵彦卫《云麓漫钞》,北京：中华书局,1996年。

［清］赵翼著,王树民校证《廿二史札记校证》,北京：中华书局,1984年。

郑炳林《敦煌地理文书汇集校注》,兰州：甘肃教育出版社,1989年。

［宋］郑刚中《西征道里记》,《四库全书存目丛书》本。

［宋］郑樵《通志》,北京：中华书局,1987年。

郑振满、丁荷生《福建宗教碑铭汇编》（兴化府卷），福州：福建人民出版社，2008年。

中国古籍善本编辑委员会编《中国古籍善本书目》，上海：上海古籍出版社，1992年。

［梁］钟嵘著，陈延杰注《诗品注》，北京：人民文学出版社，1958年。

［宋］周必大《庐陵周益国文忠公集》，《宋集珍本丛刊》本。

［宋］周淙《乾道临安志》，《文渊阁四库全书》本。

［宋］周敦颐《周元公集》，北京图书馆藏宋刻本。

［明］周复俊编《全蜀艺文志》，《文渊阁四库全书》本。

［宋］周辉《北辕录》，《说郛三种》本。

［宋］周辉撰，刘永翔校注《清波杂志校注》，北京：中华书局，1994年。

［宋］周南《山房集》，《文渊阁四库全书》本。

［宋］周紫芝《太仓稊米集》，《文渊阁四库全书》本。

［宋］朱熹《晦庵先生朱文公文集》，《四部丛刊》本。

［宋］朱熹撰，朱杰人等编《朱子全书》，上海：上海古籍出版社，合肥：安徽教育出版社，2001年。

［宋］祝穆撰，施和金点校《方舆胜览》，北京：中华书局，2003年。

邹同庆、王宗堂《苏轼词编年校注》，北京：中华书局，2002年。

［日］成寻著，王丽萍校《新校参天台五台山记》，上海：上海古籍出版社，2009年。

二、现代学术论著

曹家齐《宋代交通管理制度研究》，开封：河南大学出版社，2002年。

陈慧琳《人文地理学》，北京：科学出版社，2007年。

陈正祥《中国文化地理》，北京：生活·读书·新知三联书店，1983年。

陈左高《历代日记丛谈》,上海:上海画报出版社,2004年。
陈左高《中国日记史略》,上海:上海翻译出版公司,1990年。
东海大学中国文学系编《旅游文学研讨会论文集》,台北:文津出版社,2000年。
段玉明《相国寺——在唐宋帝国的神圣与凡俗之间》,成都:巴蜀书社,2004年。
冯乃康《中国旅游文学论稿》,北京:旅游教育出版社,1995年。
傅乐焕《辽史丛考》,北京:中华书局,1984年。
葛兆光《宅兹中国:重建有关"中国"的历史论述》,北京:中华书局,2001年。
龚鹏程《游的精神文化史论》,石家庄:河北教育出版社,2001年。
龚延明编撰《宋代官制辞典》,北京:中华书局,1997年。
郭绍棠《旅行:跨文化想象》,北京:北京大学出版社,2005年。
何忠礼、徐吉军《南宋史稿》,杭州:杭州大学出版社,1999年。
黄宝实《中国历代行人考》,台北:台湾中华书局,1969年。
黄应贵、王瑷玲主编《空间与文化场域:空间移动之文化诠释》,台北:台北汉学研究中心,2009年。
黄应贵主编《空间与文化场域:空间之意象、实践与社会生产》,台北:台北汉学研究中心,2009年。
贾鸿雁《中国游记文献研究》,南京:东南大学出版社,2005年。
贾敬颜《五代宋金元人边疆行记十三种疏证稿》,北京:中华书局,2004年。
李伯齐《中国古代纪游文学史》,济南:山东友谊书社,1989年。
李德辉《唐代交通与文学》,长沙:湖南人民出版社,2003年。
李德辉《晋唐两宋行记辑校》,沈阳:辽海出版社,2009年。
李丰楙、刘苑如主编《空间、地域与文化:中国文化空间的书写与阐释》,台北:"中央研究院"文哲研究所,2002年。

刘宛如主编《游观:作为身体技艺的中国文学与宗教》,台北:"中央研究院"文哲研究所,2009年。

马茂军《宋代散文史论》,北京:中华书局,2008年。

梅新林《中国游记文学史》,上海:学林出版社,2004年。

孟华主编《比较文学形象学》,北京:北京大学出版社,2001年。

苗书梅《宋代官员选任和管理制度》,开封:河南大学出版社,1996年。

聂崇岐《宋史丛考》,北京:中华书局,1980年。

潘朝阳《心灵、空间、环境——人文主义的地理思想》,台北:五南图书出版公司,2005年。

潘晟《宋代地理学的观念体系与知识兴趣》,北京:商务印书馆,2014年。

彭兆荣《旅游人类学》,北京:民族出版社,2004年。

谭其骧主编《中国历史地图集》,北京:中国地图出版社,1982年。

唐晓峰《人文地理随笔》,北京:生活·读书·新知三联书店,2005年。

王德威、季进主编《文学行旅与世界想象》,南京:江苏教育出版社,2007年。

王恩涌、赵荣、张小林等编著《人文地理学》,北京:高等教育出版社,2000年。

王福鑫《宋代旅游研究》,石家庄:河北大学出版社,2001年。

王立群《中国古代山水游记研究》,北京:中国社会科学出版社,2008年。

王明珂《华夏边缘:历史记忆与族群认同》,北京:社会科学文献出版社,2006年。

王淑良《中国旅游史》,北京:旅游教育出版社,1998年。
吴丽萍《宋代外交制度研究》,合肥:安徽人民出版社,2006年。
向达《唐代长安与西域文明》,北京:生活·读书·新知三联书店,1957年。
谢彦君《旅游体验研究:一种现象学的视角》,天津:南开大学出版社,2006年。
谢元鲁主编《旅游文化学》,北京:北京大学出版社,2007年。
徐吉军、方建新、方健、吕凤棠《中国风俗通史·宋代卷》,上海:上海文艺出版社,2001年。
余太山《早期丝绸之路文献研究》,上海:上海人民出版社,2009年。
杨义《文学地理学会通》,北京:中国社会科学出版社,2013年。
喻学才《中国旅游文化传统》,南京:东南大学出版社,1995年。
乐黛云、张辉《文化传递与文学形象》,北京:北京大学出版社,1999年。
曾大兴《文学地理学概论》,北京:商务印书馆,2017年。
张博泉《金史简编》,沈阳:辽宁人民出版社,1984年。
张毅《宋代文学思想史》,北京:中华书局,1995年。
赵永春《奉使辽金行程录》,吉林文史出版社,1994年。
赵永春《金宋关系史》,北京:人民出版社,2005年。
郑晓云《文化认同与文化变迁》,北京:中国社会科学出版社,1992年。
周尚意《文化地理学》,北京:高等教育出版社,2004年。
周晓琳、刘玉平《空间与审美——文化地理视域中的中国古代文学》,北京:人民出版社,2009年。
周裕锴《宋代诗学通论》,上海:上海古籍出版社,2007年。
朱瑞熙等《辽宋西夏金社会生活史》,北京:中国社会科学出版社,

1998年。

宗白华《美学散步》,上海:上海人民出版社,1981年。

[英]阿兰·德波顿著,南治国、彭俊豪、何世原译《旅行的艺术》,上海:上海译文出版社,2009年。

[美]艾伦·普瑞德等著,夏铸九编译《空间的文化形式与社会理论读本》,台北:明文书局,1987年。

[英]安德鲁斯著,张翔译《风景与西方艺术》,上海:上海人民出版社,2014年。

[苏联]巴赫金著,白春仁、晓河译《小说理论》,石家庄:河北教育出版社,1998年。

[法]巴什拉著,张逸婧译《空间的诗学》,上海:上海译文出版社,2009年。

[英]鲍尔德温著,陶东风等译《文化研究导论》,北京:高等教育出版社,2004年。

[美]本尼迪克特·安德森著,吴叡人译《想象的共同体:民族主义的起源与散布》,上海:上海人民出版社,2003年。

[美]波特编,麻争旗等译《文化模式与传播方式:跨文化交流文集》,北京:北京广播学院出版社,2003年。

[英]达比著,张箭飞、赵红英译《风景与认同:英国民族与阶级地理》,南京:译林出版社,2011年。

[美]蒂姆·克雷斯韦尔著,王志弘、徐苔玲译《地方:记忆、想象与认同》,台北:群学出版有限公司,2006年。

[美]段义孚著,志丞、刘苏译《恋地情结》,北京:商务印书馆,2017年。

[美]段义孚著,王志标译《空间与地方经验的视角》,北京:中国人民大学出版社,2017年。

［德］顾彬讲演，曹卫东编译《关于"异"的研究》，北京：北京大学出版社，1997年。

［美］H.J. 德伯里著，王民、王发曾、程玉申等译《人文地理——文化、社会与空间》，北京：北京师范大学出版社，1988年。

［美］康纳顿著，纳日碧力戈译《社会如何记忆》，上海：上海人民出版社，2000年。

［法］罗兰·巴尔特著，李幼蒸译《写作的零度》，北京：中国人民大学出版社，2008年。

［英］迈克·克朗著，杨淑华、宋慧敏译《文化地理学》，南京：南京大学出版社，2003年。

［美］米切尔编，杨丽、万信琼译《风景与权力》，南京：译林出版社，2014年。

［法］莫里斯·哈布瓦赫著，毕然、郭金华译《论集体记忆》，上海：上海人民出版社，2002年。

［法］萨特著，施康强选译《萨特文集（文论卷）》，北京：人民文学出版社，2005年。

［英］沙玛著，胡淑陈、冯樨译《风景与记忆》，南京：译林出版社，2013年。

［美］斯图尔特·艾特肯、［英］吉尔·瓦伦丁主编，柴彦威、周尚意等译《人文地理学方法》，北京：商务印书馆，2016年。

［德］沃尔夫冈·伊瑟尔著，陈定家、汪正龙等译《虚构与想象——文学人类学疆界》，长春：吉林人民出版社，2003年。

［德］沃尔夫冈·伊泽尔著，霍桂桓、李宝彦译《审美过程研究——阅读活动：审美响应理论》，北京：中国人民大学出版社，1988年。

［法］雅克·德里达著，张宁译《书写与差异》，北京：生活·读

书·新知三联书店,2001年。

[德]扬·阿斯曼著,金寿福等译《文化记忆:早期高级文化中的文字、回忆和政治身份》,北京:北京大学出版社,2015年。

[美]宇文所安著,陈引驰、陈磊译,田晓菲校《中国"中世纪"的终结:中唐文学文化论集》,北京:生活·读书·新知三联书店,2014年。

[美]张聪著,李文峰译《行万里路——宋代的旅行与文化》,杭州:浙江大学出版社,2015年。

Bert O. States, *Dreaming and Storytelling*, Ithaca : Cornell University Press, 1993.

Carl O. Sauer, *The Morphology of Landscape*, California : University of California Publications in Geography, 1925.

Denis E. Cosgrove, *Social Formation and Symbolic Landscape*, Wisconsin : University of Wisconsin Press, 1998.

Jeremy Hawthorn, *A Glossary of Contemporary Literary Theory*, London ; New York : Routledge, Chapman and Hall, 1994.

三、单篇论文

白宁《声腔的概念定义与演唱审美期待》,《沈阳音乐学院学报》,2016年第3期。

陈得芝《关于沈括的〈契丹使虏图抄〉》,《历史研究》,1978年第2期。

陈佳荣《朱应、康泰出使扶南和〈吴时外国传〉考略》,《中央民族学院学报》,1978年第4期。

陈乐素《三朝北盟会编考》,《历史语言研究所集刊》第六册,北京:中华书局,1987年。

成玮《百代之中：宋代行记的文体自觉与定型》,《文学遗产》,2016年第4期。

崔文印《〈靖康稗史〉散论》,《史学史研究》,1986年第1期。

葛兆光《宋代"中国"意识的凸显——关于近世民族主义思想的一个远源》,《文史哲》,2004年第1期。

郭振铎《〈吴时外国传〉初探》,《殷都学刊》,1989年第3期。

胡传志《论南宋使金文人的创作》,《文学遗产》,2003年第5期。

黄纯艳《宋代官员的公务旅行——以欧阳修〈于役志〉为中心》,《中国社会经济史研究》,2012年第3期。

黄玲《宋代使金行记文献研究》,陕西师范大学硕士论文,2011年。

黄盛璋《〈西天路竟〉笺证》,《敦煌学辑刊》,1984年第6期。

黄奕珍《范成大使金绝句中以"时间之对比"形塑"蛮荒北地"之修辞策略》,莫砺锋主编《第二届宋代文学国际学术研讨会论文集》,南京：江苏教育出版社,2003年。

蒋方《陆游〈入蜀记〉版本考述》,《长江学术》,2006年第4期。

李德辉《论汉唐两宋行记的渊源流变》,《中华文史论丛》,2010年第3期。

李德辉《论宋代行记的新特点》,《文学遗产》,2016年第4期。

李德辉《论宋人使蕃行记》,《华夏文化论坛》,2008年第1期。

李德辉《论中国古行记基本特征》,《宁夏大学学报》,2003年第5期。

李德辉《唐人使蕃行记叙论》,《兰州大学学报》,2005年第4期。

李贵《南宋行记中的身份、权力与风景——解读周必大〈泛舟游山录〉》,《复旦学报》,2020年第1期。

李辉《宋金交聘制度研究(1127-1234)》,复旦大学博士论文,2005年。

刘珺珺《范成大纪行三录文体论》,《文学遗产》,2012年第6期。
刘浦江《宋代使臣语录考》,张希清等主编《10-13世纪中国文化的碰撞与融合》,上海:上海人民出版社,2006年。
陆扬《析索亚"第三空间"理论》,《天津社会科学》,2005年第2期。
吕肖奂《陆游双面形象及其诗文形态观念之复杂性——陆游入蜀诗与〈入蜀记〉对比解读》,《绍兴文理学院学报》,2011年第1期。
梅新林《文学地理学:基于"空间"之维的理论建构》,《浙江社会科学》,2015年第3期。
梅新林、崔小敬《张舜民〈郴行录〉考论》,《文献》,2001年第1期。
孟华《比较文学形象学论文翻译、研究札记》,孟华主编《比较文学形象学》,北京:北京大学出版社,2001年。
孟华《试论他者"套话"的时间性》,孟华主编《比较文学形象学》,北京:北京大学出版社,2001年。
莫砺锋《读陆游〈入蜀记〉札记》,《文学遗产》,2005年第3期。
潘朝阳《空间、地方观与"大地具现"暨"经典诉说"的宗教性诠释》,《中国文哲研究通讯》,第10卷第3期。
彭民权《文学地理学的体系建构与理论反思》,《江西社会科学》,2014年第3期。
祁庆富《〈宣和奉使高丽图经〉版本源流考》,《社会科学战线》,1996年第3期。
祁庆富《关于宋乾道本〈宣和奉使高丽图经〉的几个问题》,《中国文化研究》,1997年秋之卷。
谭家健《南朝山水游记初探》,《辽宁师专学报》,1991年第1期。
陶礼天《关于文学地理学研究的简要回顾和点滴思考》,《世界文学评论》,2016 年第 5 期。

王皓《宋代外交行记与语录研究》,四川师范大学博士论文,2012 年。

王祥《论宋代交通与文学》,邓乔彬编《第五届宋代文学国际研讨会论文集》,广州:暨南大学出版社,2009 年。

衣若芬《潇湘八景——地方经验·文化记忆·无何有之乡》,《东华人文学报》,2006 年第 9 期。

尹德翔《跨文化旅行研究对游记文学研究的启迪》,《中国图书评论》,2005 年第 11 期。

张劲《楼钥、范成大使金过开封城内路线考证——兼论北宋末年开封城内宫苑分布》,《中国历史地理论丛》,2004 年第 4 期。

张月《观看与想像——关于形象学和异国形象》,《郑州大学学报》,2002 年第 3 期。

赵和曼《〈吴时外国传〉考释》,《印支研究》,1983 年第 4 期。

赵维平《从南宋文人出行记看南宋出行文化》,《青海社会科学》,2009 年第 5 期。

赵永春《宋人出使辽金"语录"研究》,《史学史研究》,1996 年第 3 期。

钟仕伦《概念、学科与方法:文学地理学略论》,《文学评论》,2014 年第 4 期。

朱德发《试论中国古代文体散文的文体特征》,《菏泽师专学报》,2002 年第 1 期。

邹建军、周亚芬《文学地理学批评的十个关键词》,《安徽大学学报》,2010 年第 2 期。

邹建军《我们应当如何开展文学地理学研究》,《江汉论坛》,2013 年第 2 期。

［法］保尔·利科《在话语和行动中的想象》，孟华主编《比较文学形象学》，北京：北京大学出版社，2001年。

［法］布吕奈尔《形象与人民心理学》，孟华主编《比较文学形象学》，北京：北京大学出版社，2001年。

［法］达尼埃尔－亨利·巴柔《从文化想象到集体想象物》，孟华主编《比较文学形象学》，北京：北京大学出版社，2001年。

［法］达尼埃尔－亨利·巴柔《形象》，孟华主编《比较文学形象学》，北京：北京大学出版社，2001年。

［日］大西阳子《范成大纪行诗与纪行文的关系》，《南京师大学报》，1992年第2期。

［美］何瞻《范成大与其纪游日录》，《杭州大学学报》，1986年第2期。

［日］内田吟风《后魏宋云释惠生西域求经记考证序说》，《冢本博士颂寿纪念佛教史学论集》，京都，1961年。

［法］让－马克·莫哈《试论文学形象学的研究史及方法论》，孟华主编《比较文学形象学》，北京：北京大学出版社，2001年。

［韩］申採湜《宋代官人的高丽观》，林天蔚、黄约瑟主编《古代中韩日关系研究——中古史研讨会论文集之一》，香港：香港大学亚洲研究中心，1987年。

David Lowenthal, "Geography, Experience, and Imagination: Towards a Geographical Epistemology", *Annals of the Association of American Geographers*, Vol.51, No. 3, 1961.

Tim Cresswell, "Geographic Thought :A Critical Introduction", *Journal of Cultural Geography*, Vol.31, No.1, 2013.

后 记

终于到了可以提笔写后记的时候,窗外已是"草长莺飞二月天,拂堤杨柳醉春烟"的仲春景象,关于行记研究的课题也暂告一个段落了,心中有一种如释重负的感觉。

对于行记的关注,源于十三年前读博伊始。2010年我有幸跟随周裕锴先生学习,在一次与老师的闲聊中,他提起地域与文学的研究是一个很有学术增长空间的领域,选题可以从这方面考虑。我硕士阶段一直比较关注宋代笔记,尤其是对《入蜀记》情有独钟,遂以宋代行记作为了博士论文的选题。真正进入到研究阶段,面对大量散乱无序的行记文献材料时顿感不知所措;论文写作过程中文思枯竭、下笔无言的不安与焦虑的情形至今历历在目。幸亏有裕锴师的指点,才得以渡过一个个难关,顺利完成博士论议的写作。在博士论文盲审和答辩中,各位专家不吝褒奖,诸位先生对后辈的鼓励和提携,令我感激不已。

但我深知自己对这一文体的研究还是比较肤浅的,对宋代行记文学特征的揭示以及文化特征的分析仍不够全面深入。博士毕业当年,我以"人文地理学视野下的宋代旅行记"为题申报了国家社科基金,有幸获得立项。接下来的时间,我大量地阅读了中西方人文地理学方面的经典著作,这些著作为我打开了另外一扇窗,以此角度来观照宋代行记,发现还有许多有价值的学术话题值得探讨。2015年，我受国家留学基金委资助赴韩国延世大学进行博士后研究工作，异国他乡的工作经历让我切身体验到旅行者旅行经验形成的机制和书写特征。旅行者能够看到什么样的景观，如何欣赏景观，旅行中的情感与想象如何影响对景观的书写，回到旅行的情境中去思考这些问题，方觉亲切而有趣。本书关于景观三重空间的构思即产生于此时。

此后，既要完成博士后科研任务，又要完成国家社科基金结题报告的撰写，工作异常忙碌而又充满挑战，几乎很少有外出游山玩水的时间。端坐书斋，阅读行记，跟随宋人对秀丽山川、风土人情的描述去领略旅行的妙处也成为了我娱情遣兴的一种生活方式。正如宋人陈著所说："以行记吟囊，收拾光景。时一披阅，眼界万里，尽在是矣，岂不大快。"经过六年的努力，课题终于顺利结项。研究报告获得评审专家的高度认可，也受到全国社科办的约稿邀请，让我撰文谈谈在行记研究方面的心得体会，这些都给了我极大的鼓舞。结题之后，我又对研究报告进行了全面的修订和增补。"看似寻常最奇崛，成时容易却艰辛"，本书的撰写经历让我深深地感受到学术之路的艰辛与快乐。呈现在读者眼前的这部书稿，正是我多年阅读行记，思考旅行文学的一点心得体会，书中尚有诸多不如人意之处，然时间仓促，只能留待今后再去思考拓展了，争取以后能拿出不辜负师友厚望的作品。

屈指一算，今年正好是博士毕业工作满十年。这些年，教学和科研的压力如影随形，工作和生活的烦恼不请自来，一路有欢歌也有荆棘。回望这段学术历程，首先要感谢我的三位恩师。吴明贤先生将蒙昧的我引进了学术的殿堂，在工作以后，仍然一如既往地牵挂着我的学习与生活，是先生的信任和鼓励一次次地督促我要努力学习、不断进步。周裕锴先生正直坦率、学识渊博，每有疑问向先生请教,总有拨云见日之感,本书的有些思考直接得益于与先生的交流。李诚先生仁慈宽厚,治学严谨,学养深厚,真正体现了温文尔雅的君子之风,每次和先生交流,如沐春风。感谢三位先生多年来对我的帮助和关心,其教诲之恩何能以言语道清?

感谢家人的默默奉献和无私的支持,让我心无旁骛地投入到学习工作中。每当站在人生的十字路口上,都有家人的相伴与鼓励,这份无私的爱,我将用一生去珍惜。

感谢学界各位师友对我的帮助和提携。特别是上海师范大学李贵教授为我提供了诸多人文地理学方面的资料,让我眼界顿开。课题阶段性成果先后发表于《中央民族大学学报》《西北民族大学学报》《浙江学刊》《暨南学报》《新疆大学学报》《四川师范大学学报》等刊物,外审专家和编辑都给出了许多中肯的意见,为本书增色不少。

本书有幸列入王川教授主编的"中华传统文化研究书系",在此谨表谢意。感谢四川师范大学文学院为本书的出版给予了大力支持。感谢我的研究生蒋青霖、朱诗涵、唐园、刘弋舸认真校读书稿,订正了书中的文献讹误。感谢中华书局编辑朱兆虎、李洪超二位精心设计、尽职尽责审读书稿。多年来,承蒙太多师友的关照与厚爱,我一直铭记在心,唯有砥砺前行,方能不负众望!

癸卯仲春阮怡谨记于蓉城狮子山

四川师范大学中华传统文化研究书系

陈德志:《中华传统服饰文化传承研究》(2021)
郑莉娟:《〈祖庭事苑〉校释》(2021)
蒲林德等:《千年阆中　百年奋进》(2021)
刘晓辉等:《大足石刻剪纸艺术》(2022)
刘晓辉等:《大足石刻艺术赏析》(2022)
江荞:《黄侃交往之巴蜀学人略论》(2022)
李瑾:《林语堂儒家文化思想研究》(2023)
曾为志:《巴蜀古桥》(2023)
阮怡:《形象·景观:宋代行记与旅行书写》(本书)
刘久成:《剑门烽火——剑门关千年战争史实》(即出)